KB109583

충무공과 함께 걷는

남파랑길
이야기

1

부산·경남
구간

충무공과 함께 걷는 남파랑길 이야기

❶ 부산·경남 구간

발행일	2022년 10월 11일

지은이	김명돌		
펴낸이	손형국		
펴낸곳	(주)북랩		
편집인	선일영	편집	정두철, 배진용, 김현아, 장하영, 류휘석
디자인	이현수, 김민하, 김영주, 안유경	제작	박기성, 황동현, 구성우, 권태련
마케팅	김회란, 박진관		
출판등록	2004. 12. 1(제2012-000051호)		
주소	서울특별시 금천구 가산디지털 1로 168, 우림라이온스밸리 B동 B113~114호, C동 B101호		
홈페이지	www.book.co.kr		
전화번호	(02)2026-5777	팩스	(02)2026-5747

ISBN	979-11-6836-469-1 04810 (종이책)	979-11-6836-470-7 05810 (전자책)
	979-11-6836-468-4 04810 (세트)	

(주)북랩 성공출판의 파트너

북랩 홈페이지와 패밀리 사이트에서 다양한 출판 솔루션을 만나 보세요!

홈페이지 book.co.kr • **블로그** blog.naver.com/essaybook • **출판문의** book@book.co.kr

---

작가 연락처 문의 ▸ ask.book.co.kr

작가 연락처는 개인정보이므로 북랩에서 알려드릴 수 없습니다.

성웅 이순신의 발자취를 따라 걸으며 인생사를 생각하다

충무공과 함께 걷는

남파랑길 이야기

1
부산·경남
구간

삶의 순간순간 충무공을 떠올리며 흠모하는
한 도보여행가의 남파랑길 종주기

김명돌 지음

창원 8코스

하동 47코스

광양 48코스

사천 43코스

부산 2코스

보성 63코스

순천 61코스

통영 29코스

고성 33코스

남해 42코스

거제 23코스

강진 83코스

여수 55코스

해남 90코스

고흥 66코스

장흥 80코스

완도 86·87코스

북랩

프롤로그

제 몸 바쳐 충절을 지킨다는 말 예부터 있었지만

(殺身殉節 古有此言)

목숨 바쳐 나라를 살린 일 이 사람에게 처음 보네

(身亡國活 始見斯人)

　　　　　- 1707년 숙종이 아산 현충사에 편액을 내릴 때의 제문

　2020년 11월 1일, 뉴스를 보고 심장이 쿵쿵 뛰었다. 어제 10월 31일 자로 남파랑길이 개통되었다는 기사였다. 가야 했다. 남파랑길로 떠나야 했다. 가지 않을 수 없었다. 그 전에 지켜야 할 약속이 있었다. 울릉도에 가야 하는 약속이었다. 독도경비대 관계자와의 약속이었다. 남파랑길 트레킹 일정이 잡혔다. 속전속결이었다. 11월 3일 울릉도에 갔다가 6일부터 연말까지 남파랑길 종주를 하고, 새해 첫날 땅끝마을에서 일출을 보기로 계획했다. 나는 시도했다. 그리고 도착했다. 결국 52일간의 트레킹으로 12월 30일 해남 땅끝탑에 도착했다.

　필자는 행운아였다! 12월 30일 마지막 89코스와 90코스를 트레킹하는 날, 하늘은 폭설을 내려 설국(雪国)을 만끽할 수 있게 축복해주었다. 2020년 첫눈은 달마산과 달마가도, 땅끝기맥을 온통 하얗게 덮어

버렸다. 위험천만! 걸어가야 할 길조차 보이지 않는 깊은 산속 남파랑 길에서 한 마리 외로운 짐승이 되어 세찬 눈보라를 헤치고 걸었다. 그 길은 천국으로 가는 황홀경이었다.

톨스토이는 50세에 새롭게 살기로 했다. 그리고 자서전 격인 『참회 록』을 썼다. 그리고 32년을 더 살다가 죽었다. 그의 대부분의 좋은 작 품은 이 시기에 쓰였다.

필자는 61세에 새롭게 살기로 했다. 그리고 자서전 격인 『나는 인생 길을 걷는 나그네』를 썼다. 얼마나 더 살아갈지는 모르겠지만 새롭게 살기로 마음먹었다. 누구에게나 인생의 전환점이 있다. 정신이 번쩍 드 는 때가 있다. 삶의 모든 순간이 첫 순간이고 마지막 순간이고 유일한 순간이구나, 하는 깨달음이 올 때가 있다. 그리고 남파랑길을 떠났다. 1,470㎞, 지금까지의 트레킹 중에서 가장 먼 길, 아직 가보지 않은 길 이었다.

남파랑길은 '남쪽의 쪽빛 바다와 함께 걷는 길'이라는 뜻이다. 남쪽 바다의 아름다움을 향유하는 낭만길로 부산 오륙도해맞이공원에서 해남 땅끝마을까지 90개 코스 1,470㎞의 걷기 여행길이다. 남파랑길은 코리아둘레길 조성사업의 일환이다.

코리아둘레길은 동·서·남해안과 비무장지대(DMZ) 접경지역 등 우 리나라 외곽을 연결해 구축될 4,500㎞의 초장거리 걷기 여행길이다. 동해안의 해파랑길 50개 코스 750㎞, 남해안의 남파랑길 90개 코스 1,470㎞, 서해안의 서해랑길 109개 코스 1,756㎞, DMZ 평화의길 36개 코스 524㎞를 연결하여 국제적인 도보여행 코스 구축을 목표로 한다.

부산 오륙도해맞이공원에서 강원도 고성 통일전망대까지 해파랑길

은 2016년 5월 개통했고, 부산 오륙도해맞이공원에서 전남 해남 땅끝
마을까지 남파랑길은 2020년 10월 개통했으며, 전남 해남 땅끝마을에
서 인천 강화도 평화전망대까지 서해랑길은 2022년 6월 개통했고, 인
천 강화도 평화전망대에서 강원도 고성 통일전망대까지 DMZ 평화의
길은 2023년 4월 개통 예정이다. DMZ 평화의 길이 개통되면 285개
코스 4,500㎞ 길이의 초장거리 트레일이 된다. 멕시코 국경부터 캐나
다 국경까지 미국 서부 해안을 종주하는 PCT(Pacific Crest Trail)가
4,286㎞이다. 코리아둘레길은 단일국가 트레일 중 세계 최장거리 트레
일이 된다.

　　필자는 국내에서 아직 도보여행이 유행하기 전, 제주 올레가 첫 코
스를 열기 전인 2007년 1월 2일, 용인(회사)에서 안동(고향, 청산)까지
260㎞ '청산(靑山)으로 가는 길'을 걸었다. 그리고 이듬해 1월 1일, 혹한
의 날씨 속에 안동에서 다시 용인으로 걸어왔다. 2010년에는 마라도에
서 고성 통일전망대까지 국토종주를 하고, 2012년 지리산둘레길, 2013
년 4대강 자전거 국토종주, 2014년 해파랑길, 2016년 제주올레, 2017
년 스페인 산티아고 순례길, 2019년 DMZ 155마일 국토대장정, 백두
대간종주, 100대 명산, 북한산 둘레길 등 대한민국 장거리 명품길들을
모두 걸었다. 길은 길에 연하여 해외로 나가 히말라야, 캐나다 로키산
맥, 스위스 알프스, 뉴질랜드 밀포드 등등을 트레킹했다.

　　인생은 길이 끝나는 데서 다시 새로운 길을 걸어가는 것. 그런 중에
남파랑길 개통 소식은 놀라운 뉴스였다. 남파랑길을 걸은 이유는 여러
가지였다. 국토순례, 내 나라 내 땅을 구석구석 걷고 싶었기에 코리아
둘레길 조성 소식은 신성하게 다가왔고, 남파랑길 종주는 필연적이었
다. 남파랑길은 아직 도전해보지 못한 1,470㎞ 최장거리 트레일이었다.

나아가 순례자로서의 고행을 통한 자아성찰의 시간이 필요했다. 남도의 역사와 문화를 체험하고 공부하고 싶었고, 남쪽 바다의 아름다운 자연경관을 두 발로 걸어서 즐기고 싶었다.

하지만 무엇보다 소중한 이유는 남해안 남파랑길을 걸으면서 임진왜란 국난 극복의 영웅 충무공 이순신의 행적을 좇으면서 충무공과 함께하고 싶었다. 평소 삶 속에서 용기와 결단이 필요할 때면 『난중일기』를 펼치고, 현충사를 찾아가고, 충무공의 묘소를 찾아갔다. 그래서 부산에서 해남까지 남쪽 바다에서 남파랑길을 걸으며 이순신을 만나고 싶었다. 이순신의 충정을 만나고, 효성을 만나고, 사랑을 만나고, 엄정을 만나고, 아픔을 만나고 눈물을 만나고 싶었다. 그래서 용기를 만나고, 희생을 만나고, 장수로서, 무인으로서, 문인으로서, 인간적인 너무나 인간적인 필부로서, 아버지로서, 아들로서, 남편으로서…, 그런 이순신을 만났다. 그리고 남파랑길에서 만난 이순신을 통해 산티아고 순례길에서 만난 산티아고(Santiago), 성 야고보를 떠올렸다. 필자는 2017년 6월 산티아고 순례길을 다녀왔으며, 그 길에는 전설적인 스페인의 수호성인 야고보가 있었다.

전 세계 사람들의 버킷리스트 1위, 전 세계 사람들이 가장 걷고 싶어 하는 길로 꼽히는 산티아고 순례길 800㎞는 한 순교자의 무덤으로 가는 길이면서 세상에서 가장 아름다운 자연의 풍광을 즐길 수 있는 길이다. 산티아고 가는 길에는 로마 시대 이후 1492년 이슬람교도들이 이베리아반도에서 완전히 축출될 때까지 자신의 전통을 지키며 살았던 유대인들, 야고보에 의해 스페인에 전파되었던 가톨릭인들, 이슬람인들의 역사가 있다.

산티아고(Santiago)는 성 야고보를 칭하는 스페인식 이름으로 예수의 제자인 큰 야고보다. 스페인에서는 야고보를 '무어인의 학살자 야고보', '산티아고 마타모로스(Santiago Matamoros)'라 불렀다. 정복자 이슬람교도들과 전투에서 결정적인 순간마다 나타나 승리를 예언하면서 전세를 역전시켜 승리했고, 빛나는 갑옷을 두르고 백마를 탄 채 칼을 휘두르며 무어인의 목을 베는 용감한 기사 야고보의 이미지를 본 이슬람교도들은 싸우기 전에 기가 꺾였다. 이에 야고보는 성인의 반열에 오르며 스페인의 수호성인이 되었다.

필자는 남파랑길을 걸으면서 스페인의 수호성인 야고보와 우리 민족의 수호성인 충무공 이순신을 동일시하며 떠올렸다. 충무공 이순신은 임진왜란 국난 극복으로 '민족의 태양', '성웅 이순신'으로 추앙을 받는 누구나 가장 존경하고 사랑하는 위대한 인물이다. 남파랑길에는 충무공 이순신의 혼과 얼이 깃들어 있다. 남파랑길 부산에서 해남까지 남쪽 바다에는 충무공 이순신의 자취가 서려 있지 않은 곳이 없다. 부산포해전에서 명량해전에 이르기까지 23전 23승 전승의 기적이 곳곳에 있다.

산티아고 순례길의 역사에 관한 기록은 '순례자의 도시' 산티아고 데 콤포스텔라 도시 전체를 1993년 유네스코 세계문화유산에 등재시켰고, 산티아고 가는 길에 수많은 순례자들이 찾아오게 했다.

2013년 세계기록유산에 등재된 이순신의 『난중일기』는 충무공의 승전 유적지와 함께 한려해상국립공원 등 아름다운 자연경관을 지닌 남파랑길을 세계적인 명품 트레일로 우뚝 솟게 할 수 있을 것이며, 나아가 세계의 수많은 여행자들이 찾아오게 할 수 있을 것이라 기대한다.

이 책을 쓰는 것은 숙명이었다. 니체는 여행하는 자세에 따라 여행자를 다섯 등급으로 분류했다. 그중 최상급 여행자는 세상을 직접 관찰하고 자신이 체험한 것을 집에 돌아와 생활에 반영하는 사람으로 꼽았다. 여행의 글을 쓰는 것은 최상급 여행자로 가는 길이다. 혼자서 여행을 하는 동안 가졌던 아름다운 순간들, 자기 성찰의 기회와 깨달음 등을 놓치지 않도록 도와주기 때문이다.

충무공과 함께했던 남파랑길 이야기는 글로 남기지 않을 수 없었다. 길은 길을 걷더라도, 걷는 사람의 마음가짐에 따라 보이는 것도 다르고 느끼는 것도 다르다. 나 홀로 남파랑길 여행은 충무공과 함께하는 자기 발견을 화두로 떠나는 여행이었다.

필자는 남파랑길 종주 중에는 물론, 종주 후에도 남해안 곳곳에 있는 충무공의 유적지를 찾아다녔다. 여기에는 여해연구소장 노승석 교수의 『난중일기 유적편』이 큰 도움이 되었다.

여행자들이여!

삶의 여정에서 진정 자신이 원하는 것이 무엇인가, 자신이 할 수 있는 것이 무엇인가, 다시 한번 깊이 생각해보고 싶다면 남파랑길 도보여행을 떠나라.

삶이 진부하게 느껴지고 인생의 방향을 제대로 잡고 싶다면 지금 남파랑길로 떠나라. 남파랑길을 걷기 위해 좋은 것을 포기하는 것을 주저하지 말고 두려워하지도 마라. 인생은 흘러가는 것이 아니라 채우는 것, 그 길에는 매일 기적이 기다리고 있다. 걸어가는 길 위에서 만나는 고독한 자유의지는 일상에서의 혁명을 선물로 줄 것이다.

"고맙습니다. 이 책을 충무공 당신에게 바칩니다."

2022년 음력 7월 8일 한산대첩일

靑山 진명골

일러두기

1. 역사 속의 날짜는 음력 기준이며 지명은 당시와 현재의 표기를 혼용하였음.

2. 이순신에 대한 전투일자와 전개 과정 및 각 해전의 사상자 수 등은 여러 가지 기록에 따라 상이할 수 있음.

3. 이순신의 승수는 23전 23승, 32전 32승, 혹은 45전 45승, 60전 60승 등 다양하며 이 책에서는 23전 23
   승의 전개 과정을 묘사했음.

4. 본문 중 왜군과 일본군을 혼용하여 사용했음.

5. 성웅 이순신이 아닌 인간 이순신에 대해 쓰고 싶어서 호칭을 '이순신'으로 통일하였음.

차례

제1권
부산·경남 구간

제2권
전남 구간

PART
11

**해남
구간**

부산
경남
구간

PART

1

부산
구간

1코스

★ ★ ★ ★ ★ ★ ★ ★

남파랑길 가는 길

[임진왜란 발발]

오륙도해맞이공원에서 부산역까지 18.8㎞

오륙도해맞이공원 → 신선대 → UN기념공원 → 증산공원 → 수정산체육

공원 → 부산역

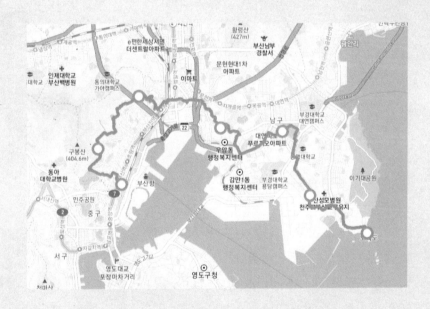

"어떤 일이든 시작은 위험하지만 어떤 일이든 시작하지 않으면 아무것도 시작되

　지 않는다."

"가자, 다시 시작이다!"

　세상에서 가장 큰 선물은 자기 자신에게 기회를 주는 삶이다. 코리아둘레길, 해파랑길에 이어 남파랑길을 걸을 수 있는 기회를 선물로 받은 길 위의 나그네가 행복한 미소를 짓는다. 나그네는 비록 홈리스(Homeless)일지언정 호프리스(Hopeless)는 아니다. 희망을 품고 살아갈 때 인생에서 노예가 아닌 주인으로 살아갈 수 있다. 희망을 찾는 가장 좋은 방법은 타인의 시선으로부터 자유로울 수 있는 혼자만의 여행, 나 홀로 여행이다.

　2020년 11월 6일 이른 새벽, 휴대폰에서 엘 콘도 파사(El Condor Pasa)가 흘러나온다.

　"콘도 앞에 도착했다. 얼릉 나온나!" 성질 급한 목사님이 날도 새기 전에 해운대의 숙소로 찾아왔다.

　여명의 시각, 하늘과 바다가 만나는 수평선을 바라본다. 동해와 남해의 분기점이자 남해의 남파랑길과 동해의 해파랑길 출발점인 오륙도 해맞이공원에서 일출을 기다린다. 잔잔한 바다 위에 오륙도가 빈 배처럼 파도에 출렁인다. 선착장에는 낚싯배를 타려는 강태공들 웃음소리와 갈매기들의 노랫소리로 어수선하다.

　남파랑길 가는 길, 드디어 역사적인 나 홀로 여행을 시작한다. 1코스

는 오륙도 해맞이공원에서 부산역까지 가는 구간이며, 부산 갈맷길 3-1, 3-2코스가 포함되어 있다. 니체는 "어떤 일이든 시작은 위험하지만 어떤 일이든 시작하지 않으면 아무것도 시작되지 않는다"라고 말했다. 일단 시작해야 한다. 무엇인가를 시작할 기회는 늘 지금 이 순간밖에 없다. 새로운 길을 가는 것은 출발부터 위험한 요소들이 많지만, 무언가를 이루기 위해서는 일단 시작하지 않으면 안 된다.

2017년 7월 산티아고 순례길을 다녀온 후 다시 시작하는 장거리 트레일, 남해의 쪽빛 바다랑 걸어가는 낭만의 길을 한 걸음 또 한 걸음 내딛는다.

시작이 반, '천 리 길도 한 걸음부터'를 넘어서 1,470km, '사천 리 길을 한 걸음부터' 걸어간다. 새로운 도전, 심장이 요란하게 박동한다. 온몸에 전율이 흐르고 시원한 바닷바람이 뜨거운 폐부를 식혀준다.

스카이워크에서 해운대와 광안리를 조망하고 가야 할 남파랑길과 갔다 온 해파랑길의 갈림길에서 추억의 해파랑길을 바라본다.

2014년 7월의 뜨거운 여름, 고성 통일전망대까지 해파랑길 770km를 종주했다. 그리고 6년의 세월이 흘러 이제 남파랑길을 걷기 위해 다시 이곳에 섰다.

해파랑길은 '해와 파란 바다랑 벗하며 걷는 길', 남파랑길은 '남쪽의 파란 바다랑 벗하며 걷는 길', 그때는 동해바다랑 벗하며 걸었고 이제는 남해바다랑 벗하며 걸어간다.

해파랑길 1코스는 이기대와 광안리해변, 부산의 명품 동백섬을 지나서 해운대해변의 끝자락 미포항에서 마무리한다.

해운대와 동백섬에는 고운 최치원의 자취가 스며 있다. 동백섬 남쪽 절벽에는 최치원이 직접 새겼다는 '海雲台(해운대)' 석각이 남아 있고 정상에는 최치원의 동상과 시비가 있다.

최치원은 어지러운 정국을 떠나 합천 가야산으로 향하던 길에 해운대를 지나다가 환상적인 바다의 구름 풍경에 심취해 자신의 호를 '해운(海雲)'이라 했다. 천하의 인재도 세상의 운수에 한계를 느끼자 벼슬을 버리고 수려한 산천을 찾아 시를 읊으며 풍찬노숙하면서 방랑했다. 외로운 구름 고운(孤雲) 최치원은 시대를 잘못 만난 방랑의 원조였다. 나그네는 그런 최치원을 흠모하고 행적을 좇으며 흉내를 내었다.

임진왜란 당시 두 기생의 의기(義妓)가 서려 있는 빼어난 절경의 이기대를 바라보며 해파랑길과 이별하고 드디어 남파랑길 장도에 오른다.

남파랑길은 오륙도해맞이공원에서 해남의 땅끝마을까지 남해바다를 따라 서쪽으로 걸어가는 길, 마치 프랑스 생장 피드포르에서 시작한 산티아고 순례길이 피레네산맥을 넘어 스페인 산티아고 콤포스텔라까지 서쪽으로, 서쪽으로 가듯이 아침의 태양을 등에 지고 태양과 함께 길을 걸어 황혼의 석양을 만나면서 하루의 걷기를 마치는 순례 여정이다.

2017년 산티아고 가는 길 800㎞, 그리고 유럽의 땅끝 피스테라까지 100㎞, 모두 900㎞를 걸은 이후 3년 4개월이 지났다. 유럽의 땅끝에서 이제는 한반도의 땅끝으로, 유라시아 대륙의 서쪽 끝과 동쪽 끝을 하나로 연결한다. 장거리 트레킹의 추억은 언제나 심장을 뜨겁게 한다.

도로변의 갈대들이 바람결에 춤을 춘다. 잘 가라고, 여정을 무사히 잘 마치라고 온몸으로 갈채를 보낸다. 이후 남파랑길을 종주하며 가장 많이 만나는 아름다운 풍경 중 하나는 햇살 아래 하얀 수염을 날리는 산과 들과 갯벌의 갈대들이었다.

걷다가 뒤를 돌아본다. 가다가 또 돌아본다. 드디어 바다가 아닌, 구름 속에서 솟아오르는 태양이 세상을 비춘다. 하늘도 빛이 나고 바다도 빛이 나고 갈대들도 빛이 나고 먼지마저 빛이 난다. 나그네의 마음에도 환희의 빛이 솟구친다. 태양의 축복을 받으며 발걸음을 힘차게 내딛는다.

"아아, 신비로움이여! 남파랑길 가는 길에서 펼쳐질 새로운 세계여!"

해남 땅끝마을의 땅끝탑에 도착했다는 생각을 하니 저절로 전율이 흐른다. 하지만 중요한 것은 여행 그 자체. "인간이 여행을 하는 것은 도착하기 위해서가 아니라 여행하기 위해서이다"라고 괴테는 말하지 않았던가. 나그네는 이제 1,470㎞의 길 위에서 춤추고 노래하고 즐거워할 것이다.

신선대로 가는 갈림길, '한·영 첫 만남 기념비 1㎞' 안내판이 보인다. 신선대는 부산의 팔대(八台) 중의 하나로 꼽힌다.

부산에는 바다와 산, 그리고 강이 접하고 있어 경치가 빼어난 명승지가 많다. 팔대가 전해 내려오나 공식적으로 기록된 곳은 없다. 5대(태종대, 해운대, 몰운대, 신선대, 오륜대)는 공통적으로 일치하며 3대는 접근성이 좋고 경관이 아름다운 이기대, 자성대, 오랑대 등을 들기도 한다.

신선대에는 최치원이 경관을 즐기며 '신선대(神仙台)'라는 진필각자를 남겼으나 오랜 세월의 풍상 속에 마멸되어 그 흔적을 찾을 수 없다. 휴대폰이 울린다.

"어디까지 왔는데? 여기 선지국집 있으니, 아침 식사 하고 가라." 조금 전 오륙도해맞이공원에서 헤어진 목사님의 전화다. 피를 나누지는 않았지만 고등학교 시절부터 가슴으로 맺어진 형제의 정이다. 고신대 교목으로 퇴직한, 어릴 적 꿈도 목사였고 평생을 목사로 살고 있는 영원한 목사님이다. 남파랑길을 따라나서지는 못하고, 이후 거제, 고성, 남해 등 여러 구간에서 여러 날을 함께 했다.

머나먼 여정에서 첫 번째 아침 식사를 한다. 하지만 이후 아침을 굶는 날이 많았으니, 아침마다 창자는 비우고 신선한 정기는 채웠다.

"아우의 가는 길을 주님께서 지켜 보호해주시고…"

목사님의 기도로 영혼을 채우고 해장국으로 밥통을 채우니 발걸음이 가벼워진다.

UN참전기념거리를 걸어서 6·25참전기념비 앞에서 잠시 묵념을 올린다. 유엔기념공원은 세계 유일의 유엔군 묘지로서 세계 평화와 자유의 대의를 위해 생명을 바친 유엔군 터키 장병 462명을 비롯하여 영국 885명, 캐나다 378명, 호주 281명, 네덜란드 117명, 미국 36명, 프랑스 44명, 뉴질랜드 34명, 남아공 11명, 노르웨이 1명 등 11개국 전몰용사 2,300위가 기념목과 함께 각 국가별로 모셔져 있다.

매년 11월 11일 오전 11시가 되면 사이렌이 울리고 한국전 참전 21개국에서는 시간을 맞추어 부산 방향을 향하여 고개 숙여 엄숙히 묵념을 드리는 추도행사를 치른다. 바로 '턴 투워드 부산(Turn Toward Busan)'이란 행사이다.

충무공 이순신이 없었다면 430년 전 임진왜란 당시 명나라와 일본의 강화회담에 의해 한반도는 분할되어 한강 이남은 일본 땅이 되었을수도 있는 일. 유엔군의 희생이 있었기에 그나마 휴전선으로 분할된 자유 대한민국에서 살아갈 수 있다는 사실이 고마울 따름이다.

출근길, 사람들의 발걸음과 차량들의 행렬이 분주하다. 도시의 이방인이 되어 낯선 부산 거리를 걸어간다. 부산문화회관을 지나간다. 부산을 대표하는 문화예술의 전당이다. 부산시민의 날은 충무공 이순신의 '부산포해전 승전일'인 음력 9월 1일을 양력으로 한 10월 5일이다. '부산의 찬가'를 힘차게 부른다.

사랑의 고향 정 많은 사람들이 정답게 사는 곳/ 갈매기 나는 곳 동백꽃도 피는 곳/ 아, 너와 나의 부산/ 갈매기 나는 곳 동백꽃도 피는 곳/ 아, 너와 나의 부산

곱창골목을 지나서 부산진성 안내판에서 걸음을 멈춘다. '부산진은 조선 태종 7년(1407) 우리나라의 동남해안을 방어하기 위하여 경상좌도 수군사령부가 주둔하던 군사요충지로, 성종 21년(1490)에는 많은 병선과 수군, 그리고 물자를 보호하기 위하여 증산(甑山) 아래 부산진성을 쌓았다'라고 적혀 있다.

부산진시장을 지나서 부산포 개항가도를 걸어간다. 정공단(鄭公壇)에 도착해 정발 장군의 무덤 앞에서 잠시 머리를 숙인다.

정공단은 임진왜란의 첫 전투지였던 부산진성에서 일본군과 싸우다 순국한 충장공 정발 장군과 그와 함께 목숨을 바친 분들을 위해서 비석을 세우고 제사를 지내는 제단이다.

1592년 4월 13일 임진왜란이 발발했다. 조선 개국 200년인 선조 25년(1592), 일본군이 대거 침략해왔으나 조선은 전면전이라고 생각하지 않았다. 임진왜란에 대한 최초 보고는 '만 명 정도의 왜구 침략 소동'이었고, 조정에서도 그렇게 여겼다. 기껏해야 1510년 삼포왜란 때처럼 경상도 해안 일대를 노략질하는 왜구로 짐작한 것이다. 그러나 곧 전면전이라는 사실이 명백해졌다. 당초 경상좌수영의 박홍과 경상우수영의 원균이 부산포에서 일본군의 상륙을 저지해야 가장 큰 효과를 거둘 수 있었지만 전의를 상실하여 도망가는 바람에 일본군이 무인지경으로 상륙했다.

대마도를 출발한 고니시 유키나가는 700여 척의 왜선을 이끌고 부산 앞바다에 쳐들어왔다. 부산은 지리적으로 일본과 조선을 연결하는 첫 관문이었고, 해안가에 위치한 부산진성은 임진왜란 때 첫 격전지가

되었다.

4월 14일 아침 6시, 우암동 쪽으로 일시에 상륙하여 부산진성을 겹겹으로 둘러싼 일본군은 부산진성 뒤편 서문 쪽 높은 곳을 장악하여 총을 쏘며 맹렬히 공격을 퍼부었고 조선군은 승자총통과 흑각궁으로 방어를 했다.

정발 장군과 장졸들, 백성들은 분전하며 결사항전을 벌였지만 일본군의 압도적인 전력에 밀렸고, 성벽을 넘은 일본군들은 닥치는 대로 죽이고 모조리 불태웠다. 일본군은 조선군뿐만 아니라 부녀자와 어린아이, 심지어 개와 고양이까지 모두 죽였을 정도로 잔인하였다. 왜군은 임진왜란 첫 전투인 부산진성 전투에서 최후까지 용맹하게 그들을 막아선 정발 장군을 검은 옷을 입은 '흑의(黑衣)장군'으로 기록하고 있다. 부산진성에서 정발이 첫 패전을 하고 다대포진도 윤홍신이 전사하면서 함락되었으며, 이튿날 4월 15일에는 동래성의 송상현도 무너지면서 일본군은 파죽지세로 밀고 올라갔다. 임진왜란 7년 전쟁은 그렇게 시작되었다.

부산포 개항가도를 따라 벽에 새겨진 '동구의 독립운동을 기억하다'를 감상하면서 안용복기념 부산포개항문화관에 도착한다. 옆에는 안용복도일선전시관이 있다. 울릉도와 독도지킴이 안용복의 국토수호정신을 계승하기 위해 지어진 기념관이다.

안용복은 동래부 수군에 예속된 전함의 노꾼이었다. 왜관에 자주 드나들어 일본말을 익혔으며, 1693년(숙종 19) 울릉도에서 고기잡이를 하던 중 일본 어민이 침입하자 이를 막다가 박어둔과 함께 일본으로 끌려갔다가 돌아왔다. 이때 에도의 도쿠가와 막부로부터 울릉도가 조선 영토임을 확인하는 서계를 받았으나, 귀국 도중 대마도에서 대마도주에게 빼앗겼다.

1696년 안용복은 울릉도에서 고기잡이를 하던 중 다시 일본 어선을 발견하고 독도까지 추격하여 영토 침입을 꾸짖었으며, 스스로 '울릉우산양도감세관(鬱陵于山兩島監稅官)'이라 칭하고 백기도주로부터 영토침입에 대한 사과를 받고 귀국했다. 귀국 후 오히려 사사로이 국제 문제를 일으켰다는 죄목으로 사형을 당할 위기에 처했으나 영의정 남구만의 도움으로 귀양을 가는 데 그쳤다.

1697년 대마도주가 울릉도가 조선 영토임을 확인하는 서계를 보냄으로써 울릉도를 둘러싼 조선과 일본 간의 분쟁은 일단락되었다. 이익은 『성호사설』에서 "안용복은 죽음을 무릅쓰고 국가를 위해 강적과 겨뤄 그들의 간사한 마음을 꺾고 여러 대에 걸친 분쟁을 그치게 하였으니, 계급은 일개 초졸에 불과해도 행동한 것을 보면 진짜 영웅호걸답다"라고 평가했다. 그 후 이규경을 비롯한 실학자들도 하나같이 안용복의 용기와 지혜를 예찬했다.

기념관 맞은편의 190개에 달하는 계단에 설치된 부산 최초의 경사형 엘리베이터를 타고 증산공원으로 올라간다. 정공단의 뒷산인 증산(130m)은 바다에서 바라보면 산 모양이 시루(甑)와 같이 생겨 가마(釜)와 시루를 결부시켜 부산(釜山)이란 지명을 따왔다고 전해진다. 동국여지승람에는 '부산은 산 모양이 가마(釜) 꼴과 같아 부산(釜山)이라 이름하였고, 그 산 아래를 부산포(釜山浦)라 불렀다'라고 기록되었다.

증산공원에는 증산왜성의 흔적이 남아 있다. 부산진성이 함락되자 왜장 모리 데루모토가 부산진성을 허물고 서북쪽에 있는 증산에 쌓은 성이다. 증산왜성은 일본군의 병력과 물자의 보급 및 본국과의 연락 등 일본 본토와 조선을 잇는 중요한 병참기지로서 왜군이 임진왜란 때 남해안에 쌓은 왜성 중 가장 먼저 축조되었다. 그리고 최후까지 주둔하였던 왜성은 고니시 유키나가의 순천왜성이었다.

산성인 증산왜성은 중심성을 본성이라고 하며, 증산왜성을 방어할 목적으로 동쪽 직선거리 약 1㎞ 지점에 자성대왜성을 쌓았다. 이어 왜군은 부산 앞바다를 감시하려고 영도 동삼동 언덕에 추목도왜성을 쌓고, 거제에서 들어오는 조선 수군을 감시하려고 중구 중앙동에 박문구왜성을 쌓았다. 증산왜성과 주변 3개의 지성이 유기적인 방어체계를 구축한 것이다. 이로써 부산은 임진왜란이 시작된 후 1598년 왜군이 철수할 때까지 병력 보충, 전쟁물자 보급, 일본 본토와의 연락을 위한 왜군의 전진기지 구실을 했다. 하지만 이순신이 이끄는 조선 수군의 위력 앞에 4개의 왜성은 방어기지 구실밖에 하지 못했다.

증산전망대에 올라 부산 시가지와 부산항을 바라보다가 공원에서 내려와 웹툰이바구길을 지나서 구봉산 치유숲길을 걸어간다. 부산 골목투어 중 지붕 위 투어가 시작된다. 이런 산간주택은 6·25전쟁 때 피난민이 몰리면서 형성되었다. 부산은 바다와 산 사이의 폭이 좁기 때문이다.

산복도로를 만나서 걷다가 유치환우체통 옆 전망대에서 부산 시가지를 바라본다. 편지를 넣으면 1년 뒤에 수취인에게 도착하는 '1년 후에 도착하는 느린 우체통'에 연모하는 여인에게 5,000통의 연서(戀書)를 써서 보냈던 청마 유치환을 생각하며 나그네의 마음을 봉해서 넣는다.

청마 유치환은 현 부산영상예술고등학교 교장으로 있던 1967년 2월 시내버스에 치이는 사고를 당하여 숨을 거두었다. 남파랑길 26코스 거제 구간에서 청마의 생가와 기념관을 만난다. 동구 수정동의 이바구길에는 '시인의 길'이 있다. 유치환이 교편을 잡았던 학교에서부터 수정가로공원까지 이어지는 이 길은 봉생병원 앞에서 사고로 눈을 감은 그의 마지막 걸음이 묻어 있는 길이다. 유치환우체통 옆에 「행복」이 새겨진 황금빛 시비가 햇살에 빛나고 있다.

사랑하는 것은/ 사랑을 받느니보다 행복하나니라/ 오늘도 나는/ 에메랄드 빛

하늘이 훤히 내다뵈는/ 우체국 창문 앞에 와서/ 너에게 편지를 쓴다.

… (중략) …

그리운 이여/ 그러면 안녕!/ 설령 이것이/ 이 세상 마지막 인사가 될지라도/ 사랑

하였으므로 나는 진정 행복하였네라

　　초량 '168개 계단 모노레일'을 타고 부산항의 전경을 바라보고, 어제의 기억이 오늘의 이야기로 피어나는 골목투어 '초량 이바구길'을 걸어간다. 부산 동구의 역사와 테마를 이은 '초량 이바구길'은 근현대사의 질곡을 담은 부산 동구의 산복도로 길이다. 초량교회 앞에서 잠시 걸음을 멈춘다. 1892년 미국 북장로교회 윌리엄 베어드 선교사가 설립한 한강 이남 최초의 교회로 130년 가까운 역사를 간직하고 있다. 일제강점기 때 주기철 목사를 중심으로 신사참배에 정면으로 저항하였고, 6·25전쟁 때는 피난민 구호에 앞장서 그 이름을 높였으며, 1951년 4월 29일에는 이승만 대통령이 예배에 참석하기도 했다.

　　길가의 벽에 부산 동구의 인물들이 소개되어 있다. 초량초등학교 출신의 가황 나훈아와 「기다리는 마음」을 쓴 시인 김민부, 한국의 슈바이처 장기려 박사, 청마 유치환, 여성 정치가 박순천, 독립운동가이며 정치가인 허정 등을 만나고 초량의 차이나타운과 텍사스골목을 걸어간다. 국내 유일의 차이나타운 특구인 초량동의 차이나타운은 1884년 청나라 영사관이 있었으며 부산 최대의 중국인 거주지다.

　　드디어 남파랑길 1코스의 종점 부산역에 도착했다. 시작이 반, 첫날은 워밍업이다.

2코스

★ ★ ★ ★ ★ ★ ★ ★

해안누리길

[부산포해전]

부산역에서 영도대교 입구까지 14.5㎞

부산역 → 봉래산편백림 → 중리초등학교 → 중리바닷가 → 흰여울문화

마을 → 깡깡이예술마을 → 영도대교 입구

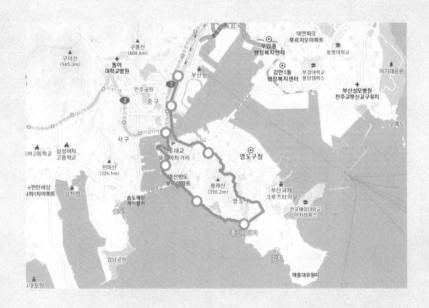

"적들은 간담이 서늘해지고 목을 움츠리며 두려워서 벌벌 떨었습니다."

11월 7일, 부산역에서 남파랑길 2코스를 시작한다. 2코스에는 갈맷길 3-3코스가 포함되어 있다. '바다는 희망과 평화의 상징이요 생산과 번영의 텃밭이다'로 시작하는 부산역의 '부산찬미' 표석 앞에서 '이별의 부산정거장'을 부르며 길을 간다.

> 보슬비가 소리도 없이 이별 슬픈 부산정거장/ 잘 가세요 잘 있어요 눈물의 기적
> 이 운다./ 한 많은 피난살이 설움도 많아/ 그래도 잊지 못할 판잣집이여/ 경상도
> 사투리의 아가씨가 슬피 우네./ 이별의 부산정거장

낯선 부산 땅에서 6·25전쟁의 피난살이를 마치고, 피난지에서의 추억을 간직한 채 환도 열차를 타고 부산을 떠나며 애절하게 부르던 노래다. 부산항의 부산본부세관 담을 끼고 부산항여객터미널과 연안여객터미널을 지나가며 조용필의 '돌아와요 부산항에'를 흥얼거린다. '이별의 부산정거장', '부산갈매기'와 함께 부산을 상징하며 부산시민들이 사랑하는 세 노래다.

부산은 옛날부터 무역의 요충지였다. 조선시대에는 부산이 일본과 가장 가깝기 때문에 왜관이 설치되었으며, 이곳에서 많은 교역이 이루어졌다. 1876년 2월 강화도조약이 강압적인 상황하에 체결되었고, 이에 따라 부산항이라는 이름으로 인천, 원산과 함께 개항되었다.

부산이 오늘날 나라 안에서 제2의 도시로 발전하게 된 역사는 아주 짧다. 강화도조약으로 개항할 당시 인구는 약 3,300명이었으나, 개항

후 1925년 경남도청이 진주에서 부산으로 옮겨오고, 1950년 한국전쟁이 일어나면서 피난민이 몰려와 인구가 급속도로 늘어났다. 현재 부산의 중심지구인 남포동, 광복동 일대는 그 당시 바다였다.

역사적으로 부산포는 현재의 동구 좌천동과 자성대 일대 부근을 가리킨다. 조선은 무질서하게 입국하는 왜인들의 통제를 위해 1407년(태종 7) 부산포를 개항하고, 이곳에 왜관을 설치하여 교역 및 접대의 장소로 삼았다. 성종 즉위년(1469년)에는 가마솥처럼 생긴 산 모양에 따라 이곳의 원지명인 '富山浦'가 '釜山浦'로 바뀌게 되었다. '富'가 가마솥 '釜' 자로 바뀐 것이다. 그리고 이곳에 수군첨절제사영이 들어서면서 왜구를 막는 국토변방의 중요 요지로 사용하였다.

국방의 중요한 길목이었던 까닭에 부산포는 임진왜란의 첫 결전지가 되었고, 이 당시 일본으로부터 들어오는 모든 병력과 군수물자는 부산포를 거쳐 내륙으로 수송되었다. 부산포는 일본군의 본진이나 다름없는 총근거지요 교두보였고, 나고야 사령부와 긴밀히 연락을 취하던 심장부였다. 부산포가 무너진다면 일본으로 돌아갈 기착지를 잃어버리는 것이었다. 한산도해전 이후 해전금지령을 내린 도요토미 히데요시는 '무슨 일이 있더라도 부산포는 반드시 지키도록 하라'라는 특명을 내렸다.

1592년 5월 7일 임진왜란의 첫 해전인 옥포해전을 시작으로 연이은 해전에서 승리를 거듭한 이순신은 7월 8일 한산도해전과 7월 10일 안골포해전을 통해 제해권을 완전히 장악했다. 이순신은 적이 원하는 곳이 아닌 자신이 원하는 장소에서 전투했고 이길 수 있는 전투만 했다. 이순신의 23전 전승의 비결이었다.

일본군은 이순신에게 한산도와 안골포에서 패한 이후 단 1척의 함선도 가덕도와 거제도 사이의 보이지 않는 해안 경계선을 넘지 못하였다. 이순신과 조선 수군에 대한 공포감 때문이었다.

9월 1일, 이순신은 이제 전쟁을 끝내기 위해 적 수군의 본거지인 부산포 공격을 단행하였다. 이순신은 신중하게 작전을 구상했다. 당시 부산포에는 내로라하는 일본의 수군 장수들이 부산을 지키기 위해 모여 있었다. 일본의 해군장관이자 안골포해전에서 이순신에게 패한 구키 요시다카, 한산도해전에서 패한 와키자카 야스하루, 사천해전에서 패한 도도 다카도라, 그리고 부산 주둔군사령관 도요토미 히데카츠가 이순신의 부산 공격에 대비하고 있었다.

1592년 8월 24일 이순신은 전라 좌·우도의 전선 74척과 협선 92척을 이끌고 전라좌수영을 떠나 거제를 지나서 8월 28일 가덕도 근해에서 밤을 지새웠다. 그리고 9월 1일, 이순신은 거북선을 앞세우고 다대포, 절영도 등을 거치면서 적선 24척을 불 지르고 적의 병선 470여 척이 줄지어 있는 부산포 내항으로 돌진했다.

부산포에서는 오전부터 해질녘까지 거북선과 판옥선에서 쏘아대는 함포 소리가 바다를 울렸다. 아군이 적선을 불태우며 쳐들어가자 배에 탄 군사들과 육지 위의 일본군들은 산으로 도망쳐 올라가 총포와 화살을 난사했다.

이순신은 상륙하여 싸우는 것이 불리하다고 판단하여 한산도해전의 두 배에 해당하는 일본 병선 128척을 파괴하고 함선을 가덕도 방향으로 돌려 동도(同島) 앞바다에 돌아와 진을 치고 밤을 새웠다.

이 전투에서 왜군 함선 100여 척을 격침하거나 불태우는 전과를 올렸다. 죽은 일본군의 수는 3,834명, 부상자는 1,200여 명으로 헤아릴 수 없이 많은 반면, 조선군의 피해는 6명의 전사자와 25명의 부상자뿐이었다. 조선 전사자 중에는 녹도만호 정운이 있었다.

일본의 부산 주둔군 사령관 도요토미 히데카츠는 도요토미 히데요시의 양자였다. 조선을 침략했을 때만 하더라도 조선이 이런 수군을 보유하고 있으리라고는 상상도 하지 못했던 도요토미 히데카츠는 공포와 불안에 떨다가 며칠 후 결국 화병이 나서 죽고 말았다.

이순신은 스스로도 부산포해전이 가장 큰 승리라 생각하고 선조에게 장계를 올렸다. 「부산포파왜병장」이다.

> 전후 네 차례 출정하여 10번의 접전에서 번번이 승첩을 거두었으나 장수들의 공로를 논한다면 이번 부산 싸움보다 더 큰 것이 없었습니다. 적들은 간담이 서늘해지고 목을 움츠리며 두려워서 벌벌 떨었습니다.

부산대교에 올라 부산항을 바라보며 428년 전 그날의 부산포해전을 상상한다. 1980년에 건설된 부산대교를 걸어 영도로 들어선다. 영도는 봉래산을 품고 태평양으로 나아가는 해양수도 부산의 중심이자 한반도의 관문이다. 신석기시대의 동삼동패총 등으로 보아 영도는 부산지방에서 가장 먼저 사람이 살기 시작했던 곳이라 추정된다. 태종대의 해안 절경과 함께 반만 년 선사문화가 숨 쉬는 곳이며, 절영마의 기상이 살아 있는 역사의 고장으로 근대산업의 발상지이다.

영도의 원래 이름은 절영도(絶影島)이다. 하루에 천 리를 달리는 천리마가 빨리 달리면 그림자가 못 따라올 정도라 하여 끊을 절(絶), 그림자 영(影)을 붙여 절영도라 하였다. 일제강점기에도 영도를 마키노시마(牧島)라고 하였는데 '말 먹이는 목장'이란 뜻이었다. 광복 후 행정구역을 정비하면서 절영도를 줄여서 영도로 불리게 되었다.

영도는 육지와 인접한 섬으로 말을 방목하기에 적당한 지리적 조건을 갖고 있어 예로부터 나라에서 경영하는 국마장(国馬場)이 있었으며 명마들이 많았다. 『삼국사기』에는 신라 성덕왕이 김유신의 공을 기려 그의 손자인 김윤중에게 절영도의 명마를 하사하였다는 기록이 있으며, 『고려사』에는 후백제의 견훤이 절영도 명마 한 필을 고려 태조 왕건에게 선물하였다는 기록이 있다.

봉래교차로에서 좌회전을 하여 봉래산 숲길로 들어선다. '봉래골 그린공원'이다. '해돋이 돌담투어길'을 걸어 해돋이전망대 청학마루에서 부산항과 영도 앞바다를 감상한다. 봉래산(395m)에 오르면 중구, 서구, 해운대구 등의 부산 시가지를 한눈에 볼 수 있고 산 위에서 바라보는 일출과 일몰이 장관이다.

해돋이마을을 지나간다. 청학동의 꼭대기, 봉래산 중턱에 안겨 있는 해돋이마을은 6·25전쟁이 발발하고 피난민들이 모여 살면서 열악한 환경을 이겨냈던 삶의 애환이 묻어 있는 마을이다. 2010년 들어 행복마을만들기사업과 새뜰마을사업을 통해 해돋이마을 돌담투어를 하는 등 더 좋은 마을을 만들기 위해 주민들이 노력하고 있다.

"꼭꼭 숨어라 머리카락 보인다"라며 숨바꼭질하는 벽화가 어릴 적 추억을 소환하며 웃음을 자아낸다.

영도는 조선통신사 조엄이 도입한 고구마의 시배지였다. 그 역사적 사실을 기념하기 위한 조내기고구마역사기념관을 지나간다. 1757년(영조 28) 조엄은 동래부사로 와서 1759년까지 2년간 많은 치적을 쌓았다. 그리고 그해 경상도관찰사로 부임하자 곧 임진왜란 때 다대첨사로 순절한 윤흥신의 사적을 채방하여 그를 표창할 것을 장청(狀請), 윤흥신을 증직키 위해 노력했다.

1763년 7월 조엄은 통신사로 일본에 건너가게 되었는데, 대마도에서 고구마를 보고 그 종자를 얻어 바로 수행원을 통해 부산진으로 보내

고 보관, 저장재배법을 알렸다. 이듬해 돌아와서 동래와 제주도에 시험 삼아 심게 한 것이 우리나라 고구마의 기원이다.

고신대학교 영도캠퍼스를 지나고 영도어울림문화공원을 지나서 중리바닷가로 나아간다. 당초 코스는 태종대로 가서 감지해변산책로를 걸을 예정이었지만 공사 중이라 코스가 축소되었다.

1975년 완공되었다 하여 이름 붙여진 75광장을 지나간다. 광장의 중앙에 자리하고 있는 팔각정에 올라 시원한 바다와 한눈에 들어오는 해안선을 바라본다.

해안을 끼고 걷는 굽이굽이 절영해안산책로를 걸어간다. 약 3㎞의 산책로는 원래 지형이 가파르고 험난한 군사보호구역으로 접근이 어려웠으나 2001년 해안선을 따라 산책로가 건설되었다. 곳곳에 장승과 돌탑, 뱃놀이터 등이 있어 볼거리가 많다. 담벼락에는 다양한 모자이크 타일 문양이 있으며, 2014년 국토해양부가 선정한 대한민국 5대 해안누리길로 선정되었다.

해안누리길은 국토해양부가 전국 58개 노선을 발굴하여 선정한 바닷길이다. 2020년 올해의 해안누리길로는 남해군 홍현리 일대의 '다랭이길'을 선정했다. 남파랑길 42코스에 있는 가천다랭이마을에서 홍현보건소까지 이어지는 약 4.4㎞의 아름다운 해안길이다.

절영해안도로 철계단을 지나고 출렁다리를 지나고 대마도전망대에 도착해서 대마도 방향을 바라본다.

365계단을 지나고 약 70m의 흰여울해안터널을 지나서 부산의 대표적인 원도심으로 피난민들의 애잔한 삶이 시작되었던 흰여울문화마을로 들어선다. 여행자들이 많이 찾는 영도의 핫플레이스는 해돋이마을, 감지해변자갈마당, 절영해안산책로, 흰여울문화마을, 영화 '변호인'

촬영지, 깡깡이예술마을이다.

흰여울문화마을은 2011년 12월 낡은 가옥을 리모델링하여 현재는 독창적인 문화마을공동체로 거듭났다. 흰여울길은 봉래산 기슭에서 굽이쳐 내리는 물줄기가 마치 흰 눈이 내리는 모습과 비슷하다 하여 이름 지어졌다. 바다 건너편 암남동의 송도를 제1송도라 하고 이곳을 제2송도라 하였다. 과거에는 달동네 이미지였지만 '무한도전'이나 영화 '변호인', '범죄와의 전쟁', '나쁜 놈들의 전성시대' 등을 여기서 촬영하면서 이 마을의 존재가 알려지게 되었고, 차츰 관광지화되기 시작했다. 2011년 12월 공·폐가를 리모델링하여 지역 예술가의 창작 의욕을 북돋우고 영도구민들로 하여금 생활 속 문화를 만나게 하는 독창적인 문화예술마을로 거듭났다.

아름다운 송도와 남항대교를 바라보며 해안도로를 따라 남항대교 밑을 지나서 깡깡이예술마을로 들어선다. 바다 건너편에는 자갈치시장이 영도대교, 남항대교와 맞닿은 곳에 자리한다. 깡깡이예술마을은 예로부터 수리조선마을로 널리 알려져 있다. 19세기 후반 우리나라 최초로 발동기를 사용해 배를 만든 다나카조선소가 세워졌던 한국 근대 조선산업의 발상지다. '깡깡이'라는 이름은 수리조선소에서 배 표면을 망치로 두드릴 때 '깡깡' 소리가 난다 하여 생긴 말이다.

1970년대 당시 만들어지는 새 배는 없었고, 영도에서는 선박 수리가 주요 업종이었으므로 '깡깡이 아지매'들이 많았는데, 이들의 생활력은 대단했으며 슬프게도 후유증으로 난청이 된 사람들이 많았다. 밀폐된 공간에서 독한 페인트칠을 하다 질식해 죽은 사람도 많았다. 당시는 안전 불감증의 시대였다.

2016년부터 낡은 벽면을 보수하고 색과 선, 단순화된 이미지를 활용한 독특한 페인팅으로 도시재생사업을 추진했다. 두 군데의 물양장에는 배들이 가득 들어차 있으며 십여 곳에 달하는 수리조선소가 운영 중에 있다.

각종 벽화와 작품을 보면서 깡깡이안내센터를 지나서 좁은 바다 건너 자갈치시장과 용두산공원, 부산타워를 바라보며 걸어간다.

점점 영도다리에 가까워진다. 90년 가까이 부산시민과 애환을 함께 해온 근대 부산의 상징이다. 영도에는 1·4후퇴 때 주로 함경도 출신들이 몰려들었다. 자갈치 아지매들이 영도에 살았는데, 이들을 위해 공지에다 미군 물자로 24인용 판잣집 수용소를 지었다. 부두에서 나온 판자가 많았던 것이 도움이 되었다. 영도다리 아래에는 몇천 명이 모여 사는 교하촌(橋下村)이 있었다. 제2송도는 함지골에서 물이 흘러내리던 곳이라서 아낙네들이 빨래를 하러 다녔다. 이들은 미군들이 먹다 남은 햄, 고기를 섞은 꿀꿀이죽으로 영양실조를 이겨냈다. 고난은 거듭되어 영도다리에는 불량배가 설쳤고, 판자촌과 시장에서는 원인 모를 불이 자주 일어나 피난민들을 알거지로 만들었다.

영도다리는 한국전쟁 당시 피난민들의 만남의 장소로 활용되었다. 가족들은 헤어질 때 무작정 "영도다리에서 만나자!"라고 외쳤다. 영도다리는 수많은 사람들이 매일 그리운 사람들의 소식을 듣기 위해 모이는 장소였고, 영도다리 밑에는 수많은 점집이 생겨났다. 점집에는 헤어진 가족을 찾는 사람들이 줄을 이었다. 영도에 온 피난민들의 쓸쓸하고 외로운 마음을 위로하였던 곳이 점집이었다. 이들은 피난민에게 실낱같은 희망과 용기를 주었다. 한때는 50여 곳이 성업을 했던 명물 '점바치 골목'에 지금도 점집이 남아 있다.

영도다리에서 자살이 유행처럼 번질 무렵 가수 현인이 불러 유행한 '굳세어라 금순아' 이 노래에 감동받은 영도 주민들은 '자살방지특공대'를 만들어 삶의 의지를 다졌다. 그래서 드디어 자갈치시장과 국제시장의 신화가 만들어진 것이다.

영도다리 입구의 하얀 마스크를 쓴 현인 조각상을 지나서 영도다리를 건너간다. 영도 하면 영도다리를 떠올릴 만큼 유명한 영도대교는 일제강점기인 1934년 준공되었다. 당시로서는 최초라 할 수 있는 도개교로서 하루에 7차례씩 영도대교 아래를 지나는 선박을 위해 다리를 들어올리는 장관을 연출, 부산 최고의 명물로 손꼽혔다. 그러나 영도의 인구 증가 및 교통난으로 인하여 1966년 들림 기능은 중단되었다. 하지만 한국 근현대사의 상징적 건축물로 평가되어 2006년 부산광역시 기념물로 지정되었고 2013년 기존 4차선 도로를 6차선으로 확장하고 도개 기능 복원을 통해 다시금 부산의 명물로 옛 명성을 찾고 있다. 지금은 하루 한 번, 오후 2시부터 2시 15분까지 주특기를 보여준다.

다리는 만남과 이별의 장소다. 이별의 슬픔과 만남의 기쁨이 넘치는 영도다리에는 박정희와 김대중, 두 대통령이 만났던 일화가 있다. 박정희 대통령과 육영수 여사가 처음 만난 곳은 한국전쟁이 한창이던 시절 영도다리 옆의 작은 식당이었다. 첫 대면에 서로를 마음에 두었던 두 사람은 1950년 12월 대구 계산동성당에서 혼례를 올렸다. 박정희는 34세의 재혼남이었고 육영수는 26세의 옥천여학교 선생이었다.

김대중은 1951년 피난 시절 영도에서 흥국해운이란 해운회사를 설립해 3년간 운영하며 독서클럽에 가입해 이희호 여사를 처음 만났다. 10여 년 후인 1962년 5월 두 사람은 재혼하여 역사에 남는 동반자가 되었다.

장군 박정희는 존경하는 이순신을 민족의 영웅으로 만들었다. 광화문에 동상을 세우고 아산에 숙종이 세웠던 현충사와 별개로 새로 현충사를 건립하고 성역화하였다. 이순신탄신일인 4월 28일에는 탄신 제사에 참석하기도 했다.

부산의 바다에 떠 있는 영광과 애환이 서려 있는 영도대교를 건너 남포동에서 2코스를 마무리한다.

3코스

☆ ☆ ☆ ☆ ☆ ☆ ☆ ☆ ☆

부산 갈맷길

[충무공 이순신]

영도대교 입구에서 감천삼거리까지 14.9㎞

영도대교 입구 → 용두산공원 → 부산 수산물거리 → 송도해수욕장 → 송
도해상케이블카 → 감천항 → 감천삼거리

"내가 차라리 남솔의 죄를 지을지언정 이 의지할 데 없는 어린것들을 차마 버리
지 못하겠습니다."

영도다리 입구에서 남파랑길 3코스를 시작한다. 3코스에는 갈맷길
4-1코스가 포함되어 있다. 인생은 속도가 아니라 방향이라고 했던가.
자신에게 명령하지 못하는 자는 남의 명령을 들을 수밖에 없다. 그래
서 자신에게 명령한다.

"오늘도 즐겁게 걸어라! 무슨 일이든 즐겁게 하라!"

새뮤얼 스마일즈는 『자조론』에서 "습관은 나무껍질에 새겨놓은 문자
같아서 그 나무가 자라남에 따라 함께 커진다"라고 했다. 습관은 제
2의 천성. 성공적인 인생은 좋은 습관에서 시작한다. 내 인생 최고의
습관은 걷기의 습관과 독서의 습관이다. 좋은 습관을 가져서 몸은 괴
롭지만 마음은 즐겁다. 아는 것보다 좋아하는 것이 좋고 좋아하는 것
보다 즐거워하는 것이 좋다. 지호락(知好樂)의 습관이다.

즐거운 마음으로 남포동 시가지를 걸어가며 용두산공원으로 향한
다. 북한의 남침으로 정부가 수원, 대전, 대구를 거쳐 부산을 임시수도
로 정한 후 9·28수복에 뒤이어 1·4후퇴에서 환도하기까지, 임시수도
인 동시에 반격의 병참기지로서의 부산이 수행한 업적은 민족사에서
도 획기적이라 할 수 있다. 그런 한편, 서울을 비롯하여 여러 곳에서
피난민들이 부산으로 몰려들기 시작하여 부산 시내는 피난민으로 들
끓게 되었고, 그들의 구호는 매우 시급한 문제가 되었다.

상전벽해, 괄목상대한 발전을 이룬 시가지를 걸어 용두산공원으로

올라간다. 용두산(龍頭山)이라는 이름은 '산의 형태가 바다에서 올라오는 거대한 용의 머리를 닮았다' 하여 불렀던 이름으로 추정한다. 일제강점기 말 총독부는 용두산공원을 지정 고시하고 이를 상징하기 위해 용두산공원비를 세웠다. 일본인들의 성역으로 조성되었지만, 해방 후 신사는 헐리고 피난민들의 판자촌으로 변하게 되었다.

6·25 한국전쟁 당시 대화재로 인해 판자촌 1,093채 등 모든 것은 잿더미가 되었고, 용두산은 공원으로 새롭게 조성되었다. 1955년 이승만 대통령의 호를 따 '우남공원'으로 명명하였고, 그해 12월 충무공 이순신 장군의 동상 제막식을 가졌다. 4·19혁명 이후 다시 용두산공원으로 불리게 되었다.

지금은 부산을 상징하는 부산타워와 아름다운 꽃시계, 노천카페 등이 있어 부산시민은 물론 부산을 찾는 이들의 쉼터로 사랑을 받고 있다. 부산타워는 해발 69m에 높이 120m로 지어졌으며, 경주 불국사의 다보탑과 부산을 상징하는 등대 모양으로 복합 디자인하였다.

충무공 이순신 동상 앞에 서서 머리를 숙인다. 충무공과 함께 걷는 남파랑길, 첫 번째 만나는 충무공의 동상 앞에서 충무공의 발자취를 좇아 무사히 마칠 수 있도록 결의를 다지며 사랑과 존경의 마음을 표한다.

이순신의 자는 여해(汝諧), 시호는 충무공(忠武公)이다. 삼국지의 유비는 자가 현덕이어서 유현덕, 제갈량은 자가 공명이어서 제갈공명이라 불렀다. 시호(諡號)는 죽은 인물에게 국가에서 내려주거나 죽은 군주에게 다음 군주가 올리는 특별한 이름이다. 이순신이 받은 시호 '충무'의 뜻은 "일신의 위험을 무릅쓰고 임금을 받드는 것을 '충(忠)'이라 하고, 적의 창끝을 꺾어 치욕을 막는 것을 '무(武)'라 한다"라고 『세보』에 기록되어 있다.

이순신은 어려서부터 문인의 소양을 쌓고 22세에 무예를 배우기 시작하여 10년 만에 식년 무과 시험에 합격하였다. 관직에 나아가 매우 청렴하고 강직한 생활을 하여 시기와 모함으로 3번의 파직과 2번의 백의종군을 하였다. 유성룡의 천거로 전라좌수사에 발탁되면서 전쟁 대비를 위해 거북선을 만들고 『난중일기』를 썼다.

임진왜란이 발생하자, 옥포·당포·한산도·부산포 등 여러 해전을 승리로 이끌고 삼도수군통제사가 되어 경상·전라·충청 삼도의 수군을 관장하였다. 정유재란 당시 왜적의 간계와 원균의 모함으로 억울한 옥살이를 하고 백의종군을 하였다. 원균 부대가 칠천량에서 패하자, 수군 재건을 위해 다시 삼도수군통제사에 복직되고, 13척의 배로 왜선 133척을 상대하여 명량대첩의 기적을 이루었다.

1598년 11월 19일 아침, 후퇴하는 왜적과 노량에서 격전을 벌이다가 총탄을 맞고 전사하였다. 이순신의 문집 『이충무공전서』가 정조 19년 (1795)에 간행되었다.

충무공의 동상이 바라보는 부산 앞바다를 나그네도 따라서 바라본다. 나라와 백성을 그토록 사랑했던 이순신은 지금 과연 무슨 생각을 하고 있을까. 역사에는 가정이 없다지만 임진왜란 당시 이순신이 여수의 전라좌수사가 아닌 경상좌수사나 경상우수사였다면 왜군이 상륙조차 못하도록 바다에서 궤멸시켜 백성들을 지키고 이 강토를 지켰을지도 모른다. 임진왜란이 일어나기 1년 전인 1591년 2월 전라좌수사가 되어 다가올 전쟁을 준비하였으니 말이다.

이순신은 1545년 3월 8일, 지금의 서울 중구 건천동에서 태어났다. 인근에는 당시의 군사훈련장인 훈련원이 있다 보니 어린 시절 이순신은 전쟁놀이를 즐겨 하였으며 항상 대장 역할을 하였다. 어느 날 이순신이 진을 쳐놓고 전쟁놀이를 하고 있었는데 동네 어른이 진을 무시하고 걸어갔다. 이순신은 화를 내며 활시위를 그 어른의 눈에 조준하며 따져 물었다.

"여기 이렇게 진을 쳐놓았는데 어째서 함부로 들어옵니까?"

동네 어른들은 이때부터 이순신이 보통 아이가 아니라는 것을 알았다고 한다. 어느 날은 이순신이 참외밭을 지나다가 먹고 싶어서 주인에게 참외를 달라고 부탁했다. 밭 주인이 거절하자 화가 난 이순신은 집에 가서 말을 타고 다시 돌아와 참외밭을 오가며 엉망으로 만들어 버렸다고 한다.

이순신은 4형제 가운데 셋째였다. 큰형은 희신, 작은형은 요신, 그리고 아우는 우신이었다. 이순신이 태어나고 자란 어린 시절 이웃에는 세 살 많은 형 요신의 친구인 유성룡이 있었고, 다섯 살 많은 원균이란 형도 있었다. 훗날 유성룡은 선조에게 말했다. "신의 집이 이순신과 같은 동네에 있기 때문에 이순신의 사람됨을 알고 있습니다."

이순신은 청소년기 외가가 있는 충남 아산으로 이사를 갔다. 드라마처럼 가세가 기울거나 몰락해서가 아니라 그때만 해도 처가살이를 많이 하던 시절이었다. 21세에 같은 아산이 고향인 보성군수 방진의 딸과 혼인하였다. 두 살 어렸던 부인 방씨와는 아들 셋과 딸 하나를 두었다.

형들을 따라 문과를 준비하던 이순신은 22세 때부터 무과를 준비했다. 무관 출신이던 장인 방진의 영향이 컸던 것으로 보인다. 28세 때 무과 별시에 응시했으나 낙마하여 실패했고, 1576년 32세에 식년 무과에 급제했으니, 29명 중 12등이었다. 당시 무과 합격자의 평균 나이가 34세였으므로 아주 늦은 나이는 아니었다. 명궁이었던 장인 방진의 영향으로 이순신은 특히 활을 잘 쏘았다. 무인(武人)의 길, 이순신의 청춘을 일관했던 꿈이 시작되었다.

1576년 12월, 이순신은 함경도 동구비보권관(종9품)으로 부임하며 최초의 공직 생활을 시작했다. 육군 초급 장교로서 국경을 수비하는 직이었다. 동구비보는 함경도 삼수고을의 외곽 진지이다. '구비'는 물굽이, 산굽이의 구비이며, 보(堡)는 최일선의 방어기지이다. 성을 쌓을 수 없는 곳에 진(鎭)을 설치하고, 진을 설치할 수 없는 곳에 보를 두었다. 16세기 동북면의 보는 여진족과 대치했다. 이후 이순신의 청장년 시절은 함경도 국경의 육군 진지와 남해안 수군기지를 오가며 전개되었다.

　송백(松柏)은 서리를 당해야 그 푸름을 안다고 했던가. 이순신은 약 22년의 벼슬살이에서 세 번의 파직과 두 번의 백의종군을 했다. 1580년 36세에 전라도 고흥의 발포만호가 되었다가 1582년 처음으로 파직되었고, 1587년 녹둔도만호에서 두 번째로 파직되어 백의종군하다가 44세에 아산으로 돌아와 실직자가 되었다.

　이순신에게 미래는 없어 보였다. 그러나 다음 해인 1589년 전라순찰사 이광의 요청으로 순찰사 조방장으로 복직했고, 그해 12월에는 정읍현감이 되었다. 정읍현감은 종6품으로 종4품 조방장보다 품계는 낮으나 문관들이 가는 자리로 사실상 승진이었다. 그해 10월 유성룡이 인사권을 가진 이조판서가 되었고, 두 달 후에 이순신이 정읍현감이 된 것이다. 과거 급제 후 14년 만에 정읍현감이 된 이순신은 어머니와 자신의 가족들과 일찍 죽은 두 형 희신과 요신의 아들인 조카들과 형수들을 정읍으로 데리고 갔다. 그러자 너무 많은 식솔들을 데려간다며 남솔(濫率)이란 비난이 일었다.

　조카 이분이 쓴 『행록』에는 이순신이 눈물을 흘리며 "내가 차라리 남솔의 죄를 지을지언정 이 의지할 데 없는 어린것들을 차마 버리지 못하겠습니다"라고 말하자 듣는 이들이 의롭게 여겼다고 전한다. 유성룡의 『징비록』에는 이순신이 "출가시키고 장가보내는 일도 반드시 조

카들이 먼저 하게 해주고 자기 자녀는 나중에 하게 했다"라고 기록되어 있다.

유성룡은 이순신의 정위치는 무관의 자리라 생각하고 이듬해인 1590년 7월 이순신을 고사리첨사로 옮겼으나 대간에서 논박하는 바람에 가지 못했다. 다시 만포첨사로 옮겼으나 대간에서 다시 논박하는 바람에 취소되었다. 만포첨사는 당상관이었다. 그러나 유성룡은 이순신을 계속 정읍현감으로 둘 수는 없었다. 빨리 군문으로 돌려보내야 했다. 전운이 감돌았기 때문이다.

선조 24년(1591) 2월, 이순신은 진도군수로 승진했다가 곧바로 종3품 가리포(완도) 첨사로 자리를 옮겼다. 이순신은 부임하지 않았고, 다시 전라좌수사로 승진했다. 전라좌수사는 정3품 당상관이었다. 그야말로 눈부신 7계급 승진이었다. 대간들은 "관직의 남용이 이보다 심할 수 없습니다. 체직시키소서" 했지만 선조는 "지금은 상규에 구애될 수 없다"라며 받아들이지 않았다. 일본의 동태가 심상치 않았기 때문이다. 유성룡은 『징비록』에 이렇게 적었다.

이때 왜가 침범하리라는 소리가 날로 급해졌으므로 임금은 비변사에 명령해서 각기 장수가 될 만한 인재를 천거하라고 하셨다. 내가 순신을 천거했다. 순신은 드디어 정읍현감을 뛰어넘어 수사(水使)로 임명되었다.

이순신에게 있어서 정읍현감 시절이 인생에서 그나마 평온한 시기로 사랑하는 가족들과 함께하던 시기였다. 그 이전에는 파직과 강등, 백의종군을 겪어야 했고, 정읍현감 이후 전라좌수사가 되고부터는 전쟁준비로 분주했다. 1년 뒤 임진왜란이 발발한 다음 이순신의 삶은 눈물이 앞을 가리는 처절한 삶이었다. 어려서부터 무인의 용력과 문인의 재지를 겸비한 이순신이 22세에 들어 무예를 연습하고 무과에 급제한 것은 진정 우리 민족에게 내려준 하늘의 은총이었다.

불세출의 영웅이 된 이순신이 지금도 용두산공원에서 바다 건너 대마도와 일본을 바라보며 장엄한 모습으로 서 있다. 이순신은 과연 무슨 생각을 하고 있을까. 이후 '이순신의 생각'은 남파랑길의 화두가 되었고, 90개 코스 남해안 구석구석을 매일매일 이순신과 함께 걸었다. 이순신의 나라와 백성을 사랑하는 마음, 부모에 대한 지극한 효성, 처자식과 형제와 조카들에 대한 뜨거운 가족애, 장수와 군사들, 심지어 격군과 노비들에 대한 엄격한 군율과 애정, 때로는 장수로, 때로는 필부로서의 한 인간으로서의 내면을 만나는 남파랑길이었다.

'용두산 엘레지'를 읊조리며 공원을 둘러보고 용두산공원에서 내려간다. 이제 부평깡통시장, 보수동책방골목, 국제시장, 아리랑거리, 자갈치시장, 충무동새벽시장을 걸어가면 남포동 코스는 끝이 난다.

국제시장은 부산의 대표 전통시장이다. 국제시장 구석구석을 다니다 보면 마치 미로공원에 있는 듯한 즐거움이 있다. 2014년 영화 '국제시장'이 몰고 온 방문객들은 '꽃분이네' 앞에서 인증샷 찍기에 분주하다.

남포동 남항의 바닷가에 있는 부산의 대표적 어시장인 자갈치시장을 지나간다. 1945년 광복 후에 시장이 형성되었다. 이름의 유래는 한국전쟁 이후 자갈밭에 있었던 시장이기에 자갈밭과 곳, 장소를 나타내는 '처(処)'가 경상도 사투리로 '치'로 발음되어 자갈치가 되었다는 설이 있다.

복잡한 자갈치시장을 벗어나서 한산한 거리의 충무동새벽시장을 새벽이 아닌 오후에 걸어간다. 하지만 새벽의 열기가 가슴으로 전해진다.

부산 남항에 떠 있는 웅장한 남항대교와 영도를 바라본다. 저 건너편에서 이곳을 바라보았는데 어느덧 이곳에서 저곳을 바라본다. 마음도 안이 아닌 밖에서, 이곳이 아닌 저곳에서 바라볼 수 있는 내공, 객관화의 힘을 길러야 한다. 남파랑길 종주가 끝나면 근육이 몸짱, 마음짱이 되리라는 희망을 가진다. 희망은 가난한 자의 양식, 희망이 생기면 의욕이 난다. 의욕이 나면 힘이 나고 힘이 나면 재미가 생긴다. 재미가 생기면 남파랑길이 즐겁고 나아가 인생이 즐겁다.

즐거운 마음으로 '갈맷길보행자전용도로'를 따라 거북섬으로 나아간다. 부산의 대표 걷기길인 '갈맷길'은 부산의 상징인 '갈매기'와 '길'의 합성어로, 사포지향(바다, 강, 산, 온천)인 부산의 지역적 특성을 담고 있는 역사와 문화, 축제의 길이다. 9코스 21개 구간, 278.8㎞로 갈맷길 700리이다. 남파랑길 부산 구간은 갈맷길 3코스와 4코스, 5코스가 일부 구간 겹친다.

젊은 어부와 용왕의 딸 인룡의 사랑 이야기를 담은 거북섬의 전설이 그려진 벽화를 바라보며 송도해수욕장으로 발걸음을 옮긴다. 태양이 천천히 해수욕장 건너편 서산을 넘어간다. 해변에는 사람들과 부산갈매기들이 와자지껄 요란스럽다.

동양의 나폴리라 불리는 송도해수욕장은 1913년에 개장된 우리나라 최초의 공설해수욕장이다. 2013년 개장 100주년을 기념하는 각종 사업이 펼쳐졌다. 송도는 섬의 모양이 거북이를 닮아 거북섬으로 불리던 이름이 소나무가 울창하여 송도(松島)로 불리게 되었다.

해수욕장 동쪽 송림공원에서 서쪽 암남공원까지 1.67㎞ 구간의 송도해상케이블카는 바다 위를 가로질러 운행하여 송도 일대의 빼어난 경관은 물론 암남공원과 지질공원, 부산항 등을 한눈에 감상할 수 있다. '송도100주년기념공원'에서 가수 현인 조각상이 '굳세어라 금순아'를 부르고 있다.

암남공원으로 오르막길을 올라간다. 용궁구름다리와 송도케이블카 스카이하버전망대를 지나서 암남공원의 등산로를 따라 걸어간다. 천혜의 해안 절경을 자랑하는 암남공원은 울창한 숲으로 둘러싸여 해안을 따라 바다를 보며 삼림욕을 즐길 수 있다.

두도전망대에서 돌아나오니 서서히 어둠이 밀려온다. 마음은 바빠지고 발걸음은 빨라진다. 암남공원 후문으로 내려가서 감천항으로 발걸음을 재촉한다.

3코스 종점 감천삼거리에 도착했을 때는 이미 어두운 밤. 남파랑길 위에서 펼쳐지기 시작하는 강행군에 희열과 흐뭇함이 스쳐간다. 오늘 하루 2개 코스 29.4㎞를 걸었다.

4코스

★ ★ ★ ★ ★ ★ ★ ★ ★

노을마루길

[충절의 몰운대]

감천삼거리에서 신평교차로까지 21.8㎞

감천삼거리 → 다대공판장 → 몰운대유원지 → 다대포해수욕장 → 아미

산전망대 → 신평교차로

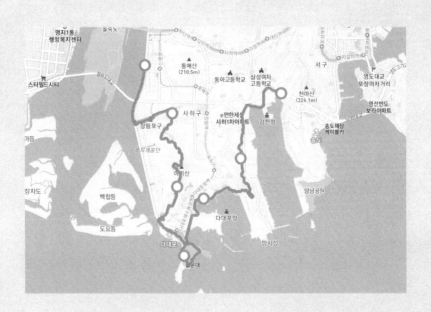

"그대 같은 충의야말로 고금에 드물거니 나라 위해 던진 그 몸 죽어도 살았도다.

슬프다! 이 세상 그 누가 내 속 알아주리."

11월 8일 일요일 여명의 시각, 감천삼거리에서 남파랑길 4코스를 시작한다. 4코스에는 갈맷길 4-1, 4-2코스가 포함되어 있다. 감천항 부산항만공사의 네온사인이 '바다가 미래다 부산항이 국력이다'라며 빛을 반짝인다.

항구는 배가 드나드는 곳, 마음의 항구에는 생각의 배가 드나든다. 마음의 항구에는 자신이 선택하는 배들이 들어올 수 있다. 즐거움의 배들이 밀려들어온다.

인생은 재미있는 놀이터요 인간은 호모루덴스, 놀이하는 인간이다. 남파랑길의 놀이터가 아직은 어두운 시간, 감천삼거리에서 하루의 길을 시작한다. 세상이 고요하다. 여명의 감천문화마을을 지나간다. 감천문화마을은 산자락을 따라 질서정연하게 늘어선 계단식 집단주거 형태와 모든 길이 통하는 미로 골목길의 독특한 경관을 자랑하는 곳이다. 골목길 곳곳의 조형작품 등 지역 주민들에 의해 재창조된 마을을 돌아본다.

감천항의 일출을 바라보면서 갈맷길 4-2구간을 걸어간다. 두송반도에서 전망대까지 가지 않고 다대포 방향으로 내려간다. 스토리텔링 '다대팔경 이야기' 안내판 앞에서 걸음을 멈추었다가 두송반도 해안길을 따라 걸어간다. 두송반도의 최남단에는 전망대가 있으며, 낚시로도 유명하여 많은 낚시꾼들이 방문하고 있다. 사람들은 가끔 "낚시는 좋아하지 않느냐?"라고 물어온다. 그러면 "다리에 힘이 빠지면 그때는 할 거다"라고 답한다. '책만 보는 바보' 간서치(看書痴) 이덕무는 "말똥구리는 스스로 말똥 굴리기를 좋아할 뿐 용의 여의주를 부러워하지 않는다. 용 또한 여의주를 자랑하거나 뽐내면서 말똥구리의 말똥을 비웃지 않는다"라고 말한다. 사람은 모두 자기 나름의 향기와 색깔을 가지고 있다. 자신의 향기가 더욱 진하게 퍼져나가는 곳, 자신의 색깔이 더욱 선명하게 빛을 발하는 곳에 자리해야 한다. 나그네는 언제나 길 위에서 존재한다.

'땅끝마을 다대포/ 출발마을 다대포/ 산 강 바다 하나 되는 다대포'라는 글과 함께 '붉은 흙이여! 윤흥신이여!'라는 노래 악보가 안내판에 붙어 있다.

굽이굽이 돌아돌아 낙동강 따라 나 여기 을숙도에 왔네

사랑도 꿈도 세월에 묻고 나 여기 다대포에 왔네

…(중략)…

내 곁에서 울고 있구나 부서진 파도소리 다대포 갈매기

내 곁에서 울고 있구나 윤흥신이여 하늘이여

윤흥신(1540~1592)은 명종의 비인 장경왕후의 오빠 윤임의 다섯째 아들로 을사사화 때 아버지와 두 형이 죽임을 당하고 가족과 재산도 몰수되었으나 선조 때 관직과 재산을 되찾고 1591년 다대진첨사로 부임하였다.

1592년 4월 13일 왜군이 침투해 성을 포위하였으나 이를 물리쳤으며, 다음 날 고니시 유키나가의 군대가 대부대로 공격해와 부하들은 피신하기를 청하였으나 윤흥신은 성문을 굳게 닫고 지키다가 동생 홍제와 함께 장렬히 전사하였다. 1765년 영조 때 충렬사와 윤공단을 세우고 음력 4월 14일에 해마다 제사를 모셔왔다. 1970년 다대포객사를 몰운대로 옮길 때 현재의 자리로 옮기게 되었다. 유성룡의 『징비록』의 기록이다.

이날(4월 13일) 왜적의 배가 대마도에서 바다를 덮어오는 것을 바라보니 그 끝이 보이지 않았다. 부산 첨사 정발이 절영도에 나가서 사냥을 하다가 허둥지둥 성으로 돌아오자 왜병이 뒤따라와서 육지에 올라 사면에 구름같이 모이니 삽시간에 성이 함락되었다. 좌수사 박홍은 적의 세력이 너무나 큰 것을 보고 감히 군사를 움직이지도 못하고 성을 버리고 달아났다. 왜군은 군사를 나누어 서평포와 다대포를 함락시키니, 다대포 첨사 윤흥신은 힘껏 싸우다가 적에게 피살되었다. 좌병사 이각은 소식을 듣고 병영에서 동래로 들어갔는데, 부산이 함락되자 겁에 질려 어쩔 줄 모르더니 말로는 밖에 나가서 적을 견제하고자 한다고 핑계를 대고 성에서 나와 소산역으로 물러나 진을 치려고 했다. 이에 부사 송상현이 자기와 남아서 성을 같이 지키자고 말했으나 이각은 듣지 않았다.

15일에 왜병이 동래로 몰려오자 송상현이 성의 남문에 올라가서 반나절 동안이나 싸움을 독려했으나, 성은 함락되었고 송상현은 꿋꿋하게 버티고 앉아 적의 칼날을 받고 죽었다. 왜인들은 그가 목숨을 걸고 성을 지키는 것을 가상하게 여겨 시체를 관에 넣어 성 밖에 매장하고 말뚝을 세워 표지했다.

이렇게 시작된 임진왜란 7년 전쟁, 부산진성이 함락된 다음 날인 4월 15일, 고니시 유키나가는 동래성 앞에서 "싸우고 싶거든 싸우고 싸우기 싫거든 길을 빌려 달라"라고 하였다. 동래부사 송상현은 "싸워서 죽기는 쉬워도 길을 빌려주기는 어렵다(戰死易 假道難)"라고 답했다. 그리고 오시(午時)에 동래성은 함락되었다.

송상현은 성이 함락될 무렵 조복(朝服)으로 갈아입고 임금이 계신 곳을 향하여 네 번 절한 다음, "외로운 성은 달무리 지듯 포위되고 이웃 성과 진은 잠든 듯이 고요하구나"라고 절명시를 읊은 후 갑옷 위에 관복을 입고 단좌한 채 적병의 칼날을 받고 사절(死絶)했다.

동래성은 조선판 킬링필드로 전사자는 약 5천 명이었다. 전투가 끝난 다음 일본군은 해자에 사람과 물건을 함께 버렸다. 420년이 지난 2005년 4월, 동래성의 해자였던 부산지하철 공사 현장에서 발견된 유골에는 머리에 총알이 박히거나 심하게 손상된 희생자들의 떼무덤이 발견됐다. 해자 밑바닥에서 남자 59명, 여자 21명, 어린이 1명 등 모두 81명의 뼈가 발굴되었다. 1608년 동래부사 이안눌의 시다.

임진년 오늘, 바다 건너 도적떼 몰려와/ 성이 함몰되었소./ 온 고을 사람들 한꺼번에 피로 물들고/ 시체 더미 쌓인 아래 투신하여/ 백 명, 천 명에 한둘 살았소./ 그래서 이날이 되면 제사 지내 곡하는데/ 아버지가 아들 위해 곡하고/ 자식이 아버지 위해 곡하며/ 할아버지 손자 위해 곡하고/ 손자는 할아버지를 곡하며/ 어미가 딸을 곡하고/ 딸이 어머니를 곡하며/ 아내가 남편을 곡하고/ 남편이 아내 곡하며/ 그래도 곡하는 사람은 슬프지 않소./ 칼날 아래 모두 죽어/ 곡할 사람도 없는 집안이 얼마이리오.

그들은 왜 그랬을까. 남녀노소 가리지 않고, 길을 빌리기 위함이라면 일반 백성들까지 그럴 필요는 없었을 것을 왜 양민까지도 무차별 학살하였을까.

조선시대 부산의 중심지였던 동래읍성은 임진왜란 때 대부분 파괴되었으나 여러 차례의 개축을 거쳐 견고한 성의 모습을 찾아가고 있으며, 동래구는 동래부사 송상현과 동래 읍성민들이 단결하여 결사 항전하였던 역사적 배경을 토대로 역사 축제를 열고 있다. 송상현을 기리는 송공단(宋公壇)은 1742년(영조 18) 동래부사 김석일이 송상현이 순절한 정원의 옛터에 제단을 설치했다가 현재의 위치로 옮겼다.

　다대포회먹거리타운을 지나서 해안길을 걸어 '낙동정맥 최남단 没雲 臺(몰운대)' 표석 앞에 섰다. 낙동정맥의 부산 구간은 금정구의 지경고 개에서 금정산을 지나고 봉화산을 지나서 몰운대에 이르는 43.4㎞ 구 간이다. 낙동정맥은 강원도 태백산에서 부산 다대포의 몰운대에 이르 는 산줄기의 옛 이름이며, 경상북도와 경상남도의 동해안과 낙동강 유 역의 내륙을 가르는 분수령산맥으로 길이는 약 370㎞에 이른다.

　해설사가 없는 해설사의 집을 지나서 몰운대유원지로 들어선다. 몰 운대는 해류의 영향으로 잦은 안개와 구름이 짙게 끼어 주변의 풍경이 사라진다 하여 '몰운대(没雲臺)'라 불린다. 원래 16세기까지는 섬이었 다가 점차 낙동강에서 밀려온 토사가 쌓여 육지와 연결되었다. 낙동강의 끝자락에 위치하는 곳으로 바다에서 몰운대를 바라보면 학이 날아가 는 형상을 하고 있다. 태종대, 해운대와 더불어 부산의 3대(臺)로 불릴 정도로 다양한 모습의 기암괴석에 둘러싸여 해안절리가 절경을 이루 고 해송을 비롯한 각종 나무들이 숲을 이루고 있다. 다음은 1607년 동래부사로 부임한 이춘원이 명승과 고적을 둘러본 후 지은 한시 「몰 운대(没雲臺)」다.

호탕한 바람과 파도가 천만리 이어지는데/ 하늘가 몰운대는 흰 구름에 묻혔네.
새벽 바다 돋는 해는 붉은 수레바퀴/ 언제나 신선이 학을 타고 오는구나.

　몰운대에는 조선시대 지방 관아 건물의 하나인 다대포 객사와 부산 포해전에서 승전을 거둘 때 큰 공을 세우고 순절한 충장공 정운을 기 리는 정운공 순의비가 있다.

1798년 정운의 8대손 정혁이 다대포첨사로 부임하여 그 임지 내의 명소인 몰운대를 택해 정운의 공덕을 추모하는 순의비를 세웠다. 이조판서 민종현이 지은 비문에는 '장군이 수군 선봉으로 몰운대 아래에서 왜적을 만났을 때 몰운(沒雲)의 운(雲) 자가 자기 이름자 운(運)과 음이 같다 하여 이곳에서 죽을 것을 각오하고 싸우다가 순절하였다'라고 적고 있다. 하지만『충무공전서』와『충장공실기』에는 부산포해전에서 순절하였다고 기록되어 있다.

임진왜란이 일어나자 녹도만호 정운(1543~1592)은 일본군이 호남지방에 이르기 전에 먼저 나아가 칠 것을 이순신에게 강력히 주장하고 자신이 선두에 서서 공격하겠다고 청했다. 옥포, 사천, 한산해전에서 큰 공을 세우고 부산포를 공격할 때도 선두에 나섰다. 정운이 부산포해전에서 순절하자 이순신은 제사를 지내며 눈물로 애석해했다. '좌정운 우희립'이라 불리면서 정운은 송희립과 함께 이순신의 최측근이었다. 이순신은 "그 재주 다 못 펴고 덕은 높되 지위는 낮고 나라는 불행하고 군사 백성 복이 없고 그대 같은 충의야말로 고금에 드물거니 나라 위해 던진 그 몸 죽어도 살았도다. 슬프다! 이 세상 그 누가 내 속 알아주리. 극진한 정성으로 한잔 술 바치노라 아하 슬프도다!"라며 손수 제문을 지어 제사를 지냈다.

몰운대에서 내려와 다대포해수욕장으로 들어선다. 다대포(多大浦)는 낙동강하구 최남단에 있는 다대반도와 두송반도로 둘러싸여 있으며, 감천항과 을숙도 사이에 위치하여 몰운대, 화손대, 해수욕장, 낙동강하구로 구분할 수 있다. 지명의 유래는 '큰 포구가 많은 바다'라는 데서 비롯된다. 예부터 다대포는 왜구를 막기 위한 군사요지로서 중요한 위치를 차지하였으며, 임진왜란 이후 부산진과 함께 다른 진보다 더욱 중요시되었다. 일찍부터 왜구의 출몰이 잦았으며, 따라서 국방상 중요한 요새였다.

다대포해변공원의 고우니생태길을 걸어간다. 고우니생태탐방로는 다대포 습지에 조성된 생태학습체험장으로 노을정에서 다대포해변공원 주차장까지 653m의 데크길이다. 주변에는 광활하게 펼쳐진 수만 평의 자연습지와 백사장이 있어 사시사철 밤낮 언제라도 가슴이 뻥 뚫리는 걷기 좋은 길이다. 데크길을 따라 새부산시인협회 시인들이 쓴 수십 편의 시들이 반겨준다. 이용수의 「갈之」가 재미있게 다가온다.

소싯적에는／ 단거리 선수처럼 달렸습니다.／ 젊음에／ 중장거리로 열심히 살았습니다.／

늙고 보니／ 쉬엄쉬엄 흔들흔들 둘러줄러 이리저리／ 때로는 여불띠 뒷걸음치며 즐긴답니다.／／ 이 나이에／ 다가올 사람이야 있겠냐마는／ 멀리멀리 함께 갑시다.

갈대가 춤을 추는 노을정 정자에 올라 아름다운 경관을 바라보며 몸도 마음도 휴식을 취한다. 오늘은 일요일, 여행자에게 휴일은 없다. 여행이 곧 안식이기 때문이다.

유대인은 6일을 일하면 1일을 쉬는 '안식일(安息日)'을 두어 노동의 철학을 쉬는 것에 두었기 때문에 창의적인 민족이 될 수 있었다. 그들은 예수를 상대로 '안식일에 사람을 고쳤다!'라고 시비를 걸었지만 예수는 '안식일은 사람을 위해 있다!'라고 대답했다. 유대인들은 안식일뿐만 아니라 '안식년(安息年)'을 두어 6년을 열심히 일했으면 1년은 정확히 쉬어야 했다. 한발 더 나아가 그들은 안식년을 일곱 번째 보낸 다음 해, 즉 50년째는 '희년(禧年)'이라 부르며 일을 하지 않았으며 죄인들의 죄를 용서하고 빚을 탕감해주었다.

잘 노는 자 일도 잘한다고 하지 않는가. '열심히 일한 자 남파랑길의 안식을 취할 자격이 있다!'라고 외치면서 다시 길을 나선다.

데크길을 따라 아미산 노을마루길을 올라간다. 노을마루길은 해변도로에서 아미산전망대에 이어지는 경사면에 설치된 계단길이다. 해질 무렵 강과 바다가 만나는 곳에서 붉은 노을이 만든 최고의 경관을 맛볼 수 있다.

계단길에서 낙동강하구의 환상적인 경관을 바라본다. 강원도 태백의 황지에서 발원하여 1300리를 달려온 낙동강, 그 끝자락이 남해와 만나 바다가 되기 직전 강줄기 따라 실려온 모래는 거대한 삼각주가 되어 비옥한 땅을 이룬다. 풍부한 먹이와 깨끗한 수질로 수많은 철새들의 터전이 되는 낙동강 하류, 강과 바다가 만나 환상적인 분위기를 연출한다.

바다와 맞닿은 동낙동강과 서낙동강 사이에 토사의 퇴적으로 넓고 비옥한 삼각주 대평원은 사하구 다대동과 강서구 가덕도 사이에 신비롭고 아름다운 경관을 가진 모래톱, 모래섬, 울타리섬을 만들어 동양 최대의 철새도래지가 되었다.

아미산전망대에서 낙동강하구만이 가진 특색 있는 모래섬들을 한눈에 조망한다. 전망대에서는 도요등, 신자도, 백합도, 장자도 등 강물에 실려 온 토사가 퇴적되어 만들어진 사주가 장관이다. '살아 있는 모래섬' 사주는 바닷물과 바람에 쌓이고 흩어지고를 매일 반복하면서 그 크기가 지속적으로 변하고 있다. 강의 잔잔한 물결과 바다의 역동적인 파도가 만나 이루어낸 풍경은 말로 형언할 수 없는 감동을 일으킨다. 아미산전망대에서는 자연이 만든 천연 모래섬과 철새들, 불타오르는 낙조가 만들어내는 절경을 볼 수 있다. 세상에서 가장 아름다운 천혜의 절경이다.

전망대를 지나고 몰운대초등학교를 지나서 아미산으로 향한다. 아미산(163m)은 서구와 사하구의 경계를 이루고 있다. 본래 이곳의 마을을 '아미골'이라 부른 데서 유래한다. 산의 모습이 아미(蛾眉), 곧 미인의 눈썹과 같다 하여 지어진 이름이라고도 한다. 중국의 아미산은 황산, 태산, 노산, 무이산과 더불어 중국의 5대 명산으로 꼽힌다. 시선 이백은 "촉나라에는 신선이 사는 산이 많지만 아미산에 비할 바 아니구나"라고 노래했다.

아미산에서 내려와 장림생태공원을 걸어 장림포구에 들어선다. 포구에서 배를 타고 낙동강하구에서 여름휴가를 보냈던 옛 추억이 스쳐간다. 옛 모습은 어디를 가고 새단장한 부네치아 장림포구가 격세지감을 느끼게 한다. 이제는 수면에 떠 있는 배와 형형색색의 건물들이 이탈리아 베네치아의 무라노섬과 닮았다 하여 부산의 베네치아, '부네치아'로 불리며 유명세를 타고 있다.

부네치아선셋전망대를 지나서 바다 건너 을숙도를 바라보며 해안길을 따라 을숙도대교 아래를 지나간다. 신평장림삼업단지를 바라보면서 신평로타리 앞 낙동강변으로 나아간다.

시원한 강바람이 불어오는 낙동강변 산책로에서 4코스를 마무리한다. "낙동강 강바람이 치마폭을 스치며…" 강바람에 '낙동강처녀' 노랫가락이 실려온다.

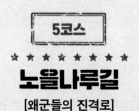

5코스

★ ★ ★ ★ ★ ★ ★ ★

노을나루길

[왜군들의 진격로]

사하구 신평교차로에서 강서구 송정공원까지 21.9㎞

신평교차로 → 을숙도 → 명호사거리 → 신호대교 → 녹산지구국가산업단

지 → 송정공원

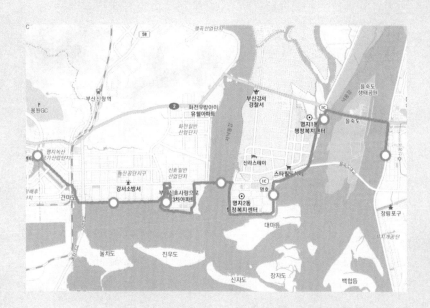

"바다로 침입하는 왜적을 저지하는 데는 수군을 따를 만한 것이 없습니다. 수군이나 육군은 그 어느 쪽도 없앨 수 없습니다."

신평교차로 앞 낙동강변 산책로에서 낙동강하굿둑을 바라보며 5코스를 시작한다. 5코스에는 갈맷길 5-1코스가 포함되어 있다. 강변에 설치된 산책로를 따라 낙동강을 거슬러 마음의 면역력을 높이는 명상을 하면서 걸어간다. 지금 내 마음은 행복한가, 내 몸이 생명의 에너지로 가득 차 있는가.

여행은 스스로에게 귀를 기울이게 만든다. 여행에서도 나 홀로 여행은 특별한 경험이다. 나 홀로 여행을 떠나본 사람만이 일상에서도 홀로 걷고 홀로 사색하고 홀로 식사하고 홀로 즐길 수 있다. 하지만 사람들은 나 홀로 여행을 두려워한다.

영화 '쇼생크 탈출'에는 "두려움은 너를 포로로 잡아두지만, 희망은 너를 자유롭게 할 것이다"라는 대사가 나온다. 두려움에서 벗어날 용기를 가지고 있는지에 따라 삶이 움츠러들기도 하고 넓어지기도 한다. 나 홀로 여행은 영혼에게 자유를 주는 여행이다. 여행자의 삶이 익숙해지면 일상에서도 여행자처럼 자유롭게 살 수 있다.

낙동강하굿둑 포토존에서 걸음을 멈춘다. 갈맷길 4-3구간 안내판에서 노을나루길의 '하단의 감탄사 낙조(落照)'라며 자랑한다.

노을나루길이란 '노을이 내린 강나루길'이다. 낙동강의 끝자락을 따라 들어선 강변대로의 제방 사면에 조성된 아름다운 산책로다. 해 질 무렵 강과 바다가 만나는 곳에서 감상할 수 있는 노을은 감천문화마을, 다대포 꿈의 분수낙조, 다대포해수욕장, 몰운대, 노을나루길, 을숙도철새도래지, 을숙도생태공원, 아미산전망대, 승학산억새군락, 충절의 윤공단과 함께 '사하명소 10선'에 들어간다.

하단의 아름다운 경관을 바라보면서 시원한 바람을 헤치고 걸어간다. 이 모든 것을 누리는 데 들어가는 비용은 공짜다. 소동파가 47세의 나이에 유배지에서 지은 『적벽부』에 나오는 글이다.

> 손님도 저 물과 달을 아시오? 물은 이처럼 밤낮없이 흐르지만 저 강이 흘러가버린 적은 없고, 달이 저처럼 찼다가 기울지만 줄거나 늘어난 적이 없다오. …(중략)… 저 천지간의 만물은 저마다 주인이 있으니, 내 것이 아니면 비록 터럭 하나일지라도 가져가서는 안 된다오. 다만 강 위에 부는 맑은 바람과 산 위의 밝은 달만은 귀로 들으면 소리가 되고 눈으로 보면 색깔이 되는데, 아무리 가져가도 막는 사람이 없고, 써도 써도 없어지지 않는다오. 이것은 조물주가 준 무진장한 보물이니, 나와 그대가 함께 즐길 수 있는 것이라오.

강은 흘러가도 그 자리에 있고 달은 기울어도 줄어들지 않는다. 돈으로 사지 못하는 보물이 남파랑길에 무진장 널려 있다. 마음만 먹으면 누릴 수 있는 이 많은 보물을 놔두고 또 무슨 보물을 탐한단 말인가.

1983년에 완공된 낙동강하굿둑을 건너간다. 1,300리 먼 길을 달려와 드디어 종착지에서 숨을 고르는 낙동강을 바라본다. 낙동강은 태백의 황지연못 혹은 너덜샘에서 발원하여 영남 대부분 지역을 휘돌며 관통해 남해로 흐른다. 남한에서 가장 길고, 한반도 전체에서 압록강과 두만강 다음으로 긴 강이다. 유구한 세월을 도도히 흘러 남하하면서 많은 지천을 품어 안고 멀리는 가야와 신라 천년의 영욕에서부터 가까이는 6·25전쟁의 참상과 4대강 사업의 몸살까지 겪으면서 영남인들의 삶의 젖줄이 되어왔다. 나그네의 혈관에도 낙동강이 흐르고 있다.

하굿둑 완공 이후 그렇게 많았던 낙동강 재첩과 민물고기들이 거의 자취를 감추었다. 하나를 얻으면 하나를 잃는 법, 사람은 물을 얻고 강은 생명을 잃었다. 강을 끼고 존재하는 모든 것들에게 생명의 원천이 되면서 유유히 흘러온 낙동강은 이곳에서 바다로 들어간다. 누가 흥하든 쇠하든, 일어서든 쓰러지든, 그들에게 미소 지으며 무심히 흘러온 낙동강은 그냥 낙동강으로서 생을 마감하고 남쪽 바다에 안긴다. 강은 바다에 이르러 이름을 잃어버린다. 강은 적멸의 아름다움을 내뿜으며 미지에 대한 두려움과 설렘 사이에서 묘한 미소를 짓는다. 그리고 먼바다로 여행을 떠난다. 강의 최후는 부드럽고 해맑고 침착하다. 강은 어머니 품으로 돌아가 바다의 일부가 되어 비로소 자신을 완성한다.

당파싸움에 휘말려 유배생활을 했던 청화산인(靑華山人) 이중환은 유랑자가 되어 동가식서가숙하며 전국을 떠돌아다녔다. 그는 『택리지』 발문에서 황산강은 낙동강의 별칭이라고 했다.

김해의 동쪽을 흐르는 낙동강 삼각주에는 명지도가 있어서 예로부터 소금이 유명했다. 낙동강하구에 만들어진 대저동, 강동동, 명지동 같은 삼각주는 낙동강이 만들어낸 기름진 평야다.

2013년 1월 3일, 4대강 자전거종주를 시작했고, 997㎞를 종주했다. 인천 아라뱃길 정서진에서 시작하여 한강, 남한강 자전거길을 달리고, 충주에서 문경새재길을 넘어 상주에서 낙동강자전거길을 만났다. 그리고 낙동강을 따라 종착지 부산의 낙동강하구의 을숙도까지 달려왔다. 그 길은 모두 633㎞였다. 이어서 금강자전거길 146㎞, 영산강자전거길 133㎞를 달리고, 상주보에서 안동 월영교까지 85㎞를 달려 4대강 국토종주를 마쳤다. 그 당시에 누렸던 을숙도에서의 감동이 스멀스멀

다가온다. '을숙도(乙淑島)'와 '을숙도철새도래지' 표석이 반겨준다.

'철새는 날아가고' 노래를 흥얼거리며 다리에 서서 떼 지어 하늘을 날고 있는 철새들을 바라본다. 낙동강 하류 철새도래지는 을숙도를 비롯한 삼각주 및 사구가 발달하여 주변 수심이 얕고 갯벌이 넓게 형성되어 먹이가 풍부하다. 그래서 매년 10월부터 이듬해 3월까지 고니류, 오리류 등 50여 종 10만 여 마리의 겨울 철새가 찾아와 쉬어가는 철새들의 낙원이다.

추운 고장을 찾아다니는 철새들에게서 추운 겨울이면 길 떠나는 나그네의 모습이 겹쳐진다. 좋아서 떠나는 여행에 후회는 없다. 깃털 달린 영혼의 소유자들이 유랑의 무리를 이루며 한곳에 머물지 못하는 것은, 다른 고장에 대한 향수뿐만이 아니라 마음이나 몸이나 끊임없이 떠돌아다녀야 하는 체질 때문이다.

을숙도에 철새들이 날아간다. 철새들이 乙乙乙 나래를 치며 날아간다. 乙乙乙乙 소리 내며 날아간다. 어디서 왔다가 어디로 가는지 날아갈 뿐이니, 삶이 곧 낢이니 날개를 치며 乙乙乙 날아간다. 바람결에 '철새는 날아가고' 운율이 들려온다.

낙동강의 끝에 서서 낙동강의 시작과 끝을 바라본다. 남쪽 바다에서 시작하여 먼바다로 나아가는 낙동강을 환송하며 작별을 고한다.

"잘 가라, 낙동강아! 먼 훗날 윤회하여 다시 만나자!"

차가운 강바람에 얼어붙은 행복한 얼굴의 수행자가 평화의 기운을 느낀다. "시도하지 않는다면 실패도 없다. 목표를 향한 내면의 허약성을 이겨낼 때 극복하지 못할 장애물도 없다"라고 외치면서 유서 깊은 가야문명의 발상지이자 가락국의 터전인 강서구 명지동으로 들어간다. 명지선착장에 정박해 있는 배들이 바람에 일렁인다. 명지 신도시 둘레에 만든 왕복 6㎞의 산책로를 따라 걸어간다.

하늘과 강물이 만나는 곳에 낙동강 삼각주가 만든 대마등을 바라보며 명지오션시티에 살고 있는 동서 가족을 떠올린다. 낙동강하구습지보호지역을 걷고 서낙동강을 따라 아침 조깅을 했던 기억을 더듬는다.

1592년 4월 19일, 3군 수장 구로다 나가마사는 바로 이 서낙동강으로 침입했다. 1만여 명의 대군을 태운 대선단을 이끌고 부산 다대포와 녹산을 통과한 구로다 나가마사는 서낙동강의 물길을 거슬러 올라가 김해읍성에서 남쪽으로 5㎞가량 떨어진 죽도(강서구 죽림동)에 상륙했다.

임진왜란 개전 초기, 고니시 유키나가가 이끄는 왜군 1군은 부산진성과 동래읍성을 함락한 뒤 밀양으로 향했다. 4월 19일 밀양성에 무혈입성한 이후 청도를 거쳐 21일에는 대구 부근으로 진출했다. 대구에도 무혈입성한 고니시 유키나가는 인동(仁同)을 지나 4월 24일에는 낙동강을 건너 선산 방면까지 진출했다.

가토 기요마사가 지휘하는 제2군이 부산에 상륙한 것은 4월 18일이었다. 가토 기요마사는 동북쪽으로 진출하여 19일에는 언양을 점령하고 21일에는 경주에 무혈입성했으며, 다음 날에는 영천을 거쳐 군위로 진격했다.

구로다 나가마사는 곧바로 죽도에 진을 치고 김해읍성을 공격했다. 김해부사 서예원은 창원에 있는 경상우병사 조대곤에게 급히 파발을 보내 구원군을 요청했지만 합천 초계군수 이유검만 군사를 이끌고 도착했을 뿐 다른 지원군은 없었다.

김해읍성은 성벽이 높고 해자가 깊어 왜군도 쉽게 함락시키지 못했다. 이날 저녁 공격이 주춤한 사이, 초계군수 이유검이 야간 경계를 핑계로 성문을 열고 달아났고, 김해부사 서예원도 달아난 이유검을 잡아오겠다며 서문을 열고 나간 뒤 돌아오지 않았다.

다음 날 아침, 성벽을 넘어 성안으로 물밀듯이 들어온 왜군은 읍성 주민들을 무차별 학살했다. 이때 끝까지 김해읍성을 지켰던 의병장 송빈, 이대형, 김득기, 류식은 결국 전사했다. 1871년(고종 8) 이들 네 명의 의병장을 기리는 사충단을 김해읍성 근처에 세웠다. 해마다 음력 4월 20일 이곳에서 의병장을 기리는 제사가 열린다.

김종국 김해문화원 이사는 「의병사의 시원지 김해성의 전투」라는 학술지를 통해 "곽재우 장군은 김해읍성 전투가 끝나고 이틀 뒤인 음력 4월 22일 의병을 일으켰다. 김해 전투에 참여했던 4명의 의병장이 임진왜란 최초의 의병"이라고 주장한다.

낙동강 수로는 왜군에게 진격, 후퇴, 방어의 중요한 통로가 됐다. 특히 이순신의 조선 수군에 의해 바닷길을 통한 서쪽 진격로가 봉쇄되자 왜군은 낙동강 하류 수로를 통해 서북쪽 내륙으로 연결되는 길목인 김해, 구포, 양산 등지에 왜성을 쌓고 교두보를 마련했다. 명량해전 직전 수군을 없애라는 선조의 명령에 이순신은 "바다로 침입하는 왜적을 저지하는 데는 수군을 따를 만한 것이 없습니다. 수군이나 육군은 그 어느 쪽도 없앨 수 없습니다"라고 하면서 수군의 유지를 주청했다.

1592년 7월 이순신은 한산도·안골포해전에서 일본 수군을 대파한 뒤 달아나는 패잔병을 쫓아 낙동강 수로를 따라 김해, 구포, 양산 일대를 수색하고 돌아갔다.

부산 북구 덕천2동 산 93에 있는 구포왜성은 제6군 수장 고바야카와 다카카게가 1593년 7월 낙동강 수로 확보 등을 위해 쌓은 왜성이다. 1593년 6월 제2차 진주성 싸움 때 왜군은 동래에 집결한 대규모 병력을 낙동강 수로를 통해 진주로 실어날랐다. 강서구 죽림동 823번지 일대에 있는 죽도왜성은 임진왜란과 정유재란의 크고 작은 전투에 참여했던 나베시마 나오시게가 1593년 7월 낙동강 수로 확보와 조선군 공격에 대비해 만든 왜성이다.

　나베시마 나오시게는 임진왜란에서 100여 명이 넘는 조선 도공을 납치한 것으로 악명 높은 왜장이다. 그는 납치한 조선 도공들의 기술력으로 자신이 다스렸던 일본 규슈의 아리타 지역을 일본에서 가장 유명한 도자기 생산지로 만들었다. 죽도는 부산 녹산 바다에서 서낙동강 물길을 따라 김해평야로 들어오는 길목에 위치한 전략적 요충지이다. 왜군은 명나라와 강화교섭을 추진하면서 1595년 단계적으로 병력을 일본으로 철수시켰는데, 죽도왜성과 증산, 안골, 가덕왜성에는 병력을 남겨놓았다. 1597년 정유재란이 발발하자 죽도왜성에 병력을 증강해 부산과 김해를 잇는 방어선을 구축했다.

　도요토미 히데요시는 조선 정복에 성공한 뒤 임진왜란 출정 다이묘들에게 포상을 내리고 영토를 관리할 목적으로 조선 8도를 기준으로 한 총8국 분봉 형식의 분할안을 만들었다. 제1군 고니시 유키나가는 평안도 점령군, 제2군 가토 기요마사는 함경도 점령군, 제3군 구로다 나가마사는 황해도 점령군, 제4군 시마즈 요시히로는 강원도 점령군, 제5군 후쿠시마 마사노리는 충청도 점령군, 제6군 고바야카와 다카카케는 전라도 점령군, 제7군 모리 데루모토는 경상도 점령군 및 보급대, 제8군 우키타 히데이에는 경기도 점령군 및 사령대, 제9군 도요토미 히데카츠는 부산 주둔군 및 보급대, 도도 다카도라는 수군이었다. 하지만 이 계획은 조선의 바다를 지키는 이순신에 의해 좌절되고 말았다.

　신호대교 아래 서낙동강이 마지막 호흡을 길게 하고 말없이 흘러간다. 신호대교를 건너 '바다 가운데 새로 생긴 섬'이라 하여 신도(新島)라 불렸던 신호동에 들어선다. 신호대교를 건너면서 가덕도가 서서히 다가온다. 가덕도는 예로부터 섬에서 더덕이 많이 난다고 해 이름 붙여졌다고 한다. 포토존에서 가덕대교와 가덕도의 풍광을 감상한다. 부산에서 가장 큰 섬 가덕도는 동쪽으로는 낙동강과 부산이 있고, 서쪽으로는 거제도가 있다. 통일신라는 가덕도를 당나라와 무역을 하고 돌아오던 주요 귀항지로 삼았으며, 홍선대원군은 1866년 해군기지가 있던 가덕도에 쇄국정책의 상징물로 척화비를 세웠다.

가덕도는 대마도에서 북쪽으로 약 60㎞ 거리에 불과하고 우리나라 동해안과 남해안을 잇는 바닷길에 자리 잡고 있어, 왜인들이 통일신라 시대부터 노략질의 전초기지로 삼았던 곳이었다. 1544년 4월 왜인들이 20여 척의 배를 이끌고 사량진(통영)에 침입해 조선 백성들과 말을 약탈해가는 사량진왜변이 일어났다. 조선 조정은 5월 경상 우도의 바닷가를 방어하기 위해 가덕도에 가덕진성과 천성진성을 설치했다. 이후 왜인들의 침략은 줄어들었다. 『조선왕조실록』에는 "가덕도는 경상 우도의 왜구 통로의 요충지이다. 왜인들은 반드시 이곳을 통해 남해안과 전라도로 향한다"라고 기록돼 있다.

1592년 4월 조선을 침략한 왜군은 전쟁 초기에 경상도 바닷길의 전략 요충지인 가덕도를 공격해 점령했다. 가덕도에 딸린 북동쪽의 작은 섬인 눌차도에 있는 가덕왜성은 제6사령관 고바야카와 다카카게 등이 가덕도 북쪽 바닷길을 확보해 보급로를 구축하면서 조선 수군의 공격에 대비하기 위해 1593년 9월 쌓은 성이다. 명과 왜군이 강화교섭을 하던 1595년 조선은 가덕도에 군사를 증강 배치하려고 하였지만 왜군은 강화교섭을 하면서도 가덕왜성에 군사를 계속 주둔시켰다. 2008년 7월 거가대교를 건설할 때 가덕왜성 북쪽 터를 발굴 조사해 왜성 방어 시설인 수직해자와 각종 유물들을 발견했다.

정유재란 때 가덕도 근처 바다에서 조선 수군과 일본 수군이 맞붙었다. 가덕도해전이었다. 당시 이순신은 백의종군 중이었고 삼도수군통제사였던 원균에게 조정은 바다에서 왜군을 막으라고 지시했다. 원균은 조선 육군이 진해 안골포 쪽을 먼저 공격해야 한다고 했지만, 조정은 이를 받아들이지 않았다. 원균이 수군을 움직이지 않자, 조정은 종사관을 급파해 원균의 출전을 독려했다. 원균은 100여 척으로 꾸려진 함대를 이끌고 한산도에서 발진해 안골포를 지나서 가덕도 쪽으로 나아갔는데, 가덕도 바다 근처에서 왜군 함대의 역습을 받아 많은 사상자를 내고 후퇴했다. 원균의 패전이었다.

가덕도와의 인연, 한때는 배를 타고 찾아갔던 가덕도 소양무지개동산이 스쳐간다. 소양무지개동산과의 인연은 목사님에서 비롯되었다. 목사님은 고신의대에 시무하면서 수십 년간 고아들을 위해 가덕도를 찾아 봉사했고, 덕분에 고아들을 위한 독서실 '청산홀'을 개관하는 데 2010년 약 7천만 원의 기부를 하였다. 그리고 2019년 '나의 힘이 되신 여호와여'라는 제목으로 강연을 했다. 소양무지개동산의 자유롭고 행복한 영혼들의 모습이 스쳐간다.

신호마을 포구를 지나서 다시 찻길을 걷다가 가덕도와 거가대교로 가는 갈맷길과 헤어져 남파랑길을 걸어간다. 가덕도 바다와 거제도를 바라보며 가덕 대항방파제를 지나서 녹산산업대로를 따라 걸어서 5코스 종점인 송정공원에 도착한다.

신호대교 인근에서부터 동서와 처형, 딸과 손자, 손녀 6명이 함께 걸었다. '걸으면 살이 빠진다'라는 할머니의 말에 8살 손녀의 대답을 듣고 모두들 폭소를 터트렸다.

"나는 이빨은 빼야 되지만 살은 안 빼도 되는데요!"

★ ★ ★ ★ ★ ★ ★ ★ ★ ★ ★ ★ ★ ★ ★ ★

PART

2

창원
구간

★ ★ ★ ★ ★ ★ ★ ★ ★ ★ ★ ★ ★ ★ ★ ★

6코스

★ ★ ★ ★ ★ ★ ★ ★ ★ ★

진해로 가는 길

[안골포해전]

강서구 송정공원에서 진해구 제덕사거리까지 14.7㎞

송정공원 → 용원어시장 → 안골포왜성 → 주기철목사기념관 → 웅천읍성 → 제덕사거리

"웅천왜성을 축조하기 위해 동원된 조선인들은 굶주림 때문에 인육을 먹었다."

11월 9일 월요일, 송정공원에서 6코스를 시작한다. 기온이 떨어져 쌀쌀하다. 어둠 속에서 새로운 하루를 맞이한다. 어제 죽은 자들이 부러워하는 산 자들에게 주어진 신선한 하루의 선물이다. 새벽은 새벽에 눈을 뜬 사람만 볼 수 있다. 새벽이 와도 눈을 뜨지 않으면 여전히 깜깜한 밤중이다. 여명이 밝아오는 신비는 여명의 시간에 깨어 있는 사람만이 볼 수 있다. 대자연 속에서 어둠이 환함으로 바뀌는 기적을 볼 수 있는 사람은 많지 않다. 하물며 여명의 시간에 매일처럼 길을 떠나는 축복을 누리는 사람은 거의 없다. 남파랑길을 걷는 나그네가 즐기는 또 하루의 축복이다.

송정공원에서 도로 하나 건너면 행정구역이 바뀌어 창원시 진해구이다. 외관상 하나의 마을인데 도로 하나 사이에 두고 부산과 경남으로 나뉜다. 해파랑길에서는 도로 하나를 사이에 두고 강원도 삼척과 경상북도 울진으로 나뉘는 곳이 있다.

창원시 진해구를 알리는 안내판이 이제 부산 구간을 지나서 경남 구간인 창원시의 진해로 들어가는 길임을 알려준다. '창원시민의 노래'를 활기차게 부르며 나아간다.

아름다운 창원 뿌리의 고장/ 가슴 가슴 이어지는 두터운 인정/ 무학천주산 어깨동무 장복산 감아 돌고/ 가고파 푸른 물결 진해만 손잡았네./ 이어가자 찬란한 창원의 역사/ 거룩하다 민주성지 위대한 함성/ 남도일등 행복시 우리네 창원 영원하라./ 길이 빛나라

진해로 가는 길, 창원시의 한 도시인 진해는 웅천이란 이름에서 일제강점기에 만든 지명이다. 진해(鎭海)는 '바다를 진압한다'라는 의미로 일본이 해상 방어의 거점으로 구축한 신도시다. 한일 교류사에 있어 매우 중요한 위치를 차지하고 있다.

부산~진해~마산~거제 일대와 일본 규슈 북부 지역은 한반도와 일본 열도를 연결하는 최단거리이고, 항해술이 발달하지 않은 고대에도 쓰시마·이키 등 사이에 있는 섬을 징검다리 삼아 보름이면 건너갈 수 있었다. 덕택에 진해는 한일 교류의 요충지 역할을 했지만, 동시에 왜구의 노략질에 숱한 피해를 당했다. 이 때문에 진해는 일찌감치 한일 교역의 중심지이자 군항으로 발달했다. 특히 임진왜란 때는 전쟁 기간 내내 조선 수군과 일본 수군의 격전지였다. 서해로 진출하려는 왜군이나, 왜군 본거지인 부산을 되찾으려는 조선 수군이나 진해 앞바다를 피해갈 수 없었기 때문이다.

진해의 군사적 중요성은 현대에 들어 더욱 커져, 일제강점기 일본은 진해에 해군기지를 건설했다. 해방 직후에는 미군이 진해를 군항으로 이용했고, 현재 우리 국군 역시 진해에 해군기지를 두고 있다.

부산에서 많은 방문객이 찾는다는 용원어시장을 지나간다. 아침이라 아직은 한산하다. 용원어시장을 나와 용원교를 건너 천변으로 이어진 산책로를 타고 걸어간다. 인근 망산도 유주암은 삼국유사에 인도의 허황후 일행이 타고 온 배가 바위로 변했다는 기록이 전해진다. 김수로왕은 '왕비는 하늘이 전해줄 것'이라 믿고 망산도에서 기다렸는데, 어느 날 바다 서남쪽에서 붉은색의 돛과 깃발을 단 돌로 만든 배가 허황후 일행을 태우고 나타났고, 이후 돌배가 뒤집혔다. 이 돌배는 바위섬이 되었고, 그 바위섬을 유주암이라고 한다.

부산 신항 해안로를 벗어나 안골포왜성으로 올라간다. 1593년 4월 한양에서 퇴각한 고니시 유키나가가 웅천왜성을 쌓을 때, 와키자카 야스하루는 가토 요시아키, 구키 요시다카 등과 함께 해발 100m 동망산 꼭대기에 안골포왜성을 쌓았다. 이들은 왜군 수군을 대표하는 장수들로, 해전에서 거듭 타격을 입고 일본으로부터 보급이 원활하지 않자 조선 수군을 막기 위한 수군기지로 삼기 위해 안골포왜성을 쌓은 것이다. 왜군은 안골포왜성을 쌓을 때 인근에 있던 조선 수군기지인 안골포진성의 성벽 돌을 가져다 썼다. 안골포진성 서쪽 성벽 일부는 아예 안골왜성의 성벽으로 이용됐다.

1592년 4월 14일 아침, 고니시 유키나가가 이끄는 왜군 선발대 1만 7천여 명이 부산에 상륙하고, 후속부대도 연이어 상륙하여 왜군은 무려 20만 명 가까이에 이르렀다. 대비가 없었던 조선으로서는 조총으로 무장하고 잘 훈련된 왜군에게 속수무책으로 당할 수밖에 없었다. 파죽지세로 북상한 왜군은 20일 만인 5월 3일 한양을 점령해버렸다. 4월 30일 한양을 떠난 선조 일행은 임진강에 최후의 방어선을 구축했지만 대패하자 평양을 떠나 의주로 피신했다. 고니시 유키나가는 6월 13일 평양을 점령하였고 가토 기요마사는 함경도로 북상했다. 하지만 곧이어 조·명연합군의 반격, 의병 봉기, 조선 수군의 활약 등으로 수세에 몰리자 왜군은 이듬해 4월 한양 이남으로 후퇴했다.

1593년 남쪽으로 후퇴한 왜군은 명나라와 강화교섭을 진행하면서 부산을 중심으로 한 동남해안에 집중적으로 왜성을 쌓았다. 부산, 창원, 거제 등 주요 거점에 축성을 서둘러 강력한 방어진지를 구축하고 장기전에 대비하였다. 일본에서 성곽기술자를 데려와 조선 백성을 동원해 단기간에 성곽을 쌓았다. 이후 강화교섭이 결렬되자 왜군은 정유재란을 일으켰고, 전라도와 충청도를 확보하기 위해 울산, 경남, 전남 등에 추가로 성을 쌓았다. 왜군이 7년 동안 전쟁을 벌이며 울산에서 전남 순천까지 한반도 동남해안 일대에 쌓은 성은 부산 11개, 울산 2개, 경남 17개, 전남 1개 등 모두 31개이다. 이들 성은 왜군이 쌓았다고 해서 왜성으로 불린다. 대부분의 왜성은 강이나 바다 근처의 사방을 내려다볼 수 있는 독립된 구릉에 자리 잡고 있다.

왜군은 전략적 요충지에 본성을 쌓고, 본성 근처에 방어를 돕는 지성을 배치했다. 산꼭대기나 산허리를 깎아 가장 높은 곳에 전투 지휘소인 천수각을 세워 주위에 본 성곽을 구축하고, 그 아래쪽으로 여러 단계의 성곽을 겹겹이 두른 모양새를 하고 있다. 마을 중심부를 하나의 성곽으로만 둘러싼 조선의 읍성과는 다르다. 조선의 읍성은 한 군데라도 성벽이 뚫리면 쏟아져 들어오는 적군을 막는 데 심각한 문제가 생기지만, 왜성을 점령하려면 겹겹이 둘러친 성곽을 바깥에서부터 하나씩 차례로 뚫어야 한다. 조선의 읍성과는 달리 왜성은 방어하기에 좋은 구조로, 실제로 임진왜란 7년 동안 조·명연합군에 의해 점령된 왜성은 단 하나도 없었다.

왜군이 남해안에 집중적으로 성을 쌓은 이유는 여러 가지지만 중요한 점은 성에 의지해 조·명연합군의 공격을 버티다가 여의치 않으면 바닷길을 통해 일본으로 안전하게 철수하려 했기 때문이다. 따라서 왜성은 치욕의 상징물이 아니라, 임진왜란이라는 절체절명의 국난을 극복한 조상들의 당당한 전리품이라고 할 수 있다.

구름 한 점 없는 맑은 날씨, 부산에서 느껴보지 못한 안골포의 고요한 아침 바닷가를 걸어간다. 이순신은 이곳 안골포에서 일본 수군을 격멸시켰다.

1차 출동에서 1592년 5월 7일 첫 해전인 옥포(거제)에서 승리를 이끌고 같은 날 합포(진해), 5월 8일 적진포(고성)에서 승전한 이순신은 2차 출동에서 5월 29일 거북선을 최초로 출전시킨 사천해전을 비롯하여 6월 2일 당포(통영), 6월 5일 당항포(고성), 6월 7일 율포(거제)에서 연이어 승전했다. 그리고 7월 8일 한산도에서 대첩을 거둔 이순신은 견내량에서 그날 밤을 보내고 7월 9일 칠천도까지 이동하였다.

7월 10일 새벽 2시, 안골포(진해)에 일본의 전선 40여 척이 머무르고 있다는 정보를 입수해 출격한 이순신은 이른 아침 웅천(진해)의 안골포 앞바다에 도착했다. 여수에서 실로 동쪽으로 먼 거리를 나아왔다. 부산이 이제 지척이었다.

일본군이 숨어 있는 안골포는 굉장히 좁고 얕은 포구였다. 썰물 때는 바닷물이 다 빠지고 갯벌이 드러나는 곳이었다. 공격하기에 앞서 이순신은 가덕도에 이억기 함대를 매복시켜놓았다. 부산 쪽의 왜선이 후방에서 공격할 때를 대비해서였다. 그리고 원균과 함께 안골포로 나아갔다.

이순신이 수군을 거느리고 학익진으로 대열을 지으면서 먼저 전진하고 원균은 뒤를 따랐는데, 안골포에 다다르자 부두에 대선 21척, 중선 15척, 소선 6척이 머물러 있었다. 안골포에 정박 중이었던 함대는 구키 요시다카와 가토 요시아키의 함대였다. 이들은 와키자카 야스하루가 한산도해전에서 패한 사실을 알고 급히 이곳으로 도망을 친 것이었다.

이순신은 안골포가 매우 협소하고 얕아서 썰물이 되면 판옥선이 자유롭게 출입할 수 없다는 것을 알고 일본 전선을 여러 번 끌어내려 하였으나 나오지 않았다. 이순신은 유인작전을 포기하고 교대로 일본 전선에 접근하여 천자·지자·현자총통과 장전·편전 등을 마구 발사했다. 천자총통에는 대장군전을 장착하여 쏘았다. 일본의 기록에 다음과 같이 전해진다.

"조선의 판옥선에서 포를 쏘아올리자 통나무가 날아와 우리 배에 꽂했다."

이에 일본 수군들도 반격하여 조그만 포구에서 치열하게 전투가 진행되었다. 이 접전으로 일본 수군의 대장선과 다른 전선들도 거의 파손되었다. 3층 대선과 2층 대선을 타고 있던 일본군들이 거의 다 죽거나 부상을 입었다. 구키 요시타카와 가토 요시아키는 몰래 도망을 갔고, 조선 수군은 전함 20여 척을 침몰시키고 일본군의 목을 벤 것이 250급, 물에 빠져 죽은 자는 부지기수였다.

안골포해전은 일본의 수군 명장 구키와 가토의 연합함대를 격멸시켰다는데 큰 의미가 있었으며, 거북선의 위용을 극명하게 보여준 해전이었다.

고요한 안골포 바다 풍경이 시선을 매료시킨다. 서서히 태양이 솟아오른다. 동해바다는 일출이 아름답고 서해바다는 일몰이 서럽다는데, 남해바다는 일출과 일몰이 교차한다. 일출이 새로운 희망의 상징이면 일몰은 쓸쓸한 퇴장의 상징이다. 인생이 저무는구나, 알게 된 사람들은 일몰을 무심코 바라볼 수 없다. 세상에는 지는 해만 있는 것도 아니고 떠오르는 해만 있는 것도 아니다. 뜨는 해도 지는 해도 모두 아름답고 장하다. 황포돛대노래비에서 '황포돛대' 노래가 들려온다.

마지막 석양빛을 깃폭에 걸고/ 흘러가는 저 배는 어디로 가느냐
해풍아 비바람아 불지를 마라/ 파도소리 구슬프면 이 마음도 구슬퍼
아 어디로 가는 배냐 어디로 가는 배냐/ 황포돛대야

흰돌메공원에 도착했다. 따끈따끈한 라면 국물로 속을 풀고 다시 길을 나선다. 도로 위 출렁다리를 타고 공원에 오르면 부산신항 등을 조망할 수 있는 전망대가 있지만 남파랑길은 좌측 해안가로 내려선다.

해안선 산책로를 걸어 진해 웅천동으로 들어서서 세스페데스공원에 도착하여 세스페데스 신부를 기리는 기념비를 읽어본다.

'세스페데스는 스페인 사람으로 1593년 12월 27일 우리나라 땅을 처음 밟은 서양인이다. 그는 예수회 신부였으며, 임진왜란 때 이곳 웅천포를 거쳐 이 땅에 들어왔고, 일 년가량 머물다가 일본으로 갔다. 세스페데스 신부의 한국 방문은 1653년 8월 제주도에 표류되어 들어왔던 하멜(네덜란드 사람)보다 60년이나 앞선 일이다.'

이 비는 스페인 조각가 마누엘 모란떼의 작품으로, 1993년 세스페데스 신부 방한 400주년을 기념해 그의 고향인 톨레도의 비야누에바 데 알까르대떼 시민들이 헌정한 것이다. 창원시는 2015년 말 이 일대를 세스페데스 공원으로 지정했다.

세스페데스(1551~1611) 신부는 한국을 방문한 최초의 서양인 신부 1호로, 임진왜란을 계기로 이 불행한 전쟁을 직접 목격한 유일한 서구의 증인이다. 16세기에 최초로 글을 통하여 당시 조선의 모습을 서구에 알린 주인공이 스페인 신부 세스페데스와 동료 신부였던 포르투갈 신부 루이스 프로이스였다.

세스페데스공원을 나와 인근에 있는 항일 독립운동가 주기철 목사 기념관에 도착했다. 주기철(1897~1944) 목사는 진해 출생으로 신사참배를 거부하고 항일운동을 하다가 1938년 일본 경찰에 검거되어 복역 중 옥사하였다. 온갖 모진 고문과 회유에도 끝까지 뜻을 굽히지 않은 주기철 목사는 1944년 4월 21일 아내와의 마지막 면회 후 밤 9시경 병으로 숨을 거두었다. 당시 같이 수감되었던 안이숙 여사의 말로는 일본 경찰이 주사를 놔서 주기철 목사를 살해했다고 한다.

주기철 목사는 아내에게 마치 십자가 위에서 "내가 목마르다!"라고 말씀하신 예수처럼 "여보, 따뜻한 숭늉 한 사발이 먹고 싶소!"라고 마지막 말을 남겼다. 주기철 목사는 피를 흘려 신앙의 절개를 지켜냈다. 비록 유골은 없지만 동작동 국립현충원에 그의 묘소가 있다.

기념관에서 나와 길 건너편에 있는 웅천읍성으로 발걸음을 향한다. 웅천읍성은 조선 초인 1437년(세종 19)에 수군을 지휘하던 절제사가 머무는 본영으로 축조한 성곽이다. 남해안에 출몰하는 왜구와 제포왜관의 왜인들을 통제하기 위해 축조됐지만 1510년 삼포왜란 때는 왜인들에게 함락돼 동문이 불탔고, 임란 때는 왜군들에게 함락돼 웅천왜성의 지성으로 사용됐다.

오랫동안 방치되어왔던 웅천읍성은 옹성으로 둘러싸인 동문을 포함한 동쪽 성벽과 남쪽 일부, 그리고 성을 둘러싸고 있는 해자 일부가 복원되어 부분적으로 옛 모습을 되찾아서 이 지역의 대표적 역사유산으로 자리매김하고 있다. 웅천 지역처럼 가까운 곳에서 우리의 읍성과 일본의 왜성을 함께 볼 수 있는 지역은 그리 흔하지 않다. 이 성곽들은 국난 극복의 현장이기도 하고, 두 나라의 전혀 다른 성곽 유형을 보여주는 역사교육의 살아 있는 현장이기도 하다.

도요토미 히데요시는 1593년 5월 고니시 유키나가에게 전략적으로 중요한 진해(웅천)에 성을 쌓고 주둔할 것을 명령했다. 고니시 유키나가는 한양에서 퇴각한 후 해발 184m인 웅천 남산에 규모가 웅장하고 광대한 웅천왜성을 쌓았다. 남산을 택한 것은 지형상으로 해변에 돌출하였을 뿐 아니라 웅포만을 안고 있어 전선 수백 척을 정박시킬 수 있기 때문이었다. 아울러 육로로도 상호 연락이 가능하고 해로로도 마산, 거제도, 가덕도, 안골포와 상호 연락이 용이한 지역이었다.

남산은 3개의 봉우리로 이뤄져 있는데, 육지에서 바다 쪽으로 차례로 제포진성, 제포왜관, 웅천왜성이 자리 잡고 있다. 웅천왜성은 임진왜란 당시 축조된 왜성 중에서 울산 서생포 왜성 다음 큰 규모였다. 일본군이 철수할 때 성에 불을 질러 내부 건물은 없어졌으나 성벽은 원형이 유지되고 있다.

웅천왜성에 주둔했던 고니시 유키나가는 자신과 그를 따르는 천주교인들의 종교활동을 위해 예수회 선교사인 그레고리오 데 세스페데스 신부를 일본에서 웅천으로 데려왔다. 아우구스티누스라는 세례명을 가진 고니시 유키나가는 독실한 신자였으며, 서구의 선교사들과도 긴밀한 친분관계를 맺고 있었다.

세스페데스 신부는 1593년 12월 27일 부산에 상륙해 이튿날 웅천왜성에 도착하여 1595년 6월 초순까지 1년 6개월가량 머물며 웅천왜성과 주변 왜성에 있던 왜군 천주교 신자들을 대상으로 미사 집전과 교리 강론을 하고 이교도들에게 세례를 주는 등 사목활동을 했다.

고니시 유키나가는 사람들의 눈에 잘 띄지 않도록 세스페데스에게 성내 가장 높은 장소에 거처를 마련해주었다. 세스페데스는 많은 행동의 제약에도 불구하고 성에만 머물러 있지 않고 남해안에 산재해 있던 여러 개의 일본군 요새를 방문하면서 은밀하게 선교활동을 했다. 그러나 세스페데스의 방한 사실은 불교 신자였던 가토 기요마사에 의해 히데요시에게 보고가 들어갔고, 세스페데스는 일본으로 돌아가야 했다. 일본으로 돌아간 세스페데스는 조선에서 끌려간 전쟁 포로들 중 노예로 팔려가는 2천여 명을 구출해 가톨릭 신자로 만들기도 했다. 가톨릭 박해가 가장 심했던 도쿠가와 막부 시대의 어려운 상황에서도 세스페데스 신부는 목숨을 걸고 선교활동을 하다가 1611년 일본에서 생을 마감했다.

일본군의 장기 주둔은 웅천 지역 주민들의 삶에도 커다란 영향을 미쳤다. 유성룡이 기록한 『징비록』에는 "웅천왜성을 축조하기 위해 동원된 조선인들은 굶주림 때문에 인육을 먹었다"라는 내용과 "경상도 지역 왜구들의 강간이 극심해 조선의 순수한 혈통이 끊겼다"라고 전하고 있다. 일본군은 주민들에게 거주 신분증을 나눠주었으며, 왜성 축조 목적은 단순한 방어 목적이 아니라 문화약탈의 중심지였다.

임진왜란 당시 진해 웅천에서 빼앗아간 조선막사발 이도다완은 일본인이 열광하는 찻사발로 일본 국보 제26호다. 당시 일본으로 끌려간 진해 웅천 사기장은 125명으로, 이들 진해의 도공들은 일본 도자기산업을 부흥시킨 원천기술자들이었다.

웅천읍성을 지나고 인근의 진해 제포성지를 지나 제덕사거리에서 6코스를 마무리한다.

7코스

★ ★ ★ ★ ★ ★ ★ ★ ★

진해바다 70리길

[합포해전과 웅포해전]

진해구 제덕사거리에서 진해구 상리마을 입구까지 11.0㎞

제덕사거리 → 중앙오션진해공장 → 진해국가산업단지 → 장천부두 →
장천초등학교 → 상리마을

"우리 수군에게 이미 겁을 먹고는 나왔다 돌아갔다 하여 끝내 섬멸하지 못하였다. 매우 애통하고 분한 일이다."

제덕사거리에서 7코스를 시작한다.

삶은 항상 현재 진행형이다. 과거와 미래는 지금의 삶을 가늠하는 나침반일 뿐이다. 미래에 이루어질 목표가 현실의 모든 고통을 마땅히 견뎌야 할 몫으로 정당화해도 목표를 향해 가는 오늘, 지금의 삶은 항상 즐겁고 행복해야 한다. 결코 가져본 적이 없는 것을 얻으려면 결코 해본 적이 없는 것을 해야 한다. 노력! 노력! 노력해야 한다. 마지막에 웃는 놈이 성공한 놈이라지만 노력하는 중에 날마다 웃을 수 있어야 한다. 언제 하늘 소풍갈지 모르는 게 인생이다.

나 홀로 가는 길, 제덕사거리에서 제덕선착장으로 해안가를 따라 걸어간다. 햇살이, 바다 풍경이, 세상이 너무나 고요하고 아름답다.

제덕동의 제덕만매립지 인근 내이포에는 과거에 경상우수영이 있었다. 내이포의 경상우수영은 1419년(세종 1) 거제도 오야포(현 동부면 가배리)로 옮겨졌다. 임진왜란 당시 경상우수영은 거제도 오야포(가배량)에 있었으며, 전란이 발발하자 경상우수사 원균은 배와 무기를 수장시키고 도망을 쳤다.

제덕동은 조선 초기에 내이포로 불리다가 제포로 명칭이 바뀌었다. 1418년 대마도 정벌 이후 대마도주 사다모리는 단절된 조선과의 정상적인 교역을 누차 청하여 왔기 때문에 1423년(세종 5) 제포(내이포)와 부산포에 왜관을 설치하고, 1426년 울산 염포가 추가 지정됨에 따라 삼포가 정착됐다. 제포왜관은 삼포왜관 가운데 가장 번성했던 곳으로 한창때는 이곳과 주변 왜인촌에 사는 왜인이 2,500명에 이르렀다. 삼포왜란 이후 다른 왜관들이 폐쇄된 이후에도 유지되다 1547년(명종 2) 폐쇄됐다. 1510년(중종 5) 대마도민들은 자신들에게 통제를 가하는 조선에 앙심을 품고 이른바 삼포왜란을 일으켜 분탕을 쳤다.

제포진성은 제포왜관의 왜인들이 무단 이주하거나 웅천읍성에 해를 끼치는 것을 막기 위해 1437년(세종 19) 합포에 있던 해군기지인 수군첨절제사영을 이곳으로 옮겨 오며 쌓은 것이다. 제포가 이순신의 『난중일기』에 처음으로 등장하는 내용이다. 일본군의 근거지인 부산으로 쳐들어가는 길에 쓴 일기다.

> 1592년 8월 27일. 맑음. 경상우수사(원균)와 함께 의논하고, 배를 옮겨 거제 칠내도(칠천도)에 이르니, 웅천현감 이종인이 와서 말하기를, "들으니 왜적의 머리 35급을 베었다"라고 하였다. 저물녘에 제포(진해 제덕동)와 서원포(진해 원포동)를 건너니, 밤은 벌써 2경(밤 10시)이 되었다. 서풍이 차갑게 부니, 나그네의 심사가 편치 않았다. 이날 밤은 꿈자리가 많이 어지러웠다.
> 8월 28일 맑음. 새벽에 앉아 꿈을 기억해보니, 처음에는 흉한 것 같았으나 도리어 길한 것이었다. 가덕에 도착했다.

고갯길을 넘어간다. 길가에 동백꽃이 활짝 피었다. '그대만을 사랑해' 하는 꽃말처럼 동백꽃이 빨갛게 핀 순정으로 다가온다. 마음이 꽃을 향하니 꽃이 보인다. "내가 너를 발견하기 전에는 너는 다만 하나의 몸짓에 지나지 않았다. 내가 너를 보고 웃어 주었을 때 너는 내게로 와서 아리따운 동백아가씨가 되었다"라고 하면서 나그네도 동백꽃도

환히 미소 짓는다. 남파랑길이 즐거운 놀이동산이다.

공구지고개 삼거리에 이르자 삼포로 가는 길 노래비가 있다. 대중가요 '삼포로 가는 길'의 삼포마을, 그 삼포항이 여기라는 걸 노래비를 보고 알았다. 땅끝으로 가는 길의 나그네가 삼포에서 발걸음을 멈추고 벤치에 누워 하늘을 바라보며 노래를 듣는다.

1983년에 발표된 '삼포로 가는 길'은 한국적인 서정성과 아름다운 선율로 인해 7080세대가 가장 선호하는 노래로 손꼽힌다. 가수 강은철의 노래가 노래비에서 울려 퍼진다.

바람 부는 저 들길 끝에는/ 삼포로 가는 길 있겠지/ 굽이굽이 산길 걷다보면/ 한발 두발 한숨만 나오네/ 아 아 뜬구름 하나/ 삼포로 가거든/ 정든 님 소식 좀 전해주렴/ 나도 따라 삼포로 간다고/ 사랑도 이젠 소용없네/ 삼포로 나는 가야지

황석영이 지은 단편소설 '삼포 가는 길'의 삼포는 이곳을 배경으로 지어진 작품이 아니다. '삼포 가는 길'은 황석영이 방랑하던 시절 조치원에서 청주의 길을 걸으며 지어낸 가상의 지명이다. 소설에서는 삼포 가는 길에 정씨와 영달이라는 주인공이 눈 내리는 들길을 걸으며 귀향하는 이야기를 다루고 있다.

고향은 정씨뿐만 아니라 격랑의 시대를 살아온 사람들 누구의 가슴에나 아련한 그리움과 마음의 평안을 주는 곳이다. 현대인들의 고향은 어디인가? 고향 없이 살아가는 현대인들의 가슴에 가공의 '삼포'라도 있으면 아늑하고 평안을 얻을 수 있지 않겠는가. 바닷가의 숲이 울창한 마을 삼포(森浦)는 결국 떠도는 자들의 영원한 마음의 고향을 상징한다.

임진왜란 발발 이듬해인 1593년 고니시 유키나가 군에게 포로로 붙잡혀 진해 웅천왜성에서 일본으로 끌려간 조선인 소녀 수란은 모리 레이코의 소설 『삼체의 여자』에서 고향을 그리워하며 이렇게 말했다.

"이 나라에 내가 내 발로 왔다면야 고향이라 할 수도 있겠지요. 그러나 나는 무도한 싸움 때문에 붙잡혀 끌려온 희생자예요. 아무리 애정을 베풀어준다 하더라도 잡혀온 사람들에게 고국으로 돌아갈 날이 오지 않는 한, 이 나라는 원수의 나라일 뿐이지요. 이 나라를 어떻게 고향이라 할 수 있겠어요."

이 소설은 일본에 포로로 끌려가 끝내 고향에 돌아오지 못하고 생을 마친 실제 인물 '오타 줄리아'의 일대기를 다루고 있다. 해바라기가 해를 안고 돌아가듯 고향바라기가 고향을 그리워하며 남파랑길을 걸어간다.

다시 오르막길을 걸어 고개를 넘어간다. 진해해양공원의 해양솔라파크가 위용을 자랑한다.

'진해바다 70리길' 5구간 삼포로 가는 길을 벗어나 4구간 조선소길을 지나고 3구간 합포승전길을 걸어간다.

2016년 창원시에서는 진해의 리아스식 해안선을 개발하여 해안누리길을 완성하였는데, '진해바다 70리길'이라는 이름으로 진해구 속천에서 출발하여 안골포 굴강까지 약 29㎞의 해안길을 완성했다.

1구간 진해항길에서 시작하여 2구간 행암기차길, 3구간 합포승전길, 4구간 조선소길, 5구간 삼포로 가는 길, 6구간 흰돌메길, 7구간 안골포길에 이르는 코스다.

진해바다 70리길은 진해바다 전체를 떠올릴 수 있는 해안가를 따라 조성된 도보여행길로서 누구나 처음 들어도 70리임을 쉽게 알 수 있고 접근할 수 있다.

남파랑길은 7구간 안골포길에서 역방향으로 걷는 길이며, 현재 3구간 합포승전길까지 역방향을 걸어왔다.

합포(合浦)는 우리 땅에서 봄이 가장 먼저 오는 곳이며, 가덕도에서 거제도 옥포만으로 둘러싸인 진해만의 내해에 위치하여, 만구는 좁으나 수심이 깊고 잔잔하여 천연의 항구다.

3구간은 합포승전길이라지만 합포해전은 과연 진해의 합포인가, 마산 합포구의 합포인가는 여전히 논란이 있다. 합포해전은 진해구 풍호동 학개마을에서 일어났다는 설과 마산의 합포에서 일어났다는 설이 있다.

5월 7일 첫 해전인 옥포해전에서 도도 다카도라에게 승리를 거둔 이순신은 옥포에서 남쪽의 영등포로 이동하고 있었다. 그런데 또다시 일본 수군 5척이 합포 앞바다로 지나가고 있다는 척후선의 급보가 왔다. 조선 수군이 전력으로 추격하자 일본 군선은 정신없이 달아나다 합포 앞바다에서 전선을 버리고 육지로 기어올라갔다. 일본군은 바위나 나무 뒤에 숨어서 조총을 쏘기 시작했다. 조선 수군은 사정거리 밖에서 일본군의 정세를 살피다 곧 배를 몰아 포구 안으로 쳐들어가 일제히 함포를 쏘았다. 그리고 이순신은 일본군이 버리고 간 함선 5척을 모두 불태웠다. 일본군은 490여 명이 전사했다.

5월 7일 하루 동안 첫 출정으로 거둔 옥포와 합포의 값진 승리였다. 진해의 합포와 안골포에서 승리를 거둔 이순신은 다음 해 진해 남문동에 소재하는 웅포의 해전에서 1593년 2월 10일부터 3월 초까지 일본군을 7차례 공격하여 승리를 거두었다.

1592년 임진년의 전투는 9월 1일 부산포해전과 10월의 진주성대첩 이후 소강상태로 빠져들었다. 해상 보급이 불가능해지자 위축된 육지의 일본군은 더 이상 나아가지 못했다. 이순신이 제해권을 장악하지 못했다면, 일본 수군은 서해안을 돌아서 한강을 타고 한양으로, 예성강을 타고 개성으로, 대동강을 타고 평양으로 병력 증강과 보급이 가능했을 것이다. 나아가 압록강을 타고 들어가 의주에 있는 선조가 명나라로 도망가는 길을 막았을 것이고 선조는 사로잡혔을 것이다. 이순신의 승리는 일본 육군의 발을 묶었고 전쟁은 소강상태로 빠져든 것이었다.

1593년 새해가 밝아오자 함경도의 정문부가 가토 가요마사를 몰아내고 함경도를 수복하였다. 이어 이여송의 명나라 군대가 참전하였다. 이여송의 5만 군대는 유성룡의 조선 군대와 조·명연합군을 편성하였다. 그리고 1593년 1월 마침내 평양성을 탈환하였다. 사명당을 비롯한 승병들도 평양성 탈환에 참전하였다. 이에 고무된 선조는 전라좌수사 이순신에게 출정을 독려하는 장계를 세 번이나 보냈다.

"그대는 조선 수군을 남김없이 이끌고 적을 모조리 무찌름으로써 적의 배 한 척도 돌아가지 못하게 하라."

선조의 거듭된 출정 명령서를 받은 이순신은 전라우수사 이억기와 경상우수사 원균에게 연락을 취해 견내량에서 만나기로 약속하였다.

1593년 2월 6일 여수 본영을 출발한 이순신은 사량도에서 하룻밤을 묵고 다음날 견내량에 도착하였다. 원균은 이미 도착해 있었고, 이억기는 없었다. 원균은 이억기가 약속 날짜를 지키지 못했다고 불같이 화를 냈다. 자신은 경상우수영이 있는 거제도 오야포에서 단 몇 시간이면 견내량에 도착하지만 여수의 전라좌수영에서는 36시간, 이억기의 해남 전라우수영에서는 여수까지 오는 데만 이틀이 걸리는 거리였다.

그즈음 부산포의 일본 전함은 다시 500여 척으로 늘어나 있었다. 임진년에 셀 수 없을 정도로 많은 전함들을 격침시켰음에도 100년간의 전국시대 내전을 통한 일본의 물자보급능력은 가히 세계 최강이었다. 그리고 부산으로 가는 길목인 안골포와 웅천에는 왜성을 쌓고 전진기지를 만들어놓고 있는 상황이었다.

이순신은 진해의 웅포로 향했다. 이순신의 함대가 들어서자 왜성에서 조총이 쏟아졌고, 대포도 발사되었다. 조선 수군 입장에서는 일본군들을 유인하여 큰 바다로 나오게 하여야 하지만 일본 수군은 한산해전에서 크게 당한지라 더 이상 조선 수군의 유인 작전에 말려들지 않았다. 웅포해전에 관한 1593년 『난중일기』의 기록이다.

> 2월 10일. 아침에 흐렸으나 늦게 갰다. 묘시(오전 6시경)에 출항하여 곧장 웅천과 웅포에 이르니, 적선이 여전히 줄지어 정박해 있었다. 두 차례 유인했으나 우리 수군에게 이미 겁을 먹고는 나왔다 돌아갔다 하여 끝내 섬멸하지 못하였다. 매우 애통하고 분한 일이다.

무리하게 상륙할 수 없는 조선군과 넓은 바다로 나오려 하지 않는 일본군과의 신경전은 한 달 넘게 계속되고 있었다. 이순신은 상륙작전을 계획했다. 심혜, 의상과 같은 승장들과 성응지 같은 의병장까지 이 상륙작전에 참여하였다. 제포 쪽으로 상륙작전을 전개했다. 안골포 쪽으로는 판옥선 몇 척을 상륙시켜서 공격하는 척하였다. 조선의 주력군이 공격하는 곳은 웅천왜성이었으나 점령하지 못하였다. 당시 웅천왜성의 일본군은 1만 명 남짓이었다.

임진왜란이 끝날 때까지 조선군이나 명나라군은 일본 왜성을 여러 차례 공격하였으나 단 하나의 왜성도 점령하지 못하였다. 오랜 기간의 전쟁 경험을 통해 축성된 왜성은 실로 견고했다.

웅천왜성을 공격하던 중 조선 수군의 판옥선 2척이 좁은 바다에서 서로 엉키며 부딪히는 사고가 발생했다. 배가 기울고 노가 부러지는 등 전투태세가 삽시간에 흐트러졌다. 일본 수군의 세키부네가 혼란스러운 2척의 판옥선에 빠르게 접근해 등선육박전술을 펼쳐 두 척의 판옥선에서는 치열한 백병전이 전개되었다. 먼 거리에서 이를 지켜보던 이순신은 속이 타들어가고 있었다. 『난중일기』의 기록이다.

> 2월 22일. 새벽에 구름이 검더니 동풍이 크게 불었다. 적을 토벌하는 일이 급하므로 출항하여 사화랑에 가서 바람이 자기를 기다렸다. …(중략)… 발포 2선과 가리포 2선이 명령도 안 했는데 도입하다가 얕고 좁은 곳에서 걸려 적이 틈을 탄 것은 매우 애통하고 분하여 간담이 찢어지는 듯했다. 얼마 후 진도의 지휘선이 적에게 포위되어 거의 구할 수 없게 되자, 우후(이몽구)가 바로 들어가 구했다. 경상 좌위장과 우위장은 보고도 못 본 체하고 끝내 구하지 않았으니, 그 어이없는 짓을 말로 다할 수 없다. 매우 애통하고 분하다. 이 때문에 수사(원균)를 꾸짖었는데 한탄스럽다. 오늘의 분함을 어찌 다 말할 수 있으랴! 모두가 다 경상도 수사(원균) 때문이다. 돛을 펴고 소진포로 돌아와서 잤다. 아산에서 뇌와 분의 편지가 웅천 전쟁터에 왔고 어머님의 편지도 왔다.

뇌와 분은 이순신의 조카로 뇌(1561~1648)는 희신의 맏아들이고 분(1566~1619)은 둘째 아들이다. 요신의 아들로는 봉과 해가 있고 이순신의 아들은 회, 울(열), 면이 있었다. 이순신의 서자로는 신과 훈이 있었다. 세 명의 딸 중 둘은 서녀였으며, 적녀는 이몽학의 난을 진압한 친구 홍가신의 며느리가 되었다.

이뇌는 이순신 곁에서 주로 고향 소식을 전하는 심부름을 했고, 이분은 1597년 이순신에게 와서 군중문서를 담당했으며 후일 이순신의 생애에 대한 일대기 『충무공행록』을 지었다.

일본 측에서는 웅포해전을 자신들의 승리로 해석하기도 한다. 하지만 1593년 2월 10일부터 3월 10일까지의 웅포해전은 분명히 이순신이 승리한 전투였다. 우리 주력선인 판옥선은 단 1척의 피해도 입지 않았고, 일본 전함 51척을 침몰시키고 2,500여 명의 일본군을 전사시켰다. 아쉽게도 일본의 전진기지인 웅천왜성을 점령하지 못했을 뿐이다.

진해는 조용하고 아름다운 경관의 해안 도시로 왜적의 침입으로 전쟁의 흔적이 많은 곳이다. 임진왜란 전투 가운데 9전이 진해만에서 일어났다. 임진왜란 시기 진해(웅천)는 왜군에게 중요한 지역으로 인식되어 개전 초기부터 종전 시까지 전쟁의 영향을 크게 받음으로써 오늘날에도 그 흔적이 많이 남아 있다. 부산에 있던 일본군 본영과 가까워 지리적으로 매우 중요시되었기에 일본은 임진왜란 초기부터 웅천을 점령하여 주둔하고 있었다. 조선으로서도 웅천은 일본군 본영이 있는 부산으로 진격하기 위해서 거쳐야 할 중요한 관문이었다. 조선 수군의 합포해전과 안골포해전, 웅포해전 등 임진왜란 초기 이 지역에서 가장 많은 해전이 벌어진 것도 이러한 이유에서였다.

임진왜란 초기에 함락된 웅천에 장기 주둔한 일본군은 강화교섭 기간을 이용하여 왜성을 쌓아 자신들의 근거지와 보급기지로 활용함은 물론 조선 수군의 활동을 견제하였다. 동시에 강화교섭 기간 중에는 1594년과 1596년 웅천회담을 두 차례나 열어서 명나라 주요 인사의 방문도 이루어져 이 지역이 널리 알려지는 계기가 되었다.

정유재란 당시에도 일본군의 주 침공로로 활용되어 웅천의 안골포를 선점한 일본군은 서진을 위한 근거지로 활용하였다. 정유재란에 또 한 번의 안골포해전이 벌어지는 등 웅천에 대한 조선과 일본 양국의 인식은 매우 높은 상태를 유지하였다.

진해바다 70리길 합포승전길을 지나고 행암기차길 행암항을 걸어서 진해항 제1부두를 지나간다. 한적한 시골 상리마을에 도착해서 7코스를 마무리한다. 갈 길 먼 나그네의 멈추지 않는 발걸음이 진해드림로드가 기다리는 산길을 향한다.

★ ★ ★ ★ ★ ★ ★ ★

진해드림로드

[서해어룡동 맹산초목지]

진해구 상리마을 입구에서 진해드림로드 입구까지 15.7㎞

상리마을 → 천자봉 → 진해드림파크 → 진해드림로드 입구

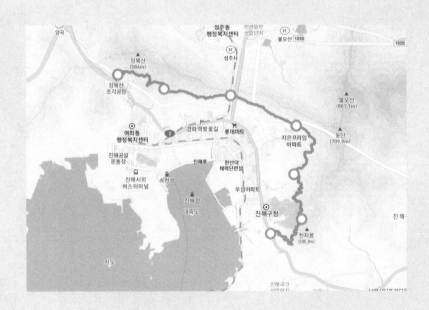

"바다를 두고 맹세하니 물고기와 용이 감동하고 산을 두고 맹세하니 초목이 알
아주는구나!"

진해구 상리마을 입구에서 8코스를 시작한다. 오늘은 6코스, 7코스
를 걷고 다시 8코스를 걸어가는 강행군이다.

사람의 마음속에는 두 개의 동물이 산다. 성자와 돼지다. 왕궁에서
돼지처럼 사는 사람이 있고 개천에서 성자처럼 사는 사람도 있다. 성
자처럼 살거나 돼지처럼 사는 것은 다 마음이 선택하는 거다. 개천에
사는 붕어나 개구리가 하늘을 날아다니는 용보다 못할 일이 뭔가. 남
파랑길에서 신선이 된 나그네가 산길을 따라 임도길에 올라선다. 진해
바다와 시내를 내려다보며 걸어간다. 평탄한 임도는 산자락을 따라서
물결처럼 부드럽게 커브를 그리며 이어간다. '안민도로 9.5㎞' 표시판이
앙증맞게 다가온다. 바람이 불어 나뭇가지에서 낙엽이 진다. 가을바람
에 노랗게 물든 단풍잎이 날리는 인적 없는 낯선 산길을 걸어간다.

천자봉의 천자암 경내를 둘러보고 아름다운 진해만과 진해 도심을
내려다본다. 바다에 떠 있는 배들이 한가롭다. 한가로이 보이는 것은
보는 이의 마음이 한가로워서인가. 장자와 혜자의 어락(魚樂)과 안동
유교문화길에서 만난 어락정(魚樂亭)이 스쳐간다.

진해드림로드의 천자봉 해오름길을 걸어간다. 진해드림로드는 진해
친환경 임도의 새로운 명칭으로 2008년 진해시민을 대상으로 공모하
여 선정된 명칭이다. 장복하늘마루산길(3.82㎞), 백일아침고요산길(3.1
㎞), 천자봉해오름길(9.89㎞), 소사 생태길(7.6㎞)로 4개의 구간별 명칭으

로 나누어진다.

남파랑길 8코스는 천자봉해오름길과 장복하늘마루산길을 걸어간다. 천자봉해오름길은 천자봉 아래에서 안민고개길까지이다.

잘 조성된 진해드림파크를 바라보며 걸어간다. 진해드림파크는 진해구 장천동 산1-2번지 일원에 있으며 195ha의 넓은 면적으로 4계절 이용 가능한 산림 휴양관광지다. 진해만 생태숲, 목재문화체험장, 광석골 쉼터, 청소년수련원의 4대 사업을 통합한 대규모 산림휴양시설이다.

황토길과 해병대길을 걸어간다. 이곳 덕산동은 1949년 4월 해병대가 처음 창설된 지역으로 당시 해병대가 훈련받던 곳을 중심으로 해병 관련 각종 시설물을 설치하고, 1㎞ 등산로에 철쭉을 심어 해병 테마 등산로를 조성하였다.

아름다운 진해만의 다도해를 감상하고 울창한 숲에서 뿜어내는 피톤치드를 마시며 꿈의 길 진해드림로드에서 나그네가 나비인지 나비가 나그네인지 꿈을 꾸듯 걸어간다. 길은 외길, 천자봉 해오름길을 계속해서 걸어 청룡사 입구를 지나는데, 표지석에 '万法歸一 一歸何処'라 새겨져 있다. 선문답이 바람결에 스쳐간다.

"우주의 모든 것이 하나로 돌아간다는데, 그럼 하나는 어디로 돌아갑니까?"

"만법이 하나로 돌아가는 것을 이렇게 저렇게 따질 일이 아니라, 그자체의 모습으로 받아들여야 한다."

나그네는 길을 떠났지만 세상은 현재 코로나19라는 전염병을 앓고 있다. 불가에서 '번뇌는 보리'라고 한다. 고통은 깨달음의 지혜라는 말이다. 어려움 없이는 깨달음도 없고 지혜도 없다. 고통 없이는 얻는 게 없다. 사는 게 고통이다. 고통 속에 숨 쉬는 기쁨이 있고 일하는 기쁨이 있다. 이 기쁨이 행복이다. 고통이 있어야 행복이 있다. 번뇌가 보리인 이유다. 고통 없는 행복은 껍데기다.

나폴레옹은 죽을 때 "내 생에서 행복한 날은 6일밖에 없었다"라고 말했다. 눈이 멀고 귀가 먹은 헬렌 켈러는 "내 생애에 행복하지 않은 날은 단 하루도 없었다"라고 말했다. 리더스 다이제스트는 20세기 최고의 수필로 헬렌 켈러의 『사흘만 볼 수 있다면(Three days to see)』을 꼽았다.

> 내가 사흘만 볼 수 있다면// 첫날은 나를 가르친 앤 설리번 선생님을 찾아가 그
> 분의 얼굴을 보겠다./ 그리고 아름다운 꽃과 풀, 빛나는 저녁노을을 보겠다.// 둘
> 째 날에는 새벽에 일어나 먼동이 터오는 것을 보겠다. 밤에는 빛나는 별을 보겠
> 다.// 셋째 날에는 아침 일찍 출근하는 사람들의 모습을 보겠다. 점심때는 영화
> 를 보고 저녁에 집에 돌아와 사흘간 눈을 뜨게 해주신 하느님께 감사의 기도를
> 드리겠다.

볼 수 있는 축복을 만끽하며 진해의 꿈이 담긴 길 진해드림로드를 산책하듯 걸어간다. 산책은 책 중의 가장 좋은 책, 나그네의 눈도 귀도 마음도 산책 중이니 가을 하늘의 구름도 바람도 산책 중이다. 산책하는 사람들도 하나둘 보이기 시작한다. '안민고개 5.4㎞' 이정표를 지나서 충무공 이순신 쉼터 배치도 앞에서 진해와 이순신을 생각한다.

진해는 중원로타리를 중심으로 방사형으로 도로가 펼쳐져 있어서 어디를 가나 시원한 직선도로를 만나게 된다. 해군사관학교 인근 남원로타리에는 '백범 김구 친필 시비'가 세워져 있다. 이 비는 1946년에 세워진 것으로 당시 대한민국 임시정부 주석이었던 김구는 주석의 자격으로 이곳 진해를 방문했다. 김구는 진해에서 지금의 해군에 해당하

는 해안경비대를 격려하고 조국 해방을 기뻐하면서 친필 시를 남겼는데, '백범 김구 친필 시비'이다.

이 비의 앞면에는 '서해어룡동 맹산초목지(誓海魚竜動 盟山草木知)'라고 새겨져 있다. '바다를 두고 맹세하니 물고기와 용이 감동하고 산을 두고 맹세하니 초목이 알아주는구나!'라고 하는 이순신의 우국충정이 담긴 '진중음'의 한 구절이다.

죽는 날까지 한평생 나라를 지킨 이순신, 한평생 조국의 해방을 꿈꾼 백범 김구, 시대를 넘어 두 영웅이 진해라는 한 공간에서 만났다.

이순신의 동상은 전국에 많이 있지만 진해에 있는 동상은 1952년 4월 13일에 대한민국 최초로 세워진 동상이다. 당시는 6·25 한국전쟁을 치르고 있던 시기로 동상의 제막식에는 초대 대통령 이승만이 참석했다. 1592년 4월 13일에 임진왜란이 일어났는데, 동상이 1952년 4월 13일 세워졌다는 사실이 임진왜란을 잊지 말자는 의미로 다가온다. 이순신에 대한 유성룡의 『징비록』의 기록이다.

순신은 어렸을 때 재질이 영특하고 활달해서 어떤 사물에도 구속을 받지 않았다. 여러 아이들과 놀이를 할 때, 나무를 깎아 활과 화살을 만들어 길거리에서 놀면서 마음에 맞지 않는 사람을 만나면 그 사람의 눈을 쏘려고 하여 장로(長老)들도 그를 두려워하여 감히 그 집 문 앞을 지나가지 못하는 이도 있었다. 장성해서는 활쏘기를 잘해서 무과로 출세했다. 그의 조상들은 대대로 유학을 업으로 했는데, 순신 때에 와서 처음으로 무과에 합격해 권지훈련원 봉사(종8품직)로 보직되었다.

병조판서 김귀영이 서녀(庶女)가 있어 순신에게 첩으로 주려고 했는데 순신이 응낙치 않았다. 다른 사람이 그 이유를 묻자, 순신은 "내가 처음으로 벼슬길에 나갔는데, 어찌 권세 있는 집안에 의탁하여 승진하기를 도모하겠는가?"라고 했다.

이순신은 이정의 아들 4형제 중 셋째로 태어났다. 아버지 이정은 네 아들의 이름을 '신(臣)' 자를 돌림으로 하여 맏이는 고대 중국 삼황(三皇)의 복희씨(伏羲氏)를 본따 희신(羲臣), 둘째는 오제(五帝)의 요(堯)임금에서 본따 요신(堯臣), 순신(舜臣)은 순(舜)임금에서, 아우 우신(禹臣)은 하(夏)왕조의 시조인 우(禹)임금에서 따왔다.

모든 이름에는 꿈이 녹아 있다. 삼황오제는 중국의 신화와 고대사의 전설적인 인물이었으니, 희신, 요신, 순신, 우신이라는 이름에서 요순 시대를 만드는 데 일조하는 신하가 되라는 부모의 꿈과 기대를 읽을 수 있다.

'순신'이라는 이름에는 "순(舜)임금 같은 성군을 모시는 신하", "신하로서 순임금처럼 영걸"이라는 점에서 이순신의 살아온 삶과도 어울린다. 또한 이순신의 자 '여해(汝諧)'는 서경(書經)에서 순임금이 우임금을 지목하여 왕위를 넘겨주며 "오직 너(汝)여야 (세상을) 화평(諧)케 하리라"라고 말한 대목에서 이순신의 어머니 초계 변씨가 지어주었다고 한다. 『이충무공전서』「행록」의 기록이다.

점쟁이가 "이 아이는 장차 쉰 살이 되면 북쪽 지방에서 대장이 된다"라고 하였다. 공이 태어날 때 어머니 꿈에 할아버지가 나타나서 "이 아이는 반드시 귀하게 될 것이니 이름을 순신이라고 해라"라고 하였다. 어머니가 아버지께 꿈 이야기를 해서 순신이라고 이름 지었다. 어려서 놀 때 항상 아이들과 전쟁놀이를 하였고, 아이들은 공을 장수로 떠받들었다. 처음에는 큰형과 작은형을 따라 유학을 배웠는데, 재주가 있어 성공할 수 있었다. 그러나 늘 붓을 던질 뜻을 가졌다.

이순신은 22세부터 10년을 공부해 이미 두 아이의 아버지였던 32세에 급제했다. 당시 무과에서도 무예 실력뿐만 아니라 이론 시험도 함께 보았다. 유명한 『손자』, 『오자』 등 무경칠서(武経七書)라 일컬어지는 각종 군사학과 병법서를 외우는 시험이었다. 무과는 문과에 비해 한 단계 격을 낮게 보기는 했지만 그래도 후대에 합격자를 많이 뽑았다. 『이충무공전서』「행록」에는 무과 시험장에서의 일화가 전해진다.

> 병법에 관한 책을 시험을 보는데 모두 우수하게 통과했다. 『삼략』을 가지고 시험 볼 때 시험관이 "한나라의 장량은 신선 적송자를 추종하여 노닐었다고 하는데, 그렇다면 정말로 장량은 죽지 않았는가?"라고 물었다. 그러자 그는 이렇게 답하였다. "태어났으면 반드시 죽게 마련입니다. 『자치통감강목』에도 임자 6년(해제)에 장량이 죽었다고 쓰여 있습니다. 어찌 죽지 않고 신선을 따라갔을 리가 있겠습니까? 괜히 갖다 붙이는 것일 뿐입니다" 하였다. 시험관들이 서로 돌아보며 감탄하기를, "이것이 어찌 무인이 잘 알 수 있는 것이겠는가?" 하였다.

이순신의 첫 관직은 동구비보권관, 이 나라 북쪽 끝 저 함경도 삼수 땅 조그마한 군부대의 종9품 벼슬이었다. 당시에는 무예를 하는 무인보다 학문을 연구하는 문인이 우대받던 시절이었으나, 이순신은 출세가 빠른 문인의 길보다 나라를 구하는 무인의 길을 선택했고, 결국 이순신은 문무를 겸비한 장군이 되었다.

형인 요신은 순신에게 "대장이 되려면 용기도 있어야 하지만 지략도 있어야 한다. 무예도 좋지만 학문을 열심히 해라. 아는 것이 힘이고, 그 힘은 책 속에 있다"라고 했다. 요신의 자는 '여흠'으로 퇴계의 문인으로 뜻이 돈독하고 학문에 힘썼다. 자기 자신에 대한 계율에 엄격하였고, 선조 때 사마시에 오르자 퇴계가 주자의 '백록동부'를 써주면서 격려해주었다고 한다.

이순신은 32세에 시작해 47세에 전라좌수사가 되기까지 15년을 두만강에서 전라도 고흥반도 남쪽 끝자락 발포까지 온 조선을 누비고도 종6품 정읍현감 벼슬에 머물렀다. 그러던 그가 종3품 전라좌수사에 오른 지 불과 1년 2개월 만에 터진 임진왜란에서 수천의 병사를 지휘하고, 다시 1년 만에 경상·전라·충청 삼도수군을 통제하는 통제사에 올랐다. 임진왜란이 일어나지 않았다면 이순신은 그저 평범한 군인으로 일생을 마쳤을 수도 있다. 전쟁 전에는 신립과 이일 같은 장군은 이순신이 감히 범접할 수 없는 조선의 명장이었는데, 전쟁은 사람의 운명을 바꾸었다.

32세에 시작하여 54세에 세상을 떠나기까지 군인의 길을 걸은 지 22년, 이순신의 생애는 도전과 실패, 재도전의 시련과 고난의 세월이었다. 그러던 중에 이순신의 내공은 단단히 깊어져 민족을 위기에서 구할 수 있는 위대한 성웅으로 거듭날 수 있었다.

세간에 알려진 사실과는 달리 이순신의 어린 시절은 불행하지 않았다. 정조 때에 규장각에서 『이충무공전서』를 간행할 때만 해도 이순신이 어린 시절 가난하게 자랐다는 기록이 없었다. 그런데 언제부턴가 할아버지 이백록이 기묘사화에 연루되어 집안이 몰락했다는 둥, 그래서 한양에서 살다가 외가인 아산으로 내려가서 어머니는 삯바느질을 했다는 이야기 등이 나타났다. 왜 이런 이야기가 나왔을까. 일제강점기 이후 어려운 시절을 겪으면서 이순신의 삶은 고난 극복의 상징이 되었다. 그 시절에는 가난하고 배고팠던 시절을 극복한 성공담, 꺾일 줄 모르는 한국인의 의지에 관한 이야기가 필요했다. 이순신의 어린 시절은 유복했다. 친가도 외가도, 결혼 후에는 처가도 모두 살 만했다.

이순신은 덕수 이씨로 시조는 고려시대 무장이었던 중랑장 이돈수이다. 4대조 할아버지 이변은 세종 이후 역대 임금을 모신 외교전문가였고, 덕수 이씨 가문을 크게 일으켰다. 그는 중국어에 능했고 성품이 강직했으며, 홍문관 대제학을 거쳐 영중추부사에 이르렀다. 중조부 이거(?~1502)는 정3품 당상관을 역임했다. 이거는 연산군의 세자 시절 스승이었고, 강직한 간쟁으로 이름이 높아 '호랑이 장령'이라는 별명이 있었다. 할아버지 이백록은 지금까지 통설과는 달리 중종대 사림파 세력과는 직접적인 관련이 없었다. 그것은 기록상 그의 형 이백복과 착종된 결과였다. 그는 문음으로 관직에 나와 평시서봉사로 벼슬하다가 파직되었고 중종의 국상 기간에 3자인 이귀의 혼사를 호사스럽게 치렀다는 이유로 적발되어 강상(綱常)을 어긴 죄로 녹안(錄案)에 올라 자손들의 벼슬길도 막히게 되었다. 아들인 이정은 국왕에게 소청을 넣어 부친의 억울함을 풀어달라고 노력했지만 실패하여 허사가 되었다. 이백록의 사후에 이정은 가족을 데리고 부인 초계 변씨의 친정이 있는 아산으로 낙향하였다.

아버지 이정과 어머니 변씨는 희신과 요신을 문과로 보내길 희망했다. 특히 요신의 경우 문재(文才)가 아주 뛰어나 유성룡과 막역한 친구가 될 만큼 촉망되는 문과 지망생이었다. 이순신도 당초에는 문과 급제를 위해 학문에 힘쓰고 있었으나, 그런 이순신이 무과에 도전하고, 재수를 해가면서까지 무과에 급제한 것은 우리 민족의 행운이요 축복이었다.

편백나무 숲이 울창한 숲길로 조성된 임도를 걸어간다. 편백나무가 빽빽이 수직으로 솟은 숲은 걸으면서 맑은 공기로 몸과 마음을 새롭게 할 수 있는 공간이다. 나아가 그저 걷기만 하는 숲이 아니다. 산새 소리를 들으며 드러누워 삼림욕을 즐기면 금상첨화다. 빽빽한 편백나무가 뿜어내는 짙은 나무향으로 삼림욕을 하며 잠시 나그네의 고단함을 내려놓는다.

벚꽃이 없는 진해드림로드의 벚꽃길에 빨갛게 물든 단풍이 자태를 뽐낸다. 벚꽃 축제로도 불리는 진해군항제는 1592년 4월 13일 임진왜란이 일어난 지 360년이 지난 1952년 4월 13일, 우리나라 최초로 충무공 이순신 장군의 동상을 북원로타리에 세우고 추모제를 거행해온 것이 계기가 되었다.

초창기에는 이충무공 동상이 있는 북원로타리에서 제를 지내는 것이 전부였으나 1963년부터 진해군항제로 축제를 개최하기 시작하여 충무공의 숭고한 구국의 얼을 추모하고 향토문화예술을 진흥하는 본래의 취지를 살린 행사와 더불어 아름다운 벚꽃과 함께 즐길 수 있는 봄 축제로 열린다. 군항제 기간 동안 200만 명 이상의 국내외 상춘객들은 잔잔한 바다를 품은 세계 최대 벚꽃도시, 군항의 도시 진해로 와서 36만 그루 왕벚나무 새하얀 꽃송이들이 일제히 꽃망울을 터트리면 꽃비가 흩날리는 봄의 향연에 취한다.

태양이 서서히 서쪽 하늘을 붉게 물들인다. 구름 한 점 없는 맑고 고운 가을하늘, 정겨운 도시 진해가 아름답게 펼쳐진다. 진해 도심의 해안가에 진해루, 여객선터미널, 해군사관학교가 보인다. 걸어온 길들이 타원형을 그리며 병풍처럼 펼쳐지고 저 멀리 8코스 시점이 보인다. 단풍이 물든 나무를 바라보면서 가을을 만끽하며 안민고개 휴게실에 도착한다. 다시 장복하늘마루길로 들어서서 걸음을 재촉한다. 멀고 먼 여정이다. 편백과 벚나무를 곁에 두고 임도를 걸어간다. 벚꽃이 만발하는 4월에는 진해드림로드 중에서 가장 인기 있는 구간이지만 지금은 벚꽃이 없다. 산림청 국립수목원은 2013년 전국의 벚꽃 가로수길 20선을 추천하면서 경남 4곳을 포함했는데, 진해에서는 장복산길과 드라마 촬영지로 유명한 여좌천로가 들어갔다. 두 곳 모두 1920년 전후에 조성된 전국에서 가장 오래된 벚꽃길이다. 여좌천로 왕복 2차로 좌우 3㎞에는 아름드리 왕벚꽃나무 1,000여 그루가 심어져 있다. 벚꽃이 만발한 여좌천로는 환상적인 절경에 넋을 잃을 정도이다.

　서서히 어둠이 밀려오는 시각, 진해드림로드 입구에서 8코스를 마무리한다.

　오늘 하루 6코스 14.8㎞, 7코스 11㎞, 8코스 15.7㎞까지 모두 41.5㎞를 걸었다. 'No pain, No gain.' 고통 없이는 얻는 것도 없다. 행중신(幸中辛)이다.

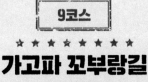

9코스

★ ★ ★ ★ ★ ★ ★ ★

가고파 꼬부랑길

[민족의 태양 이순신]

진해드림로드 입구에서 마산합포구 마산항 입구까지 16.9㎞

진해드림로드입구 → 웅남동주민센터 → 봉암교 → 용마고등학교 → 성호
초등학교 → 마산항 입구

"충무공의 이름 앞에 '민족의 태양이요 역사의 면류관'이라는 말로 최고의 예찬 사를 바쳐온 것이다."

11월 10일 도보여행 여섯째 날 7시 11분, 진해드림로드 입구에서 9코 스를 시작한다.

장복산조각공원 도로를 따라 「귀천」을 노래하며 천상병의 고향 마 산으로 걸어간다.

나 하늘로 돌아가리라/ 새벽빛 와 닿으면 스러지는/ 이슬 더불어 손에 손을 잡 고// 나 하늘로 돌아가리라/ 노을빛 함께 단 둘이서/ 기슭에서 놀다가 구름 손짓 하면은//
나 하늘로 돌아가리라/ 아름다운 이 세상 소풍 끝내는 날/ 가서 아름다웠다고 말하리라.

아름다운 이 세상 소풍길, 마진터널 입구에서 비좁은 산비탈길을 올 라간다. 시작부터 바로 강행군이다. 땀에 젖어 능선에 오르자 산책로 와 이정표가 숲속 나들이길을 안내한다. 산 너머에서 아침 해가 떠오 르려고 하늘 높이 빛을 발산한다. 산을 좋아하고, 산에 오르기를 좋아 하고, 산길에서 훤히 트인 세상을 보면서 걷기를 좋아하는 나그네가 산에서 호연지기를 기르며 적막한 산길을 걸어간다. 도대체 얼마나 이 런 모험을 더 많이 해야 할까. 모험은 위험한 발전의 도약대다. 위험 없 는 모험이란 모순이요, 안전한 모험은 모험이 아니다. 위험이나 실패를 없애기 위한 가장 확실한 방법은 아무것도 하지 않는 것이니, 고행(苦行)에서 고행(高行)을 맛본다.

쭉쭉 뻗은 편백나무들이 자신들을 길벗 하라며 좌우로 빽빽하게 도열하여 인사를 한다. 파란색, 노란색 남파랑길을 가리키는 리본들이 정겹게 반겨준다.

산에서 내려와 양곡천을 따라 걸어간다. 까치 떼가 아침부터 요란스레 우짖는다.

'까치 짖음 기뻐할 일 못 되고 까마귀 운다 한들 어이 흉할까. 인간세상 길하고 흉한 일들은 새 울음소리 속에 있지 않다네.'라는 시가 스쳐간다. 까치가 아침부터 우짖으니 기쁜 소식이 오려나 싶어 설레고, 까마귀 울면 왠지 불길한 일이 닥칠 것만 같아 불안하니, 새 울음소리 하나에 마음이 이랬다저랬다 한다.

양곡천을 따라 걷다가 산성산숲속나들이길 안내판을 지나서 다리 난간에 설치된 '情이 있는 으뜸 웅남 당신이 희망입니다'라는 메시지에 희망의 기운을 되찾아 발길이 가볍다. 웅남동 행정복지센터 인근에서 해장국으로 추위를 녹이고 속을 따뜻하게 한다.

봉암교를 지나간다. 다리에는 강태공들이 낚싯대를 드리우고 한가롭게 앉아 있다. 세상 사람들은 모두 고요한데 나만 이리 급하게 걸어가는가.

멀리 마산과 창원을 잇는 마창대교가 보인다. 합포만의 바다를 바라보며 마산자유무역지역 해안길을 따라 마산항 제3부두를 지나간다. "내 고향 남쪽 바다, 그 파란 물 눈에 보이네"라고 노래했던 이은상이 태어나고 살았던 마산 앞바다 합포만이다.

이은상은 1960년에 『국역주해 이충무공전서』를 상·하 두 권으로 냈는데, 이후 이순신 연구에서 이 책은 매우 중요한 역할을 하였다. 이보다 10년 전인 1950년에 이순신 탄생 350주년을 기념하여 이순신에 관한 논문집인 『이충무공』이 출판되었으나 영향력 면에서는 이은상의 역주본에 비할 바가 못 되었다. 이 책의 서문에서 이은상은 이렇게 썼다.

> 그러므로 우리가 충무공을 사모하고 예찬하는 것도 그 개인의 위대함에만 까닭이 있는 것이 아니라 실상 그를 통해서 발휘된 우리 민족의 최고의 지도정신을 파악할 수 있는 그것을 더 귀하게 여기기 때문이다. 그 지도정신이란 그 민족과 역사를 이끌고 나가는 광명하고 영광스러운 도포이기 때문에 나는 일찍 충무공의 이름 앞에 '민족의 태양이요 역사의 면류관'이라는 말로 최고의 예찬사를 바쳐온 것이다. 과연 충무공은 민족의로서의 대 이상 구현체인 동시에 인간으로서의 대인격 완성자이므로 우리는 공에게 '성웅(聖雄)'이란 칭호를 바치고도 오히려 무엇인가 부족함을 느끼는 것이다. 공은 결코 4백 년 전에 태어나서 임진란이란 그 한때 이 민족의 멸망을 구출하고 간 역사적 위인으로만 볼 것이 아니라, 공은 실로 우리 민족의 전통적 대 이상의 '권화(權化)'이기 때문에 과거, 현재, 미래를 통하여 구원한 세대에 영생하고 있는 민족 지도정신 그 자체인 것이다.

이은상은 이순신의 생애와 활동 속에 나타난 위대한 민족정신을 파악해야 한다고 역설한다. 또한 『이충무공전서』는 단순히 충무공 한 분의 행적이나 기록을 집대성한 것이 아니라, 실로 하나의 '민족교본'이라고까지 선언한다. 그것도 모자라서 "나는 일찍부터 우리 국학 연구의 길에 전 생애를 바쳐오면서도 오직 하나, 민족 자주정신으로써 일생의 신조를 삼아왔기 때문에 스스로 충무공 및 '충무공정신'의 신도가 되려고 했고, 그래서 우리 모든 고전 가운데서도 특히 『이충무공전서』를 애독해왔으며 또 애독하고 있는 것이다"라고 하여, 그 자신이 이순신의 신도라고까지 말할 정도로 경도되어 있다.

이 책이 나온 다음 해에 5·16 군사혁명이 일어나고 뒤이어 유신체제가 선포되었을 때 이순신은 당시 군사정권의 이상적 표상으로 숭앙되었으며, 이때 이은상의 민족적 지도이념으로서의 이순신정신은 그대로 군사정권의 존재가치를 떠받치는 초석이 되었다. 해방과 혼란, 한국전쟁으로 폐허가 된 나라를 부흥시키고자 하는 정신적 지주로서 이순신은 새롭게 부활했는데, 이은상의 이순신은 온 국민의 관심을 하나로 모으는 정치적 기능을 수행하는 이데올로기적 요소를 갖추고 있었던 것이다.

그 이전에 이광수는 그의 소설 『이순신』을 지으면서 "나는 충무공이란 말을 거부한다. 그것은 왕과 그 밑의 썩은 무리들이 준 것이기 때문이다"라고 하면서 이름 앞에 충무공이란 말을 붙이기를 거부하는 매우 독자적인 눈으로 이순신을 해석하려고 했다. '충무공'은 그가 경멸해 마지않던 조선왕조에서 준 것이었기 때문이다.

남파랑길은 회원천 삼거리에서 바다를 뒤로하고 교방천으로 이어진다. '민족의 햇불 김주열 열사'를 기리는 조각상을 지나서 씨름 천하장사 이만기를 기리는 '천하장사로'를 걸어 북마산 가구거리를 지나서 잘 정돈되고 아기자기한 임항선 그린웨이로 들어선다.

임항선 폐철길을 활용하여 2015년에 공원으로 조성한 임항선 그린웨이를 따라 마산항으로 걸어간다. 임항선(臨港線)은 마산역에서 마산항역을 잇는 총연장 8.6㎞ 노선으로 이 중 4.6㎞ 구간을 임항선 그린웨이 공원으로 조성하였다. 임항선그린웨이는 멋진 조경과 잘 정비된 산책길로 마산시민의 사랑을 받으며 남녀노소 할 것 없이 길을 걷는 많은 사람들을 만날 수 있다. 마산 출신의 작가 문신의 미술품과 조각상을 볼 수 있는 문신미술관, 알록달록 예쁜 벽화를 구경할 수 있는 가고파 꼬부랑길 벽화마을을 지나며 "꼬부랑 할머니가 꼬부랑 고갯길을 꼬부랑꼬부랑 넘어가고 있네 꼬부랑 꼬부랑 꼬부랑 꼬부랑 고개는 열두 고개 고개를 고개를 넘어간다"라고 '꼬부랑할머니' 노래를 부른다. 신명이 나서 다시 "꼬부랑 강아지가 그 엿 좀 맛보려고 입맛을 다시다가 예끼놈 맞았네. 꼬부랑 깽깽깽 꼬부랑 깽깽깽 고개는 열두 고개 고개를 고개를 넘어간다"라고 노래한다.

가고파 꼬부랑길 벽화마을은 경남 미술협회소속 화가 32명이 그린 벽화다. 문신미술관을 지나고 마산박물관에 들어선다. 마산박물관에는 최치원의 학문 세계를 높이기 위하여 마산과 월영대를 노래한 고려시대 정지상, 김극기 등과 조선시대 대학자 서거정, 이황 등 13인의 시를 새긴 비가 있다.

1533년 1월, 33세의 이황은 곤양군수 어득강의 초청으로 지리산 쌍계사 가는 길에 이곳 마산을 들러 월영대에서 시를 지었다. 결국 지리산 쌍계사까지 가지 못하고 곤양에서 안동으로 되돌아간 이황은 이듬해에 과거에 급제했다. 10년 후, 이황은 사량진왜변이 일어나자 '일본의 사신을 물리치지 말 것을 바라는 상소'를 올려 다음과 같이 건의하였다.

> 왜인을 모두 오랑캐요 짐승 같은 자들이라 하지만 이들을 짐승과 같이 대우하면 짐승과 같은 본성이 나오고, 오랑캐로 대접해주면 자기 분수에 편안해할 것이다. 오랑캐를 대하는 방법은 오는 자는 막지 말고 가는 자는 붙잡지 않는 것이다. 그들이 평화와 화해를 원하면 들어주어 그들이 깨달을 수 있도록 해야 한다. 이것은 순임금이 오랑캐인 묘족을 다스리던 방법으로, 조선의 의리와 이익에도 알맞을 것이다.

1544년(중종 39) 4월, 왜선 20여 척이 사량진에 침입하여 성이 포위당하는 지경에 이르렀다. 교전 끝에 물리치기는 했지만 아군에서도 적지 않은 사상자가 났다. 이후 왜국과의 교역과 왜인들의 조선 왕래와 교류를 일절 금하는 조치를 취했다. 이 사건이 이른바 사량진왜변이다. 이후 조선의 외교방침은 쇄국으로 가고 있었다. 대신들은 한결같이 분개하고 강경한 조치를 주장했다. 하지만 이황의 생각은 기본적으로 대마도를 오랑캐라고 보면서 너그럽게 대해주자는 것이었다. 이는 신숙주가 『해동제국기』 서문에서 "그들을 도리대로 잘 어루만져주면 그들도 예의를 갖추게 될 것이니 넉넉하게 대해주자"라고 말한 바와 크게 다를 바가 없었다.

당시 조선은 일본은 이웃의 대등한 의례를 취할 나라로 인정하였으나, 대마도는 신하의 나라인 속국처럼 대하였다. 하지만 일본과 대마도를 보는 시각은 모두 같았다. 일본인은 믿을 수 없고 예의를 모르며 어리석고 무식한, 거의 짐승과 같은 무리라고 생각했다. 그것은 역사적으로 끊임없이 왜구의 노략질로부터 많은 피해를 입어왔기 때문이다.

퇴계 이황은 당시 일본을 문화적 교양이 결여된 오랑캐로 규정하면서 일본과의 외교에 있어서 맹목적인 힘의 사용보다는 문화적 교양에 근거한 감화(感化)를 행함으로써 일본을 문명 사회로 이끄는 것이 중요하다고 보았다. 퇴계의 이러한 주장은 무엇보다 전쟁을 막기 위한 것이었다. 퇴계의 상소는 향후 대일관계의 악화가 조선에 초래할 미증유의 재앙을 예견하고 있었다. 그러나 이 상소문에 대한 반응은 냉담했다. 그해 즉위한 명종은 "조정의 논의가 이미 정해졌고 내 뜻도 고치기 어렵다고 본다"라고 결론내렸다. 상소가 있은 얼마 뒤 퇴계는 바로 사직하고 고향 안동으로 내려갔다. 그리고 45년 후인 1590년, 임진왜란이 일어나기 직전 마지막 통신사로 퇴계의 제자 김성일이 일본으로 향했다.

조선통신사 황윤길과 김성일이 1591년 일본에서 돌아왔다. 그리고 정사 황윤길과 부사 김성일의 서로 다른 귀국 보고는 430년이 지난 지금까지도 유명하다. 황윤길은 "필시 병화(兵禍)가 있을 것이다"라고 하였지만 김성일은 "그러한 정상은 발견하지 못했는데, 황윤길이 장황하게 아뢰어 인심이 동요되게 하니 사의에 매우 어긋납니다"라고 말했다. 그러자 선조가 하문했다.

"도요토미 히데요시가 어떻게 생겼는가?"

황윤길이 아뢰었다. "눈빛이 반짝반짝하여 담과 지략이 있는 사람인 듯하였습니다."

이에 김성일이 아뢰었다. "그의 눈은 쥐와 같았는데 두려워할 위인이 못 됩니다."

이는 김성일이 일본에 갔을 때 황윤길 등이 겁에 질려 체모를 잃은 것에 분개하여 말마다 이렇게 서로 다르게 한 것이다. 유성룡은 평소 일본이 공격할 가능성이 있다고 생각했기에 김성일에게 조용히 다시 물었다. 『선조수정실록』의 기록이다.

> 유성룡이 김성일에게 말했다.
>
> "그대가 황윤길의 말과 고의로 다르게 말했는데, 만일 병화가 있게 되면 어떻게
>
> 하려고 그러시오?"
>
> 성일이 말했다.
>
> "나도 어찌 왜적이 나오지 않을 것이라고 단정하겠습니까. 다만 온 나라가 놀라
>
> 고 의혹될까 두려워 그것을 풀어주려 그런 것입니다."

조선통신사는 도요토미 히데요시가 고의로 면담을 허락하지 않아서 기다리다가 겨우 국서를 전달했다. 앞으로 사이좋게 지내자는 의례적인 내용이었다. 그런데 도요토미 히데요시는 국서를 받고도 곧장 답

서를 써주지 않았다. 도요토미 히데요시가 답서를 써주지 않자 김성일은 답서를 받기 전에는 교토를 떠나지 않겠다고 주장했으나 황윤길은 전쟁을 일으키려는 도요토미 히데요시가 자신을 억류할까 두려워서 황급히 떠났다. 그런 가운데 드디어 도요토미 히데요시의 답서가 왔다. 명나라를 침략하겠다는 내용이었다. 선조 24년 『국조보감』의 기록이다.

> 사람의 한평생이 백 년을 넘지 못하는데 어찌 답답하게 이곳에만 오래 있을 수 있겠습니까. 국가가 멀고 산하가 막혀 있는 것도 관계없이 한 번 뛰어서 곧바로 대명국에 들어가 우리나라의 풍속을 4백여 주에 바꾸어놓고 제도의 정화를 억만년토록 시행하고자 하는 것이 나의 마음입니다. 귀국이 선구가 되어 입조한다면 원대한 생각은 있고, 가까운 근심은 없게 되는 것이 아니겠습니까. …(중략)… 내가 대명(大明)에 들어가는 날 사졸을 거느리고 군영에 임한다면 더욱 이웃으로서의 맹약을 굳게 할 것입니다. 나의 소원은 다른 게 아니라 삼국(三國)에 아름다운 명성을 떨치고자 하는 것일 뿐입니다.

명나라를 공격하겠으니 앞장서라는 뜻이다. 선조가 군사를 거느리고 군영에 임하라는 말까지도 있다. 조선통신사가 받아온 국서에는 분명 명나라를 침범하겠다는 내용이 적혀 있었다. 그뿐 아니었다. 조선통신사가 돌아올 때 도요토미 히데요시가 보낸 사신들의 입에서도 내년(임진년)에 침략하겠다는 말이 공공연히 새어나왔다. 이들 일본 사신들을 접대한 선위사 오억령은 사신으로 온 승려 현소를 만난 후 일본의 침략 정보를 정확히 보고했다. 하지만 오억령이 오히려 교체되었다. 이제 일본이 임진년에 침략하리라는 것은 조정은 물론 민간에도 널리 알려졌다. 그러나 조정에서는 현실을 외면하고 '보고 싶은 것만 보고', '믿고 싶은 것만 믿었다.' 전쟁은 보고 싶지 않은 것이었고, 믿고 싶지 않은 것이었다.

흔히 알고 있듯 김성일의 주장 때문에 조선이 아무런 대비 없이 임진왜란을 맞았다는 얘기는 잘못 알려진 것이다. 김성일은 히데요시가 조선을 침략하지 않을 것이라고 했으나 조선 조정은 일본 침략에 대비해 전국 각지에 장수를 파견하고 성을 쌓고 배를 건조했다. 그럼에도 불구하고 일본의 침략에 속수무책으로 당했던 것이다.

황윤길과 김성일이 1591년 3월에 돌아오고 그 직전인 2월 13일에 유성룡의 추천으로 이순신이 전라좌수사가 되었으니, 이는 우리 민족의 행운이었다. 김성일과 유성룡은 퇴계 이황이 가장 아끼는 제자들로 임진왜란을 막아낸 주역들이었다.

임항선그린웨이에서 내려서 3·15의거 기념탑으로 가서 기념비 앞에서 머리를 숙인다. 3·15의거는 1960년 3·15부정선거에 대한 항의에서 일어난 시위로 4·19혁명을 촉발하는 결정적 계기가 되었으며, 한국 현대사에 있어서 최초의 민주·민족운동이다.

이승만 정권은 1954년 영구집권을 위한 '사사오입개헌'을 단행한 데 이어 1958년 3월 15일 실시된 정·부통령 선거에서 전국적으로 부정선거를 자행했다. 이에 마산·창원 지역민들의 불만이 대대적으로 폭발하기에 이르렀다. 마산·창원 지역의 시위는 4월 15일 이후로 전국 각지의 청년, 학생, 시민들의 크고 작은 시위를 촉발하여 마침내 이승만 정권을 붕괴시킨 4·19혁명으로 이어지는 결정적인 계기가 되었다.

이순신을 '민족의 태양'이라고 칭한 이은상을 친일·친독재라고 하는 4·19혁명의 발원지 마산, 역사의 아이러니를 생각하면서 길을 간다. 철길 옆에서 마스크를 쓰고 있는 조형물 역수 아저씨에게 인사를 하고 마산항 입구에 도착하여 9코스를 마무리한다.

처음으로 '두루누비' 앱을 사용하여 '남파랑길 따라가기'를 하면서 길을 찾기가 수월해졌다. 여행의 묘미가 점점 깊어져간다.

10코스

★ ★ ★ ★ ★ ★ ★ ★ ★

청량산 숲길

[나 또한 신선을 찾아가네!]

마산합포구 마산항 입구에서 구서분교 앞 사거리까지 15.6㎞

마산항 입구 → 월영마을 → 청량산 숲길 → 창원요양병원 → 구서분교
앞 사거리

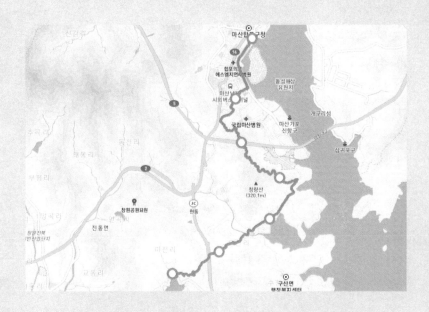

"고운이여, 고운이여, 그대는 진정 유선(濡仙), 천하사해에 명성을 전하였네."

마산항 입구에서 남파랑길 10코스를 시작한다. 임항선그린웨이를 벗어나 마산항 친수 공간 담벽을 좌측에 두고 인도 따라 직진한다. 하루하루 나뭇잎들의 색깔이 달라진다. 공기도 차츰 서늘해진다. 서리가 내린 뒤로 바람이 불면 나뭇잎들이 한층 더 많이 떨어져 내린다. 조락(凋落)의 계절이 점점 깊어간다. 가을은 결실의 계절이자 별리(別離)의 계절, 헤어지고 떠나가듯 달라지는 산색이, 붉게 물들어가는 풍광이 그것을 말해준다. 만산홍엽 붉게 물든 단풍을 바라본다. 마음과 두 뺨에 단풍색이 배어들어 어린아이처럼 발그레 홍조를 띤다. 홀로 걷는 나그네가 남들 보면 실성한 사람처럼 만면에 웃음꽃을 피우고 걸어간다. 가을 오후, 맑은 햇살의 설법을 들으면서 남파랑길 10코스를 걸어간다.

마산항 중앙부두공원을 지나고 마산항 제1부두를 지나간다. 1663년(현종 4) 대동법이 시행됨에 따라 낙동강 하류 유역 13군의 조공미를 서울로 조운하는 격납고인 조창이 설치됨으로써 이 일대에 공관과 민가가 형성되어 오늘날의 마산항이 이루어졌다. 마산은 고려 충렬왕 때 '합포'를 '회원'으로 개칭한 이래 조선 건국 이후에도 회원현으로 존재하였으며, 태종 때 의창현과 회원현을 통합하여 창원부로 승격시켰다. 당시 마산은 창원도호부에 속하여 창원의 한 구역이었다.

조선 말 1899년 5월 1일 마산포는 개항장으로 발족되고 각국 거류지제가 설치됨에 따라 일본 영사관이 설치되었다. 광복 후 1949년 8월

15일부로 마산시가 되었다가 2010년 7월 1일 창원시로 통합되면서 마산합포구와 마산회원구로 나뉘었다.

원나라의 쿠빌라이 칸은 일본과 직선거리가 가까운 합포(마산)에서 일본 정벌을 준비했다. 당시 일본은 최초의 무사정권인 가마쿠라 막부 시절이었다. 쿠빌라이 칸은 정동행성을 설치하고 전주 변산과 나주 천관산 목재로 1월부터 역사를 시작하여 5월 그믐에 크고 작은 배 900여 척을 완성했다. 고려는 원의 침략기지로 변해갔다.

1274년 10월 900척의 배에 4만 명의 여·몽연합군의 일본 원정대를 싣고 쓰시마, 이끼섬을 지나 규슈에 상륙했다. 일본 역사상 처음 당한 본토 침공이었으며 일본 열도는 충격에 빠졌다. 일본은 속수무책으로 당했다. 연합군의 철포 등 무기와 전술은 일찍이 경험해보지 못했다. 그들은 나라를 지켜준다는 신에게 기도하는 것밖에 달리 할 일이 없었다. 천황은 전국의 신사에 기도 명령을 내렸다. 일본 측 기록에 따르면 여·몽연합군은 상륙지에서 대규모 학살을 자행해 그들을 공포에 떨게 했다. 이로 인해 현대까지 일본에서는 우는 아이를 달랠 때 '무쿠리 고쿠리 귀신이 온다'라고 겁을 주어 달래는 것이 풍습이 되어왔다.

여·몽연합군의 두 차례에 걸친 일본 원정은 가미카제(신풍)로 결국 실패했다. 그러나 두 차례의 침입을 받은 일본 막부도 경제 파탄이 일어나 막부가 붕괴되는 원인이 되었다. 그로 말미암아 일본 사회에 심각한 불안정이 초래됨으로써 해안 지역의 일본 백성은 해적으로 변해 국외로 나갈 수밖에 없었다. 이들이 바로 왜구이며, 그로 말미암아 고려 말기의 피해가 더욱 심각했다.

우리나라 최초의 해상유원지인 돝섬을 바라보다가 월영마을로 향한다. 돝섬은 가락국 왕의 총애를 받던 한 미희가 황금돼지로 변했다 하여 황금돼지섬이라고도 한다.

1982년 국내 최초로 개장한 해상유원지로 마산여객터미널에서 유람선으로 10분 정도 소요된다. 돝섬의 '돝'은 돼지의 옛말이며, 돝섬 혹은 저도(猪島)는 사계절 꽃피는 섬으로 예쁘게 조성되어 있다.

고운 최치원의 발자취가 어려 있는 월영마을을 지나간다. 최치원은 합포만 풍경을 바라볼 수 있는 곳에 월영대(月影台)를 세우고 제자들을 가르쳤다. 월영이란 이름은 최치원이 직접 지었고, 현판도 직접 썼다. 월영대 내부에는 시비와 유허비 등이 보관되어 있다고 하나 대문이 쇠자물쇠로 굳게 닫혀 있다. 부근에는 최치원을 기리기 위한 월영서원이 있었는데 홍선대원군의 서원 철폐로 인해 사라진 뒤 복구하지 못했다.

1533년 2월 15일, 이황은 지리산 쌍계사 가는 길에 창원에 살고 있는 사촌 누나의 생일잔치에 참여하였다. 숙부 송재공의 맏딸인 사촌 누나는 친정 종제가 생일잔치에 참석하게 되니 반갑고 또 반가웠다. 그때 이황은 월영대로 가서 최치원이 옛날 놀던 일을 추억하며 시 「월영대(月影台)」를 지었다.

> 늙은 나무 기이한 바위 푸른 바닷가에 있건만
> 고운이 놀던 자취는 연기처럼 사라졌네.
> 오직 높은 대에 밝은 달이 길이 남아
> 그 정신 담아다가 내게 전해주네.

다음 날 이황은 의령으로 되돌아와 백암촌의 장인 집에서 묵었다. 아내 허씨 부인의 할아버지 예촌 허원보는 재물과 딸린 사람들이 많았으며, 임진왜란 당시 홍의장군 곽재우도 세 살 때부터 허원보의 집에서 양육되었다. 허원보는 강가에 지은 백암정에 김일손, 김굉필 등 시인묵객들을 초청해 시회를 열기도 하였다.

월영대는 고운 최치원이 대를 쌓고 후학을 가르치던 곳으로, 고운이 떠난 뒤 수많은 선비들이 그의 학덕을 흠모하여 찾아오는 순례지가 되었다. 최치원의 「범해(泛海)」는 바다를 소재로 하는 우리나라 최초의 시(詩)인데, 월영대에서 바라보이는 합포만이 그 배경이다.

> 돛 달아 바다에 배 띄우니/ 긴 바람 만 리에 나아가네.
>
> 뗏목 탔던 한나라 사신 생각나고/ 불사약 찾던 진나라 아이들도 생각나네.
>
> 해와 달은 허공 밖에 있고/ 하늘과 땅은 태극 가운데 있네.
>
> 봉래산이 지척에 보이니/ 나 또한 신선을 찾아가네.

"봉래산(금강산)이 지척에 보이니 나 또한 신선을 찾아가네"라고 노래한 최치원은 훗날 세상을 뒤로하고 가야산으로 들어가 신선의 길을 갔다. 『삼국사기』에는 "치원이 서쪽으로 가서 당나라에 벼슬하다가 동쪽 고국으로 돌아오니, 모두 어지러운 세상을 만나 운수가 막혀 움직이면 문득 허물을 얻게 되었으므로 스스로 때를 만나지 못함을 슬퍼하며, 다시 벼슬할 뜻을 품지 않았다. 마음대로 유유히 생활하며, 산림 아래와 강과 바닷가에 누각과 정자를 짓고 소나무와 대를 심고 책 속에 파묻혀 풍월을 읊었다"라고 기록하고 있다. 그리고 경주 남산, 강주 빙산(의성 빙계동), 합주(합천) 청량사, 지리산 쌍계사, 합포현(마산 바닷가)의 별서 등에서 노닐다가 "가장 나중에는 가족을 거느리고 가야산 해인사에 숨어 살았는데, 스님 현준, 정현과 도우를 맺고 한가히 지내면서 노년을 마쳤다"라고 했다.

신선의 길을 갔던 최치원이 신선이 되었다는 장소로는 주로 두 곳이 꼽힌다. 지리산 쌍계사와 가야산 해인사다. 합천 해인사 학사대(學士臺) 전나무(천연기념물)는 장경판전 옆에 있다. 학사대는 최치원이 해인사대적광전 옆에 지은 정자다. 최치원이 지팡이를 꽂았는데, 여기서 싹이 터서 전나무가 되었다는 전설이 있다. 고운이 갓과 신발을 벗어두고 신선이 됐다는 해인사 홍류동 골짜기에는 농산정(籠山亭)이 있는데 이 일대를 두고 최치원이 지은 한시가 있다.

> 첩첩 바위 사이 미친 듯 내달려/ 겹겹 싸인 산을 울리니/ 지척 사람 말조차 구분
> 하기 어려워라/ 시비 소리 귀 닿을까 늘 두려워/ 흐르는 물로 산을 통째 두르고
> 말았다네.

최치원이 활동했을 당시 세계 최고의 선진국은 당나라였다. 비단길이라 불리는 실크로드에는 당의 주변 국가는 물론 당시 서역이라 불렸던 아랍에서까지 국제무역상들이 몰려들었다. 당나라에 몰려든 사람들은 비단 무역상만이 아니었다. 당나라에는 세계 각국의 사신들과 유학생들도 몰려들었다. 유학생들은 크게 두 종류가 있었다. 하나는 불교 공부를 위한 출가 승려들이었고, 다른 하나는 당의 과거에 급제하기 위한 학자들이었다. 신라의 유학생 중 출가 승려로는 의상대사가 유명한데 중국에서 지장보살로 추앙받고 있는 김교각 등 신라 왕자들도 있었다.

최치원의 부친 최견일은 최치원이 당의 빈공과에 급제하기를 원하여 12세의 어린 최치원을 당나라로 보냈다. 그때 "10년 안에 과거에 급제하지 못하면 내 아들이 아니니 힘써 공부하라"라고 다짐시켰다. 최치원은 역사상 최초의 조기 유학생이 된 것이다. 삼국사기의 「최치원 열전」에는 874년(경문왕 14) 빈공과에 한 번에 합격했다고 기록되어 있다. 한번에 합격한다는 것은 기록적인 일이었다. 환갑이 넘도록 과거에 급제못 하고 평생을 바치는 사람들이 많던 시대에 유학 6년만인 18세 때,

그것도 단 한 번에 과거에 급제한 것은 놀라운 일이 아닐 수 없었다.

과거 급제 후 최치원은 879년 황소의 난이 일어나자 회남절도사 고변의 종사관이 되어 「토황소격문」을 썼는데, 이 격문을 읽던 황소가 간담이 서늘해져 자기도 모르게 의자에서 굴러떨어졌다는 일화가 회자되면서 최치원의 문명은 당나라 전체에 높아져갔다. 당나라에서 출세의 기회를 잡았지만 최치원은 고향에 대한 향수를 견딜 수가 없었다. 최치원의 「秋夜雨中(가을비 내리는데)」이다.

> 가을바람에 오직 괴로이 읊나니/ 세상에 나를 알아주는 친구 적구나.
> 창밖 삼경에 비가 내리는데/ 등 앞의 외로운 마음 고향을 달리네.

최치원이 향수에 젖어 있자 당 희종은 그를 사신으로 신라에 보냈다. 그의 나이 28세 때였다. 신라인으로 신라에 사신으로 온 최치원은 헌강왕을 단숨에 사로잡았다. 「최치원 열전」은 헌강왕이 "그를 붙들어 두려고 시독겸한림학사 수병부시랑 지서서감사로 삼았다"라고 기록하고 있다. 최치원은 이렇게 17년간의 당나라 생활을 청산하고 고국 생활을 하게 되었다.

헌강왕은 당나라에서 최치원이 떨친 문명과 역량을 발휘하기를 바랐고, 최치원 역시 신라 사회의 발전을 이끌려는 의욕으로 가득 찼다. 하지만 '신라가 쇠퇴하는 때'여서 의심과 시기가 많아 용납되지 않았다. 최치원 자신은 득난(得難), 곧 '얻기 어려운' 육두품이었지만 진골 출신이 주도하는 골품제 사회의 벽을 넘을 수는 없었다. 중앙정계의 이런 상황에 좌절한 최치원은 지방직인 외직에 자원해 전북 태인, 경남 함양, 충남 서산 등지의 태수를 지내게 된다.

귀국 10년째인 894년 최치원은 신라 사회의 문제점에 대한 종합적

충무공과 함께 걷는 남파랑길 이야기

개혁안인 시무 10조를 진성여왕에게 올렸다. 진성여왕은 최치원의 시무책을 즉시 가납하고 그를 육두품 중 최고 관직인 제6관위 아찬에 봉했다. 최치원을 내세워 개혁정치를 점화하려고 한 것이다. 그러나 그의 시무책은 진골들에 의해 거부되고 말았다.

이제 최치원의 갈 길은 둘이었다. 하나는 계속 온몸을 던져 신라 사회를 개혁하는 길이고, 다름 하나는 스스로 은둔의 길을 걷는 것이었다. 시대와 조우하지 못한 비운의 천재 최치원은 은둔의 길을 택했다. 자신의 온몸을 던져 승부하기보다는 현실 도피를 택한 것이었다. 40세쯤 관직에서 물러난 최치원은 세상을 두루 돌아다니며 시름을 잊으려 애썼다. 은둔의 길을 간 최치원의 그 길은 신선의 길이었다.

최치원은 사후에 더 높은 평가를 받았다. 조선 전기의 문신 서거정 (1420~1488)은 최치원의 『계원필경』을 "우리 동방의 시문집이 지금까지 전하는 것은 부득불 이 문집을 개산비조로 삼으니, 이는 동방 예원(藝苑)의 본시(本始)이다"라 칭하였다. 서거정은 월영대를 찾아와서 노래했다.

월영대 앞에 달은 아직도 있건만/ 월영대 위에 사람은 이미 갔네./ 고운이 고래를 타고 하늘로 올라간 뒤/ 흰 구름만 아득하여 찾을 곳이 없구나./ 고운이여, 고운이여,/ 그대는 진정 유선(濡仙)/ 천하사해에 명성을 전하였네.

한국문학사에 있어 최고의 문인이자 한국과 중국에서 존경받는 고운 최치원의 유적을 관광자원화하는 방안이 '고운 최치원 인문관광 도시연합협의회' 9개 도시로 창원시, 경주시, 서산시, 합천군, 함양군, 군산시, 문경시, 보령시, 의성군이 결성되어 있다. 창원의 고운 관광지는 모두 9곳으로 최치원의 전설이 전해지는 돝섬, 후학을 가르쳤던 월영대, 삼국사기에 기록된 말년에 머물렀던 '합포현별서', 고운대 등이 있다. 남파랑길 종주를 마친 후 마산의 진산인 무학산 등산을 다녀왔는데 그곳에서도 최치원의 발길을 느낄 수 있었다.

최치원의 신선의 길을 흉내 내며 신선의 길을 추구하는 나그네가 월영마을을 지나 청량산 입구 나무데크 계단을 따라 청량산터널 위를 지나간다. 마산 시내를 내려다볼 수 있고 마창대교도 볼 수 있는 걷기 좋은 길이다. 청량산 안내도 앞에서 걸음을 멈춘다. '청량산 숲길'은 가고파~보고파~오고파~전망대~걷고파 구간을 지나는 약 5㎞ 코스다.

창원의 청량산에서 안동의 청량산이 다가온다. 조선시대 주세붕을 비롯하여 미수 허목, 성호 이익, 청담 이중환 등 이름난 선비들은 하나같이 청량산을 찾은 후 기행문이나 경탄의 시구를 남겼는데, 선인들이 남긴 기행문은 100여 편, 시는 1,000여 수를 헤아린다. 이처럼 칭송을 받은 산이 조선 팔도에 또 있을까.

안동의 청량산과 인연을 맺은 선비 중에는 퇴계 이황을 빼놓을 수 없다. 조선 중기의 대학자이자 청백리의 표상이었던 퇴계는 스스로를 '청량산인'이라 부를 만큼 청량산을 사랑했다. 청량산은 퇴계의 5대 고조부 때 나라에서 하사받은 봉산(封山)으로 퇴계는 13세가 되던 해 청량산에 들어가 사촌들과 학문을 익혔다. 그 후로 퇴계는 틈만 나면 청량산을 찾았다. 도산서당을 지을 때는 청량산과 지금의 도산서원 자리를 두고 끝까지 망설였을 만큼 청량산에 애착을 보였다.

퇴계는 55세가 되던 해 청량산에 들어가 한 달간 머물렀다. 퇴계는 청량산을 소재로 한 55편의 시와 한 편의 발문과 기행문을 썼다. 퇴계가 떠난 뒤 청량산은 선비의 산이 되었다. 퇴계의 정신과 학문을 계승하려는 후학들도 퇴계의 발자취를 따라서 청량산으로 걸음을 했다.

2009년 영화계를 강타한 독립영화 '워낭소리'의 첫 장면은 청량산의 청량사에서 장식했다. 할아버지가 창끝처럼 치솟은 탑과 마주 앉아 죽은 소의 극락왕생을 빌던 곳이 청량사다. 내 고향 안동 청량산과 청량사의 추억이 창원의 청량산에서 하나가 된다.

청량산 숲길전망대에서 창원9경의 제1경인 마창대교와 우측의 진해만이 시원스럽게 시야에 들어온다. 2경은 국립3·15민주묘지, 3경 진해루, 4경 팔용산 돌탑, 5경 무학산, 6경 저도연육교, 7경 의림사계곡, 8경 돝섬유원지, 그리고 9경은 어시장이다. 마산 앞바다와 돝섬유원지, 통영과 거제 사이로 올망졸망 늘어선 아름다운 섬들의 모습과 햇살에 비친 노란 단풍잎이 가을의 정취를 더한다. 인적 끊긴 가을 산속에 소리 없는 아우성을 질러본다. 울림은 헛되이 메아리로 돌아온다.

가고파, 보고파, 오고파, 걷고파의 청량산 숲길에서 내려와 도로를 걸어간다. 울타리 안에 있는 바람개비들이 바람에 돌아간다. 바람 없는 날 바람개비를 돌리는 방법은 바람개비를 안고 달려야 한다. 남파랑길 종주의 바람개비를 안고 나그네가 신선의 길을 찾아 힘차게 달려간다.

덕동마을을 지나서 인도가 따로 없는 주의 구간 안내표시가 부착되어 있는 위험한 길을 조심스레 걸어간다. 위험구간은 빨리 벗어나는 게 상책이라 걸음이 자동으로 빨라진다. 덕동삼거리에서 좌측 구산면 방향으로 진행한다. 유산마을을 지나고 우측으로 법지사를 지나서 한적한 바닷가를 걸어간다. 바다가 아늑하고 고요하다.

바람에 날리는 바닷가 갈대밭을 걷고 또 걸어 구서분교 앞 바닷가에서 10코스를 마무리한다. 오늘 하루 32.5㎞를 걸었다.

마산합포구청 옆 호텔에 숙소를 정하고 어두운 거리를 걸어간다. 수산어시장에서 2인분을 포장하여 혼밥에 혼술을 하면서 혼행의 즐거움을 누린다.

11코스

★ ★ ★ ★ ★ ★ ★ ★

한국의 아름다운 길

[김성일과 홍의장군]

구서분교 앞 사거리에서 암아교차로까지 16.0㎞

구서분교 앞 사거리 → 제말장군 묘 → 광암해수욕장 → 진동삼거리 → 암
아교차로

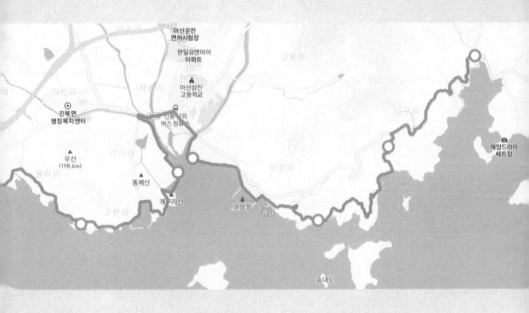

"도끼를 들고 남쪽 향해 길을 떠남에 외로운 신하 한 번 죽음 각오했다네."

11월 11일 걷기 6일째, 구산초등학교 구서분교 앞에서 11코스를 시작한다.

마전버스정류장에서 진동 방향으로 차로를 따라 걸어간다. 차로 오르막 끝에 오르니 구산면에서 진동면으로 넘어간다. 하늘에는 따사로운 태양이 미소 짓고 원시의 유랑자는 대지를 걸어간다. 용기를 가르치고 생명을 일깨우는 대지를 밟으며 길을 간다. 부활을 가르치고, 버리고 떠남을 가르치는 대지를 걸어간다. 바람처럼 구름처럼 방랑의 길을 간다. 나무가 홀로 서 있듯이 대지는 홀로 가는 용기를 가르쳐준다. 가을이면 떨어져 생명을 마감하는 잎사귀들처럼 대지는 떠남을 가르쳐주고 봄이면 다시 싹을 틔우는 씨앗들처럼 부활을 가르쳐준다. 눈이 녹으면서 자신을 버리듯이 대지는 자신을 버리는 법을 가르쳐준다.

태양이 떠오른다. 나그네는 태양과 더불어 축제의 남파랑길을 걸어간다. 사람들은 축제를 통해 삶의 주인이 된다. 카르페 디엠! 매일 매 순간을 축제의 삶으로 살아간다. 평온한 다구항과 다구마을을 지나간다. 뒤에는 성산과 수리봉, 옥녀봉이 있고 앞에는 진동만 바다가 보이는 전형적인 배산임수형 마을이다.

나들이 가는 나그네를 바라보며 수령 250년 된 푸조나무 두 그루가 묵묵히 마을의 안녕을 지켜주며 서 있다. 푸조나무는 이 길을 걸은 순례자를 얼마나 보았을까. 이 푸조나무 아래 쉬어간 나그네는 얼마나 될까. 휴식(休息)은 사람(人)이 나무(木) 아래에서 스스로(自)의 마음(心)

을 들여다보는 것, 인생의 휴식은 마음의 고향을 찾아가 거울에 자신의 모습을 비춰보는 것이다. 푸조나무에 사랑하는 사람들의 이름을 새긴다. 나뭇잎들이 일렁거리며 박수를 치면서 환호를 해준다.

다구항으로 진행한다. 죽도가 바다에 떠 있다. 죽도를 바라보며 걷는데 굴구이 식당 벽에 '靑山은 바삐 가는 흰 구름을 비웃는다'라고 쓰여 있다. 그냥 가지 말고 식도락을 즐기라는 뜻인데 아쉽게도 문이 닫혀 있다. 나옹선사의 노래를 부르며 청산으로 걸어간다.

청산은 나를 보고 말없이 살라 하고/ 창공은 나를 보고 티 없이 살라 하네

탐욕도 벗어놓고 성냄도 벗어놓고/ 물같이 바람같이 살다가 가라 하네

조용한 다구항을 지나서 우측 숲속으로 올라선다. 다구항과 죽도를 뒤돌아보며 도로에 올라서니 제말 장군의 묘가 있다. 계단을 올라 제말 장군의 묘로 걸어간다. 묘에서 바라보는 다구마을과 죽도가 파도를 막아주어 잔잔한 바다는 평온하고 아름답다. 최고의 예술품 앞에서 보낼 수 있는 최고의 찬사는 오직 침묵뿐이다. 신의 최고의 조각품 자연 앞에서 나그네가 침묵한다.

제말 장군은 1567년 경남 고성에서 태어나 무과에 급제한 후 임진왜란이 일어나자 의병을 모아 웅천·김해·의령·정암·문경 등에서 의병장으로서 왜군을 물리쳤다. 이러한 공으로 1593년(선조 26)에 성주목사에 임명되었으나 성주성은 이미 함락된 상태였으며, 이를 탈환하기 위해 전투를 하였으나 수적으로 열세인 상황에서 전사하였다. 묘역은 1597년에 만들어졌다. 제말 장군은 키가 8척에 달하였으며 고슴도치 수염에 눈빛이 형형하고 용력이 출중하면서 몸놀림이 빨라서 왜적도 제말 장군을 맞서기를 두려워했다.

의병은 전쟁의 판도를 바꾸었다. 호남 최초의 의병장 전남 곡성의 유
팽로는 4월 20일, 홍의장군 곽재우는 4월 22일로 이후 전국 각지에서
의병들이 일어났다. 의병들의 활동은 일본군의 보급로를 위협하고 일
본군의 세력을 분산시켰다. 일본의 전투에서는 경험해보지 못한 민간
인들의 의병활동이었다. 일본의 조선 침략은 이제 새로운 양상에 부닥
친 것이다.

임진왜란을 일으킬 때 도요토미 히데요시의 초기 전략은 단기간에
조선 전역을 장악하고 이곳으로부터 군수물자를 공급받아 명나라로
진격하는 것이었다. 통치자만 항복하면 통치하는 영역은 자신들의 판
도가 될 것으로 생각하였던 일본군은 20일 만에 서울을 점령했음에도
불구하고 국왕의 피난으로 항복을 받지 못하였다.

도요토미 히데요시는 의병을 예상하지 못했다. 일본의 전쟁에서는
군대가 무너지면 민중의 저항은 없었던 것이다. 조선 중기의 시대정신
인 선비정신, 그 가치가 결국 위기 상황에서는 큰 힘을 발휘했다.

1592년 4월 11일, 임진왜란이 일어나기 이틀 전 김성일은 경상우도
병마절도사에 임명되었다. 문관 출신이 장수로 임명된 것은 극히 드문
일이었다. 김성일은 앞날을 예측했는지 한강을 건너면서 시 한 수를
남겼다.

> 도끼를 들고 남쪽 향해 길을 떠남에/ 외로운 신하 한 번 죽음 각오했다네.
> 늘상 보던 저 남산과 저 한강물은/ 고개 돌려 바라보니 남은 정 있네.

김성일은 임지로 가는 중에 임진왜란이 일어났다는 소식을 듣고 경
상우병영이 있는 창원으로 곧바로 달려갔다. 창원 근처에서 김성일은

정찰을 나선 왜적을 만나 죽이고, 선조에게 긴급히 알리며, "목숨을 바쳐 나라의 은혜에 보답하는 것이 제가 바라는 바입니다"라고 했다. 이 접전이 벌어지기 전인 4월 17일, 선조는 의금부도사를 시켜 김성일을 잡아오게 했다. 일본에 사신으로 갔다가 돌아와 보고할 적에 "왜적들이 쳐들어올 것 같지 않다"라고 말해 나라를 그릇된 방향으로 나아가게 했다는 이유였다. 그 사실을 전해 들은 김성일은 의금부도사가 도착하기 전에 나라에서 내린 명령은 한시라도 머뭇거릴 수 없다 하고 임금이 계신 북쪽을 향해 올라갔다. 김성일이 충청도 직산에 이르렀을 때, 그 죄를 용서한다는 명령을 받았다. 유성룡이 탄원을 하고 광해군이 힘껏 김성일을 변호했기 때문이었다. 선조 또한 누군가 희생양이 필요할 뿐 잘못된 보고 탓만은 아니라는 사실을 잘 알고 있었다. 그래서 선조는 김성일을 경상우도 초유사로 임명하였다.

초유사(招諭使)는 나라가 어려운 일을 맞았을 때, 백성을 잘 구슬려 나라를 위해 일어나도록 권유하는 직책이었다. 다시 남쪽으로 향한 김성일이 5월 4일 함양에 이르니, 백성들은 모두 떠나버렸고 수령과 나이 든 아전만이 자리를 지키고 있었다. 이때 평소 알고 지내던 조종도와 이로(1544~1597)가 찾아와서 의병을 일으키는 데 뜻을 모았다. 두 사람은 이후 김성일이 죽을 때까지 함께했다. 뒷날 이로는 김성일이 1590년 일본에 통신사로 갔던 일부터 시작하여 1593년 4월 경상감사로 있다가 진주에서 세상을 떠나 안동에 묻힐 때까지의 일을 자세하게 쓴 『용사일기(龍蛇日記)』를 남겼다. 만약 이 책이 없었다면 김성일의 당시 뛰어난 활약은 세상에 제대로 밝혀지지 않았을 것이다.

김성일은 「도내의 선비와 백성들을 깨우쳐 불러모으는 글」을 지었다. 이 초유문은 임진왜란이 일어나고 관에서 처음으로 내건 것으로, 문장마다 글자마다 나라를 위하는 깊은 마음이 넘쳐흘렀다. 내용의 일부다.

우리나라가 생긴 이래 오랑캐의 난리가 지금처럼 참혹한 때가 없었다. 여러 도의 감사, 병사, 수사 등 장수들과 군수, 현감 등 수령은 적병이 왔다는 소리만 듣고도 병졸을 흩어버리고 달아났다. 이러니 불쌍한 우리 군사와 백성들은 누구를 믿고 의지할 것인가? 믿고 의지할 곳이 없으니 도망해 달아나지 않을 수 있겠는가? 그러니 지금 이때는 뜻 있는 선비가 창을 들고 일어날 때이며, 충신은 나라를 위해 죽을 날이다. …(중략)… 옛날 충신과 열사는 뜻을 바꾸어 이루려 하지 않았고, 약하다고 기가 꺾이지도 않았다. 올바른 도리를 행하는 일에는 비록 백 번 싸워 백 번 지더라도 끝까지 빈주먹으로도 칼날과 맞서고 죽음을 두려워하지 않았다. …(중략)… 나는 한갓 선비일 뿐이다. 비록 군사 일은 배우지 못했으나 임금과 나라를 위하는 마음만은 누구에게 못지않다. 지금 나라가 위태로운 지경에 이르러 그대들에게 옛 충신과 열사들의 기상을 기대한다. 의로운 기상을 지닌 사람들아, 힘을 내어 빨리 공을 세우기를 바란다. 조정에서 뒷날 상을 내리리라.

이 글이 전파되자 영남지방 전체가 충성과 의리의 도가니로 변했다. 김성일은 경상좌도의 퇴계 이황의 문하였으나 경상우도의 남명 조식 문하의 사람들도 들고 일어났다. 1589년 남명 조식의 뛰어난 제자였던 최영경이 정여립모반사건의 주모자 길삼봉으로 몰려 죽임을 당했을 때, 최영경이 억울하다는 사실을 알면서도 누구도 나서서 변호하는 사람이 없었다. 이때 김성일은 그의 원통함을 주장하였고, 최영경은 관직을 회복하고 명예가 다시 살아났다.

3년 전의 일로 김성일은 경상우도에서도 백성들의 마음을 끌어내어 의병을 모을 수 있었다. 이는 1차 진주성 싸움 승리의 원천이 되기도 했다. 김성일은 거창에서 의병을 일으킨 김면, 합천에서 의병을 일으킨 정인홍을 의병대장으로 삼아 그 지역의 의병을 지휘하게 했다. 이들은 곽재우와 함께 경상도 3대 의병장이었다. 그런데 이때 관군과 의

병은 서로 협조가 잘되지 않았다. 의병들은 관리 및 관군을 믿지 않았다. 관군의 입장에서는 의병장은 병법도 잘 모르고 의병들은 규율이 없이 제멋대로였다. 그래서 관군의 장수와 관리들은 거의 의병에 협조하지 않았다. 그러나 초유사 김성일은 두 집단으로부터 협조를 잘 이끌어냈다. 양쪽으로부터 다 신망을 받았기 때문이었다.

홍의장군 곽재우는 자신의 재산을 털어 군량미로 쓰면서 활동이 거침이 없어 시기하는 무리들이 비난하다가 마침내 도적의 무리로 몰아 경상감사 김수에게 보고하였다. 김수는 곽재우를 잡아들이라고 명령을 내렸고, 곽재우의 병사들은 지리산에 들어가 숨으려 했다. 곽재우의 의병 집단이 무너지기 직전 김성일은 곽재우에게 글을 보내 그 뜻을 이해하고 더욱 분발할 것을 당부했다. 곽재우는 김성일이 자신의 충성심을 알아주는 것을 보고 감격해 나라를 위해 온몸을 바칠 것을 맹세했다. 사람들 또한 곽재우의 의거를 믿었고, 곽재우의 의병은 기세가 다시 살아났다.

붉은 옷의 전설 망우당(忘憂堂) 곽재우(1552~1614)가 의병을 일으킨 날은 4월 22일, 모리 데루모토가 이끄는 3만 왜군이 김해, 창원을 점령하고 현풍으로 들어오던 날이었다. 의병을 일으키기에 앞서 곽재우는 현풍의 본가로 달려가 조상의 사당에 고하고 묘의 봉분을 평평하게 하여 적군이 범하지 못하게 했다. 어머니 허씨를 비롯한 가족들을 데리고 의령으로 돌아와 깊은 산속으로 피난을 시킨 후 의병을 모집했다. 하지만 나이 마흔이 넘도록 변변한 벼슬 한 자리 못하면서 매일같이 술과 낚시를 즐기며 풍월이나 흥얼거리던 곽재우가 의병을 모은다니, 머슴 열두어 명만이 삽이나 곡괭이 같은 것을 들고 나설 뿐이었다.

곽재우의 가장 빛나는 승리는 정암진 전투였다. 1592년 6월 함안을 점령한 일본군 2만 명은 전라도로 가는 길목에 있는 의령을 공격하기 위해 정암진에 도착해서 강을 건너가기 위한 작전을 시도했다. 하지만 정암진은 물이 워낙 깊은데다 그나마 얕은 곳은 진창이어서 도저히 강을 건널 수가 없었다. 그래서 사로잡은 조선 백성들을 동원해 마른 곳만 골라서 깃발을 꽂아 표시하게 하고 다음 날 해가 뜬 후 강을 건너가려고 했다. 이를 알고 있던 곽재우는 밤새 의병들을 시켜서 깃발을 모조리 뽑아 진창으로 옮겨 꽂게 하고, 수심이 깊은 곳에는 장애물을 설치한 뒤 강변 갈대밭에는 궁수를 매복시켜놓았다.

날이 밝자 왜군들은 깃발을 따라 강을 건너다가 진창에 빠져 허우적거리기 시작했다. 이때 정암진 벼랑 위에서 붉은 옷을 입고 백마를 탄 곽재우가 외쳤다.

"쏴라! 한 놈도 놓치면 안 된다."

이 싸움에서 2만 여 가까운 적은 거의 전멸하다시피 참패하였다. 그 뒤부터 왜군은 홍의장군만 보면 "하늘에서 내려온 신장(神將)이 나타났다!"라고 하면서 도망쳤다.

곽재우는 이몽학의 난에 연루되어 김덕령과 함께 죽을 고비를 넘기는 모함을 받기도 했다. 하지만 결국 공로를 인정받아 경상 좌방어사에 올라 창녕의 화왕산성에서 가토 기요마사를 물리치기도 했다.

전란이 끝나고 선조가 내리는 벼슬을 사양했다는 이유로 영암에서 2년간 귀양살이를 한 곽재우는 풀려난 후 창녕의 비슬산 기슭에 망우정을 짓고 은거하며 다시는 세상에 나가지 않았다. 솔잎으로 끼니를 때우고 책과 거문고, 낚시를 즐기면서 만년을 풍류와 도술에 몰두하던 곽재우는 1614년 망우정에서 66세를 일기로 세상을 떠났다.

차도를 따라 걷다가 광암해안길로 들어선다. 고요한 아침의 바닷가를 홀로 걸어간다. 어느 누가 칠했을까? 시리도록 파란 가을하늘. 파란 바다와 파란 하늘이 만나는 저 수평선 위를 걷고 싶다. 걸어서 바다 끝까지 걸어서 하늘 끝까지 걷고 또 걸어가고 싶다.

광암해수욕장이다. 굴껍질과 자갈밭으로 이루어진 갯벌에 모래를 쌓아 만든 인공해수욕장이다. 창원시의 유일한 해수욕장이다. '모래는 같이 가기 싫어해요' 스티커가 귀엽다. 모래의 여정은 비록 한때 명산에서 위용을 뽐냈어도 세파에 부대끼어 한 생을 풍화한 삶으로 변신한다. 억만 번 구르고 굴러 바닷가에 당도한 모래, 은빛 모래의 여정은 늘 밀물따라 썰물 따라 멈추고 흘러간다. 흐르고 흘러 흐르기를 멈추는 그때, 모래는 하늘로 올라가 밤하늘의 별이 되어 반짝인다. 기나긴 세월 속에 소중한 만남과 이별, 돌아보면 모두가 아득한 한바탕 환영(幻影)이다.

광암해수욕장에서 벗어나니 '한국의 아름다운 길 10.4㎞' 안내판이 서 있다. 고성군의 동진대교 해안도로가 '한국의 아름다운 길 100선'에 선정됐다. 남파랑길을 걸으면 진해 천자봉 산길, 남해대교, 여수 오동도 방파제, 돌산대교 야경 등 '한국의 아름다운 길' 중 여러 길을 만나게 된다.

광암항 방파제에서 조선시대 최초의 물고기 도감 『우해이어보(牛海異魚譜)』에 대한 안내판을 바라본다.

> 우해이어보(牛海異魚譜)는 정약전의 자산어보보다 11년 일찍 저술된 어보로서 1801년(순조 1) 진해로 유배 온 김려가 유배생활 중 직접 관찰하고 들은 바를 옮겨 정리한 실학사상의 결과이며 수산연구에 중요한 지침이 되는 연구서다. 우해는 진해의 별명으로, 진해에 유배 온 지 2년 후인 1803년 늦가을에 탈고했다.

광암항을 지나고 광암마을을 지나서 갯벌 옆으로 남파랑길이 이어진다. 태봉천의 향군교를 지나자 진동리유적지가 나온다. 진동전통시장을 지나고 진동사거리로 나아가 진동천의 사동교를 지나고 지산교를 지난다. 우산교 입구에 세워져 있는 '마산 진동만 미더덕 오만둥이' 홍보탑이 귀엽다. '고현어천체험마을로 놀러오세요'라고 하는 안내판을 보고 '미더덕로'를 따라간다.

인곡천을 따라 한적한 길을 걸어 죽전방조제로 나아간다. 지나온 광암해수욕장과 광암항이 보인다. 죽전방조제가 유실되는 것을 막기 위해 테트라포드가 쌓여 있는 방조제를 걸어가는데 고양이 네 마리가 놀고 있다. 사료와 물이 있는 것으로 보아 누군가가 정성스레 제공한 아침 식사다.

방조제를 쌓으면서 생긴 저수지와 습지에는 갈대가 무성하게 자라고 있다. 맑고 잔잔한 저수지에는 푸른 하늘이 그대로 담겨 있다. 방조제 끝에 켜켜이 세월의 흔적이 묻어나는 바위가 나그네를 반겨준다. 고현마을 둘레길 안내판이 안내하고 고현마을 진동항이 나타난다. 고현마을의 미더덕이 유명해서 주변이 온통 미더덕이다. 마을 이름은 고현마을인데 항 이름은 진동항이라 특이하다. '우해이어보' 안내판이 여기에도 세워져 있다.

진동만을 따라 조용한 해안길을 걸으며 진해만을 바라본다. 진동만 앞으로는 좌우로 창원시 구산면과 고성군 동해면이 가로막고 있고 그 뒤로는 거제시가 자리하고 있다.

바닷가를 벗어나 언덕으로 올라 암아교차로 교통표지판이 시야에 들어오고 11코스 종점 암아교차로에 도착한다.

★ ★ ★ ★ ★ ★ ★ ★ ★ ★ ★ ★ ★ ★ ★ ★

PART
3

고성
구간

★ ★ ★ ★ ★ ★ ★ ★ ★ ★ ★ ★ ★ ★ ★ ★

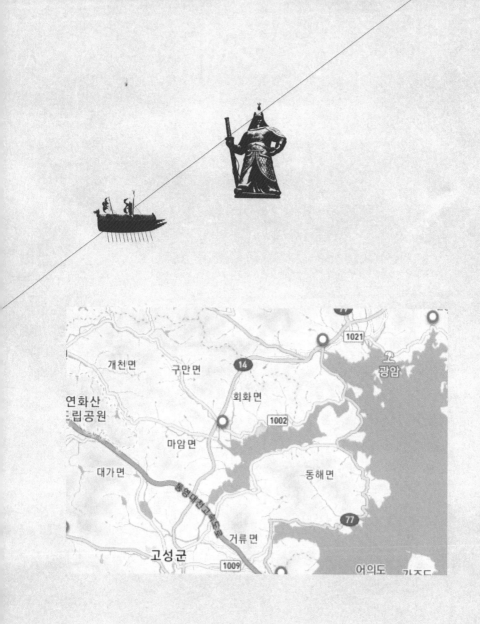

12코스

★ ★ ★ ★ ★ ★ ★ ★ ★

당항만둘레길

[당항포해전]

진전면 암아교차로에서 고성 배둔시외버스터미널까지 18.0㎞

암아교차로 → 모시꽃예술체험학교 → 금봉리마을회관 → 당항포관광지
→ 배둔시외버스터미널

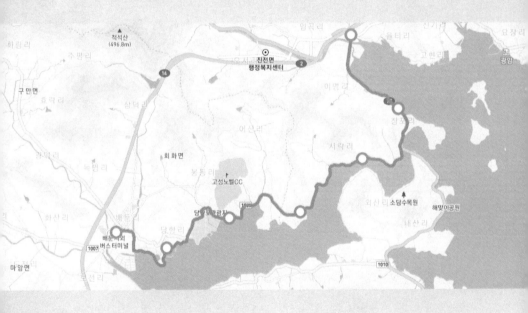

"적의 수급을 베는 데 매진하지 마라. 너희들이 어떻게 싸웠는지는 내가 다 보고 있노라."

10시 30분, 암아교차로에서 12코스를 시작한다. 아인슈타인은 "나는 책의 글자나 다른 사람의 말을 언어 그 자체로 생각하지 않는다. 나는 그것들을 살아 움직이는 영상으로 바꾸어 이해한다. 그리고 나중에 그것을 다시 언어적으로 풀어낸다"라고 했다. 어느 글자나 말을 이 아름다운 남파랑길의 풍경으로 바꾸어 이해할 수 있을까. 충무공을 만나는 상상의 남파랑길을 걸어간다. 마산합포구 진전면 이명리에 있는 '6000냥 집밥정식' 한식뷔페에서 아침 식사를 한다. 이런 행운이! 이제 막 문을 열어 첫 손님이다. 글로 꼭 감사 인사를 남기겠다고 약속했다.

"인상적인 따끈한 카레와 푸짐한 식사, 남파랑길 최고의 조찬, 감사했습니다. 번창하세요!"

등에는 배낭, 배에는 음식을 가득 짊어지고 바닷가를 걸어간다. 세상 부러운 게 없다. 먹으면 모두 다 똥이 되어 나올 음식에 지나치게 집착하는 것은 어리석다. 불속에 들어가면 모두가 재가 될 것들에 집착하는 것은 어리석다. 사람들은 많은 것을 가져야 행복한 줄 안다. 진정한 행복은 가진 것에 만족할 줄 아는 것, 언젠가는 빈손으로 홀홀 털어버리고 떠날 것이다. 바람개비가 바람에 돌아가고 파도처럼 행복이 자꾸자꾸 밀려온다. 기회가 오지 않으면 기회를 창조해야 한다. 뜻이 있는 곳에 길이 있다고 하지만 인생은 결코 뜻대로 만만하게 되지 않는다. 그럴 때면 분노가 밀려온다. 에스키모는 자기 내부의 슬픔, 걱정, 분노가 밀려올 때는 무작정 걷는다. 슬픔이 가라앉고 걱정과 분노가 풀릴 때까지 하염없이 걷다가 마음의 평안이 찾아오면 그때 되돌아선다. 그리고 돌아서는 바로 그 지점에 막대기를 꽂아둔다. 살다가 또화가 나 어쩔 줄 모르고 걷기 시작했을 때, 이전에 꽂아둔 막대기를 발견한다면 요즘 살기가 더 어려워졌다는 얘기고, 그 막대기를 볼 수 없다면 그래도 견딜 만하다는 뜻이 된다.

한풀이의 표현인가, 신천지에 대한 동경인가. 진해만을 둘러싸고 있는 높고 낮은 산을 바라보며 아름다운 길을 걷는다. 포토존에서 멋진 경관을 감상한다. 건너편 광암해수욕장과 해안선 굴곡이 심한 남해안의 리아스식 해안을 맛본다.

창포와 시락을 연결하는 한국의 아름다운 길을 걸어간다. 수많은 섬과 내해를 따라 활력 넘치는 어촌마을과 깊고 푸른 빛깔의 그림 같은 바다가 펼쳐진다. 푸른 하늘과 바다 그리고 길게 늘어선 섬이 어우러져 만든 경치는 가히 어디에도 찾아볼 수 없는 절경이다.

창포마을에서 고개를 넘어 오렌지색 동진대교를 바라보며 걸어간다. 고성군 동해면과 창원시 진전면을 연결하는 다리라는 뜻에서 '동진교'라고 불리며 국토해양부가 선정한 '한국의 아름다운 길'에 포함된 다리로 해돋이가 아름답다.

잔잔한 푸른 바다에 동진대교와 장군산의 모습이 그대로 비친다. 해변의 산과 물속의 산이 바닥에 맞닿은 채 거꾸로 서로 다른 곳을 응시하고 있다. 비록 바라보는 방향은 다르지만 한 뿌리 한 모습이다.

산책은 책 중의 최고의 책이다. 마음으로 보면 우주 삼라만상이 글이요 문장이요 책이다. 새소리, 벌레 소리는 모두 마음을 전해주는 비결이다. 꽃잎도 풀잎도 진리를 나타내는 글이 아닌 것이 없다. 사람들은 글자 있는 책만 읽을 줄 알고 글자 없는 책은 읽을 줄 모른다. 저세상 사람들은 새소리, 벌레 소리로 말을 건네 오고, 꽃잎 풀잎으로 편지를 건네 온다. 죽은 자들이 보내온 편지는 산에 들에 지천에 널려 있다. 고전이나 고사성어 등은 옛사람들이 보낸 과거로부터 날아오는 편지이다. '행복하게 살라!'라는 옛사람들이 보낸 편지가 지천에 널려 있다.

건너편은 동해면인데 섬처럼 생긴 노인산 기슭을 빙 둘러싸고 주택들이 줄줄이 서 있다. 한적한 해안길을 걸어서 소포마을을 지나고 창원시 진전면 시락리를 지나서 드디어 고성 땅, 고성군 회화면으로 들어서는 고개를 넘어가며 '고성의 노래'를 부른다.

소가야 조상님 정기를 타고 면면히 살아온 이천 년 역사 그 이름 아름다운 빛나는 고성 우리의 구슬땀을 조국에 바칠 희망이 치솟는 새날이 왔다. 우리는 한마음 소가야 핏줄 묵은 밭 새로 갈아 씨를 뿌리자.

이리저리 크고 작은 섬으로 둘러싸인 당항만 입구에 도착한다. 당항만은 400m가 넘는 산들이 앞을 가리고 길게 내륙으로 들어와 있으며 시작되는 입구도 좁아 이 안에 이런 만이 자리하고 있으리라고는 생각하기 어렵다. 바다가 아니라 호수라고 할 수 있을 정도이다.

종곡마을을 지나고 터널을 지나서 어신마을 바닷가 공룡발자국 유적지를 둘러본다. 고성은 미국 콜로라도, 아르헨티나 서부해안과 함께 세계 3대 공룡화석지로 인정받는 곳이다. 중생대에 지구를 지배했던 공룡들은 크기나 생김새가 천차만별이었는데, 6천 5백만 년 전 스테노니코사우루스는 사람과 크기가 비슷하고 두 다리로 걸어다니며, 뇌의 용적도 사람과 거의 차이가 없는 특이한 종이었다. 두 발 가진 이 공룡은 생김새는 캥거루와 비슷하고, 살갗은 도마뱀 같았으며, 접시처럼 생긴 눈으로는 머리의 앞과 뒤를 다 볼 수 있었다. 그들은 해가 져도 사냥할 수 있었고, 고양이처럼 발톱을 오므렸다 폈다 할 수 있었으며, 긴 손가락과 발가락으로 조약돌을 집어던질 수 있을 만큼 물체를 잡는 능력이 뛰어났다.

1967년 캐나다의 앨버타에서 발견된 스테노니코사우루스의 뼈대를 보면, 이 공룡의 뇌 활동 부위가 다른 공룡들과는 아주 다르다는 것을 확인할 수 있다. 이 공룡의 작은 골과 숨골은 우리 인간들 것처럼 대단히 발달되어 있었다. 그들은 깊이 생각하고 이해하는 능력을 가지고 있었으며, 집단 사냥의 전략까지도 생각해낼 줄 알았다. 러셀과 스갱 교수의 말이 의미심장하다. '공룡들이 지구상에서 사라지지 않았다면, 스테노니코사우루스가 사회생활과 기술문명을 발전시킬 수 있었을지도 모른다'라는 것이다. 생태계의 작은 사고가 없었더라면, 그 파충류는 틀림없이 자동차를 몰고 빌딩을 짓고 텔레비전을 발명할 수 있었을 것이다. 그랬더라면 파충류보다 뒤떨어진 가엾은 우리 인간은 동물원과 실험실과 곡마단에 갇히는 신세를 면하지 못했을지도 모른다. 지능이 우수한 돌고래가 바다로 가지 않았다면 인간이 돌고래 앞에서 곡마단 쇼를 할 수도 있었다는 말이다.

당항만을 따라 아름다운 해변길을 걸어간다. 당항포관광지 이정표가 길을 안내한다. '당항포관광지는 코로나 바이러스 예방차원으로 야외관람시설 및 야외공원만 운영하고 있습니다'라는 현수막이 코로나 시대를 실감나게 한다.

"신은 누구나 언제나 용서한다. 인간은 때때로 용서한다. 그러나 자연은 결코 용서하지 않는다"라고 프란치스코 교황은 말했다. 자연이 가는 길은 참견할 수 없다. 자연이 보내는 경고를 잘 받아들이고 따라야 한다. 코로나 바이러스 같은 질병은 자연이 인간에게 보내는 경고장이다. 경거망동하지 말고 분수를 지키라는 자연의 옐로카드다. 인간은 자연의 한 조각. 그런데도 자연에 대한 경외심이 없다.

"자연으로 돌아가라!"

남파랑길은 자연으로 돌아가려는 유랑자를 가슴 깊이 사랑한다.

당항포관광지는 이순신과 공룡의 테마관광지로 이순신의 멸사봉공의 혼과 1억 년 전 공룡의 신비가 살아 있는 곳이다. 공룡을 테마로한 국내 최초의 자연 엑스포인 고성공룡세계엑스포가 개최된 주 행사장이기도 하다.

'공룡의 문'을 지나고 후문인 '바다의 문' 앞을 지나서 당항만을 따라 바다 위에 설치된 당항만 둘레길 해상데크를 걸어간다. 바다 건너편에는 구절산과 철마산이 보인다. 호수 같은 바다에서 류시화의 「하늘 호수로 떠난 여행」이 다가온다.

> 날이 밝았으니 이제 여행을 떠나야 하리
>
> 시간은 과거의 상념 속으로 사라지고
>
> 영원의 틈새를 바라본 새처럼 그대 길 떠나야 하리
>
> 그냥 저 세상 밖으로 걸어가리라
>
> 새벽의 문 열고 여행길 나서는 자는 행복하여라

당항만둘레길은 임진왜란 당시 57척을 격파시키고 승전고를 울린 이순신의 해전지 당항포(당항만)에 멸사봉공의 뜻을 기리고자 조성되었다. 해상데크 2곳 1.1㎞, 해안 인도 2㎞, 해상보도교 2곳 400m로 밀물 때는 잔잔한 해상으로 이어지는 길이고, 썰물 때는 갯벌이 드러나 자연생태계를 관찰할 수 있는 길이다. 바다가 호수같이 잔잔한 당항포 바다에 당항포해전 그날의 함성이 밀려온다.

1차 당항포해전은 1592년 6월 5일 일어났으며 거북선을 사천, 당포에 이어 실전에 세 번째로 투입한 해전이다. 『난중일기』의 기록이다.

> 6월 5일. 아침에 출발하여 고성 당항포에 이르니, 왜적의 큰 배 한 척이 판옥선만 한데, 배 위의 누각이 높고 그 위에는 적장이 앉아 있었다. 그리고 중간 배가 12척이고 작은 배가 20척이었다. 일시에 쳐서 깨트리려고 비가 쏟듯이 화살을 쏘니, 화살에 맞아 죽은 자가 얼마인지 헤아릴 수 없었다. 왜장의 머리를 벤 것이 모두 7급이고 남은 왜병들은 육지로 올라가 달아나니, 남은 수효가 매우 적었다. 우리 군사의 기세를 크게 떨쳤다.

일본군은 대동강까지 진출했으나 평양성을 앞두고 더 이상 북상하지 못했다. 조선 수군이 제해권을 장악하면서 군수품 보급에 문제가 생긴 일본군이 북상을 주저한 것이다. 이순신이 이끄는 조선 수군은 연전연승하면서 제해권을 장악해갔다.

선조가 평양에 도착한 5월 6일 이후 이순신은 1차 출동으로 5월 7일 옥포해전을 비롯하여 2차 출동으로 5월 29일 사천, 6월 2일 당포, 6월 5일 당항포해전에서 연전연승을 거두었다. 통영의 당포해전에서 타격을 입은 일본 수군은 거제도 방면으로 달아났다. 거제도 주민들로부터 일본 함선들이 고성의 당항포에 정박해 있다는 정보를 입수한 이순신은 6월 5일 원균, 이억기와 함께 51척으로 조선 연합함대를 당항포로 출진시켰다.

당항포는 좁고 긴 해협이다. 넓은 곳의 폭이 1.8㎞, 아주 좁은 곳은 육지와 육지 사이의 바다가 고작 200~300m밖에 되지 않았으니 마치 강줄기 같은 모습이었다. 이 좁은 곳에 일본 함대가 들어와 있었다.

이순신은 먼저 판옥선 2척을 당항포로 들여보내면서 적황을 파악하여 연락하라고 명령했다. 정탐선이 들어가고 얼마 후 신기전이 하늘에 날아올랐다. 드디어 조선 수군은 당항포로 진입하기 시작했다. 조선 수군은 뱀처럼 장사진을 전개하면서 좁은 해역을 이동했다. 만에 하나 후방의 적이 나타날까 당항포 입구 쪽에 판옥선 4척과 여러 척의 협선, 그리고 포작선을 배치했다. 조선 수군이 포구로 접근하자, 당항포 포구에 정박해 있던 왜군 함대는 일제히 조총을 사격하면서 대응태세를 취하였다. 이순신은 일본 수군의 육지 탈출을 봉쇄하기 위해 그들을 바다 가운데로 유인하기로 하고 함대를 서서히 철수시켰다. 왜군은 해안에 대기 중이던 병력까지 승선시켜 조선 수군을 추격하였다.

왜군 함대가 밖으로 나오자, 조선 수군은 신속히 진형을 바꾸어 퇴로를 차단하고 반격을 시작하였다. 거북선을 뒤따르던 판옥선에 탄 군사들이 불화살을 쏘아 적장 모리 무라하루가 타고 있던 안택선이 화염에 휩싸이자, 당황한 적장 모리 무라하루는 우왕좌왕하다가 조선군의 화살에 사살되었고, 왜군의 대다수가 당항포의 먼바다에서 격침되었으며, 일부 함선이 포구 안으로 도피했다. 그러나 도망간 왜군도 이튿날 새벽에 탈출을 시도하던 중 해협 입구를 지키고 있던 조선 수군에게 모두 격침되었다.

이순신은 적선 26척을 분멸하고 적군 2,720명을 사살하였다. 일방적인 전투로 조선 수군의 피해는 거의 없었다. 그런데 원균 휘하의 함선에서 한심한 일이 벌어지고 있었다. 전투에서는 보이지 않더니 갑자기 나타나 죽거나 바다에 빠져 허우적거리는 왜군의 수급을 베는 데 정신이 없었다. 이순신은 『난중일기』에 여러 차례 원균의 수급 베는 행위를 비판하는데, 부하들에게 이순신은 이렇게 지시를 내렸다.

"적의 수급을 베는 데 매진하지 마라. 너희들이 어떻게 싸웠는지는 내가 다 보고 있노라."

"너희들의 공을 내 직접 장계를 써서 낱낱이 밝힐 테니, 너희는 다만 전투에 이기는 데 전념하라."

임진왜란 당시 일본군의 수급은 쌀 몇 가마니의 가치가 있었다. 전투의 논공행상으로 수급을 얼마나 많이 베었는가가 적용되었다. 이순신 휘하의 장졸들은 추상같은 이순신의 명령을 이해하고 따라주었다.

이틀 후 거제도 동쪽 율포 앞바다에서 다시 율포해전이 벌어져 큰 배 두 척과 작은 배 1척을 불살랐다.

2차 당항포해전은 1594년 3월 4일과 5일에 일어났다. 휴전 중인 채로 1594년 새해가 밝았고, 조정에서는 남해안의 적을 공격하라는 명령이 내려왔다. 남해안에 축성한 왜성에 주둔하고 있는 일본군은 4만 병력이었다. 상황이 좋지 않았지만 이순신은 명을 따르지 않을 수 없었다.

삼도수군통제사 이순신은 한산도에서 양국 간 일종의 경계선이었던 견내량을 넘어 왜선 31척이 당항포로 이동하고 있음을 알아내고 출동했다. 이순신은 견내량에 전함 20여 척을 배치하여 불의의 사태에 대비케 하고, 조방장 어영담에게 정예함을 주어 왜선이 정박해 있는 당항포로 돌진케 하여 10척을 격파했다. 어영담은 사천현감과 광양현감을 지내 경상도 바닷길과 전라도 바닷길을 손바닥 들여다보듯 환하게 알고 있었다.

이튿날 이순신은 이억기와 진을 치고 일본군의 구원병이 올 것을 대비하는 한편 어영담을 당항포 안으로 공격케 하여 나머지 21척을 불태워 모두 31척을 불태우고 왜군 4,100여 명을 수장시키는 전과를 거두었다. 아군의 피해는 전혀 없는 일방적인 승리였다.

하지만 다음 날인 3월 6일, 명나라 도사 담종인이 금토패문(토벌을 금지하는 통지문)을 보내왔다. '일본과 명나라는 서로 공격하지 않기로 협약을 맺었으니, 조선군도 일본군에 대한 공격을 중지하라'라는 것이었다. 이순신은 힘이 없는 나라의 장수로서의 서러움을 느끼며 몸이 극도로 불편한 상태에서 담종인에게 자신의 생각을 적은 편지를 보냈다.

"왜적은 간사스럽기 짝이 없어, 예로부터 신의를 지켰다는 말을 들어본 적이 없습니다. 그들은 교활하고 흉악하여 그 악랄함을 감추지 않습니다."

바로 이때 이순신과 어영담, 그리고 수군들은 전염병에 걸렸다. 수군은 전염병에 취약했다. 좁은 함선에 갇혀 생활하다 보니 집단 감염에 무방비로 노출되었다. 조선 수군에 엄청난 기세로 전염병이 퍼지고 말았다. 수많은 장졸들이 죽어나가는 것을 바라본 이순신은 자신도 한 달간이나 몸이 불편했고 이순신이 가장 아낀 장수 중 한 명이었던 조방장 어영담은 전쟁터가 아닌 전염병으로 죽었다. 『난중일기』의 기록이다.

4월 9일 맑다. 아침에 시험을 끝내고 결과를 알리는 방을 내다붙였다. 조방장 어영담이 세상을 떠났다. 이 슬픔을 어찌 말로 할 수 있으랴.

당항만 해상보도교를 천천히 건너면서 길가의 숙박시설과 음식점을 둘러보며 오늘 밤 묵을 곳을 찾는다. 어디가 좋을까. 사르트르의 말처럼 '인생은 B와 D 사이의 C', 길 위에는 언제나 선택의 여지가 있다. '선택권!', 참 좋다. 그래서 남파랑길에서 생애 최초로 글램핑을 하기로 했다. 자신에게 주는 멋진 선물이었다.

배둔리로 들어선다. 넓은 논이 펼쳐진다. 일제강점기 간척지이다. 3·1운동창의 탑을 지나서 2시 26분 12코스 종점인 배둔시외버스터미널에 도착했다. 오늘 하루 34.0㎞를 걸었다.

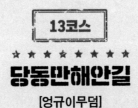

13코스

☆ ☆ ☆ ☆ ☆ ☆ ☆ ☆

당동만해안길

[엉규이무덤]

배둔시외버스터미널에서 광도면 황리사거리까지 20.9㎞

배둔시외버스터미널 → 마동호 → 거류면사무소 → 거류체육공원 →

화당마을회관 → 황리사거리

"왜군 6~7명이 칼을 휘두르며 원균에게 달려들었는데, 그 뒤로 원균의 생사를 자세히 알 수 없습니다."

11월 12일 시원한 바람이 불어오는 새벽 미명, 글램핑 텐트에서 나와 별들이 초롱초롱한 당항만 바다를 바라본다.

길을 떠나 홀로일 수 있는 자유, 진정 고독만이 스스로를 자유케 한다는 상념이 스치면서 입가에 미소가 번진다. 누가 알까. 이 새벽에 나 홀로 웃는 까닭을. 저 바다는 알거나. 저 산은 알거나. 저 하늘은 알거나. 저 별들은 알거나. 나 홀로 웃는 까닭은 방황한다는 것, 방황! 그것은 아름다운 특권이다. 이리저리 헤매는 방황은 무한한 가능성의 모티브이며 선택의 여지이며 창조의 용틀임이다.

배둔시외버스터미널에서 남파랑길 13코스를 시작한다. 배둔리(背屯里)는 지형이 '배가 멈춘 형국과 같다' 하여 '배둔'이라 했다고 하며, 또한 각지의 보부상들이 모여 정착한 마을이라 하여 '배둔이'로 부르게 되었다고 전해진다. '공룡나라 고성' 아치가 나그네를 환영한다.

터미널 앞에서 우측 농로길을 따라 진행한다. 황량한 벌판에 바람이 불어온다. 계절의 변화는 바람에서 느낀다. 특히 운수납자는 더욱 절절히 느낀다. 가을바람과 겨울바람은 소리가 다르다. 가을바람이 어느덧 소리가 달라져 겨울바람이 되었다. 들판의 논들이 서서히 어둠 속에서 깨어나고 산과 바다가 아침 인사를 건넨다.

"안녕!"

끝없이 펼쳐지는 산과 바다를 떠돌며 온몸으로 느끼는 유랑자, 노마드(Nomad)의 삶에는 자유가 있다. 노마드의 삶에는 영원한 이별이 없다. 길 위에서는 언젠가는 만난다. 정처 없이 떠도는 길 위의 삶을 선택한 유랑자는 자연과 더불어 헤어졌다가 또 만난다. 떠돎에 대해 전통적 감수성을 지닌 나그네가 낯선 길 위에서 "어디로 가야하나 어디로 가나 실안개 피는 언덕 넘어 흔적도 없이…" '어디로 가야하나'를 구성지게 부른다.

겨울이 점점 다가온다. 아무도 희망적인 일을 생각하지 않는 단절된 계절의 이름, 그래서 겨울은 철학적이다. "오라는 곳 없어도 긴 그림자 끌고, 님을 두고 가는 사연 발길도 무거운데 인생고개 너머 너머 가다 보면 잊을까" 노래하며 인생길을 걸어간다. 하얀 백지장에 그림을 그리듯 가보지 않은 길을 간다. 끝없는 길을, 길 없는 길을 간다. 농로를 따라가다가 구만천 둑길을 걸어 바다를 향해 간다. 운동장을 지나니 배화교 다리에 두 마리의 공룡이 서 있다.

공룡과 바퀴벌레는 어떤 사이일까. 공룡과 바퀴벌레는 같은 시대를 산 동기동창이지만 거대한 공룡은 멸종했고 바퀴벌레는 아직도 존재한다. 공룡은 죽었고 바퀴벌레는 살아 있다. 강한 자가 살아남는 것이 아니라 살아남는 자가 강한 자다. 끝까지 살아남아야 한다. 포기하지 말고 살아남아야 한다.

해상보도교 다리를 건너간다. 회화면과 마암면을 잇는 길이 150m, 폭 3m의 해상보도교, 해안둘레길의 일부분이지만 하천과 바다가 만나는 경계 지점 가운데 거북선 조형물이 있다.

1592년 4월 도요토미 히데요시의 대륙 정복 야욕으로 시작된 임진왜란은 무려 7년을 끌며 조선에 큰 피해를 주었다. 전쟁 초기에 조선은 조총으로 무장한 일본군에 밀려 불과 20일 만에 한양이 점령되고 말았다. 임금은 멀리 의주까지 피난을 가고 전 국토의 70%가 일본의 수중에 들어가는 등 조선은 개국 이래 200년 만에 최대의 위기에 처하게 되었다.

그러나 이순신이 이끄는 조선 수군은 남해바다 곳곳에서 일본군을 격파하였다. 조선 수군의 화포와 판옥선은 일본 수군의 조총과 군선을 압도하였다. 여기에 거북선을 만들고 탁월한 전술을 펴나간 이순신의 리더십으로 조선은 전쟁 기간 내내 해상권을 장악할 수 있었다. 조선 수군은 서해를 돌아 한양으로 진군하려는 일본군을 막음으로써 곡창지대인 호남을 온전히 보존할 수 있었다. 수군의 승리는 위기에서 나라를 구하는 데 가장 큰 힘이 되었다.

조선의 군선은 조선 수군의 주력 함선인 판옥선과 조선 수군의 돌격선인 거북선, 적의 정황을 살피는 탐망선, 군량 등을 수송하는 어민의 배인 포작선으로 이루어졌다. 판옥선은 16세기 중엽에 대형 선박을 타고 남해안에 출몰하는 왜구를 진압하기 위해 개발되었다. 갑판을 이중으로 만들어 선체를 높임으로써 적이 배 위로 뛰어오르지 못하게 만든 것이 특징이었다. 승선 인원이 150명 전후가 되어 고려 말과 조선 초의 전선인 대맹선 보다 2배 이상 전투원을 승선시킬 수 있었다. 특히 노 젓는 노갑판과 전투를 하는 전투갑판을 아래와 위로 분리하여 격군은 지붕이 덮인 노갑판 아래에서 적군의 공격으로부터 보호받으며 노 젓는 데 전념할 수 있도록 했다.

일본의 군선은 세키부네(関船)와 아다케부네(安宅船)가 있었다. 주력 군선인 세키부네는 뱃머리가 날카롭고 선체의 폭이 좁아 속도가 빨랐으며, 주로 대장선이나 지휘선으로 이용되었던 아다케부네는 이중 구조를 한 배의 구조와 크기가 판옥선과 비슷하다.

거북선에 대한 첫 기록은 『태종실록』에서 보이나 거북선이 다시 역사에 등장하는 것은 임진왜란을 앞두고 이순신이 만들면서부터이다. 『난중일기』에 보면 거북선은 1592년 2월 전에는 완성되었고, 늦어도 전쟁이 일어나는 4월에는 화포 연습까지 마쳐 실전에 배치될 만반의 준비가 되어 있었음을 알 수 있다. 거북선을 통하여 이순신의 확고한 유비무환정신을 엿볼 수 있다. 거북선은 『임진장초』와 『난중일기』에서 '본영(本營)', '방답', '순천 귀선(龜船)' 등 3척이 확인되며 1595년 명나라에 보낸 외교문서에도 "한산도에 다섯 척이 있다"라고 기록되어 있는 것으로 보아 임진왜란 당시에는 최대 5척이 있었을 것으로 추정된다. 이후 정조대에는 40척까지 만들어졌으나 1895년 군영이 폐지되면서 각 수영(水營)에 배치된 거북선도 함께 사라져 오늘날까지 실물 자료로 남아 있는 거북선은 없다.

거북선에는 노군 80~90명, 전투원 약 50명(포수, 사수), 장교 등 약 20명으로 모두 약 150여 명이 승선한 것으로 추정된다. 거북선의 갑판 구조는 판옥선의 갑판 구조와 동일하게 노갑판과 전투갑판의 구조로 되어 있었을 것이라는 설이 가장 유력하다. 『이충무공행록』에는 '큰 배를 만들었는데 크기는 판옥선과 같고 위를 판자로 덮었다'라고 기술하고 있다. 충무공이 직접 거북선을 소개한 장계인 『당포파왜병장』에는 거북선의 등에 꽂힌 것이 '철첨'이라고 기록되어 있다.

신이 일찍이 왜적의 난리를 염려하여 전선과 별개로 거북선을 만들었습니다. 배 앞에는 용의 머리를 달았고, 입 부분에 대포를 놓았으며, 등에는 철첨을 꽂았습니다. 배 안에서는 밖을 내다볼 수 있으나 밖에서는 배 안을 들여다볼 수 없습니다. 비록 적의 배가 수백이라도 그 가운데로 들어가 대포를 발사할 수 있습니다.

바다 건너 어제 숙소였던 라파엘글램핑이 잘 가라고, 멋진 여행하라

고 손을 흔든다. 지난밤 고즈넉한 당항포 바닷가에서 나 홀로 글램핑으로 당항만의 야경을 즐겼다. 수상인도교와 저녁노을, 그리고 새벽 달빛 야경이 아름다운 바닷가의 환상적인 풍경을 연출했다. 조선 수군의 함성이 들리는 당항만에서 생애 최초의 글램핑은 특별했다.

길가에 무리를 이룬 갈대들이 하얀 손을 흔들며 나그네에게 경의를 표하며 고요히 머리 숙인다. 멀리 구절산(564.6m)이 어서 오라고 손짓을 한다. 고성의 3대 명산은 거류산과 구절산, 그리고 벽방산이다.

벽방산(650.3m)은 거대한 암반이 장엄하게 얽어놓은 칼끝 같은 바위 능선을 지니고 있다. 석가모니의 십대제자 중 한 사람인 가섭존자가 벽발을 받쳐들고 있는 모습처럼 생겼다고 해서 벽발산이라고도 불린다.

마동간척지구를 지나서 우측으로 거류산이 다가온다. 남촌마을을 지나고 정북마을로 걸어간다. 걸어가는 왼쪽에는 구절산이 오른쪽에는 거류산이 번갈아 눈길을 끈다. 그 아래 마을들이 골골이 들어서 있다. 고성 이씨 추모비를 지나고 정북마을회관 앞을 지나서 논길을 따라 면화산을 바라보며 걸어간다. 고성 이씨 재실 앞을 지나고 동림마을경로당을 지나서 거류산이 품고 있는 거류면 당동으로 들어선다. 거류산의 전설이 들려온다.

"산이 걸어간다!"

저녁을 준비하던 처녀가 큰 산이 성큼성큼 걸어가는 모습에 놀라 큰 소리로 세 번 외쳤다. 소리에 놀란 산이 그 자리에 멈췄는데, 그때 '걸어가던 산'이라는 뜻으로 '걸어산'으로 불렸고, 지금의 거류산(巨流山: 571m)이 되었다. 거류산은 스위스 알프스의 마테호른(Materhorn: 4,477m)처럼 깎아지른 듯이 삼각형 모양으로 서 있기에 일명 고성의 '마테호른'으로 불린다. 알프스 트레킹에서 만난 마테호른의 추억이 아름답게 스쳐간다.

여행지에서는 낯선 것을 익숙하게, 익숙한 것을 낯설게 보는 시각이 필요하다. 나아가 낯선 것에 더 익숙해야 한다. 낯선 것을 낯설어하지 말고 멀리 떨어져서 익숙하게 바라보아야 한다. 니체는 "새로운 것에 대한 선의, 익숙하지 않은 것에 대한 호의를 가져라"라고 말했다. 곤충학자 파브르는 "나는 꿈에 잠길 때마다 단 몇 분만이라도 우리 집 개의 뇌로 생각할 수 있기를 바랐다. 파리의 눈으로 세상을 바라볼 수 있기를 바라기도 했다. 세상의 사물들이 얼마나 다르게 보일 것인가"라고 했다.

사물을 얼마나 다르게 볼 줄 아는가는 중요하다. 다르게 보는 것이 제대로 보는 것이다. 위대한 발견은 새로운 눈으로 바라보는 것. 낡은 사고에 갇히지 말아야 한다. 새로운 길을 가려면 지속적인 사고의 성장을 추구해야 한다. 존 듀이는 "자아는 이미 만들어진 것이 아니라 선택을 통해 계속 만들어가는 것"이라고 말했다.

상상력은 위대한 발전을 만든다. 나약한 사람의 눈에는 잘 가꿔진 집과 농장만 보이지만 강인한 사람의 눈에는 허허벌판 속에서도 미래의 집과 농장이 보인다. 그의 눈은 마치 태양이 구름을 몰아내듯 빠른 속도로 집을 지어낸다. 지식보다 중요한 것은 상상력이다. 지식은 한계가 있지만 상상력은 세상의 모든 것을 끌어안는다. 남파랑길의 나그네가 알프스의 마테호른의 추억 속에서 마음껏 상상의 나래를 펼친다.

고성에 걸출한 인물이 많이 나는 까닭은 거류산의 정기 때문이라고 한다. 거류면에 들어서자 시골답지 않게 제법 크게 느껴지는 거류초등학교가 시선을 사로잡는다. 거류면사무소 앞을 지나서 직진한다. 신당마을 이야기 안내판에 '거류면 볼거리'로 거류산, 장의사, 엄홍길전시관, 한반도 지도 닮은 당동만을 소개하고 있다.

거류면 송산리에는 2007년 개관한 엄홍길전시관이 있다. 고성에서 태어난 히말라야 영웅 엄홍길은 3세에 서울로 상경했다. 그는 세계의 지붕 히말라야 16좌 완등의 신화를 이룬 희망과 용기와 도전정신의 아이콘이다. 히말라야 에베레스트 트레킹 당시 엄홍길과 같은 비행기를 타고 오가면서 얘기하고 사진을 찍었던 기억이 스쳐간다.

효열각을 지나고 '효자 김처사 효행비'를 지나 당동만으로 걸어간다. 우측 뒤로 벽방산이 보인다. 벽방산, 구절산, 거류산, 면화산이 사각형 모습으로 포진되어 있다.

거류체육공원 축구장을 지나서 한적한 당동만 바닷가에서 휴식을 취한다. 외로운 유랑자를 새 떼가 반겨준다. 바다에 내려앉은 거류산의 그림자가 멋지고 환상적인 풍경이다.

한비자는 "소매가 길면 춤을 추기가 좋고 밑천이 많으면 장사가 잘된다"라고 했다. 장기간의 도보여행에서 다양한 풍광들을 접하며 아름다운 세계를 맛본다. 그런 가운데 비움과 채움을 되풀이하며 몸도 마음도 다이어트를 하니 새로운 세상이 펼쳐진다. 영롱하고 맑은 영혼에게만 하늘이 보이고 구름이 보인다. 달이 보이고 별이 보인다. 바람이 보이고 빛이 보인다. 꽃보다 아름다운 사람꽃의 인생이 보인다. 혼자서 고독한 게 얼마나 즐거운데, 자신의 리듬에 맞춰 자신의 길을 간다.

걷기도 좋고 풍광도 멋진 한적한 바닷가 화당마을 당동만 해안길을 걸어간다. 화당마을은 예산 남촌진(南村鎭) 마을로 불렸던 곳으로 수군 진지가 있었다. 잔잔한 물결이 호수 같다. 거류산을 배경으로 펼쳐진 당동만의 풍경이 한 폭의 그림 같다.

바다와 이웃한 거류산을 가슴에 품고 화당항을 지나간다. 화당마을을 지나서 면화산(413.7m) 둘레길을 걸어간다. 면화산을 우측에 두고 바다를 바라보며 걷는 길이다.

거제도의 섬들이 점점 다가온다. 바다 건너 거제도의 가조도 옥녀봉이 보이고 앵산이 보인다. 멀리 진달래로 유명한 대금산도 보인다. 거제도의 섬과 산들이 파노라마로 펼쳐진다. 맑고 청아한 바다와 하늘이 나그네의 유랑을 축복한다.

한적한 숲길 나 홀로 침묵의 길을 걸어간다. 성동조선을 지나서 13코스 종점이 있는 통영시 광도면 황리로 들어선다. 이제는 통영 땅이다. 이곳 춘원마을 황리에는 '엉규이무덤'이 있다. '엉규이'는 원균의 현지식 발음인데, 엉규이무덤은 '목 없는 무덤, 伝 원균의 묘'로 전해지고 있다. 평택시 도일동 산82에 있는 원균의 묘는 가묘다.

나지막한 언덕 아래 소나무 숲에 오래된 무덤 하나가 있는데, 옛 해안선까지는 900m가량 떨어져 있다. 일본군의 추격을 피하여 춘원포에 상륙한 원균은 일본군에게 대항하다가 최후를 맞이했다. 일본군들은 원균의 목을 베고 갑옷 등의 전리품을 가지고 갔다. 부러진 칼을 쥐고 삼베옷만 남은 목 없는 시신을 당시 주민들이 묻어주었다고 전한다. 『조선왕조실록』에 따르면 칠천량해전에 참가한 선전관 김식은 칠천량해전과 원균의 최후를 조정에 이렇게 보고했다.

> 한편으로 싸우며 한편으로 후퇴했으나 도저히 대적할 수 없어 고성지역 추원포로 후퇴했는데, 적세가 하늘을 찌를 듯하여 마침내 우리 전선은 모두 불에 타서 침몰했고, 제장과 군졸들도 불에 타거나 물에 빠져 모두 죽었습니다. 신은 통제사 원균, 순천부사 우치적과 간신히 탈출해 상륙했는데, 원균은 늙어서 걷지 못하여 맨몸으로 칼을 잡고 소나무 밑에 앉았습니다. 신이 달아나면서 돌아보니 왜군 6~7명이 칼을 휘두르며 원균에게 달려들었는데, 그 뒤로 원균의 생사를 자세히 알 수 없습니다.

춘원마을의 조선시대 이름은 춘원포였는데 '추원포'로 잘못 기록했으며, 춘원마을은 고성 땅이었으나 1914년 통영군이 생길 때 통영에 편입됐다.

이순신에 이어 1597년 2월 삼도수군통제사에 오른 원균은 그해 7월 조선 수군 전 병력을 이끌고 왜군 본거지인 부산으로 출전했다. 하지만 왜군의 기습에 휘말려 거제도 북서쪽 칠천량까지 후퇴했다가 사실상 궤멸되는 수준의 처절한 패배를 당한 원균은 이곳 황리 춘원포에서 최후를 맞이했다.

임진왜란이 발발하고 고니시 유키나가가 쳐들어오자 경상우수사 원균은 전선과 병기들을 모두 바다에 수장시키고 도망을 갔다가 돌아왔다. 원균은 임진왜란 시작부터 불안했다. 『징비록』의 기록이다.

> 처음에 적병이 이미 육지에 오르자, 원균은 적의 형세가 큰 것을 보고 감히 나가 치지 못하고 그 전선 백여 척과 화포, 병기 등을 모조리 바닷속에 가라앉힌 다음, 다만 수하의 비장 이영남, 이운용 등만 데리고 배 네 척에 나누어 타고 달아나서 곤양 바다 어귀에 이르러 뭍으로 올라가서 적군을 피하고자 하니, 이에 그가 거느린 수군 1만여 명은 모두 무너지게 되었다. 이영남이 간하기를 "공은 임금의 명령을 받아 수군절도사가 되었는데, 지금 군사를 버리고 육지로 올라가게 되면 후일의 조정에서 죄를 물을 때 무슨 말로 해명하겠습니까? 전라도에 구원병을 청하여 적군과 한 번 싸워본 다음 이기지 못하거든 그 후에 도망치더라도 늦지 않을 터이니 그렇게 하는 것이 좋을 듯합니다" 하자 원균이 옳다고 여겨 이영남을 이순신에게 보내 구원을 요청하도록 했다.

칠천량에서 원균의 패배로 1592년 7월 한산대첩 이후 조선 수군이 쥐고 있던 남해안 제해권은 5년 만에 왜군 수군으로 넘어갔다. 그리고 배설의 12척을 제외하고 수군과 배는 모두 수장되었다. 남해안의 제해권을 확보한 왜군은 전라도와 충청도로 밀고 들어갔으며, 조·명연합군의 공격을 막으면서 동시에 본거지인 부산과의 연결망을 확보하기 위해 마산·고성·남해·진주·사천·순천 등에 잇따라 왜성을 쌓았다. 막강한 조선 수군 때문에 발을 딛지 못했던 전라도에 들어갈 교두보를 확보한 것이다.

10시 40분, 황리사거리에서 13코스를 마무리한다. 종주 후 찾아갔던 '엉규이무덤'에는 풀들만이 무성했다.

PART
4

통영
구간

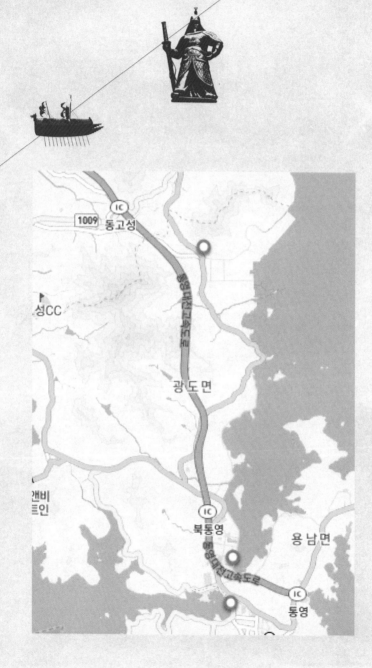

14코스

★ ★ ★ ★ ★ ★ ★ ★ ★

자유인의 길

[적진포해전]

광도면 황리사거리에서 용남면 충무도서관까지 13.8㎞

황리사거리 → 창포마을회관 → 덕포교 → 내죽도수변공원 → 충무도서관

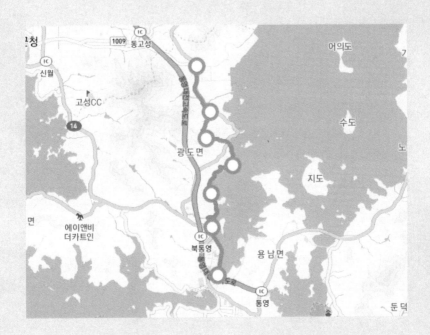

> "내가 이순신을 뽑아 올려 정읍현감에서 수군절도사로 벼슬이 크게 올랐다."

황리사거리에서 4차선 도로를 따라 14코스를 시작한다.

"자유로운 인간이여, 항상 바다를 사랑하라"라는 보들레르의 말처럼 바다를 사랑하는 자유로운 유랑자가 홀로 외로이 낯선 남파랑길을 걸어간다. 나 홀로 여행은 자신을 돌아보고 그 마음의 주인이 되어 자유를 누릴 수 있는 좋은 기회, 야생의 거친 길을 수행하는 마음으로 걸으면서 스스로에게 물어본다.

'나는 누구인가?', '내가 진정으로 원하는 삶은 무엇인가?'

세상이 정해준 답이 아니라 내 영혼이 원하는 인생이 무엇인지 찾아야 한다. 자신의 영혼을 만나고, 그 영혼이 안내하는 대로 자유인으로 살아야 한다.

망향비를 지나고 벽방산을 바라보며 벽방초등학교를 지나서 안정천을 건너 임도를 따라 적덕삼거리 이정표를 보고 산길을 올라간다.

평탄한 도로보다 힘은 들지만 산짐승마냥 산길을 걸어야 걷는 맛이 난다. 오르막을 올라 바다 건너 조금 전 지나온 성동조선과 면화산의 아름다운 풍경을 바라본다. 미음완보(微吟緩步), 나직이 읊조리며 천천히 걸어간다. 산속으로 점점 들어가니 온통 낙엽과 단풍이다. 고개를 들어 하늘을 보다가 다시 느릿느릿 걷는다. 쏟아지는 새소리 바람 소리, 낙엽 뒹구는 소리에 귀가 활짝 열린다. 일일청한일일선(一日淸閑一日仙), 하루 동안 마음이 청아하고 한가로우면 그 하루는 신선의 삶이라.

청아한 마음으로 한가한 유랑자가 한가롭게 걸으니 한가로움이 눈물 겹도록 기쁘게 밀려온다.

팔만대장경을 한마디로 요약하면 일체유심조라고 하지 않는가. 모든 것은 오직 마음이 만들어낸다. 그러니 마음 수행을 해야 한다. 마음의 진면목을 찾아 마음을 닦고 마음을 지켜야 한다. 사람의 마음속에는 성자와 돼지, 두 개의 동물이 산다. 남파랑길에서 성자처럼 사는 사람이 있고 왕궁에서 돼지처럼 사는 놈이 있다. 성자처럼 살거나 돼지처럼 사는 것은 다 마음이 선택한다.

사람들의 마음속에는 자유와 행복을 추구하는 평화로운 성품이 있으니, 그 마음의 주인이 되면 세상의 부귀영화에 전적으로 의지하지 않아도 그렇게 살 수 있다. 화를 부르는 것도 복을 부르는 것도 스스로 하는 것, 자유다. 자유롭다는 것은 스스로 한다는 것, 이는 보다 막중한 책임을 의미한다. 자유롭고 창의적으로 살아가는 인생의 기술, 어디에도 얽매이지 않고 자유롭게 사는 법을 배워야 한다. 남파랑길에서 자유를 누리며 지유인의 길을 간다. 서산대사의 선시 '꿈꾸는 자의 자유'를 누리며 참 자아를 찾아가는 마음의 길을 간다.

천지를 있는 대로 쥐었다 폈다 하고/ 밝은 해와 달을 삼켰다 토했다 하면서/ 하나의 바리때와 한 벌 옷으로/ 기세등등하게 자유로이 살아가네.

덕적마을이 나타나고 삿갓처럼 생겼다 해서 갓섬이라 불리는 입도(笠島)가 귀엽게 바다에 떠 있다. 역사에 이름을 남긴 선비들이 삿갓을 쓰고 자유인의 길을 떠나 유람을 했다. 고운 최치원, 백운거사 이규보, 매월당 김시습, 토정 이지함, 청화산인 이중환, 난고 김병연, 고산자 김정호 등 많이 그러했다.

임진왜란이 일어나기 60년 전인 임진년 1532년 가을, 퇴계 이황은 곤양(사천)군수 어득강의 편지를 받았다.

"그대, 내년 산 벚꽃 피는 계절에 삼신산(지리산) 쌍계사를 나와 함께 유람하시기를 바라고 바랍니다."

대사간을 지낸 63세의 현직 군수가 나이가 30세 아래인 자신을 초청한데다, 아직 급제도 하지 못한 자신에게 관심을 가진 것에 호기심이 발동해서 당장이라도 곤양으로 달려가고 싶었지만 이황은 안동에서 곤양까지 먼 길을 여행할 처지가 못 되었다. 아직 대과에 급제하지 못했으며, 본처 허씨가 죽은 후 측실 항아를 들이고, 후처 권씨 부인을 맞이하여 형님 댁에 어머니와 아이들을 두고 지산와사에 따로 나왔고, 셋째 형이 별세하여 아직 상(喪) 중인 데다가, 조카들을 가르치고 있었다. 그런 때 넷째 형의 집에 계시는 어머니 춘천 박씨가 이황을 불러앉혔다.

"우물 안 개구리는 바다를 알지 못하느니라. 다녀오거라."

이황은 아직 바다의 아득한 수평선을 본 적이 없었다.

"때가 아닌 듯합니다."

"기회는 새와 같다."

"아직 글을 더 읽어야 합니다."

"여행도 공부니라. 행만리로(行万里路)가 독만권서(読万卷書)보다 낫다고 하지 않느냐. 어찌 백면서생만 할 것이냐?"

"…."

"버리고 떠나야 채울 수 있느니라."

"알겠습니다."

이황은 고행을 결심했다. 홀로 떠나는 고행(孤行)은 고행(苦行)이요, 고행(鼓行)이요, 고행(高行)이 될 것이라 생각했다. 그래서 고행을 통한 사유와 깊은 성찰로 통찰의 길을 찾기로 했다.

1533년 새해 초 삿갓을 쓰고 나 홀로 여행을 떠난 이황은 낙동강변 농암 언덕 이현보(1467~1555)의 애일당(愛日堂)을 찾아갔다. 농암은 향리의 어른이며, 숙부 송재공과 문과 동년이고, 숙부의 후임으로 안동부사가 되어 젊은 선비들을 안동향교에서 가르칠 때 이황도 참석하기도 했다. 농암은 추위에 달아오른 얼굴로 들어서는 이황을 반기며 따뜻한 차를 내주었다.

"바깥에서 진정한 나를 찾고자 합니다."

자유를 위해 혼자 떠나는 이황의 계획을 들은 농암은 탄복했다.

"무릇 자유는 원하는 자만이 진정한 자유를 가질 수 있느니."

"과거에 얽매여 학문에 자유로울 수 없습니다."

"벼슬은 하되, 벼슬에 빠지지는 말게."

"알겠습니다."

퇴계 이황은 농암 이현보에게 인사를 하고 길을 나섰다. 예안에서 안동으로 가는 길, 그렇게 이황의 여정은 시작되었다. 그리고 다음 해인 1534년 이황은 과거에 급제했다. 그리고 훗날 이황의 수제자로 월천 조목(1524~1606), 학봉 김성일(1538~1593), 서애 유성룡(1542~1607)이 있었다.

1562년 9월, 20세의 유성룡은 가을이 되어 하회마을에서 예안의 도산서당으로 길을 나섰다. 율곡 이이가 23세의 나이로 도산서당을 찾아 퇴계를 만나 사흘간 머무른 지 4년이 지난 때였다.

퇴계가 살고 있는 예안은 안동의 8개 현(県) 가운데 하나로, 안동은 예로부터 '대도호부(大都護府)'라고 불릴 정도로 큰 읍성이었다. 고려 공민왕이 '雄府安東(웅부안동)'이란 친필을 내린 안동은 세조 때에는 진을 두고 부사로서 병마절도사를 겸임하게 할 만큼 웅번(雄藩)이기도 하였다.

유성룡은 스승에게 올리는 제자의 예로 삼배를 올렸다. 도산에 은거하고 있던 퇴계는 62세, 당시 모든 벼슬을 버리고 낙향해 저술과 후학양성에 힘쓰고 있었다. 이 무렵 많은 문인들이 퇴계의 문하에서 학문을 닦고 있었다. 도산은 명실상부 영남학파의 중심이었다.

하회마을과 가까운 곳에 퇴계가 있다는 것은 유성룡에게 행운이었다. 조선 최고의 학자이자 숱한 관직을 두루 거친 퇴계는 더없이 좋은 스승이었다. 서애를 처음 본 퇴계는 "이 사람은 하늘이 낸 인물이니 장차 나라를 위해 큰일을 할 것이다"라며 칭찬했다. 퇴계는 약관의 유성룡을 알아보고 높이 평가했다. 실제로 유성룡은 천명을 받고 태어나 임진왜란 국난 극복의 최고 사령관이 되어 백성과 나라를 구했다.

이때 학봉 김성일은 유성룡에게 "우리가 소싯적부터 선생을 모신 지 오래되었지만 일찍이 허여(許與)하는 말씀을 한마디도 듣지 못했는데 선생이 서애를 보자마자 하늘이 낸 사람이라고 하고 후일 반드시 조정에 나아가 국가를 위해 큰일을 할 것이다"라고 했다고 전했다.

누군가가 글을 배우러 오면 김성일은 "서애를 뵈었느냐?"라고 묻고, "찾아보지 못했다"라고 하면 "선비가 현인군자의 풍모를 동시대에 감발하지 못한 것을 한탄하는데 동시, 동향의 현인군자를 찾아보지 않으니 어찌 어진 사람을 좋아한다고 할 수 있겠는가?" 하고 힐책했다. 반대로 서애는 "학봉을 도저히 미치지 못한다"라며 서로를 존중했다.

1566년 유성룡이 24세의 나이로 대과에 급제하자 형인 유운룡이 도산서당의 이황에게 편지를 보내 "아우 이현(유성룡)이 아직 관직을 갖지 않았을 때 행동거지를 뜻대로 하고 싶다"라고 했다. 퇴계는 34세, 율곡 이이는 29세, 이순신은 32세에 급제했으니, 유성룡은 실로 천재였다. 이황은 "어진 아우가 계수나무를 잡았는데 만사 곧 얽힐 것이니"라고 하면서 정치판에서 얽힘을 조심하라고 다음의 시로써 답하였다.

사뿐사뿐 각시걸음, 능청맞다 중의 걸음. 황새걸음 양반걸음, 황새걸음 선비걸음.

방정맞다 초랭이걸음, 바쁘다 초랭이걸음. 비틀비틀 이매걸음, 맵시 있다 부네

걸음.

심술궂다 백정걸음, 엉덩이 추는 할미걸음.

유성룡은 임진왜란 당시 영의정 겸 도체찰사로서 군무를 총괄했다. 임진왜란이 끝나는 날 삭탈관직을 당하고 안동 하회로 낙향해 『징비록』을 집필했고, 『징비록』은 1695년 일본판 『조선징비록』으로 간행되어 널리 읽히면서 영웅 이순신의 이미지가 근세 일본에서 확립되었다.

유성룡은 임진왜란 당시 이여송과 갈등을 겪는 등 명나라 측에는 좋지 않은 이미지로 비쳤다. 그래서 명나라 문헌들은 유성룡을 조선을 망친 간신이라고 평가하고 있다. 그러나 『징비록』이 일본에 건너가면서 일본에서는 유성룡과 함께 이순신은 우국지사로 재평가되었다. 특히 이순신은 일본인들이 가장 주목한 인물로, 일본의 『조선군기대전』에서는 '조선국이 일본국을 두려워하여 영웅을 선발하다'라는 제목으로 이순신을 영웅으로 대서특필하고 있다.

선조 2년(1569) 28세인 유성룡은 성균관 전적(정9품)으로 일하다가 한번에 6계품을 뛰어넘어 공조좌랑(정6품)이 되었다. 유성룡은 본인의 파격적인 승진 경험을 이순신에게도 적용했다. 이순신이 7계급 뛰어오른 때가 선조 24년(1591) 2월 16일, 임진왜란이 일어나기 1년 2개월 전이었다. 불우한 무인 이순신은 이렇게 '전라좌수사'가 되었다. 유성룡이 있었기에 '전라좌수사 이순신'이 드디어 일본과 맞서 싸울 수 있었다. 유성룡은 당시 이순신을 추천한 인물이 자신이라는 것을 『징비록』에 밝혔다.

일본군이 쳐들어온다는 목소리가 나날이 높아지면서 그것이 임금의 귀에도 들려왔다. 임금께서는 비변사에 명령해 뛰어난 장수를 찾아서 뽑아 올리라고 했다. 내가 이순신을 뽑아 올려 정읍현감에서 수군절도사로 벼슬이 크게 올랐다. 이순신의 벼슬이 갑자기 높아지고 요직을 얻자 사람들은 이상하게 생각했다.

미수 허목은 『서애유사』에서 "선조께서 비변사와 각 대신에 명해서 재능 있는 장수를 추천토록 하니 선생은 권율과 이순신을 천거했다. 그 당시 권율과 이순신은 모두 하급 무관이어서 이름이 크게 알려지지 않았다"라고 전하고 있다. 유성룡이 추천한 두 장수가 임란 3대첩 중 행주대첩과 한산대첩을 이끈 것이다.

혼자 꾸는 꿈은 꿈이지만 함께 꾸는 꿈은 현실이 된다. "만약 내 꿈을 당신에게 말한다면 당신은 잊을 것이고, 내가 꿈을 행동에 옮긴다면 당신은 기억하게 될 것이다. 하지만 우리가 함께한다면 그것은 당신의 꿈이 될 것이다"라는 티베트 속담처럼 유성룡과 이순신, 권율은 함께 임란 극복의 꿈을 꾸고 이루었다. 이는 우리 민족의 행운이었다. 퇴계 이황이 처음 만난 후 '하늘이 내린 인물'이라 칭찬을 아끼지 않은 서애 유성룡이 임진왜란 전 이순신과 권율을 특진시키지 않았다면 풍전등화의 위기를 어찌 극복할 수 있었겠는가. 다행이고 정말 고마운 일이었다.

티베트 사람들은 고산지대 험한 길을 따라 몇 달씩 기도하며 고행을 이어나간다. 그들은 '이 세상 모든 살아 있는 것의 행복과 평화를 위해서' 오체투지를 이어간다.

티베트인처럼 오체투지로 '살아 있는 모든 것은 행복하라'라고 기원하며 덕적마을을 지나간다. 가조도가 바다에 떠서 가까이 다가온다. 바다 건너 거제도를 바라보면서 고즈넉한 해안길을 걸어 구집마을로 들어서서 해변길로 걸어간다.

노인정과 정자를 지나간다. 단풍이 낙엽이 되어 휘날리고 가을이 깊어가고 겨울이 다가온다. 초목을 시들어 죽게 하는 것은 서리다. 초목에만 서리가 있지 않고 사람에게도 있다. 인간에게 내리는 서리는 그간 너무 지나쳤으니, 낮추고 돌아보라는 일종의 경고음이다. 하지만 교만하고 방종한 인간들은 이 소리를 무시한다. 여전히 오뉴월로 알고 설치다가 하루아침 된서리에 준비 없이 얼어 죽는다. 성하고 쇠함은 불변의 이치이니, 촌음조차 아껴 쓰고 정진해야 한다.

시원한 바람이 이마에 땀을 식히며 적덕삼거리에 도착한다. 적진포 해전이 일어났던 통영시 광도면 적덕리이다. 한편 고성군 거류면 화당리가 적진포라는 주장이 있어 논의가 분분하다.

적진포해전은 1592년 5월 8일 이순신과 원균이 지휘하는 조선 수군이 적진포 앞바다에서 옥포·합포에 이어 세 번째로 왜군을 무찌른 해전이다.

5월 4일 본영인 여수를 출항한 이순신은 당포(통영)에서 경상우수사 원균과 합세하여 5월 7일 하루 동안 옥포와 합포에서 모두 승리를 거두었다. 모두 31척의 일본 수군을 분파하고 5월 8일 남포 앞바다에 이르러 휴식하던 중 진해 고리량에 왜선이 머물고 있다는 정보를 입수하였다. 이순신은 즉시 모든 전선을 둘로 나누어 여러 섬과 섬 사이를 수색하면서 돼지섬(猪島)을 지나 적진포 앞바다에서 왜선 13척을 발견하였다. 그때 왜적들은 병선을 포구에 한 줄로 매어두고 대부분 상륙하여 재물을 탈취하던 중 아군의 위용 앞에 당황하여 산으로 도망치고 있었다.

이순신의 명령으로 낙안군수 신호, 방답첨사 이순신, 녹도만호 정운 등 여러 장령들과 군사들이 포구로 돌진하여 대선 9척, 중선 2척 등 모두 11척을 분파하자 왜적의 일부는 육지로 도망쳤다. 연이틀 옥포와 합포, 적진포에서 40척이 넘는 일본의 전함들을 불태우거나 침몰시켰다. 임진왜란 후 수군의 1차 출동으로 옥포·합포·적진포에서 승리하자 왜적과의 싸움에 자신감을 가지게 되어 이후의 작전에 크게 영향을 주었다.

오늘의 목적지인 '충무도서관 4.8㎞' 안내 지점을 통과했다. 손덕마을을 지나서 죽림해안로를 따라 걸어간다. 귀같이 생겼다 하여 이도(耳島)라 불리는 섬을 보면서 걸어간다. 멀리 내일 가야 할 삼봉산이 보인다. 우측으로부터 일봉, 이봉, 삼봉이다.

모처럼 사람 구경을 하면서 죽림수산시장을 지나 '도시 그 자체가 예술'이라는 문화도시 통영 거리를 걷다가 내죽도수변공원전망대에서 발걸음을 멈춘다. 내죽도는 원래 작은 섬이었다. 죽림만 매립이 되면서 섬이었던 내죽도가 육지로 변하고 지금은 공원으로 조성되어 있다. 죽림만을 매립한 후 주변에는 고층 아파트들이 줄을 지어 들어섰다. 바닷가 산책로를 걸으면서 육지에서 섬 여행을 즐기고 있다는 상상을 해본다.

14코스 종점인 충무도서관에 도착해서 멀리서 찾아온 '내 슬픔을 대신 지고 가는' 친구들을 만나 죽림수산시장에서 와자지껄, 자유인의 축제의 밤이 깊어간다. 오늘 하루는 34.7㎞를 걸었다.

15코스

★ ★ ★ ★ ★ ★ ★ ★ ★

거제로 가는 길

[무신정권]

충무도서관에서 거제시 사등면사무소까지 16.9㎞

충무도서관 → 삼봉산 등산로 → 신거제대교 → 사등초등학교 → 사등면
사무소

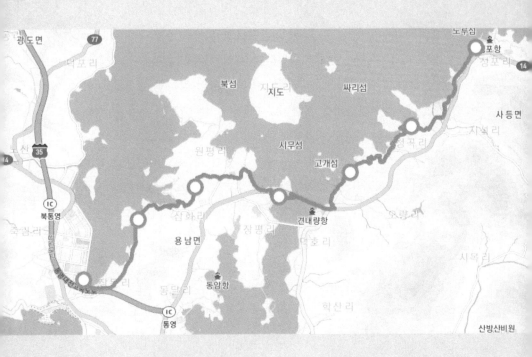

"오래된 친구가 주는 축복 중의 하나는 그 친구 앞에서는 바보가 되어도 좋다는 것이다."

11월 13일 6시 45분 충무도서관 앞 15코스 안내판 앞에서 기념촬영을 한다. 성훈, 성휴, 오랜 친구들과 함께 시작하는 특별한 아침이다.

물개의 우두머리는 모든 것을 독차지하지만 사슴은 친구에게 먹이를 나눠준다. 사슴은 먹이를 발견하면 무리를 불러모은다. 녹명(鹿鳴)이다. 남파랑길이란 먹이를 욕심내는 벗들이다. 아름다운 경관 앞에서 떠오르는 얼굴은 사랑하는 사람이다. 그래서 이루어진 우정의 길이다.

썰물로 속살을 보여주는 죽림해변을 지나고 기호마을을 지나서 도로 갓길을 걷다가 통영 IC에서 좌측으로 꺾어 오른다. 시원한 아침의 장문리 바닷가를 지나서 삼봉산(247.3m)으로 올라간다. 능선에서 일봉산을 뒤로하고 올라가니 나지막한 이봉산(224.5m)이 반겨주고 0.8㎞를 걸어서 삼봉산 정상에 도착한다.

7시 58분, 태양이 바다를 비추고 바다가 아름답게 펼쳐진다. 벽방산, 면화산 등 고성의 산들과 거제의 가조도가 보인다. 산방산이 보이고 산 앞에 고려 의종이 유배 온 산성이 보인다.

하산길, 남파랑길 28코스 안내판이 있다. 15코스와 28코스가 교차하는 지점이다.

임도를 따라 음촌마을로 내려간다. 우수수 나뭇잎 지는 소리가 들려온다. 아! 가을의 소리다. 사물도 절정의 때가 지나면 거둘 줄을 안다. 눈부신 신록과 절정의 초록이 지나면 낙엽의 시절이 온다. 무성하던 풀에 가을의 기운이 스치면 색깔이 변하고 나무는 잎이 진다.

인생의 가을에는 윤기 흐르던 붉은 얼굴은 마른 나무처럼 되고 검던 머리는 허옇게 센다. 결국은 흙으로 돌아가는 인생, 천년만년 갈 부귀영화는 없다. 하늘은 인간에게 이 이치를 깨닫게 하려고, '성대한 시절이 다 지나갔으니 이제는 그 기운을 죽여 침잠의 시간 속으로 돌아가라'라고 나뭇잎을 저렇게 지상으로 떨어뜨린다.

공직에서 은퇴한 인생의 가을에 접어든 친구들과 함께 길을 걷는다는 것, 이 얼마나 즐거운 향연인가. 고등학교 동창생이니 거의 평생을 함께 지내온 벗들이다. 그나마 특별한 친구 여섯 가운데 성질 급한 한 명은 저세상으로 훌쩍 가버렸다.

함께 인생의 능선에서 유유자적 지나온 길 돌아보고 가야 할 길을 헤아린다. 따로 함께 가는 남파랑길! 먼저 가라고 해서 앞서갔는데 친구들이 보이지 않는다. 먼저 하산해서 돌아보아도 보이지를 않는다. 전화를 하니, '길을 잘못 들었는데, 이제 제대로 찾았다'라고 한다. 산길이나 인생길은 어찌 그리도 같은가.

서애 유성룡과 학봉 김성일은 퇴계의 양대 제자지만 개성은 전혀 달랐다. 유성룡이 복잡한 현실 문제를 조정하고 해결하는데 주력하는 경세가(輕世家)로서의 측면이 강하다면, 김성일은 원칙과 자존심을 지키는 의리가(義理家)로서의 측면이 강했다.

김성일은 임진왜란을 맞이하여 왜군과 싸우다가 전쟁터에서 죽은 선비, 자신의 신념을 위해 목숨을 건 인물, 임금 앞에서도 할 말을 하고야 마는 강직함, 임란 전 통신사로 가서 일본인들에게 보여준 조선 선비로서의 자존심과 격조 있는 태도를 보여주었다.

퇴계는 1566년 학봉의 나이 29세 때 요순우탕문무주공공자주자에 이르는 심학(心學)의 요체를 정리한 병명을 손수 써주었다. '병명(屏銘)'은 퇴계가 학봉에게 전해준 일종의 의발(衣鉢)이다. 불가에서는 정맥을 받는 적전제자(嫡傳弟子)에게 스승이 그 전법의 징표로 사용하던 의발을 전수했고, 도가에서는 문파에 따라 다르지만 대게는 보검(宝劍)을 전했다. 유가에서는 스승이 보던 책이나 서첩을 전해주는 경우가 많다. 동양의 유불선에서는 스승과 제자 사이의 전법(伝法)을 대단히 중시한다. 법을 전한다는 것은 생명을 전하는 것이기에 스승은 자기의 법을 전할 제자를 찾기 위해 고심한다. 그릇이 아닌 사람에게 법을 전하면 하늘에서 견책이 내린다고 믿는다. 퇴계는 말로 전하고 마음으로 가르치는 구전심수(口伝心授)로 자신의 정맥을 학봉에게 전수해준 것이다. 퇴계의 수제자가 학봉인가 서애인가에 대해서는 후손들 간에 400년이 지난 지금까지 여전히 끝나지 않은 안동 선비다운 시비가 진행형이다.

음촌마을 입구, 양지바른 길가에 앉아 있는 할머니 두 분이 산에서 내려오는 나그네를 의아한 듯 바라보신다.

"안녕하세요? 저기 부산에서부터 걸어왔어요."

"아이고, 미쳤구먼. 왜 그렇게 힘든 일을 해?"

"재미있어서요. 해남 땅끝마을까지 가려구요."

"거기까지? 아이고, 쯧쯧쯧쯧."

"할머니, 오래오래 건강하세요!"

음촌마을을 지나고 원평초등학교도 지나고 죽촌마을도 지나서 바닷가를 걸어간다.

가조도 연륙교를 바라보면서 굴다리를 지나간다. 해병대가 6·25 때 처음 상륙한 해변의 '해병대 처음 상륙한 곳' 표석을 지나 다리 밑으로 해서 통영타워전망대로 올라간다. 통영타워휴게소 편의점에서 충무김밥과 라면에 막걸리를 곁들여 친구들과 아침 식사를 한다. '혼행'과 '혼밥'에서 처음으로 탈출! 꿀맛 같은 아침 식사다.

거제로 가는 길, 견내량을 바라보며 신거제대교를 걸어서 건너간다. 남파랑길 여행자가 아니라면 신거제대교를 걸을 일은 없었을 것이니, 다리 위에서 아름다운 경관을 만끽한다.

신거제대교는 통영시 용남면 장평리와 거제시 사등면 덕호리를 잇는 연륙교로 견내량해협을 가로지르는 거제도의 관문이다. 총길이가 940m, 폭이 20m다. 1971년에 준공된 거제대교가 증가된 교통량을 소화하기 힘들어지자 1992년에 착공하여 1999년에 개통하였다. 2010년 12월 부산 가덕도와 거제를 연결하는 거가대교가 개통되어 거제의 관문 교량이 세 개로 늘어났다.

신거제대교와 거제대교의 아래쪽에 위치한 좁은 견내량해협은 임진 왜란 때 옥포해전과 한산해전의 주요 배경지가 되었다. 한산해전을 견내량해전이라고도 했다.

오래전 이 마을 주민들은 견내량을 전하도(殿下渡)라 불렀다. 800년 전 거제로 귀양 가던 고려 의종이 이 나루를 건넜다 하여 붙여진 이름이다.

1170년 9월, 무신의 난이 성공했음을 확신한 정중부는 의종을 폐위시키고 의종의 친동생 왕흔을 찾아가 왕위에 오를 것을 요청하였고, 왕흔은 무신들에 의해 선택되어 즉위식을 가졌다. 정중부는 의종을 거제도로, 태자는 진도로 유배를 보내고 동생을 새 임금(명종)으로 추대하니, 무신들의 난은 완벽하게 성공했다. 바야흐로 100년에 걸친 무신정권이 출발하게 되었다.

1173년 10월, 의종을 다시 세우고자 하는 김보당의 난을 평정한 이의민은 곤원사 북쪽 연못가에서 의종에게 술을 권하고는 의종을 죽여버렸다. 그것도 산 사람을 잔인하게 등뼈를 꺾어서 죽이고는 왕의 시체를 연못에 던져버렸다. 권좌에서 쫓겨난 임금의 최후는 대체로 비참하지만 의종의 죽음은 너무나 끔찍하고 비참했다. 무신의 난 이후 무신정권은 1170년부터 1270년까지 100년 동안 고려를 통치했다.

비슷한 시기에 일본에도 무신정권이 탄생했다. 일본은 국호를 '왜'에서 '일본'으로 변경한 670년 이후 천왕의 중앙집권적 권력 구조를 유지하고 있었다. 하지만 쇼군으로 통칭하는 무사 미나모토노 요리토모가 권력을 장악하면서 천왕은 유명무실한 존재로 전락했다. 요리토모는 1192년 가마쿠라에 막부를 설치해 군사, 행정, 사법 기능을 장악함으로써 막부를 국정 최고기관으로 만들었다. 이로써 귀족시대의 막이 내린 일본은 무사시대로 전환했고, 1868년 메이지유신이 일어날 때까지 무려 700년 가까이 천왕은 허수아비였고 사무라이시대를 이어갔다.

요리토모가 가마쿠라 막부를 세운 후 오랫동안 천왕의 조정과 사무라이 정권은 대립 혹은 긴장관계에 놓였다. 가마쿠라 막부시대에는 당시 도읍지였던 교토와 가까운 서일본에 조정의 지배권이 남아 있었고, 동일본은 사무라이 정권인 가마쿠라 막부가 지배하게 되었다. 가마쿠라 막부는 조정의 권력을 흡수하는 전략을 세웠고, 1221년 아들에게 천왕 자리를 양위한 고토바 상왕은 가마쿠라 막부를 타도하라는 명령을 전국의 사무라이들에게 내렸다. 그는 조정의 권위가 통용되어 많은 사무라이가 자신을 따를 것이라 착각했다. 오히려 가마쿠라 막부 편에 선 사무라이들은 교토를 공격하여 조정을 패퇴시키고 상왕을 비롯하여 상왕 편에 선 귀족들은 모두 유배를 보내고 맞선 사무라이들은 처형했다.

1333년 고다이고천왕은 재정 문제 등으로 약해진 가마쿠라 막부를 타도하려는 계획을 세웠다. 이때 약해진 가마쿠라 막부에 장래가 없다고 판단한 사무라이들이 대거 천왕 편에 섰다. 가마쿠라 막부는 멸망했고, 천왕은 신정을 펼치며 천왕정치를 부활시켰다. 그러나 천왕의 이 승리는 결국 사무라이의 힘에 의해 이루어진 것이었다.

천왕정치는 결국 2년 만에 막을 내리고 1336년 아시카가 다카우지가 교토에 새로운 막부인 무로마치 막부를 세웠고, 오다 노부나가에 의해 타도되는 1573년까지 무로마치 막부는 약 240년간 이어졌다.

아시카가 다카우지는 고다이고천왕 대신 새로운 천왕을 즉위시켜(北朝)놓고, 교토 남쪽의 요시노로 도주한 고다이고천왕의 남조(南朝)와 대립시켰다. 이처럼 역대 사무라이 정권은 조정의 세력이 강화되지 않게끔 철저히 조정을 감시했다. 조정이나 천왕의 이름은 적대 세력을 타도하여 새로운 권력을 세울 때의 대의명분으로만 이용되었다. 무로마치 시대에는 일본이 남과 북으로 나뉘어 천왕이 둘이나 존재하는 남북조 시대가 등장하기도 했다. 그러나 무로마치 막부는 약 60년 만에 남조를 무너뜨려(1392년) 남북조시대를 마감하고 일본을 다시 통일했다. 무로마치 막부는 약 50년간 전성기를 누렸으나 1467년 '오닌의 난'이 일어나면서 내리막길을 걷기 시작했다. 오닌의 난으로 무로마치 막부의 위상은 땅에 떨어졌고, 다이묘로 불리는 지방 영주들이 서로 이권을 다투며 엄청난 피바람을 일으켰다. 결국 일본 전역은 군웅이 할거하는 시대로 돌입했고, 다이묘들이 영지 확대전쟁을 벌인 이 시기가 약 100년간 이어졌다. 이것이 곧 일본의 전국시대다.

15세기 중반 무로마치 막부의 힘이 약해지자 유력한 사무라이 집단이 활거하며 싸우는 전국시대로 돌입했다. 힘이 있는 자가 다이묘가 되었고, 막부를 대신할 수 있는 새로운 중심 권력을 창출하기 위해 약 120년(1467~1590) 동안 줄곧 전쟁을 했다. 이 전쟁의 종지부를 찍고 일본을 통일한 첫 번째 실력자가 오와리의 오다 노부나가였다. 오다 노부나가는 지금까지의 사무라이와는 달리 천왕의 힘을 빌려 권력을 잡으려 하지 않았다. 오히려 천왕이 갖고 있는 마지막 권리마저 빼앗아 천왕의 권위를 완전히 부정하려고 했다. 노부나가는 천왕을 자신의 성에 살도록 명령했고 표준달력을 작성하는 권리도 자신이 갖겠다고 통고했다. 이것은 천왕의 권위 자체를 완전히 붕괴시키고 자신을 중심으로 한 새로운 질서를 수립하려는 야심찬 계획에서 나온 행동이었다. 그뿐 아니라 전국의 다이묘는 그들의 영지를 떠나 노부나가가 세운 아즈치성 주변에 살아야 한다고 명령했다. 그런 가운데 노부나가는 혼노지에서 아케치 미쓰히데의 반란으로 죽음을 맞이했다. 조정은 즉각 미쓰히데를 새로운 지도자로 지지하는 성명을 냈지만 미쓰히데는 도요토미 히데요시 군에게 패배하여 '3일 천하'로 끝이 났다. 역사에서 가정이 있을 리 없지만, 만약 오다 노부나가가 천하통일에 성공했더라면 천왕의 조정 자체가 하나의 지방 영주로 추락했을 가능성이 있으며, 도요토미 히데요시에 의해 임진왜란도 일어나지 않았을 것이다.

도쿠가와 이에야스가 연 도쿠가와 막부(1603~1867)는 세 번째이자 마지막 막부 정권이었다. 도쿠가와 일족은 겐지의 핏줄이 아니었으나 도쿠가와 이에야스 자신이 겐지의 일족이라고 자칭해 막부를 열 권리를 얻었다.

"권력은 총구에서 나온다"라는 마오쩌둥의 말처럼 고려나 일본 무신 정권의 권력은 칼에서 나왔다.

견내량을 빠르게 흘러가는 역사의 물길을 바라보며 신거제대교를 건너 좌측으로 내려간다. 바다에 떠 있는 작은 고개도를 바라보며 신

계해안길을 따라 걸어간다. 통영을 벗어나 이제는 거제도. 거제에서
'거제의 노래'를 부른다.

동백꽃 그늘 어지러진 바위 끝에 미역이랑 까시리랑 캐는 아기 꿈을랑 두둥실
갈매기의 등에나 실고 에야디야 우리 거제 평화의 고장

후포항을 지나고 임도를 따라 청포마을을 지나서 청곡마을로 들어
선다. 돌아보아도 친구들이 보이지 않는다. 사등리 해안가를 걸어가며
아름다운 경관에 취한다. 해안데크길을 걸어 사등초등학교를 지나니
교차로에 유자마을답게 유자 형상의 조각이 서 있다.

11시 47분 사등면사무소 앞 해변가 정자에서 15코스를 마무리한다.
잠시 후 다리를 절룩거리며 친구가 도착한다. 양말을 벗으니 발에 물
집이 생겨서 불편을 호소한다. 평소 열심히 자전거를 타며 운동을 하
는 친구건만 약한 모습에 저절로 웃음이 난다. 친구 또한 어색한 웃음
을 지으며 "이게 아닌데!"라고 한다. 에머슨은 말한다.
"오래된 친구가 주는 축복 중의 하나는 그 친구 앞에서는 바보가 되
어도 좋다는 것이다."

★ ★ ★ ★ ★ ★ ★ ★ ★ ★ ★ ★ ★ ★ ★ ★

PART
5

거제
구간

★ ★ ★ ★ ★ ★ ★ ★ ★ ★ ★ ★ ★ ★ ★ ★

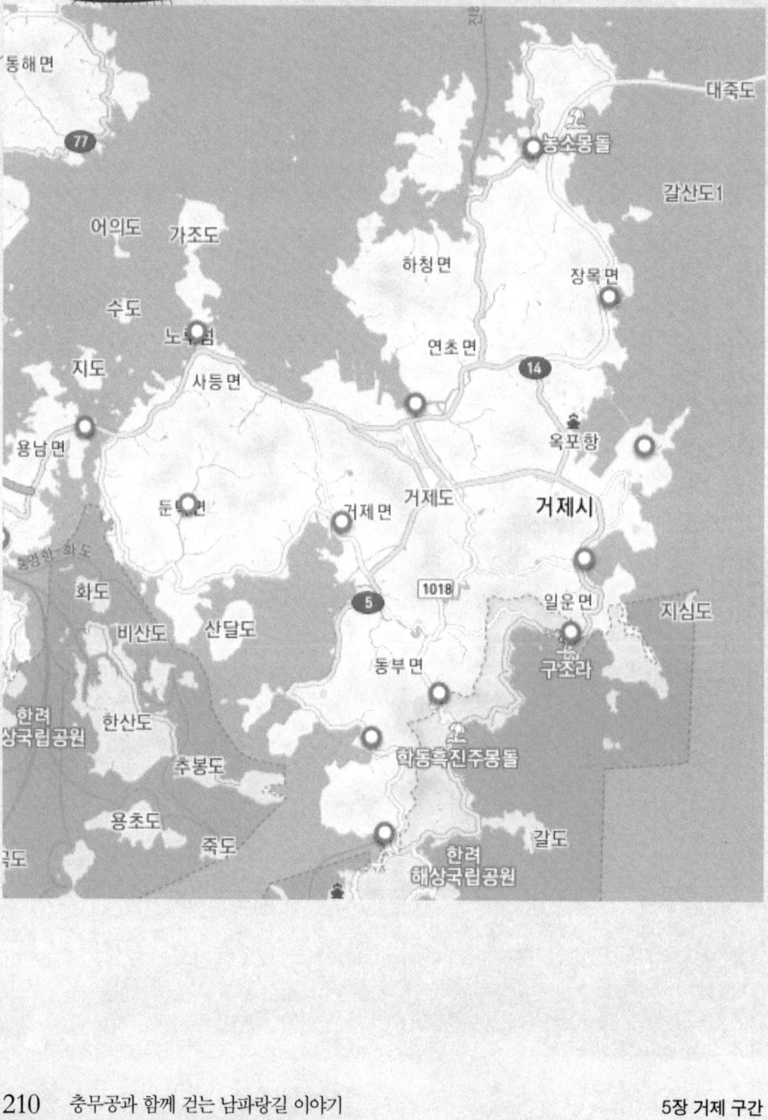

동해면
대죽도
77
농소몽돌
갈산도1
어의도
가조도
하청면
장목면
수도
연초면
지도
사등면
14
옥포항
용남면
거제도
거제시
거제면
화도
1018
5
일운면
지심도
비산도
산달도
구조라
동부면
한려
상국립공원
한산도
학동흑진주몽돌
추봉도
용초도
갈도
죽도
한려
해상국립공원

16코스

★ ★ ★ ★ ★ ★ ★ ★

우정의 길

[도요토미 히데요시의 야욕]

사등면사무소에서 고현버스터미널까지 13.0㎞

사등면사무소 → 거제레저월드 → 거제중앙교회 → 고현항 → 고현버스터미널

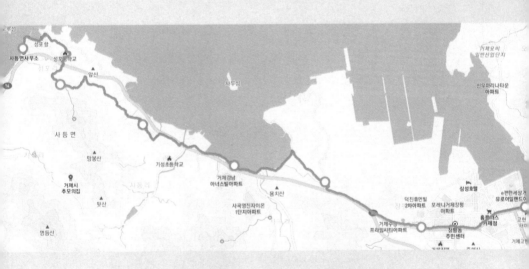

"대장부가 어찌 백 년 인생을 이처럼 헛되이 끝낼 수 있으랴! … 나는 명나라로 들어가 황제가 되려 한다."

거제 구간의 첫 번째 코스로 사등면사무소 앞 바닷가에서 남파랑길 16코스를 시작한다.

내 고향 안동은 정신문화의 수도, 그리운 고향 이야기만 나오면 신이 난다. 그러면, "누구는 어디 고향 없는 사람 있나?" 핀잔 같은 농담 들어도 "고향도 다 같은 고향 아니지!" 하면서 하회탈 합죽이처럼 크게 웃으며 서슴없이 팔불출이 된다. 고향은 그리움의 샘, 인생의 뿌리. 그곳에는 인생놀이를 함께 시작한 친구들이 있다. 인간은 함께 하는 삶에서 만족을 찾을 줄 알아야 행복할 수 있다. 니체는 특히 친구에 대해 이렇게 말했다.

"사랑은 눈을 멀게 하지만 우정은 눈을 감게 해준다."

"서로 믿는 두 사람이 초인이 되기를 목표로 한 방향으로 나아가는 화살 같은 것."

좋은 친구들과 가조도와 가조연륙교를 바라보며 걸어간다. '책만 보는 바보' 간서치 이덕무는 "마음에 맞는 시절에 마음에 맞는 친구를 만나고 마음에 맞는 말을 나누고 마음에 맞는 시와 글을 읽는다. 이것은 최상의 즐거움이지만 지극히 드문 일이다. 이런 기회는 일생 동안 다 합친다 해도 몇 번에 불과하다"라고 말했다.

마음 맞는 친구와 마음 맞는 남파랑길에서 마음 맞는 말을 나누고 길을 가고 있으니 가히 최상의 즐거움을 누린다. 우정은 삶을 따뜻하게 해준다. 함께 감동받고 함께 웃는 것은 멋진 일이다. 함께 똑같은 일을 경험하고, 함께 울고 웃으면서 함께 시간을 보낸다는 것은 정말 즐거운 일이다. 친구와 함께 하는 남파랑길은 남은 인생 동안 우려먹을 수 있는 행복한 추억이다.

'먹을 수 있을 때 먹어라! 쌀 수 있을 때 싸라!'라는 여행의 수칙에 충실하게 성포항 해변 음식거리에서 민생고를 해결한다. 길을 떠나 처음으로 누군가와 함께하는 점심 식사. 메뉴는 거제 9미 중 제1미인 대구탕과 9미인 볼락구이다. 대구는 전국 생산량의 대부분을 차지할 정도로 거제 바다가 키운 명품으로 제철이 11월~2월이다. 흰 살 생선의 왕인 대구는 탕으로 주로 요리해 먹지만 양념으로 버무린 찜도 인기가 좋다. 거제 9미는 제1미인 대구 다음으로 굴구이, 멍게·성게비빔밥, 도다리쑥국(장승포), 물메기탕(장승포), 멸치쌈밥·회무침, 생선회, 바람의 핫도그, 볼락구이다. 막걸리를 곁들인 남파랑길의 환상적인 파티를 즐긴다.

양생의 기본은 줄일 것은 줄이고 늘릴 것은 늘리는 것. 『수진실록』에서는 사소팔다(四少八多), 네 가지를 줄이고 여덟 가지를 늘리라고 한다. 사소에는 '배 속에는 밥이 적고, 입속에는 말이 적고, 마음속에는 일이 적고, 밤중에는 잠이 적어야 한다. 이 네 가지 적음에 기댄다면 신선이 될 수가 있다'라고 한다. 하지만 오늘만큼은 그럴 수가 없다. 비록 신선이 되지 못할지라도 먹을 자격이 있고 마실 자격이 있기에 즐겁게 먹고 마신다.

포만감을 앞세우고 다시 길을 나선다. 성포항을 둘러보고 바닷가를 벗어나 임도를 따라 한적한 산길로 걸어간다. '자기 페이스대로 걸어가는 것이 좋다!'라면서 자꾸 '먼저 가라'라고 한다. 부처와 가섭의 염화미소, 이심전심이라 혼자 앞서간다.

춘추전국시대 거문고의 명수인 백아와 종자기의 지음지교가 스쳐간다. 백아가 거문고를 타면서 높은 산을 오르는 데 뜻을 두자 종자기가 말한다.

"훌륭하도다. 높이 솟아오름이 마치 태산과 같구나."

백아가 흐르는 물에 뜻을 두자 다시 종자기는 말한다.

"훌륭하도다. 넘실넘실 장강이나 황하 같구나."

종자기는 백아의 마음을 알고 있었다. 백아가 슬픈 곡을 연주하면 슬픔을, 산이 무너지는 소리를 내면 그런대로 그 뜻한 바를 알아내었다. 그러자 백아는 말한다.

"참으로 훌륭하도다, 그대의 들음이여! 내 뜻을 알아냄이 내 마음과도 같구나. 내 거문고 소리는 그대로부터 벗어날 수가 없네."

어느 날 친구 종자기가 죽자 백아는 거문고 줄을 끊어버리고 세상에 자기의 음악을 이해해줄 사람이 없음을 통곡했다고 『여씨춘추』는 전한다.

사등리의 사등성(沙等城)을 지나간다. 삼한시대 변진 12국의 하나인 독로국(瀆盧国)의 왕성이었다고 전해져왔으나 고증할 문헌은 없다. 고려 말 왜구를 피하여 거창으로 피난 갔던 거제도민이 조선조에 들어와 왜구의 침탈이 점점 줄어들자 도내의 수월리에 목책을 세워 거주하다가 1426년(세종 8) 사등으로 옮기고 축성을 시작하여 거제읍성으로 사용한 성이다.

왜구의 노략질은 여·몽연합군의 원정 이후 고려 말부터 본격적으로 자행되어 조선시대에 들어와서도 끊임없이 지속됐다. 특히 거제도는 일본과 가까워 일찍이 왜구의 침입에 시달렸다. 그리고 드디어 국가 간의 전운이 싹트고 있었다.

1590년 3월 1일, 전국시대를 통일한 도요토미 히데요시(1536~1598)는 교토에서 천왕의 환송을 받으며 애첩들을 거느리고 관동지역 복속을 위해 출진했다. 3년 전 규슈를 복속하러 출진할 때와 같은 날이었다. 히데요시는 100여 년에 걸쳐 관동지역을 장악한 호조 세력을 약 4개월 만에 항복시켰다. 일본 전국통일의 마지막 전투인 오다와라 전투에서 승리한 것이다. 히데요시는 드디어 100여 년간 이어진 전국시대를 통일했다. 히데요시는 일본 전국을 통일하자 바로 대륙 정복에 나섰다. 조선을 침략하기 이전에 이미 대륙 침략을 구상하고 있었다. 프로이스의 『일본사』의 기록에 따르면 1586년 5월 오사카성에서 선교사들을 영접하면서 대륙 침략 의도를 밝혔다.

"단지 나의 명성과 권세를 사후에 전하고 싶을 뿐이다."

"일본은 동생에게 넘겨주고 내 자신은 힘을 다해 조선과 중국을 정복하는 데 종사하고 싶다. 그 준비로 2천 척의 배를 건조하기 위해 자금 목재를 벌채하도록 했다."

"나는 선교사들에게 충분히 장비를 갖춘 두 척의 대형 선박을 알선해주기를 바란다."

이듬해인 1587년에 규슈 정복 시에도 대륙침략 의향을 선교사들과 부하들에게 밝혔다. 그리고 20세의 소 요시토시를 대마도주에 앉히면서 고니시 유키나가의 딸 마리아와 결혼시켜 조선을 침략하는 데 충성을 다하도록 했다.

도요토미 히데요시는 관동지방에 출전하기 1년 전인 1589년 3월에 조선의 복속을 독촉했다. 이 명령을 더 이상 지체할 수 없었던 대마도의 소 요시토시는 교토에서 내려온 승려 겐소를 정사로 꾸미고 스스로는 부사가 되어 조선에 통신사를 요청했다. 소 요시토시의 필사적인 요청에 조선은 통신사를 파견하기에 이르렀다. 통신사는 히데요시가 관동지방 복속에 나선 1590년 3월에 정사 황윤길, 부사 김성일, 서장관 허성이 한양을 출발했고, 4월에 부산에서 배에 올랐다. 통신사가 교토에 도착한 것은 7월 22일이었는데, 히데요시는 이때 관동지방 오다와라 성을 함락하고 전후 처리를 하고 있었다. 9월 1일 교토에 돌아온 히데요시는 11월 7일에야 통신사를 접견했다. 그리고 통신사는 1591년 3월, 1년 만에 귀국했다.

평소 대만과 조선, 중국은 물론 인도까지 정벌하겠다는 다소 허황된 계획을 떠들던 도요토미 히데요시는 결국 1591년 8월, 조선 정벌을 결정하고 군대를 개편했다. 이때 오사카성에 수하들을 모아놓고 말했다.
"그대들의 노고 덕분에 나라를 통일했다. 그러나 아직 부끄럽게도 우리는 명을 정복하지 못했다. 국내 정치는 히데쓰구(히데요시의 조카)에게 맡기고 내가 직접 군대를 이끌고 조선에 들어가 점령하려 한다. 명의 땅을 나눠 공이 있는 그대들에게 나눠줄 것이니 좋은 일이 아닌가? 협조하겠는가?"
이 말에 반대할 다이묘는 없었다. 9월 15일, 대대적인 출병식을 거행하고 축하연까지 이어졌다. 각 다이묘에게 조선 정벌에 쓸 선박 건조를 명령했고, 동원할 군사 수도 배정했다. 개인마다 자신이 먹을 미곡을 30㎏씩 준비하게 했다. 나머지는 조선의 곡창지대를 차지해 마련한다는 전략이었다. 침략 준비는 신속하게 이뤄졌다.
히데요시는 1591년 규슈 북단 사가현의 나고야항에 대륙 침략기지로 거대한 규모의 나고야성을 쌓게 했는데 침공 한 달 전에 완성했다. 그리고 대군을 주둔시켰다.

병력은 총 30만 7천 명으로 그중 예비병 13만 9,750명을 뺀 나머지 16만 7,250명이 조선으로 출병했다. 구키 요시타카가 지휘한 수군

8,450명을 제외하면 육군은 15만 8,880명이었다. 이들 외에도 병력을 지원하는 목수, 미장이, 대장장이, 사공, 깃대잡이 같은 민간인들이 더해졌다.

15만 8,880명의 육군은 제9군으로 편성됐다. 제1군은 고니시 유키나가가 이끄는 병력 1만 8,700명으로 선봉부대였고, 제2군은 가토 기요마사가 이끄는 2만 800명으로 역시 선봉부대였다. 두 부대를 모두 선봉부대로 삼았다. 고니시와 가토가 사이가 좋지 않아 선봉장을 양보하지 않자 절충안을 내놓은 것이다. 제3군은 구로다 나가마사의 군대로 병력은 1만 2천 명이었고, 제4군은 시마즈 요시히로의 군대로 1만 5천 명이었다. 제5군은 후쿠시마 마사요리의 부대로 병력 2만 4,700명이었고, 제6군은 고바야카와 다카카게의 병력 1만 5,700명이었다. 제7군은 모리 데루모토의 군대로 3만 명이었다. 제8군은 우키타 히데이에의 군대로 1만 명이었으며, 제9군은 하시바 히데까쓰 이끄는 병력 1만 1,500명이었다.

1592년 3월 26일 히데요시는 대륙 정복의 꿈에 부풀어 교토를 출발했다. 일주일이면 갈 수 있는 거리를 유유자적하면서 한 달 만인 4월 25일 나고야 침략기지에 도착했다. 나고야항에 도착하기 전날인 4월 24일, 히데요시는 부산진성을 함락시킨 승전 소식을 보고받았다.

도요토미 히데요시가 왜 임진왜란을 일으켰는가는 최대의 미스테리다. 『도요토미 히데요시보』의 이 글은 도요토미 히데요시가 첫아들이 죽은 후 비탄에 빠져 조선 출병을 결심하는 장면이다.

외동아들이 요절하자 히데요시는 매우 우울하고 비참해 보였다. 신하들도 머리털을 베어 애도의 뜻을 표했다. 히데요시는 우울함을 잊기 위해 청수사에 들러 사흘간이나 머물렀으나 비탄한 심정은 더해지고 눈물이 마를 날이 없었다. 이

때 조선을 치고자 하는 마음이 생겼는데 자신의 슬픔을 위로하기 위함이었다. 여러 신하들은 히데요시의 결심을 거스를 수가 없었다. …(중략)… 히데요시가 말하기를 '예부터 중화는 우리나라를 여러 번 침략했으나 우리나라가 외국을 정벌한 것은 신공황후가 서쪽 삼한을 정벌한 이래 천 년 동안 없었다. 나는 비천한 신분으로 태어났지만 출세해 고관직에 올랐으니 무엇 하나 부족함이 없었다. …(중략)… 대장부가 어찌 백 년 인생을 이처럼 헛되이 끝낼 수 있으랴! 이에 조카 히데쓰구가 제국의 수도를 지켜 일본국의 안위를 관장케 하고 나는 명나라로 들어가 황제가 되려 한다.

도쿠가와 이에야스의 비서인 하야시 라잔이 쓴 『도요토미 히데요시보』는 도요토미 히데요시의 일대기로 에도시대 널리 읽혔다. 하야시 라잔은 이 책에서 도요토미 히데요시가 임진왜란을 일으킨 이유에 대해 첫째, 늘그막에 얻은 첫아들을 잃은 슬픔을 잊기 위해, 둘째 명나라의 황제가 되기 위해, 셋째 조선 국왕이 선봉에 서라는 자신의 명령을 어긴 것을 징벌하기 위해서라고 한다.

도요토미 히데요시는 25세 때 14세인 아내 오네와 결혼하였고, 이후 수많은 처첩을 거느렸지만 53세가 될 때까지 자식이 없었다. 히데요시는 노년의 나이에 아들을 낳았다. 히데요시의 아들을 낳은 요도 도노는 차차(茶茶)로 불리는 애첩이었다. 그런데 요도 도노가 낳은 히데요시의 자식은 아무래도 이상했다. 수많은 히데요시 처첩들 가운데서 딱 한 명에게만, 그것도 두 명의 아들이 태어났기 때문이다. 루이스 프로이스는 '많은 사람들이 히데요시의 자식이 아니다'라고 한 것을 기록하고 있다. 심지어 이시다 미쓰나리의 자식이라는 루머도 있었다.

사등성을 지나자 아름다운 성내마을에 '양달석 그림산책길'이라며 벽화가 길게 이어져 있다. 길은 다시 바닷가로 이어져 사곡해수욕장을 향해 나아간다. 세상의 해변과 사막에는 수많은 모래들이 있다. 세상에는 수많은 사람들이 있다. 그 가운데 만나고 경험할 수 있는 인연들은 제한적이다. 고향의 익숙한 정취도 아름답지만 새로운 세계에 대한 경험 또한 소중하다. 경험에 투자해야 한다. 오랜 친구는 수많은 경험 속에 우정의 뿌리가 깊다. 파란 하늘 파란 바다를 바라보며 두보의 빈교행(貧交行), 가난할 때의 사귐을 노래하며 걸어간다.

손바닥 뒤집어 비와 구름 바꾸듯/ 가벼운 세상 인정 말해 무엇하랴

가난할 적 관포지교 모두 알지만/ 요즘 사람 의리를 흙같이 버리네

손바닥 뒤집어 구름 만들고/ 손바닥 뒤집어 비 만드는 것

천도는 밝고 밝아 갔다가 다시 돌아온 것

생각이 같고 나이가 같고, 이것저것 같아서 친구가 되는 것이 아니다. 사람은 모두 각인각색(各人各色), 나름대로 개성이 있어 하나같이 같을 수는 없다. 둘이면서 하나이고 하나이면서 둘로 자유롭게 소통하는 사람들이 친구다. 진정한 친구는 두 개의 육체에 깃든 하나의 영혼이다. 만남에는 그리움이 따라야 한다. 영혼의 울림이 없는 만남은 만남이 아닌 마주침이다. 이익이나 이해관계를 떠나 진정으로 마음이 통하는 만남이 친구다. 우정도 산길과 같아서 서로 오고 가지 않으면 잡풀만 무성해진다. 가까운 친구일수록 자주 만나야 하지만 고슴도치의 사랑을 잊어서는 안 된다. 적정한 거리가 유지되어야 한다. 너무 멀면 춥고 너무 가까우면 아프다. 인디언 속담에 친구는 "내 슬픔을 등에 지고 가는 자"라고 한다.

노을이 아름답다는 사곡해수욕장을 지나간다. 바다 위를 한 무리의 갈매기들이 날아간다. 조나단 리빙스턴과 그의 제자들이다. 조나단이

새로 온 갈매기에게 꿈을 심어준다.

"너는 여기에서 지금 네 자신일 수 있는, 진정한 자신이 될 수 있는 자유가 있어. 그리고 그것을 가로막는 어떤 것도 없어. 그것이 바로 위대한 갈매기의 법칙이요 실재하는 법칙인 거야."

"…"

"너는 자유롭다 이 말이야."

제자가 되기 위해 찾아온 상처 입은 영혼의 갈매기에게 조나단은 '진정한 자신이 될 자유가 있다', '너는 자유롭다'라는 말로 힘과 용기를 북돋우며 생각을 바꿔준다.

자신이 자유롭게 날 수 있고 자유롭게 사랑할 수 있음을 깨닫고 믿게 된 갈매기는 기쁨에 충만하여 얽매임의 사슬을 끊어버리고 자유로운 삶을 찾아가는 희망에 가득 차서 출렁이는 바다 위를 날아간다.

"자유에 닿게 하는 법만이 진정한 법이야. 그 밖의 법은 없는 거야"라고 외치며 조나단은 사랑하는 제자 플레처에게 이제 먼 길을 떠나는 이별을 말한다.

"플레처, 너는 너의 눈이 너에게 말하는 것을 믿으면 안 돼. 너의 눈이 보여주는 모든 것은 한계일 뿐이야. 너의 마음이 깨닫도록 하고, 이미 깨달았던 바를 발견해야 해. 그러면 너는 나는 법을 알게 될 거야."

육체의 눈으로 보는 한계를 뛰어넘어 마음의 눈으로 본질의 세계를 바라볼 때 영원한 사랑도 삶도 행복도 느낄 수 있음을 가르쳐준 조나단은 하늘 멀리 사라져갔다.

새거제관광휴게소를 지나서 장평동을 거쳐 고현동 도심으로 들어간다. 오후 4시가 조금 지나서 16코스 종점인 고현버스터미널에서 마무리를 한다. 두 개 코스 29.9㎞를 걸었다. '집을 가장 아름답게 꾸미는 것은 자주 찾아오는 친구들이다'라고 했건만 먼 길을 찾아온 친구들이 고행의 남파랑길을 행복하게 해주었다.

　저녁시간 장목항의 바닷가 횟집, 장목중학교 교장선생님과 세 선생님들, 두 친구와 장목면이 고향인 장목초·중학교 출신 아우가 용인에서 와서 함께 자리를 했다. 자신의 고향으로 걸어간다는 소식을 아침 일찍 접한 아우는 하루 일과를 뒤로하고 용인에서 달려왔다. 고향바라기 아우는 중학교 교장선생님에게 장학금을 전달했다. 멋이 있고 낭만이 있고 의미 있고 재미있는 즐겁고 행복한 장목항의 밤이었다.

17코스

★ ★ ★ ★ ★ ★ ★ ★ ★

맹종죽순체험길

[칠천량해전]

고현버스터미널에서 장목파출소까지 19.1㎞

고현버스터미널 → 석름봉 → 대성사 → 하청야구장 → 사환마을 → 장목 파출소

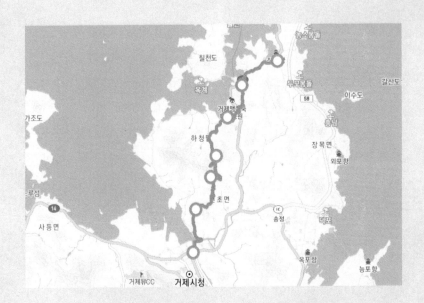

"내가 직접 연해지방에 가서 듣고 본 뒤에 결정하겠다."

11월 14일 아침 남파랑길 17코스를 시작한다. 어제 함께 걸었던 두 친구는 순댓국으로 아침 식사를 한 뒤 고현버스터미널에서 서울로 떠나고, 다시 세 사람이 길을 간다.

"벗이 있어 먼 곳으로부터 오면 또한 즐겁지 아니하냐(有朋自遠方來 不亦樂乎)"라고 하는 기쁨도 잠시, 친구들은 떠나갔다. 서울과 거제도, 지금은 대중교통으로 버스를 타고 오가지만 2028년이면 남부내륙철도 건설로 수도권과 남해안이 2시간 거리로 좁혀질 예정이다.

선수교체로 의로 맺어진 13인의 형제 모임 '영 써틴' 두 아우 정안, 정화와 함께 길을 간다. 삼인행 필유아사(三人行 必有我師)라, 세 사람이 길을 가면 그중에 반드시 스승이 있다고 했다. 거제도가 고향인 마산상고 출신의 범생이 아우의 지나온 인생길이 남파랑길 위에 펼쳐진다. 사람을 안다는 것은 실은 어마어마한 일이다. 그의 과거와 현재, 그리고 그의 미래가 함께 오기 때문이다.

바닷가로 향하던 길은 신현제2교를 건너고 신오교를 건너면서 이내 산으로 올라간다. 석름봉(256.5m) 둘레길이다.

산길을 갈 때 눈은 산과 나무를 바라보지만 뇌는 눈으로 들어오는 자극을 통해 촉발된 심상을 좇아간다. 그래서 같은 길을 가는 사람 사이에도 다르게 느껴진다. 사람들은 모두가 인생길을 간다. 어떤 길을 가는지가 다를 뿐, 모두가 자신이 선택한 길을 간다. 동시대에 살아가고 있지만 각인각색이다.

도시를 뒤로하고 가파르게 놓인 계단을 올라 낙엽이 깔린 부드러운 산속 오솔길을 걸어 정자에서 숨을 가다듬는다. 맞은편 계룡산이 빙긋이 웃는다. 계룡산(569m)은 거제의 대표적인 산으로 그 형상이 닭과 용을 닮았다 하여 지어진 이름이다.

산 아래에는 6·25전쟁 포로를 수용했던 포로수용소가 있다. 거제포로수용소는 한국전쟁 당시 북한군과 중공군 포로들을 수용하기 위해 1951년 2월에 거제시 고현동과 수현동을 중심으로 1953년 7월까지 운영된 포로수용소이다. 거제도는 육지와 가까워 포로를 수송하기 쉬우면서도 섬이라 격리 수용하기에 적합했기 때문에 이곳에 포로수용소를 설치했다. 남파랑길 종주 후 진달래 핀 계룡산과 포로수용소를 다녀왔다.

고갯마루에 올라서니 뒤로는 연초면이 있고 앞으로는 바다를 끼고 하청면이 나타난다. 임도를 따라 걸어간다. 10㎞ 가까이 인가 하나 없는 한적한 산길, 나무들만이 도열해서 반겨준다. 봄의 나무는 숲이 되는 것이 소망이고 가을의 숲은 나무가 되는 것이 꿈이다. 나무는 숲을, 숲은 나무를 서로 선망하며 자연을 더욱 건강하게 한다. 연리목이 얼마나 좋으면 둘이서 부둥켜안고 떨어지지 않는다. 해가 떠도 달이 떠도 부둥켜안고 세찬 바람 눈보라 치고 장대비가 쏟아져도 부둥켜안고 떨어질 줄 모르니, 그렇게 미친 듯이 좋아 언제나 함께하면 세상의 어떠한 고난과 역경도 거뜬히 이겨내고 사랑의 열매를 듬뿍 열리라.

대성사를 지나 서대마을 입구 작은 연못 앞에 이르렀다. 오리들이 인기척에 놀라 급히 자리를 피한다. 이윽고 하청면에서 해안으로 내려와 칠천량 앞바다에 떠 있는 칠천도와 칠천도를 연결하는 연륙교를 바라본다. 칠천도는 거제의 크고 작은 66개 섬 가운데 거제도 다음으로 큰 섬이다.

　1597년 7월 16일, 조선의 바다에서 단 한 번도 패하지 않았던 조선 수군은 칠천량해전에서 도망간 배설의 12척을 제외하고 전멸을 당했다. 칠천량해전은 와키자카 야스하루에게 당한 육지의 용인 전투(1592년 6월)와 더불어 임진왜란 최대의 패전이었다. 134척의 판옥선 중 122척이 불탔거나 침몰하였다는 기록이 일본의 『정한위략』에 남아 있다. 배설의 판옥선 12척이 살아서 이순신에게 돌아갔으니 우리 기록과 거의 일치한다.

　1597년 도요토미 히데요시는 조선을 다시 침략하며 "전라도를 철저히 섬멸하고, 충청·경기도와 이외 지역은 가능하면 공격하라"라고 장수들에게 명령했다.

　정유재란이 일어나고 제1선봉장이 된 가토 기요마사는 1597년 1월 14일 전함 130척에 1만 명의 병력을 이끌고 부산 다대포에 상륙해, 양산을 거쳐 울산 서생포에 자리를 잡았다.

　일본과의 육지 전투는 1593년 6월 2차 진주성 전투 이후 중단되었다. 그러나 선조는 이순신에게 선제공격 명령을 내렸고, 이순신은 1594년에 2차 당항포해전과 장문포해전을 치러야 했다. 명과 일본 사이의 휴전회담이 진행되던 1595년과 1596년은 모든 전쟁이 완전히 중단되었다.

　심유경은 명나라 병부상서 석성에 의해 유격장군으로 발탁되어 1592년 7월 요양부총병 조승훈이 이끄는 부대와 함께 조선에 왔다. 조승훈이 이끄는 명나라군이 평양에서 일본군에게 패하자, 고니시 유키나가와 강화회담을 교섭한 뒤 쌍방이 논의한 강화조항을 가지고 명나라로 갔다가 돌아오기로 약속했다. 그리고 1592년 9월 1일부터 50일간 휴전

조약을 맺는 데 성공했다. 이는 조선이 전열을 정비할 수 있는 절호의 기회였다. 그 사이 명나라 장수 이여송은 조선으로 왔고, 1593년 1월 9일 이여송이 평양에서 일본군을 물리치자 강화약속은 파기되었다.

고니시는 평양성에서 패잔병을 이끌고 서울로 철수했는데, 당초 1만 8,700명의 병력은 6,600명으로 줄었다. 평양성 수복을 계기로 전국의 주도권은 조·명연합군으로 넘어갔다. 하지만 곧이어 벽제관 전투에서 이여송이 고니시 유키나가에게 패하게 되면서 다시 강화회담을 시도함에 따라 심유경은 일본 진영에 파견되었다. 이후 심유경은 고니시 유키나가와 5년간이나 강화회담을 진행했다. 이순신은 명나라와의 강화협상에 대해 부정적인 생각을 가지고 있었다. 『난중일기』의 기록이다.

> 1594년 2월 5일 맑음. …(중략)… 원수(권율)의 회답 공문이 왔는데, 유격장 심유경이 이미 화해할 것을 결정했다고 한다. 그러나 간사한 꾀와 교묘한 계책은 헤아릴 수 없다. 전에도 놈들의 꾀에 빠졌었는데 또 이처럼 빠져드니 한탄스럽다. 저녁에 날씨가 찌는 듯하니 마치 초여름 같았다. 2경(밤 9시경)에 비가 내렸다.

1597년으로 접어들면서 휴전 상황이 급변하고 있었다. 먼저 1597년 2월 이순신이 파직되었다. 요시라의 간계에 의해 이순신이 한양으로 압송되고 원균이 삼도수군통제사에 임명되었다. 선조는 이순신에게 했던 것처럼 원균에게 왜군의 부산 본진을 공격하라고 출정 명령을 내렸다. 하지만 원균은 선조에게 올린 상소에서 '진해 안골포, 부산 가덕도 등에 주둔한 왜군을 먼저 공격해 후방을 든든하게 한 뒤에 부산을 공격해야 한다며 이를 위해서는 육군과 수군이 합동작전을 펼쳐야 한다'라고 주장했다. 그러나 조정은 수군만으로 먼저 공격하라고 지시했다.

거제의 노래

김기호 작사
금수현 작곡

「섬은 섬을 돌아 연연 칠백리
구비 구비 스며 배인 충무공의 금자취
반역의 무리에서 지켜온 강토
에야 디야 우리 거제 영광의 고장

=구천 삼거리 물따라 골도 깊어
계룡산 기슭에 폭포도 장관인데
갈고지 해금강은 고을의 절승
에야 디야 우리 거제 금수의 고장

1597년 7월 7일, 원균은 부산의 다대포를 공격했다. 원균은 세키부네 10척을 격침시켰지만 대신 판옥선을 무려 30여 척이나 잃었다. 이순신은 그 어떤 전투에서도 판옥선을 단 1척도 잃지 않았다. 원균은 고개를 숙인 채 한산도로 귀환했다. 도원수 권율은 분노했다. 7월 11일, 권율은 수군 단독작전에 미온적 태도를 보이고 있는 원균에게 곤장을 쳤다. 『난중잡록』의 기록이다.

> 권율은 원균이 직접 바다에 내려가지 않고 적을 두려워하여 지체하였다 하여 곤장을 치면서 말하기를, "국가에서 너에게 높은 벼슬을 준 것이 어찌 한갓 편안히 부귀를 누리라 한 것이냐? 임금의 은혜를 저버렸으니 너의 죄는 용서받을 수 없는 것이다."
> 이날 밤에 원균이 한산도에 이르러 군사를 있는 대로 거느리고 부산으로 향하였다.

권율은 원균을 곤장까지 때리며 출전하라고 다그쳤다. 원균은 "이미 장마가 시작되어 출항이 용이하지 않으니 장마가 그치면 출전하겠다"라고 했으나 받아들여지지 않았다. 원균은 선제공격이 불가함을 알면서도 선조에게 자신이라면 원하는 작전을 수행할 수 있다고 장계를 올렸고, 출전하지 않는 이순신을 파직시키는 데 앞장을 섰던 것이다. 곤장을 맞은 원균은 술을 마셨다. 그리고 휘하 제장들과 상의 한마디 없이 한산도의 전 병력과 모든 함대를 출전시켰다. 심지어 한산도의 수비병력조차 남기지 않았다.

7월 12일, 원균은 휘하의 모든 수군을 이끌고 삼도수군통제영인 한산도를 출발해 7월 14일 부산 영도 인근에 도착했다. 이미 조선 수군의 동향을 꿰뚫고 있던 왜군은 맞대응을 피하며 회피 전술을 펼쳐 조선 수군을 지치게 만들었다. 때마침 거센 풍랑까지 있었다. 10척의 판옥선이 거센 파도를 이겨내지 못하고 부산 근처 일본군의 본영인 서생포와 두모포로 떠내려갔다. 세키부네에 포위되어 판옥선에 타고 있던 1,500명의 조선 수군은 전멸당했다.

해 질 무렵 가덕도 앞바다로 물러나 군사들이 땔나무와 물을 구하러 섬에 상륙했다가 매복해 있던 왜군 육군에게 기습을 당했다. 원균은 가덕도에 내린 400여 명의 조선 수군을 버리고 급히 거제도로 후퇴해 영등포에서 그날 밤을 머물렀다.

14일이 저물고 15일이 밝았다. 이날은 비가 내리면서 기상 상태가 더욱 나빠졌다. 최악의 상황에서 당연히 한산도로 회군을 했어야 하나 원균은 한산도로 돌아가고 싶지 않았다. 15일 오후 조선 수군은 비바람을 피하기 위해 칠천량 쪽으로 이동했다. 하지만 도도 다카도라, 와키자카 야스하루, 가토 요시아키가 지휘하는 왜군 수군은 이날 밤부터 조선 수군을 포위하기 시작했다.

7월 16일 새벽, 포위망을 갖춘 일본 수군은 기습을 시작으로 총공격을 펼쳤다. 왜군 장수들은 경쟁을 하듯 전장을 누비며 조선 수군의 함선을 파괴했다. 일본군들은 몇 년간 조선 수군에게 당했던 패배와 치욕을 씻기라도 하듯이 조선 수군을 베고 또 베었다. 이순신이 목숨처럼 아끼며 증강시켜왔던 무적 조선 수군과 전함들은 하룻밤 사이에 처참하게 붕괴되었다.

시마즈 요시히로와 시마즈 다다쓰네 부자는 병사 3,000명을 칠천도 해안에 미리 배치해 조선 수군의 상륙을 막았다. 조선 수군은 칠천도 앞바다에서 사실상 궤멸했다. 전라우수사 이억기와 충청수사 최호는 칠천량 해협을 간신히 빠져나와 진해만으로 도망갔지만 속도가 빠른 세키부네에게 포위되어 백병전을 치른 후 끝내 전사했다. 진해만 쪽으로 달아난 조선 수군은 뒤쫓아 온 왜군 수군에게 섬멸됐다. 원균도 왜군에게 쫓기다 고성 춘원포에 상륙해서 전사했다. 한산도 쪽으로 미리 달아난 경상우수사 배설만은 한산도의 삼도수군통제영을 불사르고 전함 12척을 수습해 전라도로 대피했다. 칠천량해전을 계기로 5년간을 지켜온 남해안 제해권은 조선 수군에서 왜군 수군으로 완전히 넘어갔다. 백의종군 중에 칠천량해전 소식을 들은 이순신은 『난중일기』에 기록했다.

> 1597년 7월 18일 맑음. 새벽에 이덕필과 변홍달이 와서 전하기를, "16일 새벽에 수군이 밤의 기습을 받아 통제사 원균과 전라우수사 이억기, 충청수사(최호) 및 여러 장수들이 다수의 피해를 입고 수군이 크게 패했다"라고 하였다. 듣자니 통곡함을 참지 못했다. 얼마 뒤 원수(권율)가 와서 말하기를, "일이 이미 이 지경에 이르렀으니 어쩔 수 없다"라고 하면서 사시(오전 10시경)까지 이야기를 나누었으나 마음을 안정하지 못했다. 나는 "내가 직접 연해지방에 가서 듣고 본 뒤에 결정하겠다"라고 말했더니, 원수가 매우 기뻐하였다. 나는 송대립, 유황, 윤선각, 방응원, 현응진, 임영립, 이원룡, 이희남, 홍우공과 함께 길을 떠나 삼가현에 도착하니, 새로 부임한 수령이 나와서 기다리고 있었다. 한치겸도 와서 오랫동안 이야기했다.

칠천량해전은 바다에서는 원균이 지휘했지만, 작전을 기획하고 강행한 사람은 도원수 권율이었다. 이 참패의 전술적 책임은 원균에게 있고 전략적 책임은 권율에게 있고 정치적 책임은 병조판서와 임금에게 있을 것이다.

7월 22일 칠천량해전의 패전 소식을 들은 선조는 상중의 이순신을 다시 삼도수군통제사로 임명했다. 임명교서는 8월 3일 남해안을 정찰 중이었던 이순신에게 전달되었다. 선조는 백의종군하던 이순신을 복직시켜 위기를 수습하도록 했다. 유성룡은 『징비록』에서 칠천량해전 직후의 상황을 이렇게 기록했다.

> 한산도가 격파되자 왜군은 거침없이 서쪽을 향해 쳐들어가니 남해, 순천이 차례로 함락됐다. 왜군은 두치진에 이른 다음 육지로 올라 남원을 포위했다. 이렇게 되자 호남, 호서지방이 모두 전란에 휩싸이게 됐다.

칠천량해전의 승리로 기세가 올라 해상 보급에 자신감이 생긴 일본군은 전라도 침공을 본격화했고, 왜군은 육군과 수군이 동시에 전라도로 진입해 8월 16일에는 남원의 남원성을 함락시키고 전주성을 점령하면서 임진년 이후 5년간 발을 들이지 못했던 호남을 철저히 유린했다.

칠천도를 지척에 두고 하청야구장을 지나간다. 축구공과 야구공 모습을 한 화장실에서 근심을 덜어내고 용등산 아래에 있는 사환마을에 이르렀다. '푸른 맹죽향의 예향고을 하청면' 표석이 나그네를 맞이한다. 길가 주택의 벽에 '거제의 노래'가 적혀 있다.

거제에는 어디를 가나 이순신의 자취가 남아 있다. 풍전등화와 같은 절체절명의 그 순간 어느 누가 이순신을 대신할 수 있었을까. 오늘도 그 자취를 따라 돌고 돌며 이순신을 칭송하고 찬양한다.

맹종죽순체험길로 들어선다. 빽빽하게 늘어선 대나무들이 도열해서 맞이한다. 대나무(맹종죽)를 테마로 한 거제 섬앤섬길 제2코스 맹종죽 순체험길, 사색과 휴식, 체험과 치유의 길이다. 거제시는 쪽빛 바다를 보면서 걸을 수 있는 섬앤섬길을 거제시 전역에 15개 코스 161㎞의 걷기길로 조성하였다.

거제는 우리나라에서 맹종죽이 가장 많은 지역이다. 죽순 또한 80% 이상이 거제에서 생산되고 테마파크가 위치한 하청면 일대가 국내 최대 재배생산지다. 거제 특산품인 맹종죽은 호남죽·죽순죽·일본죽·모죽이라고도 하며 높이는 10~20m로 대나무 중 가장 굵다.

거제 9품은 거제를 대표하는 경쟁력 있는 지역 특산품으로 거제대구, 거제멸치, 거제유자, 거제굴, 거제돌미역, 거제맹종죽순, 거제표고버섯, 거제고로쇠수액, 왕우럭조개를 꼽는다. 종주 후 죽순과 돼지고기를 매콤한 양념으로 무쳐 요리한 죽순·돼지고기 두루치기와 데친 죽순을 양념장에 찍어 먹는 죽순 숙회 맛은 잊을 수 없다.

맹종죽에는 맹종설순(孟宗雪筍)이라는 고사성어가 있다. 중국 삼국시대 오나라에 맹종(孟宗)이란 효자가 있었다. 병상에 오래 누워 있던 어머니가 죽순이 먹고 싶다 하였지만 눈 내리는 겨울 설산에서 죽순을 구하지 못해 탄식하며 눈물을 흘렸다. 그러자 하늘이 감동해 그 자리에 있던 눈이 녹고 죽순이 돋아 죽순을 먹고 어머니 병이 나았다는 전설이다. 맹종의 효에 감동하여 겨울에 하늘이 죽순을 내렸다는 맹종설순의 감동을 노계 박인로가 노래한다.

왕상의 잉어 잡고 맹종의 죽순 꺾어/ 검던 머리 희도록 노래자의 옷을 입고/ 일

생의 양지성효(養志誠孝)를 증자같이 하리라

눈물로 설산에서 죽순을 돋게 한 효심의 상징 맹종설순을 생각하며 맹종죽순길을 걸어간다. 실전마을을 지나고 하청면과 장목면의 경계지대에서 '푸른 맹죽향의 예향고을 하청면'이 잘 가라고 인사를 한다. 매동마을을 지나고 장문포왜성 입구를 지나간다.

장목마을 입구에 들어서면서 뒤돌아보니, 두 아우가 멀리서 따라온다.

"점심 식사하고 18코스 걸어야지?"

"알겠습니다."

그러자 막내가 웃으며 항의한다.

"회장님, 조금 전까지만 해도 그만 걷기로 건의하자고 해놓고 왜 딴소리예요?"

분위기를 보니 두 사람 간에 그만 걸었으면 하는 의논이 있었다.

"그래, 그럼 오늘은 그만 걸을까? 빨래도 하고."

"와우! 좋습니다."

17코스 종점인 장목파출소 앞에서 마무리를 하고 장목항이 내려다보이는 펜션에서 모처럼 편안한 오후의 휴식을 취했다. 남파랑길 1코스에 이어 두 번째로 한 개 코스만 걷는 날이었다.

18코스

☆ ★ ☆ ★ ☆ ★ ☆ ★

대금산진달래길

[율포해전과 장문포해전]

장목파출소에서 김영삼 대통령 생가까지 16.4㎞

장목파출소 → 관포삼거리 → 두모마을 → 대금산 → 외포중학교 → 김영
삼 대통령 생가

"새벽에 곽재우와 김덕령 등이 견내량에 도착했다."

11월 15일 6시 30분 여명의 시각, 숙소를 나선다. 장목파출소 앞에서 고향바라기 정안 아우와 포옹을 하고 남파랑길 18코스를 출발한다.

아우들이 무사히 귀가하기를 기원하며 배들이 정박해 있는 장목항을 지나간다. 배는 바다로 나아가기 위해 존재한다. 물고기는 물속을 헤엄치고 새는 하늘을 날고 사람은 땅 위를 걷는다. 남파랑길을 걸어가는 것, 이는 경치를 보는 것 이상이다. 여행은 깊고 변함없이 흘러가는 삶에 대한 생각의 변화이다. 진실은 자신 안에 있다. 자신 안에서 스스로 답을 찾아야 한다. 자신에게 묻는다.
'내 마음은 평화로운가?'
'내가 원하는 길을 가고 있는가?'
'내 삶을 스스로 결정하는가?'
'내게 아직도 새로운 가능성이 열려 있는가?'
허공이 대답한다.
"예스!"

장목초등학교를 지나고 거제북로 삼거리에서 관포마을 방향 표식을 따라 산길로 접어들며 장목면 장목리와 이별한다. 임도를 걸어 산 너머에 이르자 날이 밝아오고 태양이 떠오른다. 일출, 경이롭고 환상적인 일출 경관이 펼쳐진다. 태양을 부화한 바다가 태양의 빛으로 보석처럼 반짝인다.

일본의 『고사기』와 『일본사기』의 신화에서 일본은 태양의 신 아마테라스 자손의 나라다. 천상계의 신인 이자나기와 이자나미라는 남매가 결혼하여 아마테라스(태양), 츠쿠요미(달), 스사노(전투의 신) 등을 낳고, 최후로 이자나미는 불의 신을 낳다가 그 불에 몸을 상하여 죽고 만다. 그 후 이자나기는 아마테라스에게 천상계의 지배권을 넘긴다. 한편 천상계에서 추방당한 스사노는 지상으로 내려오고, 스사노의 자손인 오쿠니누시가 지상의 지배자가 되어 정력적으로 지상의 국가 건설에 노력하였다.

태양의 신 아마테라스는 자손인 히노호니니기에게 3종의 신기(神器)를 주어 지상의 지배를 명한다. 이것이 바로 천손 강림이다. 결국 오쿠니누시는 히노호니니기에게 나라를 넘겨주었다. 이후 히노호니니기의 자손이 이곳을 지배하게 되었으니, 히노호니니기부터 4대째가 진무 덴노, 일본의 초대 천왕이다. 진무 덴노의 출생 시기는 대략 기원전 711년이다.

도요토미 히데요시는 "나는 태양의 아들"이라며 "조선의 국왕은 알현하라"라고 했다.

그리고 임진왜란을 일으켰는데, 한산도 앞바다에서 조선 수군에게 대패했다는 보고를 받았으니, 격노한 도요토미 히데요시는 도도 다카도라를 와키자카 야스하루, 구키 요시다카, 가토 요시아키에게 보내 명령했다.

"내년 봄 내가 조선에 건너가 직접 조선군을 격파할 것이니 그때까지 해전을 중지하고 거제도에 성을 쌓아 주둔하라. 조선 수군이 공격하면 지역 상황을 검토해 신중히 대처하고, 조선 수군에 먼저 전투를 걸지 말라."

왜군은 한산대첩에서 패한 직후 도요토미 히데요시의 명령에 따라 거제도 북쪽 영등포왜성을 시작으로 송진포왜성, 장문포왜성 등 3개의 왜성을 쌓고 수비에 치중했다. 이후 정유재란 때 거제도 서쪽 끝에 견내량왜성을 추가로 쌓았다. 이로써 거제도에는 4개의 왜성이 축성됐다.

영등포왜성은 거제도 북쪽 끝 구영마을 뒤 대봉산(257.7m) 꼭대기에 있다. 거제도 4개 왜성 가운데 가장 북쪽에 있으며, 장문포왜성과 송진포왜성에서 북동쪽으로 3㎞가량 떨어져 있다. 바다 건너 쪽으로 웅천왜성, 안골포왜성, 명동왜성 등과 마주 보고 있다. 지금은 숲에 둘러싸여 바다가 거의 보이지 않으나 임진왜란 당시에는 진해 앞바다는 물론 낙동강하구까지 한눈에 볼 수 있었다.

송진포왜성은 장목면 장목리의 해발 90m 증산의 꼭대기에 있다. 증산에 있기 때문에 증산왜성 또는 시루성이라고도 불린다. 직선 단거리로는 200m에 불과한 장목만을 사이에 두고 남쪽으로 장문포왜성과 마주 보고 있다.

장문포왜성 역시 장목면 장목리의 북쪽으로 튀어나온 해발 107m 야산 꼭대기에 있다. 산꼭대기에 본성을 두고, 바다 쪽에 외성을 두었다. 현재 남아 있는 성벽 길이는 700여 미터에 불과하지만 성벽 모서리는 허물어지지 않고 잘 남아 있다. 조선은 임진왜란이 끝난 뒤 이곳에 장목진을 설치해 왜구 침략에 대비했다.

견내량왜성은 거제도 북쪽에 있는 왜성과 달리 거제도 서쪽 끝 견내량해협 근처에 있다. 산꼭대기에 있는 다른 왜성과는 달리 거의 평지에 가까운 구릉에 자리 잡고 있다. 이곳은 폭 400~500m의 견내량해협을 사이에 두고 거제도에서 육지인 통영과 가장 가까운 곳으로 교통의 요지이다.

견내량에서 남쪽으로 6㎞가량만 내려가면 조선 수군기지인 삼도수군통제영이 있던 한산도이다. 따라서 1597년 7월 16일 칠천량해전에서 제해권을 빼앗은 왜군이 견내량해협을 통과하는 조선 수군을 경계하기 위해 세운 것으로 추정된다.

임진왜란 초기 도요토미 히데요시는 남해안의 최전방이었던 거제도를 후쿠시마 마사노리, 하치스카 이에마사, 이코마 자카마사, 조소카베 모토치카, 도다 가쓰다쿠, 구루시마 미치유키와 구루시마 미치후사 형제 등 시코쿠 출신들에게 맡겼다. 이들은 후쿠시마 마사노리를 사령관으로 하는 왜군 제5군으로 편성돼 조선으로 건너왔다. 시코쿠는 일본 본토를 구성하는 4개 섬 가운데 가장 작은 섬이다. 이후 제4군에 편성돼 출전한 시마즈 요시히로와 시마즈 히사야스 부자도 거제도 주둔군으로 합류했고, 도요토미 히데요시의 조카이자 양아들이었던 도요토미 히데카쓰도 왜군 제9군 사령관으로 출전해 거제도 주둔군에 합류했다.

도요토미 히데요시는 후계자였던 도요토미 히데카쓰에게 임진왜란 직후인 1592년 5월 18일 보낸 편지에서 '조선과 명나라를 정벌한 뒤 조선의 왕으로 도요토미 히데카쓰를 임명할 것'이라고 밝혔으니, 조선에 건너온 왜군 장수 가운데 가장 중요한 인물이라 할 수 있다.

거제도는 군사적으로 그만큼 중요한 의미가 있었다. 도요토미 히데카쓰는 부산포해전의 울화통으로 1592년 10월 14일 거제도에서 병사함으로 도요토미 가문의 몰락을 예고했다. 거제도에 주둔했던 왜장 가운데 구루시마 미치유키는 1592년 6월 2일 당포해전에서 이순신이 이끄는 조선 수군과 전투 도중 전사했고, 그의 동생인 구루시마 미치후사는 형에 대한 복수심으로 이순신에 대적하였으나 1597년 9월 16일 명량해전에서 전사했다. 구루시마 형제는 원래 해적 출신으로 용맹한 장수였지만 이후 구루시마 가문은 몰락했고 이들 형제의 무덤도 매우 초라하게 남아 있다.

거제 장목면에서는 1592년 율포해전과 1594년 장문포해전, 두 차례의 해전이 있었다. 율포해전은 이순신의 2차 출전 때의 마지막 전투이다. 1차 출전 때의 옥포와 합포, 적진포해전의 승리에 이어 2차 출전으로 사천, 당포, 당항포에서 승리한 이순신은 영등포에서 약탈을 하고 있는 일본 함선을 발견한 척후선의 신기전을 보고 출동했다. 일본 함선은 율포 쪽으로 도망을 갔고, 이순신도 율포에 도착하자 일본군들은 배를 버리고 육지로 기어오르기 시작했다. 일본군들은 조선 수군의 화살에 쓰러져 나갔다. 『난중일기』의 기록이다.

> 6월 7일 맑음. 아침에 출발하여 영등포 앞바다로 가서 적선이 율포에 있다는 말을 듣고 복병선으로 하여금 그곳에 가보게 했더니, 적선 5척이 먼저 우리 군사를 알아채고 남쪽의 넓은 바다로 달아났다. 우리의 여러 배들이 일제히 추격하여 사도첨사 김완이 1척을 통째로 잡고, 우후도 1척을 통째로 잡고, 녹도만호 정운도 1척을 통째로 잡았다. 왜적의 머리를 합하여 세어보니 모두 36급이었다.

영등포 앞바다에 이르러 왜선을 경계하던 중 왜의 큰 배 5척과 작은 배 2척이 율포(밤개)에서 나와 부산 쪽으로 도망가는 것을 발견한 이순신이 즉시 추격을 명하여 율포해전이 벌어졌다. 이때 여러 전선이 역풍에 노를 재촉하여 율포 근해까지 추격하자 다급해진 왜선들은 배 안의 짐짝을 버리면서 뭍으로 도망치려 하였다.

이 싸움에서 우후 이몽구가 큰 배 1척을 나포하고 1척을 불태운 것을 비롯해 우척후장 김완, 좌척후장 정운, 중위장 어영담, 가리포첨사 구사직 등이 힘을 합해 왜선 5척을 나포 또는 격파하고 수많은 왜병의 목을 베었다. 뒤이어 여도권관 김인영과 소비포권관 이영남은 위험한 적중에 뛰어들어 백병전으로 남은 왜병의 목을 베는 등 마지막 승리를 장식하였다. 율포마을에는 율포성이 있으며, 평지에 축조한 성으로 경상우수영 소속이었다.

장문포왜성 공격은 조선이 할 수 있는 최대의 수륙병행작전이었다. 전시 특별장관인 도체찰사 윤두수와 합참의장격인 도원수 권율, 해군 참모총장격인 삼도수군통제사 이순신, 야전사령관격인 경상도 의병장 곽재우와 전라도 의병장 김덕령이 참여했다. 그러나 실질적인 총사령 관은 당연히 이순신이었다.

이 무렵 일본은 울산에서 순천에 이르기까지 조선의 남해안에 30개 에 가까운 왜성을 만들었다. 왜성으로 인해 기항지를 확보하기 어려운 점도 있지만 조선 수군이 정박하여 휴식할 때 왜성에서 일본군이 기 습공격을 할 수도 있기 때문에 조선 수군으로서는 왜성으로 인한 문 제점들이 많았다.

이때 새롭게 도체찰사가 된 윤두수가 일본 왜성에 대한 선제공격을 건의하고 나섰다. 경상우수사 원균이 인척이었던 윤두수에게 직접 건 의를 하였던 것이다. 이는 지휘체계를 무시한 월권행위였다.

유성룡이 반대했음에도 선조는 윤두수의 편을 들어 장문포왜성을 공격하게 되었다.

1594년 9월 24일, 이순신에게 장문포 공격에 합류하라는 지시가 전 달되었다. 추수철을 맞아 한산도에 있는 대다수의 병졸들을 고향으 로 돌려보낸 직후였다. 한편 조정에서는 유성룡이 계속해서 "장문포 왜성 공격은 불가능하오니 선제공격을 중단해야 합니다"라고 읍소했 다. 계속되는 유성룡의 반대 주장에 선조는 결국 장문포 공격에 대한 마음을 바꾸어 전투를 중단하라는 장계를 다시 내려보냈다. 그러나 이미 전투는 시작되고 있었다. 『난중일기』에 전하는 1594년 장문포해 전이다.

9월 26일. 맑음. 새벽에 곽재우와 김덕령 등이 견내량에 도착했다. 박춘양을 보내어 건너온 연유를 물었더니, 수군과 합세할 일로 원수(권율)가 전령했다고 한다.

9월 27일 아침에 맑다가 저물녘에 잠깐 비가 내렸다. 늦은 아침에 출항하여 포구에 나가자 여러 배들이 동시에 출항하여 적도 앞바다에 머물렀다. 곽첨지(곽재우), 김충용(김덕령), 한별장(한명련), 주몽룡 등이 함께 와서 약속한 뒤에 각각 원하는 곳으로 나누어 보냈다. 저녁에 선병사(선거이)가 배에 도착했으므로 본영의 배를 타게 했다.

9월 28일 흐림. 새벽에 촛불을 밝히고 홀로 앉아 왜적을 토벌할 일이 길한지 점을 쳤다. 첫 번째 점은 "활이 화살을 얻은 것과 같다"라는 내용이었고, 두 번째 점은 "산이 움직이지 않는 것과 같다"라는 내용이었다. 바람이 순조롭지 못하였다. 흉도 안바다에 진을 치고 잤다.

9월 29일 맑음. 배를 출발하여 장문포 앞바다로 돌진해 들어가니, 적의 무리는 험요한 곳에 자리 잡고서 나오지 않았다. 누각을 높이 설치하고 양쪽 봉우리에 보루를 쌓고는 조금도 나와서 항전하지 않았다. 선봉의 적선 두 척을 격파하니 육지로 올라가 달아났다. 빈 배만 쳐부수고 불태웠다. 칠천량에서 밤을 지냈다.

이후 조선 수군이 다가가 싸움을 걸어도 일본군들은 왜성에서 나오지를 않았다. 육지에서는 곽재우와 김덕령의 의병부대가 장문포왜성을 공격했으나 조총에 의한 사상자만 늘어날 뿐이었다. 그때 일본군 몇 명이 성 밖으로 나와 팻말을 세웠다. '조선군은 일본군과 싸우지 말라'라는 명나라의 패문이었다. 이를 본 조선군이 싸울 맛이 떨어졌을 때 공격을 중지하라는 선조의 장계도 도착했다. 이순신은 장문포왜성 공격을 중단하고 한산도 본영으로 돌아갔다.

장문포해전은 육군 사상자만 다수 발생한 실패한 작전이었다. 조선 수군은 단 한 명의 사망자도 없이 2척의 일본 함선을 격침시켰다. 『선조수정실록』의 기록이다.

유성룡이 아뢰기를, "장문포 공격은 수전 중심이었기 때문에 대패까지는 안 하였지만 육전이었으면 반드시 대패하였을 것입니다."

임진왜란이 낳은 영남과 호남의 두 의병장 홍의장군 곽재우와 비운의 영웅 김덕령. 이들은 거제도에 주둔한 일본군을 소탕하기 위한 수륙합동작전을 펴기 위해 모였다. 그때 나이 이순신은 50세, 곽재우는 63세, 김덕령은 28세의 청년 장수였다. 이들의 만남은 어땠을까? 아쉽게도 일기에는 그날의 생생한 모습이 없다.

의병장이었던 곽재우(1532~1617)는 이때 정탁이 천거하여 형조정랑이 되어 있었고, 장문포에서 왜적과 싸우고 이듬해 명과 일본이 강화협상을 하자 관직을 버리고 칩거했다. 김덕령(1567~1596)은 고경명의 휘하로서 1593년 모친 상중에 왜적을 물리쳐 형조좌랑, 충용장이 되었다. 김덕령은 이몽학의 난이 진압되고 이몽학과 내통했다는 신경행의 무고로 체포되어 혹독한 고문으로 옥사했다.

장목면 관포리 바닷가에서 거가대교를 바라보다가 대나무가 우거진 길로 들어간다.

간간이 보이는 바다를 바라보며 묵묵히 신봉산 아래 기슭을 걷는다. 마두마을을 지나 두모몽돌해변을 지나간다. 몽돌이 길게 깔려 해안을 이루고 있다. 몽돌이 파도에 씻겨 서로 부딪히며 차르르르 차르르르 노래를 부른다. 거제도와 가덕도를 이어주는 거제9경의 거가대교의 경관이 장관이다.

복항마을 매미성에 들어선다. 매미성은 2003년 태풍 매미로 경작지를 잃은 백순성 씨가 자연재해로부터 경작물을 지키기 위해 오랜 시간 홀로 쌓아올린 벽이다. 매미성은 그 규모나 디자인이 설계도 한 장 없이 지었다고는 믿기지 않을 만큼 훌륭하다는 평가를 받고 있다.

시방마을회관에서 대금산 임도를 따라 올라간다. 대금산은 진달래가 아름답다고 알려진 산으로 외포마을 뒷산이다. 종주 후 찾아간 대금산진달래길의 아름다운 경관은 명불허전이었다.

거제시는 시 전역에 쪽빛 바다를 보면서 걸을 수 있는 15개 코스 161㎞의 걷기길을 조성하였다. 이 길이 섬앤섬길이다. 중부권에는 도시 중심에 위치한 계룡산을 한 바퀴 돌아볼 수 있는 길로 '계룡산둘레길'과 이순신 장군의 충혼이 서려 있는 옥포만을 품은 '충무공 이순신 만나러 가는 길', 장승포동에서 해안을 돌아 풍경이 일품인 '양지암등대길'이 있다.

남부권에는 천주교 순례코스로 공곶이와 서이말등대, 지세포성 등을 볼 수 있는 '천주교순례길'과 해금강 일출의 장관과 다도해의 눈부신 비경이 펼쳐지는 '바람의 언덕길', 여차·홍포해안 비경, 명사해수욕장 등 거제 바다의 아름다움을 느낄 수 있는 '무지개길'이 있다.

서부권에는 현존하는 가장 오래된 산성인 둔덕기성의 역사와 산방산, 선자산을 탐방할 수 있는 '거제역사문화탐방길', 최근 개통한 산달연륙교 조망과 산달도로를 일주할 수 있는 '산달도해안일주길'이 있다.

북부권에는 칠천도 일대의 섬과 해안을 감상할 수 있는 '칠천량해전길'과 '맹종죽순체험길', 앵산을 탐방할 수 있는 '앵산꾀꼬리길', 거가대교와 해안경관을 감상할 수 있는 '대봉산해안경관산책길', 등산로로 이루어진 '등산길', 임도로 이루어진 '트레킹길', 진달래 평원이 매력적인 '대금산진달래길'이 있다. 남파랑길에서는 8개의 섬앤섬길을 지나간다.

대금산에서 내려와 옥포대첩로를 걸어서 '배움이 즐거운 외포중학교'를 지나고 외포초등학교를 지나간다. 대금산과 망월산 사이에 있는 외포마을은 겨울이면 대구로 유명하다. 본래 밖개라 하는 외포(外浦)마을을 지나고 작은 닭섬, 평화로운 소계(小鷄)마을을 지나고 대계(大鷄)마을로 들어선다.

소계마을은 섬의 형태가 닭 모양이고 날갯죽지와 같아 닭섬이라 하는 작은 갯가마을이고, 대계마을은 닭섬이 있는 큰 갯가마을이다. 어린 김영삼을 키워낸 아담한 작은 포구마을, '대통령의 고장 대계마을'에서 남파랑길 18코스를 마무리한다.

19코스

★ ★ ★ ★ ★ ★ ★ ★

충무공 이순신 만나러 가는 길

[옥포대첩]

김영삼 대통령 생가에서 장승포시외버스터미널까지 15.5㎞

김영삼 대통령 생가 → 덕포해변 → 옥포항 → 옥포국가산업단지 → 장승
포시외버스터미널

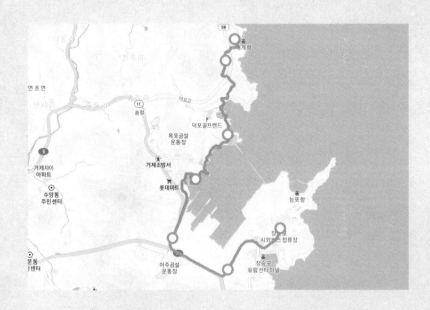

"경거망동하지 말고 태산같이 진중하라."

거제도의 최동단 새벽의 여명을 알리는 장닭의 정기를 받은 거산(巨山) 김영삼 대통령의 생가로 들어서며 19코스를 시작한다.

어린 시절 바다를 벗하며 호연지기를 길렀던 소년 김영삼은 대통령이 되겠다는 꿈을 키웠다. "닭의 목을 비틀어도 새벽은 온다!"라고 외치며 민주화를 위하여 투쟁했던 김영삼은 결국 대통령의 꿈을 이루었다. 기록 전시관에는 중학생 때 쓴, '未來의 大統領 金泳三(미래의 대통령 김영삼)' 붓 글씨가 있다. 십 대에 꿈을 세운 김영삼은 훗날 "이 꿈이 있었기에 어떤 독재자도 나를 회유와 탄압으로 굴복시킬 수 없었다"라고 하였다. 김영삼은 고난과 역경의 반세기를 지나 민주주의의 새벽을 뚫고 마침내 대통령이 되었다. 1983년 5월 18일 「단식에 즈음하여」 글이다.

> 나는 이번 단식투쟁에서 나의 생명을 잃을 수도 있다는 것을 잘 압니다. 나 하나의 생명을 바쳐 이 나라의 민주화에 다소라도 도움이 될 수 있다면 이것이 국가와 국민을 위한 나의 최후의 봉사라고 생각하고 모든 것을 감수하고자 합니다. …(중략)… 나에 대한 어떤 소식이 들리더라도 그것에 연연하거나 슬퍼하지 말고 오히려 민주화에 대한 우리 국민의 뜨거운 열정과 확고한 결의를 보여주시기 바랍니다.

'김영삼 대통령 부모님 산소길' 해변으로 향한다. 대계마을 포구를 지나서 다시 옥포대첩로 도로를 따라 걷다가 강망산으로 올라간다. 강망산봉수대에 이르러 가덕도와 옥포만에 이르는 주변 바다를 한눈에 내려다본다. 환상적인 풍경을 조망하고 봉수대에서 내려와 덕포해수욕장까지 거제시가 조성한 섬앤섬길 중 '충무공 이순신 만나러 가는 길'을 걸어간다.

'충무공 이순신 만나러 가는 길'은 옥포항에서 김영삼 대통령 생가까지 약 8.3㎞로 옥포항에서 필랑포마을까지 1구간, 덕포해수욕장까지 2구간, 김영삼 대통령 생가까지 3구간으로 나누어져 있다. 길에는 임진왜란 당시 조선 수군의 첫 승전인 옥포대첩과 출전한 명장들의 이야기가 이어진다.

고갯마루에 세워진 한국전쟁 전후 민간인 희생자 추모비 앞에서 잠시 머리를 숙인다. 오늘이 11월 15일이니 이 추모비는 어제 세웠다.

모래가 곱고 경사가 완만한 한적한 덕포해수욕장을 지나서 다리 건너 잘 단장된 등산로를 따라 '충무공 이순신 만나러 가는 길' 2코스를 걸어간다. 옥포해전의 장군들, 이순신과 남해현령 기효근, 영등포만호 우치적, 소비포권관 이영남, 사도첨사 김완 등 안내판이 등산로 곳곳에 세워져 있다.

이순신은 1591년 2월 전라좌수사로 부임하여 전쟁을 예견한 듯 1592년 1월 1일부터 『난중일기』를 기록하기 시작했다. 임진왜란 발발 직전인 1592년 4월의 『난중일기』 기록이다.

> 1592년 4월 1일 흐림. 새벽에 망궐례를 행했다. 공무를 본 뒤에 활 15순을 쏘았다. 별조방(특수군)을 점검했다.
>
> 2일 맑음. 식사 후에 몸이 몹시 불편하더니 통증이 점점 심해졌다. 종일 밤새도록 신음했다.
>
> 3일 맑음. 기운이 빠져 어지럽고 밤새 고통스러웠다.

4일 맑음. 아침에 비로소 통증이 조금 그친 것 같았다.

5일 맑았다가 늦게 비가 조금 내렸다. 동헌에 나가 공무를 보았다.

6일 맑음. …(중략)… 아우 우신을 송별했다.

7일 …(중략)…

8일 흐리나 비는 오지 않았다. 아침에 어머니께 보낼 물건을 쌌다. 늦게 우신이 떠나갔다. 홀로 나그네의 집 아래 앉아 있으니 온갖 생각이 떠오른다.

9일 …(중략)… 군관들이 활을 쏘았다.

10일 맑음. 식사를 한 뒤에 동헌에 나가 공무를 보았다. 활 10순을 쏘았다.

11일 아침에 흐리더니 늦게 갰다. 공무를 본 뒤에 활을 쏘았다. …(중략)…

12일 맑음. 식후에 배를 타고 거북선의 지자포, 현자포를 쏘았다. …(중략)… 정오에 동헌으로 옮겨 앉아 활 10순을 쏘았다. …(중략)…

13일 맑음. 동헌에 나가 공무를 본 뒤에 활 15순을 쏘았다.

14일 맑음. 동헌에 나가 공무를 본 뒤에 활 10순을 쏘았다.

15일 맑음. …(중략)… 해 질 무렵 경상우수사(원균)가 보낸 문서에, "왜선 90여 척이 와서 부산 앞바다 절영도(영도)에 정박했다"라고 한다. 이와 동시에 또 수사(원균)의 공문이 왔는데, "왜적 350여 척이 이미 부산포 건너편에 도착했다"라고 하였다. 그래서 즉각 장계를 보내고 순찰사(이광), 병마사(최원), 우수사(이억기)에게 공문을 보냈다.

이순신은 아우 우신과 어머니를 생각했다. 그리고 매일같이 활을 쏘며 무예를 연마했다. 임진왜란이 일어나기 전날인 4월 12일 이순신은 거북선에 대한 훈련을 마쳤다. 그리고 이순신은 15일에 왜적이 침입했다는 연락을 받았다. 거북선에서 총포 시험까지 마쳐 전쟁 준비가 끝난 바로 다음 날인 1592년 4월 13일 일본은 조선을 침략해왔다. 고니시 유키나가는 부산포에 상륙했다. 부산진 첨사 정발은 신식 무기인 조총으로 무장한 왜군을 당해낼 수 없었다. 그는 임진왜란에서 제일 먼저 순국한 장수가 되었다. 고니시에 이어 가토, 구로다가 잇달아 부산포에 상륙했다. 왜군은 여러 갈래로 나뉘어, 부산성과 동래성을 무너뜨리고 북으로, 북으로 밀고 올라왔다. 창, 칼, 활 따위의 재래식 무기밖에 없었던 조선군은 왜군의 조총 앞에서 비참하게 무너졌다.

부산의 수영구에 있었던 경상좌수영의 좌수사 박홍은 왜군의 배가 새까맣게 몰려오자 혼이 빠져 달아나버렸고, 거제 가배량의 경상우수사 원균은 왜군의 사나운 기세에 눌려 감히 나아가 싸울 엄두를 내지 못하고 전선 100여 척과 무기를 모두 바다에 가라앉히고 수군 1만여 명을 해산시켜버렸다. 그러고 나서 원균이 달아나려는 순간, 옥포만호 이운룡이 앞을 가로막았다. 얼굴이 붉어진 원균은 전라좌수영의 이순신에게 소비포권관 이영남을 보내 도움을 요청했다. 이후 원균은 옥포만호 이운룡과 영등포만호 우치적을 데리고 남해현 앞바다에 정박해 있었다. 이어지는 『난중일기』다.

16일 2경(밤 10시경)에 경상우수사(원균)의 공문이 왔는데, "부산의 지휘군영이 이미 함락되었다"라고 하였다. 분하고 원통함을 참을 수가 없다. 즉시 장계를 올리고, 또 삼도에 공문을 보냈다.

17일 궂은비가 오더니 늦게 갰다. 경상우병사(김성일)가 공문을 보냈는데, "왜적이 부신을 함락시킨 뒤 그대로 머물면서 물러가지 않고 있다"라고 했다. …(중략)…

18일 아침에 흐렸다. 이른 아침에 동헌에 나가 공무를 보았다. 순찰사의 공문이 왔는데, "발포권관은 이미 파직되었으니, 임시 장수를 정하여 보내라"라고 하였다. 그래서 군관 나대용을 이날 바로 정하여 보냈다. 미시(오후 2시경)에 경상우수사(원균)의 공문이 왔는데, "동래도 함락되고 양산, 울산, 두 수령이 조방장(보조 장수)으로서 성으로 들어갔다가 모두 패했다"라고 했다. 분하고 원통함을 이루 다 말할 수가 없다. 경상좌병사(이각)와 경상좌수사(박홍)가 군사를 이끌고 동래 뒤쪽까지 이르렀다가 급히 회군했다고 하니 더욱 원통했다. …(중략)…

19일 맑음. ···(중략)··· 이날 급히 입대한 군사 7백 명이 점검을 받고 일을 하였다.

20일 맑음. 동헌에 나가 공무를 보았다. 영남관찰사(김수)의 공문이 왔다. "큰 적들이 맹렬히 몰려와 그 날카로운 기세를 상대할 수 없으니, 그 승승장구함이 마치 무인지경에 든 것 같다"라고 하면서, "전함을 가지고 와서 구원하도록 하는 장계를 올렸다"라고 하였다.

21일 맑음. ···(중략)···

22일 ···(중략)···

그리고 이후 23일부터 30일까지 일기는 빠져 있다. 전황이 속속들이 이순신에게 전해지고 이순신은 분하고 원통함을 이루 다 말할 수가 없었다.

김성일은 경상우병사로 있다가 전쟁이 일어나지 않을 것이라는 말 때문에 파직되었다가 다시 경상우도 초유사가 되어 진주성에서 활약했다. 이각(?~1592)은 경상좌병사로 싸우지 않고 도망갔다가 임진강의 진영에서 참형을 당했다.

4월 27일, 이순신은 선전관 조명이 가져온 좌부승지의 서장을 받았다. 4월 23일에 작성된 것이었다. 경상우수사 원균과 합세하여 적선을 쳐부수라는 내용이었다. '그러나 천리 밖이라 혹시 뜻밖의 일이 있을 것 같으면 그대의 판단대로 하고 너무 명령에 구애받지 말라'라는 내용이었다. 이순신은 전선을 정비하고 임전태세를 갖추었다.

4월 29일 밤 12시경 이순신이 받은 원균의 공문의 내용은 '군사와 전선을 남김없이 뽑아내어 당포 앞바다로 급히 나와달라'라는 것이었다. 원균이 이순신에게 긴급한 상황을 알리자, 이순신은 부하들에게 "오직 나가서 싸우다가 죽을 뿐이요, 감히 나갈 수 없다고 하는 자는 참수할 것이다"라고 말했다.

4월 30일 선조는 한양을 버리고 몽진을 갔고, 5월 3일 고니시 유키나가는 한양에 입성했다. 녹도만호 정운은 이순신에게 출진을 건의했다. 이때의 『난중일기』 기록이다.

5월 1일 수군들이 모두 앞바다에 모였다. 날은 흐렸지만 비는 오지 않고 남풍이 크게 불었다. 진해루에 앉아서 방답첨사(이순신), 흥양현감(배흥립), 녹도만호(정운) 등을 불러들였다. 모두 격분하여 자신의 몸을 바치기로 하였으니 정말 의사 (義士)들이라고 할 만하다.

5월 2일 맑음. 삼도순변사 이일과 우수사 원균의 공문이 도착했다. 송한련이 남 해에서 돌아와 하는 말이, "남해현령(기효근), 미조항첨사(김승룡), 상주포, 곡포, 평 산포만호 등이 왜적의 소식을 한 번 듣고는 벌써 달아났고 군사, 무기 등의 물자 가 모두 흩어져 남은 것이 없다"라고 하였다. 매우 놀랄 일이다. 오시에 배를 타고 나가 진을 치고 여러 장수들과 약속을 하니, 모두 기꺼이 나가 싸울 뜻을 가졌으 나 낙안군수(신호)만은 피하려는 생각을 가진 것 같아 한탄스럽다. …(중략)…

5월 3일 아침 내내 가랑비가 내렸다. …(중략)… 녹도만호(정운)가 인사하기를 청 하기에 불러들여 물으니, "전라우수사(이억기)는 오지 않고 왜적의 세력이 잠깐 사이에 서울에 가까워지니 애통하고 분한 마음을 참을 수 없다. 만약 기회를 놓 치면 후회해도 소용없다"라는 것이었다. 이 때문에 바로 중위장(이순신)을 불러 내일 새벽에 출발할 것을 약속하고 장계를 써서 보냈다. 이날 여도 수군 황옥천 이 왜적의 소식을 듣고 자기 집으로 도피했는데, 잡아다가 목을 베어 군중 앞에 내다 걸었다.

5월 4일 맑음. 먼동이 트자 배를 출발시켜 곧장 미조항 앞바다로 가서 다시 약 속했다.

이후 5일부터 28일까지 일기는 빠져 있다.

이순신의 군율은 엄정했다. 이순신은 탈영병을 "잡아다가 목을 베어 군중 앞에 내다 걸었다"라고 기록했다. 이순신은 5월 4일 첫닭이 울 때

5,000여 명의 부하들과 판옥선 24척, 협선 15척, 포작선 46척, 모두 85 척을 거느리고 전라좌수영을 출발했다. 이 출항이 역사상 위대한 해전사의 출발점이 되리라는 것은 이순신도, 그 누구도 예상하지 못했다. 이순신은 남해의 미조항을 거쳐 경상 우도의 소비포에 배를 대고 하룻밤을 배 위에서 지새웠다.

5일 새벽에 배를 출항하여 모이기로 약속한 당포(통영)로 급히 갔으나 원균이 약속한 장소에 없었다. 6일 아침 원균이 한산도에서 거짓말처럼 겨우 전선 1척을 타고 도착했다. 더군다나 판옥선에는 함포조차 실려 있지 않았다.

전라좌수사 이순신이 왔다는 소식이 돌면서 경상우수영의 8관 16포 여기저기 숨어 있던 원균의 부하들이 나타났다. 그래서 경상우수영의 판옥선은 모두 4척이 되었다. 이순신의 24척과 합하여 모두 28척이 되었다. 곧장 작전회의를 시작했다. 송미포(거제 동부면)에서 밤을 지새우고 7일 새벽에 천성 가덕으로 출발하여 정오쯤 옥포 앞바다에 도착했다. 그때 사도첨사 김완과 여도권관 김인영이 신기전을 쏘아 적이 있음을 알렸다. 마침내 적을 향해 돌격할 때 이순신은 실전 경험이 없는 장졸들을 향해 이렇게 말했다.

"경거망동하지 말고 태산같이 진중하라(勿令妄動 靜重如山)."

이순신 함대는 옥포 앞바다에서 도도 다카도라가 이끄는 50여 척의 왜선을 만났다. 조선 침략 후 조선의 전함을 단 1척도 제대로 구경하지 못했던 일본군들은 조선 수군을 보고 두려워하지 않았다. 자신들에게는 신무기 조총이 있었고, 백병전이 전개된다 하더라도 조선군들이 자신들의 상대가 되지 않음을 알고 있었다. 적선에 기어올라 칼부림을 벌이는 등선육박전술이 일본 해전의 역사였고, 동북아 바다를 장악했던 왜구의 해전 전투방식이었다.

마침내 첫 싸움이 시작되었다. 싸움은 오래가지 않았다. "쾅!" 하며 조선 수군의 함포가 발사되었고, 조총의 사정거리 바깥에서 포탄이 자신들의 머리 위로 날아들었다. 마른하늘에 날벼락이었다. 총을 쏠 수도, 칼을 휘두를 수도 없는 상황에서 여기저기 공포에 질린 탄성과 신음 소리가 터져나왔다.

아군은 순식간에 왜선 26척을 가라앉혔고, 일본 수군 4,080여 명이 전사했다. 도요토미 히데요시가 총애하는 도도 다카도라는 20여 척의 함선과 함께 연안을 끼고 도망쳤다. 아군의 배는 단 한 척도 피해를 입지 않았고 수군 1명만 부상을 입었다.

첫 승리의 기쁨으로 서로 얼싸안고 외치는 아군의 함성이 옥포만을 뒤흔들었다. 이것이 첫 승리를 거둔 옥포해전이었다. 이날 오후, 합포에서 다시 왜선 5척을, 이튿날에는 적진포에서 11척을 처부수었다. 이순신의 1차 출전, 바다에서의 첫 전투는 완벽한 승리였다.

이순신이 지휘하는 조선 수군은 5월 4일부터 9일까지 6일간의 1차 출동에서 옥포, 합포, 적진포에서 세 차례의 전투를 치러 일본 전선 42척을 격파하고 불태우는 전과를 올렸다. 1차 해전은 큰 해전은 아니었지만 임진왜란 첫 해전에서의 승리요, 이순신의 첫 해전 승리라는 데 큰 의미가 있었다. 이로써 조선 수군은 자신감을 갖게 되었다. 이순신은 일본군으로부터 노획한 쌀 등의 물자를 수군들에게 나누어주고 노고를 위로했다. 이 전투의 승리로 이순신은 조정으로부터 가선대부(종2품)라는 품직을 받았다.

5월 10일, 이순신은 옥포해전의 승리를 알리는 장계에 "삼가 적을 무찌른 일로 아룁니다!"라고 첫머리를 썼다. 연이은 패전 소식만을 들으며 개성으로, 평양으로 피난에 피난을 거듭한 조정이 처음 받아 본 승

전보, 임금과 신하들은 눈물을 흘리며 읽고 또 읽었다.

> 적의 배들은 사면의 장막에 온갖 무늬를 그렸고 붉고 흰 깃발들을 어지러이 내
> 걸었습니다. 바람에 펄럭이니, 바라보기에 눈이 어지러웠습니다. 전하의 가마가
> 의주로 옮겨가신 기별에 접하고 놀랍고 망극하여 장졸들이 서로 붙잡고 통곡했
> 습니다. 여러 장수들에게, 너희는 배를 한층 더 정비하여 바다 어귀에서 사변에
> 대비하라고 일렀습니다. 신이 이번 싸움길에 연안을 두루 돌아보니 지나치는 산
> 골짜기마다 피난민들이 모여서 신의 배를 보고 울부짖었습니다. 늙은이와 아이
> 가 짐을 지고 서로 부축하며 흐느껴 울고 부르짖었습니다. 비참하고 불쌍하여
> 배에 싣고 가고 싶었습니다. 그러나 그 숫자가 너무 많을 뿐 아니라, 싸우는 배
> 에 사람을 가득 태우면 움직이지 못할 것이므로 태우지 못했습니다.

이때 선조는 평양에 머물렀다. 이 장계는 평양으로 갔다. 옥포만 전
투는 임진왜란 최초의 해전이었고 최초의 승전이었다. 이순신과 수군
장졸들은 해전 경험이 없었다. 이제 드디어 바다를 호령하는 이순신의
활약이 시작되었다.

옥포만 전투는 임진년에 벌어진 여러 해전의 전형적인 모델을 이룬
다. 한 번의 출전에서 여러 포구를 돌며 적을 소탕하는 싸움의 스타
일, 그리고 적의 포진에 관해 사전에 충분한 정보가 없이 연안을 광범
위하게 수색해서 적을 찾아내 소탕하는 싸움의 방식이 그것이었다. 이
수색섬멸전은 임진년의 여러 전투에서 적용되었던 이순신 함대의 기
본 전술이었다. 대체로 이순신 함대는 적의 기지에 상륙하지 않는다.
또 상륙하더라도 짧은 시간 안에 치고 빠진다. 육군의 지원이 없었고,
적의 육군이 강했기 때문인 것으로 보인다. 이것도 임진년을 일관한
이순신 함대의 기본 전술이었다.

옥포대첩기념공원에 도착하여 남파랑길을 벗어나서 기념관에 들어
선다. 남파랑길 코스가 기념관을 경유하도록 하면 좋으련만, 하는 아
쉬움이 밀려온다. 옥포대첩기념관은 옥포승첩을 기념하고 이순신의 정
신을 후세에 길이 계승하기 위해 1991년 12월에 기공식을 가지고 높이
30m의 기념탑과 참배단, 옥포루, 팔각정, 전시관 등을 건립해 1996년
6월에 준공했다. 매년 6월 16일을 전후해 공원에서 약 3일간 옥포대첩
기념제전이 열린다.

옥포대첩기념관에서 나와서 팔랑포마을로 들어선다. 팔랑포는 작은
어촌마을로 '잔잔한 물결이 팔랑팔랑거린다' 하여 팔랑포라 한다. 장등
산을 올라 경치 좋은 정자에 앉아서 낚시꾼을 바라보고 옥포만과 대
우조선소를 조망한다.

2012년부터 추락하기 시작한 한국의 조선산업은 피눈물 나는 노력
끝에 2017년부터 부활하고 있다. 세계 최초의 철갑선 거북선을 만든
후예들인데, K조선의 부활이 반갑게 다가온다.

해상산책로를 걸어 옥포항에 도착했다. 옥포를 가꾸는 시민 모임에
서 세운 김영삼 대통령의 친필 '自由' 표석이 눈길을 끈다.

옥포항에서 점심 식사를 하기 위해 '거제물회전문점 바다친구'에 들
어선다. '거제시 착한 가격 업소 선정' 표시답게 가격도 저렴했고, "밥
한 그릇 더 줄까" 하는 할머니와 아주머니 친절에 감동했다.

'승리, 은혜, 역사, 구국의 고장'이라는 옥포마을을 걸어간다. 옥포마
을 협의회에서 세운 '임진왜란 첫 승전지' 표석이 바닷바람의 흔적으로
얼룩이 졌다. 돌에 새겨진 이은상 시 「玉浦大捷(옥포대첩)」이다.

한 바다 외로운 섬/ 玉浦야 작은 마슬/ 苦難의 역사 위에 네 이름 빛나도다/ 우리
님 첫 번 승첩이 바로 여기더니라/ 창파 굽이굽이/ 나는 저 갈매기/ 勝戰鼓 북소

리에 상기도 춤을 추나/ 우리도 子孫万代에 님을 기리오리다

도로변에 커다란 거북선이 위용을 자랑한다.

대우조선해양의 대형 크레인들이 바쁘게 움직이는 옥포국가산업단
지를 지나간다. 능포양지암조각공원 3.2㎞ 안내판이 발걸음을 가볍게
한다. 블루시티 거제의 '맛과 멋의 도시 장승포'라고 세워진 거대한 아
치가 환영한다.

거제문화원을 지나서 '아름다운 장승포' 천하대장군과 '방문을 환영
합니다'라는 지하여장군의 환영을 받으며 장승포로 들어간다. 거제 동
단에 위치한 장승포항은 해상교통과 무역항으로 크게 발전된 항구로
겨울에도 봄날처럼 따뜻하다.

오후 3시, 장승포시외버스정류장에서 19코스를 마무리한다. 오늘
하루 31.9㎞를 걸었다.

★ ★ ★ ★ ★ ★ ★ ★ ★
양지암등대길
[동서 분당의 출현]

장승포시외버스터미널에서 일운면 거제어촌민속전시관까지 18.3㎞

장승포시외버스터미널 → 능포항 → 장승포항 → 대명리조트거제마리나
→ 거제어촌민속전시관

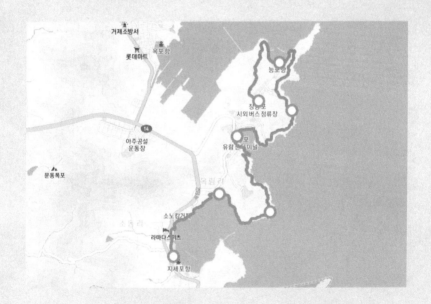

"서인은 원균의 편을 들고, 동인은 이순신의 편을 들어 서로 공격하기에 군대 일은 생각 밖에 버려두었다. 조선이 망하지 않았던 것은 천만다행이었다."

별들이 반짝이는 어둠의 시각, 장승포시외버스터미널에서 20코스를 출발한다. 장승포의 새벽하늘이 열리고 서서히 날이 밝아오고 희망이 밝아온다. 누구에게나 어두움은 찾아들고 세상의 어떤 길도 늘 환하지는 않다. 어두운 길을 더듬어 새벽을 마중 나가지 않는 사람에게는 희망이란 결코 존재하지 않는다. 산 위의 정자에서 시원하게 펼쳐진 여명의 바다를 응시한다.

능포봉수대를 지나서 임도길을 따라 걸으며 시원한 새벽의 산바람, 바닷바람을 마시며 능포수변공원에 도착한다. 능포항에 이르자 산책하는 주민들이 하나둘 나타난다. 양지암 가는 길을 따라 양지암해맞이공원을 지나고 양지암조각공원에 이르자 바다가 붉게 물들고 태양이 떠오른다.

거제의 상징성과 비전을 담은 20점이 넘는 조각물들로 채워진 조각공원에는 황톳길, 자갈길 등 다양한 건강도로가 펼쳐져 있고 사계절 쪽빛으로 빛나는 바다를 볼 수 있다. 옥포항을 드나드는 선박의 안전 항해를 위해 1985년부터 불을 밝힌 무인등대 양지암등대에서 장승포까지 거제 섬앤섬길 양지암 등대길을 걸어간다.

지난밤 멋진 야경을 보았던 숙소가 있는 장승포수변공원과 장승포항을 지나서 바닷가를 벗어나 산길로 접어든다. 산과 바다, 자연은 인간의 아름다운 벗이다. 자연은 가장 오래된 경전이다. 자연의 순리를 따랐을 때 인생은 순탄하게 흘러간다. 혼자 사는 삶에도 나름대로 질서가 있고 혼자 걷는 걸음에도 나름대로 규칙이 있다. 가장 큰 원칙은 간소하고 간소하게 머물고 자연스럽게 떠나는 것이다. 홀로 가는 길, 광활한 정신 공간, 온전한 자기 세계를 누린다.

기미산을 돌아서 거제대학교를 지나간다. 거제대학교는 '긍지 열정 진리'의 교훈을 지니고 '실용교육의 중심'을 표방한다.

조선은 임진왜란과 병자호란을 겪으면서 양반계급에 대한 비판이 일기 시작했고 평민의식이 싹트기 시작했다. 후기 실학파들은 성리학을 공리공론이라 비판하고 실사구시, 경세치용, 이용후생을 내세우는 실학사상이 중심을 이루었다. 한때 '공자가 죽어야 나라가 산다'라는 말이 유행했다. 한국인의 내면을 지배해온 유교문화의 권위와 위선에 대한 자유를 선언한 것이다. 조선의 역사는 유교적 이상정치의 신념으로 무장한 사림 세력이 자신들의 주장을 관철해가는 과정의 역사였다. 그들은 고려 말에 등장했으며 사상적 무기는 성리학이었다.

사림(士林)은 신흥사대부로서 본래 향리 계층에 속했다. 고려 무신통치의 결과 역사를 이끌어나갈 지식인 계층이 고갈되어버린 고려 말의 상황에서, 중국에서 새롭게 발달한 신유학, 즉 성리학을 주도적으로 수용하여 그것을 무기로 새로운 국정운영 세력으로 등장한 지식인 집단이었다. 사림세력은 고려를 무너뜨리고 새로운 왕조를 세울 때 찬성하는 정도전 등의 사공파(事功波)와 정몽주 등의 절의파(絶義波)로 나누어졌다. 또 한 세기가 지나서 세조가 단종을 죽이고 왕위를 찬탈했을 때, 그리고 연이은 사화(士禍) 과정에서 다시 훈구파와 사림파로 분리되었다.

그리고 절의파와 사림파를 연결하는 하나의 정신적 끈이 형성되었는데, 이것이 바로 조선 선비정신의 맥이며 조선 유학의 정통이 되었다. 그들은 불의한 정권에 참여하는 것을 수치로 여기고 향촌에 은거하면서 독서수양에 힘썼다. 하지만 정치 환경이 바뀜에 따라 정치에 참여하기 시작했으며, 특히 세종과 성종 연간에 재야 사림들이 정계에 대거 진출했다. 그러나 사림들이 점차 요직을 차지해가자 기성정치 세력, 즉 훈구파와의 갈등은 불가피했다. 사림들이 화를 입은 연이은 4대 사화의 본질은 여기에 있었다.

16세기가 시작되는 1501년 퇴계 이황이 태어났다. 그 3년 전인 1598년에 무오사화가 있었고, 이황이 4세가 되던 1504년에는 갑자사화가 있었다. 무오사화는 김일손 등 사림파가 유자광 등 훈구파의 비리와 연산군의 향락을 비판하다가 훈구파의 반격을 받아 김종직의 제자들인 김일손은 죽고 김굉필·정여창 등은 귀양을 간 사건이었다. 갑자사화는 연산군이 생모인 폐비 윤씨의 원수를 갚는다는 미명하에 평소 눈엣가시처럼 싫어했던 수많은 선비들을 죽이고 귀양 보내고 부관참시까지 했던 사건이었다. 두 번의 사화에서 사림파는 임금을 등에 업은 훈구파에게 일방적으로 패배했다. 그러나 사림들은 결코 좌절하지 않았다.

퇴계가 19세가 되던 1519년 기묘사화가 일어났다. 중종의 총애로 권력을 잡았던 조광조가 '주초위왕(走肖爲王)'의 역모로 사사되고 사림파가 대대적인 탄압을 받았다. 남곤 등의 훈구파가 사림파의 왕조정치론에 염증을 느끼고 있던 중종을 사주하여 일으킨 사화였다.

퇴계가 45세인 1545년에는 을사사화가 일어났다. 그해 인종이 재위 8개월 만에 죽고 명종이 들어섰다. 인종은 중종의 제1계비 장경왕후의 소생이었고 명종은 제2계비 문정왕후의 소생이었다. 장경왕후는 인종을 낳고 세상을 떴고, 세자는 병약해서 장경왕후의 친정 오빠 윤임이 세자를 보호했다. 반면 문정왕후에게는 윤원형이라는 남동생이 있었는데, 누이가 낳은 경원대군(명종)을 새로운 세자로 책봉하고자 하였다. 자연히 알력이 생겨나고 세상에서는 윤임과 그 일파를 대윤(大尹), 윤원형과 그 일파를 소윤(小尹)이라 불렀다. 외척들 간의 싸움으로 사림들도 대윤·소윤의 양 세력으로 갈라졌다.

중종이 죽고 인종이 즉위하자 먼저 정권을 장악한 것은 윤임의 일파였다. 윤임은 상대적으로 정적에 대해 관대했다. 그러나 인종이 8개월 만에 죽고 명종이 즉위하자 정국은 역전되어 조정의 실권은 윤임의 대윤에서 윤원형의 소윤으로 넘어갔다. 그리고 을사사화가 일어났다. 2흉(凶)으로 일컬어지던 이기와 윤원형은 대윤의 편에 섰던 인물들에게 피비린내 나는 칼날을 휘두르기 시작했다. 을사사화 이래 수년간 100여 명이 처형당하거나 유배를 갔다. 을사년 당시 홍문관 전한 직에 있던 퇴계도 여기에 걸려들어 관직이 삭탈되었다.

그러나 이기는 퇴계를 벌해서는 안 된다는 여론을 깨닫고 어쩔 수 없이 명종에게 퇴계의 직첩을 돌려주고 벼슬에 서용하도록 아뢰었다. 이때 퇴계는 비록 벼슬은 회복되었지만 정치에 회의를 느끼면서 인생계획에 대해 다시 한번 생각하는 결정적 계기가 되었다. 그리고 다음 해인 46세에 안동의 고향집을 옮겨 양진암을 짓고, 스스로 호를 '퇴계(退溪)'로 하였다. 벼슬에서 물러나 고향에 은거하기로 결심한 것이었다.

1567년 명종의 죽음과 선조의 즉위로 퇴계는 다시 정치 일선에 등장하고, 이후 훈구파는 사라지고 완전한 사림의 시대가 도래했다. 퇴계가 죽은 후 5년이 지난 1575년 사림 세력은 드디어 동인과 서인으로 나뉘어 붕당이 출현했다.

1575년 1월, 명종의 왕비인 인순왕후 심씨가 44세의 나이로 죽었다.

그녀가 정치사에 남긴 해악은 시어머니 문정왕후 못지않았다. 그녀의 죽음으로 심의겸을 중심으로 모였던 척신 세력은 급속하게 위축되었고, 심의겸과 이이에 동조하지 않아 조정에서 소외되었던 이들이 하나의 세력으로 뭉치는 계기가 되었다. 이러한 정계 개편의 바람은 심의겸과 김효원의 갈등으로 폭발했다. 이른바 '동서분당'의 시작이었다.

갈등은 사소한 데서 시작되었다. 이조정랑 오건이 자신의 후임으로 김효원을 추천하였는데 당시 이조참의 심의겸이 반대하고 나섰다. 김효원은 이황과 조식의 문인으로 문과에 장원급제한 수재였는데, 이유는 과거 김효원이 윤원형의 집에 들락거렸다는 사실을 들어 김효원을 권신에게 아첨이나 하는 소인배라 여기며 못마땅해했다.

이조정랑은 정5품의 관직으로 비록 품계는 낮은 자리이지만 인사·행정을 담당한 요직 중의 요직이었다. 인사권이 이조판서에게 있지 않고 이조정랑에게 있었던 것이다. 당상관도 이조정랑을 만나면 말에서 내려 인사를 했을 정도로 막강했다. 이조정랑은 자신의 후임자를 지목할 수 있는 특권이 있었고, 정랑직을 어디에서 차지하느냐에 따라 권력이 움직였다.

그러는 사이 김효원은 이조정랑의 자리에 올랐다. 하지만 앙심을 품은 김효원의 눈에 비친 심의겸은 정치 일선에서 물러나야 할 척신일 뿐이었다. "미련하고 거칠어서 중용할 데가 없다"라며 모욕적인 언사를 서슴지 않았다. 악연은 여기에서 그치지 않았다. 김효원의 후임으로 심의겸의 아우 심충겸이 거론되자 발끈한 김효원이 이발을 자신의 후임으로 추천했다. 왕실의 외척이 조정의 인사를 처리하는 막중한 직책을 맡아서는 안 된다는 것이었다. 심의겸과 김효원의 대립은 결국 선배 사림과 후배 사림의 분열이라 일컬어지는 '동서분당'으로 이어졌다.

김효원은 서울의 동쪽에 있는 건천동에 살았기 때문에 그를 지지하는 세력을 '동인'이라 불렀고, 심의겸은 서쪽의 정릉동에 살았기 때문에 '서인'이라 했다. 동인들은 유성룡, 김성일, 이발, 이산해, 이덕형 등 대체로 이황과 조식의 문인이 많았고, 서인은 박순, 정철, 송익필, 윤두수, 신응시, 조헌 등 이이와 성혼의 인물들이 많았다.

인순왕후가 죽을 때까지 심의겸과 이이가 정국을 주도하였다면, 이제 동인들이 선조의 지지 아래 심의겸을 공격하고 나섰다. 이때 이이가 심의겸과 김효원을 도성에서 추방하자고 제안했다. 선조는 즉각 이를 수용했다. 지난 실세였던 심의겸을 내쫓는 것은 바로 선조 자신의 승리였다. 선조는 이어 이이도 버렸다.

"교격(矯激)스러운 사람이니 인격이 성숙한 뒤에 쓰겠다."

이이를 버리면서 선조가 한 말이었다. 이제 선조는 자신의 뜻대로 정계개편을 했다. 이 싸움에서 승리자는 선조 자신이었다. 선조는 즉위 초부터 8년간 조선을 움직였던 서인인 정철, 박순, 신응시 등을 권력 핵심에서 밀어냈다. 이제 세상은 선조의 것이었다. 이 과정에서 선조는 당파를 자신의 권력 장악에 이용했다. 그리고 5~6년의 세월이 흐르면서 조정의 권력 구조는 이산해, 유성룡, 이발, 허봉 등 젊은 동인들의 세상이 되었다.

1580년(선조 13), 선조는 동인의 세력이 지나치게 커지자 서둘러 서인들을 조정에 불러들였고, 이이도 복귀했다. 이이가 동인과 서인의 조정에 앞장서기도 했으나, 1584년 이이가 49세의 나이로 죽은 뒤로는 동인 천하의 세상이 되었다.

율곡 이이는 왜적의 침입을 예감하였던가, "언젠가는 반드시 왜구가 쳐들어올 것입니다. 그때를 대비하여 각 도에 병영을 늘리고, 적어도 10만 명 정도의 군사를 훈련시켜두어야만 안심할 수 있습니다"라고,

생전에 '10만 양병설'을 주장하였다고 하지만 논란이 있다. 그리고 임진 왜란 3년 전인 1589년 정여립 역모사건으로 기축옥사가 일어났다.

정여립은 1570년 25세에 문과에 급제했다. 20대에 이이, 성혼의 문하에서 수학하면서 "공자는 익은 감, 이이는 덜 익은 감"이라며 이이를 극찬하던 정여립이 동인으로 전환한 후에는 "이이는 소인배"라며 공공연히 비난했다. 그래서 선조의 눈 밖에 난 정여립은 계속되는 천거에도 등용되지 않았다. 결국 정여립은 낙향하여 진안 죽도에 서사를 차려놓고 대동계를 조직하여 불만 있는 사람들을 모아 무술훈련을 했다.

1589년 10월 2일, 황해도관찰사 한준, 안악군수 이축, 재령군수 박충간 등이 연명하여, '한강이 어는 겨울을 틈타 정여립이 서울을 침범할 것'이라는 장계를 올렸다. 역도로 몰린 정여립은 죽도에서 관군에 포위되자 칼자루를 땅에 꽂아놓고 자결했다.

이는 동서 분당 이후 벼슬자리에 서지 못한 서인 세력이 주도권을 장악하는 계기가 되었다. 서인의 실세 정철이 우의정에 임명되면서 사건의 조사관이 되었고, 동인의 유력 인사들이 줄줄이 처벌받았다. 선조의 실정에 비판적인 사람들로 죽은 자만 1천여 명이 넘었다. 이발은 "선조 임금 아래에서는 아무 일도 할 수 없다", "임금이 시기심이 많고 모질며 고집이 세다"라며 선조를 비판했기에 괘씸죄가 역모죄로 비화했다. 기축옥사로 인하여 4대 사화로 죽은 사림보다 더 많은 희생을 당했다. 그리고 그 중심에는 송강 정철이 있었다.

동인들은 몸을 움츠리고 있던 가운데, 광해군을 세자로 삼자는 건저의 사건으로 선조가 정철을 내치면서 다시 권력은 반전으로 치달았다. 동인들이 다시 집권했다. 그리고 동인은 정철의 처벌에 대한 강경파인 북인과 온건파인 남인으로 갈라졌다.

임진왜란 초까지는 북인의 영수 이산해가 영의정에 있었으나 1593년 남인의 유성룡이 영의정 겸 도체찰사로 임진왜란을 총지휘하면서 남인이 집권했다. 임진왜란 내내 서인 윤두수 등과 북인 이산해 등의 견제를 받아오던 유성룡은 결국 임진왜란이 끝나고 이순신이 노량해전에서 전사하는 1598년 11월 19일 그날 파직당하고 안동으로 낙향했다.

이순신은 붕당정치의 또 다른 희생양이었다. 형 요신은 퇴계 이황의 제자였고 유성룡의 벗이었으며, 이순신 또한 유성룡의 천거로 전라좌수사의 자리에 앉았다. 친구의 친구는 친구요 친구의 적은 적이었으니, 유성룡을 공격하던 윤두수 등 서인들은 끝없이 이순신을 적으로 공격했다. 이순신의 투옥은 선조의 열등감과 서인의 동인에 대한 견제에서 비롯된 당쟁의 희생이었다. 조선 중기의 학자 신경이 쓴 『제조번방지』에는 이순신의 파직에 대해 다음과 같이 묘사돼 있다.

"당시에 조정에 있는 여러 사람들의 의논이 갈라짐이 더욱 심해져서, 서인은 원균의 편을 들고, 동인은 이순신의 편을 들어 서로 공격하기에 군대 일은 생각 밖에 버려두었다. 조선이 망하지 않았던 것은 천만다행이었다."

결국 삼도수군통제사 이순신은 파직되어 한양으로 압송, 투옥되어 고문을 받았으며 풀려나 백의종군했고, 원균은 삼도수군통제사가 되었다.

이순신은 임진왜란이 일어나기 전부터 1596년 12월 말까지 매월 1일 아니면 15일이면 새벽에 망궐례(望闕礼)를 그르지 않고 행했고, 이를 일기에 반드시 남겼다. 망궐례는 외직에 나가 있는 신하가 새벽에 일어나 임금이 있는 궁궐 방향을 향해 절을 하는 행사로 일종의 충성을 다짐하는 의례였다. 그런데 이순신은 1597년 8월 삼도수군통제사로 복직 이후 1598년 11월 노량해전에서 전사할 때까지 단 한 차례도 망궐례를 치렀다는 기록을 남기지 않았다. 이순신은 선조의 마음을 읽고 있었다.

공자의 도덕은 과연 누구를 위한 도덕인가. 과연 공자의 유효기간은 끝난 것인가를 생각하면서 '실용교육의 중심' 거제대학교에서 나와 대우 옥림아파트 앞을 지나서 하촌마을 몽돌해변으로 내려간다. 동백꽃이 '영원히 사랑하며 하루하루 꽃길만 걸어요'라며 반겨준다. 일운면 옥림 바닷가 몽돌해변에 도착한다. 해풍이 불어오고 파도가 하얀 거품을 물고 밀려온다.

묵언수행자가 데크길을 따라서 지세포탐방길을 걸어 소동 해안교를 건너간다. 침묵은 마음을 살피는 안으로 향하는 길이다. 자기가 좋아하는 것을 모르는 사람은 자기가 왜 사는지를 모르는 사람이다. 앞만 보고 달리는 사람이 아름다운 시대는 지났다. 여유를 갖는 법을 배워야 한다. 스스로 배경이 되고 관객이 되어 전체와 조화를 이루는 경험을 해야 전체를 바라볼 수 있는 능력이 생긴다. 그러자면 내 안의 나를 만나야 한다. 가끔은 외로운 곳에서 나를 만나야 한다. 혼자만의 시간을 두려워해서는 안 된다. 때로는 처절한 상태에서 자신을 만나야 한다. 그래야 진정한 자신을 만날 수 있다. 이들은 내 삶을 움직이는 에너지가 된다.

거제 씨월드, 거제조선해양문화관에 도착했다. 어촌의 전통문화와 어업의 변천사 등을 보전·전시하기 위한 어촌민속전시관과 남해의 어촌 생활사를 담은 문화관이다. 거제어촌민속전시관 앞에서 20코스를 마무리하고 음식점에 들어서니 주인의 목소리가 들려온다.

"마스크 하셔야지요."

코로나19가 점점 기승을 부리고 코로나 청정지역인 남쪽 해안에도 하나둘 환자들이 발생하고 있다.

☆ ★ ☆ ★ ☆ ★ ☆ ★ ☆

천주교순례길

[임진왜란의 장수들]

거제어촌민속전시관에서 구조라유람선터미널까지 14.7㎞

거제어촌민속전시관 → 지세포항 → 예구선착장 → 와현해수욕장 → 구조
라유람선터미널

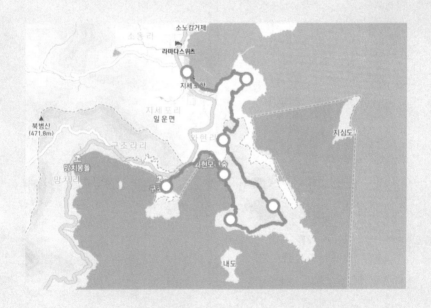

"비록 조총이 있다고 하더라도 어찌 쏠 때마다 다 맞힐 수가 있겠습니까?"

거제어촌민속전시관에서 21코스를 시작한다.

갈매기 나는 지세포항을 걸어간다. 관광유람선들이 한가로이 정박해 있다. 외도, 해금강, 지심도로 가는 유람선터미널이다. 코로나로 인해 인적이 끊긴 지 오래이다.

남파랑길의 일부인 '국토생태탐방로 천주교순례길' 이정표를 바라보며 천주교 순례를 시작한다. 거제조선해양문화관에서 예구마을 선착장까지 7구간으로 나눠진 총 13.7㎞의 거리이다. 거제도 천주교의 역사는 110년 전으로 거슬러 올라간다. 거제도에 천주교를 전파한 이들은 윤성우, 윤사우 형제와 사우의 두 아들 경문과 봉문이었다. 이들은 서이말등대와 공곳이 주변에서 박해를 피해 숨어 신앙생활을 하다가 잡혀가 갖은 고초를 겪으며 신앙을 지켜냈다.

지세포항 해안도로를 따라가다가 선창마을회관에서 산길로 지세포진성으로 올라간다. 지세포항을 내려다보며 지세포진성 둘레길을 걸어간다. 한가롭고 아름다운 지세포만과 어촌마을 풍경이 정겹게 펼쳐진다. 지세포성은 1490년(성종 21)에 수군 만호진으로 처음 쌓았으며, 1545년(인종 원년)에 왜구의 침입을 우려하여 다시 쌓았다. 거제도에서 가장 외곽지역에 위치하여 왜선들의 요충지로 대마도로 가던 관문이었다. 임진왜란 때 가토 기요마사에게 함락되었다.

도요토미 히데요시가 총애했던 가토 기요마사는 고니시 유키나가와 함께 임진왜란 최선봉이었다. 도요토미 히데요시는 제1군의 고니시 유키나가와 제2군의 가토 기요마사가 하루씩 번갈아 선봉에 서도록 지시했다. 약장수 출신의 고니시 유키나가와 무사 출신의 가토 기요마사 사이에는 임진왜란 전부터 알력이 있었다. 고니시 유키나가는 전투력보다 외교적 능력을 인정받아 히데요시에게 발탁되었고, 가토 기요마사는 전형적인 무장으로 서로 성격이 판이했기 때문이다. 임진왜란이 시작되면서 누가 먼저 조선으로 건너갈 것인지를 두고 두 사람의 갈등은 표면화되기 시작했다.

가토 기요마사(1562~1611)는 현재의 아이치현 나고야에서 태어났다. 도요토미 히데요시와 동향 출신인 그는 어릴 때부터 히데요시를 보필했다. 1583년 시즈가다케 전투에서 활약해 칠본창(七本槍)으로 명성을 날렸다.

임진왜란 당시 함경도 방면까지 침략하여 호랑이 사냥을 한 가토 기요마사는 '호랑이 가토'라는 별명을 얻었으며, 왕자 임해군과 순화군을 포로로 잡기도 했다. 전세가 역전되면서 경상도 해안으로 후퇴해 울산에 서생포왜성을 짓고 주둔했다.

1594년 무렵의 강화교섭 시기에는 직접 교섭에 나서 사명대사와 여러 차례 필담을 나누기도 했다. 정유재란 때 일본군이 가장 크게 곤욕을 치른 전투는 1597년 12월에서 1598년 1월 사이에 전개된 울산성 농성전이었다. 이 전투에서 가토 기요마사의 일본군은 압도적인 수의 조·명연합군에 포위되어 추위와 굶주림에 시달렸다.

가토 기요마사는 이시다 미쓰나리와의 갈등으로 세키가하라 전투에서는 도쿠가와 이에야스가 이끄는 동군에 참가했다. 임진왜란이 끝난 직후인 1600년 9월의 세키가하라 전투는 도요토미 히데요시가 죽자 그 권좌를 두고 다투던 '동군' 도쿠가와 이에야스 파와 '서군' 이시다 미쓰나리 파가 일본 중부지방 기후현의 세키가하라 일대에서 벌인 결전으로, 이날 하루만의 전투에서 도쿠가와 이에야스가 승리를 거두면서 사실상 확고부동한 패자의 자리에 올라 에도 막부를 세우는 발판을 마련한다.

가토 기요마사와 이시다 미쓰나리의 대립은 심각했다. 어려서부터 히데요시의 총애를 입은 가토 기요마사는 당연히 도요토미 히데요시의 아들 히데요리에게 충성을 바쳐야 했다. 그러나 기요마사는 히데요리에 대한 충성심보다 미쓰나리에 대한 악감정을 우선해 도쿠가와 이에야스에게 접근하여 동군에 속하게 된 것이다.

가토 기요마사는 승전의 대가로 히고의 구마모토번을 받아 구마모토성을 쌓았다. 그는 도쿠가와 막부에 충성하는 대가로 주군이었던 도요토미 히데요시의 아들 도요토미 히데요리의 안전을 지키는 전략을 택했다.

이시다 미쓰나리(1560~1600)는 6세 때부터 도요토미 히데요시의 수하에 있었으며, 출중한 재능으로 중용되어 1580년대 후반부터 히데요시의 가신 가운데 으뜸으로 쳤다. 임진왜란 때에는 일본군을 지휘 통괄하는 감독관 임무를 맡았으며, 고니시 유키나가와 함께 화의교섭에 적극적이었다. 임진왜란을 전후한 시기부터 도쿠가와 이에야스, 가토 기요마사 등 강경파와 대립이 심해졌다. 모리 데루모토를 맹주로 세키가하라에서 이에야스 군과 싸웠으나 패한 후 처형당했다. 처형 직전 전해지는 이야기다. 이시다 미쓰나리가 간수에게 말했다.

"목이 마르다. 물을 달라."

"물은 없지만 홍시는 있다. 이것을 먹어라."

"감은 몸을 차게 해서 좋지 않다."

"곧 죽을 놈이 몸을 아껴서 뭐 하겠냐?"

"큰 뜻을 품은 자는 마지막 순간까지 목숨을 아끼는 법이다."

근세의 일본 문헌들은 이시다 미쓰나리에 대해 대체로 부정적으로 서술하고 가토 기요마사에 대해서는 호감도가 높다. 도요토미 히데요시의 아들 히데요리가 이시다와 히데요시의 측실인 요도기미가 사통해서 태어난 아들이라는 이야기까지 생겨났다.

고니시 유키나가(1555~1600)는 해외무역항으로 번성한 오사카 지역의 사카이에서 상인의 아들로 태어났다. 어릴 때 가톨릭에 입교해 아우구스티노라는 세례명을 받았다. 히데요시 정권의 재정을 맡아 총애를 입었으나 무사 가문이 아니라는 이유로 가토 기요마사 등에게 멸시를 받았다. 세키가하라 전투에서 이시다 미쓰나리와 함께 서군에 가담했다가 도쿠가와 이에야스에 패해 처형당했다.

그는 가톨릭 신도로서 할복이라는 형식으로 자살하는 것을 거부했는데, 이는 일본인들이 생각하는 무사의 미덕에 어긋나는 것이었으므로 에도시대에 비웃음의 대상이 되었다. 일설에 의하면 그의 죽음이 전해지자 로마 교황청에서는 가톨릭 다이묘의 사망을 기리어 미사를 올렸다고 한다. 고니시 유키나가는 임진왜란 제1선봉장으로 당시 조선 최고의 장수인 신립과 이일을 패퇴시켰다. 당시 조선의 최고 장수는 오직 신립과 이일이었다.

1592년 4월 17일 이른 아침 경상좌수사 박홍이 보낸 왜적이 쳐들어왔다는 장계가 조정에 도착하고 잠시 후에는 부산이 함락되었다는 보고가 들어왔다. 조정에서는 이일을 순변사로 삼아 중로(中路)에 내려보내기로 하여 이일은 날쌘 군사 3백 명을 거느리고 가려고 했으나 군사로 뽑히기를 모면하려는 사람밖에 없었다. 그래서 이일이 먼저 출발하고 별장(別將)이 군사를 거느리고 뒤따르기로 했다.

유성룡이 신립에게 "적이 깊이 쳐들어왔으니 일이 이미 위급한데 장차 어떻게 하겠소?"라고 하자, 신립은 "이일이 고립된 군대를 거느리고 앞에 나가 있으나 후원하는 군대가 없습니다. 비록 체찰사(유성룡)께서 내려가시더라도 싸우는 장수가 아닌데, 어찌 용맹한 장수에게 밤새 급히 달려 먼저 내려가게 해서 이일을 응원하지 않으십니까?" 했다.

신립이 자기가 가서 이일을 응원하겠다는 것이므로 유성룡이 선조에게 신립의 말대로 아뢰니, 선조는 신립을 불러 사실을 묻고는 곧 도순변사(왕명으로 지방 군무를 총괄하는 특사)로 삼았다. 신립이 군사를 이끌고 떠나려 할 때 선조는 보검(宝劍)을 주며 "이일 이하의 장수들 중에 그대의 명령을 따르지 않는 사람은 이 칼로 목을 베어라"라고 일렀다.

신립이 하직하고 빈청에서 대신들을 만나고 막 섬돌을 내려설 무렵, 머리에 쓴 사모(紗帽)가 갑자기 땅에 떨어지자 보는 사람들이 놀라서 얼굴빛이 변했다.

조령을 방비하지 않고 탄금대에서 전투를 벌였던 신립과 8,000여 명의 조선군은 고니시 유키나가에게 패퇴했다. 유성룡의 『징비록』의 기록이다.

1592년 봄 신립과 이일을 나누어 보내서 지방의 군비를 순시하도록 했다. 이일은 충청도·전라도로 가고, 신립은 경기도·황해도로 가서 모두 한 달이 지난 뒤에 돌아왔는데 점검한 것은 활·화살·창·칼 같은 것뿐이요, 군읍에서는 모두 문서의 형식만 갖추고는 법을 피하여 들기만 하고 방어에 관해 별달리 좋은 계책이 없었다. 신립은 평소부터 성질이 잔인하고 사납다는 평판이 있었는데, 가는 곳마다 사람을 죽여 자신의 위엄을 세우니 수령들이 그를 두려워하여 백성을 동원해 길을 닦게 하고 그에게 지나칠 정도로 대접하니 비록 대신들의 행차라도 이것만은 못하였다.

임금께 복명한 후인 4월 초하루에 신립이 나를 사제로 찾아왔기에 내가 그에게 "멀지 않아 변고가 있으면 공이 마땅히 이 일을 맡아야 할 텐데, 공의 생각에는 오늘날 적의 형세로 보아 그 방비의 어렵고 쉬움이 어떠하겠소" 하고 묻자, 신립은 대단히 가볍게 여겨 "그것은 걱정할 것이 없습니다"라고 했다. 내가 "그렇지 않소. 그전에는 왜적이 다만 칼·창만 믿고 있었지만 지금은 조총과 같은 장기(長技)까지도 있으니 가벼이 볼 수는 없을 것이오" 하자, 신립은 "비록 조총이 있다고 하더라도 어찌 쏠 때마다 다 맞힐 수가 있겠습니까?"라고 했다.

나는 "나라가 태평한 지가 이미 오래되었으므로, 사졸들은 겁이 많고 나약해졌으니 과연 급변이 생긴다면 이것을 항거하기가 매우 어려울 것이오. 내 생각으로는 몇 해 뒤에 사람들이 자못 군사 일에 익숙해진다면, 난을 수습할 수 있을지 알 수 없으나 지금으로서는 매우 걱정이 되오"라고 했으나, 신립은 도무지 반성하거나 깨닫지 않고 가버렸다.

신립의 탄금대 패전 소식에 부랴부랴 도주길에 오른 선조는 거의 제정신이 아니었다. 선조는 신립이 패했으니 조선은 이미 망한 것이나 진배없다고 생각했다. 당시에 조선의 장수는 신립과 이일밖에 없다고 생각했다.

그날 저녁 고니시 유키나가 군은 충주성에 무혈입성했고, 29일에는 가토 기요마사 군도 충주에 도착해 합류했다. 두 장수는 충주에서 서울 진공계획을 짰다. 그들의 기세는 누구도 막을 수 없을 것처럼 보였다.

훗날 명나라 제독 이여송이 적군을 추격하여 조령을 지나다가 탄식하여 말하기를 "이렇게 험준한 곳이 있는데도 지킬 줄 몰랐으니, 신립은 꾀가 없는 사람이다" 하였다. 천험의 조령을 포기하고 탄금대를 결전의 장소로 택한 것은 임란 초기 최대의 수수께끼였다.

지세포성을 지나서 산길을 따라 야생의 인간이 되어 나 홀로 길을 간다. 고개 넘어 다른 세상을 보기 위해 길을 간다. 도시에서 맛보는 군중 속의 고독에 비하면 남파랑길의 고독은 천상의 화원이다. 책장 너머 다른 세상을 보기 위해 오늘도 인생의 거리를 산책한다. 완만한 임도를 따라가다가 지심도전망대에서 지심도를 전망한다.

한려해상국립공원은 이곳 지심도에서 시작하여 여수까지 이어진다. 지심도는 일운면 지세포리에서 동쪽으로 1.5㎞ 해상에 위치하고 있으며, 장승포항에서 도선으로 약 15분 거리다. 하늘에서 바라보면 섬의 모양이 '마음 心' 자를 닮았다 하여 지심도(只心島)로 불리며 일명 동백섬으로 알려져 있다. 일제강점기 일본군이 주둔하면서 해안 방어 목적의 진지를 구축한 잔재가 아직도 남아 있다.

푸른 하늘 푸른 바다가 멀리서 손짓을 한다. 초소가 있는 도로 및 갈림길에서 연지봉 와현봉수대 가는 길과 서이말등대로 가는 갈림길, 고요한 숲길을 따라 공곶이를 향해 와현봉수대로 간다. 서이말등대는 1944년 설치된 유인등대이며 거제 섬앤섬길 반환점으로 해금강, 외도와 대마도까지 조망이 가능하다. 공곶이에 도착하니 목재로 지은 소박한 공곶이카페가 나타난다.

공곶이는 한 노부부가 평생을 피땀 흘려 오직 호미와 삽, 곡괭이로만 일궈낸 자연경관지로 노부부의 손길이 안 닿은 곳이 없을 정도로 생명의 숲 그 자체이다. '아름다운 이곳 공곶이는 거제8경으로 선정된 소중한 관광자원입니다'라는 푯말로 보아 거제9경의 막내인 거가대교가 태어나기 전 안내판인 것을 알 수 있다. 2003년 9월 태풍 매미로 바닷가에서 튀어날아온 커다란 '공곶이 매미바위'가 길을 가로막는다. '공곶이'는 지형이 궁둥이처럼 튀어나왔다고 해서 '거룻배 공', '땅이 바다로 튀어나온 곳'의 두 단어를 합쳐서 공곶이라고 부른다. 겨울에는 동백꽃, 봄에는 수선화와 설유화가 만개하는 등 약 50여 종의 꽃과 식물이 절경을 자아낸다. 계단식 다랭이농원과 화원 속에서 남해바다와 내도를 전망할 수 있다.

　야자수나무가 이국적인 풍경으로 서 있는 공곶이해변으로 내려간다. 몽돌해변이 펼쳐지고 몽돌해안이 끝나는 지점에 허수아비들이 왜구를 지키기 위해 무기를 들고 서 있다. 정성들여 쌓은 작은 돌탑들이 여기저기 흩어져 있다. 거제도 최고의 절경이라 할 수 있는 몽돌해변에 앉아서 내도(內島)를 앞에 두고 여유롭게 양말을 벗고 발을 바닷물에 담근다.

　'독만권서(読万巻書)보다는 행만리로(行万里路)가 낫다'라고 했다. 책을 만 권 읽기보다는 만 리 길을 걷는 것이 낫다는 얘기다. 시간의 경험은 어떤 경우든 장소와 행위와 다채로운 에피소드로 이루어진다. 시간의 경험 속에는 구체적인 일상뿐만 아니라, 추상과 상상이 스며든다. 하지만 경험은 어떤 경우라도 똑같이 되풀이되지 않는다. 늘 보던 바다가 오늘따라 신선해 보인다. 저 물밑을 유영하는 물고기도 어제의 그 물고기가 아닐 것이다. 혹여 어제의 물고기라 해도 오늘은 다른 조류에 몸을 싣고 있을 것이다.

　반질반질 반짝이는 몽돌이 차르르르 소리를 내며 명돌을 반겨준다. 몽돌은 오랜 세월 파도에 의해 둥글둥글하게 다듬어진 자갈로 특히 파도가 심한 해변에 잘 발달되어 있다. 파도에 몽돌이 서로 부딪히며 내는 노랫소리가 아름답다. 몽돌은 저마다 고유한 과거를 가지고 있다. 상처 난 조개가 진주를 잉태하듯 고뇌 없는 성공은 없다. 성취는 그냥 단순히 이루는 것이지만 성공은 실패를 자양분으로 한다. 섬의 벼랑을 떠나 물이랑에 떠밀려온 몽돌이 차르르르 차르르르 소리를 내며 찬바람에 떨고 있는 어깨는 누구도 보지 못하고 있다. 언젠가는 다가올 이 세상과의 아름다운 이별을 위해 몽돌처럼 둥글둥글 살아가고자 다짐한다.

한낮의 태양이 내리쬐는 몽돌 바닷가에서 지척에 있는 내도(內道)를 바라본다. 내도는 구조라항에서 해금강으로 가는 뱃길에 있는 작은 섬으로 거북이가 떠 있는 형상을 하고 있다고 하여 거북섬이라 하기도 하고, 구조라항에서 바라보면 모자를 벗어놓은 것 같은 모양이라서 모자섬으로 불리기도 한다. 기암절벽과 더불어 아름다운 경치와 낚시터로 유명하다. 그 뒤편에는 외도(外島) 보타미아가 있다. 거제9경은 제1경 해금강을 시작으로 외도 보타니아, 거제도포로수용소유적공원, 여차·홍포 해안비경, 바람의 언덕과 신선대, 학동흑진주몽돌해변, 동백섬지심도, 공곶이와 내도, 그리고 거가대교다.

바다를 가로질러 배 한 척이 지나간다. 배가 가까워지자 파도가 조금씩 더 세게 밀려온다. 처얼썩 처얼썩, 한순간 거친 파도가 밀어닥치고 졸지에 앉아 있던 자리를 덮쳤다. 아뿔싸, 바지는 물론 벗어놓은 신발까지 흠뻑 젖었다. 예기치 않은 사태에 당황하며 미소를 짓는다. 행복은 고통 다음에 오는 쾌락이다. 행중신(幸中辛)이다. 고통 없는 쾌락은 무의미하다. 참을 수 없는 상황을 참아내는 것, 그것이 진정한 인내, 인중도(忍中刀)다. 행복할 행(幸) 자에는 매울 신(辛) 자가 들어 있고 참을 인(忍) 자 에는 칼 도(刀) 자가 들어 있다.

파란 하늘, 파란 바다에 떠 있는 내도를 바라보면서 젖은 양말과 신발을 신고 즐겁게 길을 간다. 해변 끝에 있는 데크에 올라 해안절벽 위로 조성된 산책로를 걸어 예구마을 입구 아치문을 지나고 주변이 섬들로 둘러싸여 아늑한 예구항을 지나서 마을 표지석과 인사를 나누고 차도를 따라 고개를 넘어 와현모래숲해변의 백사장을 따라 걸어간다.

徐市留宿地(서시유숙지)라는 커다란 표석이 나타난다. 기원전 219년 진시황제가 보낸 서시(일명 서복)가 불사약을 구하러 동남동녀 삼천 명을 거느리고 남해 금산을 거쳐 거제 해금강에 이르렀다. 이때 유숙한 곳이 '누우래'마을, 곧 와현리이다. 서시에 관한 것은 사마천의 『사기』에도 기록되어 있다. 그는 이곳에서 제주도 서귀포를 거쳐 일본으로 건너갔다. 고갯마루에 한려해상국립공원 안내판이 서 있다.

해안절벽 위 산책로를 오르고 내려가며 구조라수변공원에 도착하여 구조라항 외도·해금강 유람선 타는 터미널에서 21코스를 마무리한다. 오늘 하루 33.0㎞를 걸었다.

거제문화예술회관 옆에 위치한 장승포항의 홈포레스트 호텔에서 아름다운 야경을 바라보며 장승포의 밤이 깊어간다. 이틀간 머물렀다.

22코스

★ ★ ★ ★ ★ ★ ★ ★ ★

황제의 길

[이일과 백의종군]

구조라유람선터미널에서 학동고개까지 13.4㎞

구조라유람선터미널 → 구조라항 → 구조라해수욕장 → 망치몽돌해수욕장

→ 북병산 → 학동고개

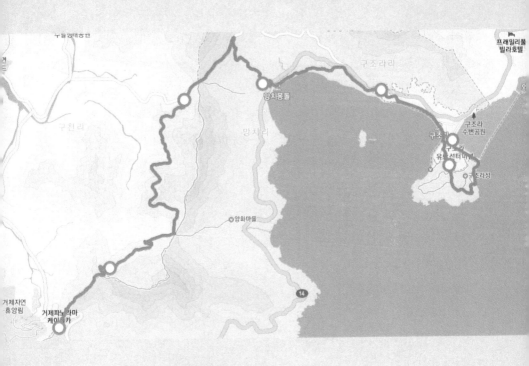

"죽고 사는 것은 천명인데 술은 마셔 무엇하며, 목이 마르지도 않는데 물은 무엇 때문에 마시겠는가. 어찌 바른길을 어기어 살기를 구한단 말인가."

11월 17일 새벽, 구조라유람선터미널에서 22코스를 출발한다.

도보여행 12일째, 어두운 해안 거리를 걸어간다. 세상 모두가 잠들어 고요하건만 고단한 몸을 이끌고 길을 떠난다. 길 위의 나를 살찌게 하는 것, 그것은 맛있는 음식이 아니라 진정한 고독이다. '약보보다는 식보, 식보보다 행보가 낫다'라고 하던가.

바다에서 시원한 바람이 불어온다. 광대무변한 원시의 자연인 바다, 생명의 근원인 그 바다 앞에 서면 외롭지 않다. 끝이 없으면서도 그 시작과 끝이 다시 만나는 바다는 일상의 삶처럼 언제나 출렁인다. 거제도 구조라의 낯선 바닷가에서 바람과 이슬을 먹고 사는 신선이 해안선 끝에서 수정산으로 계단을 올라간다. 샛바람소리길에 빽빽하게 늘어선 대나무 사이로 사부작사부작 바람 소리가 들려온다. 수정산에 올라 전망대에서 아직 어둠이 채 가지 않은 여명의 풍경을 감상한다. 여명의 공곶이와 내도, 외도, 해금강이 아름답게 펼쳐지고 한려수도해상국립공원의 아름다운 다도해가 한눈에 들어온다.

숲체험길을 걸어 구조라성에 도착한다. 수정봉에서 능선을 따라 남북 일직선으로 높이 쌓여 있다. 몽환적인 구조라의 풍경이 펼쳐진다. 바다와 바다 사이에 마을이 있다. 오른쪽 바다는 걸어온 곳, 왼쪽 바다에는 걸어가야 할 구조라해수욕장이 있다. 구조라성은 조선 성종 때(1490) 대마도에서 오는 왜적을 막기 위해 쌓은 산성으로 지세포성의 전초기지 역할을 하였다. 구조라는 자라의 목처럼 생겼다 하여 '조라목' 또는 '조라포'라 하였으며, 성종 때 조라진을 설치하였다. 임진왜란 때 옥포진 옆에 있는 조라진으로 옮겼다가 효종 때 다시 지금의 조라로 옮기면서 구별하기 위해 '구조라'라고 하였다. 북병산에서 흘러내린 산줄기 하나가 수정산으로 우뚝 솟아 멈추었는데, 자라가 목을 길게 빼고 고개를 쳐들고 있는 모습이다.

샛바람소리길을 지나고 윤돌섬을 바라보면서 모래가 곱고 수심이 완만한 구조라해수욕장에 도착한다. 2018년 7월 '남해안 오션뷰 명소 20선'이 발표되었다. 고흥군 5곳, 여수시 3곳, 순천시 1곳, 광양시 1곳, 남해군 4곳, 통영시 3곳, 거제시 3곳이 포함됐다. 'Blue City' 거제시의 병대도전망대, 신선대와 바람의 언덕, 그리고 부드러운 모래와 푸른 바다의 아름다운 조화가 돋보이는 구조라해변이다.

2019년 '남해안 오션뷰 15'에 선정된 '학동~와현해안도로' 17.3㎞는 동백숲과 해송숲, 검푸른 바다와 올망졸망한 섬들이 절경을 일궈내고 있는데, 함목, 학동, 망치, 구조라, 와현 등 남국의 분위기가 물씬 풍기는 거제의 대표 해수욕장이 이어져 있다. 윤돌섬을 가운데 두고 구조라해수욕장에서부터 걸어 한적하고 깨끗한 망치몽돌해수욕장에 도착한다.

망치몽돌해수욕장은 구조라해수욕장이나 학동몽돌해수욕장에 비해 덜 알려져 있다. 산길로 접어들어 북병산 등산로를 따라 걸어간다. 임도를 따라 오르면 오를수록 망치마을 앞 아름다운 다도해가 자꾸만 뒤돌아보게 한다. 북병산 중턱 도로에서 일운면 망치리 '詩人의 노래' 표석의 안내를 받아 거제 시인들의 노래를 듣는다.

망치고개에 이르자 '여기는 한려해상국립공원입니다'라는 안내판 옆에 '황제의 길'이라는 표석이 서 있다. 에티오피아 황제가 걸었던 '황제의 길은 거제시 일운면과 동부면 경계 지점으로부터 일운면 망치삼거리에 이르는 3㎞ 구간이다.

1968년 5월 18일부터 20일까지 에티오피아의 황제 하일레 셀라시가 대한민국을 방문했다. 에티오피아는 6·25 한국전쟁 당시 황제의 친위대를 포함하여 6,037명을 파견하였으며, 123명이 전사하고 536명이 부상당했다. 이런 연유로 대한민국을 찾은 셀라시 황제는 공식일정을 마무리하고 거제도를 찾게 된다. 황제 일행은 쪽빛 푸른 바다가 보이는 언덕에 올라서자 뛰어난 자연경관에 감탄하여 "원더풀"을 7번이나 외쳤다고 한다. 울창한 숲과 푸른 바다 그리고 섬이 한데 어우러진 풍경은 탄성을 지르고도 충분히 아름다웠다는 것. 훗날 자연스럽게 '황제의 길'이라 칭해졌으며, 큰 바위에 황제의 길이라는 표석을 세워 이 길을 기념하고 있다.

황제의 길에서 이제 본격적으로 등산길을 올라간다. 초겨울임에도 철없는 진달래꽃이 철모르고 피어 있다. 시원한 바람이 불어온다. 구름 속에서 한줄기 빛이 찬란히 바다를 비추고 있다. 신묘하다. 해발 465m 북병산을 올라간다. 해변에서 산행을 시작하니 오르막이 알차다. 북쪽을 막아 병풍을 두른 듯하다고 북병산(北屛山)이라 한다.

매일같이 오르내리는 험준한 산길, 고난 뒤에 희망봉(448m)에 도착했다. 금년 2020년 1월 초 남아프리카공화국의 희망봉에 다녀왔으니, 금년에만 희망봉을 두 차례나 오른다. 희망은 가난한 자의 양식, 고통스럽고 절망적인 상황에서도 포기하지 않으면 희망은 있다.

이순신은 고통스럽고 절망적인 어떤 순간에도 희망을 잃지 않고 나라와 백성을 위해 다시 일어섰다. 이순신은 22년의 벼슬살이에서 세 번의 파직과 두 번의 백의종군이라는 기록을 남겼다. 그 첫 번째 악연의 주인공은 녹둔도에서 만난 이일 장군이었다. 이순신은 원균과 마찬가지로 이일과의 깊은 악연이 있었다. 그래서 꿈을 꾸었다.『난중일기』의 기록이다.

1594년 11월 25일 흐렸다. 새벽꿈에 이일과 만나 내가 실없는 말을 많이 하고서 그에게 말하기를, "나라가 위태하고 혼란한 때에 중대한 책임을 지고서도 나라의 은혜를 보답하는 데 마음을 두지 않고, 구태여 음탕한 계집을 두고서 관사에는 들어오지 않고 성 밖의 집에 사사로이 거처하면서 남의 비웃음을 받으니 생각이 어떠한 것이오. 또 수군의 각 관청과 포구에 육전의 병기를 배정하여 독촉하기에 겨를이 없으니 이 또한 무슨 이치요"라고 하니, 순변사가 말이 막혀 대답하지 못했다. 기지개 켜고 깨어나니 한바탕 꿈이었다.

1595년 1월 21일 종일 가랑비가 내렸다. 오늘이 바로 아들 회가 혼례하는 날이니, 걱정하는 마음이 어떠하겠는가. 장흥부사가 술을 가지고 왔다. 그 편에 들으니 삼도순변사 이일의 처사가 지극히 형편없고 나를 해치려고 몹시 애쓴다고 하였다. 매우 우습다. 그의 서울에 있는 첩들을 자기의 관부에 거느리고 왔다고 하니, 더욱 놀랍다.

1580년 발포만호(종4품)에서 파직된 이순신은 1582년 훈련원 봉사(종8품)로 복직되었다가 1583년 한때 이순신을 미워했던 전라좌수사 이용이 함경도 남병사로 가면서 군관으로 발탁되어 갔다. 따뜻한 남쪽에서 이제는 가장 추운 함경도에서 여진족을 막기 위한 무관의 역할을 수행했다.

함경도 건원보권관(종8품)이 된 이순신은 여진족 장수 우을기내를 생포했다. 얼마 후 이순신은 아버지 이정의 사망 소식을 듣고 황급히 아산으로 향했다. 당시 함경도 순찰사였던 정언신이 특별 지시를 내렸다.

"이순신에게 어서 상복을 입혀라. 그리고 이순신이 식음을 전폐하지 못하도록 하라."

훗날 정여립의 난으로 정언신이 감옥에 갇혔을 때 주위의 만류에도 불구하고 이순신은 연루될 수 있는 위험을 무릅쓰고 면회를 갔다.

아산에 도착한 이순신은 아버지의 임종을 지켜드리지 못한 눈물 속에 3년 상을 모셨다.

1586년 42세가 된 이순신은 사복시 주부(종6품)로 다시 관직 생활을 시작했다. 그리고 이내 유성룡의 추천으로 함경도 북쪽 끝에 있는 조산보의 만호로 갔다. 이듬해 8월에는 녹둔도 둔전관의 벼슬을 겸하게 되었다. 녹둔도는 두만강이 바다로 흘러들어가는 어귀에 있는 섬으로, 조산보에서 20리 정도 떨어져 있었다. 이때 이순신은 마흔세 살이었다. 이순신은 녹둔도의 지형을 조사한 뒤, 북병사 이일에게 편지를 보냈다.

"녹둔도는 강을 사이에 두고 오랑캐들이 호시탐탐 쳐들어올 기회를 엿보고 있는 곳인데, 군사의 수가 너무 적으니 군사를 더 보내주시기 바랍니다."

그러나 이일은 이순신의 청을 들어주지 않았다. 그해 가을 큰 풍년이 들었다. 경흥부사 이경록이 시찰을 나와서 이순신은 군사 몇 명을 데리고 함께 농부들이 추수하는 넓은 들판을 둘러보고 있었다. 그때였다. 요란한 말발굽 소리와 함께 오랑캐가 마을로 쳐들어왔다. 이경록과 이순신이 마을에 도착했을 때 마을은 이미 아수라장이었다. 이순신이 쏜 화살은 어김없이 오랑캐들을 거꾸러뜨렸다. 전세가 불리함을 깨달은 오랑캐들은 말 머리를 돌려 달아나기 시작했다. 이순신은 그들의 뒤를 쫓았다. 끌려가던 마을 사람 60여 명을 구했지만 워낙 군사의 수가 적어 더 이상 뒤쫓지 못하고 돌아왔다. 이순신은 크게 이겼지만 수십 명의 전사자와 부상자를 냈고, 수십 명의 백성이 끌려가는 피해를 보았다.

현위치 : 희망봉(448m)
➡ 망치고개(3.0km)
⬅ 학동고개(2.1km)
장승포농협산악회

여기는 한려해상국립공원 입니다

안내

남파랑길 거제 22코스 NAMPARANG

녹둔도의 싸움은 북병사 이일에게 알려졌다. 군사를 더 보내달라는 이순신의 청을 들어주지 않아서 생긴 일임에도 이일은 모든 죄를 이순신에게 돌려 즉시 처형하려 했다. 이순신은 항의 했다.

"이 싸움은 진 것이 아닙니다. 적을 물리치고도 피해를 입은 것은 군사의 수가 적은 까닭이라는 것을 장군께서도 잘 아시지 않습니까?"

이일은 모든 잘못을 전가하여 이순신은 옥에 갇혔다. 이때 선거이는 이순신을 적극적으로 변호하며 이순신에게 위로주를 권했다. 그러자 이순신은 말했다.

> 죽고 사는 것은 천명인데 술은 마셔 무엇하며, 목이 마르지도 않는데 물은 무엇 때문에 마시겠는가. 어찌 바른길을 어기어 살기를 구한단 말인가.

이순신과 선거이의 우정은 이때 시작되었고, '바다에는 이순신, 육지에는 선거이'라 불리는 두 사람의 의리와 오랜 우정이 시작된다. 유성룡은 선거이에게 "일찍이 이순신을 만났고, 지금 선거이 군관을 보니 든든하구만"이라고 말한 바 있다.

장계를 받은 조정에서는 이순신을 처벌해야 한다는 쪽과 그래선 안 된다는 쪽으로 갈라져서 다투었다. 선조는 그 책임을 물어 파직하고 백의종군을 분부했다. 이순신의 첫 번째 백의종군이었다.

1588년 1월, 북병사 이일과 백의종군하던 이경록, 이순신 등은 2,500 명의 병력을 이끌고 여진족 진지를 공격하여 끌려갔던 사람들과 소, 말 등을 구출하고 시전부락 200여 가구를 불태웠다. 엄청난 승전이었다. 덕분에 이일은 임진왜란 당시 신립과 더불어 조선 최고의 장수라는 이름을 들었지만 신립과 이일, 두 사람 모두 일본군 앞에 무참하게 무너졌다. 제주목사가 된 이경록은 이순신에게 소를 보내주었다.

임진왜란 초기 순변사 이일이 문경에 들어갔는데 고을 안이 이미 텅 비어 한 사람도 보이지 않았다. 함창을 거쳐 상주에 이르니 상주목사 김해는 도망치고 판관인 권길이 홀로 고을을 지키고 있었다. 이일이 군사가 없다는 이유로 권길의 목을 베려고 하자 권길은 애원하여 이튿날 농민 수백 명을 데리고 왔다. 이일은 이들로 군대를 만들었으나 전쟁을 할 만한 사람은 하나도 없었다. 이일이 뽑아온 민군과 서울에서 온 군사를 합치니 8~9백 명이 되어 이들에게 진을 치는 법을 훈련시켰다. 왜군이 20리 앞에 와서 진을 치고 있었는데, 이일의 군중에는 척후병이 없었다. 이때 적군의 대부대가 조총을 쏘면서 이일의 군대를 포위하며 몰려왔다. 이일은 다급한 것을 알고 말을 돌려 급히 북쪽으로 달아나니, 군사들은 각각 도망쳤으나 살아난 사람은 몇몇에 지나지 않았고 모두 적군에게 살해되었다.

이일은 말을 버리고 옷을 버린 채로 머리털을 풀어헤치고 알몸뚱이로 달아났다. 문경에 이르러 선조에게 패전한 상황을 알리고, 신립이 충주에 있다는 사실을 소식을 듣고 마침내 충주로 달려갔다.

1592년 4월 28일, 신립이 충주에 이르니 군사들이 모여들어 8천여 명이나 되었다. 신립이 조령을 지키고자 했으나, 이일이 패전했다는 말을 듣고는 그만 간담이 떨어져서 충주로 돌아왔다. 유성룡의 『징비록』의 기록이다.

> 신립은 군사를 거느리고 탄금대 앞 두 강물 사이에 나가 진을 쳤는데, 이곳은 왼쪽에 논이 있고 물과 풀이 서로 얽히어 말과 사람이 달리기에 불편한 곳이었다. 조금 후에 적군이 단월역에서부터 길을 나누어 쳐들어오는데 그 기세가 마치 비바람이 몰아치는 것과 같았다. 한 길로는 산을 따라 동쪽으로 나오고, 또 한 길은 강을 따라 내려오니 총소리는 땅을 진동시키고 먼지가 하늘에 가득했다. 신립은 어쩔 줄 모르고 말을 채찍질해서 몸소 적진에 돌진하고자 두 번이나 시

도했으나, 쳐들어가지 못하고 되돌아와 강물에 뛰어들어 죽었으며, 여러 군사들도 모두 강물에 뛰어들어 시체가 강물을 덮고 떠내려갔다. 김여물도 혼란한 군사 속에서 죽었으나, 이일은 동쪽 산골짜기에서 빠져나와 도주했다.

이일이 평양에 도착했다. 이일은 이미 충주에서 패전하여 한강을 건너 강원도까지 들어갔다가, 이리저리 옮겨서 행재소로 온 것이다. …(중략)… 이일은 무장들 중에서도 본래부터 대단한 명망이 있었으므로 비록 싸움에 패해 도망쳐 오기는 했지만, 사람들이 그가 왔다는 말을 듣고 기뻐하지 않는 이가 없었다.

이일은 벌써 싸움에 여러 번 패하여 가시덤불 속에 숨어다니던 터이므로 패랭이를 쓰고 흰 베적삼을 입고 짚신을 신고 왔는데, 얼굴이 몹시 파리하니 보는 사람이 탄식했다. 나는 "이곳 사람들이 장차 그대에게 의지하여 든든하게 믿고자 하는데, 용모가 이렇게 바싹 말랐으니 어떻게 여러 사람의 마음을 위로할 수 있겠소" 하고는 행장에서 남빛 비단 첩리를 찾아서 그에게 주었다. 그러자 여러 재신들이 총립도 주고 은정자와 채색 갓끈도 주니 당장에 바꾸어 입어서 옷의 장식은 한결 새롭게 되었으나, 다만 신은 벗어주는 사람이 없어서 짚신을 그대로 신고 있었다. 내가 웃으면서 "비단옷에 짚신은 격이 서로 맞지 않는 걸" 하니, 좌우에 있던 사람들이 모두 웃었다.

여진족을 공격하여 대승을 거둔 이순신은 백의종군을 면하게 되었고, 벼슬도 없이 아산의 집으로 돌아왔다. 실업자가 된 이순신은 집으로 돌아와 한거하다가 1589년 2월에 전라도 순찰사 이광의 군관이 됐고, 그해 12월 유성룡에 의해 정읍현감에 올랐다. 그리고 1591년 47세 2월 전라좌수사에 올랐으니, 절망적인 어둠에서 발견한 희망의 빛이었다.

결핍이나 열등감이 때로는 삶에 대한 강력한 촉매제가 되기도 한다.

일본의 경영의 신 마쓰시타 고노스케는 세 가지 큰 축복에 대해 항상 감사했다. 어려서 가난했다는 것, 초등학교 중퇴로 못 배웠다는 것, 체질적으로 몸이 약했다는 것이었다. 그래서 열심히 돈을 벌었고, 열심히 공부했고, 건강을 열심히 챙겨서 96세까지 장수했다. 물속에는 물만 있는 게 아니다. 하늘에는 하늘만 있는 게 아니다. 내 안에는 나만 있는 게 아니다. 절망에는 절망만 있는 게 아니다.

왜 남파랑길을 걸어야 하는가. 왜 산짐승 들짐승처럼 산과 들을 걸어야 하고 물새들처럼 바닷가를 전전해야 하는가. 무엇이 산을 힘들게 오르게 하고 무엇이 바닷가를 홀로 걷게 하는가. 그렇다. 전생에도 후생에도 현생에도 방랑자이고 싶어서다.

자유에는 대가가 따르는 법, 영원한 자유를 누리기 위해서는 대붕도 스스로 날개를 꺾어야 할 때가 있다. 잎 진 숲길에서 나와 들판에 섰다. 저녁노을에 구름이 숨을 죽이고 나그네는 그림자를 뒤로하고 묵언 수행을 한다.

해금강, 외도 보타니아, 내도와 공곶이 등 어제 걸었던 아름다운 한려수도국립공원의 풍경이 아름답게 펼쳐진다. 서정을 경험할 수 없는 도시인에게 산과 바다와 자연은 새로운 충전을 위한 모티브다. 살아 있는 모든 것들, 존재하는 모든 것들을 사랑해야지, 하늘처럼 넓은 마음을 가지며 겸연쩍게 웃는다. 사랑을 뜻하는 서양의 Amor는 어원으로 보면 '죽음에 대한 항거의 노력'을 의미한다. 죽지 않고 살기 위해서 사랑해야 한다. 죽지 않고 살기 위해 오늘도 희망의 노래를 부르며 길을 간다.

남파랑길은 아래로 아래로 겸손하게 내려가 드디어 공사 중인 학동고개 22코스 종점에 도착했다. 황제의 길을 걸어 황제가 된 유랑자가 남파랑길에서 황제의 길을 간다.

23코스

★ ★ ★ ★ ★ ★ ★ ★

무지개길

[대마도 정벌]

학동고개에서 남부면 저구항까지 9.5㎞

학동고개 → 가라산 → 저구삼거리 → 저구항

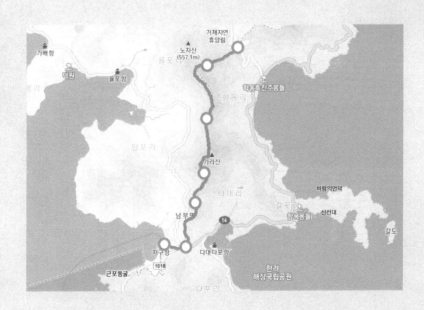

"대마도는 전에 신라에 속했던 땅인데 언제부터 왜놈이 차지했는지 알 수 없다."

학동고개에서 23코스를 출발한다. 남파랑길 23코스는 거제 섬앤섬길 9코스 무지개길을 포함하는 구간이다. 한려해상국립공원으로 들어가는 입구를 지나서 '가라산 4.9㎞, 저구삼거리 9.1㎞'를 알리는 화살표를 따라 산길을 올라간다. '거제 파노라마케이블카' 공사가 한창이라 소음이 산을 울린다.

학동고개에서 노자산(557.1m)까지 '거제 파노라마케이블카'가 2018년부터 4년이 걸려 2022년 3월 19일 개장되었다. 노자산전망대까지 1.56㎞ 구간을 이제는 약 6~8분이면 갈 수 있고 케이블카 상부에서는 파노라마라는 이름에 걸맞게 한려해상국립공원과 멀리 대마도까지 360도 조망이 가능하다.

한려해상국립공원은 전라남도 여수시와 경상남도 거제시, 남해군, 사천시, 통영시, 하동군에 걸쳐 있으며 남해상에 위치한 국립공원으로 1968년 12월 31일에 최초로 지정된 해상국립공원이다. 한산도의 한(閑)과 여수시의 여(麗)를 따서 이름을 지었으며, 거제 지심도에서 시작하여 여수 오동도에 이르는 삼백 리 바닷길이다. 그 길에는 쪽빛 바다에 보석처럼 박힌 360여 개의 섬이 있어 매년 600만 명 이상의 탐방객들의 발길이 이어진다. 면적은 545.627㎢이다.

1967년 12월 29일 지리산이 처음 국립공원으로 지정된 이후 대한민국의 국립공원은 2016년 8월 태백산까지 총 22개 곳이 지정·보호되고 있다. 해상국립공원으로는 한려해상국립공원(육지 149,471㎢ 해면

395,487㎢), 다도해해상국립공원(육지 334,795㎢ 해면 1,990,441㎢), 태안해
상국립공원(육지 37,014㎢ 해면 289,315㎢)이 있고, 변산반도국립공원(육지
145,383㎢ 해면 9,267㎢)도 바다를 끼고 있다.

　다도해해상국립공원은 여수시에서 신안군 홍도에 이르는 남해와 서
해상에 위치한 해상국립공원으로 1981년 12월 23일에 지정되었다. 흑
산·홍도지구(신안군), 조도지구(진도군), 소안·청산지구(완도군), 팔영산
지구(고흥지구), 나로도지구(고흥군), 금오도지구(여수시), 거문도·백도지
구(여수시) 등 8개 지구로 나뉘어 있을 정도로 광활한 자연경관을 이룬
다. 총면적은 2,321,512㎢이다.
　남파랑길에서는 한려해상국립공원을 온전히 누릴 수 있고, 다도해해
상국립공원 중 여수지구, 완도지구, 고흥지구 등의 경관을 볼 수 있다.

　산길 여기저기 나무들이 잎을 버리고 앙상하게 죽어 있다. 나무들은
죽어서도 벌레의 먹이가 되거나 보금자리가 되는 등 생태계에 헌신한
다. 죽은 나무의 또 다른 삶이다. 그런데 참 이상하다. 사람은 여름에
옷을 벗는데 나무는 겨울에 옷을 벗는다. 겨울날 나무들의 사랑이 여
름날의 더위만큼이나 뜨거운가 보다.
　노자산과 가라산으로 가는 삼거리에서 가라산으로 향한다. '명상의
공간'으로 조성된 공간에서 휴식을 취한다. 수평선 끝에 대마도가 보인
다는데 미세먼지로 인해 관측이 어렵다. 매가 내려다보는 모양의 매바
위, 혹은 선녀봉이라고도 불리는 모바위에서 학동몽돌해변, 공곶이,
서이말등대, 내도, 외도, 해금강 등 한 폭의 그림 같은 환상적인 풍경
을 감상한다.
　학동마을은 바다를 둘러싼 산의 줄기가 학이 날아가는 형상으로 기
후가 따뜻하고 소나무가 울창해 가을철마다 학이 찾아왔다는 이야기

가 전해진다. 학을 좋아했던 당나라 선비 백거이(772~846)가 「학(鶴)」을 노래한다.

> 사람마다 각자 좋아하는 바가 있고/ 사물에는 원래 항상 옳은 것은 없느니라./
> 누가 학 너를 춤 잘 춘다고 했나/ 한가롭게 서 있는 때만 못한 것을

사람마다 좋아하는 바가 있고 항상 옳은 것은 없다는 백거이. 젊은 시절 거침없이 자신의 소신을 펼쳤던 백거이는 정치적 풍파를 거치면서 점차 현실에 순응했다. '벼슬에 나아가되 요직을 향하진 않고 물러나되 깊은 산에는 들지 않는다'라는 시구처럼 그는 관직을 유지하면서도 삶의 여유도 놓치지 않았다. 이때 그의 곁을 지켜주었던 벗 중 하나가 바로 학이었다. '한가로움을 함께할 친구로는 학만 한 게 없다'거나 '새장 열어 학을 보니 군자를 만난 듯하다' 할 정도로 학을 가까이했다.

전망대에서 사방팔방을 조망한다. 정적이 흐른다. 침묵의 시간, 고요하다. 바람이 부는 소리, 낙엽이 구르는 소리만이 들린다. 문명의 소리는 어디 가고 자연의 소리만 들려온다. 소리의 세계도 약육강식의 정글과도 같다. 강한 소리는 약한 소리를 삼켜버린다. 큰 소리는 작은 소리를 짓밟아버린다. 익숙한 소리는 낯선 소리를 물리치는 텃세를 부린다.

소리끼리 먹고 먹히는 먹이사슬 속에 힘없고 순한 소리는 점점 외진 곳으로 밀려난다. 세고 독한 도시의 소음만 살아남고 순박한 자연의 소리는 거의 멸종되고 만다. 현대인들은 이제 고요한 정적 속에 착한 소리를 들으려면 문명을 벗어나 자연으로 돌아가야 한다.

데이비드 소로는 월든 숲속에서 이제까지 듣지 못했던 소리를 듣게 되었다. 겨울 호수가 '밤새 끙끙 앓는 소리'를 들었으며, 부엉이가 '태어

나지 말걸' 하며 탄식하는 소리를 들었다. 귀가 새로 열리는 만큼 소로의 삶도 날로 새로워졌다. 소로는 밤새 콩나물이 자라듯이 자신이 자라는 것을 느꼈다.

남파랑길에서 침묵의 소리를 듣고 자연의 소리를 듣는다. 순박하고 착한 소리들이 안에서 밖으로, 밖에서 안으로 순환한다. 자연이라는 위대한 스승이 속삭인다. 아름다운 소리들이 귀에, 온몸에, 마음에, 영혼에 들려온다. 아름다운 소리에 맞춰 발걸음을 나아간다. 진마이재에 이르러 한산도와 통영, 노자산을 바라보고 거제에서 가장 높은 가라산을 바라본다. 난데없이 청마 유치환의 「바람에게」 시가 나무에 걸려 있다.

바람아 나는 알겠다./ 네 말을 나는 알겠다./ 한사코 풀잎을 흔들고/ 또 나의 얼굴을 스쳐가/ 하늘 끝에 우는/ 네 말을 나는 알겠다.// 눈감고 이렇게 등성이에 누우면/ 나의 영혼의 깊은 데까지 닿은 너/ 이 호호(浩浩)한 천지를 배경하고/ 나의 모나리자!/ 어디에 어찌 안아볼 수 없는 너// 바람아 너는 알겠다./ 안 오리 풀잎나마 부여잡고 흐느끼는/ 네 말을 나는 정녕 알겠다.

풀잎을 흔들고 나뭇가지를 흔들고 얼굴을 스쳐가는 바람을 부여잡고 드디어 가라산 정상(585m)에 도착했다.

거제시의 최고봉인 가라산(加羅山)은 원삼국시대(原三国時代)부터 내려오는 지명으로 이름의 유래에는 두 가지 설이 전해진다. 하나는 경관에서 온 것으로 '사계절 변화가 뚜렷하고 아름다워 비단에 수많은 별들이 모여 수를 놓은 듯 보이는 산'이라는 것이고, 다른 하나는 '금관가야의 국경이 북으로는 해인사 뒷산(가야산), 남으로는 거제도의 남쪽 끝 산까지였는데, 남쪽의 가야산이 가라산으로 바뀌었다'라는 것이다.

가라산 정상에 위치한 가라산봉수대는 사방으로의 조망이 가능한 최적의 봉수대 입지로, 맑은 날에는 대마도까지 조망이 가능하며, 대마도 방면에서 침입하려는 왜구의 동태를 가장 먼저 살필 수 있는 곳이다. 가라산봉수대는 남해안을 경계하는 전초기지로 해상에서 일어나는 사건들을 거제의 주봉인 계룡산봉수대와 한산도봉수대에 알렸다. 가라산 남쪽 중봉에 다대산성이 있으며, 고려시대 축성한 것으로 보이는 이 산성은 외침을 막기 위해 축성한 것이라 전해진다.

숲이 우거지고 단풍나무가 많아 사계절 변화가 뚜렷하여 비단같이 아름다운 가라산에서 대마도를 바라보지만 흐린 날씨로 대마도를 볼 수 없다. 종주 후 다시 찾은 가라산에서 희미하게나마 대마도를 볼 수 있었다. 10여 년 전 대마도 아리아케산에 올랐던 추억이 밀려온다.

대마도는 언제부터 일본 땅이었을까? 조선 초에 제작된 '혼일강리역대국지도' 등 여러 지도와 도요토미 히데요시가 조선 침략을 위해 사용한 지도에서도 대마도는 조선 땅으로 그려져 있다. 대마도가 정식으로 일본의 땅이 된 것은 임진왜란 이후 300년이 흐른 1868년부터였다.

대마도, 일본어로 쓰시마섬은 97%가 산으로 이루어진 험준한 땅으로 바다 위의 산이다. 부산에서 49.5㎞, 일본에서는 134㎞나 떨어져 있다. 부산 태종대에서는 맑은 날 대마도가 보인다. 대마도는 공도정책으로 비어 있었고, 조선이나 일본에서 죄를 짓고 도망친 자들이 모여 살았다. 독도보다도 우리 영토라고 주장할 수 있는 근거가 훨씬 더 많다는 대마도이기에 1949년 이승만 대통령은 일본에 대마도 반환을 요구했다. 비록 묵살되었지만.

대마도 정벌은 모두 세 차례였다. 첫 번째는 1389년(창왕 1) 2월, 고려의 박위 장군이 대마도를 정벌했다. 이때 동원된 전투력은 함선이 대략 100척 이상, 병력은 1만여 명 내외였다. 왜선 300척을 불사르고 고려의 민간인 포로 남녀 100여 명을 찾아왔다. 두 번째는 조선 건국 이후 1396년(태조 5) 12월 문하우정승 김사형이 대마도를 정벌하였다. 태조는 왜구의 피해를 잘 알고 있었기 때문에 즉위 초부터 왜구 대책에 부심해 이를 방어하는 한편, 흥리왜인(興利倭人: 商倭)과 귀화왜인을 우대하는 등 유화책을 썼다. 그러나 침입이 계속되자 그들의 근거지인 대마도를 정벌하게 되었다. 동원된 함선의 수와 병력은 자세히 알 수 없지만 약 2개월이 소요되었다. 어느 정도 성과가 있었을 것으로 추정된다.

세 번째 대마도 정벌은 1419년(세종 1) 6월에 단행되었다. 1418년(태종 18) 대마도주 소 사다시게가 죽고 아들 소 사다모리가 뒤를 이었는데, 대마도에 흉년이 들어 식량이 부족하게 되자 왜구는 대거 명나라 해안을 약탈하러 가는 도중, 조선의 연안을 약탈했다. 1419년 5월, 왜구는 배 50여 척으로 충청도에 침입하여 조선의 배 7척에 불을 지르고 300여 명의 조선군을 살해하는 등 약탈과 살육을 자행했다.

고려 말부터 조선 초까지 대마도의 왜구는 500여 차례나 버릇처럼 노략질과 침략을 일삼았다. 그때 태종이 세종에게 왕위를 물려주고 상왕으로 물러나 앉아 있었지만 아직 군권은 물려주지 않았다. 태종은 두려움을 모르고 날뛰는 왜구에게 뜨거운 맛을 보여줘야 할 때가 왔다는 것을 깨달았다. 태종은 대마도를 정벌하기로 하고 말했다.

"대마도는 전에 신라에 속했던 땅인데 언제부터 왜놈이 차지했는지 알 수 없다."

태종은 거제 견내량에 조선 수군을 모았다. 견내량은 거제도와 고성 통영 쪽 육지 사이의 좁은 바다로 물의 흐름이 빠른 곳이며 견내량 바깥쪽의 지세포만은 거제도를 지키는 기지였다. 거제도에는 모두 25개의 산성이 있었는데, 이는 왜구 때문이었다. 견내량은 하루 두 번 조류에 의해 물살이 바뀌는데, 때문에 썰물을 기다렸다가 물살을 타면 힘들이지 않고 바다로 나가 해류를 타고 대마도에 갈 수 있다.

마침내 1419년 6월 19일, 삼군 도체찰사 이종무는 전선 227척, 수군 1만 7천여 명에 65일분의 식량을 싣고 배에 올랐다. 열 척의 척후선을 앞세우고 대마도로 향한 원정대는 다음 날 정오 무렵에 대마도에 도착했다. 이종무는 우선 즈치우라를 공격했다. 즈치우라를 공격했을 때 왜구들은 마침 동중국해에 나가 있었다. 이곳에는 여자들과 아이들, 그리고 섬을 지키는 부대뿐이었다. 이종무의 수군이 공격해 오는 것을 본 여자들은 남자들이 돌아왔다고 착각하여 술과 요리를 준비하여 대접하기 위해 바닷가로 일제히 뛰어갔는데 맞닥뜨린 것은 이종무의 조선 수군이었다.

결사항전을 하던 왜구의 지휘부가 항복을 간청하자 180명의 사상자를 낸 조선군은 대마도에 상륙한 지 열흘 만에 철군을 결정했다. 명나라로 약탈하러 갔던 왜구들이 돌아오고, 무엇보다 태풍이 빠른 속도로 다가오고 있었다. 장기전은 단기전으로 끝났고, 태종은 왜구 정벌을 중지했다. 조선은 이후 대마도주에게 벼슬을 내려 왜구 통제의 의무를 주고, 대신 무역을 허락했다.

1436년 식량 사정이 어려워지자 대마도주는 대마도를 조선의 한 고을로 편입시켜달라는 상소를 올렸다. 이에 조선은 대마도를 경상도에 속하게 하고 도주를 태수로 삼았다. 조선은 정식으로 대마도를 조선의 통제 아래 둔 것이다. 이후 대마도의 왜구들은 1510년(중종 5)의 삼포왜란, 1544년(중종 39)의 사량진왜변, 1555년(명종 10) 을묘왜변을 일으켰다. 명종 대에 이르러 왜구와 해전에서는 대형 화학무기인 대장군전의 성능이 증명되었다. 임진왜란 때 주력 무기로 사용했던 천자·지자·현자·황자총통은 대개 1555년부터 1565년(명종 20)사이에 만들어졌다.

18세기 초, 조선통신사를 따라 일본을 방문했던 신유한은 『해유록』에 다음과 같이 기록했다.

"이 섬은 조선의 한 고을에 지나지 않는다. 태수가 조선 왕실로부터 도장을 받았고 조정의 녹을 먹으며 크고 작은 일에 명을 청해 받으니 우리나라에 대해 번신의 의리가 있다."

비단길같이 아름답다고 하는 가라산(加羅山)에서 바다에 떠 있는 아름다운 종이배 같은 섬들을 바라본다. 거제에는 바다를 조망할 수 있는 5개의 명산인 계룡산, 대금산, 망산, 가라산, 노자산이 있다. 모두 대한민국 300대 명산에 들어 있다.

멀리 외도 보타니아와 바람의 언덕, 해금강을 바라보며 하산길을 나선다. 바람의 언덕은 도장포마을 북쪽에 자리 잡은 언덕으로 거제만의 분위기를 느낄 수 있는 탁 트인 바다 전경이 일품이다. 원래 지명은 '띠밭늘'로 불렸으나, 2002년부터 바람의 언덕으로 명명되어 알려졌으며, 2019~2020년 한국 관광 100선에 네티즌 선정 1위로 선정되었다.

생태적 보전 가치가 높은 거제 해금강은 해금강마을 남쪽 약 500m 해상에 위치한 무인도로 지형이 칡뿌리가 뻗어 내린 향상을 하고 있다고 하여 갈도(葛島), '바다의 금강산'이라 하여 해금강이라 한다. 대한민국 40곳의 명승 가운데 강릉의 소금강에 이어 두 번째로 1971년 3월 명승으로 지정되었다. 수십 미터 절벽에 새겨놓은 만물상과 열십자로 드러나는 십자동굴은 가히 조물주의 작품이라 할 만 하다. 서불(서복)이 진시황제의 불로 장생초를 구하러 왔다고 하여 '약초섬'이라고도 부른다. 우제봉 절벽 아래 '서불과차'란 글자를 써놓았으나 1959년 태풍 사라호로 소실되어 지금은 글자 흔적만 희미하게 남아 있다.

가라산 등산로를 따라 연결된 남파랑길을 걸어간다. 가라산 등산로

4코스와 5코스의 갈림길이 나타난다. 가라산 등산로는 모두 5코스로 나뉜다. 남파랑길은 5코스 진마이재로 올라와서 1코스 다대산성을 지나서 저구 삼거리로 하산한다. 다시 찾은 가라산 산행은 4코스 탑포마을 방향이었으니 2·3코스 다대마을 구간은 나중의 몫이다.

남부면 저구마을 앞쪽으로 망산이 보이고 다대산성이 나타난다. 다대산성은 남부면 다대리의 봉우리에 자리하고 있는데 통일신라시대에 돌로 쌓아 세운 산성이다. 다대산성에서 바라보는 가라산이 아득하다. 다대산성에서 다대마을을 내려다보고 숲길을 아래로 아래로 걸어 저구사거리에 도착한다. 저구마을 저구항에서 마무리를 한다.

코스가 단축되기 전 필자는 포장마차에서 따뜻한 국물로 속을 풀고 다시 산길을 올라갔다. 그리고 망산을 2.1㎞ 남겨두고 여차해변으로 하산했다. 거제시가 '무지개길'이라고 명명할 만큼 아름다운 경관을 보유한 여차·홍포해안도로를 따라 해변 비경을 맛보며 여차홍포전망대, 병대도전망대에 이르렀다. 취섬, 대병대도, 소병대도, 매물도, 소매물도, 가왕도가 한눈에 들어왔다.

'홍포~여차 해안도로' 20㎞는 '구름 위의 산책길'로 거제도 최고의 드라이브 코스로 꼽힌다. 특히 홍포마을에서 여차몽돌해변까지 3.5㎞ 구간은 가장 경관이 빼어나다. 거제 무지개길은 여차몽돌해수욕장에서 쌍근어촌체험마을까지 19.4㎞로 남파랑길 24코스 저구항에서부터 '무지개길'을 걷게 된다. 병대도, 가왕도, 매물도 등 60여 개의 크고 작은 섬들이 춤을 추듯 바다에 떠있는 그림 같은 바다를 쳐다보면 행복감이 밀려온다. 홍포전망대에서 병대도전망대까지 굽이길인데다 비포장구간이다. 홍포마을을 지나고 대포마을을 지나서 명사해변에서 마무리를 했다.

구조라에서 시작하여 명사해변에서 마무리한 2개 코스는 남파랑길 최고의 강행군이었다. 환상적인 경관을 포기한 코스 단축이 아쉬움으로 다가온다.

　길고 긴 여정은 석양이 산 너머로 숨고 그림자가 사라질 무렵 끝이 났다. 내일 함께 걷기 위해 용인에서 찾아온 방문객들이 한화콘도 숙소에서 기다리고 있었기에 모처럼 거제의 밤은 왁자지껄 외롭지 않았다.

24코스

★ ★ ★ ★ ★ ★ ★ ★ ★

한산도 가는 길

[삼도수군통제사가 되다!]

남부면 저구항에서 남부면 탑포마을까지 10.6㎞

저구항 → 매물도 여객터미널 → 쌍근오춘체험마을 → 탑포마을

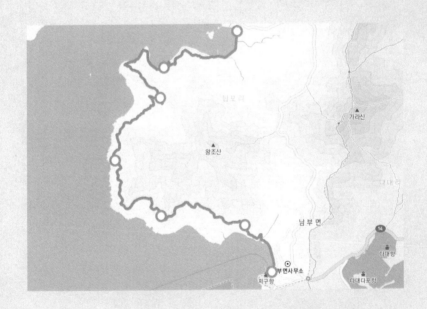

"호남은 국가의 울타리이니 호남이 없으면 나라가 없는 것입니다(若無湖南 是無 国家)."

11월 18일, 오늘은 역방향으로 걸어간다. 한적한 탑포항에서 웅성웅 성 24코스를 시작한다. 4명의 길벗들이 있어 외롭지 않은 날이다. 혼 자 노는 백로보다 함께 노는 까마귀가 낫다고 했던가. 긴장감은 어디 가고 마음이 느긋해진다.

인생을 행복하게 만드는 것은 혼자 있는 시간을 어떻게 보내느냐에 달려 있다. 카뮈가 "여행은 우리의 본래의 모습을 찾아준다"라고 말한 것처럼 나 홀로 여행은 자신의 본 모습과 마주하고 스스로를 면밀하게 관찰하고 성찰하고 통찰할 수 있게 해준다. 자기 자신에 대해 알아갈 수 있는 시간은 오직 혼자 있는 시간밖에 없다.

하지만 오늘은 사람꽃 향기를 맡으며 걷는 날, 길에서 길을 잊고 자 신을 잊고 사람에 취하고 자연에 취하고 삶의 향기에 취하는 날이다. 흥에 겨운 발걸음이 가볍게 걸어간다.

남부면 탑포리의 자연부락으로는 탑포마을과 쌍근마을이 있다. 탑포 마을의 유래는 해안이 얕고 잔잔하여 민물 때 들어오는 고기를 가후 리 그물로 고기를 잡았다하여 망포라 하였는데, 길손들이 돌을 모아 누석단(累石壇)을 만들어 마을을 지키는 서낭신에게 고사를 올려 탑포 (塔浦)라 불리고 있다.

탑포어촌체험휴양마을을 지나간다. 바다도 마을도 고요하다. 하늘에는 새들이 날아간다. 날개 달린 새들은 내일이나 모레는 걱정하지 않고 오직 날기만 하고 발 달린 나그네는 순간순간을 즐기며 오직 걷기만 한다.

탑포 해상콘도를 바라보고 임도를 오른다. 왕조산(413.6m) 자락길이다. 우측으로 바다를 바라보며 해송이 우거진 숲속 오솔길을 걷는다. 낙엽이 쌓인 내리막 갈림길에서 쌍근어촌체험마을에 도착한다. 조용하고 아름다운 어촌마을이다.

마을 남쪽 바닷가에 있는 마치 큰 칼날같이 생긴 두 개의 산이 나란히 바다로 내려와 쌍날산이라 하는데, 쌍근이란 쌍날산의 두 쌍(双) 자와 미나리 근(芹) 자를 따서 쌍근이라 불리게 되었다. 예로부터 멸치 잡는 마을로 유명하며, 쌍근멸치는 임금님 진상에도 올랐다고 한다.

제법 규모가 큰 쌍근항과 쌍근테마공원 내 '하늘물고기' 조형물이 하늘을 향해 비상한다. 자연과 조화를 이루고 살아가는 생명체의 존엄성과 평화를 상징하였으며, 수많은 물고기가 푸른 바다를 헤엄치며 새롭게 도약하는 모습을 담아냈다고 한다. 물고기가 어찌 하늘로 비상한다는 말인가.

맹자는 '되지 않을 일의 비유'로 '나무 위에서 물고기를 구한다'라는 연목구어(緣木求魚)라는 표현을 썼다. 하지만 나무에 올라가는 물고기가 있으니, 맹자가 이를 몰랐던 것이다. 『운부군옥(韻府群玉)』에는 "촉 땅에 납어(魶魚)가 있는데 나무를 잘 오르고 아이의 울음소리를 낸다. 맹자가 이를 몰랐다"라는 기록이 있다. 『오잡조(五雜組)』에는 "지금 영남에는 예어(鯢魚)가 있으니 다리가 네 개여서 늘 나무 위로 기어오른다. 점어(鮎魚)도 능히 대나무 가지에 올라 입으로 댓잎을 문다"라는 기록이 있다. 지식에는 한계가 있다. 관규여측(管窺蠡測)은 대롱의 구멍으로 하늘을 살피고 전복 껍데기로 바닷물의 양을 헤아린다는 뜻이다. 좁은 소견의 비유로 쓴다. 우물 안 개구리가 동해 거북이의 세상을 알 수 없다.

'사공이 많으면 배가 산으로 간다'라고 했는데, 오스만제국의 술탄 메흐메드 2세는 배를 산으로 이동시켜 동로마제국의 콘스탄티노플을 함락시켰으니, 영원한 진리는 있는 걸까.

쌍근항오토캠핑장을 지나 임도가 시작되는 무지개길 입구에 섰다. 무지개길이 끝나는 곳에 이번 역코스의 종점인 저구항이 있어, 남은 거리는 무지개길 임도와 함께 한다. 산중턱 절벽 위에 '역사를 잊지 맙시다!'라는 문구의 안내판과 함께 일제강점기의 포진지 6개가 있다.

임도를 따라 우측 나무 사이로 죽도, 용호도, 추봉도를 조망하면서 걸어간다. 거제 최남단에 있는 섬과 바다가 나그네의 정취를 더해준다. 나무데크 아래 숲속전망대에서 아름다운 바다와 섬들의 파노라마를 조망한다. 춘원 이광수는 노래한다.

바다도 좋다 하고 청산도 좋다거늘/ 바다와 청산이 한 곳에 뫼단 말가/ 하물며 청풍명월 있으니/ 여기 곳 선경인가 하노라

바다와 청산, 청풍명월이 있으니 이곳이 선경(仙境)이다. 무심한 갈매기들이 산과 바다를 오가면서 소리 내며 날아간다. 산을 칭찬하되 낮게 살고, 바다를 찬미하되 육지에서 살라 했건만 갈매기는 산과 바다 둘 모두를 즐긴다. 산과 바다가 어우러지는 무지개길에서 만나는 숲속전망대에서 매물도, 장사도, 소지도, 욕지도, 죽도, 비진도, 용호도, 추봉도, 한산도, 좌도, 송도 등 아름다운 섬들을 바라본다.

오래 전부터 한산도를 여행한 기억은 많다. 그곳에 가고 싶었고, 그곳에 머물고 싶었다. 그래서 여러 날 그곳에 머물렀다. '충무공의 발자취를 따라서'라는 주제로 버스에 사람들을 싣고 직접 해설사 역할을 해보기도 했다. 한산도를 거쳐 추봉도의 끝 곡룡포에서의 추억이 스쳐 간다.

한려수도(閑麗水道)가 시작되는 한산도(閑山島)! 지금도 그곳에 가고 싶다. 한산도는 한산면의 본섬으로, 면을 이루는 29개 유·무인도 가운데 가장 크다. 통영시에서 뱃길로 2㎞ 정도 떨어져 있으며 주민 천여명이 살고 있다. 지금도 한산도 곳곳에는 한산해전에서 비롯된 지명들이 남아 있다. 추봉도를 잇는 추봉교 입구에는 한산도의 중심지 '진두(陣頭)마을'이 있다. 임진왜란 때 조선 수군이 진을 쳤던 곳이다. 한산도에서 가장 높은 망산(293m)은 임진왜란 당시 이곳에 올라 망을 보며 일본군의 동태를 살폈던 것에서 유래했다. 진두마을 옆에는 '야소(冶所)마을'이 있는데, 병기를 제작하고 수리하던 풀무간(대장간)과 군기창이 있었던 것에서 유래했다. 이외에도 군수물자를 관리했던 하포마을, 한산해전에서 대패한 왜군들이 아낙에게 도망칠 길을 물었다는 문어(問語)포마을 등이 있다.

임진왜란 당시 견내량 아래 통영과 거제도 사이에 있는 한산도는 산과 들이 완만하고 섬 전체가 풀밭으로 이루어진 무인도였다. 앞바다 한산해역은 세계 해전사에 찬란하게 빛나는 한산대첩을 이룬 역사의 현장이다. 조선시대 거제에 속했던 이 섬은 산 하나가 바깥 굽이를 껴안아 안에는 배를 감출 수 있고 밖에서는 그 속을 들여다볼 수 없는 천혜의 요새였다. 이순신은 한산대첩 다음 해에 한산도에 진을 치고 자리를 잡았다.

1593년 7월 13일 행주대첩의 승전 소식을 들은 이순신은 7월 14일 거제현 한산도의 두을포로 진을 옮겼다. 두을포는 지금의 통영시 한산면 두억리이다. 섬의 서쪽 해안, 오목한 포구이다. 포구 앞에 대혈도, 소혈도 두 섬이 있어 배를 감추기 좋고 파도를 막아주어서 내항은 늘 고요하다. 물밑 경사가 완만해서 배들이 들고나기가 힘들지 않다. 여수에 본영을 둔 전라좌수사였지만 경상도로 진을 옮긴 것이다. 수영을 옮기던 날 이순신은 몸이 많이 아팠다. 그리고 다음 날의 『난중일기』다.

> 7월 15일. 아주 맑음. 늦게 사량의 수색선과 여도만호 김인영 및 순천 지휘선을 타고 다니는 김대복이 들어왔다. 가을 기운 바다에 드니 나그네 회포가 산란해지고 홀로 배의 뜸 밑에 앉았으니 마음이 몹시 번거롭다. 달빛이 뱃전에 들자 정신이 매우 맑아져 자려 해도 잠들지 못했거늘 벌써 닭이 울었구나.

전라좌수영이 여수에 위치해 부산을 거점으로 활동하는 일본군을 제압하기에는 너무 멀다고 판단한 이순신은 진영을 한산도로 옮겨왔다. 이때 "호남은 국가의 울타리이니 호남이 없으면 나라가 없는 것입니다(若無湖南 是無国家)"라며 한산도에 진을 치고 바닷길을 막을 계획을 세웠다는 내용의 편지를 보냈다. 한산도는 부산, 김해, 진해, 창원 등지에 거점을 둔 일본군이 전라도로 침범하려면 반드시 거쳐야 하는 곳이라 바다를 지키는 최전선이라 할 수 있다. 더구나 한산대첩 때 일본군을 크게 섬멸한 곳이라 조선 수군에게는 든든한 곳이기도 했다. 이순신은 이곳에서 1593년 7월부터 삼도수군통제사로 1597년 2월 서울로 압송되어 갈 때까지 3년 8개월을 보냈다.

일본군은 1592년 7월 한산도 패전 이후 거제도를 넘어서지 못하고 있었다. 이순신의 입장에서는 견내량만 지키고 있으면 일본 수군의 서진을 막아낼 수 있었다. 수영을 여수에서 한산도로 옮긴 것은 이순신 자신이 밝힌 바와 같이 '편안히 기다리다가 피로한 적을 맞는다(以逸待勞)'라는 전략적 판단에 따른 것이다. 한산도는 일본 수군의 서진(西進)

을 막는 요충지였다. 일본의 전진기지인 부산포를 공격하기에도 한산도는 천혜의 요새였다. 이순신이 한산도에서 지키고 있으니 일본 수군은 견내량과 거제도 안쪽으로 얼씬도 하지 못했다.

이순신은 한산도에 전진기지를 건설하여 지금까지 원거리에서 출정하여 근거지 없이 장기간 작전을 수행해야 했던 어려움을 해결하였다. 한산도로 진을 옮기고 때마침 조정에서는 8월 15일, 이순신을 전라좌수사를 겸한 삼도수군통제사로 임명했다.

49세의 이순신은 전라, 경상, 충청의 수군을 총괄 지휘하는 수군의 최고 사령관이 되었다. 교서에는 이순신의 임무와 권한을 다음과 같이 명령한다.

> (일본군들이) 부산에서 창과 칼을 거두어 겉으로는 철병할 뜻이 있는 것처럼 보이지만 사실은 군량을 바다로 운반하여 마음속으로는 다시 일어날 꾀를 가진 듯한데, 이에 맞추어 대책을 세우기란 지난번보다 더욱 어려운 일이므로 그대를 기용하여 본직(전라좌수사)에 전라·충청·경상 삼도수군통제사를 겸하게 한다. 아아, 위엄이 사랑을 이겨야만 진실로 성공할 것이며 공로는 제 뜻대로 해야만 이룩할 수 있을 것이다. 수사 이하 명령을 받들지 않는 자는 군법대로 시행할 것이며, 부하 중에서 둔한 자는 그대가 충효로써 책려할지로다.

이로써 전란의 지휘체계가 잡혔다. 조정에서는 영의정 유성룡이 비변사를 통하여 총체적 작전을 수립하고, 현지에서는 도체찰사 이원익이 대민업무와 군대의 후원을 담당하고, 육군에는 도원수 권율이, 수군은 통제사 이순신이 지휘하는 체계를 갖춘 것이다. 삼도수군통제사는 새로 만든 자리로, 이순신을 위해 만든 자리였다. 이순신은 삼도수군통제사로 임명된 감격을 감추지 않았다.

뜻밖에도 이번에 삼도수군통제사를 겸하라는 명령을 변변치 않은 신에게 내리시니 놀랍고 황송하여 깊은 골에 떨어지는 듯합니다. 신과 같은 용렬한 사람으로는 도저히 감당치 못할 것이 분명하므로 신의 애타고 민망함이 이 때문에 더합니다.

이때까지는 각 도의 수군을 통합하여 지휘할 수 없었다. 함대는 연합함대인데 실제는 각자가 거느리는 함대를 지휘했다. 그래서 조정에서 충청도, 전라도, 경상도의 수군을 총지휘할 삼도수군통제라는 새로운 직책을 만들었다. 이순신이 전라좌수사 겸 삼도수군통제사가 되어 경상·전라·충청의 삼도를 통제하는 수사가 되어 경상우수사 원균, 전라우수사 이억기, 충청수사 정걸을 총지휘하게 되었다. 이때부터 이순신은 1597년 2월 한양의 감옥에 가기까지 한산도의 통제영을 관장했다.

조정은 이순신과 원균의 불화를 알고 있었다. 조정은 불화를 어떤 식으로든 해결해야 했다. 조정은 한 명을 더 높은 지위에 임명하면 불편한 관계도 정리될 것이라 믿었다. 하지만 통제사로 임명된 후에도 이순신과 원균의 불화는 더욱 심화되었다.

원균과 불화 속에서도 이순신은 전선을 건조하는 데 전력을 기울였다. 이순신의 관리능력은 둔전 설치에서 그 진면목이 드러났다. 둔전설치는 전쟁으로 떠도는 민초들에게 토지를 제공하여 그 수확의 절반은 경작자인 민초가, 나머지는 군대가 거두는 방법이었다. 피난민이 몰려들자 외딴 섬이었던 한산도는 바다의 요새지로 변하여 조병창이 되었다.

이순신은 전란 중에 한산도에서 무과 시험을 치르게 해달라고 장계를 올려 현지에서 무과를 시행하고 인재를 선발하여 장수로 기용하였다. 조정에서는 상황이 급박하여 현지 시험을 허락해놓고 곰곰이 생각해보니 과거는 임금만이 할 수 있는 것인데, 이순신이 무슨 저의를 품고 있는 게 아닌가 의심하기도 했다.

　녹도만호 정운이 부산포해전에서 전사하자 뒤를 이어 취임한 송여종은 1594년 42세에 늦깎이로 한산도 과거에서 발탁된 인물이다. 송여종은 절이도해전에서 큰 공을 세웠다. 이순신은 전쟁 기간에 한산도에 있었던 무과 시험에서 아들들을 번번이 탈락시킬 정도로 엄격했다. 이순신이 통제사가 된 후의 진중 생활에 대해『이충무공행록』에서는 다음과 같이 적고 있다.

> 공은 진중에 있는 동안 여자를 가까이하지 않았으며 매일 밤 잘 때도 띠를 풀지 않았다. 겨우 한두 잠을 자고 나서는 사람들을 불러들여 날이 샐 때까지 의논하였다. 또 먹는 것이라고는 조석 대여섯 홉뿐이라 보는 사람들은 공이 먹는 것 없이 일에 분주한 것을 크게 걱정하는 것이었다. 공의 정신은 보통 사람보다 갑절이나 더 강하여 이따금 손님과 함께 밤중에 이르기까지 술을 마시고도 닭이 울면 반드시 촛불을 밝히고 혼자 일어나 혹은 문서를 보고, 혹은 전술을 강론하였다.

　한산도는 일본군의 전진기지와 너무 가까운 거리여서 한시도 방심할 수 없었다. 이에 이순신은 일본군의 동태를 살피는 것을 우선시했다. 수시로 척후선을 띄우고 곳곳에 망루를 세워 감시했다. 부산까지 이르는 연안지역의 주민들로부터 일본군에 대한 정보를 수집했다. 이를 바탕으로 '계획을 수립하고 운영하는 집무실'인 운주당(運籌堂)을 세우고, 유사시에 대비하여 수군 전력을 강화하는 데 힘을 썼다. 이순신의 한산도 생활에 대해 유성룡은『징비록』에서 이렇게 적고 있다.

> 이순신이 한산도에 있을 때 운주당(運籌堂)이라는 집을 짓고 밤낮으로 그곳에

머물면서 여러 장수와 함께 군사를 논하였다. 아무리 하급병졸이라도 군사에 대하여 말하고 싶은 사람은 찾아와 말할 수 있도록 하여 부대 내의 사정을 파악하였다. 매번 전투할 때마다 장수를 다 불러 계책을 물었고 전략을 세운 후에 나아가서 싸웠기 때문에 패하는 일이 없었다.

오늘날 한산도에는 운주당은 없고 제승당이 있다. 한산도 통제영은 정유재란 때 원균의 칠천량 패전으로 경상우수사 배설이 도망치면서 불태워버리고 폐허가 된 후, 제107대 통제사 조경이 1740년 유허비를 세우면서 운주당 옛터에 다시 집을 짓고 제승당이라 했다. 지금 걸려 있는 '제승당(制勝堂)' 현판은 조경이 쓴 글씨이다.

계사년(1593년)에서 갑오년(1594년)에 이르는 2년 동안 명나라와 일본이 강화협상을 하면서 전쟁은 소강상태로 들어갔다. 일본군은 남해안 곳곳에 진을 치고 있었고, 일본군이 짓밟고 명군이 짓밟은 조선 땅 곳곳에는 기근과 역병이 잇따라 덮쳤다.

이순신의 군대에도 진중의 군사 가운데 태반이 역병에 걸려 죽는 자가 속출하고 있었다. 남은 군사들도 배가 고파서 활을 당기고 노를 저을 힘도 없다고 하소연하였다. 잠이 오지 않는 밤 이순신은 「쓸쓸히 바라보며」를 읊는다.

> 부슬부슬 비 내리고 바람 부는 밤/ 근심에 젖어 잠 못 이룰 때/ 애통함은 쓸개를 찢는 듯/ 상심은 살을 에는 듯/ 산하는 여전히 참혹하니/ 물고기와 새마저 슬피 우는구나./ 나라는 어려움에 빠졌건만/ 위기를 전환할 인물 없네./ 중원 회복한 제갈량 우러르고/ 말 달리던 곽자의 그리네./ 몇 해간의 방비책이/ 이제 와서 임금을 속인 게 되었네.

"중원 회복한 제갈량 우러르고/ 말 달리던 곽자의 그리네"라고 한 이순신, 우연의 일치였을까? 제갈량의 시호도 '충무(忠武)'요, 당나라 때 안녹산의 난을 평정한 곽자의의 시호도 '충무(忠武)'였으니, 자신의 죽음 후에 임금에게 받을 시호가 '충무'라는 것을 이미 알고 있었을까? 중국에는 남송의 악비(1103~1142)를 포함하여 '충무'라는 시호를 쓰는 세 사람이 있다. 현종은 충렬사에 편액을 내리면서 그 제문에 이순신을 남송의 충신이요 장수였던 악비(岳飛)에 비교하면서 그의 충성과 용맹을 칭송하였다. 악비는 중국의 이순신으로 가장 존경을 받는 영웅이다.

한산도를 바라보며 임도를 따라 앞서거니 뒤서거니 유유자적 걷다가 전망데크에서 다시 발걸음을 멈추고, 임도 아래 팔각정에서 또 발걸음을 멈추고 여유를 즐긴다. 가라산 능선을 조망하며 임도를 따라 내려와 저구항 해안길의 저구마을 숲을 지나간다.

매물도 유람선터미널을 지나고 저구항에서 24코스를 마무리하고 해금강과 외도 보타니아로 섬 속의 섬 여행을 떠났다.

★ ★ ★ ★ ★ ★ ★ ★
인생의 길
[이순신의 생일]

탑포마을에서 거제면 거제파출소까지 14.6㎞

탑포마을 → 맑은숲농원캠핑장 → 오망천삼거리 → 오수마을회관 →

거제파출소

"왜적은 간사스럽기 짝이 없어, 예로부터 신의를 지켰다는 말을 들어본 적이 없습니다. 그들은 교활하고 흉악하여 그 악랄함을 감추지 않습니다."

11월 19일(음력 10월 5일) 9시 21분 흐린 날씨, 다시 혼자다. 오늘은 생일날, 생일 아침 순댓국으로 식사를 하고 고현버스터미널에서 헤어져 탑포마을에서 홀로 25코스를 시작한다.

인생의 가장 큰 축복은 탄생과 죽음, 그 사이의 만남이다. 매일매일 가장 좋은 것은 사람과의 만남, 자연과의 만남 속에 내가 살아 있다는 것, 그리고 오늘도 걷고 있다는 것이다. 시간은 날아서 달아나고 바람은 나뭇잎을 가만히 흔들면서 지나간다. 나이 들어 양복과 넥타이를 집어던지고 이렇게 순례의 길을 떠날 수 있으니 진정 얼마나 자유로운 삶인가.

탑포리의 탑포항에 이르자 푸른 바다에 떠 있는 댓섬이 나그네를 반겨준다. 탑포마을에서 우측 해안도로를 따라 간다. 달팽이 한 마리가 어디를 가는지 열심히 달려가고 있다. 시속 6m, 자기의 속도로 전속력으로 달리고 있다.

나그네 또한 자신의 발걸음으로 한 걸음 한 걸음 솔곶이마을길로 올라간다. 정면으로 노자산(老子山: 565m) 정상이 보인다. 이번 코스에서 노자산의 산허리를 돌아가는 임도가 반을 차지한다. 불로초와 절경이 어우러져 늙지 않고 오래 사는 신선이 된 산이라 하여 이름이 붙여졌다는 노자산은 한려해상국립공원 위로 우뚝 솟아 있어 시야가 시원스럽고 가을 단풍이 특히 절경이다.

낙엽이 쌓인 산길 임도를 따라 걸어간다. 남부면 율포리 솔곶이마을 버스정류장을 지나간다. 율포해전이 있었던 장목면 율포마을은 구(舊) 율포다. 율포항 인근에는 가배리의 가배항이 있다.

임진왜란이 시작될 때 경상우수사 원균은 거제시 동부면 가배리의 오야포 가배량성에 있었다. 당시 경상우수영은 오야포에 있었다. 경상 우수영은 약 75~100여 척의 전선을 법제상으로 보유하고 있었는데, 이는 전라좌수영과 전라우수영의 함선을 합친 수(약 50~60여 척)보다 더 많았다. 원균은 그 많은 전선을 보유하고도 임진왜란이 일어나자 제대로 싸우지도 않고 모두 와해시켰다가 옥포해전에서 4척, 한산도대 첩에서 10여 척이 참전하였다.

1597년 칠천량 패전 이후로 경상우수영이었던 거제도의 오야포와 삼 도수군통제영이었던 한산도의 두억포는 일본군에게 넘어갔다. 전쟁이 끝날 때까지 조선 수군은 이곳으로 올 수 없었다.

경상우수영은 경상우도 해안을 방어하는 본영으로, 조선시대 경상 도의 서쪽에 존재하던 수군절도사영이다. 경상우수영 소재지는 1415 년 웅천현(진해) 제포에서 창설하여 마산 회원현 합포 → 거제현 산련 포 → 거제현 탑포 → 1465년 거제현 오야포(가배량) → 1593년 거제현 한산도 두억포(통제영과 통합) → 1599년 거제현 오야포로 옮겨갔다. 임 진왜란 발발 시 현재의 가배량에 원균의 경상우수영이 있었다가 이후 한산도로 통합되었다.

경상우수영은 전라도와 경상도의 경계지역부터 낙동강 지역까지를 관할했다. 임진왜란 시기에는 수군이 편성된 고을을 포함한 8관 16포 로 구성되었다. 8관은 하동, 곤양, 남해, 사천, 고성, 진해, 거제, 웅천이 있고, 16포는 가덕진, 천성포, 제포, 안골포, 영등포, 율포, 옥포, 조라포, 지세포, 가배량, 당포, 사량, 소비포, 적량, 귀산이었다.

경상좌수사 박홍의 경상좌수영은 현재의 부산시 수영구 수영동에 있었다. 왜군의 상륙 지점이 되어 침공을 가장 먼저 온몸으로 받은 탓에 부산진, 다대포 등 예하 진포들이 함락되고 수영이 위치한 부산은 왜군 점령하에 놓여 7년 내내 실질적인 해상 전력으로 작용하지 못하였다.

경상우도 지역은 고대부터 서해와 일본으로 가는 중요한 항로였다. 변한, 가야 시절 김해에서 생산된 철은 낙랑, 대방으로 갈 때는 견내량을 통과해 서진하고, 일본으로 갈 때는 거제 연안을 따라 남하하다가 거제 남단에서 해류를 타고 대마도로 건너갔다. 고려·조선 때도 경상우도는 낙동강, 견내량을 통과해 개성, 한양으로 가는 조운선이 통과하는 중요한 길목이었다. 그래서 이를 노리는 일본의 왜구 및 정규군의 침입 루트가 주로 거제도 남단을 통해 이루어졌다.

고려 말 왜구 침입의 시작을 알리는 1350년 충정왕 2월의 침입 역시 거제도 남단에서 이루어졌다. 고려 말 왜구를 격퇴한 고려 수군의 주둔지이자 대마도 정벌의 출정지로, 조선이 건국되고 태종이 수군을 재편성하며 경상우수군이 창설되었다. 이런 이유로 경상우수군은 가장 강한 전력을 보유하고 있었다. 임진왜란이 끝나고 경상우수사가 삼도수군통제사를 겸하였고, 1894년 갑오개혁 때 해산되었다.

조선 수군의 수영 직제상 삼도수군통제영 휘하 수영에는 경상좌수영, 경상우수영, 전라좌수영, 전라우수영, 충청수영이 있었고, 삼도수군통어영 휘하의 수영에는 충청수영, 경기수영, 황해수영이 있었다. 삼도수군통제사는 종2품으로 그 직책상 수군 총사령관 급이며, 전군 총사령관인 도원수의 부하이다.

1591년 2월 13일 전라좌수사로 임명된 이순신의 군영은 여수 전라좌수영이었다. 조정은 1593년 8월 이순신을 초대 삼도수군통제사로 임명했고, 이순신은 경상·전라·충청 삼도의 수군을 지휘하는 통제사가 된 것이다.

이순신은 크게 세 차례 활동 공간의 군영을 이동시켰다. 먼저 전라좌수영 시기로 1591년 2월 13일터 임진왜란이 소강상태로 접어든 1593년 7월까지이며, 이후 이순신은 1597년 2월 6일 파직당할 때까지 한산도를 근거로 해상 군사활동을 전개했다. 이후 1597년 8월 3일 다시 삼도수군통제사로 재임명된 이순신은 진도 벽파진과 해남우수영을 근거로 명량해전의 승리를 이끌어냈다. 그해 10월 29일에 군영을 목포 고하도로 잠시 옮겼다가 1598년 2월 17일에 군영을 다시 고금도로 옮겼다. 이순신은 11월 19일 노량해전에서 전사할 때까지 고금도를 근거지로 삼았다.

노자산 정상을 바라보면서 율포리 산길에서 부춘리 산길로 넘어간다. 산등성이에서 출발지인 탑포마을과 탑포항을 조망하니, 산들이 병풍처럼 둘러싼 아늑한 장소에 위치한다.

노자산 임도를 따라 올라간다. 하늘이 열리는 고갯마루에서 사방을 둘러본다. 노자산 정상이 선명하다. 편백나무 숲이 울창한 평탄한 임도를 따라 걷다가 넓은 부춘저수지를 지나고 부춘마을 표지석을 지나간다. 고종 26년(1889) '노자산 밑이라 거제봉산의 수림이 울창하여 수원이 풍부함으로 가뭄 피해 없는 부촌(富村)'이라는 뜻으로 부춘이라 불렀다고 한다. 동네 이름이 부춘리에서 산양리로 바뀌는데, 유래는 앞에 오망천이 흐르며 넓은 들을 바라보는 양지 바른 곳이라 산양(山陽)이라 불리게 되었다. 오망천교를 건너서 위에서 보면 까마귀 모양을 닮았다고 해서 이름 지어진 오망천(烏望川) 마실 이야기 유래를 읽어보면서 갈대의 춤사위를 감상한다.

날이 점점 흐려지더니 비가 내리기 시작한다. 바다로 흘러드는 산양천을 따라 나그네도 바닷가로 걸어간다. 잔뜩 흐린 해변을 걸어간다. 오늘 일기예보는 강풍주의보에 비바람과 천둥번개가 있다고 했다. 휴대폰에서 엘 콘도 파사가 울린다. 고향에 있는 형의 생일축하 전화다. 서울 생활 청산하고 귀향한 마을 이장님이다. 내 어릴 적 가족은 모두 열 명이었다. 그 가운데 유일하게 남은 고마운 형이다. 박지원은 자기 형님이 세상을 뜨자 이런 시를 남겼다.

형님의 모습이 누구와 닮았던고/ 아버님 생각날 땐 우리 형님 보았네.

오늘 형님 그리워도 어데서 본단 말가./ 의관을 갖춰 입고 시냇가로 나가보네.

냇가로 가는 뜻은 내 모습 속에 형님의 얼굴이 있기 때문이다. 물가에 서서 수면 위를 굽어본다. 거기에 돌아가신 형님이 서 계시다. 그보단 훨씬 전에 세상을 뜨신 아버님도 계신다. 어린 시절 추억들이 주마등처럼 스쳐가고 그리움이 밀려온다.

드디어 비가 온다. 우의를 입고 우산을 쓴다. 생일날 하늘에서 축하 샴페인을 터트려준다. 천국의 문설주에서 기다리는 어머니를 생각한다. 인간으로 태어나 한 세상 살다갈 수 있도록 인생이란 선물을 주신 어머니, 그 어머니는 지금 우주 어디쯤 계실까. 반짝이는 어머니의 별 옆에 자신도 별이 되고 사랑스런 아이가 되는 꿈을 꾼다. 열 개의 손가락과 발가락은 엄마 뱃속에서 언제 세상에 나갈지 열 달 동안 헤아리다가 생긴 것, 육체는 모두가 어머니에게서 빌린 것, 언젠가는 어머니에게 돌려드려야 한다.

『난중일기』에 따르면 임진왜란이 일어난 1592년 이순신의 생일에도 오늘처럼 내내 비만 내렸다. 이순신의 생일은 1545년 3월 8일(음력)이다. 조선시대 사람들은 생일날 무엇을 했을까. 생일을 축하하는 일은 예나 지금이나 같다. 특히 자신은 물론 낳아주신 어머니에게 감사하는 것이 관습이다. 하지만 1592년과 1598년 난중일기에는 생일날이란 느낌이 전혀 드러나지 않는다. 1593년, 1594년, 1596년은 생일날 분위기가 느껴진다. 『난중일기』의 기록이다.

> 1592년 3월 7일 맑음. 동헌에 나가 공무를 처리한 뒤 훈련용 화살을 쏘았다.
> 1592년 3월 8일 비가 계속 내렸다.
> 1592년 3월 9일 비가 계속 내렸다. 동헌에 나가 공무를 처리했다.

이순신은 자신의 생일에 대해 아무 말이 없다. 다만 '비가 계속 내렸다'라고 간단히 날씨만 기록했다. 이때 이순신은 여수 전라좌수영에 있었다.

1593년 생일날은 전투를 막 끝내고 잠시 쉬던 날이었다. 이순신은 전라좌수영에서 2월 6일 출전하여 경상도 웅천, 웅포에 있는 왜군을 여러 날 공격했다. 그러나 왜군은 조선 수군의 위력에 겁을 먹고 전투를 계속 회피하여 싸움은 지루하고 성과는 적었다. 이순신도 장수들도 군사들도 모두가 피로한 시점이었다. 이때 이순신의 생일을 맞이했다.

> 1593년 3월 8일 맑음. 한산도로 돌아와 아침밥을 먹은 뒤 광양현감(어영담), 낙안군수(신호), 방답첨사(이순신) 등이 왔다. 방답첨사와 광양현감은 술과 음식을 많이 준비해 왔고, 우수사(이억기)도 왔다. 어란포만호(정담수)도 소고기 음식 몇 가지를 보내왔다. 저녁에 비가 왔다.

1594년 생일에는 1월부터 전염병이 만연해 장졸들이 많이 사망하거나 병들어 시름을 했던 때다. 이순신 역시 전염병에 걸린 듯 계속 아팠다. 그런 와중에 출전하여 3월 4일과 5일에 당항포에서 일본 전선 총 31척을 격파했다. 그런데 3월 6일 몸이 몹시 불편하여 뒤척이는 것조차 어려웠던 이순신에게 명나라 선유도사 담종인이 왜군의 꾀임에 빠져 조선군이 왜군을 치지 말라고 하는 통지문, 곧 금토패문을 보냈다. 3월 7일 이순신은 꼼짝도 할 수 없는 몸을 억지로 일으켜 담종인에게 답서를 써서 보내고 한산도로 돌아왔다. 이순신은 3월 13일까지 몸이 회복되었다가 아프다가 했다.

> 1594년 3월 7일 맑음. 몸이 극도로 불편하여 뒤척이는 것조차 어려웠다. 그래서 아랫사람을 시켜 통지문에 대한 답서를 작성하게 했는데, 글 모양을 이루지 못했다. 원수사(원균)가 손의갑을 시켜 지어 보내게 하였지만 그 역시 매우 적합하지 못하였다. 나는 병중에도 억지로 일어나 앉아 글을 짓고, 정사립에게 써서 보내도록 했다. 미시에 배를 출발시켜 밤 2시경에 한산도 진중에 이르렀다.
> 1594년 3월 8일 맑음. 병세는 별다른 차이가 없었다. 기운이 더욱 축이 나서 종일 고통스러웠다.

이때 이순신이 담종인에게 보낸 답서가 『이충무공전서』에 실려 있다. 상대는 임금도 함부로 대하지 못하는 명나라 장수. 이순신은 상대의 기분이 상하지 않도록 공손히 글을 쓰면서도 패문의 내용을 차분하게 되물었다. 제갈량의 출사표(出師表)를 읽고 눈물을 흘리지 않으면 선비가 아니라 했건만 이순신의 이 글 또한 절절히 가슴에 와닿는 명문이었다.

> 생각지도 못했는데 도사 대인께서 선유하는 패문이 진중에 이르렀습니다. 받들어 두세 번을 읽어보니 자상하고 지성스러움이 극진하기 그지없었습니다. 다만

패문에서 "일본 장수들이 마음을 돌려 귀화하지 않는 자가 없고 모두 병기를 거두고 군사를 쉬게 하여 제 나라로 돌아가려고 하니, 너희들 모든 병선은 속히 각각 제 고장으로 돌아가고 일본군 진영 가까이서 분란을 일으키지 말도록 하라"라고 하셨습니다. 왜인들이 진을 치고 있는 거제·웅천·김해·동래 등은 다 우리 땅입니다. 그런데도 저희가 일본군 진영 가까이에 있다 하신 것은 무슨 말씀이십니까? 저희더러 속히 고향으로 돌아가라 하시지만 저희가 돌아갈 제 고장이 어디란 말입니까? 분란을 일으킨 쪽은 저희가 아니라 왜적입니다.

…(중략)…

왜적은 간사스럽기 짝이 없어 예로부터 신의를 지켰다는 말을 들은 적이 없습니다. 흉악하고 교활한 적들이 아직도 포악한 짓을 그만두지 아니하고, 여러 곳으로 쳐들어와 살인하고 약탈하기를 전보다 갑절이나 더하니, 병기를 거두어 바다를 거두어 돌아가려는 뜻이 과연 어디 있다 하겠습니까?

1595년 3월 8일 생일에는 식사 후에 대청에 나가 우수사(이억기) 등과 함께 모여 이야기했다고만 기록되어 있고, 1596년에는 장수들과 생일 분위기를 즐겼다.

1596년 3월 8일 맑음. 아침에 안골포만호가 큰 사슴 한 마리를 보내오고 가리포첨사도 보내왔다. 식후에 나가 출근하니, 전라우수사, 경상우수사, 경상좌수사, 가리포첨사, 방답첨사, 평산포만호, 어도만호, 전라우후후, 경상우후후, 강진현감 등이 와서 함께하였고, 종일 술에 몹시 취하고서 헤어졌다. 저녁에 비가 잠시 왔다.

1597년 정유년 『난중일기』는 '4월 1일 맑음. 감옥문을 나왔다'로 시작한다. 그 이전의 일기는 없다. 이순신은 생일날 의금부 감옥에 갇혀 있다가 4월 1일 풀려난 것이다.

1596년 겨울 도요토미 히데요시는 조선에 재침 의사를 전했다. 고니시 유키나가는 부하인 이중간첩 요시라를 시켜 가토 기요마사에 대한 허위정보를 권율에게 전하고 마침내 선조는 이순신에게 출동을 명했다. 그러나 그것이 적의 간계임을 안 이순신은 출동하지 않아 왕명을 어긴 죄로 결국 파직되고 한양으로 압송되어 3월 4일에 투옥되었고, 28일간의 옥고 끝에 4월 1일 석방되었다. 그리고 이순신은 120일간의 백의종군길 여정에 오른다. 출옥한 날부터 다시 일기를 쓰기 시작했다.

1598년 무술년 3월의 『난중일기』는 존재하지 않는다. 생일에 대한 기록도 물론 없다. 그리고 이순신은 11월 17일 마지막 일기를 남기고 11월 18일 출전하여 11월 19일 아침 관음포에서 전사했다.

2019년 생일은 환갑을 맞이하여 '영 써틴' 형제들이 거창하게 잔치를 베풀어주었다. 동갑 친구들과 합동으로 행사하면서 『산티아고 가는 길, 나는 순례자다!』 출판기념회를 겸했다. 순례길 800㎞, 1㎞당 1만 원씩 8백만 원을 장학금으로 기부하고, 출판기념회에 책을 판 5백만 원을 북한이탈 주민들을 위해 사회공동복지모금회에 지정 기탁했다. 기부는 멋진 낭만이다. 1억 이상 기부자 클럽인 '아너 소사이어티 회원'임을 늘 자랑스럽게 여기고 있다. 지난해에는 100여 명이 훌쩍 넘는 많은 사람들이 생일을 축하해주었는데, 오늘은 자발적 유배객이 되어 낯선 곳에서 홀로 빗속을 걷고 있다. 한 치 앞을 알 수 없는 인간사다.

추적추적 비가 내린다. 비가 전신을 적신다. 산을 적시고 숲을 적시고 바다를 적시고 들을 적시고 마음을 적시며 비가 내린다. 가슴속에 평화의 꽃이 피어난다. 자유의 꽃이 피어난다. 대지가 펄펄 살아난다. 온갖 생명이 펄떡펄떡 일어난다.

죽림로를 따라 걸어간다. 바다가 시원스럽게 펼쳐진다. 거제면 공공하수처리시설을 지나 방조제를 따라 걸어간다. 배수갑문을 지나 방조제를 중심으로 좌측은 굴 양식장인 바다이고 우측은 갈대숲을 이룬 민물 호수다. 세찬 비바람이 불어온다. 25코스 종점 거제파출소 앞에서 25코스를 마무리한다.

어둠 속의 학동 몽돌해수욕장 바닷가를 걸어간다. 생일! 어디에서 와서 어디로 가는 건가? 밀려오는 파도가 몽돌의 몸을 쓰다듬으며 생일의 노래를 불러준다.

26코스

★ ★ ★ ★ ★ ★ ★ ★

시인의 길

[정몽주와 신숙주]

거제면 거제파출소에서 둔덕면 청마기념관까지 13.2㎞

거제파출소 → 거제스포츠파크 → 대봉산 → 산방산 → 청마기념관

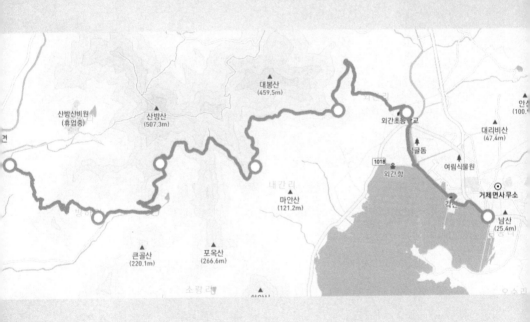

"청컨대 일본을 항상 경계하고 화친을 끊지 마소서."

거제파출소 앞에서 26코스를 시작한다. 여명의 시각, 파출소 인근에 불을 켠 식당이 있어서 식사를 하고 나니 열기가 솟아난다. 염려스러운 듯 바라보던 식당 아주머니가 잘 가라고 인사를 한다. 굴을 양식하고 있는 잔잔한 바닷가로 나아간다.

거제항을 지나 거제스포츠파크 좌측에 있는 방파제를 따라 걸어간다. 갈대가 우거진 간덕천에 오리들이 놀라 후드득 날아간다. "놀라게 해서 미안!" 하면서 손을 흔들어준다. 바닷가에서 외간초등학교를 지나 외간리마을에 들어선다. 집터 안에 자리한 외간리 동백나무, 우리나라에서 가장 오래됐다는 동백나무가 반겨준다. 나이는 200년 정도로 추정되며 높이 7m, 둘레 2m로 가지와 잎이 무성하다. 동서로 두그루 나무가 마주보고 있어 마을 사람들은 '부부나무'라고 부른다.

동백나무는 예로부터 혼례상에 올려 부부가 평생 함께할 것을 약속하는 징표로 사용하였기에 부부나무라고도 한다. 동백나무는 겨울에 피는 꽃이라 하여 동백(冬栢), 바닷가에서 피는 붉은 꽃이라 하여 해홍화(海紅花)라고도 한다. 주로 남쪽 해안가나 섬에서 자라며 꽃은 11월부터 이듬해 4월까지 피고 열매는 10월에 익는다. 꽃에는 향기가 없다.

날씨가 개이고 파란 하늘이 열린다. 삼락정(三樂亭) 정자에서 쉬어간다. '세 가지 즐거움'이 무엇일까? 공자는 『논어』에서 세 가지 즐거움을 이렇게 이야기했다.

"사람의 삶에는 유익한 즐거움이 셋이 있고 해로운 즐거움이 셋이 있다. 예악을 조절하는 것을 좋아하고, 다른 사람의 착한 행실을 칭찬하는 것을 좋아하며, 어진 벗이 많은 것을 좋아하는 일이 세 가지 유익한 즐거움이다. 해로운 즐거움이란 교만과 향락을 즐기고, 안일한 생활을 즐기며, 유흥을 즐기는 것이다."

어느 날 공자가 거문고를 뜯으면서 노래를 부르는 영계기라는 사람에게 물었다.

"선생은 무엇을 즐거움으로 삼고 사십니까?"

영계기는 대답했다.

"내게는 즐거움이 많이 있지만 세 가지만 든다면 만물 가운데서 사람으로 태어난 것, 남녀 가운데서 남자로 태어난 것, 인생을 살면서 강보도 면하지 못한 자가 수두룩한데, 내 나이 95세이니 이 세 가지입니다."

맹자는 군자의 인생삼락으로 부모 형제가 건강하고 편안한 것, 하늘을 우러러 부끄럽지 않게 사는 것, 인재를 얻어서 가르치는 것을 꼽았다. 조선 중기의 문신 신흠은 "문을 닫고 마음에 맞는 책을 읽는 것, 문을 열고 마음에 맞는 손님을 맞이하는 것, 문을 나서서 마음에 맞는 경계를 찾아가는 것, 이 세 가지야말로 인간의 가장 큰 즐거움이다" 라고 했다. 나의 세 가지 가장 큰 즐거움은 무엇일까. 삼락정에서 거제 면소재지를 내려다본다.

거제면에는 거제현 관아와 문재인 대통령의 생가가 있어 남파랑길을 종주한 후 관아와 생가를 다녀갔다.

거제현 관아는 1442년(세종 4) 남부 해안가를 노략질하는 왜구를 방어하기 위해 건립된 곳으로 현재 기성관(岐城館)이 남아 있다. 기성관은 이 지역의 행정과 군사를 책임지는 관아의 중심 건물이었으나 1593년 (선조 26) 한산도에 삼도수군통제영이 설치되면서 객사로 그 쓰임새가 변경되었다. 기성관은 단청이 화려하고 웅대한 마루 구조 건물의 모습을 보여주고 있으며, 동헌 건물은 헐리고 그 자리에는 현재 면사무소가 들어서 있다.

왜구의 침입은 1223년(고종 10)부터 본격적으로 시작됐고, 1350년(충정왕 2) 거제, 고성, 합포 등지에서 창궐하여 수백여 명의 인명을 살상했다. 이후 더욱 심해져 공민왕 때는 동남서해 연안뿐만 아니라 내륙까지 침입했다. 공민왕 때는 115회, 우왕 때는 특히 심하여 378회를 기록했다. 해안지대 농토는 무인지경으로 황폐해졌다. 왜구 침입의 주된 공격 대상은 곡식으로, 세곡을 운반하는 조운(漕運) 선박이었다. 하지만 무엇보다 여자들의 피해는 특히 심했다. 왜구들은 때와 장소를 가리지 않은 만행을 저질렀다. 잔혹함은 상상을 초월했다. 젖먹이 옆에서 어미를 살해하여 피 묻은 젖을 먹은 아이가 죽는 일도 있었다. 왜적은 두세 살 정도 되는 여자아이를 납치해서 머리털을 깎고 배를 가른 후 깨끗이 씻어서 쌀, 술과 함께 제단에 올려놓고 하늘에 제사를 지냈는데 좌우편으로 나뉘어 서서 풍악을 울리고 절을 하였다. 그것은 아이를 제물로 쓴 것이었다. 제사가 끝난 후에 그 쌀을 두 손으로 움켜쥐어 나누어 먹고 술을 석 잔씩 마신 다음 그 여자아이의 시체를 불태웠다. 그것은 인간으로서는 할 수 없는 일이었다. 권근은 『양촌집』에서 당시 고려 말의 지식인이 직접 본 참상을 「섬 안의 마을 집에 묵으며」라는 시로 적었다.

> 가련하다 지아비 목숨 잃으니/ 아낙은 하늘에 부르짖을 뿐
> 피눈물은 두 소매에 함초롬이 젖고/ 슬픈 소리 구천을 뚫고 드누나.

1350년 이후 왜구의 침탈은 고려의 가장 큰 골칫거리였다. 그래서

조정은 당시 일본의 무로마치 막부에 사신을 보내 왜구의 진압을 요청하기로 했다. 1366년 처음으로 사신이 파견되었으나 사신 일행은 중도에 약탈을 당했고, 이후 사신들이 목숨의 위협을 느끼며 수차례 교토의 무로마치 막부에 도착해서 약속을 받았으나 무로마치 막부의 영향력이 떨어져 별다른 효과를 보지 못했다.

1377년 9월 정몽주는 정적 이인임 일파의 추천으로 왜구를 금지해달라고 요청하기 위해 일본으로 파견되었다. 이는 죽음의 길로 내몰린 사행길이었으나 정몽주는 뛰어난 외교가였다. 정몽주는 당시 무로마치 막부에서 파견돼 규슈를 다스리고 있던 이마가와 사다요를 만났고, 그의 안내로 1378년 6월 교토의 무로마치 막부를 방문하고 7월 귀국했다. 이마가와는 쓰시마, 이끼 등의 왜구를 제압할 것을 약조하였고, 승려 주맹인을 사자로 딸려 보내면서 아울러 포로 백여 명을 함께 송환했다. 이마가와는 이후에도 군대를 파견해 고려의 왜구 방어에 적극 협력했다.

정몽주는 약 9개월 동안 일본에 있었는데, 당시 일본에서 문자를 아는 사람들은 대부분 승려였다. 이때 찾아와 시를 지어달라고 한 승려들에게 정몽주는 즉석에서 시를 써주었다. 이렇게 남겨진 시는 일본인들의 존경을 불러일으켜 1392년 정몽주가 선죽교에서 죽었다는 소식을 듣고 슬퍼하며 제를 올린 승려들도 있었다. 교토로 가기 위해 규슈에서 기다리는 동안 봄을 맞이하며 쓴 정몽주의 시이다.

들판 절간에 봄바람 불어 푸른 이끼가 자라는데
여기 와서 종일 노느라 돌아갈 줄 모르네.
동산 안에 수많은 매화나무들
이 모두 스님이 손수 심은 것들일세.

고려의 정몽주는 임진왜란이 일어나기 200여 년 전 일본 사행길을 다녀왔고, 조선의 신숙주는 150년 전에 다녀와서 "청컨대 일본과의 화친을 잃지 마소서!"라는 글을 남겼다. 신숙주는 1443년 일본으로 가는 통신사의 서장관에 임명돼 7개월 동안 일본을 두루 둘러보고 돌아온 경험을 바탕으로 1471년 『해동제국기』라는 책을 완성해서 일본의 실체를 알렸다.

"동해에 있는 나라가 하나만은 아니나 일본이 가장 오래되고 큰 나라라, 그 땅은 흑룡강의 북쪽에서 시작해 제주의 남쪽에 이르며, 유구국과 서로 접해 있고 그 세력이 심히 크다."

신숙주는 일본의 정치·경제·사회·문화에 대해 두루 기록하며 일본의 기이한 풍속에 대해서도 담담히 소개할 뿐 야만시하지 않았다. 신숙주는 "그들의 습성은 강하고 사나우며, 무술에 정련하고 배를 다루는 것이 익숙합니다"라고 하면서 일본이 조선에 위협이 된다는 사실을 잘 이해하고 있었다.

1476년(성종 6) 탁월한 외교적 식견을 가지고 있던 신숙주가 죽음을 앞두었다는 말을 듣고 성종이 신숙주를 찾아 마지막으로 할 말이 있으면 하라고 하자 신숙주는 유언으로 "청컨대 일본을 항상 경계하고 화친을 끊지 마소서"라고 했다고 『연려실기술』에서 전한다.

1587년 마지막 구주 정벌을 마친 도요토미 히데요시는 대마도주 소요시시게에게 조선 국왕이 일본에 와서 신하로서의 예를 취하도록 전달하라고 명령했다. 조선 조정이 거절하자 1589년 다시 재촉하였다. 대마도주는 조선 국왕이 일본에 와서 신하로서의 예를 취하라는 터무니없는 요구를 받아들일 가능성이 없다는 것을 너무나 잘 알고 있었다. 그렇다고 사태를 그냥 내버려둘 수 없어 조선과 일본 두 나라를 속이는 모험적인 '속임수 외교'를 감행했다. 그리하여 1589년(선조 22) 선조는 정사에 황윤길, 부사에 김성일, 서장관에 허성을 차출했다. 통신사 일행이 서울을 떠난 것은 1590년 3월 6일이고 바다를 건넌 것은 4월이었다. 그리고 돌아온 것은 1년 뒤인 1591년 2월이었다. 1443년(세종 25) 신숙주가 다녀온 이후 147년만이었다. 그리고 정사 황윤길과 부사 김성일의 서로 다른 귀국 보고는 400년이 지난 지금까지도 유명하다. 임진왜란이 끝나고 도쿠가와 막부가 들어서면서 왜구는 사라졌다.

왜구를 막기 위해 지었던 거제현 관아를 나와서 인근의 문재인 대통령 생가로 갔다. 생가는 관리가 잘 되지 않아서 쓰레기가 보이는 등 의외로 초라했다. 우리나라 대통령의 수난사는 슬픈 역사이다.

2021년 11월 12일 '역대 대통령 호감도' 조사 발표가 있었다. 가장 호감도가 높은 대통령은 누구일까? 박정희 대통령이란 조사 결과가 나왔다. 32.2%로 1위를 기록했고, 노무현 대통령이 24%로 그 뒤를 이었다. 가장 업적이 많은 대통령을 물었을 때도 박정희 대통령이 압도적으로 가장 높았다. 무려 47.9%를 차지했다. 2위는 김대중 대통령으로 15.4%로 격차가 엄청나게 컸다. 훗날 문재인 대통령에 대한 평가는 어떻게 나올까. 해방 이후 가장 무능한 대통령은 누가 될까? 조선시대 가장 무능한 왕으로는 인조와 선조, 고종, 연산군 등이 꼽힌다.

외간리를 벗어나 대봉산 산길을 걸어간다. 대방산에서 산방산으로 연결되는 평평한 임도를 따라 걸으면서 가끔 나무 사이로 죽림해수욕장과 가라산과 노자산을 조망한다. 어느덧 산방산에 이르러 산방산 정상을 이루는 바위들을 바라보고 주변의 경치에 흠뻑 취한다. 이제 신두구비재를 넘어간다. 신두구비재는 답답골재라고도 불리는데, 거제면에서 둔덕면으로 넘나드는 큰 고갯길이 너무나 가팔라 이 고개를 오르려면 코가 땅에 닿을 정도로 답답하다는 데서 연유하였다고 한다.

산방산(507m)은 둔덕면에 위치한 산으로 그 형태가 산(山) 자와 닮았고 꽃길이 아름답다 하여 산방산이라 불리게 되었으며, 정상부가 대부분 기이한 형상의 바위로 이루어져 그 절경이 금강산에 비유되기도 한다. 산방산을 비롯한 주변에는 정중부의 난으로 유배 온 고려 의종과 관련된 유적들과 이야기가 많이 있다.

거제 역사의 발원지라 일컫는 둔덕면 방하리고개를 넘어가는데, 앞서가는 사람이 있어서 인사를 나눈다. 드디어 길에서 만나 대화를 나눈 첫 번째 사람이 탄생했다. 산방산과 산방마을 아래쪽에 있는 마을이라 하여 방하마을이라 부르는 방하리 주민이다. 충남 당진이 고향인데 삼성중공업에 근무하다가 퇴직을 하고 이곳에 정착을 했다고 한다. 텃밭을 가꾸고 운동을 하면서 지내는 유유자적한 삶이 만족스럽다고도 한다. 돈을 벌려고 재취업을 하려 하면 아내가, "당신은 평생 남 밑에서 일했는데 앞으로도 그렇게 살고 싶어요? 있는 것 아껴 쓰고 자유롭게 살자"라고 한단다.

고려 공주샘 앞에서 발걸음을 멈춘다. 의종 황제가 무신의 난으로 유배를 와서 이곳 둔덕기성(피왕성)을 중심으로 3년간 거처하였다. 당시 의종을 따라온 공주가 매일 이 샘에서 물을 길어 부왕에게 올렸으며 조석으로 차를 다려 황제의 옥체와 성심을 지켜드렸다는 효심 가득한 설화가 전해온다. 후세의 이곳 백성들은 이 샘을 공주샘이라 불렀다. 공주의 이름은 전해지지 않으며 이곳 출신 작가의 장편소설에서 의종의 셋째 딸인 화순공주로 그려지고 있다.

청마 생가를 둘러보고 청마기념관을 관람한다. 예쁜 여인이 수염이 길게 자란 나그네를 호기심 어린 눈으로 친절하게 안내한다. 곤비한 나그네가 길을 떠나 오랜만에 느껴보는 진솔하고 정감 어린 모습이다.

한국 근대문학의 거목인 청마(靑馬) 유치환(1908~1967)은 둔덕면 방하리에서 8남매 중 둘째로 태어났다. 아명은 돌처럼 단단하고 산처럼 여물어 오래오래 살라는 뜻에서 '돌메'라 불렀다. 청마기념관 앞 오석(烏石)에 새겨진 「巨濟島 屯德골」이다.

거제도 둔덕골은/ 八代로 내려 나의 父祖의 살으신 곳/ 적은 골 안 다가솟은 山芳산 비탈알로/ 몇백 두락 조약돌 박토를 지켜/ 마을은 언제나 생겨난 그 외로운 앉음새로/ 할아버지 살던 집에 손주가 살고/ 아버지 갈던 밭을 아들네 갈고/ 베짜서 옷 입고/ 조약 써서 병 고치고/ 그리하여 세상은/ 허구한 세월과 세대가 바뀌고 흘러갔건만/ 사시장천 벗고 섰는 뒷산 산비탈 모양/ 두고두고 행복된 바람이 한 번이나 불어왔던가.(중략) 아아 나도 나이 不惑에 가까웠거늘/ 슬플 줄도 모르는 이 골짜기 父祖의 하늘로 돌아와 日出而耕하고 어질게 살다 죽으리

청마는 깃발의 시인이다. 준열한 삶의 의지를 실어나르는 그의 시들은 '사랑하는 것은 사랑받느니보다 행복하나니라'라는 불멸의 에피그램을 남겼다. 청마기념관에 유치환의 「깃발」이 날린다.

이것은 소리 없는 아우성/ 저 푸른 해원을 향하야 흔드는/ 영원한 노스탤지어의 손수건/ 순정은 물결같이 바람에 나부끼고/ 오로지 멀고 곧은 이념의 푯대 끝에/ 애수는 백로처럼 날개를 펴다/ 아! 누구던가?/ 어떻게 이 슬프고도 애달픈 마음을/ 맨 처음 공중에 달 줄 안 그는

중국 선종의 육조 혜능은 글자를 알지 못하는 스님으로 많은 일화를 남기고 있는데,『육조단경』에 깃발과 관련한 유명한 일화가 전한다.

바람이 불어 깃발이 나부끼고 있었다. 어떤 중이 바람이 분다고 하자 다른 중이 깃발이 나부낀다고 하여 시비가 그치지 않았다. 혜능이 나아가 말했다.

"바람이 분 것도 아니며 깃발이 나부낀 것도 아니요, 그대들의 마음이 움직인 것이라네."

고려의 지눌은 혜능을 사모하여 스승으로 모셨다. 지눌은 혜능을 얼마나 사모했는지 만년에 순천의 송광산 길상사를 중창한 뒤 송광산을 육조 혜능이 머물렀던 중국 조계산의 이름을 따서 조계산으로 개칭했다. 이렇게 해서 우리나라 조계종이 탄생한 것이니, 조계종이 오늘날의 위치를 차지하는 데는 독창적인 한국불교를 창도한 고려의 지눌이 있었다.

350년이 훨씬 넘은 팽나무가 말없이 서 있고 혜능의 깃발과 청마의 깃발이 스쳐 마음에 나부낀다. 외가에서 태어난 어린 유치환은 여기 있는 팽나무 그늘에 앉아 산방산과 우두봉을 바라보며 시인의 꿈을 키우고 시인의 길을 걷게 되었으리라.

"사랑하는 것은 사랑받느니보다 행복하나니라"라고 하는 유치환의 사랑은 누구였을까. 유치환은 생전에 많은 여인을 연모하며 시를 창작했다. 특히 이영도 시조시인에게 5천여 통의 편지를 보내고 숱하게 많은 연모시(戀慕詩)를 썼다.

"에메랄드 빛 하늘이 훤히 내다뵈는 우체국 창문 앞에 와서 너에게 편지를 쓴다"라는, 이영도에 대한 유치환의 애끓는 마음을 안 유치환의 부인은 "그토록 목숨 같은 사랑인데 어쩌겠느냐"라며 탄식을 했다고 한다. 3년 만에 유치환의 마음을 받아들인 이영도와의 지고지순한 사랑은 1967년, 유치환이 교통사고로 사망할 때까지 이어졌다.

방하마을에서 방하착(放下着), 집착의 손을 내려 마음을 비운다. 사랑과 미움, 번뇌와 갈등, 원망과 욕심을 모두 내려놓는다. 바람이 불고 깃발이 나부낀다. 마음이 움직인다. 청산에 청마의 소리 없는 아우성이 들려오고 노스탤지어의 손수건이 펄럭인다. 청산에 나부끼는 청마의 깃발을 바라보며 26코스를 마무리한다.

☆ ★ ☆ ★ ☆ ★ ☆ ★ ☆

둔덕기성 가는 길

[이순신을 죽여라!]

둔덕면 청마기념관에서 통영시 용남면 신촌마을까지 10.3㎞

청마기념관 → 둔덕기성 → 시래산 → 거제대교 → 신촌마을

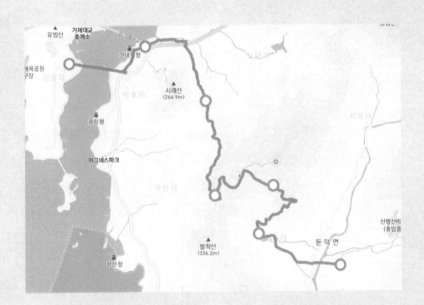

"수군통제사 이순신을 잡아 옥에 가두었다."

청마기념관에서 청마의 「행복」을 노래하며 27코스를 시작한다.

행복이란 무엇인가? 행복의 나무에는 수많은 열매들이 있다. 돈, 명예, 성취감, 보람, 감사, 아침, 바다, 남파랑길… 사랑 또한 행복의 소중한 열매다. 행복이란 사랑하고, 그 사랑을 고백하는 것, 행복은 한 걸음씩 나아가는 마음에 달려 있다. 아침마다 거울을 보고 외친다.
"나는 행복하다!"

'거제 역사의 발원지'와 '청마꽃들에 靑馬가 산다'라고 새겨진 조형물이 잘 가라고 인사를 한다. 방하삼거리에서 거림마을로 들어간다. 마을 앞으로 곧게 뻗은 길을 지나고 저수지를 지나서 산으로 올라간다. 산행의 유익은 몸짱을 만들고 마음짱도 만든다. 몸 근육과 마찬가지로 마음 근육을 키우는 일도 중요하다. 몸짱만큼이나 마음짱도 멋있다. 인자요산(仁者樂山), 어진 자가 산을 좋아한다고 하지만 산을 좋아하면 산을 닮아서 마음짱의 어진 인간이 된다. 뒤돌아보니 산방산과 방하마을이 한눈에 들어오고 청마 유치환이 걸어온 시인의 길이 보인다.

거림마을을 지나 우두봉 아래에 있는 임도를 걷는다. 가을의 소리가 들려온다. 가을이 오는 소리, 가을이 가는 소리가 들려온다. 삶속에 가을이 묻혀 왔는데 어느덧 삶속에 가을이 흘러가고 겨울이 다가온다. 겨울은 기나긴 밤의 꿈길, 봄은 아직 멀었건만 가슴에는 봄의 희망이 피어난다. 계절은 계절마다 새로운 옷으로 갈아입듯이 나이에 맞게 마음의 옷을 새로이 갈아입는다.

둔덕기성 올라가는 산길로 들어선다. 가고 오는 길, 오고 가는 길, 길 안에 길이 있고 길 밖에도 길이 있으니 길은 길에 연하여 끝없이 이어진다. 발걸음에 활기보다는 무거움이 깔려 있다. '이것은 아니다!' 하며 다시 힘차게 걸어간다. 마음도 다시 밝아온다. 마음이 걸음걸이를 만들고, 걸음걸이가 다시 마음을 만든다.

우두봉 등산로를 따라 올라가 섬앤섬길 고려촌문화체험길에 들어서자 둔덕기성이 나타난다. 둔덕기성은 사등면과 둔덕면의 경계가 되는 우봉산 자락에 위치하고 있다. 둘레가 약 526m 최고 높이 4.85m로 비교적 규모가 큰 7세기 신라시대와 고려시대 축조기법을 알려주는 중요한 유적이다.

고려 의종은 정중부, 이의방 등의 쿠데타로 왕위를 뺏기고 개경에서 천리 먼 길을 내려와 견내량을 건너 1170년에서 1173년까지 3년간의 귀양처인 거제군 둔덕면 거림리에 있었다. 여관곡이라 불리는 계곡에 안긴 거림리는 뒤쪽에 거제 명산의 하나로 꼽히는 산방산과 우두봉이 솟아 있고 주변이 철통같이 막혀 있어 전략적 요새 같았다. 폐왕도 왕이었으니, 의종은 당시 재상 등 50여 명을 데리고 이곳으로 왔다. 의종은 주민들을 동원하여 우두봉 능선에 성을 쌓고 병마술을 가르치는 등 재기를 노렸다. 산 아래 중턱에는 대비의 처소로 토성을 쌓았고, 거림리 뒷산 곳곳에 바다를 응시하며 살피기 위해 망루와 초소까지 지었다. 여관곡 초입에는 관장을 두어 낯선 사람들의 출입을 단속하고 자객 등의 침입을 막았다. 의종은 빼앗긴 권좌를 찾기 위해 와신상담했다. 거림리 일대의 지명은 그 무렵의 사실과 연유된 곳이 많다. 의종은 복위운동이 실패로 끝나면서 살해되었다.

조선 초 고려 왕족들이 유배된 장소로 기록되어 있는 등 역사성을 지니고 있는 둔덕기성 안에는 여러 가지 건물터와 연못 터가 남아 있고, 북쪽에는 기우제와 산신제를 지냈던 계단이 남아 있다. 왕을 받들어왔던 반씨 성을 가진 장군의 후손들이 지금도 둔덕면에 살고 있다.

복원공사가 한창 진행 중에 있는 길옆에 고려 때 정서(鄭敍)가 쓴 「鄭瓜亭曲(정과정곡)」이 새겨진 비가 세워져 있다. 현대어 풀이다.

내가 임을 그리워하며 울고 지내니/ 산에서 우는 접동새와 내가 비슷합니다./ (나를 모함하고 헐뜯는 말들이 사실이) 아니며 거짓이라는 것을. 아!/ 지는 달과 새벽별은 아실 것입니다./ 죽어서 영혼이라도 임과 함께 살아가고 싶습니다. 아!/ (임에게 나를 귀양 보내야 한다고) 우기던 사람들이 누구였습니까?/ 잘못도 허물도 전혀 없습니다./ 뭇 사람들이여!/ 슬프도다. 아!/ 임이 나를 벌써 잊으셨습니까?/ 아아, 임이시여! 다시 (마음을) 돌리시어 나를 사랑해주소서.

고려 의종이 즉위한 뒤 참소를 받아 고향인 동래로 유배된 정서는 의종이 멀지 않아 다시 소환하겠다던 약속을 믿었으나 오래 기다려도 아무런 소식이 없자 거문고를 잡고 이 노래를 불렀다. 정서가 풀려난 것은 무신의 난이 일어나 의종이 이곳 둔덕기성으로 유배오고 명종이 즉위한 해였다. 후세 사람들은 작자의 호를 따서 이 노래를 '정과정'이라고 한다.

둔덕기성에서 내려와 오량교차로로 이어지는 고갯마루에 올라섰다. 사등면 덕호리 일대 산기슭에서 견내량과 거제대교 건너 통영을 바라본다.

이순신은 1593년 5월 10일 이 부근 작은 산등성이에 올라 군대를 점검하고 죄가 있는 장수를 처벌했다. 제승당 앞바다 통영 섬들의 맏형 한산도가 파도에 밀려 다가온다. 한산도는 한산대첩을 이룩한 충무공 이순신의 충절을 기리는 호국의 성지이다. 1593년부터 1597년까지 수군의 본영을 한산도에 두고 해상권을 장악하고 국난을 극복한 중심지이다.

1597년 2월 26일 이순신이 한산도에서 체포되어 한양으로 압송되었다. 이순신을 체포하기 직전, 조정에서 벌어진 어전 회의에서 선조의 발언이다.

한산도의 장수는 편안히 누워서 무얼 하고 있는가.
어찌 이순신이 가토의 머리를 가져오기를 기대할 수 있겠는가. 다만 배를 거느리고 기세를 부리며 기슭으로 돌아다닐 뿐이다. 나라는 이제 그만이다. 어찌할꼬, 어찌할꼬.

- 『선조실록』 1월 23일

이순신이 부산에 있는 왜적의 진영을 불태웠다고 조정에 허위보고를 하니, 이제 가토의 대가리를 들고 와도 이순신을 용서할 수 없다.
이순신이 글자는 아는가? 이순신을 용서할 수 없다. 무장으로서 어찌 조정을 경멸히 여기는 마음을 품을 수 있는가?
해군의 선봉을 갈아야겠다.
이순신을 털끝만치도 용서해줄 수 없다.

- 『선조실록』 1597년 1월 27일

1597년 1월 11일, 고니시 유키나가는 대마도 출신 이중간첩 요시라를 경상우병사 김응서에게 보내어 거짓말을 하게 했다. 요시라는 유창한 조선어 솜씨 덕분에 고니시의 통역을 맡고 있었다.
"일본에서는 다시 조선을 치려 하고 있습니다. 고니시 장군은 전쟁

을 주장하는 가토 장군을 미워하여, 가토의 함대가 바다를 건너올 날짜와 시간을 알려드릴 테니 이순신을 시켜 가토를 치게 하십시오."

1월 23일, 선조는 가토 기요마사가 이미 부산 다대포에 도착했다는 사실을 보고받고 이순신에 대해 격노했다. 조정에서는 이순신에 대한 비방이 벌떼처럼 일어났다. 일부러 가토를 잡지 않았다는 것이다. 계획이 실패하자 요시라는 다시 김응서를 찾아갔다.

"이순신이 제 말을 믿지 않아서 하늘이 준 좋은 기회를 놓쳤습니다."

김응서는 이순신을 강력히 비판했고, 김응남, 윤근수 등 서인들이 이순신의 처벌을 주장했다. 원균도 이순신을 모함하는 글을 올렸다.

2월 6일, 선조는 이순신을 한양으로 압송하라는 명령을 내렸다. 대신 원균을 삼도수군통제사로 삼았다.

2월 26일, 오랏줄로 묶인 이순신이 수레에 실려 한성으로 올라가는 길목에 백성들이 몰려나와 통곡했다. 이순신이 서울에 도착한 것은 3월 4일, 도착 즉시 의금부 전옥서에 투옥되었다. 의금부에 갇혀 10일이 지난 3월 13일 선조는 이렇게 명령했다. 『선조실록』의 기록이다.

> 이순신이 조정을 기만한 것은 임금을 무시한 죄이고, 적을 놓아주어 치지 않은 것은 나라를 저버린 죄이며, …(중략)… 이렇게 허다한 죄상이 있고서는 법에 있어서 용서할 수 없는 것이니 죽여 마땅하다. 신하로서 임금을 속인 자는 반드시 죽이고 용서하지 않는 것이므로 지금 형벌을 끝까지 시행하여 실정으로 캐어내려 하는데 어떻게 처리할 것인지 대신들에게 하문하라.

이는 사형집행의 요식 절차를 밟으라는 명이나 다름없었다. 당시의 심문이란 죄에 대한 증거를 확보한 후 그것을 입증하는 절차가 아니라, '네 죄는 네가 알렷다!' 하는 식으로 죄에 대한 심증만 갖고 가혹한 고문을 통해 자백하여 죄를 만들어내는 것이 관행이었다. 심문은 가혹하여 한번 문초를 당하면 몸이 상해서 죄를 밝히기도 전에 숨을 거두는 경우가 비일비재했다. 의병장 김덕령도 그렇게 고문으로 죽었다.

이순신의 체포에 유성룡은 분노했다. 그 분노로 이순신의 목숨이 경각에 달린 2월 28일 사직서를 제출했다. 선조가 허락하지 않자 유성룡은 다음 날 또 사직서를 제출했다. 선조는 순찰 명목으로 유성룡을 경기도로 내보냈다. 그가 없을 때 이순신을 죽이기로 결심했다.『징비록』의 기록이다.

> 수군통제사 이순신을 잡아 옥에 가두었다. 처음에 원균은 이순신이 자기를 구원해준 것을 은덕으로 여겨 두 사람의 사이가 매우 좋았으나, 조금 후에는 공을 다투어 점점 사이가 좋지 못하게 되었다. 원균은 성품이 음흉하고 간사하며, 또 중앙과 지방의 많은 인사들과 연결하여 이순신을 모함하는 데 있는 힘을 다했다. 늘 말하기를, "이순신이 처음에 내원(來援)하지 않으려고 했는데 내가 굳이 청했기 때문에 왔으니, 적군에게 이긴 것은 내가 수공(首功)이 되어야 할 것이다"라고 하자, 이에 조정 의론이 두 갈래로 나뉘어 각각 주장하는 것이 달랐다. 이순신을 천거한 사람은 나(유성룡)이므로 나와 사이가 좋지 않은 사람들은 원균과 합세하여 이순신을 매우 공격했으나, 오직 우상 이원익만은 그렇지 않은 점을 밝혔으며 또 말하기를 "이순신과 원균이 각각 자기 맡은 지역이 있었으니, 처음에 곧바로 전진하여 구원하지 않았다고 해서 그것을 꼭 그르다고는 할 수 없다"라고 했다.

이순신의 문초는 3월 12일 실시되었다. 선조의 지시로 이순신에게 고문이 가해졌다. 이순신을 어떻게 조치할 것인지에 대해서도 논의되었다. 유성룡은 물론 누구도 이순신을 위해 변호해주는 이가 없었다. 저 멀리 이원익이 상소를 올리고 발을 동동 구르며 안타까워했지만 아무 소용이 없었다. 이순신이 고문을 당해 목숨이 경각에 달려 있던 그

때 판중추부사 정탁(1526~1605)의 신구차(伸救箚)가 올라갔다. 정탁은 남인이자 퇴계의 문인으로 선조를 의주까지 호송하였고, 1594년 곽재우와 김덕령을 천거하고 전공을 세우게 하여 우의정이 되었다. 우의정 정탁은 급히 선조를 알현하여 눈물겨운 탄원의 글을 올리며 이순신의 죄목에 대해 하나하나 해명했다.

이순신의 죄목은 첫째는 조정을 속이고 임금을 업신여긴 죄, 두 번째는 적을 쫓아 공격하지 않아 나라를 등진 죄, 세 번째는 남의 공을 가로채고 남을 모함한 죄, 네 번째 죄목은 임금이 불러도 오지 않은 한없이 방자한 죄였다. 『이충무공전서』에 실린 글이다.

삼가 아룁니다. 이순신은 큰 죄를 지어 죄명이 매우 엄중한데도 밝으신 성상께서는 즉각 극형을 내리지 아니하셨습니다. …(중략)… 살리시기를 좋아하시는 성상의 큰 덕이 죄를 범하여 죽을 자리에 놓인 자에게까지 미치니, 신은 지극히 감격스러운 마음을 가눌 수 없습니다. …(중략)… 무릇 인재는 나라의 보배이니, 역관이나 주판질하는 사람까지도 재주와 기술이 있기만 하면 다 마땅히 사랑하고 아껴야 할 것입니다.

하물며 분기를 사르며 적을 막아내는 데 중추적 역할을 하는 능력 있는 장수를 그저 법대로만 처분하고 너그러이 용서하지 않아서야 되겠습니까? …(중략)… 바라옵건대 은혜로운 하명으로 문초를 덜어주셔서 그로 하여금 공로를 세워 스스로 보람 있게 하시면 성상은 은혜를 천지 부모와 같이 받들어 목숨을 걸고 갚으려는 마음이 반드시 저 명실 장군만 못지않을 것입니다.

정탁의 신구차(伸救箚)는 선조를 자극한 명문이었다. '신구(伸救)'는 '죄가 없음을 사실대로 밝혀 사람을 구한다'라는 뜻이고, 차자(箚子)는 일반적으로 정해진 상소의 격식을 따르지 않고 간략히 적어 올리는 상소문을 말한다. 정탁은 그 안에서 이순신을 살려야 하는 이유를 호소력 있게 주장했다. 원균을 편드는 선조의 의도를 읽고 원균에게 큰 공이 있음을 지적함과 아울러 이순신에게는 죄가 있음도 함께 지적하였다. 그러면서도 이순신의 허물에 미심쩍은 점이 있어 정신병자가 아니면 그런 허위 보고를 할 수 없음을 강조하기도 했다. 무엇보다 능력 있는 장수를 법대로만 처분하고 너그러이 용서하지 않아서는 안 된다고 하면서 선조의 마음을 움직였다. 이순신을 처형함으로써 전황이 불리해질지 모른다는 선조의 마음을 움직여 마침내 이순신은 사형을 모면하게 되었다.

1597년 4월 1일(양력 5월16일) 이순신은 석방되었다. 처형될 위기에서 이순신은 천명(天命)을 받고 다시 살아났다. 투옥된 지 28일 만에 선조는 백의종군하라는 단서를 붙여 이순신을 석방했다. 두 번째 백의종군이었다.

이순신에게 가해진 고문의 내용은 알 수가 없다. 이순신은 출옥 후, 부축하는 사람 없이 걷거나 말을 타고 남해안까지 내려왔다. 출옥 후 술도 조금 마셨다. 이순신에 대한 고문이 몸을 아주 망가뜨린 것은 아니었다.

이순신이 전옥서 옥문을 나서자 목멱산(현재의 남산)의 짙어진 녹음이 푸른 하늘 아래 펼쳐졌다. 자유는 새삼 자연의 아름다움을 느끼게 했다. 조카 분(芬), 봉(菶), 그리고 차남 울(蔚) 세 사람이 이순신에게 다가왔다. 허리를 구부리고 다리를 절면서 비틀비틀 다가서는 이순신을 보고 모두의 눈에 이슬이 맺히기 시작했다. 이순신 일행은 남대문 밖 생원 윤간의 종 집으로 갔다.

이순신은 이후 다시는 한산도에 갈 수 없었다. 원균의 칠천량 패전으로 한산도의 운주당은 불타버렸고, 조선 수군은 임진왜란이 끝날 때까지 경상도로 들어올 수 없었다.

임도를 따라 시래봉 우측 아래에 이르렀다. 여행에서 가져오는 것은 추억, 남기고 오는 것은 발자국이다. 이것이 여행의 유익이다. 추억의 시간들이 흘러간다. 오량교차로를 건너 오량천을 따라가다가 신거제대교 아래를 지나서 오량리로 들어서서 견내량항을 걸어간다. 신거제대교와 거제대교가 놓인 이 일대를 견내량이라 한다.

견내량은 1592년 한산해전과 안골포해전의 시발점이다. 이듬해인 1593년 6월 26일에도 이순신은 견내량 입구에서 왜선 10여 척을 격퇴했다. 견내량(見乃梁)이란 이름은 어민들이 갯내량이라고 부르는 데서 나왔다. '바닷물갯이 강물처럼 빠르게 흘러가는 물길'이라는 뜻이다. 길이 3㎞, 폭은 180~400m다.

거제시 사등면의 서쪽과 통영시 용남면 장평리 사이의 견내량 해협에 건설된 거제대교를 건너간다. 1971년 거제대교가 놓이기 전까지 가장 육지로 빨리 나갈 수 있는 곳이 바로 견내량을 건너는 것이었다. 거제대교 이후 조선소의 건설로 인구와 물동량이 늘어나자 1999년 신거제대교가 놓여 2개의 다리가 되었다. 조만간 견내량을 건너는 기차가 다닐 것이니 천지가 개벽한다. 차가운 바람이 거제대교 위로 몰아친다.

남파랑길은 이제 거제 구간을 마무리한다. 희열이 밀려온다. 인간 욕구 최고 최상의 목표는 자아실현이다. 꽉 찬 밥통과 텅 빈 머리로는 결코 이룩할 수 없는 목표다. 목표라는 꿈을 좇아가는 사람은 항상 외롭다. 꿈을 좇는 것이 하나의 도전이라면 그것은 자신의 한계를 극복하는 도전이다. 자기와의 싸움이 그래서 어려운 것이다.

다리를 건너 통영으로 들어간다. '통영시민의 노래'를 부르면서 거제대교를 건너 신촌마을버스정류장에서 27코스를 마무리한다.

미륵산 굽어보는 국토의 남단/ 놓일 자리 놓였구나 산과 들 섬이/ 충무공 나라 사랑 동백에 심어/ 영원토록 섬기리라 빛내가리라/ 미래를 열어가자 꿈을 펼치자/ 세계 속에 우뚝 설 통영 통영 통영

PART
6

통영
구간

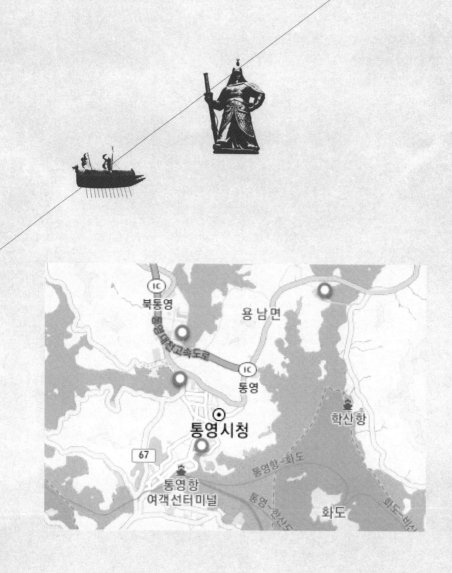

28코스

★ ★ ★ ★ ★ ★ ★ ★ ★

통영으로 가는 길

[한산도대첩]

용남면 신촌마을에서 남망산조각공원 입구까지 13.9㎞

신촌마을 → 통영생활체육공원 → 동암항 → 이순신공원 → 남망산조각
공원

"내가 제일 두려워하는 사람은 이순신이며 가장 미운 사람도 이순신이며 가장 좋아하는 사람도 이순신이며 가장 흠숭하는 사람도 이순신이며 가장 죽이고 싶은 사람 역시 이순신이며 가장 차를 함께하고 싶은 사람도 바로 이순신이다."

신촌마을버스정류장에서 28코스를 출발하여 도로를 따라 마을길을 걸어간다. 저 멀리 일봉산부터 이봉산, 삼봉산이 한눈에 들어온다. 28코스에는 총 4개의 산을 지나간다. 삼봉산, 이봉산, 일봉산, 그리고 디피랑이 있는 남망산이다.

'바다의 땅 통영'에 들어섰다. 한려수도의 심장으로 한국의 나폴리라 불리는 통영은 이순신 장군을 빼고는 이야기할 수 없는 곳이다. 이전의 지명인 충무시는 '충무공(忠武公)'에서 따왔고, 현재 이름인 통영은 이순신이 최초 삼도수군통제사로 있었던 '통제영(統制營)'에서 따왔다.

이제 남파랑길은 한적한 들길. 해안가를 걸어 15코스에서 만난 삼봉산에서 다시 교차한다.

파란 하늘 가득 새들이 가을을 헤엄친다. V자형으로 떼를 지어 날아간다. 무리에서 떨어져나와 홀로 가는 새 한 마리가 있다. 사람들은 누구나 혼자서 생애를 살고 혼자 죽음을 맞는다. 홀로라서 슬프고 홀로라서 기쁘게 살다가 진정한 외로움을 느낄 때쯤이면 혼자서 간다. 아무도 모르는 그 길을 혼자서 간다. 최고를 추구하는 사람은 항상 자기의 길을 혼자서 간다. 충무공 이순신처럼.

이봉산, 일봉산 아래를 지나고 창원지방검찰청 통영지청을 지나서 다시 해안으로 나아간다. 바다 건너 거제도를 마주 보며 벌써 추억이 된 거제도의 시간들을 돌아본다. 고요하고 평온한 용남해안로를 따라 선촌마을에 도착한다. 표석에 '선촌' 아래에 '미월-미늘', 선비가 마을을 지나다가 서산의 초승달을 보고 눈썹 같다 하여 눈썹 미, 달 월, '미월'이라 했다고 새겨져 있다.

자연의 소중함과 생명의 가치를 배우고 숲과 습지 바다를 느낄 수 있는 휴식 공간 '통영세자트라숲'을 지나서 이순신공원에 도착한다. 북쪽은 망일봉(149.3m)이, 남으로는 호수 같은 통영항과 한산대첩의 학익진이 펼쳐진 한산도 앞바다의 풍광이 아름답다.

도요토미 히데요시는 처음 조선 수군에게 패했다는 소식을 들었을 때만 해도 부하들이 방심해서 졌을 것이라 생각했다. 그리고 분노해서 말했다.

"조선 수군을 섬멸하라." "지체 없이 조선의 왕을 잡아들여라." "서해로 돌아가서 수륙병진작전을 실시하라." "남해안 쪽에 왜성을 쌓아라."

그러나 이제 도요토미 히데요시는 전라좌수사 이순신의 존재를 알았다. 일본의 제갈량이라 불리는 최측근 구로다 간베에를 불러서 물었다.

"이순신이란 자가 대관절 누군가?"

제3선봉장인 구로다 나가마사의 아버지 구로다 간베에는 대답했다.

"조선인 포로들에게 물어봐도 신립과 이일은 알아도 이순신은 잘 모른다고 합니다. 저도 잘 모르겠습니다."

도요토미 히데요시는 일본 최고의 수군 장수인 구키 요시다카를 불렀다. 구키 요시다카는 '이순신 함대의 2배의 병력을 주면 이순신의 목을 들고 오겠다'라고 호언장담했다. 히데요시는 구키 요시다카의 간언을 받아들여 함대를 2배로 증원시켜 70여 척의 전투선을 구키 요시다카와 함께 부산으로 증파했다. 조선에 참전하고 있는 와키자카 야스하루에게도 이순신을 죽이라는 특명을 내렸다. 와키자카 야스하루는 오사카 앞바다인 아와지섬을 지배하는 해적 집안 출신이었다.

와키자카 야스하루는 6월 7일과 19일, 도요토미 히데요시에게 거제도 안쪽에 조선 수군이 많이 출현한다는 보고서를 보냈다. 이 보고서를 받은 도요토미 히데요시는 구키 요시타카, 가토 요시아키, 와키자카 야스하루 등 3명의 수군장에게 합동하여 조선 수군을 격파하라는 명령을 내렸다. 그러나 와키자카 야스하루는 히데요시의 명령에 따르지 않고 개별행동을 취했다. 구키 요시타카, 가토 요시아키 두 장수가 전선을 준비하고 있는 사이에 와키자카는 휘하의 수군을 이끌고 7월 7일 거제도로 진군했다. 와키자카는 이순신에 대해 이미 많은 정보를 접한 상태였으며, 이순신 함대를 궤멸시킨다면 제1군의 고니시 유키나가나 제2군의 가토 기요마사와 같은 반열에 오르는 것을 기대할 수도 있었다. 와키자카 야스하루는 이미 용인 광교산 전투에서 커다란 전공을 올린 상태였다. 전라·충청·경상 삼도순찰사의 근왕병 6만의 군사가 와키자카의 1천 5백 군사에게 대패하고 흩어진 것이다.

한편, 이순신은 7월 6일 전라좌·우수군의 연합함대를 이끌고 노량 앞바다에서 원균과 합세하여 7월 7일 당포에 이르렀다. 이순신이 당포에 도착하니 목동 김천손이 견내량에 일본선 70여 척이 정박한 것을 알렸다.

7월 8일 이른 아침, 이순신은 일본군이 양산에서 호남으로 간다는 첩보를 듣고 전라좌수영군 24척과 이억기의 전라우수영군 25척, 원균의 경상우수영군 7척을 연합한 판옥선 56척과 거북선 3척(본영·방답·순천)을 이끌고 견내량으로 출동하였다.

그곳에는 과연 왜장 와키자카 야스하루가 이끄는 대선 36척, 중선 24척, 소선 13척이 바다에 정박하고 있었다. 그런데 견내량은 지형이 매우 좁고 암초가 많아서 배끼리 충돌할 우려가 있어서 싸움하기 어렵고, 적이 불리하면 쉽게 육지로 도주할 수 있는 곳이었다. 한산도의 넓은 바다로 일본군을 유인하는 작전을 펴기로 마음먹은 이순신은 2차 당항포해전의 영웅 광양현감 어영담에게 명령했다.

"5척의 판옥선을 끌고 가서 와키자카의 함대를 유인해주시오."

어영담이 이끄는 5척의 판옥선이 견내량으로 들어서자 와키자카의 수군이 추격해왔다. 이에 조선 수군의 전선이 거짓 후퇴하는 척하며 달아나니 적들은 계속 추격해왔고, 그 결과 한산도 넓은 바다에 일본 전선들이 모두 집결했다. 이때 이순신이 신호를 보내자 수군들이 배를 돌려 마치 초승달처럼 넓은 바다를 가로막으며 학익진(鶴翼陣)으로 포진하였다. 와키자카는 학익진은 구사하는 쪽의 전력이 셀 경우에 사용하는 것을 알고 있었기에 더욱 밀어붙여야 한다고 판단했다. 선회를 끝낸 조선 함대에서 강력한 포환이 날아들었다. 먼저 거북선 3척이 지자, 현자 등의 총통을 쏘아 왜선 2척, 3척을 격파하여 기선을 제압하였고, 다시 일제히 포위 공격하여 왜선을 분멸했다. 이때 불꽃 연기가 하늘에 가득했는데, 순식간에 비린내 나는 피가 바다를 붉게 물들었다.

와키자카의 머릿속에는 후퇴라는 절망적인 단어가 스쳐갔다. 와키자카의 안택선이 격침되어 와키자카는 급히 작은 전함으로 옮겨타고 한산도로 도망하였다. 한산도로 접근한 전선들에 있던 400여 명의 부하들이 조선 수군의 추격을 뿌리치고 섬에 내려서 근처 숲으로 도망갔다. 뒤쫓아온 조선 수군은 와키자카와 부하들을 한산도까지 실어준 마지막 전함까지 불태워버렸다. 이순신의 부대는 한산도로 들어간 적의 잔당들을 추격하지는 않았다. 이때의 한산도는 무인도로 식량이 없었고 배가 없었으므로 바다로 탈출할 수 없었다.

와키자카 야스하루는 가까스로 살아남아 김해로 돌아갔으나, 그의

부하 장수인 와키자카 사베에, 와타나베 시치에몬은 전사하였고, 마나베 사마노조는 사로잡히기 직전 할복했다. 왜군들은 조선 수군이 완전히 돌아갈 때까지 10일간 숨어서 솔잎과 해초를 먹으며 연명했다. 와키자카 야스하루의 후손들은 이후 그날이면 해초만 먹었다.

이 패전으로 와키자카는 결정적으로 히데요시의 신뢰를 잃었다. 와키자카는 자신의 영광뿐만 아니라 도요토미 히데요시의 야망도 일순간에 날려버렸다.

이 전투에서 조선 수군은 와키자카의 수군 73척 중 47척을 격파시키고 12척을 나포하였다. 모두 59척을 분멸한 것이다. 전투 중 뒤떨어졌던 대선 1척과 중선 7척, 소선 6척 등 14척만이 안골포 및 김해 등지로 도주했다. 왜군의 전사자가 9천여 명이나 되는 세계 해전사의 한 절정을 이루는 기적, 이른바 '한산대첩'이었다. 행주대첩, 진주대첩과 더불어 임진왜란 3대첩으로 불린다.

7월 9일 진해 안골포에 일본의 전선 40여 척이 머무르고 있다는 정보를 입수한 이순신은 10일 이른 아침 출동했다. 안골포에 정박 중이었던 함대는 구키와 가토의 함대였다. 안골포해전이 시작되었다.

『난중일기』는 임진년 7월분이 누락되어 있다. 한산도 싸움의 전말은 임진년 7월 16일 자 장계에 기록되어 있다. 한산도 앞바다에서 학익진(鶴翼陣)은 수세와 공세, 유인과 섬멸, 도주와 역공, 포위와 역포위에서 신속한 전환의 위력을 떨쳤다. 이 '전환'이야말로 한산대첩의 비밀이었다. 적의 주력을 넓은 바다 쪽으로 유인하며 도주하던 이순신의 함대는 돌연 적 앞에서 180도 선회하면서 양쪽으로 날개를 펼치며 적을 포위해서 섬멸했다. 강도 높은 군사훈련과 지휘관의 대담성만이 작전의 성공을 담보할 수 있었다.

한산대첩은 남해안의 두 물목에서 벌어졌던 국지전이었으나, 전쟁 전체의 국면을 바꾸어놓은 전투였다. 적들은 남해안의 제해권을 상실했다. 바다를 통한 보급이 끊겼고 퇴로가 막혔다. 왜군의 서해 우회를 좌절시킴으로써 조선은 전라, 충청, 황해를 지켜냈다. 반격의 교두보가 확보되었고, 서해를 통한 지휘 계통이 회복되었다.

그 당시 고니시 유키나가는 평양을 점령하고 눌러붙어 있었고 선조는 의주에 있었다. 고니시는 이때 의주의 선조에게 조롱하는 편지를 보냈다. 『징비록』의 기록이다.

일본 수군 10만이 또 서해를 건너오고 있소이다. 알 수 없구나! 대왕의 수레는 이제 또 어디로 가려는가.

일본군은 서해바다로 10만 병력은커녕 개미새끼 한 마리 올라오지 못했다. 고니시 유키나가는 한산해전의 상황을 아직 모르고 있었다. 한산도와 안골포해전으로 일본 수군은 사기가 급속히 떨어져 제해권을 상실하여 끝내 호남지방을 점령할 수 없었으므로 조선군과 명나라 군의 군량이 확보되었다.

한산대첩으로 해상 보급로는 완전 봉쇄되었고, 전쟁의 물줄기가 완전히 돌아섰다. 절대 열세의 전황을 역전시켰다. 이순신의 세 차례 출동의 결과 도요토미 히데요시가 수륙합동으로 조선을 점령하려던 계획을 변경하여 해전을 포기하게 했다. 이 해전의 영향은 일본 수군에게만 미친 것이 아니다. 조선 육군에게도 큰 영향을 끼쳤다. 한산해전으로 도요토미의 조선 정벌은 사형선고를 받았다.

역사는 대중의 역사가 아니라 영웅의 역사다. 역사는 이름 모를 사람들의 이야기를 말하지 않는다. 영국의 전쟁역사가 헐버트는 한산도의 대승에 대해 "한산도의 승리는 영국의 넬슨 제독이 프랑스의 나폴레옹과 스페인의 연합함대를 무찌른 트라팔가르해전과 비길 만하다. 도요토미 히데요시는 이 싸움의 패배로 인해 실상 사형선고를 받은 바나 다름없다'라고 평가했다. 세계 4대 해전은 BC 480년 그리스와 페르시아의 살라미스해전, 1588년 드레이크제독의 영국이 스페인의 무적함대를 물리친 칼레해전, 1805년 트라팔가르해전, 그리고 한산도해전을 말한다.

일본의 『에혼 다이코기』에는 한산도해전의 기록이 있는데, 18세기 말~19세기 초에 일본에서 한산도해전이 어떻게 이해되었는지를 볼 수 있는 기록이다.

> 거북선을 나란히 하니 홀연히 바다 위에 성이 생겨난 것과 같아 한 사람의 병사도 잃지 않고 그 배의 구멍에서 화살을 쏘는 것이 빗줄기보다 더 거셌다. 일본군은 예상과 다른 적의 기세에 놀라 잠시 주저했다. 와키자카 야스하루는 뱃전에 올라 '적이 탄 배는 우리 일본의 장님배와 동일한 구조이다. 무슨 별다른 것이 있겠는가. 올라타서 공훈을 세워라!'라고 외쳤다. …(중략)… 이순신은 분전하며 배 위에 서서 수군을 지휘하던 차에 일본군이 쏜 탄환이 왼쪽 어깨에 박혀 그 피가 발꿈치까지 흘렀다. 이순신은 이에 괘념치 않고 칼로 살을 찢어 탄환을 뽑았는데, 칼이 살을 뚫고 약 9㎝나 들어갔다. 이순신은 아파하는 기색도 없이 담소를 나누는 것이 평소와 같았다. 이리하여 하루 종일 전투를 하니 일본군은 마침내 패해서 부산의 거제로 배를 돌렸다. '조선인도 얕볼 수 없다'라며 그 후로는 서로 진영을 지키며 전투를 벌이지 않았다.

와키자카 야스하루는 원래 일본군 수군 장수였으나, 처음 조선에 도착하여 해상의 저항이 없는 것을 보고 육지에 상륙하여 서울 근교까지 진격한 것이다. 일본군이 처음 부산 앞바다에 왔을 때 조선 수군은 도망가고 없었다. 그래서 일본군은 수군마저 육로로 나와 서울까지 올라갔다. 이들 수군은 이순신 함대의 출동으로 다시 바다로 내려왔던 것이다.

유성룡은 『징비록』에서 6월 6일 전라, 충청, 경상 3도의 순찰사들이 이끄는 주력부대 6만 명이 경기도 용인에서 와키자카의 일본군 1,500명과 싸워서 패배한 것을 기록하고 있다. 와키자카도 종군기인 『협판기』에서 이때 상황을 기록하고 있다.

용인에서 3도의 대군을 격파하고 공을 세운 와키자카 야스하루는 거제도 옥포에서 일본 수군이 패하였다는 소식을 듣고 도요토미 히데요시의 명에 따라 6월 14일 부산포에 도착했다. 그리고 7월 8일 한산해전에서 이순신의 학익진에 무참하게 무너졌다. 그리고 도요토미 히데요시는 한산해전 이후 해전을 중지하라는 명령을 내렸다. 해상에서는 완전히 전의를 상실한 것이다. 이러한 상황에서 히데요시는 조선으로 건너올 수가 없어 나고야에서 발을 동동 구를 수밖에 없었다.

와키자카 야스하루는 도요토미 히데요시의 7본창 중 한 명으로 가토 기요마사 이상으로 도요토미에 대한 충성심이 강했다. 전형적인 사무라이로 명예를 중요시하였으며, 차를 좋아했고 함부로 살생하기보다는 덕을 베풀어서 적을 자기 수하로 만드는 성격의 소유자였다. 와키자카는 칠천량해전에서 승리하였으나 명량해전에서 다시 이순신에게 패하고, 전쟁 후 일본으로 돌아가 쓸쓸한 최후를 맞이했다. 400년이 지난 지금도 와키자카 야스하루의 후손들은 이순신의 탄신일이면 찾아온다. 와키자카 야스하루는 패배에 대해 솔직하게 사실적인 기록을 남겼다.

나는 이순신이라는 조선의 장수를 몰랐다. 단지 해전에서 몇 번 이긴 그저 그런 조선 장수 정도였을 거라 생각했다. 하지만 내가 겪은 그 한 번의 이순신은 여느 조선 장수와는 달랐다. 나는 그 두려움에 떨며 몇 날을 음식을 먹을 수 없었으며, 앞으로의 전쟁에 임해야 하는 장수로서 나의 직무를 다할 수 있을 것인지 의문이 갔다.

내가 제일 두려워하는 사람은 이순신이며 가장 미운 사람도 이순신이며 가장 좋아하는 사람도 이순신이며 가장 흠숭하는 사람도 이순신이며 가장 죽이고 싶은 사람 역시 이순신이며 가장 차를 함께하고 싶은 사람도 바로 이순신이다.

놀랍게도 그는 단 한 번도 패하지 않았다. 그는 내가 만난 가장 강한 적이었다.

마침내 그 적장은 우리의 스승이 되었다.

일본 역사소설가 시바 료타로는 한국 역사 기행문에서 이순신과의 관계를 말하고 있다.

"명치유신 후 해군을 창설하고 아직 자신이 없었을 무렵 이순신이 존재하는 것을 알아차리고 연구를 했다. 3백 년 전 적장에 대한 외경심을 가지고 있었고, 해군 사관들에게 그런 전통이 있었다."

300여 년이 흐른 후 일본 해군들이 그 현장을 찾았다. 일본 해군은 한산해전을 높이 평가하여 전투가 벌어진 통영에서 해마다 적장 이순신에게 진혼제를 올렸다. 300년 전의 적장 이순신에게 예를 올렸다. 이곳에 있었던 싸움이 이순신의 훈공 중에서 가장 눈부셨기 때문이다. 조선의 장수 이순신, 그는 적군인 일본인에게도 숭배를 받는 대상이 되었다. 불패의 장군이 신화가 되었다.

7월 13일, 싸움을 마친 이순신 함대는 여수 전라좌수영으로 귀환했다. 7박 8일의 전투였다. 이 싸움의 공로로 이순신은 정헌대부로 승품되었다. 정헌대부를 내리는 교서에서 임금은 말했다. 한산대첩 후 선조의 교서 내용이다.

바람 불고 서리 찬 국경으로 임금의 수레는 떠돌고, 갑옷 번쩍이고 말발굽 소리 요란한 옛 도성의 선왕의 무덤은 천 리나 떨어졌으니, 돌아가려는 한 가닥 생각이 마치 물이 동으로 흐르듯 하던 차에, 이제 적의 형세가 기울어지니 하늘이 노여움을 푸는 줄 알겠도다. 아아, 백 리를 가는 자는 구십 리로 반을 삼는 법이니 그대는 끝까지 힘쓰라.

한산도 앞바다를 바라보면서 이순신공원에서 내려와 통영8경 중 제1경 남망산조각공원으로 향한다. 벚나무와 소나무가 우거진 남망산 (80m)을 중심으로 전개된 공원이다. 공원에 올라 남동쪽으로 거북등대와 한산도, 해갑도, 죽도 등의 한려수도의 절경을 바라본다. 정상에는 바다를 바라보고 우뚝 서 있는 이순신의 동상이 있다. 동상에는 친필휘호 '必死則生 必生則死', '반드시 죽고자 하면 살 것이요 반드시 살고자 하면 죽을 것이다'라는 글이 새겨져 있다.

이순신의 바다에 420여 년 전 충무공의 시간이 스쳐간다. 바다는 늘 바다 위에 벌겋게 내려앉은 저녁 빛을 겸손하게 심장 깊숙이 수혈을 한다. 바다는 가장 낮은 곳에서 모든 물을 받아들인다. 모든 물을 받아들여 바다가 된 바다는 겸손의 아이콘이다.

남망산조각공원을 내려서며 강구안항을 바라본다. 남망산 입구 강구안항에서 28코스를 마무리한다. 통영 시가지에 도착했다. 오늘은 3개 코스 37.4㎞를 걸었다. 연일 행복한 강행군이다.

통영이야기길

[삼도수군통제영]

남망산조각공원 입구에서 무전동 해변공원까지 17.6㎞

남망산조각공원 입구 → 동피랑마을 → 삼도수군통제영 → 해저터널 →
평림생활체육공원 → 무전동 해변공원

"기러기 먼 하늘을 날 때 물을 따르기 쉽고 나비가 청산을 지날 때 꽃을 보고 피하기 어렵도다."

오늘은 29코스 17.6㎞와 30코스 16.3㎞를 걷는 날. 역방향으로 30코스 종점인 바다휴게소에서 시작하여 무전동 해변공원을 거쳐서, 29코스 남망산조각공원 입구에서 마무리하는 일정이다. 30코스는 대부분 산길이므로 전략적 선택이었다. 먼저 30코스를 마치고 11월 21일 11시 14분, 29코스를 역방향으로 무전동해변공원에서 남망산조각공원으로 출발한다.

배들이 한가로이 정박해 있고 오가는 사람들은 평화로운 풍경이다. 통영시민들의 공원 산책로를 따라 바다를 바라보며 걸어간다. 도로가 거의 바닷길인 예쁜 해안도로를 따라 나 홀로 통영의 바다를 만끽한다.

"천지는 만물이 와서 잠시 머무는 여인숙과 같고, 흘러가는 세월은 오고 가는 나그네와 같다"라고 이태백은 말하지 않았던가. 천지를 여인숙으로 여기는 세월 같은 나그네의 발걸음이 오늘도 통영의 남파랑길을 흘러간다.

통영은 육지부인 고성반도의 중남부(도산면, 광도면, 용남면, 옛 충무시 일원)와 연륙도인 미륵도, 그리고 570개의 도서(유인도 44개, 무인도 526개)로 구성되어 있다. 통영의 앞바다는 남해안 다도해의 초입에 해당하여 해안선은 불규칙적이고, 굴곡이 심한 리아스식 해안이며, 해안선의 총길이는 617㎞로 경남 해안선의 총길이 2,179㎞의 28%에 이른다. 통영은 평지가 적어 시가지의 대부분이 매립지인데, 시세의 팽창에 따라 매립공사가 진행되면서 지도가 바뀌고 있다.

평림동 생활체육공원 도로변에 나타난 중식당이 '해물짬뽕 전문'이다. 입과 배의 욕망이 어찌 끝이 있겠는가? 몸도 녹이고 민생고도 해결하니 일석이조, 즐거운 점심시간이다. 임금의 하늘은 백성이요, 백성의 하늘은 밥이다. '밥통만 채워진다면 만사가 안성맞춤이요', '마음으로 통하는 으뜸가는 길은 밥통'이라고 했다. 밥통은 소중하다. 하지만 동물들은 밥통을 다 채우지 않는다. 먹을 만큼 먹으면 남기고 비워둔다. 하지만 인간들은 배가 터지도록 먹는다. 창자의 여유, 마음의 여유, 삶의 여유가 없다. 해물짬뽕에 고량주 한 병을 곁들이니 여유가 생기고 한기는 어느새 달아나고 온몸에 훨훨 불이 난다.

포만감을 앞세우고 다시 나그네 길을 나서며, '죽장에 삿갓 쓰고 방랑 삼천리 … 술 한 잔에 시 한 수로 떠나가는 김삿갓' 하며 방랑시인의 노래를 읊조린다.

김삿갓을 좋아해서 김삿갓의 행적을 좇았던 추억의 날들이 밀려온다. 방랑시인 김삿갓, 김립(金笠)이라 불리는 김병연(1807~1863)은 생애 대부분을 삿갓을 쓰고 방랑하다가 전라도 화순 동복면에서 객사했다. 역적의 후손이 신화가 되어 너무나 유명해진 김삿갓은 역적으로 숨어 살았던 영월군 김삿갓면의 김삿갓 무덤과 김삿갓문학관에서 신화가 되어 기다린다. 해학과 풍자의 시심(詩心)으로 방랑하면서 한평생을 살다 간 김삿갓의 애환에는 술이 있었으니, 김삿갓의 시 한 수를 노래한다.

청춘이 기생을 안고 노니 천금도 검불 같고
백일하에 술잔을 드니 만사가 구름 같구나.

기러기 먼 하늘을 날 때 물을 따르기 쉽고

나비가 청산을 지날 때 꽃을 보고 피하기 어렵도다.

　역사에는 방랑시인 김삿갓을 비롯하여 홀로 방랑으로 생을 보낸 고운 최치원, 매월당 김시습 등 비운의 천재들이 있다. 김시습(1435~1493)은 최치원을 정신적 지주로 삼아 그의 행적을 좇았다.

　21세가 되던 해 김시습의 운명을 결정짓는 사건이 일어났다. 단종 폐위사건을 접한 김시습은 세상과 등을 지고 방랑길을 나섰다. 김시습은 세상의 부귀영화를 뜬구름처럼 여기고 이리저리 떠돌았다. 31세부터 37세까지 인생의 황금기를 금오산에서 보내면서 수많은 시편들과 『전등신화』를 본떠 지은 우리나라 최초의 한문 소설 『금오신화』를 남겼다.

　이 나라 구석구석을 정처 없이 떠돌아다닌 김시습이 마지막으로 찾아든 곳은 부여 만수산의 무량사였다. 59세인 1493년(성종 24) 2월의 어느 날 무량사에서 병들어 쓸쓸히 파란만장한 삶을 마감한 김시습, 죽을 때 화장하지 말아줄 것을 당부하였으므로 그의 시신은 절 옆에 안치해두었다. 3년 후에 장사를 지내려고 관을 열었는데, 안색이 생시와 다름이 없었다. 사람들은 그가 부처가 된 것이라 믿어 불교식으로 다비를 하였다. 이때 사리 1과가 나와 부도를 만들어 세웠다. 끝없는 기행, 기행, 기행의 삶을 살았던 조선 최대의 아웃사이더 김시습의 생애는 어린 시절을 빼놓고는 일생 동안 가시밭길뿐이었다. 그 길은 스스로 선택한 길이었고, 그는 한번도 굽히지 않고 뚜벅뚜벅 그 길을 걸어갔다. 살아가면서 어찌 회한이 없었으랴!

그림자는 돌아다봤자 외로울 따름이고

갈림길에서 눈물을 흘렸던 것은 길이 막혔던 탓이고

삶이란 그날그날 주어지는 것이었고

살아생전의 희비애락은 물결 같은 것이었노라고

한평생을 방랑자로 떠돌았던 김시습의 생애에서 세상에 뜻을 펼칠 수 없음을 너무 일찍 깨달았던 슬프고 좌절한 천재의 모습을 본다.

쇠로 만든 갓을 쓰고 다녔던 토정 이지함(1517~1578)은 평생을 나그네처럼 얻어먹고 구름처럼 떠돌아다니면서 기행을 일삼았다. 천성이 너무 활달하고 기발하여 세상 풍속에 매이지 않았던 이지함은 마포 한강변에 흙으로 단을 쌓아 올리고 그 위를 평평하게 고른 뒤 네 기둥을 세우고 이엉을 덮어 살았기 때문에 '토정선생'이라 불렸다. 솥으로 만든 갓을 쓰고 떠돌아다니다가 배가 고프면 아무 데서나 그 갓을 벗어서 밥을 끓여 먹고, 밥을 다 먹은 후에는 솥을 씻어서 머리에 쓰고 전국 산천을 주유했다.

고운이나 매월당, 토정이나 난고는 모두 혼자 다니는 유랑자였다. 사람들은 혼자 있는 것을 어려워한다. 혼자 밥을 먹느니 굶는 게 낫다고 생각하고 혼자 여행하느니 방구석에서 뒹구는 게 낫다고 생각한다. 인생을 행복하게 만드는 것은 혼자 있는 시간을 어떻게 보내느냐에 달려 있다. '내가 정말 원하는 삶이 무엇인지, 내가 좋아하는 것과 싫어하는 것이 무엇인지, 나는 어떤 가치관으로 살아가고 있는지, 시간과 공간의 좌표 위에 현재 자신의 위치는 어디에 있는지'에 대해 스스로에게 질문을 던지며, 자기 자신에 대해 알아갈 수 있는 시간은 오직 혼자 있는 시간밖에 없다. 21세기의 유랑자가 통영의 바닷가 남파랑길을 홀로 유유자적 흘러간다.

해안도로를 따라서 걸어 해양소년단 거북선 캠프를 지나고 통영 편백숲길 관광농원을 지나간다.

푸른 바다와 푸른 산, 푸른 하늘과 푸른 섬이 한 폭의 그림처럼 아름답게 펼쳐진다. 바다가 보이는 산길을 걸어본 사람만이 해풍이 전하는 속삭임을 들을 수 있고 작은 섬들이 전해주는 이야기를 느낄 수 있다. 나 홀로 여행의 묘미가 새록새록 돋아난다.

드디어 점점 통영 시가지로 들어서서 통영대교를 지나간다. 다리를 건너면 미륵도지만 남파랑길은 미륵도를 그냥 지나친다. 미륵도(彌勒島)는 원래 통영반도와 폭 200m의 좁은 땅으로 연결되어 있었는데, 썰물 때는 걸어서 건널 수 있지만 밀물 때는 바닷물이 들어오는 너비 약 10m의 물길이 있었다. 이 물길을 확장해 1932년 지금의 통영운하가 만들어졌다. 이 운하가 만들어지기 전에는 무지개 모양의 돌다리가 놓여 있어 사람과 말이 건너다니고 다리 밑으로는 작은 배가 왕래하였다.

한국 유일의 3중 교통로다. 해저터널로 사람이 다니고 바다에 배가 다니고 통영대교 다리에는 자동차가 다니는 낮의 경관도 아름답지만 해가 진 뒤 들어오는 다리 위의 오색 조명과 진입도로변의 가로등이 바닷물에 반사되어 절묘하게 어우러지는 야경은 가히 장관이다. 통영운하 야경은 통영9경 중 제8경으로 꼽힌다. 남파랑길 종주 후 해상택시로 누리는 통영밤바다 야경투어는 일품이었다.

통영8경은 제1경 남망산조각공원을 시작으로 달아공원에서 바라본 석양, 미륵산에서 바라본 한려수도, 사량도 옥녀봉, 소매물도에서 바라보는 등대섬, 연화도 용머리, 제승당 앞바다, 통영운하 야경이다.

통영운하조망공원에 올라가서 통영운하를 조망한다. 길이 1,420m, 너비 55m로 통영반도 남단과 미륵도 사이를 흐르는 통영운하는 그 아래로 동양 최초의 해저터널을 품고 있다. 본래는 바닷물이 빠지면 갯벌이 드러나 반도와 섬이 연결되는 곳이었는데, 한산대첩 당시 이순신에게 쫓기던 왜군들이 이곳까지 흘러들어왔다가 퇴로가 막히자 도망치기 위해 땅을 파헤치고 물길을 뚫었다고 한다.

역사는 참으로 역설적이라, 400년 전 왜군에 의해 뚫린 물길은 1932년 일제에 의해 운하로 확장 개통되었다. 약 5년 6개월에 걸친 공사 끝에 완공된 운하는 임진왜란의 주범 도요토미 히데요시의 관명을 따 '다이코호리'라고 명명되었으며, 그 아래로 동양 최초의 해저터널도 함께 개통되었다. 일본인들은 자신들 조상의 한이 서린 이곳으로 우리나라 사람들이 오가는 것을 볼 수 없어 동양 최초의 해저터널을 만들었다고 한다.

통영해안로를 따라가다가 가파른 계단을 올라 착량묘에 도착한다. 착량묘(鑿梁廟)는 이순신을 모신 수많은 사당 중 최초의 사당이다. 이순신이 노량해전에서 전사한 이듬해인 1599년, 이순신을 따르던 수군들과 마을 주민들이 뜻을 모아 그를 기리는 작은 초가를 하나 만들어 이순신이 전사한 날과 설, 추석에는 제사를 모셨다.

착량이란 '뚫어서 다리를 만든다'라는 뜻으로 통영에서는 판데목이라고 하며, 임진왜란 이전부터 불려온 이 부근의 고유한 지명이다. 한산대첩 당시 왜적들이 떼죽음을 당한 이곳 판데목은 '송장나루'라 부르기도 했다. 그런 인연으로 착량묘가 이곳에 세워졌다.

착량묘에서 통영운하와 서호바다, 아름답게 펼쳐진 미륵산의 풍광을 조망한다. 미륵산은 예로부터 미래의 부처인 미륵불이 내려오는 곳으로 믿던 산으로 우리나라에는 '미륵(彌勒)'이란 이름의 크고 작은 산들이 전국에 산재해 있다. 그중 유명한 세 군데가 미륵산성을 가지고 있는 전북 익산의 미륵산과, 울릉도의 미륵산, 그리고 통영의 수호산이라고 부르는 미륵산이다.

통영에서 가장 높은 지대인 미륵산(461m)은 화려하고 아름다운 일출로 유명하며, 정상에서 바라보는 바다는 한마디로 장관이다. 마치 섬을 조각내어 바다에 뿌려놓은 듯 펼쳐지는 한려수도의 중심부를 한눈에 볼 수 있는 것은 물론 멀리 대마도까지 볼 수 있다. 남파랑길 종주 후 일출산행을 하였다.

도촌음악마을을 지나간다. 도촌동에서 나고 자란 현대음악의 거장 윤이상을 기리는 윤이상기념공원을 둘러보고 통영시립박물관을 지나서 서호시장에 도착한다. 통영의 아침을 여는 각종 해산물이 넘쳐나는 서호시장이다. 동이 트기도 전에 통통배들이 밤새 잡은 고기를 싣고 달려와 여기에 내려놓는다. 한려수도 중심에 자리 잡은 통영은 수산업이 발달해 해상교통의 중심지였고, 한국의 나폴리라고 불릴 정도로 아름다운 항구와 다도해의 많은 섬들을 거느린 관문이다. 통영은 사통팔달 고속도로가 연결되어 전국 각지의 사람들의 발길이 끊이지 않는 관광도시로 변모했다.

통영은 옛날부터 해안선을 따라 반농반어의 촌락이 형성되었는데 그나마 농사는 비탈진 언덕에 밭농사가 대부분이었다. 그러나 굴곡이 심한 리아스식 해안에 수온이 적당하고 동해 난류가 흐르는 이 해역은 한국수산의 보고라 할 수 있어 일찍부터 어업이 발달하였다. 일제강점기에는 남해안 수산업의 중심도시로 발전하여 마산, 부산, 삼천포, 여수 등지와 해상교통이 활발하였고, 일본·중국과의 무역항으로 각광받기도 했다.

한려수도의 비경과 문화와 예술이 살아 있는 예향의 도시 통영은 아름다운 자연과 천혜의 비경을 간직하고 겨울에도 기후가 따뜻하여 예로부터 축복받은 고장으로, 통영의 바다와 섬의 아름다운 경관을 보고 자라난 유치환, 박경리, 윤이상 등을 배출한 곳이다. 통영이야기길

1코스는 '예술의 향기길'로 청마문학관부터 박경리기념관까지이다. 이름에서 알 수 있듯이 통제영을 중심으로 수많은 문화예술인의 자취를 돌아볼 수 있다.

서피랑(60.9m)으로 올라간다. 동피랑과 마찬가지로 가파르고 깎아지른 듯한 벼랑이나 절벽이 서쪽에 있다 하여 서피랑으로 불렀다. 시가지의 높은 피랑(절벽)지대를 형성하고 있는 것에서 유래한 토박이 지명이며, 서포루는 통영성의 서쪽에 있는 포루다. '돌아와요 부산항에' 가락이지만 '돌아와요 충무항에' 노래가 구성지게 흘러나온다. '돌아와요 충무항에'는 이곳 출신 김성술(1946~1971)이 작시했다는 노래비가 세워져 있다.

> 꽃피는 미륵산에 봄이 왔건만/ 님 떠난 충무항은 갈매기만 슬피 우네.
> 세병관 둥근 기둥 기대어 서서/ 목메어 불러 봐도 대답 없는 그 사람
> 돌아와요 충무항에 야속한 내 님아

서피랑에서 내려와 충렬사 광장교차로를 지나서 충렬사(忠烈祠)에 들어선다. 하지만 문이 닫혀 있다. 예전에 다녀왔지만 종주 후에 다시 찾았다.

충렬사는 이순신의 위패를 봉안한 사당으로 경상우수사 겸 삼도수군통제사가 봄가을로 이순신을 제사 지내던 곳이다. 1868년 흥선대원군이 서원 철폐령을 내릴 때도 이순신을 제향하는 사당 가운데 유일하게 헐리지 않고 남았던 곳이다. 춘계 행사와 추계 행사 및 4월 28일 공의 탄신제 등의 행사가 열리고 있다.

여황산 언덕에 자리 잡은 세병관과 삼도수군통제영을 지나간다. 통영은 이순신이 한산도에 처음 설치했던 삼도수군통제영을 줄여 부른 데서 붙은 이름이다. 소가야에 속하여 통일신라시대 고성군에 속하였다가 고려시대 1018년(현종 9)에 거제현에 속하였다. 1914년 거제군과 용남군을 통합하여 통영군으로 개칭하였고, 1955년 통영읍이 충무공(忠武公)의 시호를 따서 충무시로 승격되면서 통영군과 분리되었다가, 1995년 충무시와 통영군을 통합하여 통영시가 되었다. 삼도수군통제영을 줄인 말이 통영(統營)으로 1604년(선조 37) 통제사 이경준이 거제현 두룡포(지금의 통영시)로 통제영을 옮기면서 통영의 명칭이 여기에서 시작되었다. 통영이나 충무시의 탄생은 삼도수군통제영과 충무공에 연유하여 붙여진 이름이다. 사람 몇 살지 않는 궁벽한 바닷가 마을이 었다가 1605년 통제영 건물인 세병관(洗兵館)을 지으면서 조선 수군의 중심 도시가 되어 크게 번창했다.

세병관은 삼도수군통제영의 중심 건물로 바닥 면적이 넓은 대표적인 목조 건축물이다. "은하수를 끌어와 병기를 깨끗이 씻는다(挽河洗兵)"라는 두보의 시 구절에서 "세병(洗兵)"이란 이름을 따왔으며, 전란의 고통에서 평화를 바라는 마음을 담았다.

임진왜란 후 왜구의 침략을 막기 위해 한산도에 있던 삼도수군통제영이 통영으로 옮겨지면서 설치했던 중심 건물로, 궐패(闕牌)를 모시고 출전하는 군사들이 출사의식을 행하던 곳이다. 앞면 9칸, 옆면 6칸의 단층 팔작지붕 건물로, 여수의 진남관(鎭南館)과 함께 남아있는 군사용 건물 가운데 면적이 넓은 건물 중 하나다.

시가지를 걸어 구불구불한 오르막 골목길을 따라 있는 담벼락마다 형형색색의 벽화가 눈길을 끄는 관광명소 '동피랑 벽화마을'로 들어선다.

동피랑은 통제영의 동쪽 동포루가 있는 자리로, '동쪽 벼랑'이란 뜻이다. 한국의 몽마르트 언덕이라 불리는 작은 마을 동피랑은 통영 서민들의 삶과 애환이 그대로 녹아 있는 달동네이다.

통영시는 낙후된 마을을 철거하여 동포루를 복원하고 주변에 공원을 조성할 계획이었으나, 2007년 시민단체가 '동피랑 색칠하기-전국벽화 공모전'을 열어 낡은 담벼락에 그린 벽화로 동피랑마을에 대한 입소문이 나기 시작하면서 관광객들의 발길이 끊이지 않는 명소로 변모하였다. 동피랑마을은 전국 벽화마을의 원조다. 이후 부산 감천마을, 전주 자만 벽화마을, 서울 홍제동 개미마을, 제천 교동 만화마을 등이 떴다. 통영에는 서피랑과 동피랑 외에도 빛의 정원 축제가 열리는 디피랑이 있다.

동피랑에서 내려와 남망산조각공원 입구에서 29코스를 마무리한다. 29~30코스 역방향으로 33.9㎞를 걸었다.

30코스

★ ★ ★ ★ ★ ★ ★ ★

통제사의 길

[당포해전]

무전동 해변공원에서 원산리 바다휴게소까지 16.3㎞

무전동 해변공원 → 향교봉 → 발암산 → 백우정사 → 바다휴게소

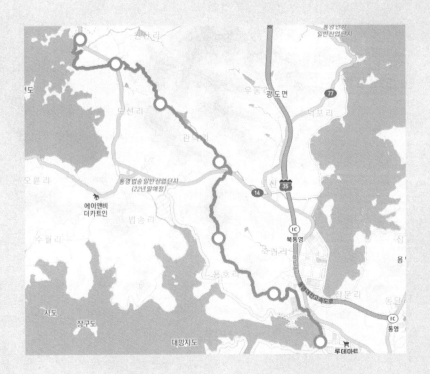

"부하 중에 전사자가 있는 장수에게 각기 명하여 따로 작은 배에 시신을 실어 고 향으로 보내 장사지내게 하고 전사자의 아내와 자식은 다른 휼전(恤典)에 의거 하여 구휼하라 하였습니다."

11월 21일 6시 18분 아직 어두운 새벽이다. 통영시 도산면 관덕리 도로변 편의점에서 생애 최초로 컵라면을 먹는다. 30코스는 대부분 산행이기에 살아남기 위해서다. 걷기 15일째, 처음 일주일이 적응기였다면 이제는 모든 것이 익숙해졌다.

30코스 종점인 바다휴게소에 도착해서 역방향으로 출발한다. 한적한 바닷길, 별들이 빛을 잃어가고 서서히 여명이 밝아온다. 벅찬 하루의 감동이 다가온다. 살아 있다는 것, 걸을 수 있다는 것, 볼 수 있다는 것, 이런 것들에 감사할 수 있다는 것, 아아, 이는 얼마나 커다란 축복인가.

감사가 하늘을 만나는 방법이라면, 겸손은 사람을 만나는 방법이다. 동서고금을 통해 최고의 처세술은 역시 겸손이며 바다는 겸손의 대명사다. 오만은 남이 나를 사랑하지 못하게 하고 편견은 내가 남을 사랑하지 못하게 한다고 했던가. 진정한 겸손은 깊은 자신감에서 나온다. 겸손의 핵심은 나를 낮추기보다는 상대를 높이는 데에 있다. 진짜 고수는 힘이 있을 때 겸손한 사람이다. 하루하루 신선의 경지에서 노닐며 남파랑길을 흘러간다.

따박섬을 지나 바다를 뒤로하고 하천을 따라 걷다가 도로를 가로질러 원동마을에서 임도를 따라 올라간다. 호젓한 가을 산행이다. 나무들이 도열하여 신선한 피톤치드를 내뿜으며 반갑게 "굿모닝!" 인사를 한다.

도덕산 백우정사 갈림길을 지나 통제사의 길 옛길을 걸어간다. 쉼터가 있는 한퇴고갯마루에서 산들이 펼쳐져 있는 아침의 풍경을 바라본다. 통제사옛길 안내판을 바라본다.

조선 후기 한양을 중심으로 조선 8도의 각 변방을 잇는 10대로가 있었다. 관서대로(여주), 북관대로(경흥), 관동대로(평해), 봉화대로(봉화), 강화대로(강화), 삼남대로(해남), 영남대로(동래), 충청수영로(보령), 수원별로(수원), 통영별로(통영)였다. 이렇게 한양에서 통영에 이르는 길이 조선의 10대 간선도로에 속했음은 임진왜란 이후 남해안 방비의 중요성과 함께 삼도수군통제영의 비중이 매우 컸음을 알 수 있다.

통영별로를 약칭하여 통영로라 하였으며, 이 가운데 특히 통영과 고성을 잇는 구간을 통제사가 한양을 오가던 길이라 하여 속칭 '통제사의 길'이라 했다. 통제사가 멀리 한양에서 출발하여 옛길을 따라 임지인 통영 남문을 따라 세병관에 도착하여 궐폐단에서 임금에게 보고를 했던 길이다.

삼도수군통제사는 전라도, 경상도, 충청도의 수군을 총지휘하는 조선시대 관직으로 종2품이다. 오늘날의 해군참모총장에 해당한다. 수군통제사의 관부(官府)를 통제영 또는 통영이라 하고, 처음에는 한산도에 두었다가 왜란이 끝난 후 경상우도 고성현 두룡포(豆竜浦: 현 통영시)로 옮겨 1895년(고종 32)에 폐지될 때까지 300년간 존치되었고, 그동안 208명의 수군통제사가 임명되었다.

이순신은 초대 삼도수군통제사이다. 그 이전에는 삼도수군통제사가 없었다. 2대 통제사는 원균이다. 그리고 3대 통제사는 충무공 이순신

과 동명이인 이순신(李純信)이다. 4대 통제사 이시언부터는 거의 경상우
수사가 겸직하였다.

삼도수군통제사 이순신의 부하 사랑은 대단했다. 통제사의 길, 이순
신의 리더십에는 조선 수군의 이름 없는 부하들까지 챙기는 따스함이
있었다. 조정에 '당포해전 승전보고'를 올린 장계의 내용이다.

> 이 사람들은 화살과 돌을 뚫고 결사적으로 진격하다가 전사하거나 부상하였습
> 니다. 부하 중에 전사자가 있는 장수에게 각기 명하여 따로 작은 배에 시신을 실
> 어 고향으로 보내 장사지내게 하고 전사자의 아내와 자식은 다른 휼전(恤典)에
> 의거하여 구휼하라 하였습니다. 또 다친 사람에게는 약물을 지급하여 충분히
> 치료하도록 하라고 아주 단단히 일러두었습니다.

여기서 말하는 이 사람들은 대부분이 노를 젓는 격군, 활을 쏘는 사
부, 하급 지휘관인 군관들이다. 이들의 이름은 어디에서 찾을까? 이순
신이 가장 중시한 것은 사람이었으니, 이순신은 장계에 이들의 이름을
고스란히 남겼다.

이순신의 군율은 지엄하고 군령은 추상 같았다. 이순신은 "탈영병의
목을 베어 군문에 효수하라"라고 하면서 "진중이 무너지는 것을 막으
려면 더한 짓도 하겠다"라고 말했다. 그런 이순신이었지만 부하 사랑
또한 남달랐다. 이순신의 신상필벌 정신이다.

1593년 한산도에는 역병이 돌기 시작했다. 이순신은 돌림병 속에서
신음하고 죽어가는 군사들을 안타까워하면서 백방으로 약을 구하고,
의원을 보내줄 것을 조정에 장계로 청했다. 이순신 본인도 역병에 걸렸
다가 나았으며, 어영담의 죽음에는 크게 슬퍼했다. 1593년 윤11월 이순
신의 장계 내용이다.

전선이 아무리 많아도 격군이 정비되지 않으면 무슨 수로 배를 운항할 수 있겠습니까? 또 격군이 정비되었다 하더라도 군량을 대지 못하면 무슨 수로 군사를 먹이겠습니까?

격군은 군선의 엔진이었다. 사람 엔진은 밥을 먹어야 했다. 격군들은 아무 가진 것 없이 오로지 튼튼한 몸 하나로 노를 젓는 가장 고된 일을 맡았다. 격군들은 대부분 성도 없고 이름도 대개 끗산, 막대, 엇금, 끝손처럼 천했다. 사갓집이나 관청의 노비도 많았다. 조선에서 노비는 인격이 없는 마소와 같은 존재였지만 이순신 덕분에 그들의 숭고한 이름은 지금까지 되새길 수 있게 된 것이다.

이순신은 죽은 군사에 대해서도 장사를 지내고 손수 제문을 지어 원혼을 달랬다. 제사를 지내던 어느 날 이순신의 꿈에 귀신이 나타나 억울함을 호소했다. 이순신은 그 이유를 물었다.

"오늘 제사에서 병으로 죽은 자, 싸우다 죽은 자는 다 얻어먹었지만 우리는 먹지 못했기 때문입니다."

"너희는 무슨 귀신이냐?"

"우리는 물에 빠져 죽은 귀신입니다."

이순신이 이상히 여겨 꿈에서 깨어 제문을 살펴보니 과연 이들이 빠져 있으므로 제문을 고쳐 다시 제사를 지냈다. 『난중일기』에 나타나는 이순신의 부하 사랑이다.

1594년 1월 20일. 맑으나 바람이 크게 불어 춥기가 살을 에는 듯하였다. 각 배에서 옷이 없는 사람들이 거북이처럼 웅크리고 추위에 떠는 소리는 차마 듣기를 못하겠다.

1월 21일 맑음. 아침에 본영의 격군 742명에게 술을 먹였다. 광양현감(최산택)이 들어왔다. 저녁에 녹도만호가 와서 보고하는데, "병들어 죽은 214명의 시체를 거두어서 묻었다"라고 한다. 사로잡혔다가 도망쳐 나온 2명이 원수사의 진영에 와서 적의 정세를 상세히 이야기했지만 믿을 수 없었다.

1596년 5월 5일 맑음. 이날 새벽에 역귀에게 제사지냈다. 일찍 아침밥을 먹고 나가 공무를 보았다. 회령포만호가 교서에 숙배한 뒤에 여러 장수들이 와서 모임을 갖고 그대로 들어가 앉아서 위로주를 4순배 돌렸다. 경상수사는 술잔 돌리기가 한창일 때 씨름을 시켰는데, 낙안군수 임계형이 장원이었다. 밤이 깊도록 이들을 즐겁게 뛰놀게 한 것은 내 자신만이 즐겁게 하자는 것이 아니라, 다만 오랫동안 고생하는 장병들에게 노곤함을 풀어주고자 한 계획인 것이다.

『난중일기』와는 달리 장계에서는 이순신의 또 다른 목소리를 들을 수 있다. 일기 속 이순신은 간결한 글로 짧게 끊는 문장에서 감정을 절제하는 것이 느껴지지만 장계에서는 사뭇 다르다. 꼼꼼하기 그지없는, 장황하기까지 한 장문의 전투보고서는 건조한 문체인데도 불구하고 감정이 짙게 배어 있다. 모든 사람이 보는 공식문서인데도 누군가는 혹독하고 서늘하게 비판하면서, 자신이 지켜줘야 할 부하에 대해서는 목소리를 높이며 포상을 건의하기도 한다. 심지어 죽고 다친 병사나 격군들 이름 하나하나가 다 기록되어 있다. 이순신의 장계 속에는 사생관, 인간관, 장수로서의 자질, 객관적이고 성실한 기록자의 모습까지 볼 수 있다.

수군이 먼 해상에 진을 친 지도 벌써 5개월이 되었습니다. 병졸들의 마음이 풀어지고 날랜 기운도 꺾였습니다. 전염병이 크게 번져 진중의 군졸들이 태반이나 감염되었습니다. 사망자가 속출하고 있습니다. 군량이 모자라서 굶고 또 굶고 있습니다. 병이 들면 이기지 못하고 반드시 죽습니다. 군사의 수효는 날로 줄어드는데, 다시 보충할 길도 없습니다. 신이 거느린 수군은 원래 6천 2백 명입니다. 그중 금년 2월부터 지금까지 병들어 죽은 자가 6백 명입니다. 겨우 남아 있는 군졸들도 먹는 것이 조석으로 불과 두세 홉에 불과합니다. 배고프고 고달픔이 극도에 달해, 노를 젓고 활 당기기를 감당할 수 없습니다. 순천, 낙안, 보성, 흥양고을의 군량 680석을 지난 6월에 이미 모두 실어다가 먹었습니다.

전라도가 비록 보존되었다고 하지만, 전쟁이 일어난 후 물력은 이미 고갈되었습니다. 또 명나라 군대를 접대하느라고 이미 말라빠져버렸습니다. 요즘 명나라 군대가 남하해서 마을을 드나들며 재물을 빼앗고 들판의 곡식을 빼앗아 명군이 지나가는 고을마다 마을은 남아나지 못합니다. 무지한 백성들은 우르르 무너져서 달아나버리고 있습니다. …(중략)… 이처럼 굶주리고 병든 군졸들을 데리고, 적을 공격하기에는 백 가지로 생각해도 계책이 전혀 없으니, 통분하고 또 통분합니다.

통제사의 길과 남파랑길이 갈라진다. 통제사의 옛길을 바라보며 남파랑길을 올라간다. 배스 낚시를 즐길 수 있는 관덕저수지를 지나서 광도천을 따라 한퇴마을로 들어선다. 상노산교차로에서 길을 건너 발암산으로 올라간다. 호젓한 산길에 '통영 지역을 종주하는 산님들 힘! 힘! 힘! 힘내세요!'라고 하는 응원 문구가 나무에 걸려 있다.

힘이 있어야 한다. 힘이 많으면 많을수록 재미있고 의미 있는 일들을 많이 할 수 있다. 힘에는 보이는 힘도 있고, 보이지 않는 손의 힘도 있다.

가을의 산기슭에 숲을 뒤흔드는 바람 소리가 요란스럽다. 적막한 산기슭, 산천의 온갖 사물들이 숨을 죽이고 있는데 오직 바람 소리만 천지를 뒤흔든다. 바람 소리에 귀 기울이다가 내면으로 방향을 틀어 깊은 심연 속으로 들어간다. 뜻 모를 평화와 안식이 마음 저 밑에서 스멀스멀 밀려온다.

발암산(276.5m) 정상에 오르니 환상적인 경치가 펼쳐진다. 정상의 바위봉에 올라 도덕산, 벽방산, 천계산을 바라보고, 통영 앞바다와 거제

도를 조망한다. 발암산(鉢岩山)은 스님의 밥그릇인 바리때와 같은 형상의 바위로 이루어진 산이라 하여 발암산이라 한다. 산기슭 저쪽으로 흰 구름 몇 조각이 한가롭게 떠가고 있다. 중천에 높이 뜬 태양이 은은한 미소를 보낸다. 생은 즐기는 자의 것, 바라보이는 모든 것이 아름답다.

정상에 공식적인 정상 표지석이 없으니, 281m라고 쓴 것도 있고 산불감시초소 옆 이정표 기둥에는 261m라는 표시판도 있다. 남파랑길 14코스에서 지나온 광도면 죽림리 일대에 인구 1만명 규모의 죽림신도시가 들어서면서 통영시에서 발암산과 제석봉을 오를 수 있는 등산로를 개설하였기에 아직 미흡한 점이다.

발암산에서 제석봉을 향해 나아간다. 돌탑길을 지나고 전망대 기암을 지나고 정덕사를 내려다보고 암수바위에 도착한다. 숫바위에 올랐다가 제석봉 삼거리를 지나서 제석봉(280.8m)에 도착한다. 제석봉 봉우리 표시목이 있고, 삼각점이 있다. 전망대로 가서 통영시를 내려다보고 미륵도 등 통영의 섬들과 아름다운 경관들을 조망한다.

남파랑길이 지나지 않는 통영의 미륵도에는 당포항과 당포성지가 있다. 당포성지는 고려 공민왕 때 최영 장군이 왜구를 물리치기 위해 쌓은 성으로 전승지이다. 당포성지는 야산 정상부와 구릉의 경사면을 이용하여 돌로 쌓은 산성터이다. 이 성은 왜적을 물리치는 데 천혜의 지형을 가지고 있어 이순신이 통제사로 있으면서 적극 활용하였다. 전라좌수사 이순신은 2차 출전 때 통영의 당포에서 당포해전을 치렀다.

5월 29일부터 6월 1일 아침까지 전라좌수영의 이순신의 함대를 주축으로 한 조선연합수군은 사천해전을 통해 왜군 함선 13척을 격침시키고, 왜군 2,600명을 사살하였다. 같은 날 정오 무렵 이순신 함대 23

척과 원균이 이끄는 전선 3척은 삼천포 앞바다를 거쳐 사량도에 이르러 이곳에서 밤을 보냈다. 그리고 6월 2일 당포 앞바다에서 왜선 21척을 격침시켰다. 『난중일기』의 기록이다.

6월 1일 맑음. 사량(통영 양지리) 뒷바다에 진을 치고 밤을 지냈다.

6월 2일 맑음. 아침에 출발하여 곧장 당포(통영 삼덕리) 앞 선창에 이르니, 왜적의 배 20여 척이 줄지어 정박해 있었다. 우리 배가 둘러싸고 싸우는데, 적선 중에 큰 배 한 척은 크기가 우리나라의 판옥선만 하였다. 배 위에는 누각을 꾸몄는데, 높이가 두 길이고 누각 위에는 왜장이 우뚝 앉아서 끄떡도 하지 않았다. 편전과 대·중 승자총통을 비 오듯이 난사하니, 왜장이 화살에 맞고 떨어졌다. 그러자 모든 왜적들이 동시에 놀라 흩어졌다. 여러 장졸이 일제히 모여 발사하니, 화살에 맞아 꺼꾸러지는 자가 얼마인지 그 수를 알 수 없었고 남은 게 없이 모조리 섬멸하였다. 얼마 후 큰 왜선 20여 척이 부산에서부터 바다에 줄지어 들어오다가 우리 군사들을 바라보고는 달아나 개도(산양 추도)로 들어갔다.

이순신이 당포 앞바다에 이르니 일본군 300명이 반은 성안으로 들어가 분탕질을 하고 있었고, 나머지 반은 당포성 밖 험한 곳에 진을 치고 사격을 하고 있었다. 사천 앞바다와는 달리 당포 앞바다는 수심이 깊고 암초가 거의 없어 판옥선이 움직이기에 최상의 조건이었다. 이번에도 거북선 2척이 속도를 내어 당포 앞바다의 적선 속으로 밀고 들어갔다. 당시 일본 대장선인 안택선의 높은 누각에는 한 인물이 태연자약 부채질을 하고 있었다. 거북선이 조총을 쏘아대는 안택선의 옆구리를 들이박았다. 적장은 충파의 충격으로 안택선의 누각에서 뱃머리로 떨어졌다. 휘청거리며 일어나는 적장을 향해 순천부사 권준이 화살을 쏘아 완전히 쓰러뜨렸다.

대장이 죽자 일본군은 육지로 도망가거나 바다로 뛰어들었다. 그때 안택선에 뛰어오른 사도첨사 김완이 일본 장수 구루시마 미치유키의 머리를 베었다. 명량해전의 일본 장수 구루시마 미치후사의 형이었다. 적장 구루시마 미치유키의 목이 잘리자 일본군은 더 이상 싸울 의지를 잃어버리고 울부짖으면서 도망가기에 정신이 없었다. 일본군은 자신의 주군인 다이묘가 죽으면 전장에서 고아나 다름없기 때문이었다.

이순신은 돌격장 이기남이 지휘하는 거북선을 돌진시켜 적의 병선 21척을 모조리 불태웠고 일본 수군은 2,820명이 사망했다. 당시 일본 측 기록에 이런 내용이 있다.

"조선 수군으로부터 패배를 맛본 아군이 크게 당황하였고 위축되었다."

당시 동북아 바다는 물론 동남아까지 거리낌 없이 항해하고 다니며 약탈을 일삼는 등 해전에 자부심이 있었던 일본 수군과 해적들의 충격은 상당했다. 당시로는 미사일이나 다름없는 조선 함대의 천자총통 등 장거리포와 피령전(황자총통으로 발사하는 대형 화살), 신기전 등의 신무기와 거북선 앞에 일본군의 당황스러움은 극에 달했다.

제석봉에서 향교봉으로 나아간다. 소요유, 무념무상으로 그저 고요히 길 위를 거닌다. 바람에 불고 누런 잎이 어지러이 진다. 향교봉을 지나서 세계에 하나뿐인 거대한 취옥석 와불이 있는 용봉사로 내려간다. 부처열반상을 둘러보고 용봉사에서 나와 원문고개를 지나간다. 아름다운 해변이 눈을 즐겁게 한다.

해병대통영상륙작전기념관을 지나 바닷가를 걸어간다. 통제사의 길에서 이순신의 리더십을 새삼 가슴에 새기며 30코스 출발점 무전해변공원에 도착한다.

PART
7

고성
구간

31코스

☆ ☆ ☆ ☆ ☆ ☆ ☆ ☆ ☆

고성만해지개길

[진주성 전투]

도산면 바다휴게소에서 성리면 부포사거리까지 16.2㎞

바다휴게소 → 해지개다리 → 남산공원 → 대독누리길 → 황불암 → 부포
사거리

"장강 물은 쉬지 않고 흘러가니 저 물 마르지 않는 한 우리 넋도 안 죽으리."

11월 22일 7시, 남망산조각공원 이순신 동상 앞에서 일출을 맞이한
다. 한산도와 한산 앞바다가 한산대첩 그날의 장면을 영상화한다. 심
장에 쿵 하고 뭉클함이 밀려온다. 신성한 태양이 서서히 떠오른다. 민
족의 태양 성웅 이순신의 충혼을 가슴에 안고 오늘도 남파랑길을 걸어
간다.

니체는 "왜 살아야 하는지 아는 사람은 그 어떤 상황도 견딜 수 있
다"라고 말한다. 왜 걸어야 하는지 아는 사람은 그 어떤 상황도 이겨낼
수 있다. 역경은 경력이다. 인생의 게임은 역경이 닥치기 전에는 시작
되지 않는다. 고통을 주지 않는 것은 쾌락도 주지 않는다. 인간은 예로
부터 험한 산을 오르는 등 여행을 통하여 자신의 능력을 시험했다. 여
행을 하면서 자신에게 귀를 기울이고 자신과 많은 시간을 보내다 보면
자신의 잠재력을 발견할 수 있다. 여행의 성취감은 그 자체로 자신감
을 불어넣어주고 희망을 가지고 세상을 바라보게 한다.
　나 홀로 가는 남파랑길, 31코스 출발점인 바다휴게소에서 국도 옆길
농로로 발걸음을 옮긴다. 통영과 고성의 경계인 거운교차로에서 좌측
고개를 넘어 거운항 방파제에 도착한다. 호수처럼 보이는 고요한 아침
의 바닷가를 걸어간다. 멀리 미륵산이 보인다. 편도 1.4㎞의 해지개해
안둘레길 시점을 지나서 데크길을 걸어간다. 일몰 후에는 야간 조명이
들어와 분위기는 환상적으로 변한다.

오션스파호텔을 지나서 '거대한 호수 같은 바다 절경에 해 지는 모습이 아름다워 사랑하는 이를 생각나게 한다'라는 의미를 담고 있는 해지개다리를 건너간다. 다리에는 폭포가 떨어지는 장면과 이어서 상어와 물고기들이 노니는 해저 장면 등을 그려놓았다. 오래되어 색이 바랬지만 정겨운 모습이다.

고성만은 복주머니 형태를 띠고 있고 높은 산줄기가 바람을 막고 있어 바다는 호수처럼 잔잔하다. 청정한 바다에 파도마저 없으니 굴 양식에 최고다. 그래서 해지개길은 바다 위에 떠 있는 하얀 부표를 감상하고 알싸한 굴 향기를 마시게 된다.

고성만해지개길 11.7km는 공룡이 성큼성큼 거닐었던 자란마루길 9.7km과 함께 2019년 국토교통부 '남해안 해안경관도로 15선'에 선정됐다.

방향을 바꾼 해안데크길을 걸어가니 동백나무들이 줄지어 서 있다. 나무에서 한 번, 땅에 떨어져서 한 번, 그리고 보는 이의 마음속에 한 번 피어 세 번 핀다는 동백꽃이 피기 시작했다. 동백꽃은 향기가 없다. 일본에서는 꽃이 떨어지는 모습이 할복 시 가이샤쿠로 목이 떨어지는 것과 같다고 표현한다.

해안에서 벗어나 전국 최고의 글램핑, 카라반과 사이트 시설을 갖춘 고성남산공원 오토캠핑장을 지나서 남산공원에 이르자 비가 온다. 남파랑길에서 만나는 두 번째 비다. 비를 좋아하는 나그네에게 비를 선물하니 비의 나그네가 되어 빗속의 남산공원을 올라간다. 고성군이 대한민국 최고의 공원으로 자신 있게 권하는 남산공원이다.

들머리는 소나무 숲이 우거진 가파른 계단이지만 좀 더 오르면 야자매트가 깔린 편안한 길이다. 산 중턱에 상정대로를 건너는 남산교 구름다리를 걸어간다. 해발 108m의 낮은 남산공원, 고성 시가지를 두고 북쪽 산들이 병풍처럼 도열해 둘러싸고 있다. 남쪽으로는 고성만, 동쪽으로는 벽방산이 우뚝하다. 단풍과 낙엽, 비가 어우러지는 남산정(南山亭)에서 고성 읍내를 내려다본다. 남쪽으로는 작은 섬들과 큰 산으로 둘러싸인 아름다운 한려수도가 한 폭의 그림같이 다가온다.

주룩주룩 비가 내린다. 있으라고 내리는 이슬비인가, 가라고 내리는 가랑비인가. 있을까, 갈까 하다가 갈 길 먼 나그네가 길을 간다. 가로등에 '고정관념을 버리세요'라는 문구가 비를 맞고 있다. 나를 위하여 나에게 하는 소리로 다가온다.

고성남산공원 아치를 지나고 호국참전유공자비를 지나고 남산공원 날머리이자 들머리에 이르니 옛 동헌 주변에 있던 비석들이 옮겨진 선인들의 행적비가 줄지어 도열해 있다. 이제 고성 시가지를 지나서 고성 보건소 앞 대독천 다리에서 대독누리길로 간다. '따뜻한 정이 있는 살기 좋은 수외마을'을 지나서 고성읍 교사리에 있는 대독누리길 종합안내도 앞에 선다.

대독누리길은 수남저수지 생태공원에서 갈모봉 입구까지 대독천 물길 복원과 함께 황톳길로 조성한 6㎞ 구간의 길이다. 둑길 곳곳에 데크와 다양한 조형물, 쉼터가 있어 산책이나 하이킹을 즐기기 좋으며, 수남유수지 생태공원과 함께 친환경 생태체험 공간이다. 안내판에 설명하는 대로 멀리서 불어오는 바다 냄새와 바람에 물결치는 갈대들, 귀를 간질이는 물소리와 함께 걸어간다. 한 편은 개울과 한 편은 아름다운 산과 들판을 보면서 추적추적 비를 맞으며 대독누리길에 진주성 싸움이 일어나기 전 고성을 공격하여 남해안 루트를 회복한 김시민(1554~1592) 장군이 스쳐간다. 이후 조정에서는 김시민을 정식 진주목사로 임명했다.

임진왜란 초 진주성의 성주는 이경이었다. 함양에서 출발한 김성일이 조종도, 이로와 함께 진주에 도착했을 때 성안은 텅 비어 사람의 그림자조차 없고, 남강만 말없이 흐르고 있었다. 김성일은 슬픔과 분노가 올라 남강가에 있는 촉석루에 올라 죽음으로써 나라의 은혜에 보답할 것을 맹세하며 시를 지었다.

> 촉석루 누각 위에 올라 있는 세 장사
> 한잔 술에 웃으며 장강 물을 가리키네.
> 장강 물은 쉬지 않고 흘러가니
> 저 물 마르지 않는 한 우리 넋도 안 죽으리.

김성일이 지리산에 숨어있는 진주목사 이경과 판관 김시민을 불렀으나 이경은 도망가고 김시민은 진주성으로 돌아왔다. 김성일은 김시민에게 임시 진주목사 자리를 주고 군사를 모아 부대를 조직하고 성을 쌓고 못을 파고 병기를 고쳐 전쟁을 준비하게 하면서, "진주는 호남의 보루이다. 진주가 없으면 호남이 없고, 호남이 없으면 나라가 없어진다. 적의 목표가 호남이니 호남 수비에 소홀하면 만사가 끝난다. 그러므로 진주성만은 왜적에게 넘겨주지 말아야 한다"라고 강조했다.

이순신이 한산도에 진영을 쌓으면서 '약무호남 시무국가(若無湖南 是無國家)'라고 한 것과 같은 맥락이었다. 『국조보감』에는 당시의 상황을 이렇게 적고 있다.

> 이순신은 수군을 거느리고 서해를 장악하고 있었고, 김성일은 관군과 의병으로 진주를 잘 지키고 있었다. 적은 호남으로 들어갈 수 없자 할 수 없이 금산을 거쳐 호서로 들어가려 하였으나 여러 번 실패하고 후퇴하였다. 때문에 호서가 함락되는 것을 막았다. 나라는 이 두 도를 근거로 군량을 댈 수 있었고 나라를 지킬 수 있었는데, 그것은 이순신과 김성일, 두 사람이 철벽같이 방어한 전공이었다.

전쟁이 시작되었을 무렵 200년간 평화로운 시대를 보냈던 조선군은 나약한 모습을 보였던 반면, 일본군은 120년간의 전국시대를 통해 풍부한 전투 경험을 가지고 있었다. 그런데 전쟁이 지속되면서 조선군은 나름대로 전투 경험을 쌓았고, 조총에 대한 저항법을 익혀나갔다. 백병전에서 조선군이 일본군보다 머리 하나가 크다는 사실도 알게 되었다. 당시 신장 비교로는 조선인 남자 163cm, 여자 153cm, 일본인 남자 155cm, 여자 143cm였다고 한다. 왜군(倭軍)은 곧 키가 작아서 왜군(矮軍)이었다. 19세기 초, 조선인의 특징에 대해 어느 일본인이 쓴 글이다.

"인물은 모두 장대하고 근골(筋骨)이 강하며 식사량도 일본인의 2인분의 식사가 저 나라 사람 1인분에 해당한다. 그런데 심기(心機)가 노둔하고 재주가 부족하다. 이 때문에 태합이 정벌하였을 때 쉽게 졌다."

체격도 일본인보다 크고 밥도 일본인의 두 배나 먹는데 임진왜란 때 쉽게 무너진 것은 조선인이 우둔했기 때문이라는 것이다. 일본인에 비해 당시 조선인은 대식(大食)했다. 심지어 일본인의 3일분 식사량이 조선인의 하루 식사량이라는 글도 있다.

일본군은 수륙병진작전이 막혀서 보급이 원활하지 못했다. 바다에서는 이순신이 가로막고 있었고, 육로에서는 도로 사정이 안 좋고 의병들이 기습을 하여 보급이 어려웠다. 나아가 명나라 군사의 참전 소식이 들려오면서 일본군의 사기는 점점 떨어져가고 있었다. 그리고 점점 조선의 겨울이 다가오면서 추위에 대한 공포감도 점점 커져갔다. 참전한 일본군의 상당수가 따뜻한 규슈지방에서 온 병사들이어서 추위에 약했다.

일본은 전쟁의 양상을 바꾸기 위해서는 호남을 접수해야 한다고 결정했다. 곡창지대 호남에서 수확되는 쌀을 확보하는 것은 물론 육지를 통해서 이순신의 전라좌수영을 공격할 수 있다는 이점도 있었다. 일본군은 남쪽에서 호남으로 들어가려면 진주성을 공격해야 한다는 생각을 하게 되었다.

부산에 있던 3만여 명의 일본군이 진해, 창원, 함안을 깨고 진주로 쳐들어왔다. 이때 함안군수에서 경상우병사로 승진한 유승인이 패해서 진주성으로 와서 성안에서 함께 싸우겠다고 했다. 하지만 김시민은 김성일과 의논하여 그를 성안으로 들이지 않았다. 김시민은 정3품의 진주목사였고, 유승인은 종2품의 경상우병사였기에 지휘체계가 혼선을 가져올 수 있었기 때문이다. 결국 유승인은 돌아가다 일본군을 만나 전사하였다. 나중에 곽재우가 김시민이 유승인을 받아들이지 않았다는 말을 듣고 감탄하기를 "이 계책이 성을 온전하게 하기에 충분하니 진주 사람들의 복이다" 하였다.

당시 진주성을 지키던 병사들은 3,800명, 진주성을 공격한 일본군은 3만이었다. 진주성 남쪽은 남강이 흐르고, 이순신이 남해를 지키고 있었고, 북쪽에는 곽재우가 게릴라전으로 일본군을 교란시켰으며, 서쪽에서는 호남 의병장이자 논개의 남편인 최경회가 일본군의 후방을 교란했기 때문에 일본군의 공격은 동문 쪽으로 진행되었다.

10월 6일에 시작하여 8일에는 성이 거의 점령 직전까지 가기도 했다. 일본군은 9일에 거짓 퇴각하는 것처럼 하다가 10일 새벽 총공격을 시도하였는데, 이때 비가 억수로 쏟아졌다. 오전 11시까지 치열한 전투가 벌어졌고, 결국 일본군은 시신을 불태우고 철수하게 되었다.

1592년 10월 10일, 진주성 싸움이 끝나던 그날 억수 같은 비가 오는 가운데 철수하던 일본군의 시체 더미에 숨어 있던 저격수가 진주목사 김시민을 저격했다. 조선군은 승리했지만 김시민은 결국 혼수상태로 며칠을 보내다가 죽었다. 김시민의 고향인 천안까지 상여가 이동했는데 많은 백성들이 나와서 애도했다.

1차 진주성 전투에서 조선군은 800여 명이 전사했고, 일본군은 1만여 명이 전사했다. 이 싸움이 이순신의 한산대첩, 권율의 행주대첩과 함께 임진왜란 3대첩의 하나이다.

김성일은 조정에 김시민이 진주성을 지키는 데 가장 큰 공을 세웠다고 보고했고, 김시민은 바로 경상우병사로 승진되었다. 김시민은 숙종 때 '충무공(忠武公)'의 시호를 받았다. 인조 때 이순신이 받은 시호와 같은 '충무공'이었다.

김성일은 진주성에서 성을 지키느라 초죽음이 된 장수들을 격려하고 위로했다. 끔찍한 전투의 상처가 남았다. 백성들은 굶주림에 아우성치고 전염병으로 죽어갔다. 김성일은 불쌍한 백성들을 돌보느라 피로가 쌓이고 머리가 하얗게 세고 말았다.

1593년, 참혹한 중에도 어김없이 새해는 밝아왔다. 김성일은 백성들을 돌보는 한편, 장수들과 함께 왜적과의 싸움에 대비했다.

3월 4일, 조정에 군사들에게 먹일 양식과 물자를 마련하기 어렵다는 보고를 했다. 김성일이 올린 마지막 보고였다. 굶주리고 돌림병의 열에 들뜬 환자들을 돌보느라 김성일은 자신의 몸을 돌보지 않았다. 그러다가 결국 돌림병의 침입을 받고 말았다. 왜적의 침략도 꿋꿋하게 물리친 그였지만 몸은 너무나 지쳐 있었다.

김성일은 "뜻을 이루지 못하고 먼저 가오. 하늘의 뜻이니 어찌하오. 또 적이 물러나면 나라의 회복이야 기약하겠지만 조정의 동서는 누가 깨트릴까" 하였다. 정신이 오락가락하는 중에도 오직 나라 걱정뿐이었다.

4월 29일 김성일은 진주공관에서 세상을 떠났다. 소식을 들은 진주성 안팎의 백성들은 가슴을 치며 흐느꼈다. 유성룡은 김성일의 죽음을 안타까워하면서 "아! 김성일의 불행은 경상우도 모든 사람들의 불행이구나. 이것이 진실로 운명이런가. 사람의 힘으로는 어쩔 수 없는 것인가 보다" 하였다.

전쟁 중이라 지리산 기슭에 임시로 장사지냈다가 그해 12월 안동으로 옮겨 장사지냈다. 1605년 김성일은 선무원종공신 1등에 뽑히었고,

이조판서, 홍문관 대제학에 추증되었다.

다음 해 6월, 2차 진주성 전투에서 일본군은 1차 진주성 싸움의 복수로 싹쓸이라는 살육을 감행했다. 이때 남쪽으로 후퇴한 일본군은 왜성에 틀어박혀 전열을 정비한 후 지난해 10월 진주성 패전의 복수를 하기 위해 다시 진주성으로 모여들었다. 도요토미 히데요시는 전군으로 하여금 진주성을 공격하도록 명령했다. 임진년에 모두 22만 명의 일본군이 조선에 상륙했는데, 1년이 지난 1593년에는 총병력이 10만 명에 불과했다. 1년 동안 12만 명이 목숨을 잃은 것이다.

2차 진주성 전투에서는 적의 대군을 대적하기 어렵다는 도원수 김명원, 순찰사 권율, 의병장 곽재우의 의견, 죽음을 무릅쓰고 진주성을 지켜야 한다는 김천일과 최경회, 충청병사 황진 등의 의견이 엇갈렸다. 진주성 입성을 반대하는 대표자인 곽재우는 "지금 적군이 많고 정예하며 누구도 당할 수 없는 형세인데 3리밖에 안 되는 진주성으로 어찌 감당해낼 수 있겠는가" 하면서 진주성 입성에 반대하였다. 곽재우의 견해는 승산 없는 진주성에 들어가 쓸데없는 희생이 되지 않겠다는 것이었다. 하지만 김천일은 죽음을 무릅쓰고라도 진주성을 지켜야 한다고 주장하였다.

"지금의 호남은 국가의 근본이 되어 있고 진주는 호남과 밀접한 곳으로 입술과 이의 관계인데 진주를 버린다면 적의 화가 호남에 미칠 것이다. 그러기에 힘을 합쳐 진주성을 지켜 막아야 한다."

6월 21일 진주성을 포위한 9만 명의 일본군은 22일부터 대대적인 공격을 가했다. 제2차 진주성 전투는 임진왜란사에 최대 규모의 전투이자 한국 의병전투사 사상 최대의 희생을 치른 전투였다. 그리고 그 주도층은 호남 출신 의병 지도자들이었다. 진주성 함락을 눈앞에 두고 김천일, 최경회, 고종후 등은 북향 사배를 마친 뒤 남강에 투신하였다. 최경회의 여인 논개도 이때 적장 게야무라 로쿠스케를 끌어안고 남강에 투신하였다. 창의사 김천일과 경상우병사 최경회, 충청병사 황진 등이 군민들을 이끌고 완강하게 저항했으나 6월 28일 큰 비가 내려 성이 허물어지면서 29일 함락당하고 말았다. 진주성은 그야말로 참살 현장이 되었다.

당시 일본의 전쟁에서는 싹쓸이라는 형태의 살육이 다반사로 이루어졌는데, 복수심으로 진주성에서 싹쓸이가 이루어졌다. 『징비록』은 이 전투에서 죽은 자가 6만여 명이라고 했다. 진주성에 들어가기를 거부하고 후방에서 구원과 교란작전조차 하지 않았던 곽재우는 충청병사 황진에게 "당신은 충청도 병마사이니 경상도 진주성 수비와 직접 관계가 없소. 나와 밖에서 싸웁시다" 하니 황진은 "나는 이미 김천일과 더불어 약속을 하였으니 죽을지언정 그 약속을 저버릴 수 없소"라고 대답했다.

이 기간 중에 25일부터 진주성의 전쟁 상황을 듣고 쓴 이순신의 『난중일기』의 기록이다.

> 1593년 6월 29일 맑음. 서풍이 잠깐 일다가 날이 개고 밝았다. 순천부사와 광양현감이 와서 만났다. 어란만호(정담수)와 소비포권관(이영남) 등도 와서 만났다. 종 봉손 등이 아산으로 가는데, 홍, 이 두 선비의 앞과 윤선각의 소식을 물을 곳에 편지를 써서 보냈다. 진주가 함락되어 황명보, 최경희, 서예원, 김천일, 이종인, 김준민이 전사했다고 한다.

일본군은 진주성을 9일 만에 점령했지만 그 과정에서 일본군 3만 명이상의 사상자가 생겨났다. 전쟁 동력을 상실한 일본군은 진주성을 점령하고도 호남을 공격하지 못했다. 결과적으로 제2차 진주성 전투에서 황진을 비롯한 진주성 주민들의 처절한 저항으로 1597년 정유재란이 발발할 때까지 4년간 휴전이 유지될 수 있었다.

대독누리길이 끝나는 갈마봉 삼림욕장 입구에서 횡단보도 건너 상정대로 옆에서 우회를 하여 이당6길로 걸어간다. 길을 떠난 비의 나그네, 눈앞에 펼쳐지는 모든 것이 아름답다.

직진하면 '진주'라는 도로 교통표지판이 있는 부포사거리에서 31코스를 마무리한다.

32코스

★ ★ ★ ★ ★ ★ ★ ★

자란마루길

[주자와 퇴계]

상리면 부포사거리에서 임포항까지 14.1㎞

부포사거리 → 무산저수지 → 수태산 → 학동저수지 → 하일면사무소 →
임포항

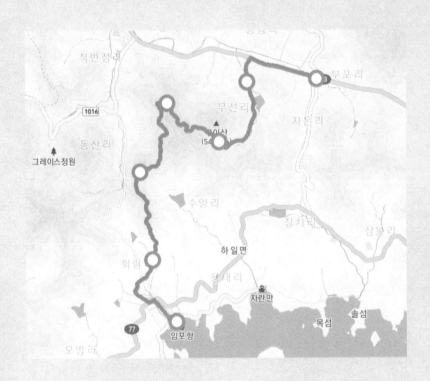

"산은 물이 없으면 수려하지 않고 물은 산이 없으면 맑지 못하다."

부포사거리에서 32코스를 출발하여 곧게 뻗은 삼정대로 우측 농로를 따라 걸어간다.

무이산을 마주 바라보며 삼정대로를 건너 선동마을을 지나고 무선저수지를 지나 포장도로를 따라 걸어간다. 수태산 중턱에 높이 서 있는 보현암 금동약사여래대불을 보며 이리저리 돌고 돌아 오르막을 오르고 또 오른다. 오르고 오르면 힘은 들지만 새로운 것을 볼 수 있다는 희열에 즐겁게 오르고 또 오른다.

상구보리 하화중생, 위로는 보리(진리)를 구하고 아래로는 중생을 제도하라는 부처님의 가르침을 생각하며 가파른 산길을 오른다. 나그네 발소리에 놀라 낙엽이 떨어진다. 소림황엽(疏林黃葉), 잎 진 숲의 누런 낙엽이다. 소림은 성근 가지만 남은 숲이고 황엽은 그 아래 떨어진 누런 잎이다. 꽃 시절이 좋아도 소림황엽의 풍경을 마음에 지녀야 세속의 번잡함을 걷어낼 수 있다. 번화하던 시절은 전생에 꾼 꿈과 같다. 낙엽귀근, 낙엽은 존재의 근원을 돌아보게 한다.

나뭇잎들이 곱게 물든 잎을 떨어뜨리고 수북이 쌓인 낙엽이 바람 따라 뒹굴다가 발길을 멈춘다. 황량한 산길 도로에 차가운 바람이 불어온다. 겨울로 들어간다는 예고편이 하늘에서 땅에서 나타난다. 겨울 산에도 새들은 깃든다. 겨울 산은 먹을 것이 없다. 허나 새들은 먹을 것을 찾아다닌다. 봄이 올 때를 기다리면서 스스로의 몸을 지켜내야 한다. 누구에게나 삶은 소중하고 아름답다. 성실하게 물을 주고 가꾸면 삶은 더욱 아름다워진다.

나그네를 바라보고 금동약사여래불이 말없이 웃는다. 절간의 종소리에 놀라 낙엽이 떨어진다. '南無文殊菩薩(나무문수보살), 南無普賢菩薩(나무보현보살)'이라고 새겨진 표석이 도로 양옆에 서서 나그네를 반겨준다. 대승불교에서 최고의 지혜를 상징하는 여래의 왼편에 있는 문수보살, 그리고 여래의 오른쪽에 서 있는 보현보살이 오늘은 나그네를 기다린다. 고갯마루에서 좌측으로는 수태산과 보현암으로 가고 우측으로는 문수암으로 간다. 남파랑길은 문수암 가는 길 좌측으로 난 수태산 임도를 걷는 길이다. 무이산 아래 무선마을이 보이고 그 뒤로 길게 늘어서 있는 천왕산 줄기가 보인다. 해발 545.6m의 고성 무이산(武夷山)은 중국 복건성의 무이산(548m)과 한자로 같은 이름을 가지고 있고 높이도 비슷하다. 고성의 무이산은 신라 화랑들이 연무수도를 하던 곳이다.

송나라 때의 대유학자 주회(1130~1200)는 무이산에 들어가 무이정사(武夷精舍)를 짓고 은거하였다. 중국 5대 명산 중 하나인 무이산은 유네스코 세계자연문화유산에 등재되었다. "동주에서 공자가 나왔고 남송에는 주회, 곧 주자가 있으니, 중국의 옛 문화는 태산과 무이로다"란 말이 있다. 동주의 공자가 태산에서 유학을 창시하였듯이, 남송 때 주회는 무이산에서 신유학인 주자학을 성립하였다는 말이다. 이처럼 무이산은 주자가 완성한 신유학, 즉 성리학을 배출한 성지이다. 그래서 주자학을 이어받은 조선의 선비들은 주회가 머물던 무이정사에서 서원의 모범을 찾았고, 주자의 무이구곡가를 들으면서 주자를 흠모했다. 무이산은 주자인 주회가 태어나고 학문을 닦고 대성(大成)한 뒤 세상을 떠나 무덤에 묻혀 있는 유적지로, 조선의 통치철학으로 퇴계나 율곡에 의해 크게 발전했던 성리학의 뿌리였다.

주희는 북방의 이민족인 여진족의 금나라에 의해 송나라가 망하고 남은 세력이 다시 지금의 항주로 근거지를 옮겨 남송을 세울 무렵에 태어났다. 주희는 나라가 왜 이처럼 이민족의 침입에 시달리게 되었는가를 깊이 생각하다가 그것이 불교와 도교 때문이라고 생각했다. 위진 남북조와 수·당시대를 거치면서 유학은 침체되고 불교와 도가가 유학을 압도하게 되는데, 이들은 군신부자라는 사회적 관계를 부정하고 오로지 마음의 평안을 구하고자 하며, 도덕이라는 추상적인 개념만을 강조하다 보니 결국 인의까지도 망가져 사회의 기강이 무너지고 천하가 어지러워진다고 생각하였다.

한때 불교와 노자의 학문을 열심히 공부했으나 24살 이후 유학만이 이를 해결할 수 있다고 믿은 주희는 11세기 북송의 대표적인 유학자 주돈이와 정호·정이 형제 등의 학문을 이어받아 새로운 유학을 열었다. 그 유학은 과거처럼 경전의 해석을 중요시하는 것만으로는 안 된다며, 경전과 성현의 말씀을 다시 새겨 우주의 원리를 새롭게 규명하고, 이를 자기 수양의 기본 원리로 삼아 보다 완전한 인간을 완성하게 한 후, 이들이 국가를 다스림으로써 천하를 안정하게 한다는 생각이었다.

주희의 일생에 가장 빛나는 시절은 47세부터 60세까지로서, 이때에 그는 그동안의 학문을 바탕으로 『논맹집주혹문』 등 여러 서적을 잇달아 써내면서 전통적으로 중요시하던 오경(五經) 대신에 논어·맹자·중용·대학 등 이른바 사서(四書)의 새로운 해석을 완성했다. 이 시기에 주희가 살던 곳이 무이산으로, 여기에 무이정사라는 일종의 사학 겸 연구소를 짓고 학문을 연구하고 제자를 가르쳤다.

53세가 되던 해에 주희는 자신이 개척한 학문의 새로운 영역에 대한 자신감이 생기자, 이 무이산 계곡의 굽이굽이 아름다움을 빗대어 자신의 학문적인 성취를 자랑하는 시, 무이도가(武夷櫂歌) 10수를 지었다. 이 시들은 무이산의 아홉 골짜기의 아름다움을 하나하나 묘사해 흔히 '무이구곡가'라고도 부른다. 주희는 '무이구곡가'에서 본격적인 경치 묘사를 하기 전에 이렇게 시작하고 있다.

> 산은 물이 없으면 수려하지 않고/ 물은 산이 없으면 맑지 못하다.
> 골짜기 골짜기마다 산이 돌아가고/ 봉우리 봉우리마다 물이 감아 돈다.

무이산을 흐르는 물이 얼마나 아름다운지, 그리고 이 물이 없으면 무이산도 한갓 메마른 돌덩이에 지나지 않는다는 뜻이다. 주희는 이 무이산을 하류에서부터 상류로 올라가면서 묘사하고 있다. 이때의 물은 끊임없이 궁리하고 성찰하는 선비들의 맑은 지성이다.

주희를 흠모했던 퇴계는 무이정사를 열어 학문을 연구했던 주희를 모범으로 삼아 도산서당을 열고 후학들을 가르치며 학문을 연구했다. 그리고 주희의 무이구곡가의 운을 빌려서 '차무이도가(次武夷櫂歌)' 10수를 지었다. 이는 주희에 대한 퇴계의 존경심과, 시를 짓는 퇴계의 능력을 보여준다.

1196년, 66세의 주자는 하룻밤 만에 명예가 땅바닥에 떨어졌다. 주자는 이후 4년간 '비구니를 첩으로 삼았다', '가짜 군자', '가짜 도학자'라는 오명을 들어가며 비참하게 세상을 떴다. 『송사』에 따르면 주희는 찾아오는 학자들에게 거친 밥을 내놓곤 했다. 너무 가난해서 술과 밥을 대접할 여유가 없었다. 그러던 어느 날 호횡이란 사람이 무이산으로 주희를 찾아왔다. 그는 주희로부터 채소와 밥만을 담은 식사 대접을 받고 화가 났다. "아무리 무이산에 술 한 병과 닭 한 마리가 없었겠는가?"라며 박대를 원한으로 1196년 감찰어사 심계조를 통해 황제에게 탄핵문을 올렸다. 재상인 조여우가 거짓된 가르침을 확산시키는 우두머리이며, 주희를 조정에 끌어다놓은 잘못을 저질렀다는 것이었다.

퇴계도 자신의 집을 방문한 권율의 아버지 권철에게 평소 식사 때와 똑같은 거친 밥을 제공했는데, 권철은 식사 도중에 도저히 못 먹겠다며 숟가락을 내려놓았다는 일화가 있다.

우리나라의 유교문화는 삼국시대 초기에 들어왔다. 통일신라와 고려는 불교문화가 융성했다. 충렬왕 때에는 원나라 문화가 고려에 많이 유입되었다. 1279년 남송을 멸망시킨 원나라는 남송의 유학자들을 원나라에 초청하여 학문을 장려했고, 이는 고려로 들어왔다.

안향(1243~1306)은 이런 시기에 원나라를 왕래하며 유학의 학풍을 직접 보고 고려에 전달해 우리나라 최초의 성리학자가 되었다. 안향은 1289년 원나라에 가서 주자의 저서를 직접 손으로 베끼고 공자와 주자의 화상(画像)을 그려 귀국했다.

고려 후기인 당시는 무신정권에 의한 정치적 불안, 불교의 부패, 원나라의 간섭 등으로 총체적인 위기 상황이었다. 그런 시대 상황을 극복하기 위해 안향은 국가이념을 세울 목적으로 성리학을 도입한 것이다. 이후 유교를 정통사상으로 하는 이색, 정몽주, 정도전 등이 나왔고, 1392년 이성계의 조선 건국은 국가의 이념을 불교에서 성리학으로 전환한 이념혁명이었던 것이다.

신진 사림의 세상이 열린 선조 2년(1569), 사림은 이제 조선에서 가장 강력한 힘을 가진 기득권 세력이었다. 사림들은 이미 350년 전에 만들어진 주자의 이념을 가져와서, 그 이념에 따라서 새로운 조선을 만들고자 했다. 그러나 주자학이 일어났던 송나라는 이미 멸망하여 존재하지도 않았고, 당시 명나라에서는 낡은 사상으로 치부되어 실천을 강조하는 양명학이 사상계의 주류를 이루고 있었다.

이러한 정치사상의 변화는 조선사의 중대한 분수령으로, 조선왕조 창업 당시 '부국강병'과 '국리민복'의 실용적 사상은 폐기되고, 주자학의 명분과 의리를 중심으로 한 추상적이고 관념적인 이데올로기 중심이 되었다. 곧 군사를 키우고 국방을 튼튼히 하는 일에 관심을 두지 않았으며, 백성의 삶을 보살피는 일은 정치의 주요 과제에서 멀어져갔다. 주자학은 조선을 지배하는 유일한 이념이 되고 요순시대의 태평성대는 이상적 국가의 모델이 되었다.

퇴계는 일찍이 '동방의 주자'라 불리어왔고, 퇴계 스스로도 주자를 존숭(尊崇)하고 주자학의 정통을 잇는다고 자부했다. 그렇다고 해서 퇴계가 액면 그대로의 주희를 추종, 답습했다고는 볼 수 없다는 것이 학계의 일반적인 견해이다. 퇴계가 고뇌했던 16세기는 주희가 직면했던 12세기 송나라의 시대 상황과 달랐던 만큼, 비록 같은 개념을 사용했더라도 그 내포는 다를 수 있다는 것이다.

주자학은 우주와 자연, 인간을 어우르는 거대담론으로서 거의 완벽한 체계를 자랑하게 되었지만 시대를 흘러 내려오면서 주자학의 가르침은 형식화, 박제화되어 현실과 많은 괴리를 드러내게 되었다. 조선시대 최고의 성리학자인 이황에게 중국의 사신이 물었다.

"조선 성리학의 계통은 어떠합니까?"

이황이 대답했다.

"정몽주는 길재에게 전하고, 길재는 김숙자에게 전하고, 김숙자는 그의 아들 김종직에게 전하고, 김종직은 김굉필에게, 김굉필은 조광조에게 전하였습니다."

후세 학자들의 견해도 이와 다르지 않았다. 이황이 열거한 여섯 명의 선유(先儒) 중에서 김숙자와 김종직은 부자지간이었다. 오직 학문에

남파랑길 고성 31·32코스
NAMPARANG TRAIL | Goseong 31·32 section

힘썼으면 부자가 도통을 주고받게 받았을까?

일본에 퇴계의 주자학을 전한 인물은 임진왜란 때 일본에 포로로 잡혀간 강항이었다. 형조좌랑 강항은 고향인 영광에서 휴가 중 정유재란이 일어나자 이순신 휘하로 들어가려다가 왜적의 포로가 되어 일본으로 끌려갔다. 그곳에서 승려 후지와라 세이카에게 주자학을 가르쳤고, 후지와라 세이카는 일본 주자학을 열었다.

임진왜란이 끝나고 강항은 1600년 후지와라 세이카의 도움으로 풀려나 돌아와서 『간양록』을 남기고, 도쿠가와 이에야스는 후지와라 세이카의 제자 히야시 라잔을 통하여 주자학을 정치이념으로 삼았다. 그리고 주자학은 사무라이정신, 무사도(武士道)의 근간이 되었다.

조선의 선비들은 주회를 본받아 무이정사에서 서당의 모범을 찾았고, 무이구곡가를 읊으면서 주자를 흠모했다. 그래서 퇴계를 비롯하여 서경덕은 화담정사를, 남명 조식은 지리산 자락에 산천재를, 율곡 이이는 황해도 해주의 석담에 은병정사를 지어 은거하며 고산구곡가를 부르며 제자들을 가르쳤다. 송시열은 화양계곡에 은거하며 화양구곡을 노래했다. 이는 선비의 마음가짐이 부귀공명만을 추구하는 것이 아님을 가르쳐준다.

1568년 2월, 당시 23세의 율곡 이이가 성주 처가에 갔다가 강릉 외가로 돌아가는 길에 안동의 이황(당시 68세)을 찾아가서 사흘간 머물렀다. 사흘째 되는 날 계상서당을 떠나면서 이이는 퇴계의 학문을 칭송하는 시를 읊었다.

공자와 맹자의 학문으로부터 흘러나와/ 무이산 주자에게서 빼어난 봉우리 이루었네./ 살림이라고는 경전 천 권뿐이요/ 사는 집은 두어 칸뿐일세. …(후략)

이황은 이에 화운하여 전별시를 지어 전송하였다.

> 병든 몸이 이곳에 갇혀 봄맞이 못했는데/ 그대 와서 내 정신을 상쾌하게 해주었소./ 명성 아래 헛된 선비가 없음을 알겠으니/ 일찍이 내 먼저 찾지 못해서 부끄럽네. …(후략)

이후 사림의 계보는 이황과 남명, 조식이 영남학파를 이루었고 이이와 우계, 성혼이 기호학파를 이루었다. 또한 영남학파는 동인 계열이되었고, 기호학파는 서인 계열이 되었다.

동방의 주자 퇴계는 월천 조목, 학봉 김성일, 서애 유성룡의 3대 제자를 두었고, 조목은 중앙관직에 나아가지 않았으나 안동에서 의병을일으켰고, 김성일과 유성룡은 임진왜란의 한복판에서 활약했다. 정신문화의 수도 안동이 고향인 나그네는 안동 도산서원 일대의 '선비순례길' 91㎞와 병산서원과 하회마을로 이어지는 '유교문화길' 62㎞를 걸으면서 퇴계를 만나고 유성룡을 만나고 김성일을 만나고 월천 조목을 만났다. 내 혈관과 정신에도 안동 선비의 피와 기가 흐르고 있으리라.

이리 가면 문수암, 저리 가면 보현암. 나그네는 포장하지 않은 수태산 임도를 따라 걸어간다. "너희들은 저마다 자기 자신을 등불로 삼고자기를 의지하라"라는 부처의 마지막 말씀에 따라 진리를 등불로 삼고진리를 의지하여 진리의 길을 간다.

첩첩산중, 산 너머 산이고 또 산 너머 산이 있다. 하늘에는 먹구름이가득하다. 낙엽이 뒹구는 나만의 길, 외로운 나그네 길을 간다. 나는누구인가. 나는 어떻게 살아야 하는가. 정자에 홀로 앉아 있는 도교의신선이 나그네를 보고 웃고 있다. 구름 속에서 나 홀로 산길을 걸어가는 나 또한 신선이다.

수태산 임도를 지나 향로봉으로 올라가는 등산로 입구를 지난다. 수태산에서 수태재를 지나면서 점점 고도가 낮아진다. 드디어 저 멀리 바다가 보이고 숲길에서 고성 앞바다를 조망할 수 있는 매력적인 길이다. 자란만과 자란도 섬이 점점 다가온다. 청정해역 자란만에는 유인도인 자란도와 늑도, 송도, 만호도 등의 무인도가 있다. 붉은 난초가 섬에 많이 자생하였다 하여 자란도(紫蘭島), 곧 붉은 난초섬이라 불린다.

고성에는 공룡이 성큼성큼 거닐었던 '자란마루길' 9.7㎞가 있다. 2019년 국토교통부 '남해안 해안경관도로 15선'에 선정됐다. 자란마루길은 고성의 대표적인 섬인 자란도를 바라보며 달리는 해안도로다. 상족암군립공원부터 시작되는 이 도로에서는 바람과 파도가 빚어낸 해식동굴, 그리고 점점이 뿌려놓은 섬들을 볼 수 있다. 고성 드라이브 길의 매력이다. 고성군은 14개 읍면 중에 10개 면에 공룡발자국 화석이 있을 정도로 공룡의 흔적이 가득하다.

자란만을 볼 수 있는 전망대에 도착했다. 그런데 와우! 정자에 차와 사람이 있다. 오늘 길에서 처음 만나는 사람이다. 노부부가 농기구를 실은 차를 정자에 대고 찬바람을 막으며 식사를 하고 있다. 밭에서 일하다가 식사를 하러 경치 좋은 이곳까지 왔다고 한다. 측은지심의 고마운 마음을 느끼며 앉아서 따뜻한 국물과 술 한잔을 얻어먹고 길을 나선다. 휴대전화 소리가 산속에 울려 퍼진다. 울릉도 최고의 역사 문화 자연 관광해설사 이경애 님이다. "와우! 정말 대단하십니다." 탄성에 기분이 우쭐한다.

산에서 내려올수록 한가로운 들판과 갈대밭이 펼쳐지고 서서히 바다 가까이 다가간다. 전주 최씨 안령사공파의 집성촌인 학동마을에 있는 고가와 멋스러운 학동마을 옛 담장을 보면서 걸어간다. 멀리 임포항이 보이고 등대가 보인다.

하일초등학교를 지나고 하일면사무소를 지나서 드디어 32코스 종점 임포항에 도착했다. 11월 22일 2시 30분, 오늘은 30.3㎞를 걸었다.

부산에서 목사님이 오셨다. 고성만 해지개길 옆의 오션스파호텔에서 온천하고 숙박하며 홍어를 곁들인 한정식으로 혼자서는 먹지 못할 산해진미를 모처럼 맛보았다. 야경이 아름다운 호텔이라 종주 후에 다시 찾았다.

33코스

★ ★ ★ ★ ★ ★ ★ ★ ★

공룡화석지해변길

[유성룡, 하늘이 내린 인물]

하일면 임포항에서 하이면사무소까지 17.9㎞

임포항 → 솔섬 → 송천2구마을회관 → 용암포항 → 상족암군립공원 →
하이면사무소

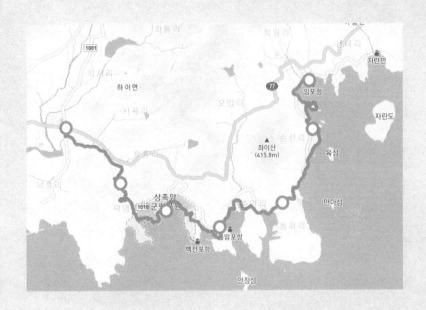

"전하께서 만약에 중국 땅에 한 발자국이라도 들여놓게 되면 이 조선은 더 이상 전하의 땅이 아닙니다."

11월 24일 13시, 임포항에서 33코스를 시작한다.

자란도를 바라보며 임포항 바닷가를 걸어간다. '여기가 내가 있어야 할 곳'이라는 생각에 미소가 스쳐간다. 길을 떠나 하루 반의 공백이었건만 모든 것이 신선하다.

천상병 시인은 "소풍 끝나는 날 가서 아름다웠다고 말하리라" 하지 않았던가. 인생이란 소풍 속의 남파랑길 소풍을 재미있게 즐기며 걸어간다.

가리비 조개껍질이 산더미같이 쌓여 있다. 가리비는 순례자의 상징, 산티아고의 추억이 스쳐간다. 순례길의 끝, 세상의 땅끝 피스테라 바닷가에서 주운 가리비들을 지금도 보관하고 있다. 전 세계 사람들의 버킷리스트 1위 산티아고 가는 길, 그 길 순례자의 상징은 가리비와 지팡이, 그리고 순례자 여권이다. 산티아고 가는 길은 한 순교자의 무덤으로 가는 길이면서 세상에서 가장 아름다운 길이다. 괴테는 "유럽은 산티아고 길 위에서 태어났다"라고 했다.

갈대가 휘날리는 바다를 바라보며 둘레길이 조성되어 있는 솔섬을 걸어간다. 소나무가 유난히 많은 섬이라 솔섬이다. 봄이면 소나무 사이로 활짝 핀 연분홍 진달래를 흠뻑 느낄 수 있어 '진달래둘레길'이라고도 한다. '마음 설레는 연분홍 진달래 숲, 산과 바다를 품은 아담한 꽃섬'이 솔섬이란다. 자란도가 떠 있는 파란 바다 파란 하늘이 아름답게 조화를 이루고 있다. 솔섬을 돌아 나오니 멀리 무이산과 수태산이 나그네를 지켜보고 격려하고 있다. 손을 흔들고 걸어간다.

갑자기 기온이 내려가 날씨가 쌀쌀해지면서 초겨울의 한기가 다가온다. 이번 남파랑길 걷기는 가을을 보내면서 겨울을 맞이하는 두 계절을 걷는 길이다. 절정으로 핀 빨간 단풍과 노란 단풍을 보았고, 바람을 맞으며 비에 젖어 떨어지는, 길에 뒹구는 낙엽을 보았다. 절정의 인간들이 누리는 인생의 황금기도 언젠가는 쇠하여 낙엽이 되는 것이 자연의 순리다. 그 낙엽은 다시 뿌리로 돌아가서 낙엽귀근, 다시 새해가 밝고 봄이 오면 파릇파릇 잎으로 살아난다.

장여와 죽도를 바라보며 해안길을 걸어가다가 자란만로를 걸어간다. 동화마을 표석과 '동화어촌체험마을', '아름다운 포구'라는 현수막을 걸친 봉수대가 주암리와 동화리의 갈림길에 서 있다. 동화마을로 가면 소(을)비포성지가 있다. 소비포성지는 하일면 바닷가의 야산에 쌓은 산성으로 사량진 봉수와 연결되어 있는 해안 전초기지다. 조선 전기 왜구의 침입을 방비하기 위하여 설치된 소비포 군진이 있던 곳이다. 임진왜란 때 이 성과 가까운 자란도와 가룡포에 고성현 관아를 옮기면서 군사적으로 매우 중요시되었던 곳이다.

이순신은 5월 7일 첫 해전인 옥포해전을 치르기 전 소비포 바다 가운데서 결진(結陣)하고 밤을 지낸 후, 5월 5일 거제도로 향했다. 소비포 권관 이영남은 옥포, 당포, 당항포, 한산대첩 등 10여 차례의 해전에서 이순신을 보좌하여 혁혁한 전과를 세웠다. 임진왜란이 일어날 당시 경상우수사 원균 휘하에 있었던 이영남은 이순신의 장수로 명량해전에서도 승리를 거두고 가리포첨사에 임명되었으며, 노량해전에 출전하여 33세의 나이로 전사했다. 당시 줄곧 수행한 하인이 관을 모시고 고향

진천으로 돌아와 1599년 봄에 선산에 묻었다. 선무원종공신 일등 병조판서로 높이고 고금도 충무사에 충무공의 영정과 함께 이영남의 영정과 위패가 있다.

1592년 5월 1일, 임진나루 건너 동파관은 어수선했다. 선조는 빗속을 뚫고 한밤중에 겨우 동파관에 도착했다. 왜란이 발생한지 20일도 채 되지 않아 서울에서 임진강 북쪽까지 쫓겨 온 것이다. 『선조수정실록』에는 이날의 동파관 정경을 생생하게 묘사하고 있다.

> 이날 아침에 상이 대신 이산해와 유성룡을 불러 손으로 가슴을 두드리며 괴로운 모습으로 일렀다.
>
> "이모(이산해)야, 유모(유성룡)야! 일이 이렇게까지 되었으니, 내가 어디로 가야 하겠는가? 꺼리거나 숨기지 말고 속에 있는 생각을 털어놓고 말하라."
>
> 또 윤두수를 불러 앞으로 나오게 하여 그에게 하문하니, 신하들이 엎드려 눈물을 흘리면서 얼른 대답하지 못했다.

선조는 도승지 이항복에게도 어디로 가야 하는지 물었다. 이항복이 대답했다.

"거가(車駕: 임금의 수레)가 의주에 머물 만합니다. 만약 형세와 힘이 궁하여 팔도가 모두 함락된다면 바로 명나라에 가서 호소할 수 있습니다."

하지만 유성룡은 결사적으로 반대했다.

"전하께서 만약에 중국 땅에 한 발자국이라도 들여놓게 되면 이 조선은 더 이상 전하의 땅이 아닙니다. 이 사실이 민가에 전해지면 민심을 걷잡을 수 없습니다."

이때 만일 선조와 대신들이 압록강을 건넜다면 조선은 이래저래 망했을 것이다. 아니면 명나라 심유경과 고니시 유키나와의 강화회담 내용처럼 실제 일본과 명나라가 반반씩 나누어 가졌을지도 모른다.

선조의 몽진은 결국 의주에서 멈췄다. 이항복과 유성룡은 이를 두고 논쟁을 하였고, 『선조실록』에는 유성룡의 질책에 "이항복이 사과하였다"라고 전한다. 이항복은 서인, 유성용은 동인이었지만 이는 당파싸움이 아니었다. 이항복이나 유성룡 모두 당파보다는 나라를 앞세우는 인물들이었다. 권율의 사위 이항복은 이후 여러 차례 유성룡을 옹호할 정도로 당파를 뛰어넘어 사고했다. 유성룡의 강력한 반대로 다시는 '압록강을 건너' 운운하는 말은 나오지 못했다. 하지만 유성룡은 선조의 눈 밖에 났다. 유성룡은 영의정이 되고 하루 만에 파직되었다가 이듬해인 1593년 영의정에 복귀했다.

유성룡은 그때 두 번째의 의주 방문이었다. 명종 13년(1558), 17세의 유성룡은 부친 유중영의 임지인 의주로 향했다. 그는 34년 후에 임진왜란으로 선조를 호송하여 이곳까지 쫓겨 올 것이라고는 꿈에도 생각지 못했을 것이다. 유성룡은 압록강가를 거닐다가 내던져진 짐바리를 발견했다. 사은사 심통원이 명나라 북경에서 돌아오다가 규정 이상의 물품을 사 왔다고 탄핵당해 버리고 간 것이었다. 유성룡은 심통원이 버리고 간 짐바리 속에서 책 꾸러미를 찾아냈다. 그런데 전혀 못 보던 책이었다. 바로 『양명집』이었다. 당시에는 아직 왕양명의 글은 조선에 들어오지 않았다. 유성룡은 아버지의 허락을 받고 글 잘 쓰는 아전을 시켜 책을 베껴내게 하였다. 유성룡은 실제 조선에서 양명학을 최초로 접한 사람이 되었다. 하지만 유성룡의 주변 환경은 양명학과 앙숙인 주자학 일색이었다.

유성룡이 태어난 해인 1542년 풍기군수 주세붕이 영주에 백운동서원을 세워 우리나라 최초의 성리학자이면서 공자와 주자의 초상을 베껴 그려온 안향을 제향하고, 1550년 이황의 건의로 조선 최초의 사액 서원인 소수서원이 되면서 성리학(주자학)을 신봉하는 사림파가 조선의 지성계를 장악하는 데 결정적인 영향을 끼쳤다.

유성룡은 자연스레 성리학을 접하며 자랐다. 21세 때인 1562년에 도산서당으로 퇴계 이황을 찾아가 수개월간 머물면서 『근사록』을 배우며 이황의 제자가 되었다. 『근사록』은 남송의 유학자 주희와 여조겸이 편찬한 일종의 성리학 해설서다.

유성룡은 조선 유학자로는 특이하게 최초로 양명학과 성리학을 모두 공부한 것이다. 유성룡은 표면적으로는 성리학자를 자처하면서 양명학을 선학(禪學)이라고 비판했지만 그 장점도 일부 흡수하고 있었다. 그러자 유성룡이 양명학을 공부한다는 비방이 잇달았다. 특히 퇴계 이황의 수제자인 월천 조목이 강하게 비판했다. 당시 학문적으로 양명학 비판의 선봉장은 퇴계 이황이었으며, 이황은 양명학을 "사문(斯文, 주자학)의 화"라고 하였다.

1593년(선조 26) 6월, 유성룡은 임진왜란이 일어난 후 처음으로 고향 안동에 들렀다. 형 유운룡이 어머니를 모시고 강원도로 피신했다가 일본군이 남쪽으로 퇴각하면서 고향에 돌아온 것이다. 임란 이후 처음 만나는 어머니이니 통곡하지 않을 수 없었다. 집과 원지정사는 지난해 7월 일본군이 들어오면서 불타 없어졌다. 수많은 서적도 함께 불탔는데, 웬일인지 『양명집』 몇 권만이 온전했다. 유성룡은 처음 『양명집』을 발견한 지 35년이 지날 때까지 간직하고 있었다. 이때 유성룡은 양명학 서적을 다시 보고 "불각 중에 눈물이 흘렀다"라고 기록했다. 유성룡은 다시 책을 펼쳐보았다. 왕양명의 「견습록」, 「대학문」의 놀라운 주장이 있었다.

성인(聖人)의 마음은 천지만물로 일체를 삼으니, 온 세상의 사람에 대해 내외원근(內外遠近)의 구별을 두지 않고, 무릇 혈기 있는 것은 모두 형제나 친자식으로 여기어 그들을 안전하게 하고, 가르치고 부양하고 그 만물일체의 생각을 다하고자 하지 않음이 없다.

대인(大人)은 천지만물을 한 몸으로 삼는 자다. 그는 천하를 일가같이 여긴다.

"성인이나 대인은 모두 천지만물을 한 몸으로 본다는 것이니, 여기에 귀천의 차별이 있을 수 없다"라는 이런 글들에서 유성룡은 임진왜란으로 망국 직전의 나라를 되살리는 중요한 계시를 얻었다. 임진왜란으로 이미 과거의 조선은 멸망했다. 양반 사대부만이 특권을 독점하던 조선은 백성들이 경복궁을 불태울 때 이미 불타버린 것이다. 궁궐을 불태운 백성들의 마음을 다시 불러모으지 않으면 조선을 재건할 수 없었다.

양명학과 주자학의 가장 큰 차이는 사민(四民), 곧 사·농·공·상을 바라보는 시각이었다. 주자학은 사대부와 일반 백성의 신분 차이를 하늘이 정해준 것으로 생각하는 반면 양명학은 사민평등을 주장했다. 왕양명은 사대부 계급의 우위를 인정하지 않고 사민을 평등하게 바라보았다. 다만 타고난 신분이 아니라 능력에 의해서 직업이 결정된다고 보았다. 정치를 하는 선비도 사대부 계급만이 할 수 있는 것이 아니라 백성 중에서 능력 있는 자가 해야 한다는 주장이었으니, 당시로서는 가히 혁신적이었다.

유성룡은 양명학을 공부하였기에, 임진왜란 때 영의정이자 도체찰사로서 양민은 물론 노비마저 등용해야 한다는 혁명적 정책을 주장하였다. 또한 양반도 천인도 병역 의무를 져야 한다고 했다. 조선은 일반 양인들은 16세부터 60세까지 병역 의무를 져야 했지만 양반과 노비들은 병역에서 면제되었다.

유성룡은 중앙에는 훈련도감을, 지방에는 속오군을 설치했는데 속오군에는 양인뿐만 아니라 양반과 천민까지 한 부대로 편성했다. 이는 가히 혁명적 변화였다. 유성룡은 양반·서얼·향리·공천·사천을 논할 것 없이 모두 군적에 포함시키도록 공문을 보냈다. 유성룡은 면천을 조건으로 천인들의 대거 입대를 기대했다. 율곡 이이도 이 방안을 내세웠으나 주장에 그친 적이 있었다. 그러나 유성룡은 자신의 자리를 걸고 추진했다. 하지만 노비 주인들은 나라가 망하는 한이 있어도 자신의 노비는 군사가 될 수 없다고 결사적으로 반대했다.

선조는 '사천은 병사가 되기 어려울 듯하다'라고 한 걸음 물러섰지만 유성룡은 '지금은 처첩까지도 군대에 편입해야 할 때입니다'라고 하면서 온갖 반대를 무릅쓰고 양반 종군과 노비 충군을 밀어붙였다. 그래서 유성룡이 집권하고 있을 때는 실제로 천인들이 벼슬에 등용되었다. 천인이 왜적 한 명의 목을 베면 면천되고, 왜적 네 명의 목을 베면 수문장이 될 수 있었다. 천인들은 당연히 일본군 사냥에 나섰다. 의병 중에 농민·천인들이 대거 가담한 것은 유성룡의 이런 정책 때문이었다.

임진왜란 극복의 일등공신임에도 유성룡은 천인충군론 등을 내세운 반대 당파의 공격으로 결국 쫓겨났다. 유성룡은 스승 이황이 양명학을 비판하는데도 그 장점은 취하고 단점은 버리면 된다는 실사구시의 자세를 갖고 있었다. 유성룡은 한때 불서(佛書)를 본다는 비판도 받았다. 유성룡은 성리학자를 자처했지만 모든 학문의 장점을 살려야 한다는 열린 자세를 갖고 있었다. 주자학 외에 다른 학문이 모두 이단으로 몰리던 닫힌 시대의 열린 사고였다.

1598년(선조 32) 11월 19일 남쪽 바다 노량에서 이순신이 전사하던 그날, 유성룡은 파직되었다. 이순신이 전사한 사실도 모르는 채 다음 날 서울을 떠나 남쪽 고향으로 길을 잡은 유성룡은 여강 하류 양근의 대탄에서 유숙했다. 용진 하류의 북쪽 언덕인 도미천에 이르러 말에서 내린 유성룡은 다시는 볼 수 없는 한양의 삼각산을 바라보고 네 번 절을 하고 시 한 수를 지었다.

전원으로 돌아가는 3천 리 길/ 임금의 깊은 은혜 40년일세.

도미천에 말 멈추고 고개 돌려 바라보니/ 종남산 산색은 여전히 의연하구나.

안동의 하회마을에 돌아온 유성룡은 두문불출하며 낙동강이 흐르는 부용대 아래 옥연정사에서 『징비록』을 저술했다. 나라를 사랑하고 백성을 사랑했기에 후손들에게 전란 중에 겪은 성패의 자취를 전해야 한다고 생각했다. 전쟁회고록인 『징비록』은 그렇게 탄생했다.

1603년 선조는 부원군의 벼슬을 주었으나 유성룡은 바로 사양했다. 어떤 관직도 받지 않기로 결심하고 거부했다. 그리고 1607년 유성룡은 병이 중해지자 병문안도 모두 사양하면서 이렇게 말했다.

"편안하고 조용하게 조화(造化)로 돌아가련다."

5월 6일, 유성룡은 숨을 거두었다. 향년 66세, 조선조 500년 황희, 맹사성, 채제공과 더불어 최고의 재상이라 평가받는 유성룡은 이렇게 세상을 떠났다. 하늘이 내린 인물 유성룡은 천명을 다하고 돌아갔다. 이듬해 2월 선조 이연도 세상을 떠났다. 저승에서 선조는 서애 유성룡의 낯을 볼 면목이 있었을까. 그렇게 한 시대가 끝이 났다.

동화마을 갯벌을 바라보면서 오방천을 건너 용암포마을을 지나고 맥전포항 공원 거북선 놀이터를 지나서 맥전포 뒤쪽 언덕을 넘어 다시 해안가로 나아간다.

바람이 불어오고 소금 바다가 소금의 향기를 뿌린다. 몸은 소금을 먹고 산다. 그래서 땀과 눈물의 맛은 짜다. 몸이 소금을 필요로 하니 나그네는 소금 바다로 간다. 진종일 소금 바다를 바라보며 소금 향기를 마신다. 나그네는 날이면 날마다 소금기에 절어서 남파랑길을 걸어간다.

상족암과 병풍바위로 가는 이정표를 지나서 주상절리길을 따라 해안누리길로 선정된 공룡화석지해변길을 걸어간다. 공룡화석지 해변길은 덕명항에서 맥전포항까지 3.5㎞ 길이다. 물이 빠지는 썰물 때면 백악기 시대의 공룡들이 걸어다닌 흔적들이 드러난다. 고성군은 군 전역에 걸쳐 약 5천 개의 공룡발자국 화석이 발견돼 미국 콜로라도, 아르헨티나 서부 해안과 함께 세계 3대 공룡발자국 화석산지로 알려져 있다. 고성 덕명리 공룡과 새발자국 화석산지는 천연기념물로 지정돼 있다.

상족암 군립공원의 공룡발자국 화석산지인 제전마을을 지나간다. 군립공원 내에는 세계 최다 공룡발자국 화석 2,000여 개가 선명하게 잔존해 있다. 떼를 지어 걸어간 공룡들의 흔적들이 여기저기에서 보인다.

천연기념물로 지정된 덕명리 공룡과 새발자국 화석산지를 지나간다. 바다 건너 사량도를 보면서 잘 정비된 해안데크길을 걸어간다. 하이면 덕명리 해안의 상족암에 도착했다. 상족암 바닷가에는 작은 물웅덩이 250여 개가 연이어 있다. 동굴 안과 밖에는 많은 공룡발자국과 연흔 등의 퇴적 구조가 나타나며, 파도의 작용에 의해 아래로 움푹 파인 돌개구멍이 여러 개 있다. 이 중에는 '선녀탕'이라는 전설을 가진 제법 큰 웅덩이도 있다.

상족암에서 올라와 고성공룡박물관 제2매표소를 지나간다. 고성의 대표적인 공룡 이구아나돈의 몸체를 형상화하여 건립된 국내 최초의 공룡박물관이다.

덕명마을 포구를 지나고 덕명리마을회관을 지나간다. 섭밭재를 넘어서 멀리 사천시의 진산인 와룡산을 바라보며 걸어간다. 저 들판 끝에 하이면이 서서히 다가온다.

정곡교를 지나고 좇아오는 공룡 조각상을 뒤로하고 섯발내를 따라 하이면으로 들어선다. 눈부시게 하얀 갈대들이 온몸으로 춤을 추며 나그네를 맞이한다.

33코스 종점 하이면사무소에 도착했다. 조카딸과 조카사위가 함께 하는 유쾌한 사천의 저녁 식탁, 내일은 거북선이 첫 출전하는 사천해전이 기다리고 있다.

★ ★ ★ ★ ★ ★ ★ ★ ★ ★ ★ ★ ★ ★ ★ ★

PART

8

사천
구간

★ ★ ★ ★ ★ ★ ★ ★ ★ ★ ★ ★ ★ ★ ★ ★

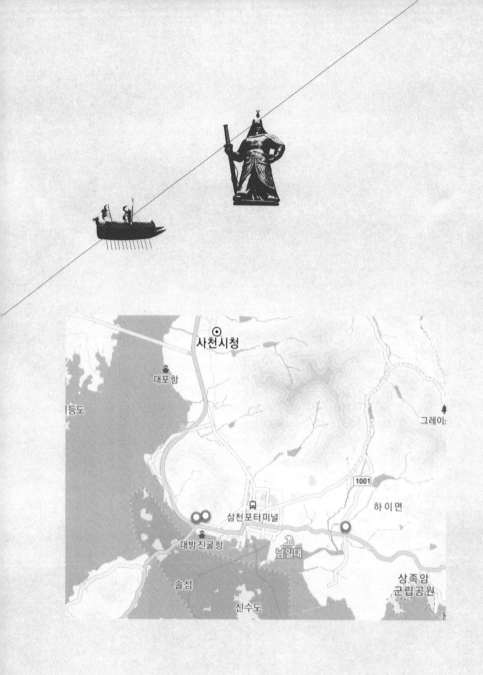

34코스

★ ★ ★ ★ ★ ★ ★ ★

이순신바닷길

[사천해전]

하이면사무소에서 삼천포대교사거리까지 10.2㎞

하이면사무소 → 남일대해수욕장 → 삼천포신항 → 노산공원 → 삼천포
용궁시장 → 삼천포대교사거리

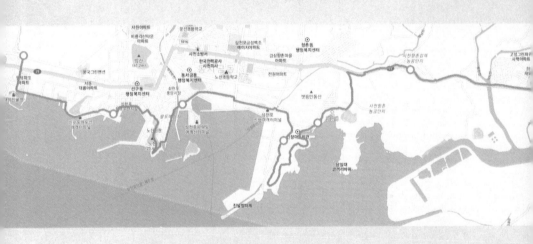

"군관 나대용이 탄환에 맞았고, 나도 왼쪽 어깨 위에 탄환을 맞아 등을 관통하
였으나 중상에 이르지는 않았다."

11월 25일, 오늘도 지구별 기쁨의 동산인 남파랑길에서 하루를 시작
한다. 아직은 어두운 시각, '추구할 수 있는 용기만 있다면 모든 꿈은
이뤄진다'라는 신념으로 하이면사무소에서 34코스를 시작한다. 고성
과 사천의 경계 지점 덕호교를 지나서 드디어 고성군에서 사천시로 들
어선다. '사천시민의 노래'를 부르며 힘차게 나아간다.

> 와룡의 정기서린 기름진 터에/ 보아라 동터오는 찬란한 고장/ 한려의 맑은 물은
> 쉬지 않으니/ 천만년 누리라 번영의 날을/ 에헤야 에헤야 에헤야 에헤야 에헤야
> 에헤야/ 이 땅은 꿈이 넘친 곳 힘차게 가꾸어보세/ 에헤야 에헤야 우리 사천시

지나가는 차들의 불빛을 등불로 삼아 남일로 도로를 따라 걸어간
다. 서서히 날이 밝아온다. 뒤를 돌아보니 동녘 하늘에 여명이 밝아오
는 풍경이 자동차 불빛과 어우러져 장관을 연출한다.

사천8경의 3경 '코끼리바위 가는 길'로 들어선다. 사천8경의 제1경은
창선·삼천포대교, 2경 실안낙조, 3경 남일대코끼리바위, 4경 선진리성
벚꽃, 5경 와룡산 철쭉, 6경 봉명산 다솔사, 7경 사천읍성 명월, 8경 비
토섬 갯벌이다.

코끼리가 물을 먹는 듯한 형상을 한 코끼리바위를 바라보면서 서부
경남의 유일한 조개껍데기 모래해수욕장인 남일대해수욕장으로 들어

선다. 고운 최치원이 '남녘 땅에서 제일의 경치'라고 하여 남일대라고 이름 지었다고 전해진다. 삼면이 낮은 산으로 둘러싸여 있고 각종 기암괴석과 수림이 빼어난 경관을 이루고 있다.

사천시에서 조성한 5개 코스 이순신바닷길의 '삼천포코끼리길'을 걸어간다. 이순신바닷길의 1코스는 사천희망길(13㎞), 2코스 최초거북선길(12㎞), 3코스 토끼와 거북이길(16㎞), 4코스 실안노을길(8㎞), 마지막 5코스가 삼천포코끼리길이다.

신향마을회관, 신향선착장을 지나서 진널해안산책로를 따라 진널전망대로 향한다. 하늘과 바다, 그리고 산이 어우러지는 진널 해안산책로 기암괴석의 갯바위전망대에서 갯바위 해안선을 바라보다가 산책로를 따라 진널전망대로 올라간다. 울창한 소나무로 둘러싸인 아담한 진널전망대가 다가온다. 삼천포 바다를 훤히 내려다볼 수 있는 진널전망대에서 남해 창선도 쪽을 보면 신수도, 욕지도 아두섬, 장구섬, 씨앗섬 등 한려수도의 크고 작은 섬들이 손에 잡힐 듯 가깝게 보인다. 삼천포항 쪽으로는 작은 목섬 뒤로 삼천포대교와 각산이 보이고 통영 사량도가 지척에 보인다.

삼천포화력발전소 뒤쪽으로 찬란한 아침 해가 떠오른다. 온 하늘을 발갛게 물들이며 솟구쳐 오르는 해는 붉은 계란처럼 참으로 아름답다. 칠흑같이 잠자던 하늘이 눈을 뜨는 것처럼 소스라치게 황홀하다. 태고 이래 매일 하루도 거르지 않고 뜨고 지고 뜨고 지고 언제나 하는 것처럼 한 것뿐인데 사람들은 그때마다 환호와 탄성을 지른다.

진널전망대에서 내려와 삼천포신항여객터미널과 화물선부두를 우회한다. 사량도 여객터미널이 있는 팔포 삼천포항을 지나서 '이 다리를 건너면 10년은 젊어 보입니다'라는 '팔포십년다리'를 건너 팔포음식숙

박특화지구 빛의 거리를 걸어간다.

오른쪽에 바가지를 엎어놓은 듯한 목섬이 물에 떠 있다. 해변가에 하얀 마스크를 쓴 삼천포아가씨 조각상이 "비 내리는 삼천포에 부산 배는 떠나간다…" 노래를 부르며 발길을 붙잡는다. 항구의 이별과 사랑을 노래하는 삼천포아가씨 조각상을 지나니 삼천포 앞바다에서 활기차게 뛰어노는 상괭이 모습과 사천의 대표 어종인 참돔, 볼락, 전어의 모습을 형상화한 물고기 조각상이 기다린다.

노산공원으로 걸어 올라간다. 시내 중심부에 위치한 노산공원은 바다를 바라보는 언덕과 해안선을 따라 놓인 산책로가 일품이다. 아름다운 한려수도의 일부인 사천 앞바다를 볼 수 있다. 언덕을 오르니 산책로에는 동백꽃이 활짝 피어 길손을 반겨준다.

노산의 정상은 해발고도가 고작 25.3m이다. 노산은 아마 해수면의 높이와 차이가 가장 작은 정상을 가진 산이 아닐까. 노산공원 정상부를 지나니 충무공 이순신의 동상이 삼천포 신항을 지켜보고 있다.

사천해전이 일어나기 전 어느 날 이순신은 지친 몸을 이끌고 좌수영에 돌아와 곤한 잠을 자고 있는데 난데없이 머리가 하얗고 긴 수염을 늘어뜨린 노인이 나타났다.

"지금이 어느 때인데 이러고 있는가?"

"내일 출동하려고 합니다."

"내일이라고? 내일은 너의 날인가?"

깜짝 놀라 잠을 깬 이순신. 꿈이었다. 평소 꿈에 지대한 관심을 가진 이순신이었기에 바닷바람을 마시며 골몰했다.

"북을 쳐라! 당장 출전이다!"

1592년 5월 27일 경상우수사 원균이 "10여 척의 왜선이 사천 쪽에 나타나 노량해협까지 후퇴하였으니 속히 지원 바랍니다"라며 급히 사람을 보냈다. 이순신은 우려했다. 원균이 도망쳐 온 노량해협은 거의 전라좌수영 앞바다나 다름없었다. 왜선이 출몰했다는 사천 역시 인근이었다. 전라좌수영으로서도 위기를 느끼지 않을 수 없었다. 이순신은 출정을 결심하고 조방장 정걸에게 거북선 1척과 몇 척의 판옥선을 맡기며 여수의 수비를 부탁했다. 정걸은 임진왜란 전에 이미 경상우수사와 전라좌수사를 지내고 판옥선에 화포를 장착하도록 설계한 이순신보다 31세가 위인 원로였다.

2차 출항을 하는 이순신은 처음으로 거북선을 앞세우고 노량으로 23척의 함대를 몰았다. 5월 29일 새벽 노량해협에 다다르자 하동 선창에서 기다리고 있던 원균이 판옥선 3척을 이끌고 합류하였다. 이순신은 곧장 일본 함대가 주둔해 있는 사천을 향해 나아갔다. 이때 사천으로 향하는 일본 전선 1척을 발견하고 그 자리에서 격파했다. 그리고 사천에 도착했을 때 적은 전선 12척을 정박해놓고 산 위에 올라가 전투태세를 갖추고 있었다.

이순신은 썰물로 인해 활동이 자유롭지 않음을 알고 퇴각하려는 듯한 태세로 적을 유인했다. 그러자 일본군 200여 명이 내려와 반은 배를 지키고 반은 언덕 아래 진을 치고 포와 총을 쏘았다. 조선 수군은 밀물일 때 거북선을 앞세우고 일본 전선의 중간을 향해 돌진하였고, 거북선은 적의 조총 사정거리 50m 안으로 접근했다. 거북선을 지휘했던 돌격장은 이언양이었다.

이윽고 일본군의 조총이 불을 뿜기 시작했다. 그런데 이상한 일이 벌어졌다. 조총의 총탄이 튕겨 나가는 것이었다. 당시 일본군의 조총 총알은 5㎝ 두께의 나무를 통과하지 못했다. 반면에 거북선의 갑판은 무쇠요, 거북선의 주요 측면은 목판이었지만 두께가 15㎝가 넘었다. 곧이어 거북선 용머리에서 대포가 쑥 나오더니 불을 뿜었다. 근거리에서 대포를 맞은 일본 함선은 순식간에 박살났다. 거북선 2대가 계속 돌진하며 왜선들의 옆구리를 거세게 들이박았다. 세키부네의 선체 일부가 여지없이 부서져나갔다.

사천 앞바다의 일본 함대에서는 난리가 났다. 등선육박전을 위해 거북선 등에 올랐던 일본군에게는 20㎝의 쇠못이 그들을 맞이했다. 길고 뾰족한 쇠못에 발을 찔리고 몸을 찔린 일본군들은 비명을 질러댔다. 거북선에서는 계속해서 직사포가 발사되고 있었다. 거북선이 세계 해전사의 첫 장을 열고 있는 중이었다.

이순신은 손에 땀을 흘리며 거북선의 활약을 지켜보다가 드디어 총 공격 명령을 내렸다. 13척의 일본 전함 중 12척이 불타거나 격침되었다. 이순신은 한 척의 적선이 도망치는 것을 보고 뱃머리를 돌려 철수했다. 추격하면 육지로 도망가 백성들을 노략질할 것이었다. 이때 이미 날이 저물어 조선 수군은 배를 돌려 사천 용현의 모자랑포에 도착하여 밤을 새웠다. 새벽이 되자 전날 살려둔 1척의 세키부네가 패잔병들을 가득 싣고 나왔다. 이순신은 단 한 명도 살려두지 않고 몰살했다. 사천해전을 기록한 이순신의 『난중일기』 기록이다.

> 1592년 5월 29일. 우수사(이억기)가 오지 않으므로 혼자서 여러 장수들을 거느리고 새벽에 출발하여 곧장 노량에 가니, 경상우수사 원균이 미리 만나기로 약속한 곳에 와 있어서 함께 상의했다. 왜적이 정박한 곳을 물으니, "왜적들은 지금 사천 선창에 있다"라고 했다. 그래서 바로 그곳에 가보았더니 왜인들은 이미 육지로 올라가서 산봉우리 위에 진을 치고 배는 그 산봉우리 밑에 줄지어 매어 놓았는데, 항전하는 태세가 재빠르고 견고했다. 나는 여러 장수들을 독려하여

일제히 달려들어 화살을 비 퍼붓듯이 쏘고, 각종 총통을 바람과 우레같이 난사하게 하니, 적들은 무서워서 후퇴했다. 화살에 맞은 자가 몇백 명인지 알 수 없고, 왜적의 머리도 많이 베었다. 군관 나대용이 탄환에 맞았고, 나도 왼쪽 어깨 위에 탄환을 맞아 등을 관통하였으나, 중상에 이르지는 않았다. 활꾼과 격군 중에서 탄환을 맞은 사람도 많았다. 적선 13척을 분멸하고 물러나와 주둔했다.

사천해전은 이순신의 2차 출정의 첫 승리이자 거북선이 첫 투입된 전투라는 의미가 있었다. 이순신은 "거북선의 성공적인 등장에 마음이 몹시 들떴다"라고 기록했다. 사천해전에서 거북선의 활약상을 이순신은 다음과 같이 조정에 보고했다. 1592년 6월 14일에 보낸 장계다.

신은 일찍이 왜적의 침입이 있을 것을 염려하여 별도로 거북선을 만들었습니다. 앞에는 용머리를 붙여 그 입으로 대포를 쏘게 하고 등에는 쇠못을 꽂았습니다. 안에서는 밖을 내다볼 수 있어도 밖에서는 안을 들여다볼 수 없도록 하였습니다. 비록 적이 수백 척이라 하더라도 쉽게 돌진해서 포를 쏘게 되어 있습니다. 이번 싸움에서 돌격장이 거북선을 지휘했습니다. 적의 큰 배는 3층 누각을 설치했고 단청은 마치 불전과 같았습니다. 배 앞에는 푸른 일산을 세웠고 누각에는 검은 비단 휘장을 드리웠습니다. 깃발마다 흰 글씨로 '나무묘법연화경南無妙法蓮花経'이라는 일곱 글자가 씌어 있었습니다.

사천 선창(지금의 선진리)에서 교전 중 이순신은 철환을 맞아 부상당했다. 날아오는 탄환이 이순신의 왼쪽 어깨에 맞아 피가 발꿈치까지 흘렀으나 이순신은 말하지 않고 있다가 싸움이 끝난 후에야 비로소 칼로 살을 베고 탄환을 뽑아냈다. 그 깊이가 서너 치나 들어가서 보는 사람들은 얼굴빛이 변했으나 이순신은 웃으며 이야기하는 것이 평상시와 같이 태연했다. 이 전투의 공로로 이순신은 정헌대부(정2품)로 승진

했다. 거북선 건조에 공이 많았던 나대용도 이때 적탄에 맞아 부상당했다. 사천해전에서 입은 부상은 1년 이상 이순신을 괴롭혔다. 그 무렵 유성룡에게 보낸 편지에는 이렇게 썼다.

> 싸울 때 스스로 조심하지 못하여 적의 탄환을 맞았습니다. 사경에 이르지는 않았으나 어깨뼈를 깊이 상했습니다. 언제나 갑옷을 입고 있으니 상처가 곪아서 진물이 흐르고 있습니다. 바닷물로 씻어내고 늘 뽕나무 잿물을 바르고 있지만 아직도 쾌차하지 못해 민망하옵니다. 징병한다는 소문이 들리면 백성들은 다투어 달아나고 있습니다. 민심의 흩어짐이 극도에 이르렀으니 이것을 무엇으로 수습하리까.

또 조카 이분의 『행록』에는 이날의 일을 다음과 같이 적었다.

> 그날, 공은 적탄을 맞았다. 피가 발꿈치까지 흘러내렸다. 공은 활을 놓지 않고 계속 독전하였다. 싸움이 끝난 뒤 칼끝으로 살을 쪼개고 탄환을 꺼냈다. 깊이가 두어 치였다. 사람들은 공의 부상을 알고 놀랐다. 공은 웃고 이야기하며 태연하였다.

조선 수군은 5월 29일부터 6월 10일까지 11일간 사천, 당포, 당항포, 율포해전의 제2차 출동에서 일본 전선 70여 척을 격멸하는 큰 전과를 올렸다. 이 적선은 그 포구에 정박해 있던 적의 거의 전부였다. 이 출동에서도 아군의 선박 피해는 없었다. 1차 출동 때와 달리 전사자 13명, 부상자 34명이 생겨났다. 이 피해는 일본군 피해와는 비교할 수 없을 정도로 적었다. 1·2차 출동 결과 조선 수군은 가덕도에서부터 서해안까지 제해권을 완전히 장악하게 되었다.

이때의 전공에 대해 유성룡은 『징비록』에서 "이 모든 일이 이순신이 단 한 번의 싸움에서 이긴 공이니, 아아, 이것이 어찌 하늘의 도움이 아니겠는가!"라고 기록했다.

한편, 이를 보고받은 도요토미 히데요시는 불같이 화를 냈다. 그리고 명령했다.

"우리 수군의 정예부대를 이끌고 가서 이순신의 함대를 무찔러라!"

일본 수군 앞에 한 달 후 한산해전이 기다리고 있었으니, 한산해전 후 도요토미 히데요시는 다시 명령했다.

"다시는 바다에서 이순신과 해전을 하지 마라."

2차 출동의 사천해전이 있고 2년이 흐른 1594년 사천에서의 『난중일기』 기록이다.

8월 16일 맑음. 새벽에 출발하여 소비포에 이르러 배를 정박했다. 아침밥을 먹은 뒤 돛을 달고 사천 선창에 이르니, 기적남(사천현감)이 곤양군수와 함께 와 있었다. 그대로 머물러 잤다.

8월 17일. 흐리다가 저물녘에 비가 왔다. 도원수(권율)가 정오에 사천에 와서 군관을 보내어 대화를 청하기에 곤양의 말을 타고 도원수가 머무르는 사천현감(기적남)의 처소로 갔다. 교서에 숙배한 뒤에 공사간의 인사를 마치고서 함께 이야기하니 오해가 많이 풀리는 빛이었다. 원수사(원균)를 많이 책망하니 원수사는 머리를 들지 못하였다. 우습다. 가지고 간 술을 마시자고 청하여 8순을 돌렸는데, 도원수가 몹시 취하여서 자리를 파하였다. 파하고서 숙소로 돌아오니 박종담과 윤담이 와서 만났다.

8월 18일. 흐리고 비는 오지 않았다. 아침 식사 후에 도원수(권율)가 청하므로 나아가 이야기했다. 또 작은 술상을 차렸는데 크게 취해서 아뢰고 돌아왔다. 원수사는 취해 일어나지도 못하고 그대로 누워 오지 않았다. 그래서 나만 곤양군수(이광악), 소비포권관(이영남), 거제 현령(안위) 등과 함께 배를 돌려 삼천포 앞바다로 가서 잤다.

그리고 다음 해 1595년 이순신과 체찰사 오리 이원익은 삼천진에서 유숙하며 전국(戰局)을 이야기했다. 『난중일기』의 기록이다.

12월 17일 비. 삼천진 앞에 이르니 체찰사는 사천에 도착해 있다고 한다.

12월 18일 맑음. 아침 식사 후에 삼천진으로 나갔다. 정오에 체찰사가 보(堡)에 들어와서 조용히 의논하였다. 초저녁에 체찰사가 또 이야기하자고 청하므로 새벽 2시까지 이야기하고 헤어졌다.

12월 19일 맑음. 아침 식사 후에 나가 앉아 군사들에게 한턱 먹이고 끝난 뒤에 체찰사가 떠나므로 나도 배로 내려오니 바람이 몹시 사나워서 배가 떠날 수가 없었다. 그대로 머물러서 밤을 지냈다.

충무공의 동상에 거수경례를 하고 노산공원의 끝에 호연재 고택과 박재삼문학관으로 갔다. 삼천포 바닷가에서 자란 박재삼 시인은 노산공원에 자주 올라 이슬 같은 시심을 길렀다.

노산공원을 지난 걸음은 용궁수산시장 회센터를 지나간다. 활기찬 시장모습을 구경하며 삼천포전통수산시장과 삼천포유람선 선착장을 지나서 청널공원으로 올라가 풍차전망대에서 조망을 즐기고 이순신이 거북선을 숨겼다는 울창한 방조림 숲이 있는 대방진굴항으로 향한다.

대방진굴항은 임진왜란 때 이순신이 이곳에 거북선을 숨겨두고 병선에 굴이 달라붙지 않도록 민물로 채웠다는 이야기가 전해진다. 지금은 마을 주민들이 배를 정박하는 선창으로 사용한다.

굴항 언덕 위에는 이순신의 동상이 세워져 있다. 대방진 인근에서 벌어진 사천해전은 거북선이 최초로 쓰인 전투였고, 작은 포구에 이순신 동상을 세우고 삼천포대교공원에 거북선을 전시한 것은 모두 이순신을 기리기 위한 것이다.

삼천포대교가 웅장한 모습으로 기다린다. 이순신바닷길 5코스 삼천포 코끼리바윗길을 지나서 삼천포대교공원에서 거북선을 만난다. 삼천포대교 사거리에서 34코스를 마무리한다. 오전 8시 56분이다.

35코스

★ ★ ★ ★ ★ ★ ★ ★ ★

실안노을길

[사천왜성의 패배]

대방동 삼천포대교 사거리에서 대방교차로 12.7㎞

삼천포대교사거리 → 각산산성 → 모충공원 → 실안방파제 → 대방교차로

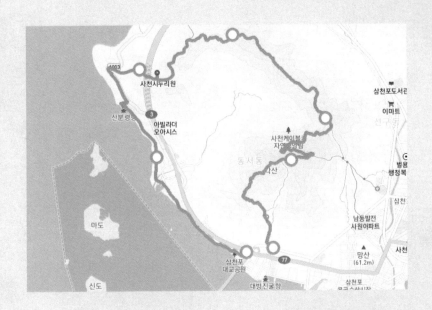

"고바야카와 다카카게, 가토 기요마사, 고니시 유키나가가 살아 있었다면 과연 오늘 저녁 저 달을 어떻게 보았을까."

삼천포대교 사거리에서 신호등을 보고 횡단보도를 건너며 35코스를 시작한다.

이제 길은 바다를 벗어나 각산으로 올라간다. 대방사 절에 오르니 벌써 땀이 난다.

산길이 점점 가팔라진다. 나무를 지나고 숲을 지난다. 한 발 한 발 발걸음이 흘러간다. 오르고 내리고 좁고 넓은 길을 흐르고 흘러간다. 꿈과 사랑과 용기를 싣고 열정의 피와 노력의 땀과 정성의 눈물을 흘리며 한 걸음 한 걸음 나아간다.

벤치가 있는 능선갈림길, 왼편으로 가면 '실안·대방갈림길'로 이어지고 오른쪽은 각산산성으로 간다. 통나무 발판이 이어지는 돌탑이 있는 오르막을 지나서 각산으로 올라간다. 그늘은 나무의 그림자, 상큼한 바람이 스쳐가고 산새들이 흥얼거리고 나그네가 쉼을 얻는다. 그늘은 사막의 오아시스, 그늘은 낮의 밤, 그늘은 고요와 침묵의 공간, 그늘은 한없이 평화롭다. 자연을 벗해야 한다. 자연은 끝까지 함께 할 수 있는 영원한 친구다. 때로는 자연이 사람보다 훨씬 편할 때가 있다. 사람과는 부딪힘을 신경 써야 하지만 자연과는 그런 걱정을 할 필요가 없다. 자연은 있는 그대로의 모습을 다 받아주고 포용해준다. 사람이 자연을 배신할망정 자연은 결코 버리고 떠나지 않는다. 인간은 잠시 머물다 갈 뿐 이 땅의 진정한 주인은 바로 자연이다. 자연과 '밀애(密愛)'를 즐긴다.

> 바스락바스락/ 홀로 가는 산길// 자연이 말을 걸어온다./ "반가워. 어서 와!"/ "힘
> 내!"/ "괜찮아!"/ "너는 할 수 있어!"/ "너는 멋있어!"/ "너를 사랑해!"// 내 안의 자
> 연이 말한다./ "Me too!"// 자연과 나/ 나와 자연이 하나가 되어// 다정하게 밀애
> 를 속삭인다.

다시 그늘에서 나와 태양의 길을 걸어간다. 앉은 자리가 꽃자리, 가는 길이 무릉도원이다. 그늘도 태양빛도 모두가 다 좋다. 뒤에 오는 마음의 파도가 앞의 파도를 밀고 간다. 세상은 멈춘 듯해도 내 인생은 멈추지 않는다.

걷다가 조용히 하늘을 바라보며 마음을 내려놓으면 그 속에 똬리를 튼 욕망의 실체가 보인다. 입으로 들어오는 음식과 물은 땅에서 받은 에너지이고 공기와 햇볕은 하늘에서 받은 에너지이다. 하늘의 에너지를 거칠게 받으며 산길을 올라간다.

대나무 숲길을 지나고 돌계단과 나무계단을 올라 호젓한 길을 걸어 각산산성에 도착한다. 각산산성은 삼천포항을 서남 방향으로 병풍처럼 둘러쳐 있는 각산의 8부 능선에 길이 242m를 돌로 쌓은 석성이다. 605년 백제 30대 무왕 때 쌓은 것으로 백제가 가야 진출의 교두보로 삼기 위해 쌓은 것으로 추정한다. 고려 왕조가 삼별초 난을 평정할 때 이용되었고, 1350년(공민왕 9) 왜구가 대대적으로 침범하여 각산마을이 불탔을 때 지역 주민들이 이 성에서 돌팔매로 항전하기도 하였다. 산성 누각에 올라 멋진 바다 풍경을 내려다본다.

코로나19로 멈춰선 케이블카 밑을 지나서 각산전망대에 도착한다.

사천바다케이블카는 섬(초양도)과 바다와 산(각산)을 잇는 국내 최초의 케이블카로, 3개 정류장(대방, 초양, 각산)의 승하차시스템을 적용하여 다이나믹하고 다양한 볼거리를 즐길 수 있다.

전망대에서 한려해상국립공원의 빼어난 아름다움을 한눈에 조망한다. 왼쪽부터 와룡산, 삼천포화력발전소, 사량도, 연화도, 욕지도, 두미도, 수우도, 추도, 신수도, 씨앗섬, 장구섬이 바다에 펼쳐져 한 폭의 그림처럼 보인다. 멀리 지리산이 보인다. 우리나라 사람들이 가장 많이 찾는 어머니 품 같은 산, 어리석은 사람이 지혜로워지는 산이다.

각산(해발 408m) 정상에서 사방을 둘러본다. 각산은 삼천포항 서쪽에 바다와 접하면서 실안동을 말발굽처럼 둘러싸고 있다. 파란 하늘과 파란 바다가 두 손 가득 잡힐 것 같은 풍경으로 다가오고 오렌지빛 삼천포대교와 창선대교, 바다케이블카가 압권이다. 남해바다를 지키는 횃불 각산 봉화대가 옆에 있다.

사천시의 진산은 와룡산(801.4m)이다. 한려해상국립공원 중심부에 있는 와룡산은 높고 낮은 봉우리가 아흔아홉 개가 있어 구구연화봉이라고도 불린다. 하늘에서 보면 거대한 용 한 마리가 누워 있는 모습과 흡사하다 하여 와룡산(臥龍山)이라 하는데, 고려시대 현종이 어린 시절 숨어 살던 곳, 왕이 움츠려 숨어 있던 곳이니 용이 누워 있다는 말과 어울린다. 와룡산은 사천해전이 벌어졌던 사천 앞바다 현장을 진두지휘했던 산이다. 6년 뒤 조·명연합군은 사천 선진리성에서 일본군에게 크게 패했다.

1597년 정유재란이 일어나고 9월 7일 직산(천안) 전투와 9월 16일 명량해전에서 패한 일본군은 조선 남부에 진을 치면서 임진왜란과 똑같은 상황이 되었다. 조선의 남부 내륙에는 일본군의 국지적인 공격만이 발생했다. 1598년 2월 하순에는 명나라 제독 동일원과 유정이 대군을 거느리고 압록강을 건너왔고, 수군 제독 진린이 절강의 수군 5백여 척을 거느리고 서해를 건너왔다.

1598년 7월 명나라 총사령관 형개가 경리 양호와 상의하여 군사를 나누어 수륙 4로병진작전을 계획했다. 제독 마귀가 동로로 울산의 가토 군을, 동일원이 중로로 사천의 시마즈 군을, 유정이 서로로 순천의 고니시 군을, 진린이 해로로 순천의 고니시 군을 각각 공격하기로 담당했다. 이때 조·명연합군의 총병력이 약 14만 2천 7백여 명이었다.

1598년 9월 11일 동로군 선봉장인 해생이 4,000여 명의 군사를 이끌고 울산의 도산성을 공격하면서 대공세의 막이 올랐다. 제독 마귀가 2만여 명의 명군을 이끌고 가세하면서 성은 곧 함락될 것처럼 보였으나 가토 가요마사가 완강하게 수성하면서 양군은 대치했다. 그러던 중 일본군의 지원군이 올 것이라는 소문을 들은 제독 마귀는 군사를 영천으로 철수시켜 동로군은 실패했다.

사천왜성 공격도 실패했다. 명나라의 중로군 대장 동일원이 이끄는 조·명연합군 3만 6천여 명이 공격하자 시마즈 요시히로의 일본군은 항전했다. 이 와중에 명군의 포 진지에서 화포의 오발로 탄약고가 폭발하면서 큰 혼란에 빠졌다. 그 사이 일본군은 성 밖으로 나와 명군을 타격했고, 큰 피해를 입은 명군은 합천을 거쳐 성주로 퇴각하면서 사천왜성 함락작전도 실패했다. 이 전투로 시마즈 요시히로의 무명(武名)은 명나라 궁정까지 크게 떨쳤다.

사천왜성 공격 이전인 8월 18일 도요토미 히데요시는 이미 죽었고, 사후 정부를 이끌던 도쿠가와 이에야스 등 5대로는 '조선·일본·명 3국을 통틀어 임진왜란 최고의 승전'이라며 격찬을 하고 시마즈 요시히로에게 영지를 추가로 내렸다. 시마즈의 이 사천왜성을 둘러싼 바다는 이순신이 6년 전 사천해전에서 승리한 바로 그 바다였다.

명나라의 『양조평양록』에서는 임진왜란 중 가토 기요마사와 시마즈 요시히로를 일본 장군들 가운데 가장 용맹한 두 장군으로 적고 있다. 시마즈 요시히로(1535~1619)는 시마즈 가문의 17대 적자로, 1585년까지 규슈 대부분을 정복하는 데 성공했지만 이듬해 규슈를 공격한 히데요시에게 항복했다.

일본의 전국시대 큰 세력을 자랑한 시마즈 가문은 임진왜란 당시 그 명성에 비해 두드러진 활동상을 보이지 않았다. 정유재란 들어 전라도 진격 당시 시마즈 요시히로가 이끈 부대가 민가를 불태우고 양민을 학살했다는 기록이 남아 있을 뿐이다. 그 때문에 훗날 『정한록』 같은 시마즈 가문 계통의 문헌들은 사천왜성 전투나 노량해전과 같은 몇몇 전투에서 수십만 명의 명군에 맞서 시마즈 가문이 활약했다고 대서특필했다.

1598년 10월 1일 오후, 이날 새벽부터 시작됐던 치열한 전투가 끝나고 사천왜성 앞 들판에는 숨진 조·명연합군 병사들의 주검이 수를 헤아릴 수 없을 만큼 많이 널브러져 있었다. 주검의 행렬은 40리 떨어진 진주 남강까지 이어졌다. 정유재란을 포함한 임진왜란 7년 전쟁에서 왜군이 마지막으로 승리한 사천왜성 전투였다.

왜군들은 전사자들의 목을 모두 베고 코까지 베었다. 달아나는 조·명연합군을 진주까지 쫓아갔던 왜군들은 민간인들도 닥치는 대로 죽여서 코를 베었다. 베어낸 코는 큰 나무 상자 10개에 담고 소금으로 절였다. 승전의 증거물로 본국으로 보내려는 것이었다.

사천왜성에 주둔했던 시마즈 요시히로의 집안에 전해지는 『시마즈 중흥기』에는 "시마즈 다다쓰네 군대 1만 108명, 시마즈 요시히로 군대 9,520명, 시마즈 요시히사 군대 8,383명 등이 조·명연합군 3만 8,717명의 목을 베어 그 코를 잘라 10개의 큰 나무통에 넣고 소금으로 절여 본국에 보냈다"라고 되어 있다. 다다쓰네는 요시히로의 아들이고, 요시히사는 요시히로의 형이다.

시마즈 요시히로는 일본으로 돌아가면서 조선 도공 70명도 끌고 가 자신의 영지인 사쓰마에서 도자기를 만들도록 했다. 시마즈 요시히로는 직접 도자기를 빚을 만큼 도자기에 관심이 많아 도자기 재료인 고령토까지 싣고 갔다. 그는 조선 도공들을 위한 마을을 만들어 수준 높은 작품을 생산하도록 후원했다. 당시 끌려간 도공은 김해, 변방중, 박평의, 심당길 등이었다.

일본군은 조·명연합군 전사자들의 주검을 사천왜성 앞에 파묻었는데, 악취가 나고 구더기가 들끓자 700m가량 떨어진 곳에 옮겨 파묻었다. 세월이 흘러 대부분 사람들은 조그만 언덕으로 알고 있었는데, 1983년 사천문화원 등 지역 단체에서 이 무덤을 정비해 '조·명 군총'이라 이름 붙이고, 사천왜성 전투가 일어난 1598년 10월 1일을 양력으로 환산해 10월 30일 제향을 올리고 있다. 벚꽃이 만발할 때 과거의 상흔을 벚꽃으로 감싸려는 듯 선진리왜성의 아름다움은 절정을 이룬다. 지금은 야트막한 언덕에 성곽의 흔적만 확인할 수 있다.

1598년 11월 16일 사천왜성을 버리고 일본으로 철수하려던 시마즈 요시히로는 순천왜성에 고립돼 있던 고니시 유키나가로부터 구원 요청을 받고, 11월 18일 남해에 주둔하고 있던 소 요시토시 군 등 1만 2,000명의 병력과 500여 척의 함선을 이끌고 순천을 향해 바닷길로 진출했다. 하지만 이순신이 이끄는 조선 수군과 진린이 이끄는 명나라 수군은 이를 미리 파악하고 남해와 하동 사이 좁은 바다인 노량해협에서 왜군을 막았다.

이순신은 노량해전에서 시마즈의 수군 500척과 해전을 벌였는데, 이 때 시마즈 군은 400척의 큰 피해를 입었고 시마즈 요시히로는 배를 바꿔 타고 탈출해서 거제도를 거쳐 부산으로 들어가 11월 26일 일본으로 철수했다. 이순신은 이 와중에 유탄을 맞고 전사했다. 과연 누가 이순신을 쏘았는가? 이순신의 자살설, 은둔설은 여전히 현재 진행형이다.

시마즈 요시히로는 1600년 세키가하라 전투에서 이시다 미쓰나리와 연합해 거병했으나 도쿠가와 이에야스에 패해 할복 자결 직전에 간신히 탈출했다. 이때의 탈출은 유명한 일화로 전해지는데, 3백 명의 시마즈 가신단은 적진 한가운데를 가르며 혈투를 벌인 끝에 80여 명이 살아남아 퇴각함으로써 도쿠가와 군으로부터 주군 시마즈 요시히로를 지켜냈다. 규슈로 도망간 시마즈 요시히로는 도쿠가와 이에야스에게 책임 추궁을 당하자 치매가 있어 의원을 불러 치료 중이라 해명했다.

도쿠가와 이에야스는 시마즈 요시히로가 직위에서 물러나는 것으로 끝냈으나 시마즈 가문은 이때의 패배를 잊지 않고 칼을 갈다 훗날 무진전쟁(1868~1869)에서 존황파 측 삿쵸동맹의 한 축으로 참여하여 도쿠가와 막부를 멸망시키면서 오랜 원한을 갚게 된다. 임진왜란이 끝난 지 10년이 흐른 1609년 시마즈 가문은 독립 국가였던 류큐왕국을 정복했다.

샷초동맹을 맺은 시마즈 가문의 사쓰마번과 을사늑약의 원흉 이토 히로부미의 조슈번은 1868년의 메이지유신으로 일본의 근대화를 일으켰지만 우리 민족에게는 일제강점기란 아픈 역사를 남겼다. 시마즈의 사쓰마번(가고시마)에서 두 사무라이, 사이고 다카모리와 오쿠보 도시미치가 태어나고 자랐다. 사이고 다카모리는 메이지유신 성공 후 기득권을 상실하고 퇴장한 불평 사무라이들을 조선침략전쟁으로 돌리려고 정한론(征韓論)을 주장했다.

1910년 8월 29일 경술국치의 밤, 서울 남산 기슭 통감 관저에서 한일 병합조약 체결을 자축하는 연회가 열렸다. 첫 총독 데라우치 마사다케는 경복궁을 향해 술잔을 들었다. 그의 입에서 하이쿠(일본의 단행시) 한 줄이 흘러나왔다.

"고바야카와 다카카게, 가토 기요마사, 고니시 유키나가가 살아 있었다면 과연 오늘 저녁 저 달을 어떻게 보았을까."

이들은 1592년 조선을 정복하려다 실패한 도요토미 히데요시의 장수들이었다. 고바야카와 다카카게는 중산왜성을 쌓은 모리 테루모토 가문 소속이며 용장으로 알려진 인물이다. 도요토미 히데요시로부터 전라도 지역을 확보하라는 명을 받았는데, 1592년 7월 8일 충남 금산의 이치 전투에서 1만여 명의 왜군을 이끌고 권율이 지휘하는 1,000여명의 조선군과 싸워 패했다. 이듬해 고양시의 고양동에 있는 벽제관 전투에서 명나라 이여송 장군과 격전을 벌여 승리했다. 일본은 벽제관 전투를 임진왜란 최고의 승리로 손꼽는다.

데라우치에 이어 전임 통감 이토 히로부미의 심복이 하이쿠를 이어받았다.

"도요토미 히데요시를 땅속에서 깨워 보이리라. 조선 산 높이 오르는 일본 국기를."

데라우치 총독은 도요토미 히데요시와 그 장수들, 안중근에게 저격당한 이토 히로부미에게 '조선 병탄'을 자랑하고 싶었던 것이었다.

일제 강제병합 당시 우리 민족에게는 이순신도 의병도 없었다. 단지, 나라가 망해가는 것을 바라보면서 아무도 책임지지 않기에, 나라의 녹을 한번도 먹은 적이 없는 전남 구례의 선비 매천 황현이 「절명시」를 남겨놓고 아편을 먹고 자살을 할 뿐이었다.

일본의 한반도 침탈의 역사는 잠시도 끊이지 않았다. 기록된 것만으로도 조선조까지 무려 1,000회 이상이다. 백제 멸망 무렵인 663년 4만여 명 이상을 동원해 신라와 전투를 벌였고, 760년에는 발해에 신라 침공을 유혹하기도 했다. 고려 실록에는 600여 건의 왜구 침략 기사가 실려 있고, 조선왕조실록에는 312건이 올라 있다. 일본의 한반도 침략 야욕은 영원히 지속될 것이다.

하산길, 잠시 내려와 데크 계단 위의 산불감시초소에 오르니 또 하나의 전망대가 바다 경관을 시원하게 펼쳐 보인다. 안내판이 "지리산 천왕봉이 보이십니까?" 질문을 던진다.

잘 포장된 임도를 따라 크게 곡선을 그리며 산허리를 휘감는 길이 이어지다가 '누리원 하늘공원'이라는 안내판이 서 있다. 인근에는 이순신의 넋을 기리기 위한 모충공원이 있다. 임진왜란 때 초소가 있던 곳으로 공원 일대가 이순신 장군의 전적지이며, 1953년 충무공의 탄신일에 그 공덕을 추모하고 후세에 길이 전하기 위해 개원했다. 이순신바닷길 2코스 최초거북선길은 선진리성에서 시작하여 모충공원에서 이르는 12㎞이다.

'누리원'을 지나서 바닷가로 향한다. 각산을 다 내려와 사천대로를 만나고 신분령소공원을 지나서 신분령 해안길로 내려섰다. 각산전망대에서 까마득하던 저도, 마도 등 섬들이 코앞에 있다.

실안해안도로, 실안노을길에 들어선다. '실안낙조'는 사천8경 중 제2경일만큼 소문이 났지만 현재 시각 11시가 막 지나 오늘은 볼 수가 없다. 한국관광공사가 '일몰이 아름다운 해안도로'로 선정했으며 전국 9대 일몰 중 하나로 선정된 도로를 따라 걸어간다. 실안노을길에서 바라보는 삼천포대교와 죽방렴의 경관은 유명하다. 죽방렴은 조선시대부터 기록이 있는 550년 전통의 어업방식이다.

'세상 어디에도 없는 바다가 보이는 영화관' 아르테 리조트의 메가박스 앞을 지나간다. 몇해 전 용인 카네기총문회 회장단이 여행 시 묵었던 숙소였다. 바다가 보이는 영화관 메가박스, 호텔동의 스위트스파, 바다뷰, 모두가 일품이었다.

삼천포대교공원의 거북선과 '삼천포아가씨 노래비', '삼천포아가씨 실화러브스토리' 글판이 반겨준다. 박재삼 시인의 '아득하면 되리라' 시비 앞에서 "해와 달, 별까지의 거리 말인가 어쩌겠나 그냥 아득하면 되리라" 하고 나그네는 아득한 남파랑길 그냥 아득하면 되리라 노래한다.

삼천포대교의 북단 대방교차로에 도착하여 35코스를 마무리하니 정오 12시, 아침 겸 점심으로 칼국수를 먹는다. 반찬으로는 김치 조금. 다시 길을 나서야 하는데 견딜 수 있을까 하며 미소 짓는다.

★ ★ ★ ★ ★ ★ ★ ★ ★ ★ ★ ★ ★ ★ ★ ★

PART

9

남해
구간

★ ★ ★ ★ ★ ★ ★ ★ ★ ★ ★ ★ ★ ★ ★ ★

36코스

☆ ★ ☆ ★ ☆ ★ ☆ ★ ☆

창선도 가는 길

[오다 노부나가, 적은 혼노지에 있다!]

대방동 대방교차로에서 창선파출소까지 17.5㎞

대방교차로 → 삼천포대교 → 창선대교 → 단항 왕후박나무 → 연태산

임도 → 속금산 임도 → 운대암 입구 → 창선파출소

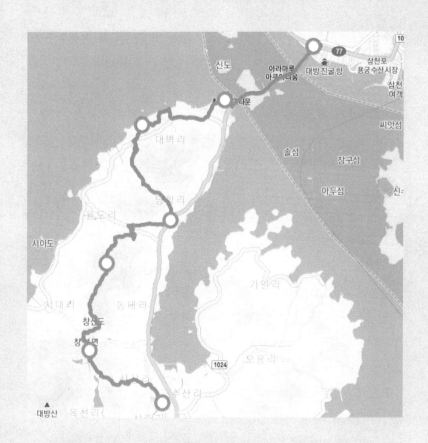

"인간 오십 년은 하천(下天)의 세월에 비한다면 한낱 덧없는 꿈"

대방교차로에서 36코스를 출발하여 삼천포대교를 건너간다. 환상적인 경관이 감동의 물결로 다가온다.

'한국의 아름다운 길 100선'에 대상으로 선정된 '다리의 향연 창선-삼천포대교'는 사천8경 및 남해12경 중 1경으로 삼천포와 창선도 사이 3개의 섬(늑도와 초양섬, 모개섬)을 연결하는 총연장 3.4km의 연륙교 5개의 교량(삼천포대교, 초양대교, 늑도대교, 창선대교, 단항교)으로, 전국에서 유일하게 해상국도(국도3호선)로 세계적인 보기 드문 다리박물관이다.

2003년 4월 28일, 이충무공 탄신일을 기하여 1972년 남해대교가 개통된 지 30년 만에 창선-삼천포대교가 개통되었다.

국토교통부는 2019년 1월 리아스식 해안을 따라 조성된 '남해안 해안경관도로 15선'을 선정·발표했다. 전남 고흥에서 경남 거제까지 이어지는 해안도로 총 575km 중 253.7km가 포함됐고 10개 시·군에 걸쳐 있다.

남해안 해안경관도로는 우수한 자연경관을 보유하고 있는데도 관광자원 활용이 미흡한 고흥·순천·여수·광양 등 전남 4개 시·군과 하동·남해·사천·고성·통영·거제 등 경남 6개 시·군의 해안도로를 대상으로 경관성·관광성·지속성을 기준으로 선정했다.

고흥에는 태양 가득 태평양을 품고 달리는 길 '거금해안경관길' 23km, 팔영산 아래 꽃처럼 핀 섬을 찾아서 '남열해맞이길' 18km, 하동부터 남해에는 노량해협 따라 이순신 장군 만나는 길 '이순신호국로' 5.5

km, 남해에는 쪽빛 바다가 품은 첩첩 다랑논 '남면해안도로' 30㎞, 금
산 아래 한려해상 품은 길 '물미해안도로' 35.2㎞, 남해부터 사천에는
징검다리 밟고 창선도와 삼천포를 잇는 '동대만해안도로' 14㎞, 통영에
는 노을에 물든 어부의 바다 '평인노을길' 10.9㎞, 시간도 머물다 가는
바다 명품길 '미륵도달아길' 9.8㎞, 거제에는 구름 위의 산책 '홍포~여
차해안도로' 20㎞, 바람 불어 놓은 길 '학동~와현해안도로' 17.3㎞가 선
정되었다.

   남해군 창선도와 사천시 사이를 연결하는 창선·삼천포대교를 걸어
간다. 승용차로 오가던 삼천포대교, 어찌 이 길을 걸어서 간다고 상상
이나 할 수 있었을까? 삼천포대교를 건너 모개도에서 초양대교를 건너
초양도에 도착하니 사천바다케이블카 승하차 지점이다. 초양도를 지나
서 늑도대교를 건너고 늑도에서 이순신바닷길 4코스 실안노을길이 끝
이 난다. 그리고 드디어 창선대교를 건너 남해군 창선면에 들어선다.
   '남해군민의 노래'가 남해바다에 울려 퍼진다.

   **대한의 남쪽바다 화전 옛터에/ 청사에 길이 빛날 노량 충렬사/ 우리들 핏줄 속
   에 충혼이 잠겨/ 불멸의 애국정신 자라만 간다./ 삼자의 높은 향기 남해의 자랑/
   뭉쳐서 건설하자 우리 남해를**

   '화전'은 남해의 옛 이름이고, 남해는 충무공이 전사한 관음포와 이
순신순국공원, 충렬사가 있는 섬이다. '삼자'는 유자, 치자, 비자를 일컫
는다. 그래서 흔히 남해를 삼자도라 부른다. 남해 유자는 맛과 향기가
좋은 것으로 알려져 있다.
   전해오는 이야기에 따르면 신라 문성왕 2년(840) 장보고가 당나라 어
느 상인 집에서 유자를 선물로 얻어오다가 풍랑을 만나 남해에 이르렀

을 때, 도포 자락 속에 있던 유자가 깨어져 그 씨앗이 남해에 처음 전해졌다고 한다. 치자의 열매는 약재로 쓰이며 남해에서는 옛날부터 천연 염료의 재료로 삼베 물을 들이는 데 많이 쓰였다. 비자는 남해의 야산에 자라는 상록수로 구충제가 없던 시절에는 십 년이 넘은 나무에서 열리는 열매를 따 약재로 썼다.

남해군은 남해상의 남해도와 창선도 두 큰 섬을 중심으로 이루어진다. 남해도는 원래 제주도, 거제도, 진도에 이어 네 번째로 큰 섬이었지만 강화도가 간척사업을 통해 면적이 늘어나는 바람에 5번째로 밀려났다. 창선도는 11번째 크기다. 1980년 6월 창선교가 놓여 남해도와 창선도가 연결되고, 2003년 4월 창선·삼천포대교가 개통되면서 남해는 섬이 아닌 사통팔달의 육지와 상호 교통체계를 갖추게 되었다.

마지막 다섯 번째 다리 단항교를 남겨놓고 창선치안센터대로에서 우향으로 내려와 해안으로 걸어 단항마을로 들어간다. 이제 온전히 남해군으로 들어왔다. 남해군은 임진·정유재란 전란지로서 7년간 거의 무인지경이었다. 오랜 세월 동안 왜구들의 끈질긴 침공과 약탈을 받았지만 조상들의 끈질긴 항쟁으로 지켜온 땅이다.

단항마을회관을 지나서 천연기념물로 지정된 수령 500년으로 추정되는 사철 푸른 상록수 왕후박나무 앞에서 걸음을 멈춘다. 9.5m의 높이에 무려 11개의 가지가 우산처럼 뻗어나가는 모양새를 가지고 있다. 약 500년 전 마을의 늙은 고기잡이 부부가 잡은 큰 고기의 뱃속에 씨앗이 있었는데 이 씨를 뿌렸더니 자란 나무가 이 왕후박나무라고 전한다. 창선도 외에 진도와 홍도에서 자란다.

1592년 6월 2일 통영의 당포에서 해전을 치른 날 저녁 이순신은 창선도에서 묵었는데, 이때 이 군사들과 함께 왕후박나무 아래에서 휴식을 취했다. 이때 마을 사람들은 음식을 정성껏 푸짐하게 내어놓고 대접했다. 워낙 존경하는 장군이 쉬어간 나무라 이 나무는 마을의 자랑거리가 되었다. 그래서 마을 사람들은 이후 왕후박나무를 '이순신나무'라고 불렀다.

이순신이 창선도에 묵기 10년 전인 1582년 6월 2일, 일본 전국시대 최고의 영웅 오다 노부나가(1534~1582)는 부하 아케치 미쓰히데의 배신으로 혼노지에서 49세의 나이로 자결했다. 오다 노부나가의 죽음으로 도요토미 히데요시는 11일 만에 아케치 미쓰히데의 군대를 물리치고 교토를 장악함으로써 새로운 권력자로 부상했다. 젊어서는 바늘장수까지 했고 출신성분이 아주 낮으며 '원숭이'란 별명을 가진 도요토미 히데요시는 임진왜란과 정유재란의 원흉으로, 한일 간의 국민감정을 결정적으로 악화시킨 장본인이다.

일본에는 15세기 말부터 약 100년 동안 계속된 전국시대라는 난세가 있었다. 이 기간 동안 300여 명에 이르는 군웅이 할거하여 천하의 패권을 잡기 위한 각축을 벌였다. 1467년 대전란이 시작되었다. 전국의 다이묘들은 동군과 서군으로 갈라져 11년이나 치열한 전투를 벌였다. 이른바 오닌(応仁)의 난이었다. 이 전쟁은 비록 쇼군가의 상속 문제가 발단이 되기는 했지만 실제로는 그동안 세력이 커진 무사 가문들끼리 쇼군의 권위가 사라진 일본에서 주도권을 잡기 위한 전쟁이었고, 가마쿠라와 무로마치 막부를 지배해온 가문 대신 칼에 의한 새로운 가문의 부상을 예고하는 전쟁이었다.

1477년 전쟁 당사자들끼리의 화의로 오닌의 난은 일단락되지만 이 전쟁으로 교토는 완전히 잿더미로 변하고 쇼군은 완전히 권력에서 멀어졌고, 1573년 오다 노부나가가 폐지하기까지 무로마치 막부는 이름만 유지하였을 뿐 이제 일본은 실력이 지배하는 센코쿠시대로 접어들었다. 다이묘들이 먹고 먹히는 약육강식의 시대가 열리면서 중앙권력의 지배를 벗어나 독자적으로 지배하는 지방권력이 나타났는데, 이들을 센코쿠 다이묘라 했다. 센코쿠 다이묘는 지방 지주나 유력 농민 출신으로 농촌 조직을 지배하게 되면서 중앙정부를 벗어나 독자적인 다이묘가 되었다. 센코쿠 다이묘들은 독립 국가 형태를 이룩하고 철저하게 무력을 바탕으로 가신들을 견제, 관리하며 영토를 통치할 수 있는 능력을 갖추어야 했으며, 전쟁에서 영토를 보호하고 평화를 유지할 수 있는 능력이 가장 중요했다. 권력 기반은 어디까지나 자기의 지역이었고 적극적으로 영토를 지켜 가신과 농민을 만족시키는 것이 최대의 목적이었다. 그러나 지역을 넘어 일본 전체를 통일하려는 야망을 지닌 센코쿠 다이묘가 있었으니 그가 바로 오다 노부나가였다.

일본 역사에서 센코쿠시대라고 부르는 이 시기에 세 사람의 영웅호걸이 나타났다. 무단(武斷)의 오다 노부나가, 지모(智謀)의 도요토미 히데요시, 인내(忍耐)의 도쿠가와 이에야스였다. 불같은 성격의 오다, 지략에 능한 도요토미, 대기만성형의 도쿠가와. 이 세 사람의 성격을 보여주는 이야기로, '두견새가 울지 않으면 다혈질인 노부나가는 때려 죽이고 꾀가 많은 히데요시는 어떻게든 울도록 만들며 느긋한 성격의 이에야스는 울 때까지 기다린다'라는 말이 있다. 세 사람의 키는 오다 노부나가 170㎝, 도요토미 히데요시 140㎝, 도쿠가와 이에야스 159㎝였으며, 당시 일본인의 평균은 161㎝였다.

재미있는 사실은 우리나라 사람들에게 최고의 영웅을 물으면 대개 "이순신 장군"이라는 같은 답이 나오지만 일본인들의 최고 영웅은 사람마다 답이 다르다.

풍운아 오다 노부나가는 '파괴의 영웅'으로, 기존의 일본이란 집을 부수고 일본 통일이라는 집터를 마련한 군인이며 전력가형이었다. 도요토미 히데요시는 집터를 닦은 인물, 도쿠가와 이에야스는 그 위에 일본 통일이라는 집을 완성한 인물로 비유된다.

이 세 사람 가운데 가장 드라마 같은 삶을 산 풍운아 오다 노부나가는 어렸을 때부터 남다르게 튀는 인물로 사람의 눈을 끌었는데, 전쟁에서도 남과 다른 전술 전략으로 적의 허점을 찔렀다. 노부나가는 파격적인 인물이었다. 남이 생각지도 못한 방향으로 나가고, 비상식적인 작전과 정책으로 상대방의 의표를 찌름으로써 성공시켜 천하통일의 길을 서둘렀다.

오다 노부나가는 오와리국의 오다 노부히데의 장남으로 기요스성의 성주 자리를 물려받아 아버지 대부터 숙적인 이마가와 요시모토를 1560년 오케하지마 전투에서 격파하고, 정이대장군인 아사카가 요시아키를 옹립해 교토를 수중에 넣고, 1567년부터 '천하포무(天下布武)'라 새긴 도장을 사용하기 시작해 일본통일이라는 목표를 본격적으로 추진하였다. 한때 무로마치 쇼군 요시아키를 옹립해서 그 권위를 빌렸지만 1573년 무로마치 막부를 멸망시키면서 중부 일본 일대를 기반으로 일본 봉건제의 정점에 섰다. 일본 각 지역의 패자들을 차례차례 굴복시키면서 일본을 평정해 전국시대 최초의 천하인(天下人)이 되었다.

1543년 포르투갈 상인들이 전해준 철포(조총)의 중요성을 그 누구보다 먼저 꿰뚫어 본 오다 노부나가는 한 번 쏘고 나서 다시 장전하는 동안의 문제를 해결하기 위해 군대를 세 조로 나누어 3열로 배치해 한 조가 사격하는 동안 두 조가 장전을 하게 하고 연속해서 교대로 사격함으로써 시차를 두지 않고 연속 사격하는 전술로 적군의 세 배나 되는 총탄을 퍼부었다.

무엇보다 오다 노부나가가 일본의 최강자로 군림하게 된 비결은 바

로 용병술이었다. 오다 노부나가는 농민이 아닌 직업군인, 즉 용병들로 군대를 조직했다. 이들은 전투가 끝나고 농번기가 되어도 고향에 돌아가지 않고 평소 전투가 없을 때엔 군사훈련을 해서 전투력을 키울 수 있었다. 그리고 농번기가 되어 적군이 고향으로 돌아가면 기습적으로 공격해 간단히 승리했다. 이런 전술에는 당시 누구도 당해낼 재간이 없었다. 병사와 농민을 분리하는 병농 분리, 용병에 의존하는 직업군인 제도는 이렇게 자리 잡게 되었다.

　유력한 다이묘들을 차례로 굴복시킨 오다 노부나가는 1573년 수도 교토에 입성해 쇼군을 폐위시키고 무로마치 막부는 235년 만에 망했다. 그리고 일본 통일을 눈앞에 둔 오다 노부나가는 교토에 있는 혼노지라는 절에 주둔했는데, 부하장수 아케치 미쓰히데가 배반해 혼노지를 공격했다.

　1582년 6월 2일, 기습을 당한 오다 노부나가는 사력을 다해 싸웠지만 중과부적으로 당할 수가 없어 스스로 목숨을 끊음으로써 파란만장한 삶을 마감했다. 그래서 지금도 일본에서는 적은 밖이 아닌 내부에 있다는 의미로 "적은 바로 혼노지에 있다"라는 말을 사용한다.

　오다 노부나가는 생애 내내 당시의 기득권을 부정하고 출신성분과 관계없이 인재를 등용하였으며, 정책적으로 상업진흥, 자유무역, 토지조사, 서양에의 문호개방 등 봉건적 일본에서 누구도 시행하지 않았던 문화·경제적 발전을 이뤄 새로운 시대를 열었다. 기존 불교와 신도 세력의 권위를 부정했고, 포르투갈 선교사들로부터 전해진 천주교 포교를 허용하고 자신도 잠시 관심을 가졌으나 결국 자신을 신격화하며 나아갔다. 당시 포르투갈 선교사 루이스 프로이스는 그를 "신이나 부처, 사후 세계의 존재를 부정하는 이교도이다. 스스로 서찰에서 제육천마

왕이라고 칭했다"라고 기술했다.

아츠모리는 무로마치시대에 등장한 공연으로 지금까지도 많은 사랑을 받고 있다. 그중 센코쿠시대 최고의 영웅 오다 노부나가가 코와카(무사의 세계를 소재로 한 춤의 일종)를 추면서 부른 가장 유명한 구절이다.

> 생각해 보면 어차피 이 세상은 영원히 살 곳이 못 돼
>
> 풀잎에 내린 흰 이슬과 같고 물에 비친 달보다 덧없다네.
>
> 금빛 골짜기에서 노래하던 영화는 무상한 바람에 휩쓸리고
>
> 남쪽 누각에서 달을 즐기던 사람들도 그 달보다 먼저 구름 속에 숨었다네.
>
> 인간 오십 년은 하천(下天)의 세월에 비한다면 한낱 덧없는 꿈
>
> 한 번 받은 삶, 멸하지 않는 자가 어찌 있으랴.

오다 노부나가는 목숨을 건 오케하자마 전투에 나가기 전 아츠모리를 불렀다. 인간의 삶은 한정된 것이니, 그 안에 이룰 수 있는 것은 이루어야 한다는 진취적인 기상을 담았다. 하지만 아츠모리를 더 유명하게 만든 것은 그의 죽음이다. 천하통일을 목전에 둔 49세, 아케치 미쓰히데의 배신으로 혼노지에서 불에 타 죽을 운명 앞에 오다 노부나가는 스스로 목숨을 끊기 전 아츠모리를 불렀다. 이때의 아츠모리는 삶의 덧없음 그 자체로 읽힌다.

역사에는 가정이 없다지만 오다 노부나가가 그렇게 황망히 죽지 않았다면 도요토미 히데요시에 의한 비극적인 임진왜란은 일어나지 않았을 것이다. 오다 노부나가는 도요토미 히데요시에게 '쥐새끼'라는 별명으로 불렀다.

고요한 바닷가 대벽방파제를 지나서 연태산(240.2m) 산길로 접어든다. 한반도는 산지 면적이 전 국토의 70%가 넘는다. '국토의 70%는 산

림으로 유지해야 한다고 헌법에 규정돼 있는 나라, 벌목과 도축, 낚시가 국법으로 금지돼 있는 나라, 세계에서 유일하게 전 국토가 금연인 나라, 온 국민이 일상생활에서 전통복을 입는 나라, 국민의 97%가 행복하다고 생각하는 지구촌에서 행복지수 1위인 나라', 이 나라는 어디일까. 히말라야 산기슭에 자리 잡은 인구 70만 명의 작은 불교왕국 부탄의 이야기다.

부탄은 악기를 배우듯, 헬스를 배우듯 '행복해지는 것'을 하나의 기술처럼 습득하도록 가르친다. 정신적 만족을 높이는 기술을 가르친다. 행복지수 1위 부탄의 행복 비결은 '4S'다. Small-Slow-Smile-Simple, 작은 것-느리게-미소-단순함이다.

산을 넘어 남해 지역에서 최초로 청동기시대 비파형동검이 발견된 당항마을에 이르러 다시 속금산(357.2m)으로 올라간다. 강행군이다. 목표에 도착하는 성취감도 크지만 땀 흘리는 과정을 즐긴다. 과정을 즐기는 사람은 결과를 중시하는 사람보다 훨씬 더 행복할 수 있다. 행복해지고 싶으면 바로 내가 좋아하는 일에 몰두하면 되기 때문이다. 여행을 가더라도 남들과 구별되는 특별한 여행을 해야 한다. 남파랑길, 해파랑길 등 트레킹이나 역사적 사건을 찾아다니는 테마여행 등 자신이 즐기는 것에서만큼은 최고가 되겠다는 마음으로 다니면 더욱 즐겁다.

산대곡 고개를 지나서 소원을 빌면 빠르게 들어준다는 이야기가 전하는 전통사찰 운대암 입구 도로를 지나간다. 창선면 동대만을 내려다보면서 걸어 면소재지로 들어선다.

드디어 36코스 종점 창선치안센터에 도착했다. 오늘은 3개 코스를 걷는 최고의 강행군이었다. 34코스 10.2㎞, 35코스 12.7㎞, 36코스 17.5㎞로 총합계 40.4㎞를 걸었다.

식사 때면 가끔 사람이 그리운 남파랑길 종주, 사천의 음식점에서 조카 가족들과 즐거운 저녁 식사를 했다.

37코스

☆ ★ ★ ★ ★ ★ ★ ★ ☆

고사리밭길

[선비와 사무라이]

창선면 창선파출소에서 적량마을까지 14.9㎞

창선파출소 → 동대만휴게소 → 연곡마을 → 가인리고사리밭길 → 진동리 고사리밭길 → 적량마을

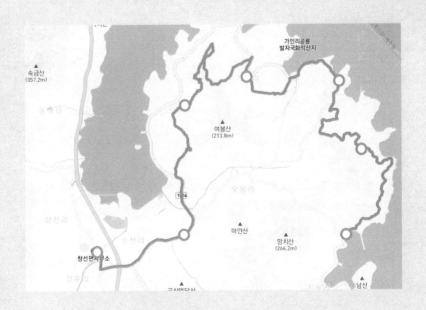

"대장부로 세상에 나와 써주면 죽음으로 충성을 다할 것이요, 써주지 않으면 야
인이 되어 밭갈이하면서 살리라."

11월 26일 창선파출소에서 37코스를 시작한다. 37코스는 남해바래
길 4코스와 동일하다.

어둠 속 길을 간다. 별들이 반짝반짝 반겨준다. 해파랑길, 산티아고
가는 길의 새벽별이 뇌리에 스쳐간다. 날이 갈수록 조금씩 해가 짧아
지고 아침이 늦게 찾아온다.

마을을 벗어나 창선생활체육공원을 지나고 동부대로 옆길로 가는
데, 갈대밭 어둠 속에서 희미한 그림자가 나타난다.

"엄마야!"

앞에 누가 오고 있다는 사실조차 모르고 운동 삼매경에 빠져있던
한 여인이 가까이 다가와서 깜짝 놀란다. 새들이 놀라 날아가고 어둠
이 놀라 날이 서서히 밝아온다. 창선방조제를 지나고 동대만갯벌을 지
나서 여봉산 산길로 올라간다. 십여 마리의 염소들이 정겹게 아침 식
사를 한다. 평화로운 정경이다. 고사리밭길이 나타난다.

동대만휴게소에서 적량마을까지 이어지는 14km의 고사리밭길은 산
과 밭으로 거미줄처럼 이어져 척박한 환경을 이기며 살아온 사람들의
삶의 흔적이 묻어 있다. 고사리 채취 기간인 3월부터 6월까지 넉 달은
사전 예약자에 한해 지정된 안내인 동반하에 걸을 수 있다.

남해 사람들은 척박한 환경에서 바다를 생명으로 여기고 물때에 맞

쳐 갯벌과 갯바위 등에서 해초류와 해산물을 캐는 것을 '바래'라고 하는데, '고사리밭길'도 척박한 자연환경을 극복하며 살아온 삶의 무게가 담긴 남해 사람들의 바래길이다. 고사리는 백이숙제의 고사와 함께 유명한 식물이다.

주나라 무왕이 은나라를 정벌하자 천하가 주나라를 받들었다. 은나라 정벌에 반대하던 백이와 숙제는 무왕의 말고삐를 붙잡고 신하가 임금을 치는 것의 부당함을 간했다. 왕을 수행하던 신하들이 그들을 죽이려 했다. 하지만 강태공이 "이들은 의로운 분들이다" 하면서 그들을 부축해 보냈다. 그 뒤 무왕은 은나라를 멸망시키고 주나라가 천하를 다스리게 되었다. 하지만 백이·숙제 형제는 이를 부끄러운 일이라 여겨, 수양산에 은거하여 의리상 주나라 곡식을 먹을 수 없다며 고사리 (薇)를 캐어 먹다가 굶어 죽었다. 사마천의 『사기』에 나오는 유명한 이야기다. 이로 인해 백이와 숙제, 그리고 고사리는 절의의 상징이 되었다. 절의는 선비의 상징이다. 정몽주와 두문동 72현, 성삼문, 김시습의 사육신과 생육신 등은 절의파 선비의 전형이다. 진나라의 여양은 주군을 잃고 "선비는 자기를 알아주는 사람을 위해 목숨을 바친다(士爲知己者死)"라고 하며 "내 반드시 주군의 원수를 갚겠다"라고 복수를 다짐한다. 선비란 과연 무엇인가.

한국인에게 '선비 같다'라고 하면 칭찬으로 들린다. '선비'라는 말 속에는 최고의 가치관이 담겨 있다. 선비는 우선 지식인이다. 조선의 엘리트는 모두 지식인이었다. 한국에서는 배움이 짧은 사람을 말할 때 '무식한 사람'이라고 한다. 일본에서는 전문기술 하나만 있으면 무시당하지 않을뿐더러 '무식한 사람'이라는 욕 자체가 존재하지 않는다. 임진왜란 당시 선조는 도요토미 히데요시가 시문은커녕 한문조차 제대로 읽지 못한다는 보고를 듣고 되물었다.

"그는 정말 사람인가?"

선비는 예절이 바르고 의리를 지키는 인품을 지닌 사람이다. 지식만으로는 안 된다. 선비들은 '예의를 잊은 사람은 짐승과 같다'라고 말한다. 선비는 원칙을 지키며 살아가는 자세를 유지한다. 또한 학문을 연마하는 가운데 얻은 소신을 거침없이 주장할 수 있는 사람이다. 선비란 출세나 명예보다 자신의 소신을 인생관과 언행의 중심축으로 삼고사는 사람이다. 선비는 관직을 탐내거나 재물에 눈이 멀어서는 안 된다. 조선시대의 선비인 유자(儒者)들을 분류하는 말로 진유(真儒)와 속유(俗儒)가 있다. 진유는 높은 가치관을 자랑하지만 속유는 가짜 선비로서 매도당한다. 고려 말 이성계를 도와 조선을 연 개국공신 권근 (1352~1409)은 선비에 대해 다음과 같이 말했다.

"현달(顯達)하면 벼슬에 나아가 도를 실천하고, 벼슬을 못 하면 농사에 힘쓰는 것이 선비의 떳떳함이다."

17세기 중반 서인 노론의 영수였던 송시열(1606~1689)은 선비에 대해다음과 같이 말했다.

"선비가 벼슬에 나아가는 것과 들어앉아 있는 것은 결코 다른 길이아니다. 스스로 자기의 역량과 시세의 가능함과 불가능함을 헤아려,불가능하면 머무르고 가능하면 나아가 도를 실천하는 것이다."

선비가 선비에 대해 하는 말은 '선비에게 중요한 것은 자신이 깨달은만큼 도를 실천'하는 것이었다. 선비는 결국 재야에 있으면서 도를 배우고 실천하는 사람일 뿐 아니라 벼슬에 나아가 백성을 위한 정도를구현하는 사람을 일컬었다.

선비는 영어로 a scholar(학자), a classical scholar(전통학자), a learned man(배운 사람), a gentleman(신사) 등으로 번역된다. 서양인이 보는 선비는 결국 '배운 사람이자 덕이 있는 신사'인 셈이다.

박지원(1737~1805)은 선비와 양반에 대해 다양하게 명칭을 제시했다. 주로 독서하는 사람을 사(士), 선비라 부르고, 벼슬을 받고 정치를 하는 사람을 대부(大夫), 인덕을 갖춘 사람을 군자(君子)라고 했으니, 선비와 양반은 서로 일치하지 않는다.

선비는 신분이 낮아도 선비로서의 조건을 갖추면 선비가 될 수 있지만 양반은 신분상으로는 양반에 들어갈 수는 있어도 선비가 될 수는 없었다. 결국 선비란 죽음 앞에서도 소신을 갖고 일을 추진하는 학식과 덕성, 그리고 예술성을 갖추어야 한다. 그리고 출세와 재물에 눈이 멀어 부패해서는 안 되고 예의와 의리, 덕성으로 사람들을 이끌 수 있어야 한다. 조선의 마지막 선비 매천 황현은 경술국치를 당했을 때 국가의 녹이라고는 받아본 적이 없으면서도 나라 잃은 아픔을 죽음으로 나타내는 진정한 선비의 표상이었다.

이순신이 위대한 업적을 이룰 수 있었던 것은, 무장이었지만 선비정신이 있었기 때문이다. 임진왜란 7년 동안 『난중일기』를 쓸 수 있었던 것은 선비로서의 문인적 소양이 있었기 때문에 가능했다. 어려서부터 형님 요신을 따라 유교경전을 열심히 배웠기에 보통의 무인에게서는 볼 수 없는 남다른 학식과 견문을 쌓아 마침내 문무를 겸비할 수 있었던 것이다.

이순신은 선비의 덕성을 갖춘 인격자로서 '선비 유(儒)' 자에 담긴 '사람의 마음을 부드럽게 적시어 따르게 한다'라는 감화의 의미를 몸소 실천했다. 이순신의 감화력은 제장들이 따르게 하고 부하들의 사기를 진작시켜 승리하게 하는 데 밑바탕이 되었다.

그럼 사무라이는 무엇인가? 일본에서 사무라이란 정확히 상류무사를 가리키는 말이다. 그러므로 무사라는 말은 사무라이보다 넓은 개념으로 사용되어 상·하급을 막론하고 무인들 전체를 가리키는 말이다. 그러나 '무사도(武士道)'라고 할 때는 모든 무인들이 사무라이가 되기 위해 따라야 하는 규범을 가리킨다. 일본인들은 예술이나 무술에 도(道) 자를 붙이는 경향이 있다. 다도(茶道), 유도(柔道), 검도(劍道) 등이 그것이다. 도(道)자를 붙이면 구도(求道)의 자세가 요구되어 어떤 경지를 추구하는 종교적이고 철학적인 의미를 가지게 된다. 무사도라는 말도 마찬가지다. 무사가 추구해야 할 가치관과 그 경지를 제시하는 것이 무사도인 것이다.

1900년 기독교 신자이자 유명한 교육자였던 니토베 이나조가 영문으로 쓴 『무사도BUSHIDO: THE SOUL of JAPAN』은 일본인의 윤리관을 서양에 처음으로 전한 명저로, 일본의 사무라이 세계를 담은 이 책은 세계적으로 유명하다. 이 책에 담긴 내용 중 '무사도'가 요구하는 규범들이다.

> 무사는 주군에게 충성을 다해야 한다. 무사는 부모에게 효도를 다해야 한다. 무사는 스스로를 엄하게 다스려야 한다. 무사는 아랫사람에게 인자하게 대해야 한다. 무사는 사적 욕심을 버려야 한다. 무사는 부정부패를 증오하고 공정성을 존경해야 한다.
> 무사는 부귀보다 명예를 소중하게 여겨야 한다. 무사는 패배한 적에게 연민의 정을 베풀어야 한다. 무사는 죽음을 두려워하지 않아야 한다.

그런데 이 규범 중 '무사'를 '선비'로 바꾸면 선비의 정의와 놀라울 정도로 일맥상통한다. 단지 '패배한 적에게 연민의 정을 베풀어야 한다'라는 정의 하나만이 무사에게 해당되는 내용이다.

임진왜란 이전의 일본 무사도는 전혀 달랐다. 이때는 주군에 대한 윤리적인 충성의식은 높지 않았다. 그 이유는 당초 주군과 가신의 주종관계가 의리나 신의에 입각한 것이 아니라 일종의 계약관계였기 때문이다. 가신이 주군에 대해 목숨을 걸고 봉공하여 무공을 세우면 주군은 가신에게 그 대가로 은혜를 베풀어줘야 했다. 이는 땅이었다. 무사는 공로를 세워서 땅을 얻어 그 땅의 주인이 되는 것을 인생의 목표로 삼았다. 그러므로 무사는 당연히 은혜를 베풀어줄 수 있는 주군을 모시려고 지금까지 모시던 주군을 떠나기도 했다. 심지어 주군을 제거하는 하극상까지도 일어났다. 일본 무사의 하극상 중 가장 큰 사건은 바로 오다 노부나가가 아케치 미쓰히데에게 배신을 당해 혼노지에서 죽는 것이었다. 그래서 '적은 가까운 데에 있다'라는 의미로 아직도 일본에서는 "적은 혼노지에 있다"라는 말이 유행하고 있다.

임진왜란을 계기로 일본 무사의 사고방식에 일대 변화가 일어났다. 임진왜란 후 일본에 납치되어 간 영광 출신의 유학자 강항 등 조선 유학자들이 조선 성리학을 전했기 때문이다. 강항은 승려 후지와라 세이카(1561~1619)에게 성리학을 전달하여 일본에 성리학의 계통을 만들어냈다. 에도 막부는 세이카의 제자들을 등용하여 성리학을 통치에 이용했다. 그 영향으로 무사의 가치관에 성리학이 영향을 미쳤다. 무사도의 핵심적인 부분은 성리학에서 유래되었다. 그래서 선비가 칼을 차면 사무라이가 된다는 말이 나왔다. 이것이 무사의 규범이 선비의 규범과 매우 비슷해진 까닭이다. 후지와라 세이카로부터 주자학을 전수받은 하야시 라잔은 퇴계의 '천명도설'을 깊이 연구하였다. 라잔의 퇴계 학문에 대한 평가 시다.

포은의 노고에 대해 위무하려 하며/ 이(理)는 장차 퇴계와 더불어 궁구하려 하네.
퇴계 이씨는 무리에서 우뚝 솟아 있으니/ 귀국의 유학의 명성은 온 세상 사람이
모두 기리네.

남파랑길 남해 37코스
NAMPARANG TRAIL Namhae37 section
남해바래길 07코스 | 고사리밭길

정방향
남해대교방향

역방향
창선대교방향

표찰형 및 리본형

조선 주자학의 비조인 정몽주의 순절에 대해 위로하고, 퇴계 학문의 위대성을 언급하면서 퇴계에 대해 지녔던 경모의 염이 어느 정도인지 보여준다. 도쿠가와 이에야스의 어용학자 하야시 라잔은 1605년 사명당 유정을 만난 자리에서 학식을 자랑하다가 망신을 당했던 이야기가 전한다. 임진왜란으로 조선을 침략한 도요토미 히데요시를 멸망시켜 에도 막부를 세운 도쿠가와 이에야스는 메이지유신으로 멸망할 때까지 성리학을 관학으로 삼고 조선과의 선린우호 관계를 약 270년이나 지켜나갔다.

중자는 "선비는 뜻이 넓고 굳세어야 한다. 짐이 무겁고 길이 멀기 때문이다"라며 임중도원(任重道遠)을 말했고, 다산 정약용은 임중도원을 풀이하면서 "무거운 짐을 지고 먼 길을 가려면 역량과 함께 여유로움을 가져야 한다"라고 했다. 안동 선비가 걸어가는 머나먼 남파랑길, 서두를 것 없다. "안동 양반!" "선비 같다!"라는 말에 쑥스러워했던 안동 선비가 '오늘날의 선비는 어떤 모습이어야 할까'를 생각하며 백이 · 숙제가 고사리만 먹다가 죽게 되었을 때 불렀던 '채미가'를 노래한다.

수양산에서 고사리를 캔다.

무왕은 폭력으로 폭력을 이겨냈지만

그 그릇됨을 알지 못하고

신농(神農)씨와 순임금, 우임금은 어느새 사라졌으니

내 어디로 돌아갈거나!

아! 돌아가리, 목숨도 이미 지쳤으니.

창선도의 바다와 부드러운 구름이 명품 경관을 만드는 고사리밭길을 걸어간다. 바다 건너 사천대교 케이블카와 각산을 바라보며 고사리

순례자가 된다.

남해바래길 중 4코스는 '고사리밭길'이다. 고사리밭길은 고사리로 유명한 창선도의 적량마을에서 시작되어 창선 동대만휴게소까지 14㎞ 이어지며, 적량 국사봉 자락에 고사리가 많아 고사리밭길로 알려져 있다.

맨날 아프다는 말을 달고 사는 창선 할머니들도 고사리 수확 때는 연일 고사리밭에서 일만 잘 한다고 한다. 아주 비탈이 심한 고사리밭은 수확이 힘들겠다고 했더니 오히려 경사지가 평지보다 힘이 덜 든다고 한다.

고사리밭길에서 바라보는 해안선을 따라 산과 바다, 그리고 갯마을이 어우러져 정겹다.

남해바래길은 총 231㎞로 본선 16개, 지선 3개 코스로 총 19개의 코스로 이루어져 있다. 본선 16개 코스 중 11개 코스가 남파랑길 36~46 코스와 동일하다. 모든 코스는 창선면-삼동면-서면-고현면-설천면을 지나는 원형으로 설계되어 있어 이정표를 따라 걷다 보면 다시 원점 출발지로 돌아오게 된다.

'바래'라는 말은 남해 어머니들이 가족의 먹거리 마련을 위해 바닷물이 빠지는 물때에 맞춰 갯벌에 나가 파래나 조개, 미역, 고둥 등 해산물을 직접 채취한다는 토속어다.

드디어 고사리 산을 벗어나 바닷가로 나왔다. 가인리마을회관을 지나고 바닷가로 내려와서 약사여래 방생기도도량인 세심사와 가인리공룡발자국 화석산지를 건너편에 두고 신수도를 바라보면서 걸어간다. 가인리에 있는 화석산지는 천연기념물이다. 하늘을 날아다녔던 익룡 발자국을 볼 수 있는 남해 가인리 해안의 익룡발자국은 물때를 맞춰야 볼 수 있다.

국사봉(217.8m)과 해안을 번갈아 바라보며 임도를 따라 걷고 또 걸어간다. '산 정상의 위치를 살펴보고 그곳에 오르는 길을 발견하는 것이야말로 만 리를 가는 오랜 여정의 첫걸음'이라고 했으니, 적량마을을 향해 남파랑길 임도를 걷고 또 걸어간다.

　나무가 우거진 임도를 따라 걸어간다. 20세기는 성실한 사람이 성공하는 사회였지만 21세기는 창의적인 사람이 앞서가는 세상이다. 자신만의 재미있는 일을 가진 사람들은 창의적이다. 재미를 느끼려면 항상 새로운 시도를 해야 한다. 남파랑길을 걸어가는 것, 그런 시도를 해야 한다. 주변에는 안타까운 사람들이 있다. 과거의 지위로 남은 인생을 사는 사람들이다.

　"저분은 왕년에 뭘 했어"라는 것보다는, "저분은 여행작가야." "저분은 도보여행가야." "저분은 바다낚시광이야." 그렇게 소개되는 것이 훨씬 행복하다.

　라즈니쉬는 "여행은 당신에게 최소한 세 가지 유익을 줄 것이다. 첫째는 세상에 대한 지식이고, 둘째는 집에 대한 애정이고, 셋째는 자신에 대한 발견이다"라고 말한다. 나이가 들어가는 길은 한번도 가본 적이 없는 처음 가는 길이다. 나이 들어가는 길은 몸은 예전 같지 않은 길이다. 방향 감각은 가면서도 이 길이 맞는지 서툴기만 하다. 시리도록 외로울 때도 있고, 그리울 때도 있고 두렵고 불안한 길이다. 어릴 적 처음 가는 길은 호기심과 희망이 있었고, 젊어서 처음 가는 길은 무서울 게 없었지만 나이 들어가는 길은 앞길이 뒷길보다 짧다는 것을 알기에 한 발 한 발 아주 더디게 걷는다. 꽃보다 곱다는 단풍처럼 아침노을 보다는 저녁노을이 아름답다. 희망의 아침노을도 좋지만 무욕의 저녁노을도 좋다. 여명의 아침도 좋지만 황혼에 빛나는 저녁도 좋다.

몸과 마음을 다이어트하는 남파랑길 위에 드디어 바닷가 적량해비치마을이 나타나고 적량버스정류장에서 37코스를 마무리한다.

★ ★ ★ ★ ★ ★ ★ ★ ★

말발굽길

[도요토미 히데요시, 꿈속의 꿈이런가!]

창선면 적량마을에서 진동리 삼동하나로마트까지 12㎞

적량마을 → 장포 → 남방봉 임도 → 보현사 → 추섬공원 → 삼동지족 →

지족교 → 삼동하나로마트

"나이가 이미 50이 넘었는데 육욕과 품행이 난잡하기 짝이 없고, 야망과 육욕
이 그로부터 정상적인 판단력을 빼앗아갔다고 생각된다."

적량버스정류장에서 38코스를 시작한다. 38코스는 남해바래길 5코
스와 동일하다.

아침이면 붉은 해가 바다에서 불끈 솟아오른다고 해서 적량(赤梁)이
라 이름 지어진 적량마을, '가장 먼저 해가 비치는 마을', '아침 햇빛이
온 마을을 따뜻하게 비춰준다'라고 해서 해비치마을로도 잘 알려진 이
곳은 매년 새해 아침 관광객들과 해돋이 축제를 벌인다. 일곱 빛깔 무
지개로 칠한 무지갯빛 마을 앞에는 요트 계류장도 있다.

적량마을 뒷산에는 국사봉(国祀峰)이 있는데, 매년 섣달 그믐날이면
국태민안 제사를 지냈다. 마을의 개들이 짖지 못하게 하고 아기 낳을
산모들은 모두 이웃 마을로 보낼 정도로 엄하게 준비했다고 한다. 임진
왜란 당시에는 봉화를 올려 이순신의 승전에 크게 공을 세우기도 했다.

창선도의 동쪽 끝에 있는 적량마을 곳곳에는 천혜의 자연환경과 더
불어 전략요충지로 역사적 의미가 있다. 적량성(赤梁城)은 조선 수군 주
둔지로 세종 2년(1420)에 축성된 것으로 추정된다. 남해를 방어하는 대
표적인 성곽으로 대단히 중요한 군사요충지였다. 국사봉이 우뚝 솟은
북쪽을 제외한 동남서쪽에 세 개의 성문이 있었고, 성안에는 동헌과
객사를 비롯한 10여 채의 건물이 있었다. 현재 성곽의 많은 부분이 민
가의 담장이나 논밭의 경계로 남아 있어 후일 복원될 날을 기다리고

있다.

적량마을의 적량진은 왜구를 막는 전략 요충지로서 그 역할을 500년 이상 이어왔다. 임진왜란 때에는 왜적을 막는 데 중요한 군사적 요충지였으며, 적량만호 권전이 통제사 이순신의 아장(亞將)으로 활약하다 노량해전에서 전사했다. 원균이 칠천량해전에서 패하자 배설이 12척의 배를 이끌고 도주하다가, 이곳에서 하룻밤을 보내고 적량성을 불태우고 떠났다. 마을 앞에는 절충장군 김정필 첨사의 선정불망비가 세워져 있다.

적량마을에는 20여 년 전부터 고사리 재배 농가가 지속적으로 늘고 있다. 국내 고사리의 80% 이상을 중국산 고사리가 차지하고 있는 상황에서 경쟁력이 있다. 적량마을에서 시작해 동대만 휴게소까지 이르는 고사리밭길에는 적량마을 사람들의 삶이 진하게 녹아 있다. 창선면은 전국 고사리의 1/3을 생산한다.

바닷가 알록달록한 색깔로 칠해진 적량해변을 걸어간다. 적량마을에서부터 남해바래길 5코스 말발굽길이 시작되어 지족마을까지 이어진다. 고려시대 적량에서 군마를 사용하던 역사적 배경을 활용하여 '말발굽길'로 명명하였다.

바다가 전해주는 갯내음과 대지가 전해주는 고사리의 생명력을 동시에 느끼며 길을 간다. 파스칼은 "자오선이 진리를 결정한다"라는 말로 여행을 찬양했다지만 옛날로의 여행은 위도와 경도를 초월하는 것이기에 나그네는 오늘도 남파랑길에서 과거로 가는 따뜻한 추억의 여행을 떠난다. 그리고 그 길은 오늘을 넘어 밝고 환한 미래로 이어진다. 인생의 거리는 자신이 걸어온 거리와 같다. 앞으로는 무엇을 추구하며 걸을까. 소동파의 '만정방(滿庭芳)'을 부르며 오늘도 남파랑길을 걸어간다.

달팽이 뿔 같은 헛된 이름과 파리 머리 같은 아주 미미한 이익 때문에 분주히 계산한다. 모든 일은 미리 정해진 것인데 누가 약한 자이고 누가 강한 자인가. 한가한 몸이 늙기 전에 나를 다 놓아버려서 어느 정도는 자유분방하리라. 백 년 동안 날마다 취하여도 삼만 육천 번이네. 생각하나니 얼마나 사는가? 근심과 비바람이 절반이다. 또 무슨 필요로 죽음에 저항해서 길고 짧음을 논하는가. 다행히 맑은 바람과 밝은 달을 바라보고 있으며 이끼는 넓게 깔려 있고 강남은 좋을지니 천 동이의 좋은 술과 한 곡조의 '만정방'을 부르자.

대곡마을에 들어서서 수호신을 모신 제단 앞에서 겸손히 목례를 한다. 위험한 바다에서 조업을 하다 보니 신을 찾았고, 지금도 해마다 무사안녕을 기원하는 제사를 지낸다. 대곡(大谷)마을은 산이 깊고 골이 많기 때문에 물이 풍부해 심한 가뭄에도 물 걱정이 없고 맑은 시냇물처럼 인심도 좋다는 마을이다.

길은 바다가 만곡진 곳에 자리한 아름다운 장포항을 뒤로하고 골목길로 접어들어 남방봉 임도를 따라 걸어간다. '바다가 보이고 행복이 보이는' 진동리 언덕 위의 장포교회를 지나서 부윤리 산길로 접어드니 석가모니 부처님을 모신 아담한 보현사의 대웅전이 나타난다. 스님은 어디 가고 진돗개 한 마리가 사납게 짖는다.

예수와 부처, 국사봉의 산신령, 대곡마을 수호신 등이 모두 남파랑길의 나그네를 보호하고 인도하고 함께하니 세상에 무엇이 무서울까. 절간의 백구가 낯선 나그네를 향해 짖다가 멀뚱하게 쳐다보고 있다. 대한민국은 종교시장, 종교백화점이면서도 종교전쟁이 없는 세계적으로 특별한 국가이다.

일본의 고유종교는 일본의 건국신화와 인간신 덴노(天皇)를 결합한 신도(神道)다. 신도는 불교가 들어오기 전까지 일본의 고유종교였고 불교가 들어온 뒤에도 그대로 유지되었으나 불교에 비해 훨씬 원시적인 종교였기 때문에 전통이자 의식에 그쳤으며, 무사정권인 막부가 성립되면서 말 그대로 허수아비가 되어버리자 덴노를 중심에 놓은 신도는 크게 쇠퇴할 수밖에 없었다. 그러나 1868년 메이지유신으로 덴노가 다시 권력의 중심에 서게 되었고, 덴노는 다시 인간이면서 신으로 숭배 대상이 되었다. 신도는 다시 국가 종교로 부활해 일본 국민을 단결시키는 데 이용되었고, 결국은 제2차 세계대전을 일으키게 되었다. 그래서 전쟁이 끝난 뒤 일본을 점령한 미국은 신도를 금지시켰다.

1587년 7월 도요토미 히데요시는 갑자기 크리스찬 선교사의 추방령을 내렸다. 포르투갈 출신의 예수회 선교사 루이스 프로이스(Luis Frois)는 1563년부터 1597년 죽을 때까지 30년 남짓의 오랜 기간을 일본에 체재하면서 자신이 직접 체험하거나 전해 들었던 사실을 방대한 기록으로 남겨놓았다. 이것이 『일본사』라는 형태로 전하는데, 프로이스는 『일본사』에서 히데요시에 대해 다음과 같은 부정적 묘사를 하고 있다.

그는 키가 작고 또 추악한 용모의 소유자이고 한 손에는 여섯 손가락이 있다. 눈은 튀어나오고 중국인처럼 수염이 적었다. …(중략)… 그는 심상치 않은 야심가이고 그 야망이 여러 악의 근원이 되어 잔혹하고 질투가 많고, 불성실한 인물, 또 기만자, 허언자, 앞뒤가 안 맞는 인물이 되게 했다. 그는 매일 불의와 횡포로 마음껏 저질러 만인을 경악시켰다. …(중략)… 나이가 이미 50이 넘었는데 육욕과 품행이 난잡하기 짝이 없고, 야망과 육욕이 그로부터 정상적인 판단력을 빼앗아갔다고 생각된다. 이 극악한 욕정은 그칠 줄 모르게 그의 전신을 지배하고 있었다. 그는 관청 안에 영주들의 어린 딸들을 3백 명이나 거느리고 있을 뿐 아니라 곳곳의 성에도, 또 다른 많은 처녀들을 두고 있었다. 그가 여러 고을을 방문할 때 주요 목적의 하나는 예쁜 처녀를 찾아내는 것이었다.

프로이스는 히데요시의 갑작스런 크리스찬 탄압의 주원인을 크리스찬 여자들을 징발할 때의 저항으로 인한 참소 때문이라 생각했다. 또 일본 종교를 방해한 것 때문이라는 히데요시의 말을 전하기도 했다.

도요토미 히데요시(1536~1598)는 오와리국 아이치군 나카무라에서 빈농의 아들로 태어나서 오다 노부나가에게 발탁되어 이례적인 승진을 거듭했다. 아케치 미쓰히데의 반란을 진압한 히데요시는 무장으로써 뛰어났을 뿐 아니라 정치면에서도 발군의 능력을 발휘하였다. 권모술수에 능해 노부나가의 아들과 가신들을 제압하고, 1584년 당시 최대의 경쟁자였던 도쿠가와 이에야스와 담판을 지어 경쟁자인 이에야스마저 에도지방으로 몰아냈다.

히데요시는 허수아비 덴노 조정의 관백에 오른 다음 태정대신까지 겸하게 됨으로써 명실상부한 일본 최고의 권력자가 되었다. 그리고 이때 덴노로부터 '도요토미'라는 성을 하사받았다. 이전까지는 '하시바 히데요시'였다.

도요토미 히데요시는 1587년 직접 20만 대군을 이끌고 규슈를 정벌하고 1589년 21만 대군을 동원해 1590년 간토의 호조 가문을 제압해서 실질적으로 일본을 통일했다. 이로써 53세의 히데요시는 100년간 전국시대를 종식했다. 실질적인 통치자가 되어 권력의 정상에 오른 히데요시는 스스로를 '태양의 아들'이라 일컬으며 과대망상적인 허영심에 들뜨게 되고, 결국 조선과 명나라뿐만 아니라 인도까지 점령하겠다며 정명가도를 명분으로 임진왜란을 일으켰다. 이 무모한 침략 전쟁은 이웃나라 조선을 황폐하게 만들었을 뿐만 아니라 막대한 군비를 소모하여 일본의 국내경제를 파탄에 이르게 하고 농민들을 도탄에 빠트렸으며, 결국 62세의 나이로 자멸하였다.

일본인들이 숭배하는 영웅 도요토미 히데요시는 전국시대 전쟁으로

흥기하여 결국 자신의 야욕으로 일으킨 전쟁인 임진왜란의 한가운데서 죽었다. 사인은 위암, 독살 등 여러 설이 있지만 결국 충무공 이순신에 의해 죽은 것이다. 전쟁을 시작할 때만 해도 강건했던 도요토미 히데요시가 이순신에 의해 일본 수군이 궤멸당하면서 조선을 정복하지 못하여 홧김에 죽은 것이다.

도요토미 히데요시가 죽었을 때 유해는 당일 밤 교토 동쪽의 아미타 산봉우리에 매장되었다. 전쟁 중이라 그의 죽음은 비밀로 했고, 장례도 치르지 않았다. 도요토미 히데요시의 「절명시」다.

이슬로 와서/ 이슬로 가는 삶이여
오사카의 영화도/ 꿈속의 꿈이런가!

임진왜란에 참전했던 일본 모리 가문 계통의 문헌인 『격조선론』에서는 도요토미 히데요시를 신랄하게 비판한 기록이 있다.

히데요시 공은 오로지 학살하기만을 좋아해서 장차 조선을 불모지로 만들려했기 때문에 조선의 백성들이 일본을 따르지 않고 원수처럼 보았다. 일본 역시 전쟁으로 피폐해져 백성들이 굶주림과 추위에 시달리고 도적들이 들끓었다. 히데요시 공의 웅대한 능력으로도 어찌할 수가 없었다. …(중략)… 히데요시 공은 나라를 다스리고 백성들을 평안히 할 계책도 없이 아무런 이익이 없는 전쟁을 일으켜서 죄 없는 조선 사람들을 살해했으며, 천 리 길에 군량을 수송하느라 우리 백성들을 피폐하게 만들었으므로 신명에게 죄를 얻어서 죽게 되었다. 그로부터 3년도 지나지 않아 왜국이 크게 어지러워지고, 히데요시 공의 아들 히데요리 공이 마침내 1614~1615년의 오사카 전투에서 죽고 말았다. 그러므로 '작은 것이 큰 것을 치는 것은 재앙이다'라고 이르는 것이다.

요컨대 도요토미 히데요시가 일으킨 임진왜란의 인과응보로 도요토미 가문이 몰락했다는 것이다. 1585년 권력을 장악하고 자신의 업적을 기록한 『관백임관기』에는 히데요시의 혈통과 관련하여 다음과 같이 기록하고 있다.

> 오만도코로(히데요시의 어머니)는 어려서 교토에 간 적이 있다. 궁중 옆에 살면서 궁중에 2~3년 봉직하다가 다시 내려왔다. 얼마 되지 않아서 아이가 태어났다. 이 아이가 지금의 전하이다. 왕의 씨앗이 아니고서 어떻게 이런 준걸을 얻을 수 있겠는가.

이른바 히데요시의 '천황 사생아설'이다. 히데요시가 자신의 모친이 궁정의 수라간에서 일하는 신분이었고, 옥체를 모신 일이 있다고 스스로 밝힌 것이다. 스스로 자신의 아버지를 감추고, 아직 살아 있는 어머니를 궁정에서 일하다가 천황과 관계해서 자신을 낳았다는 이야기를 지어낸 것이다. 그래서 태양의 아들이라 자칭했다.

도요토미 히데요시의 영웅화 작업은 근대 교과서에 중국의 순임금과 진시황제, 나폴레옹과 비교하고, 제국주의의 국책사업과 같이하여 2차 대전 중 가난하고 가진 것이 없는 도요토미 히데요시가 오로지 기상 하나로 세계를 정복하도록 애타는 꿈을 실어 응원했다. 미천한 가정에서 태어나 천하통일을 한 입신출세 이야기가 과장되어 오늘날까지 추종자를 양산하고 있다.

젊은 날 도요토미 히데요시가 점쟁이에게 갔다. 점쟁이가 손금을 보더니 말했다.

"당신은 손금이 안 좋아서 출세를 못 하겠다."

도요토미 히데요시는 물었다.

"어디가 안 좋습니까?"

"손금이 이어져야 하는데 당신 손금은 가지가 여러 개 끊어졌다."

"어디까지 이어져야 좋은 손금인가요?"

점쟁이는 손금이 이어져야 하는 곳을 가르쳐주었다.

도요토미 히데요시는 그 말을 듣자마자 칼로 손바닥을 찢어서 손금을 새로 이어 만들었다. 그리고 소리를 질렀다.

"이 정도면 됩니까? 이 정도면 나도 출세할 수 있겠지요? 나도 출세할 수 있다!"

이런 정신으로 삶에 임한 도요토미 히데요시는 미신을 물리치고 일본의 영웅이 되었다.

보현사를 지나서 임도를 걸어가며 바다 건너 남해도의 경치를 조망한다. 부윤마을을 지나고 부윤리 해안가로 나아가 아름다운 추섬공원에 다다른다.

방파제를 따라 추섬으로 들어가 산책로 정비가 잘된 그림 같은 바다 풍경과 마을이 이어지는 골목길을 따라 남북으로 600m 정도 길게 뻗은 추섬공원을 돌아 나온다. '1530 걷기운동' 안내판에서 '1주일에 5일 하루에 30분 이상 걷기운동'을 하라고 권유하고 있다.

척추를 펴고 두 발로 걷는 직립보행은 인간만의 축복이다. 걷기운동은 뼈를 튼튼하게 하고 신체 기능을 고루 향상시켜준다. 다리에는 인체 근육의 30%가 몰려 있다. 근육이 많을수록 원기가 왕성하고 근육이 적으면 쉽게 피로하고 기력이 떨어진다.

걸음걸이는 생명의 나이와 연결되어 있다. 걸음걸이를 30대로 걸으면 30대가 되고, 40대로 걸으면 40대가 된다. 나이가 들면 대부분 골격이 틀어지고 걸음걸이가 달라진다. 걸음걸이와 호흡에는 닮은 점이 많다. 마치 아기 때는 호흡을 아랫배로 하다가 어른이 되어서는 가슴으로 하고, 나중에는 숨이 넘어가는 것처럼 목에까지 찬다. 원기 왕성한 아이들은 넘어질 듯 넘어질 듯 몸이 앞으로 쏠린 채 발 앞쪽에 힘을 주어서 꽉꽉 내딛는다. 뒷짐을 지고 무게 잡고 걷는 어른의 걸음이 아니라 앞을 향해 진취적으로 나아가는 활기찬 걸음걸이다.

해창마을이라고도 하는 당저2리를 지나간다. 고려시대 창선도의 각종 조세와 특산품을 모아 서울까지 해로로 운송하였는데, 이때 거둔 조세와 특산품을 보관하는 창고가 있었다. 이 창고를 해창이라 하였고, 이 창고가 있는 마을이라 하여 해창마을이라 하였다.

'지족마을' 표지석 앞을 지나서 죽방멸치의 고장 창선도 지족삼거리에서 '지족해협 청정해역의 명품 원시어업 남해 죽방렴 멸치' 대형 광고판을 바라보며 창선교를 건너간다. 원시어업의 형태로, 남해도와 창선도 사이의 지족해협에 설치된 20여 개 죽방렴의 정경을 감상한다. 거센 물결을 이용한 죽방렴이 장관을 이루고 식도락 문화가 발달한 지족마을 삼동하나로마트에 도착하여 38코스를 마무리한다. 오늘은 26.9㎞, 가벼운 하루였다.

지족마을에서 멸치쌈밥으로 한 끼의 행복을 즐기면서 노자의 『도덕경』에 나오는 "知足之足常足矣(지족지족상족의)"를 되새기며 족한 줄을 안다.

39코스

★ ★ ★ ★ ★ ★ ★ ★ ★

지족해협길

[도쿠가와 이에야스, 간토의 너구리]

삼동하나로마트에서 물건마을까지 9.9㎞

삼동하나로마트 → 지족해협길 → 전도마을 → 동천마을 → 물건방조어

부림 → 물건마을

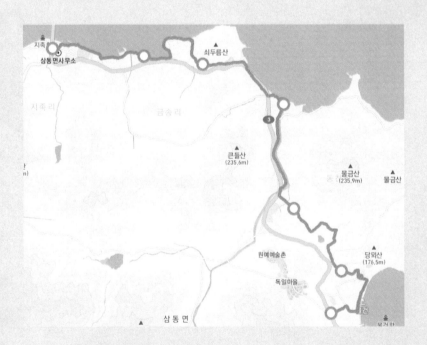

"사람의 일생은 무거운 짐을 지고 먼 길을 가는 것과 같다. 서두르면 안 된다. 인
내는 무사장구(無事長久)의 근본, 분노는 적이라 생각하라."

11월 27일 6시 30분, 어두운 새벽하늘, 별들이 반짝이며 소곤대는
고요한 낯선 거리 지족해협길을 따라 39코스를 시작한다.

전날 물건마을의 펜션에서 자고 안동이 고향인 고향까마귀 숙소 주
인이 출발지인 삼동하나로마트까지 태워주었다. 수많은 별들이 보석처
럼 반짝반짝 반짝이며 떠 있다. 별들은 하나하나 제각기 외로운 별들
이다. 별들은 외로움 속에서도 빛을 낸다. 그것은 찬란한 고독이다. 꿈
을 찾아가는 길은 언제나 외롭고 힘이 든다. 하지만 고독 속에서 고독
을 즐긴다. 꿈을 찾아가는 영혼은 찬란한 고독을 느낀다. 남파랑길을
걸어가는 나그네가 찬란한 외로움을 노래한다.
　서서히 여명이 밝아오는 남해도 바닷가를 걸어간다. 남해섬은 예로
부터 어디를 가나 낭만과 풍경이 있어 신선의 섬으로 불렸다. 안평대
군, 한석봉, 양사언과 더불어 조선 전기 4대 서예가의 한 사람으로 알
려진 자암 김구는 「화전별곡」에서 남해를 일점섬도(신선의 섬)라 표현했
다. 남해의 아름다운 풍광은 남해도 해안선 팔백리를 따라가다 보면
곳곳에 발길을 멈추게 한다.
　갯벌과 죽방렴의 장관을 감상한다. 죽방렴관람대에서 죽방렴(竹防簾)
의 유래를 살펴본다.
　죽방렴은 시속 13~15㎞인 지족해협의 거센 물살을 이용한, 가장 원
시형태의 어로 포획방식이며, '대나무 어사리'라고도 부른다. 좁은 바

다 물목에 참나무 지지대 300여 개를 갯벌에 박고 대나무 발을 조류가 흐르는 방향과 거꾸로 해서 V자로 벌려두어, 물살을 따라 들어온 물고기를 원통에 가두어 잡는다. 이곳의 거센 물결과 빠른 유속으로 인해 헤엄칠 힘을 잃은 물고기들이 말뚝을 피하여 밀려들어가 결국은 원통형의 대나무발 속에 포획되는 방식이다.

죽방렴에서 포획한 멸치들은 전국 최상품으로 꼽히며 싱싱함이 살아 있어 맛이 일품이다. 예종 1년(1496)에 편찬된『경상도 속찬지리지』 남해현조에 최초로 기록이 나타난다.

멸치는 바다에서 가장 개체 수가 많은 물고기다. 고래부터 오징어까지 바다 생물 대부분이 멸치의 천적이다. 하지만 최악의 천적은 인간이다. 멸치잡이 배가 한 번 끌어올리면 수억 마리가 잡힌다. 멸치가 그물 안에서 몸부림을 치면서 비늘이 떨어져나가면 값이 떨어진다. 그래서 배 위에서 삶거나 쪄 죽인다.

조선 후기 실학자 김류는 "큰 소리로 물고기를 꾸짖으며 잡는다"라고 했다. 멸치는 겁이 많다. 멸치 잡을 때 어부들은 북과 징을 치고 발을 구르며 고함을 지른다. 그러면 멸치가 혼비백산해 우왕좌왕하며 수면으로 떠오른다. 강원도 어부들은 멸치를 삼태기로 퍼내면서 "메레치 가야/ 죽어야만/ 내가야 산다"라고 노래했다. 어부들에게 멸치잡이는 죽느냐 사느냐의 최전선이었다.

하늘이 밝아오고 수평선 너머로 바다가 열린다. 바다와 하늘이 서로를 껴안고 키스를 한다. 하늘과 바다는 마치 두 개의 거울과 같다. 그 거울들은 서로의 그림자를 서로에게 드리워준다. 그 사이에서 대지의 인간들은 행복을 느낀다. 그래서 오늘도 하늘과 바다가 벗하는 길 위에서 나그네는 행복하다. 그래, 걷자, 웃자, 노래하자며 이 길에서 저

길로, 저 길에서 이 길로 즐겁고 신명나게 걸어간다.

11월의 바닷가에 코스모스와 꽃들이 널려 있다. 따뜻한 남쪽 나라의 철모르는 꽃들이 철없는 나그네에게 미소를 짓는다.

7시 10분, 눈을 의심한다. 이른 아침의 여인 낚시꾼이라니! 나그네도 꽃도 여인도 철없기는 마찬가지다. 흔히 낚시꾼의 대명사로 강태공이라 한다. 강태공은 위수에서 고기를 낚은 것이 아니라 때를 기다리며 세월을 낚았던 것. 기다림을 견디지 못하고 떠나버린 아내와의 복수불반분(覆水不返盆)의 고사가 전해진다. 강태공은 유유자적 한가함을 즐기면서 기다림 끝에 주 문왕을 도와 천하를 얻었다.

"마음 편하게 기다리는 사람은 기다림에 지치지 않는다"라는 프랑스 속담처럼 전국시대 일본에도 기다림의 인내로 천하를 얻은 도쿠가와 이에야스(1542~1616)라는 영웅이 있었다. 일본인들이 가장 좋아하는 세 영웅은 오다 노부나가, 도요토미 히데요시, 그리고 도쿠가와 이에야스다. 그리고 그들에게는 그들만의 독특한 개성이 있었다. 20대에 재미있게 여러 번 읽었던 일본의 역사소설 『대망(大望)』을 최근에 다시 읽었다. 대망은 일본을 통일한 세 영웅의 이야기다. 세 영웅의 성격을 잘 나타내는 에도시대의 시가이다.

울지 않는다면 죽여 버리겠다, 두견새야!

울지 않는다면 울게 만들어버리겠다, 두견새야!

울지 않는다면 울 때까지 기다리겠다, 두견새야!

1598년 8월 18일 히데요시는 후시미성에서 63세를 일기로 눈을 감았다. 히데요시가 죽었을 때 도쿠가와 이에야스는 이제 앞에 찾아가 무릎을 꿇어야 할 실력자가 없었다. 이에야스는 히데요시의 죽음을 비밀에 부치고 조선에 출전해 있던 군사들에게 히데요시의 이름으로 철수를 명했다. 그리하여 노량해전이 끝나는 11월 19일 7년간의 조선 침략은 실제로 막을 내렸다.

일본 천하를 호령하던 도요토미 히데요시는 죽기 전에 56세에 낳은 다섯 살짜리 아들 도요토미 히데요리에 대한 걱정이 많았다. 병석에 누운 히데요시는 최후에 임박해 다섯 명의 가장 높은 신하, 곧 오다이로(大老)를 불렀다. 그 가운데는 조선 침략에 군대도 보내지 않고 착실히 군사력을 키운 2인자 도쿠가와 이에야스가 있었다. 히데요시는 다이로들을 불러 모은 자리에서 히데요리를 보호해주도록 눈물로 호소하고 죽었다.

'서두를 것 없다. 다 때가 있는 법'이라며 이에야스가 느긋하게 기다릴 때 히데요시가 없는 권력 핵심부는 이시다 미쓰나리 등 문신파와 가토 기요마사 등 무신파가 대립해 세력다툼을 벌였다. 무신파는 무력으로 문신파를 몰아내려 했고 다급해진 문신파의 지도자 격인 이시다 미쓰나리는 이에야스에게 도움을 청했다. 하지만 이에야스는 이시다 미쓰나리를 문전박대했고, 도움을 청하다가 지방으로 쫓겨난 이시다 미쓰나리는 이를 갈았다. 결국 이시다 미쓰나리의 선동으로 전국적인 친 도요토미 히데요시 가문 다이묘의 군대가 집결, 도쿠가와 이에야스의 동군과 갈라져 대결했다. 1600년 일본 역사상 가장 큰 전투 중 하나인 세키가하라 전투가 벌어졌다. 전국의 다이묘들이 두 패로 갈라져 벌인 대전투로 '천하를 둔 전투'라고 부른다.

조선 침략 선봉장 고니시 유키나가, 시마즈 요시히로 등은 히데요시의 편인 서군에, 가토 기요마사 등은 도쿠가와 이에야스의 편인 동군에 가담했다. 결국 이 전쟁에서 도쿠가와 이에야스가 승리함으로써 고니시 유키나가는 할복이 아닌 처형되었고, 가토 기요마사는 고니시의 구마모토의 영지를 인도받았다. 임진왜란 두 선봉장의 운명도 엇갈렸다.

미카와 지역의 영주로 오다 노부나가와 절친했던 도쿠가와 이에야스는 일본 전국시대 최종 천하인으로 1603년 도쿠가와 막부를 열었다. 하지만 도요토미 히데요시의 아들 히데요리가 오사카성에 살아 있었다. 끝났지만 아직 끝난 게 아니었다.

1614년 10월 1일 이에야스는 오사카성에 대한 공격을 결의하고 1615년 다이묘들에게 출동을 명령했다. 오사카 성안에 난입한 이에야스의 군사들은 히데요리와 요도 부인 모자를 찾았다. 히데요시가 그토록 총애했던 요도 부인과 히데요리는 서로의 가슴에 단검을 찔러 목숨을 끊었다. 히데요리의 아들 구니마쓰까지 처형하여 히데요시 가문의 씨가 말랐고 도요토미 히데요시 가문은 역사의 무대에서 완전히 사라졌다. 도쿠가와 막부에 의해 히데요시의 분묘는 파괴되고 황폐해졌다.

도요토미 히데요시 가문의 멸망은 이에야스의 집념이기도 했다. 그리고 이 숙원이 이루어졌을 때 이에야스에게도 서서히 죽음의 그림자가 다가오기 시작했다.

도쿠가와 이에야스는 1616년 1월 매사냥을 하다가 복통을 일으켜 쓰러진 후 자리에서 일어나지 못했다. 위암이었다. 이에야스는 유훈을 남겼다.

"사람의 일생은 무거운 짐을 지고 먼 길을 가는 것과 같다. 서두르면 안 된다. 무슨 일이든 마음대로 되는 것이 없다는 것을 알면 굳이 불만을 가질 이유가 없다. 마음에 욕망이 생기거든 곤궁할 때를 생각하라. 인내는 무사장구(無事長久)의 근본, 분노는 적이라 생각하라. 승리만 알고 패배를 모르면 해가 자기 몸에 미친다. 자신을 탓하되 남을 나무라면 안 된다. 미치지 못하는 것은 지나친 것보다 나은 것이다."

전국시대 최후의 승리자는 도쿠가와 이에야스였다. 도쿠가와 이에야스는 남이 견디지 못하는 일을 참고, 남이 하지 못할 일을 인내로 일관한 지속력을 지녔다. 이것이 도쿠가와 이에야스의 리더십이었다. 그리하여 천하를 가름한 세키가하라 전투에서 당당히 승리하여 '천하인(天下人)'이 되었다. 일본 통일 과정에서 이 세 사람의 행동을 묘사한 유명한 글이 있다.

> 오다가 쌀을 찧어
>
> 하시바(도요토미의 옛 성)가 반죽한 천하라는 떡
>
> 힘 안 들이고 먹은 것은 도쿠가와

결국 끈기와 인내로 때를 기다린 도쿠가와 이에야스가 천하를 통일하고, 1868년 메이지유신 때까지 에도 막부로 일본을 지배했다. 에도는 오늘날의 도쿄이며 1868년 메이지유신과 함께 일본의 수도를 정식으로 옮기기까지 막부의 중심지로 실질적인 수도였다. 이 265년간을 에도시대라고 불렀다.

도쿠가와 이에야스는 에도시대를 열고 임진왜란으로 단절된 조선과 일본의 외교관계를 정상화했다. 인고의 세월을 보내고 최후의 승리자가 되는 인물의 표상으로 '간토의 너구리'라는 별명을 지닌 도쿠가와 이에야스가 기초를 다진 안정된 장기집권이 오늘날 일본의 번영에 크게 기여했다는 점은 아무도 부인하지 못한다.

19세기 중반 미국의 페리 제독이 개항을 요구했고, 에도막부는 1852년 미일통상수호조약을 체결했다. 이에 조슈번과 사쓰마번이 반발하고 나서 서양을 물리치고 천황을 추대하여 막부를 타도하였으니, 이것이 메이지유신의 시작이었다.

1867년 천황에게 정권을 돌려준다는 명분 아래 도쿠가와 막부는 멸망했고, 1868년 조슈번과 사쓰마번을 중심으로 한 메이지정부가 들어섰다. 이후 메이지정부는 천황을 절대자로 만드는 작업을 통해 반대세력을 봉쇄하고자 했다.

사무라이가 만든 메이지정부의 성격은 사무라이 정권적 성격이었으나 그들은 천황의 권위를 최대한 이용하려는 전략을 취했다. 즉, 천황을 살아 있는 신으로 만들어놓고 천황을 배후에서 조종하여 일본을 통치하고자 했던 것이다. 그렇게 우상으로 만들어진 천황은 오늘날까지 일본 국민들로서는 감히 침범할 수 없는 신성한 복종의 대상이 되었다. 사무라이 전성시대의 산물이었다.

메이지유신으로 도쿠가와 막부가 몰락하고, 메이지천황이 권좌에 오르자 히데요시는 즉시 복권되었다. 도쿄로 자리를 옮겨 친정을 시작한 메이지천황은 그해 4월 오사카에 들러 히데요시의 사당인 풍국사(豊国社) 재흥을 명령했다.

메이지천황이 진구(神功) 왕후의 신라정벌 정신을 이어서 조선을 침략한 히데요시의 공을 인정한 것이다. 이로부터 도요토미 히데요시의 침략정신을 본받아 천황을 앞세운 사무라이들은 정한론(征韓論)을 앞세웠고, 마침내 청일전쟁, 러일전쟁, 조선병합, 만주사변, 중일전쟁, 태평양전쟁을 일으키고, 히데요시와 마찬가지로 일본은 전쟁의 한가운데서 패망했다. 그리고 전후 경제적 성장과 함께 승승장구하는 영웅 히데요시를 추종하는 열기는 아베 전 총리를 비롯한 우익세력들에 의해 여전히 뜨겁게 끓고 있다.

죽방렴 관람대에서 멀리 망운산을 바라본다. 남파랑길은 저 산 너머로 걸어가야 한다. 세찬 물살이 흐르는 바다의 죽방렴에 앉은 갈매기

한 마리가 명상을 하고 있다. 무슨 생각을 하고 있을까.

어느 저녁, 야간비행을 하지 않는 갈매기들이 모래밭에 모여 서서 명상 중이었다. 조나단은 있는 용기를 다 짜내서 늙은 족장 갈매기에게 걸어갔다.

"챙, 이 세계는 천국이 아니지요. 맞습니까?"

"아니라네, 조나단. 그런 곳은 없지. 천국은 장소가 아니고, 시간도 아니라네. 완벽한 곳이 곧 천국이지. 완벽한 속도에 접하는 순간, 자네는 천국에 접하기 시작할 걸세. 그리고 그것은 시속 천 킬로미터로 나는 것도, 백만 킬로미터로 나는 것도, 빛의 속도로 나는 것도 아니지. 완벽한 속도는 그저 그곳에 있는 것이라네."

"어떻게 그렇게 하는 것입니까? 족장께서는 얼마나 멀리 가실 수 있습니까?"

"어디든, 언제든지, 가고 싶은 곳에 갈 수 있네. 나는 어디든 생각이 나는 대로 다녔지. 생각만큼 빨리 날려거든, 어디든 가려거든 자네가 이미 도착했다는 것을 아는 것에서 시작해야 하네."

조나단은 매일 해 뜨기 전부터 한밤중까지 혹독하게 수련했다. 그런데 온갖 노력에도 불구하고 그는 있는 자리에서 조금도 나아가지 못했다. 조나단은 깊은 명상에 잠겼다. 그러던 어느 날 조나단은 챙이 계속한 말의 의미를 깨달았다.

"아, 맞아! 나는 완벽하고 한계가 없는 갈매기야!"

조나단은 어마어마하게 충격적인 희열을 느꼈다.

나그네가 홀로 추섬을 바라보고 우측 배방산을 바라보며 전도마을을 지나간다. 임도를 따라 올라 남해청소년수련원을 지나서 둔촌마을 바닷가로 들어선다.

길가 좌우의 두 개의 장승에는 한편에 '천하대장군' 대신 '屯村(둔촌) 사랑 永遠(영원)히'가, 다른 편에는 '보석처럼 빛나라'가 쓰여 있다.

7시 30분, 둔촌마을 사람들이 모여서 낙엽 청소를 하고 있다. 착하고 순박한 사람들. 나 홀로 빈 배처럼 길 위에 떠 있다.

수많은 갈매기 떼가 바닷속으로 머리를 들이밀었다가 꺼내고는 물에서 아침 식사를 하고 있다. 멀리서 빨간 등대가 불빛을 반짝인다. 하늘과 바다와 바람과 등등 아름다운 세상을 맛보고 느끼며 걸어간다.

동천마을회관을 지나서 이제 물건리로 고개를 넘어간다. 독일마을이 보이고 바닷가에 물건방조어부림의 전경이 펼쳐진다. 두미도를 바라보며 물건방조어부림으로 나아간다.

남해12경 중 10경인 물건리 방조어부림은 바닷가를 따라 초승달 모양으로 750m가량 뻗어 있다. 방조림은 바닷물이 넘치는 것을 막고 농지와 마을을 보호하기 위해 인공적으로 만든 숲이며, 어부림은 물고기가 살기에 알맞은 환경을 만들어 물고기 떼를 유인하는 역할을 하는 숲이다. 물건리 방조어부림은 방조림과 어부림의 역할을 모두 하고 있어 '방조어부림'이라 불린다.

이곳에는 팽나무, 상수리나무, 느티나무, 이팝나무 등 낙엽수와 상록수인 후박나무 등 100여 수종의 상층목이 2,000여 그루 심어져 있다. 300년 전 방풍과 방조의 목적으로 심었으며 물건리 방조어부림을 경계로 등대가 있는 포구와 물건마을로 나누어진다. 19세기 말에 숲에 있는 나무를 일부 베어냈다가 그해 폭풍으로 마을이 큰 피해를 입었다. 그래서 '이 숲을 해치면 마을이 망한다'라는 말이 전해 내려왔고, 마을 사람들은 숲을 베면 벌금을 내기로 약속하고 숲을 지켜왔다.

주택과 농작물을 풍해에서 보호하는 방풍림으로 산책로가 조성되어 있는 물건방조어부림, 지금도 마을 사람들은 숲에서 가장 큰 이팝

나무를 마을의 수호신으로 모시고, 매년 음력 10월 15일에 제사를 지내 마을의 평안을 빌고 있다.

마을길을 올라 '농가맛집 어부림'을 지나고 8시 40분, 39코스 종점에 도착했다. 바로 그 건너편에 숙소인 물건펜션가든이 있다. 고향까마귀가 맛있는 아침 식사를 준비해놓았다. 게다가 막걸리까지 곁들인다. 길을 걷다 보니 별나게 좋은 날이 있다. 참, 행복하다.

40코스

★ ★ ★ ★ ★ ★ ★ ★ ★

화전별곡길

[붕당의 역사]

물건마을에서 천하몽돌해변 입구까지 17.0㎞

물건마을 → 독일마을 → 바람흔적미술관 → 나비생태공원 → 편백나무
길 → 천하마을삼거리

"죽음 속에서 살길을 구했다면 만에 하나라도 구할 길이 있으리라."

9시 50분, 아침 식사를 하고 물건마을에서 40코스를 나선다.

'독일마을 방문을 환영합니다!' 하고 안내판이 인사를 한다. 괴테하우스, 겔베하우스, 하이델베르크, 베토벤하우스, 함부르크, 하노버, 프랑크푸르트 등 안내판이 마치 독일에 온 듯 착각을 불러일으킨다. 고요하다. 정상에 올라 독일마을과 물건방조어부림, 그리고 남해바다를 한눈에 내려다본다. 한 폭의 그림처럼 장관이다. 2015년 7월 16일에 준공된 기념비석을 바라본다.

독일마을
독일 아리랑이 되어
너무나 가난했던 1960~1970년도 우리나라!
가족부양을 위해 머나먼 독일로
파독 광부와 간호사로 떠났던 젊은이들
조국 경제발전에 초석이 된 당신들의 땀과 눈물은
자랑스런 대한민국의 역사입니다.

            - 독일마을 파독 광부 간호사 1세대

대한민국 근현대사의 한 페이지를 장식한 파독 광부와 간호사의 이야기에 뭔가 뭉클함이 일어난다. 1960년대 초 독일로 외화벌이에 나선 광부와 간호사들이 한국에 돌아와 정착한 독일마을은 주거지 외에도

독일 음식을 파는 음식점과 바다뷰가 보이는 카페 등으로 구성되어 있다. 독일마을과 앵강만의 미국마을 둘 다 이국적인 분위기가 느껴지지만 독일마을이 관광지로의 느낌이라면 미국마을은 미국의 거주지에 온 것같이 느껴진다.

원예전문가가 중심이 되어 집과 정원을 작품으로 조성하여 꾸민 곳들로, 각각의 집들마다 개성이 살아 있는 남해 원예예술촌은 코로나19로 인해 문이 닫혔다. 관광안내소 앞을 지나서 긴 내리막길을 걸어 화암교 앞에서 화천변 길로 들어선다. 화천(花川)을 따라 올라간다. 화천 건너편에 있는 봉화마을 당산나무가 나그네를 바라본다.

물건어부방조림에서 시작하여 이곳에 이르는 화전별곡길은 2020년 10월 관광공사 선정 '가을 비대면관광지 100선'에 들어갔다. '가을 비대면관광지 100선'은 기존에 잘 알려지지 않은 관광지로, 코로나로 거리두기 여행을 실천하는 관광지 중 단풍과 가을 주제에 부합되는 곳 중심으로 선정했다.

한적한 시골길을 따라 걸어서 꽃내(花川)가 흐르는 화전별곡 윤슬마당에 도착한다. 마당에는 자연을 벗 삼아 다양한 것들을 보고 배우던 선비들의 모습과 마음가짐을 느낄 수 있는 생태학습 공간인 '배움별곡', 아름다운 자연 속에서 지역의 전설과 이야기, 시를 읊고 즐겼던 선비들의 풍류를 느낄 수 있는 친수 공간인 '웃음별곡'이 있다.

예로부터 화천은 봄이 되면 피었던 꽃이 물에 떨어져 흘렀다고 꽃내라고 불렀다. 사시사철 꽃이 피는 자연환경을 예찬했던 유배객들이 남긴 유배문학이 전해지는 화천을 따라 걸으면서 아름다움과 문학의 정취를 느낀다.

남해의 별칭인 화전을 노래한 「화전별곡(花田別曲)」은 자암 김구(金絿,

1488~1534)가 지은 6장의 경기체가로, 남해로 유배 와서 남해의 풍경과 감회를 읊은 작품이다. 제1장에서 산천이 수려하고 뛰어난 인물을 많이 배출한 남해섬을 노래하며 이곳 사람들과 어울려 풍류를 즐기겠다는 포부를 밝혔다.

> 하늘의 끝, 땅의 변두리, 한 점 신선이 사는 섬.
>
> 왼쪽은 망운산이고 오른쪽은 금산, 봉내와 고내 흐르고
>
> 산천이 기묘하게 뛰어나 호걸과 준사들이 모였나니, 인물이 번성했네.
>
> 아, 하늘 남쪽 경치 아름다운 곳의 모습
>
> 그것이 어떠합니까.
>
> 풍류와 주색을 즐기는 한 시절의 인걸들
>
> 풍류와 주색을 즐기는 한 시절의 인걸들
>
> 아, 나까지 몇 분입니까.

제2장~제4장에서는 각각 벼슬아치, 기생, 향촌 사람들이 흥겹게 노는 모습을, 제5장에서 술에 취해 낙천적으로 사는 모습을 표현했다. 제6장에서는 서울의 번화로움보다 시골에서 소박하게 사는 것이 더 좋다고 하였다.

자암 김구는 중종 때의 문신으로 1519년(중종 14) 기묘사화 때 개혁파 조광조와 연루되어 남해로 유배를 왔다. 김구의 유허비는 남해대교가 보이는 설천면 노량리 언덕에 있다.

자암 김구가 세상을 떠난 1534년 퇴계 이황이 34세로 과거에 급제했다. 선조 때를 목릉성세(穆陵盛世)라 불렀다. 마치 2,500년 전 석가모니, 노자, 공자, 소크라테스 등이 축의 시대로 비슷한 무렵에 출현하였듯이 이황, 조식, 이이, 유성룡, 기대승, 성혼, 한석봉 등등 쟁쟁한 학자,

문인, 예술가가 밤하늘의 별처럼 빛나던 때였다. 조선 500년 역사에서 그렇게 많은 인물이 한꺼번에 이름을 다툰 적은 없었다.

연산군 대에서부터 불어닥친 사화의 바람은 중종 대의 기묘사화를 거쳐 명종 대의 을사사화에 이르러 수많은 선비들의 목숨을 앗아갔다. 을사사화(1545)가 일어난 해 이순신이 태어났으며, 방진의 딸과 결혼한 이순신이 무과를 준비하고 있을 때인 1564년 아들 이회가 태어났다. 명종이 죽고 1567년 선조가 즉위하자 마침내 사림파가 정권을 잡았다. 허엽, 박순, 이산해, 유성룡, 윤두수, 김성일, 정구, 허봉, 유희춘, 기대승 등 기라성 같은 퇴계의 제자들이 조정을 가득 메웠다. 조정은 바야흐로 퇴계 학단의 천지가 된 느낌이었다.

붕당의 역사는 선조 때부터 시작되었으며 선조는 붕당을 자기정치에 이용했다. 선조가 즉위하고 사림파가 훈구파를 밀어내고 권력을 장악한 후에, 그들 사이에 1575년 붕당이 분기되어 자체 경쟁과 대립이 심화되었다. 사림파의 정계 장악으로 관직에 오를 자는 많아졌으나 관직은 한정되어 있어 필연적으로 당파의 분열을 초래하게 된 것이다. 붕당 대립의 직접적인 발단은 이조전랑직을 둘러싼 김효원과 심의겸의 반목에서 비롯되었다.

전랑직은 그 직위는 낮으나(정5품) 인사권을 지는 직책으로, 판서나 국왕이 임명하는 것이 아니고 전임자가 후임자를 추천하면 공의(公議)에 부쳐서 선출하였으므로 관료들 간의 집단적인 대립의 초점이 되었던 것이다. 김효원을 중심으로 한 동인은 허엽이 영수로 있었고, 심의겸을 중심으로 한 서인은 박순이 영수였다. 동인은 다시 기축옥사 때 정철에 대한 처벌의 강온 양론으로 갈라져 강경파의 북인, 온건파의 남인으로 분파되었다. 임진왜란 전에 이미 서인과 남인, 북인의 3색으로 분파되었다.

남인은 유성룡, 북인은 이산해 등이 중심이 되었으며, 임진왜란 후 남인 유성룡이 화의를 주장했다는 이유로 실각하면서 남인이 몰락하고 북인이 정권을 장악했다. 득세한 북인은 선조의 후사 문제로 대북과 소북으로 갈라져 대립하다가 대북파가 옹립하는 광해군이 왕위에 오르자 정권을 장악하고, 소북파를 일소하기 위해 영창대군을 모함하여 살해하는 한편, 외척인 김제남과 그 일족을 처형하였다.

광해군과 대북파의 이러한 폭정은 오랫동안 대북파에게 눌려 지내던 서인에게 집권할 기회를 주었으니, 곧 능양군을 왕으로 옹립한 인조반정이 그것이다. 인조가 왕위에 오르자 천하는 서인의 수중에 들어갔으며 이이첨, 정인홍 등 대북파 수십 명이 처형되고 수백 명이 유배되었다.

인조반정으로 서인이 집권하는 동시에 남인인 이원익이 등용되어 남인은 제2의 세력으로 숙종 때까지 100년 동안 서인과 공존을 바탕으로 계속해서 대립했다. 서인은 다시 송시열 중심의 노론과 윤증을 중심으로 한 소론으로 분파하였고, 1689년(숙종 15) 기사환국으로 서인이 물러나고 송시열이 사사되었으며, 남인이 다시 등용되었다. 서포 김만중은 이때 남해 노도로 유배를 와서 생애를 마쳤다.

그러나 1694년(숙종 20) 다시 남인이 쫓겨나고 서인이 재등용되었으며, 갑술환국으로 남인은 재기불능의 큰 타격을 입었다. 이후 정국은 서인의 영조를 옹호하는 노론, 경종을 옹호하는 소론 대립의 중심으로 이어지는 가운데 영조 재위 52년간 탕평책, 당쟁의 완화와 각 파에 걸친 공평한 인재 등용, 정쟁 완화를 하였으며 권세는 주로 노론의 수중에 들어갔다.

영조 말부터 싹트기 시작한 새로운 대립으로, 사도세자사건을 둘러싸고 세자를 동정하는 홍봉한 중심의 시파(時派)와 세자의 실덕(失德)을 지적하고 영조의 처사를 옳다고 보는 김구주 중심의 벽파(辟派)의 대립이 생겼다. 그 후 남인과 소론도 시벽으로 분파되었다. 남인의 시·벽파는 당시 전래하기 시작한 가톨릭을 믿는 신서교파와 반서교파로 분열되었다. 정조 때는 지금까지 소외되었던 남인을 적극 옹호, 신장하였으며 이가환과 정약용은 남인 시파의 명사로 등장했다.

1801년(순조 즉위) 노론의 벽파가 대거 진출하면서 신유사옥을 일으켜 사학을 일소하였으며, 정약용을 비롯한 시파의 가톨릭 교인이 변을 당했다. 이는 당쟁의 한 변형으로 연출되었다. 시벽의 대립으로 인한 가톨릭교의 박해는 서학도 내지 실학자의 대부분을 차지하는 남인을 말살시켜버리는 결과를 가져왔다. 권력에서 밀려난 남인이 서학이나 실학에 전념하게 된 이유는 숙종 때의 갑술환국 이래 정계로 나아갈 수 없기에 과거를 위한 유학은 무의미한 것이 되어버렸기 때문이었다. 이후 세도정치와 대원군의 집권으로 붕당의 역사는 막을 내렸다.

이순신은 붕당의 역사의 희생자였다. 이순신은 건천동에서 태어나 자연스레 유성룡 등 동인과 가까웠고, 같은 건천동에서 살았지만 원균은 서인 윤두수와 인척으로 맺어지며 대척점에 섰다. 그리고 결국 이순신은 선조와 서인들에 의해 죽음으로 내몰렸다.

이순신은 당대 조선의 성숙한 역사와 제도와 문화의 자양분을 누구보다 잘 흡수하여 자기 것으로 만들었다. 이순신은 거인들의 어깨 위에 서 있는 위대한 거인이었다. 그런 이순신은 우리 민족의 축복이었다. 이순신은 송나라 역사를 기술한 『송사(宋史)』를 읽고 짧은 독후감을 썼다. 송나라가 여진이 세운 금나라와 싸울 때 화친파가 우세한 조정을 등지고 초야로 떠난 이강의 행태를 비판한 감동적인 글이다. 『이충무공전서』에 수록되어 있다.

아, 슬프다. 때가 어느 때인데 이강은 떠나려 했는가? 떠나면 또 어디로 간단 말인가? 무릇 신하된 자가 임금을 섬김에는 죽음이 있을 뿐이요 다른 길은 없다. 이러한 때를 당하여 종사의 위태함은 마치 머리카락 하나에 천 근을 매단 것과 같다. 지금은 바로 신하된 자가 몸을 버려 나라의 은혜를 갚을 때이다. 떠난다는 말은 진실로 마음에서 싹트게 해서도 안 되거늘, 하물며 어떻게 입 밖에 낼 수 있단 말인가?

그렇다면 내가 이강이라면 어떻게 할 것인가? 몸이 상하고 피눈물이 흐르도록, 간을 찢고 쓸개를 쓸어 내도록 사태가 적과 화친할 수 없는 지경에까지 이르렀음을 분명히 말해야 한다. 말을 들어주지 않아도 죽을 때까지 계속 주장할 것이다. 그래도 안 되면 임시로 화친의 계책을 따르며 그 사이에 임시변통할 계책이 있는지 찾아볼 것이다. 죽음 속에서 살길을 구했다면 만에 하나라도 구할 길이 있으리라. 이강은 이러한 계책을 내지 않고 그저 떠나가려고만 했으니 어찌 신하가 임금을 섬기는 의리라 하겠는가?

이 글에서 이순신은 오로지 죽음으로 임금을 섬긴다는 강인한 선비정신을 보이는 한편, 그저 자신의 지조만을 지키기 위해 조정을 떠나는 것은 비겁한 자세라고 말하고 있다. 자기의 뜻이 통하지 않을 때에는 임기응변으로라도 계책을 찾아볼 것이라 했다. 잠시 자기의 뜻을 접고 더 큰 기회를 노려야 한다는 진짜 전략가의 자세를 볼 수 있다. 이순신의 충정을 엿볼 수 있는 『난중일기』의 기록이다.

> 1595년 5월 29일. 비바람이 그치지 않고 종일 퍼부었다. 사직의 존엄한 신령을 믿고 겨우 작은 공로를 세웠는데, 임금의 총애와 영광이 초월하여 분수에 넘친다. 장수의 직책을 지닌 몸이지만 세운 공은 티끌만큼도 보탬이 되지 못하였고, 입으로는 교서를 외우지만 얼굴에는 군사들에 대한 부끄러움이 있을 뿐이다.

1595년 7월 1일. 잠깐 비가 내렸다. 나라(인종)의 제삿날이라 출근하지 않고 홀로 누대에 기대고 있었다. 내일은 돌아가신 부친의 생신인데, 슬프고 그리운 생각에 나도 모르게 눈물이 흘렀다. 나라의 정세를 생각하니 위태롭기가 아침 이슬과 같다. 안으로는 계책을 결정할 동량이 없고, 밖으로는 나라를 바로잡을 주춧돌이 없으니, 종묘사직이 마침내 어떻게 될 것인지 알지 못하겠다. 마음이 어지러워서 하루 내내 뒤척거렸다.

노량해협에 유허비가 있는 유배객 자암 김구는 과연 이순신의 충정을 알고 있었을까. 화전별곡길의 배움별곡과 웃음별곡을 지나고 화천 건너편에 있는 양떼목장을 지나서 내산마을로 들어선다. 내산저수지를 바라보며 바람흔적미술관으로 들어선다.

어제 오후 목사님과 함께 미리 왔었고, 고향이 안동인 관장과 지족해협에서 함께 저녁 식사를 했었다. 수려한 자연경관과 다양한 현대예술작품 전시로 호평을 받는 바람흔적미술관에 주인은 없고 나그네 홀로 양지바른 곳에서 쉬다가 길을 나선다.

매년 11월이 되면 가을 단풍의 향연이 펼쳐지는 숨은 단풍명소 내산저수지 일대에 단풍은 없고 낙엽이 쌓여 있다. 내산저수지를 끼고 돌아서 산길을 올라간다.

내산저수지에는 붕어네 학교가 있는데, 어느 날 잉어가 특강 선생님으로 와서 자기의 체험담을 들려주었다.

"나는 못된 망나니였습니다. 신의 은혜가 내리지 않는다고 늘 불평불만이 많았고, 수고하지 않고 먹고살 수 없을까 두리번거리고 다녔지요. 그러던 어느 날 어른들이 귀신터라고 말하는 고소하고 맛있는 냄새가 나는 곳에 갔습니다. 그곳에 간 이웃들이 가끔 사라져서 어른들이 가지 말라고 했지만 그런 걸 믿을 내가 아니었습니다. 그곳에는 먹음직스런 지렁이들이 여기저기 꿈틀거리고 있었습니다. 냉큼 물었지요. 그러나 그것은 낚시꾼의 미끼였습니다. 나는 낚시에 걸려 순식간에 허공에 휘날렸지요. 그런데 다행히도 입이 찢어지는 통에 살아 돌아오게 되었지요.

내가 이 경험으로 할 말은 첫째, '우리는 분명히 신의 은혜 속에 살고 있다'라는 것입니다. 이 물이 곧 은혜이지요. 물 밖에서는 숨을 쉴 수가 없었습니다. 둘째, '수고하지 않고 먹을 수 있는 먹이를 조심하라'라는 것이지요. 그것은 여러분들을 죽음으로 몰고 갈 미끼이니까요."

저수지는 어머니 같다. 저수지는 모난 것, 검은 것까지 다 품어낸다. 이것저것 다 안으면서도 품은 것들에게 상처를 주지 않는다. 산이고 구름이고 물가에 늘어선 나무며 나는 새까지 겹쳐서 들어가도 어느 것 하나 상처를 입지 않는다. 저수지는 자기 안에 발 담그는 것들을 물에 젖게 하는 법이 없다. 하늘이 들어와도 넘치지 않는다. 바닥이 깊고도 높다. 모난 돌멩이라고 모난 파문으로 대답하지 않는다. 검은 돌멩이라고 검은 파문으로 대답하지 않는다.

내산저수지를 지나고 나비생태공원을 지나간다. 다양한 세계의 실제 날아다니는 다양한 나비를 만날 수 있는 나비생태공원이라지만 역시 코로나로 문을 닫았다. 임도를 따라 청정 삼림욕을 즐기며 국립남해편백자연휴양림을 독차지하고 걸어간다. 보무도 당당하게 씩씩하게 걸어간다.

산악기상관측 장비가 있는 고갯마루에 도착했다. 국립남해편백자연림 이정표에 '전망대 0.9㎞, 휴양림 2.6㎢'라고 적혀 있다.

오후 1시 20분, 전망대 2층 '한려정'에 올라 한려해상국립공원의 아름다운 풍경을 만끽한다. 가슴이 뻥 뚫린다. 바람이 불어온다. 바다는 고요하다. 내 마음도 고요하다, 세상이 고요하다. 신선이 따로 없다. 신선이 되어 숲길 임도를 따라 춤을 추며 하산한다. 임도 끝 지점에서 천하저수지를 지나고 남해휴양림 펜션을 지나간다.

오후 2시 20분 미조면 송정리 천하마을에 도착하여 40코스를 마무리한다. 바닷바람이 시원하게 불어오는 몽돌해변에서 하늘을 쳐다본다.

★ ★ ★ ★ ★ ★ ★ ★

구운몽길

[노도 문학의 섬]

미조면 천하몽돌해변 입구에서 원천항까지 17.6㎞

천하몽돌해변 → 상주해변 → 대량마을 → 소량마을 → 두모마을 → 벽련
마을 → 원천항

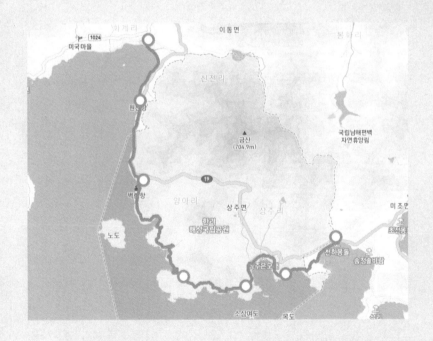

"오늘 아침 어머니 그립다는 말 쓰자고 하니 글자도 되기 전에 눈물이 이미 흥건
하다."

11월 28일 천하마을 몽돌해변에서 41코스를 시작한다. 언제나 아침
은 신선하다. 남파랑길에서 날마다 이런 아름다운 아침을 누릴 수 있
다는 것은 얼마나 큰 축복인가. 오늘 하루도 길 위에서 기적이 펼쳐진
다. 아침노을이 붉게 물들어 장관을 연출한다. 아아, 아름다운 풍경이
여! 아아, 아름다운 인생이여!

사그락사그락 달그락달그락 차르르르 몽돌의 노래가 들려온다. 파도
소리와 어우러져 천상의 화음을 자아낸다.

몽글몽글하게 생긴 몽돌이 펼쳐진 천하몽돌해변을 지나서 금포마을
로 들어간다. 해안경관을 조망하며 산길을 걸어간다. 뒤돌아보니 멀리
송정해수욕장이 보인다. 숲길을 따라 바다를 감상한다.

금산(705m)을 배경으로 초승달 모양의 긴 백사장이 소나무 방풍림
과 어울리며 경관을 연출하는 상주은모래비치해변이 나타난다. 금산
의 절경을 긴 병풍으로 삼은 상주은모래비치는 남해에서 가장 빼어난
풍경을 가진 해수욕장으로 부채꼴 모양의 해안 백사장과 눈앞에 펼쳐
진 작은 섬들은 바다를 호수 모양으로 감싸고 있으며 파도가 잔잔하고
수온이 따뜻하여 가족 단위 피서지로 각광을 받는다. 아침의 백사장
을 걸어가는 두 모녀의 모습이 아름답고 한 폭의 그림같이 신선하게
다가온다.

금산과 보리암은 남해1경으로 태조 이성계가 100일 기도를 올린 후 나라를 세운 기도처이다. 금산은 한려해상국립공원에서도 유일하게 산악공원으로 산 전체가 기암괴석과 울창한 나무로 덮여 있어 예로부터 금강산에 빗대어 '남해의 소금강'이라 부를 만큼 경치가 빼어나다. 사람들이 사는 속계에서 신선이 기거하는 선계로 연결된다는 쌍홍문을 지나서 거대하게 뚫려 있는 바위 터널을 지나면 우리나라 3대 기도처로 꼽히는, '단 하나의 소원은 반드시 들어준다'라는 보리암이 있다.

신라 신문왕 3년(683) 원효대사가 창건한 보리암에 올라 해수관음상의 자애로운 시선이 닿는 짙푸른 망망대해와 점점이 떠 있는 섬들을 바라보는 경관은 가히 일품이다. 태조 이성계의 기도처가 있으며 정상의 망대에 오르면 망망대해가 보인다.

늦은 가을 바닷가 아무도 없는 백사장을 나 홀로 걸어간다. 갈매기들이 춤을 추며 맞이한다. 파도가 밀려온다. 들어오고 나가고 들어오고 나가고 비우고 채우고 오고 가고 가고 온다. 파도의 물결처럼 처얼썩 처얼썩 가고 온다. 출렁이는 파도를 벗 삼아 모래밭을 걷는다.

남해 최대의 해수욕장인 상주은모래비치해수욕장을 지나 금양천을 건너서 상주 앞바다를 바라보고 도로에 올라간다. 뒤돌아보니 금산과 상주해수욕장이 나그네를 향해 잘 가라고 손을 흔든다.

남해양식연구센터를 지나서 좁은 숲길을 따라 대량마을로 걸어간다. 해변 산길이 험하지만 일품이다. 대량마을 표석을 지나고 소량마을을 걸어간다. 약 400여 년 전 경기도 임진강가에 있는 양아리에서 이곳으로 이주해 와 살게 된 주민들이 전에 살던 곳의 양아리에서 나누어진 큰 마을, 작은 마을이라 하여 큰 양아리인 대량, 작은 양아리인 소량으로 부른다. 노도가 보이고 그 너머 멀리 여수가 보인다.

캠핑장과 바다카약, 모터보트 등 다양한 레저시설을 갖춘 두모체험 마을로 들어선다. 남파랑길을 출발하기 전 울릉도에서 카약을 탔던 즐거움이 스쳐간다.

구운몽길 안내도가 나타난다. 지척에 소설『구운몽』의 저자인 서포 김만중의 유배지였던 노도를 바라보면서 걷는 이 길은 구운몽길이다. 노도는『구운몽』과『사씨남정기』의 작가 김만중이 56세의 일기로 유형의 삶을 마감했던 곳으로 유명하다. 서포 김만중은 유복자였다. 어머니 뱃속에 있을 때 병자호란이 일어났는데, 그때 아버지가 강화도에서 순절했다. 홀몸으로 그를 키워내신 어머니를 위해 소설『구운몽』과『사씨남정기』를 썼다.

두모회관을 지나고 두모관광교를 지나서 다시 숲길로 올라가 두모방 파제와 바다를 감상하고 숲길을 따라 벽련마을로 걸어간다. 벽련마을의 벽련항에 도착해서 노도(櫓島)를 바라본다.

남파랑길 종주가 끝난 후인 2021년 3월 13일 벽련항에서 노도로 가는 배를 탔다. 하늘은 맑고 쾌청했다. 300여 년 전 노도에서 눈 감았던 김만중에게 들려주었던 파도 소리가 다가왔다. 늘 아들의 안위를 걱정했던 어머니가 병사했는데도 효성이 지극했던 김만중이 유배의 몸으로 장례식도 참석하지 못했고, 끝내 노도에서 숨을 거두며 찢어진 가슴을 움켜쥔 김만중의 슬픔이 다가왔다.

서포 김만중(1637~1692)은 예학의 대가인 김장생의 증손이며 숙종의 첫 왕비인 인경왕후의 숙부다. 둘째 아들인 그는 유복자로 태어났으며, 아버지 김익겸은 병자호란 때 강화산성에서 항전하다가 성이 함락되기 전 "살아서 욕됨을 보지 않겠다"라며 목숨을 버렸다.

김만중의 어머니 해평 윤씨는 윤신지(선조의 딸 정혜옹주의 남편)의 손녀이며, 14세에 결혼하여 21세에 남편 김익겸이 순절하자 큰아들 김만기와 유복자 김만중을 위해 일생을 바친 어머니이자 엄하게 훈육한 교육자이다. 『소학』, 『당시』, 『사서』 등을 아들 형제에게 직접 가르쳤다. 여성 교육자로서의 어머니 해평 윤씨는 서포 김만중의 삶과 문학에 큰 영향을 주었다.

해평 윤씨는 정유재란 때 영의정이었던 윤두수의 4대손으로, 형제는 성장하면서 "너희들은 다른 사람들과 같지 않으니, 남들보다 더욱 노력해야 한다", "행실이 다른 사람들 기준에 못 미칠 경우, 사람들은 과부의 아들이라 흉볼 것이다"라고 하는 어머니의 남다른 가정교육을 받았다. 마치 퇴계의 어머니 춘천 박씨가 배우지 못한 과부의 아들이라는 소리를 듣게 하지 않으려고 퇴계의 공부만은 한순간도 소홀히 하지 않은 것처럼.

1665년 과거에 급제하여 벼슬길에 나선 김만중은 1683년 대사헌, 1686년에는 대제학이 되었다. 1687년 장희빈 일가를 둘러싼 언사(言事)사건에 연루되어 의금부에서 추국을 받고 선천으로 유배되었다. 1년이 지나 풀려났다가 다시 논핵(論劾)을 입어 1689년 남해의 노도(櫓島)에 위리안치되었다.

이러한 와중에 어머니 윤씨는 아들의 안위를 걱정하던 끝에 병으로 죽었다. 효성이 지극했던 김만중은 장례에도 참여하지 못한 채로 1692년 노도에서 56세를 일기로 병으로 숨을 거두었다. 젊은 날 득의의 시절을 보내던 김만중은 말년에 와서 불운한 유배생활로 생을 끝마쳤다.

노도항에서는 '노도문학의 섬', '우리말을 버리고 다른 나라 말을 통해 시문을 짓는다면 이는 앵무새가 사람의 말을 하는 것과 같다. -김만중 〈서포만필〉'이라 써진 안내판이 맞아주었다. 김만중은 한글 소설문학의 선구자로 그의 〈구운몽〉은 노도로 유배 오기 전 1687년 선천 유배 시절 아들을 걱정하실 어머니 윤씨 부인의 근심을 덜어드리기 위해 지었다고 전해지는 한국 고전 한글 소설의 대표작이다. "민간의 한글 노래가 비록 저속하다 하여도 그 진가를 따진다면 유식한 학자들의 한시와 같은 입장에서 논할 수는 없다"라고 하면서 한글로 쓴 작품이다.

'한글로 쓴 문학이라야 진정한 국문학'이라는 국문학관을 피력한 김만중은 남해 노도의 유배지에서 『구운몽』을 쓴 것으로 알려졌으나, 근래에 선천 유배 시절에 쓴 것으로 밝혀졌다.

『구운몽(九雲夢)』에서 구(九)는 주인공 성진과 팔선녀를 가리키고, 운(雲)은 인간의 삶을 나타났다 사라지는 구름에 비유했다. 즉, 구운몽은 아홉 구름의 꿈, 아홉 사람이 꾼 꿈이란 의미이다. 육관대사의 제자 성진이 용궁에서 용왕의 권유로 술을 마시고 돌아오는 길에 팔선녀를 희롱하는 등 절에서 여자 생각이나 하다가 죽어 양소유로 환생하여, 벼슬에 오르고 영웅이 되어 2처 6첩의 미인들을 거느리고 즐겁게 살아가는 꿈같은 이야기다.

노도항에 내려서 동백꽃이 피어 있는 '서포김만중선생유허비'를 지나서 마을로 들어서니 한려해상국립공원(노도지구) 안내판이 주변을 안내하고, '2021년 2월 15일부터 김만중문학관임시개관'이라는 현수막이 반겨준다. '소설의 숲 노도안내도'를 지나서 서포 김만중의 허묘(墟墓)와 동백꽃이 떨어져 있는 옹달샘터를 지나서 '노도문학의 섬 김만중문학관'에 도착한다. 직원이 나와서 "오늘 유일한 방문객"이라며 친절히 안내한다.

김만중문학관을 둘러보고 서포초옥으로 올라간다. 절해고도에서 탱자나무로 집 주위를 빽빽하게 둘러싼 위리안치로 유배생활을 하던 김만중은 어머니를 그리워했다.

김만중은 윤씨행장에서 "정신을 차리지 못해 함정에 빠져 어머님께 끝까지 근심을 끼치니 불효한 죄가 하늘까지 통하였다. 그러나 목이 잘리고 배를 잘라 귀신에게 용서를 구하지 못하고 바다 가운데 귀양지에서 살기를 훔치니, 아아, 슬프다"라고 썼다. 김만중의 「사친시(思親詩)」다.

> 오늘 아침 어머니 그립다는 말 쓰자고 하니
> 글자도 되기 전에 눈물이 이미 흥건하다.
> 몇 번이나 붓을 적셨다가 도로 던져버렸던가.
> 문집에서 남해는 반드시 빼버려야 하리.

서포초옥에서 바다 건너 남해를 바라보며 김만중의 응어리와 한을 생각해본다.

김만중이 이곳에 유배되었을 때 큰조카 김진구(1651~1704)는 제주도로, 둘째조카 김진규(1658~1716)는 거제도로 유배되었다. 김만중은 그때의 심정을 시로 표현하였다.

> 푸르고 아득하게 세 섬은 바다 구름 끝에 있고
> 방장과 봉래와 영주가 가까이 잇닿아 있어라
> 숙부와 조카님 형제가 두루 나누어 차지하고 있으니
> 사람들이 보기엔 신선 같다 할 만도 하겠구나.

방장산(지리산)과 봉래산(금강산)과 영주산(한라산)은 신선이 산다는 삼신산(三神山)으로, 숙부와 조카 형제가 유배 와서 남해도와 거제도와 제주도 세 섬을 각각 차지하고 있으니, 사람들 보기에는 신선 같다 할 만하다는 표현에는 가슴이 미어진다.

서포초옥 뒤『사씨남정기』를 재현한 그리움의 언덕으로 올라간다. 김만중은 선천 유배 시절에『구운몽』을, 풀려났다가 다시 탄핵을 받아 이곳 노도 유배 시절에『사씨남정기』를 썼다. 다산 정약용은 강진 유배 시절에『목민심서』등 불후의 명작과 수많은 서책을 남겼다. 유배가 없었다면 어찌 이런 작품들이 탄생하였을까.

가슴에 맺힌 응어리를 풀어내는 방법으로 어머니를 위하여 지은『사씨남정기』는 숙종을 빗댄 현실에 바탕을 둔 작품이다. 정자에 올라 노도에서 바라보는 금산의 절경과 앵강만의 풍경을 감상하며 노도에서 피어난 김만중의 꿈을 상상한다. 세상의 모든 일은 꿈과 같고 물거품과 그림자 같으며, 이슬과 같고 번개와도 같다.

인조반정으로 서인이 집권하는 동시에 남인인 이원익이 등용되어 남인은 제2의 세력으로 숙종 때까지 100년 동안 서인과 공존을 바탕으로 계속해서 대립했다. 서인은 다시 송시열 중심 노론과 윤증을 중심으로 한 소론으로 분파하였고, 1689년(숙종 15) 기사환국으로 서인이 물러나고 송시열은 사사되었으며, 남인이 다시 등용되었다. 그러나 1694년(숙종 20) 다시 남인이 쫓겨나고 서인이 재등용되었으며, 갑술환국으로 남인은 재기불능의 큰 타격을 입었다.

1680년 경신환국으로 왕권을 강화시킨 숙종은 이후로 9년 동안 서인정권을 유지하다가 1689년 기사환국을 일으켜 서인을 내쫓고 남인정권을 세웠다. 이 사건은 후궁 장옥정 소생의 아들을 원자(훗날 경종)로 책봉하려는 숙종의 뜻을 서인들이 꺾으려 하다가, 숙종의 분노를 일으킨 결과로 일어났다. 김만중은 이때 유배되었다.

숙종의 정비는 원래 인경왕후였으나 1680년에 죽고 숙종은 노론 김만기(김만중의 형)의 딸을 계비(인현왕후)로 맞이했다. 그런데 그녀는 원자를 낳지 못했고, 숙종이 총애하던 장옥정이 아들을 낳았다. 숙종은 장옥정의 아들을 인현왕후의 양자로 삼아 원자에 정호하려 했는데, 서인 측이 이를 반대했다. 이에 숙종은 나라의 형세가 외롭고 위태로워 종사의 대계를 늦출 수 없다고 하면서, 서인 노론 측 반대를 무릅쓰고 종묘사직에 고하고 장옥정을 장희빈으로 격상시켰다.

하지만 대신들의 반발은 누그러들지 않았다. 노론의 영수 송시열은 반대 상소를 올렸고, 숙종은 송시열의 반대 상소를 접하고는 이미 종묘사직에 고하여 원자로 확정하였는데도 이와 같은 태도를 보이는 것은 왕을 능멸하는 처사라고 지적하며 심하게 분노했다. 숙종은 송시열을 제주도로 유배 보냈다가 불러올리면서 정읍에서 사사하였고, 이때 김만중은 노도로 유배되었다. 그리고 숙종은 인현왕후를 폐하고 장희빈을 왕비로, 장희빈의 아들 원자를 세자로 책봉했다. 서인들은 쫓겨나고 장희빈을 등에 업은 남인이 등용되었지만 5년 뒤 장희빈은 1694년 갑술환국 때 사사되고 남인들은 이후 몰락했다. 1692년 서포 김만중이 유배지 노도에서 죽은 후 송시열은 갑술환국으로 복관되었다. 숙종은 서인과 남인을 적절히 활용하여 왕권을 강화시켰다.

남파랑길에서 만나는 붕당의 역사에서 오늘날의 정쟁을 바라본다. 수령이 315년과 215년인 느티나무 보호수 두 그루가 서서 노도를 바라본다. 315년 된 노거수가 100년 어린 나무에게 1689년에 유배 와서 1692년에 노도에서 죽은 서포 김만중의 이야기를 들려준다. 나그네도 옆에서 묵묵히 이야기를 듣다가 길을 나선다.

벽련교회를 지나서 언덕에 올라 벽련마을과 노도를 뒤돌아본다. 바람이 분다. 바다에서 불어오고 산 위에서 불어온다. 들판에서 불어오고 마을에서 불어온다. 마음에도 바람이 일어난다. 미풍이 불어오고 훈풍이 불어온다. 삭풍이 불어오고 폭풍이 불어온다. 거센 바람을 타고 구만리장천을 날아간다. 붕정만리, 대붕이 되어 멀고 먼 나라로 날개를 휘저으며 날아간다. 마치 남파랑길을 가는 것처럼.

남해대로 차도를 따라 상주면에서 이동면으로 들어선다. 앵강만이 펼쳐지고 뒤로 호구산과 송등산이 보인다. 앵강만휴게소에서 반갑게 식사를 하고 원천마을 원천항에서 41코스를 마무리한다. 남파랑길 종주 후 남해유배문학관을 방문하여 서포 김만중을 만났다.

42코스

★ ★ ★ ★ ★ ★ ★ ★ ★

남해바래길

[이순신과 권율]

이동면 원천항에서 가천다랭이마을까지 15.6㎞

원천마을 → 앵강다숲 → 화계마을 → 용문산 임도 → 미국마을 → 두곡·월포해변 → 홍현해라우지마을 → 가천다랭이마을

"참으로 외국에 진정한 장수가 있었다."

원천항에서 남파랑길 42코스를 시작한다. 42코스는 남해바래길 10코스와 동일하며 다랭이논이 훌륭한 관광자원이 될 수 있음을 알려준 남해군의 대표 관광지 가천다랭이마을까지 가는 구간이다. 앵강만과 호구산을 바라보며 '앵강다숲길'을 걸어간다.

앵강만은 벽련마을에서 건너편 다랭이마을까지 이르는 바다를 말한다. 만을 끼고 한 바퀴 도는 길이 '앵강다숲길'이다.

남해에서 가장 아름다운 바다 앵강만은 호수같이 조용한 바다다. '앵'은 앵무새를 이야기한다. 파도치는 소리가 앵무새 소리와 닮았다해서 앵강만(鸚江湾)이라 부른다. 앵무새는 주변의 소리를 잘 흉내 내는 영리한 새다. 앵강만의 파도가 오히려 앵무새 소리를 닮았으니 파도의 지혜는 어찌 헤아릴까. 그래서 앵강만은 동해를 닮은 절벽과 서해를 닮은 갯벌, 남해의 몽돌해변을 모두 품고 있는 다채로운 풍경을 만날 수 있는 곳이다. 금산, 호구산, 설흘산 등 앵강만을 둘러싸고 있는 산에 오르면 점점이 박혀 있는 섬들과 끝없이 펼쳐진 바다의 전경을 볼 수 있다.

신전숲으로 들어선다. 남해에는 방풍림이 많은데 갯바람을 막아주는 신전숲이다. 신전숲은 앵강만 안쪽 해안가 1천 평에 조성된 활엽수림으로 4백여 년 전부터 마을 주민들에 의해 가꾸어졌다. 앵강만을 바라보고 있다 해서 앵강다숲으로도 불린다. 신전숲 안에 남해바래길탐

방안내센터가 있다.

　문화체육관광부의 이야기가 있는 문화생태탐방로에 선정된 남해바래길은 231㎞로, 본선 16개 코스, 지선 3개 코스이며 본선 16개 코스는 섬 전체를 걷는 종주형이고 지선 3개 코스는 각각 원점회귀하는 단기 코스다. 본선 16개 코스 중 11개 코스는 남파랑길 36~46코스와 노선이 중복된다.

　1코스 '바래오시다길'은 남해공용터미널에서 이동면사무소까지 12.5㎞이고, 피날레를 장식하는 16코스 '대국산성길'은 설천면사무소에서 남해공용터미널까지 15.9㎞이다.

　남해바래길은 남해 사람들의 고단한 삶의 현장이다. 500년 전부터 꽃밭(花田)이란 별칭으로 불렸던 남해, 천혜의 자연환경을 간직한 남해 섬을 두 발로 걷는 길이 남해바래길이다. 바래길은 남해의 아름다운 자연과 생태, 문화 등을 체험하고 선인들의 삶의 정신을 가슴으로 느끼며 걸을 수 있는 남해 둘레길이다.

　남해바래길은 척박한 자연환경을 극복하며 살아온 남해 사람들의 생존을 위한 삶의 길이었다. 어머니가 가족들의 먹을거리를 얻기 위해 갯벌이나 갯바위 등으로 바래하러 나갔다던, 삶을 위한 생존의 길이기도 했다. 바래를 통해 채취한 해산물을 이웃과 나누어 먹었던 나눔의 길이기도 하다.

　'바래'란 말은 남해 어머니들이 가족의 먹거리 마련을 위해 바닷물이 빠지는 물때에 맞춰 갯벌에 나가 파래나 조개, 미역, 고둥 등 해산물을 손수 채취하는 작업을 일컫는 토속어다. 그래서 남해바래길은 '엄마의 길'이다. 제주올레길에 제주 어머니의 애환이 깃들어 있듯 남해바래길에는 남해 어머니의 애환이 스며 있다.

'여자는 약하지만 엄마는 강하다'라는 말처럼 위기 때 여자들은 모성애를 발휘, 특별히 초인적인 힘을 발휘한다. 임진왜란 때 아녀자들이 행주치마를 입고 커다란 활약을 한 전투가 바로 1593년 2월의 행주대첩이다. 일본군 총대장 우키다 히데이에가 3만여 군대로 행주산성을 공격했으나 실패했다. 이때 치마 위에 입은 짧은 덧치마에 적군들에게 던질 돌을 운반했던 것이다. 최근 연구발표는 행주치마에 대한 이야기를 부정하기도 한다.

벽제관 전투에서 일본군에 패해 명군이 후퇴를 거듭하던 1593년 2월, 행주산성에 거점을 둔 권율의 조선군은 일본군과의 전투에서 승리를 거두었다. 진주대첩, 한산대첩과 함께 임진왜란 3대첩의 하나로 꼽히는 행주대첩이었다. 그런데 일본 문헌에서는 이 전투를 첫째 날과 둘째 날로 나누어 첫날에는 명군(조선군이 아님)이 우세했으나 둘째 날에는 명군이 일본군을 두려워해 철수했다고 서술했다. 첫째 날 성에 있던 50만의 명군과 전투를 하고 둘째 날 새벽에 닌자를 보내어 살펴보니, 명군은 요새를 청소해놓고 후퇴했다고 한다. 일본군은 이 전투를 조선군의 승리로 평가하지 않는 것이다.

이순신은 7월 13일 이 행주성의 승첩을 전해 들었다고 『난중일기』에 기록했다. 권율은 행주대첩을 이끌고 왜군의 머리 130급을 벤 공로로 도원수가 되었다. 권율은 임진왜란 직전 이순신처럼 유성룡의 추천으로 의주목사가 되었고, 이치 전투와 독산성 전투 등 전공을 세워 전라도 순찰사가 되었으며 행주대첩의 공으로 도원수가 되었다.

1593년 2월 권율은 병력을 나누어 선거이에게 금천 금주산에 진을 치게 한 후 병력을 이끌고 한강을 건너 행주산성에 주둔하였다. 이때 의병장 김천일과 승병장 처영의 병사들도 합세하여 총병력은 관군

3,000여 명과 의병 6,000여 명 등 총 9,000여 명에 이르게 되었다. 이때 권율은 이순신에게 여러 가지 무기를 제공받았다.

1593년 3월, 유성룡은 명나라에 합동 군사작전을 펼쳐 한양을 수복하자고 여러 차례 주장했다. 유성룡은 「유격 왕필적에게 답하는 글」에서 이렇게 건의했다.

"적은 서울에 웅거한 뒤에 험한 것만 믿고 그 뒤를 생각지 않고 있습니다. 한강 이남부터 경상도에 이르기까지 연로에 왕래하고 있는 좌우의 고을에 우리 군대가 있으니, 만일 명나라 군사가 강화로 해서 남쪽으로 나와 불시를 틈타서 단번에 공격해 적의 머리와 꼬리를 단절하면 서울에 있는 적은 비록 쇠붙이로 성을 만들었다 하더라도 형세가 무너지지 않을 수 없습니다."

명군이 강화도 남쪽으로 내려와서 조선군과 서울 남부를 끊으면 뱀의 머리와 꼬리가 끊어지는 것 같은 형국이 되리라는 뜻이었다. 하지만 이때 선조는 유성룡을 강화론자로 몰아 체찰사에서 체직시키려고 했다. 하지만 비변사는 유성룡이 강화론자가 아니라 주전론자라는 사실을 알고 있었기에 공개적으로 체직에 반대하고 나섰다. 결국 선조의 계획은 비변사에 의해 좌절되었다. 백성들은 이미 선조를 버린 지 오래였고, 믿는 사람은 오직 유성룡과 권율, 그리고 이순신이었다.

유성룡은 명군 장수들과 강화 문제로 자주 충돌했다. 송응창의 패문에는 도저히 받아들일 수 없는 구절이 있었다.

'만일 적에게 보복을 가하여 사건을 일으키는 자가 있으면 참형에 처하겠다'라는 내용이었다. 유성룡은 분개했다.

"이 패문은 우리 병사들로 하여금 왜적을 죽이지 못하게 하려는 것이니 어찌 이런 도리가 있을 수 있단 말인가? 더욱 명을 받들 수 없다."

유성룡은 근 1년간 서울을 유린한 일본군이 꽃놀이하다가 가듯이 후퇴하게 할 수는 없었다. 그래서 도체찰사 권한으로 조선의 장수들에게 일본군 격살을 명했다. 충청도와 전라도, 경상도의 모든 고을에도 통문을 돌려 일본군을 습격하라고 명했다. 그러나 이여송은 조선군을 저지하여 눈물을 삼켜야 했다.

권율은 행주산성에 웅거하며 명군과 합세해서 한양을 탈환하려다 조·명연합군이 벽제관에서 대패하여 평양으로 돌아감으로써 고립상태에 빠졌다. 한양에 집결한 일본군은 평양성 전투에서 승리한 기세를 몰아 진격해온 이여송의 구원군을 맞아 1593년 1월 말 벽제관(현 고양시 덕양구 벽제동 일대)에서 일전을 벌였다. 이것이 근세부터 지금에 이르기까지 일본인들이 일본군 최대의 승리로 간주하는 벽제관 전투로, 심지어 '천하를 가르는 전투'라고도 한다.

일본 측은 벽제관 전투를 1597년 가토 기요마사의 울산왜성 전투, 1598년 시마즈 요시히로의 사천왜성 전투와 함께 임진왜란의 3대첩으로 규정한다. 일제강점기에 간행된 각종 조선 여행책자는 한반도 지도에 벽제관 전투 유적지를 표기해서 일본인 관광객들을 유인하기도 했다.

평양성을 수복하고 사기충천했던 이여송은 벽제관 전투에서 패배한 후 평양으로 도주했다. 이여송(1549~1598)은 조선 출신으로 명나라에 귀화한 이성량의 아들이다. 이성량은 명나라 역사상 건국 이래 변경 장수 중 가장 훌륭했다는 평가를 받는 장수였다. 이여송은 심유경이 강화교섭을 하는 사이 명군을 이끌고 조선에 들어와 1593년 1월 평양성을 탈환했으나 벽제관 전투에서 패하고 1593년 말에 명으로 귀국했다.

이여송은 명군이 조선을 구원하러 왔다는 이유로 고압적인 자세를 취했기 때문에 유성룡 등과 자주 충돌했다. 이여송에 대한 조선인들의 반감은 조선 후기의 소설이나 구비전승에서도 많이 찾아볼 수 있다. 1598년 몽골과의 전투에서 전사했다.

벽제관 전투에서 승리한 일본군은 사기충천했다. 명 제독 이여송을 격퇴했다는 자신감 때문이었다. 이런 자신감으로 권율이 지키고 있는 행주산성을 공격하기로 했다.

권율은 1592년 12월부터 수원 독성산성을 지키고 있었다. 광주목사로 있다가 전라도 순찰사 이광이 용인 광교산에서 일본군에게 패배하는 바람에 대신 전라도 순찰사가 된 권율은 서울 근교에 군사를 이동시켜놓았다가 서울 수복에 조·명연합군 본진과 협공할 만한 장소를 물색하게 했는데, 그곳이 행주의 고지였다. 권율은 행주에 성책을 축조하고 이틀간 목책을 세웠다. 돌로 쌓는 보통 산성과는 다른 방책이었다. 권율이 행주에 진을 치자 일본군은 이를 함락시켜 본때를 보여주기로 결정하고 1593년 2월 12일 행주산성 가까이까지 다가왔다. 일본군은 총 7대 3만여 명이었다.

제1대 고니시 유키나가부터 6대까지 처절하게 잘 막아냈다. 제7대가 공격해오자 조선군은 화살마저 떨어져 성안에 있는 돌을 던졌다. 일본군은 성내에 화살이 떨어진 것을 알고 기세를 올렸다. 이때 충청수사 정걸이 배 2척에 수만 개의 화살을 가득 싣고 한강으로 올라오면서 전세는 다시 뒤집혔다. 일본군은 마침내 퇴각했다.

행주대첩은 일본군에게 커다란 충격을 주었다. 평양성 전투는 조·명연합군의 공동작전이지만 행주대첩은 조선군 단독 전투였다. 정예병력 3만으로 목책 하나를 함락시키지 못했으니 사기가 대폭 저하될 수밖에 없었다. 반면에 조선군은 용기백배했다. 조선군의 힘만으로도 일본군을 물리칠 수 있다는 사실이 입증된 것이다. 명나라도 충격이었다. 명의 부총병 사대수는 승전 소식을 듣고 권율에게 예물을 보내 치

하한 다음 직접 방문하여 "참으로 외국에 진정한 장수가 있었다"라고 치하했다.

행주에서 대패한 일본군은 서울로 돌아와서 조선과 명에 강화회담을 요청했다. 도체찰사 유성룡은 강화를 거부했으나 명군 총사령관 경략 송응창과 제독 이여송은 재빠르게 강화회담에 응했다.

바다에서 벗어나 이동면 화계리로 들어간다. 화계마을의 보호수 느티나무는 수령이 589년이나 되었다. 농로를 따라가는데 호구산과 송등산이 다정한 형제마냥 나란히 서 있다. 호구산 정상 부위는 바위 봉우리를 이루고 있는데, 이곳 사람들은 이 바위가 호랑이를 닮았다고 여겨 호구산(虎丘山)이라 부른다.

갈현미술관을 지나서 호구산둘레길로 올라간다. 남파랑길은 호구산 자락 임도를 따라 걸어간다. 뒤돌아보면 앵강만이 펼쳐지고 앵강만이 내려다보이는 언덕에 미국식 주택과 시설을 조성하여 미국적인 마을 정취를 느낄 수 있는 미국마을이 들어서 있다. 호구산을 병풍 삼아 남쪽으로 앵강만과 노도가 한눈에 펼쳐지는 용소마을에 조성된 아메리칸 빌리지는 모국에 돌아와 노후생활을 보내고자 하는 재미교포를 위해 만들어진 정착마을이다.

주변에는 남해에서 가장 오래된 용문사가 있고 동쪽으로는 금산과 보리암, 서쪽으로는 설흘산과 가천다랭이마을 등 남해 최고의 관광지를 이웃에 두고 있으며, 특히 앵강만의 잔잔한 수면에 비치는 달빛은 나그네의 마음을 사로잡는 천혜의 절경이 있어 인기가 있는 마을이다.

산자락 임도를 따라 앵강만의 아름다운 모습을 바라보며 앵강만 깊숙한 곳에 위치한 두곡·월포해수욕장으로 나아간다. 앵강만 전체를 조망할 수 있는 곳으로 특이한 꽃놀이가 있다는 두곡마을과 월포마을

이 반달처럼 휘어져 있다.

경치, 파도, 몽돌 소리가 아름다워 남해 사람들이 먼 훗날을 위해 아껴놓은 해수욕장이란다. 두곡해변은 몽돌해변이고 월포해변은 모래해변이다.

두곡·월포방파제를 지나고 해안가를 따라 야촌방파제를 지나서 소흘산 일출과 앵강만 청정해역, 시원한 송림으로 둘러싸인 자연경관을 자랑하는 홍현해라우지마을로 들어선다. 홍현 해라우지마을에는 자그마한 운동장 넓이의 석방렴이 있다.

석방렴은 바다에 돌로 쌓은 성벽인데, 밀물 때 물에 잠겨 있다가 썰물 때 물이 빠지면 돌성에 갇힌 물고기를 맨손과 뜰채로 잡는다. 홍현마을 바닷가에 있던 큰 돌이 서울 청계천 복원 때 남해를 대표해 옮겨져 청계천에 세워져 있다.

빈 의자에 앉아서 바다를 바라본다. 고요, 침묵, 잔잔한 바다가 묵언수행하는 나그네의 침묵과 하나가 된다. 앵강만을 바라보고 석방렴을 바라보고 홍현방파제를 바라보고 걸어왔던 길과 금산도 바라본다.

홍현황토촌을 지나서 해안숲길을 따라 송곳처럼 솟은 소치도를 바라보면서 걸어간다. 남해도에서 가장 멀리 떨어진 외딴섬 소치도는 원뿔형으로 솟아 오가는 배의 등대 역할을 해준다.

앵강다숲길의 해안누리길을 걸어간다. '해안누리길'은 국토해양부가 여행하기 좋은 계절을 맞아 친환경 도보여행 활성화를 위해 해안경관이 수려하고 해양문화 및 주변 관광자원이 풍부한 전국 58개 노선을 발굴하여 선정한 바닷길이다. 2020년 올해의 해안누리길로는 이곳 홍현리 일대의 '다랭이길'을 선정했다. 가천다랭이마을에서 홍현보건소까지 이어지는 약 4.4㎞의 아름다운 해안길이다. 산과 바다가 어우러진 해안 숲길과 선인들의 지혜와 고단함이 고스란히 담긴 다랭이논의 아름다운 풍광을 감상하며 걷는 길이다.

 남해바래길 전망대를 지나고 해안초소도 지나니 다랭이논이 보이고 마을이 보인다. 층층이 계단식 논과 밭이 자연과 아름다운 조화를 이루고 있는 체험휴양마을 가천다랭이마을이다. 남면 홍현리 다랭이마을에 들어서자 일출, 달빛걷기, 다랭이논, 다랭이지겟길, 다랭이 축제, 암수바위, 설흘산봉수대 등 볼거리가 길가에 도열해 눈길을 끈다. 다랭이논은 선조들이 산간지역에서 벼농사를 짓기 위해 산비탈을 깎아 만든 인간의 삶과 자연이 조화를 이루어 형성된 곳으로, 설흘산과 응봉산 아래 바다를 향한 산비탈 급경사지에 곡선 형태의 계단식으로 조성되어 있다. 전통적인 벼농사 문화가 유지되고 있는 다랭이논은 보존 및 활용 가치가 높고 빼어난 자연경관으로 2002년 전통테마마을 선정과 함께 2005년 1월 국가지정 명승으로 지정, 보존되고 있다.

 설흘산이 바다로 내리지르는 45도 경사의 비탈에 석축을 쌓아 108층이 넘는 계단식 논을 일구어 놓은 곳으로 조상들의 억척스러움을 느낄 수 있는 곳이다. 농토를 한 뼘이라도 더 넓히려고 산비탈을 깎아 곧추 석축을 쌓고 계단식 다랭이논을 만든 까닭에 아직도 농사일에 소와 쟁기가 필수이며, 마을 인구의 90% 이상이 조상 대대로 살아온 사람들이라 네 집 내 집 없이 식사 시간에 앉는 곳이 바로 밥 먹는 곳이 되는 훈훈한 인정이 살아있는 마을이다.

 다랭이마을은 지게가 없으면 농사를 지을 수 없다. 다랭이논밭에서 지게를 지고 다니며 손으로 농사를 지었고, 아들은 아버지의 지게를 물려받아서 농사를 지었다. 고행의 발자취와 고된 삶의 흔적들이 깃든 다랭이마을은 남해에서도 가장 가난한 깡촌이었다. 세상이 바뀌어 이제는 다랭이논이 마을의 보배가 되어 있다. 지금은 이 마을에서 태어난 사람들은 복 받았다고 말한다. 고향을 떠나면 못 먹고 살까 걱정했는데, 이제는 "내가 다랭이마을 산다!"라고 자랑도 하고 싶은 마을이 되었다.

　가천암수바위를 바라보고 마을 안의 바래길 안내판과 남파랑길 43코스 시작점 패널을 지나서 버스정류장에서 42코스를 마무리한다. 오늘 하루 33.2㎞를 걸었다.
　오후 3시 10분, 상주은모래비치 해수욕장에서 숙소를 잡고 라면과 김치로 저녁 식사를 한다.

43코스

☆ ☆ ☆ ☆ ☆ ☆ ☆ ☆ ☆ ☆

다랭이지겟길

[선조의 파천과 환도]

가천다랭이마을에서 평산항까지 13.5㎞

가천다랭이마을 → 빛담촌 → 선구몽돌해변 → 사촌해변 → 유구마을 →
평산항

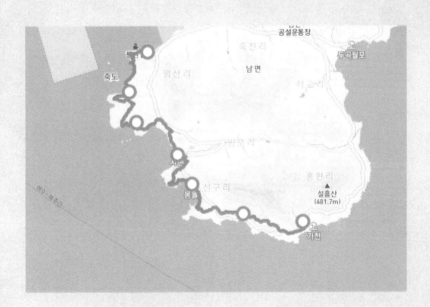

"설사 불행한 처지에 이르게 된다 해도 임금과 신하들이 우리나라 땅에서 다 함께 죽어야 한다." "어찌 경솔히 나라를 버리고 압록강을 건넌다는 말을 하십니까."

11월 29일 가천다랭이마을에서 남파랑길 43코스를 시작한다. 43코스는 남해바래길 1코스와 동일하며 남면 홍현리 다랭이마을에서 시작하여 평산항에 이르는 구간이다. 하루가 시작되고 여명이 밝아오는 다랭이마을을 출발한다. 다랭이마을 언덕에서 발길을 멈추고 다랭이마을과 아침의 바다를 바라본다.

가천다랭이마을(국가지정명승 제15호)은 2018년 7월 발표한 '남해안 오션뷰 명소 20선'에 선정되었다. 남해군에서는 모두 4곳이 선정되었는데 '이순신 장군이 순국하신 노량 바다를 볼 수 있는 관음포첨망대', '100층이 넘는 계단식의 아름다운 다랭이논밭과 푸른 바다, 산이 어우러져 이색적인 풍경을 자아내는 다랭이마을', '반달 모양의 백사장과 에메랄드빛 바다를 감상할 수 있는 상주은모래비치전망쉼터', '독일식 주택의 붉은 지붕과 하얀 벽, 그리고 마을 앞바다가 어우러져 유럽 분위기가 물씬 묻어나는 독일마을전망대'가 포함되었다. 또한 쪽빛 바다가 품은 첩첩 다랭이논 '남면해안도로' 30㎞는 2019년 국토교통부 '남해안 해안경관도로 15선'에 선정되었으며, 평산항, 사촌해변, 가천다랭이마을, 앵강만 등 남해의 속살이 파노라마처럼 펼쳐지는 길은 '한국의 아름다운 길 100선'에도 선정됐다.

소치도를 바라보고 다랭이마을 표지석과 이별을 하고 산길로 들어선다. 세상은 누리는 자의 것. 평화로운 아침 풍경, 산비탈을 깎아 만든 논과 밭에서 조상들의 억척스러운 삶의 터전과 푸른 바다가 함께 만들어내는 풍경을 보면서 아름다운 길을 간다. 펜션들이 마을을 이루고 있는데 바라보는 목표는 하나, 모두 바다를 향하고 있다.

바다 건너 여수를 바라본다. 가야 할 길이다. 다랭이마을에서 약 3㎞ 떨어진 펜션단지인 빛담촌에서 바라보는 해안경관이 수려하다. 주변에 몽돌해수욕장이 있으며 응봉산 등산로와 바래길이 지난다. 일출과 일몰이 아름다운 곳으로 많은 사람들이 찾아온다.

남면 선구리 항촌마을에 남해바래길 1코스 다랭이지겟길 안내판이 서 있다. 다랭이마을의 조상들이 지게를 지고 땔감과 곡식을 나르던 길을 복원하여 다랭이마을의 숨은 비경을 감상하도록 조성한 다랭이지겟길은 가천다랭이마을에서 항촌 → 선구몽돌해변 → 사촌해수욕장 → 유구벙어리 전망 좋은 곳 → 평산항으로 이어지는 13.7㎞ 거리이다. 남해바래길은 남파랑길과 일부 구간 이어져 있어서 표시마다 남파랑길과 남해바래길은 표시가 같이 되어 있다. 남해 평산항에서 시작하는 바랫길은 3시간이면 다랭이마을에 도착하는 1코스로 사람들이 가장 많이 찾는 코스인데, 남파랑길은 역방향으로 간다.

선구마을을 바라보며 몽돌해변을 지나가는데, 반갑게도 펜션 이름이 'CAMINO'이다. 카미노는 길이다. '카미노 데 산티아고'는 '산티아고로 가는 길'이다. 산티아고로 가는 길은 순례자의 길이다. 프랑스의 생장 피드포르에서 피레네 산맥을 넘어 산티아고 콤포스텔라까지 가는 800㎞ 순례자의 길이다. 그리고 그 순례는 살아 있는 동안 계속해서 이어지고 그 길은 1,470㎞ 남파랑길로도 이어진다.

길 위의 나그네는 산티아고에서도 순례자고 남해바래길에서도 순례자고 남파랑길에서도 순례자고 무엇을 하든 일상에서도 순례자다. 내가 걷는 카미노, 어느 길이든 내가 걸으면 내 길이 된다. 후회의 길, 고통의 길, 환희의 길, 감사의 길, 모든 길이 걸으면 결국 내 길이다. 길위의 순례자가 남파랑길을 걸어간다.

길 중에는 파천(播遷)의 길도 있다. 그 길은 임금이 피난 가는 길이다. 비슷한 말로 몽진(蒙塵)의 길이 있다. 임금이 머리에 먼지를 뒤집어써가면서 도망을 가는 길이다. 우리 역사에는 고려의 현종이 거란 침입 시 나주까지 파천했고, 공민왕이 홍건적의 침입으로 안동까지 몽진했다. 조선의 선조는 임진왜란으로 의주까지, 인조는 이괄의 난으로 공주, 정묘호란으로 강화도, 병자호란으로 남한산성까지 총 세 번의 몽진을 했다. 이승만은 부산까지, 김일성은 평양을 버리고 평안북도 강계까지 도망쳤다. 을미사변 이후 신변에 위협을 느낀 고종은 아관파천, 러시아 공사관으로 피신해서 약 1년 동안 그곳에서 나랏일을 보며 생활했다.

임진왜란이 일어난 1592년 4월 30일 이후 선조의 파천의 길 일정은 다음과 같다.

4월 30일 서울 출발, 5월 1일에 개성 도착, 5월 3일 개성 출발, 5월 7일 평양 도착, 6월 11일 평양 출발, 6월 13일 영변 도착, 14일 박천, 15일 가산, 16일 정주, 18일 선천을 경유 6월 22일 의주에 도착했다.

선조는 의주에서 1592년의 여름, 가을, 겨울을 보내고 이듬해 1593년 1월 18일 의주를 떠나 서울로 향한다. 환도 일정이다.

1월 18일 의주 출발, 20일 정주 도착, 3월 1일 영유 도착, 4월 1일 가산 도착, 8월 12일 황주 도착, 8월 13일 재령 도착, 8월 18일 해주 도착, 8월 23일 연안 도착, 8월 27일 개성 도착, 9월 19일 벽제 도착, 10월

1일 서울 도착, 정릉 월산대군의 옛집으로 들어갔다.

임금의 환도는 의주에서 서울까지 10개월이 걸렸다. 환도 행차는 전선의 진퇴를 따라 이동했으므로 많은 시간이 걸렸다. 피난길에서 임금은 지방 관아나 지방 관리들의 집에 기거했다. 임금이 거처하는 곳이 피난 조정의 대궐이었다.

1592년 4월 30일 새벽 선조는 파천의 길을 떠났다. 이일과 신립의 패전 소식에 온 도성 안이 모두 놀라 떠들썩했던 저녁 무렵, 선조는 정승들을 불러 서울을 떠나 피난 갈 일을 의논했다. 대신이 아뢰기를 "사세가 이 지경에 이르렀으니 임금께서 잠시 평양으로 가시어, 명나라에 군사를 청하여 수복을 도모하옵소서" 하였다. 이때 장령 권협이 큰 소리로 부르짖으며 서울을 굳게 지키기를 청했다. 그러자 유성룡은 "권협의 말이 매우 충성스럽지만 다만 사세가 그렇게 하지 않을 수가 없게 되었습니다" 하고서, 임해군은 함경도로, 순화군은 강원도로 가서 근왕병을 모집하게 하고, 세자 광해군은 선조를 수행하도록 의논이 정해졌다.

선조가 탄 수레가 대궐문을 나설 때 종친들이 나서서 "서울을 버릴 수 없습니다"라고 외쳤고, 경복궁 앞을 지날 때는 백성들이 양편에서 통곡하며 "국가가 우리를 버리고 떠나니, 우리와 같은 무리들은 무엇을 믿고 살아야 합니까?"라고 하였다.

동쪽 하늘이 밝아올 무렵 선조가 뒤를 돌아보니 성난 백성들이 불을 질러 경복궁은 활활 불타오르고 있었다고 『징비록』은 기록하고 있다.

이때 요동에서는 왜적이 우리나라를 침범했다는 말을 들은 것이 얼마 되지 않았는데, 도성이 함락되고 임금께서 서쪽으로 파천했다는 소문이 들리더니, 또 왜병이 이미 평양까지 이르렀다는 말을 듣고는 매우 의심스러워했다. 왜적의 변고가 비록 급하더라도 이렇듯 빠를 수는 없을 것이라 여겼고, 어떤 사람은 우리 나라가 왜적의 앞잡이가 되었다고 하기도 했다.

1592년 4월 14일 일본군 제1진이 부산에 상륙하면서 불과 2개월 사이에 서울과 개성, 평양이 모두 함락되었다. 일본군이 서울에 들어온 것은 20일 만인 5월 3일, 450㎞ 넘는 거리를 일본군은 20일 만에 달려와 점령했다. 한 나라의 수도가 함락되는데 짧디짧은 시간이었다. 그리고 평양에 들어온 것은 6월 13일, 그 사이 전투다운 전투도 없었다. 선조는 4월 30일 한양을 떠나면서부터 어디로 갈 것인가, 절규하듯 신하들에게 물었다. 어디로 갈 것인가?

백사 이항복은 이때의 일을 그의 수기(手記)에서 이렇게 적고 있다.

"임금의 어가가 동파에 닿아 대신들을 불렀는데, 나는 이때 도승지로서 임금을 곁에서 모시고 있었다. 상이 가슴을 치면서 나에게 묻기를 '나는 어디로 가야 하겠는가' 하셨다. 나는 대답해 아뢰기를 '의주로 가 머물고 계시다가 만약 팔로(八路)가 다 함락이 되면 명나라로 가서 명조에 내부를 호소하는 것이 가할 줄 아옵니다.'"

『선조수정실록』에서 선조는 똑같은 질문을 윤두수에게 했다. 윤두수는 함경도행을 주장했다.

"함경도는 군사와 마필이 날래고 강합니다."

이어서 선조는 유성룡에게 승지 이항복의 의견에 대해 어떻게 생각하느냐고 물었다. 여기서 유성룡은 조선의 운명이 좌우되는 결정적인 말을 했다.

"불가합니다. 임금께서 우리 땅에서 한 발자국이라도 떠나신다면, 그때부터 조선은 우리 소유가 아닙니다."

그러자 선조는 자신은 이항복과 같은 뜻이라고 했다. 유성룡이 다시 말했다.

"지금 동북의 여러 도는 예전과 같이 건재합니다. 그리고 호남도 건재합니다. 이 지방의 충의지사들이 며칠 안으로 벌떼처럼 크게 일어날 것입니다. 어찌 경솔히 나라를 버리고 압록강을 건넌다는 말을 하십니까."

그리고 유성룡은 함경도행에 대해서도 철저히 불가론을 폈다.

"함경도로 깊이 들어가면 중간에 적병이 차단해서 격리되어버립니다. 그러면 명나라와도 연락이 끊어져버립니다. 더 큰 불행은 그러고 난 뒤 적병이 북으로 침범해 오면, 그때의 위태로움은 누구도 감당할 수 없는 너무 큰 것이 되어버립니다."

역사에 가정이 없다지만 만약 이때 압록강을 건너 명나라에 내부(內附)했다면 어떻게 되었을까. 만약 함경도로 갔다면 어떻게 되었을까. 압록강이 아닌 두만강의 함경도로 갔다면 그 결과는 불을 보듯 번연하다. 틀림없이 선조 역시 가토 기요마사에게 임해군과 순화군 두 왕자들처럼 생포되었을 것이다. 그러면 잔혹한 가토 기요마사는 선조와 조정 대신들을 일본으로 끌고 가든 죽이든 전쟁은 일찌감치 끝나고 말았을 것이다.

명으로 갔다면 명나라 군사의 도움으로 설령 일본을 물리친다 하더라도 더 이상 독립 국가를 영위하지 못했을 것이다. "조선 땅에서 한 발자국이라도 나가면 조선은 우리 땅이 아니다"라는 말에서 보듯이 유성룡은 처음부터 압록강을 최후의 강으로 여기고 의주행을 주장했다. 조카 이분의 『충무공행록』에 나오는 1592년 9월 1일 이순신의 말이다.

설사 불행한 처지에 이르게 된다 해도 임금과 신하들이 우리나라 땅에서 다 함께 죽어야 한다.

이순신도 유성룡과 똑같은 말을 하고 있는 것이다. 결국 선조는 의주에 머물렀고, '참으로 하늘의 도움으로' 고니시 유키나가가 평양성을 점령하고 의주를 향하여 더 이상 공격하지 않았다. 『징비록』의 기록이다.

> 적이 평양에 들어와서는 다행하게도 수개월이 지나도록 성안에 자취를 감추고
> 순안·영유 같은 평양 지척에 있는 고을조차 침범하지 않았다. 이로써 민심이 차
> 차 안정되고, 흩어진 군사들도 점차 수습하고, 명나라 구원병도 맞아들여, 마침
> 내 나라를 회복하게 되었다. 이는 참으로 하늘의 도움이다. 사람의 힘으로 된 것
> 은 아니다.

유성룡의 표현 그대로 참으로 하늘의 도움이었다. 신하들은 이날 한양에서 파천을 주도한 선조에게 분노를 했지만 선조를 직접 공격할 수는 없기에 파천을 찬성한 영의정 이산해에게 화살을 돌렸다. 이런 분위기를 눈치챈 선조는 5월 1일 이산해를 파직하고 유성룡을 영의정으로 임명했다. 이는 신하들의 분노를 무마하기 위해서였다. 그러나 하루만인 5월 2일 유성룡은 파직되었다. 영의정뿐만 아니라 겸임하던 군무를 총괄하는 도체찰사에서도 파직되었다. 유성룡은 벼슬도 없이 파천하는 선조의 어가를 수행하는 신세가 되었다.

6월 1일, 선조는 유성룡에게 풍원부원군을 제수했다. 명나라 사신들과 장수들을 접대하라는 뜻이었다. 그리고 이듬해 영의정에 다시 올라 도체찰사를 겸해 군사를 총지휘하였다.

일본군은 명군과 협상을 통해 안전한 퇴로를 보장받고 1593년 4월 서울에서 철수했다. 유성룡은 4월 20일 조·명연합군과 함께 서울로 돌아왔다.

선조가 한양으로 돌아온 것은 그로부터 6개월 후, 왜군이 진주성에 마지막 보복을 가한 후 남해안으로 물러나자 1593년 10월 선조는 한양으로 돌아왔다. 선조의 환도, 그때 한양의 궁궐은 모두 불타버리고 거처할 공간조차 없었다. 선조는 할 수 없이 월산대군의 옛집을 임시 숙소로 사용하면서 경운궁(慶運宮)이라 하였다. 경운궁은 덕수궁이 되었고, 선조는 창덕궁 등을 중건했지만 덕수궁에서 세상을 떴고, 광해군은 이 덕수궁에서 왕위에 올랐다. 이후 덕수궁은 궁궐로 역할을 마쳤다가 300년 쯤 뒤 다시 궁궐이 되었다. 아관파천으로 러시아공사관에 들어가 있던 고종이 경운궁으로 들어간 것이다. 그리고 1910년 경술국치로 조선(대한제국)은 선조가 죽었던 경운궁에서 마지막을 맞이했다.

선구마을 해변, 자그마한 몽돌들. '몽돌들도 가족이 있으니 가져가지 마세요'라는 팻말이 하소연한다. 한 폭의 그림 같은 선구항, 선구마을을 지나간다. 다랭이지겟길에 지게가 보인다. 지게? 우와! 아버지의 지게가 보인다. 나의 지게보다 훨씬 무거웠던 아버지의 지게가 스쳐간다. 아버지의 지게, 결코 이해하지 못했던 아버지의 지게가 어렴풋이 다가온다. 무거운 삶의 지게를 지고 살았던 아버지, 술 힘으로 버텼던 아버지의 지게 무게를 이제는 느낄 수 있다. 불현듯 아버지가 보고 싶다. 아버지, 아버지, 힘겨운 지게를 지셨던 아버지, 아버지가 보고 싶다.

어촌의 집들을 보면서 농촌의 집에서 살아온 나그네는 궁금하다. 이들은 무엇을 먹고 살아왔고 살아갈까. 사람들은 모두모두 그렇게, 그렇게 살아간다.

고등산과 설흘산이 도깨비뿔처럼 휘어져 솟은 모습이 압도적인 풍광을 자아내는 선구마을 언덕 전망명소를 지나간다. 지나온 향촌마을과 몽돌해변을 뒤돌아보고 사촌마을로 나아간다.

사촌해수욕장에 도착한다. 50m 너비에 300m 길이의 아담한 해변이다. 부드러운 모래알의 백사장과 백사장을 감싼 방풍림으로 심어진 송림이 아름다운 조화를 이룬다.

겨울의 사촌해수욕장에는 해변에 사람들이 없으니 쓰레기들이 해수욕을 하고 있다. 사람들이 바다에 오는 이유는 무엇일까. 바다는 다 받아준다. 그래서 바다다. 사람들은 얻기 위해 오는 것이 아니라 버리기 위해 온다. 바다는 모두 다 받아준다. 사람들은 버리고 또 버리고 다 버리고, 그리고 채워간다. 모두 버린 그 가슴에 공허를, 허공을 채워간다. 그러면 희열이 느껴진다.

푸른 바다 환한 햇살, 몽환적인 분위기의 한적한 아름다움을 보고 또 보고 가슴에 새긴다. 몸과 마음이 춤을 춘다. 백사장에 갈매기들이 모여 회의를 하고 있다.

조나단 리빙스턴을 추방할 것인지가 아닌, 대장 갈매기로 모셔야 할지 결정을 내리지 못한다. 조나단이 말한다.

"저공비행을 가장 잘 하는 갈매기가 최상의 갈매기다!"

그리고 조나단은 하늘 멀리 날아간다. 갈매기 한 마리가 푸른 바다 푸른 하늘을 날아간다.

건너편 전남 여수시가 지척이다. 손에 잡힐 듯 가깝다. 구름 한 점 없는 청명한 하늘과 바다 건너편에 여수시가 보인다. 돌산도가 보이고 오동도가 보인다. 며칠 후면 가야 할 나의 길이다. 가야 할 길, 신선한 새로운 세계가 있다는 것은 가슴을 설레게 한다. 이 시간들이 점이 되고 선이 되고 면이 되고 원이 되어 남은 인생을 감사와 행복으로 채워갈 것이다. 어느 슬픔과 아픔도 이것으로 견뎌낼 것이다.

사촌포구를 지나고 구릉지역의 좁은 지겟길을 지나니 유구해변이 보인다. 오래된 돌다리를 건너 유구마을로 들어선다. 유구마을 외딴 바닷가를 지나고 해안의 갯바위 길을 지나고 걷기 좋은 숲길도 지나서 지나온 길을 되돌아보고 전망 좋은 곳에서 가까이 있는 섬부터 죽도, 다리미섬, 소죽도 등을 감상한다.

이름 모를 해변을 지나면서 이름을 알아 가면 더 이상 낯선 해변이 아니다. 사랑이, 추억이 상념의 바다로 다가온다. 조용함이 지나치면 적막이 된다. 적막감이 감돈다. 고립무원, 나만의 세계가 펼쳐진다. 어디로 가는 걸까. 어디로 가고 있는 걸까.

드디어 평산마을이 보이고 거센 바람과 거친 파도가 치는 바닷가를 지나간다. 언덕을 넘으니 아난티 남해CC가 보인다. 옛 보건소 건물을 리모델링하여 작품성 있는 기획전시를 볼 수 있는 남해바래길 작은 미술관을 지나고 남해바래길 1코스 시작 지점, 남파랑길 43코스 종점인 평산항에 도착했다.

44코스

★ ★ ★ ★ ★ ★ ★ ★ ★

임진성길

[이순신과 이원익]

남면 평산항에서 서상여객선터미널까지 13.5㎞

평산항 → 오리마을 → 임진성 → 남구마을 → 천황산 임도 → 남해스포
츠파크

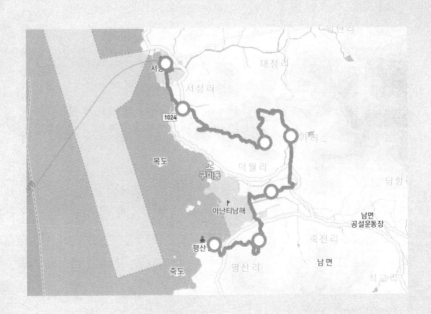

"지금까지 이순신 같은 인물을 보지 못했고, 앞으로도 그런 인물을 보지 못할 것입니다."

남파랑길 44코스는 남해바래길 12코스와 동일하며 평산항에서 시작한다. 평산항을 둘러본다.

아침이면 수산물 경매로 시끌시끌할 위판장이 지금은 한산하다. 돌담길 따라 평산2리마을로 올라간다. '평산2리마을표지석'에서 평산항과 평산1리마을을 내려다보고 적막이 흐르는 임도를 따라 산으로 올라가다가 오리마을로 내려간다. 평화로운 오리마을을 들어선다. 왜 오리마을일까? 난세의 명재상, 임진왜란 당시 체찰사 청백리 오리 이원익을 생각한다.

오리(梧里) 이원익(1547~1634)은 자신과 자손을 돌보지 않은 채 어려움 속에서도 나라를 위해 혼신을 다한 '초가집정승', 신장이라고 할 것도 없는 석자세치(三尺三寸)의 작은 키로 누구도 따를 수 없는 큰 업적을 이룬 '작은 거인'으로 '오리 정승', '오리 대감'으로 불렸다. 당시의 사람들은 말했다.

"이원익은 속일 수는 있으나 차마 속이지 못하겠고, 유성룡은 속이려고 해도 속일 수 없다."

임진왜란이 일어나고 선조의 파천을 책임질 인물은 이원익이었다. 선조는 이조판서 이원익을 평안도 도순찰사를 겸하게 했고, 이원익은 평양에서 선조가 머물 행궁과 식량 등을 차질 없이 준비했다. 왜군이 밀려오고 선조는 다시 북쪽으로 피난을 가고 이원익에게는 평양을 사수하라는 명령이 떨어졌다.

1594년(선조 27) 이원익은 하삼도, 즉 충청도, 전라도, 경상도의 도체찰사가 되었다. 이원익은 직접 한산도를 방문해 이순신과 함께 전란 극복에 나섰다. 『난중일기』에는 이순신과 이원익이 만난 기록이 있다.

> 1595년 8월 23일. 맑음. 체찰사(이원익)가 있는 곳으로 가보니, 조용히 이야기하는 사이에 그는 백성을 위해서 질고를 덜어주어야겠다는 생각을 많이 했다. 호남순찰사는 헐뜯어 말하는 기색이 가득하니, 한탄스럽다. 나는 늦게 김응서와 함께 촉석루에 이르러 장병들이 패전하여 죽은 곳을 보니, 비통함을 가누지 못하였다. 얼마 후 체찰사가 나에게 먼저 가라고 하기에 배를 타고 소비포로 돌아와 정박했다.

도체찰사로서 한양을 떠나 충청도와 전라도 순시를 마친 이원익은 1595년 8월 영남으로 가서 한산도에 들렀다. 도체찰사와 삼도수군통제사의 첫 만남의 자리가 이루어졌다. 『이충무공전서』의 기록이다.

> 공이 영루를 살펴보고 방수방략을 점검해보고는 크게 기특하게 여겼다. 공이 돌아오려 할 때에 이순신이 가만히 공에게 말하기를, "체상(体相)께서 이미 진(鎭)에 오셨거늘, 한번 군사들에게 잔치를 베푸셔서 성상의 은택을 보여주심이 어떻습니까?" 하니, 공은 뜻은 좋으나 아무런 준비를 하지 않았다고 대답하니, 이순신은 이미 잡을 소와 술을 준비해 놓았으니 허락만 하시면 잔치를 베풀 수 있다고 아뢰었다. 공이 크게 기뻐하며 허락하였다. 마침내 소를 잡아 잔치를 베풀고 군사들의 재주를 시험하여 상을 주니, 군사들이 모두 기뻐하며 사기가 충천하였다. 이를 기념하여 후인들이 그 땅을 '정승봉(政丞峰)'이라고 불렀다.

명신과 명장의 만남은 흐뭇했다. 이순신은 스스로의 이름으로 잔치를 베풀 수도 있는데, 왜 굳이 이원익에게 팔밀이를 했을까? 이순신은 신임 도체찰사 이원익의 행차와 잔치를 결부시킴으로 군사들에게 더 큰 희망을 주고 싶었던 것이다. 이원익 또한 그 뜻을 깨닫고 이순신이 기획한 '이원익 축제'에 기꺼이 참여하였다. 이순신은 나중에 "병사들이 목숨을 아끼지 않도록 한 사람은 상공(相公)이셨다"라고 감사의 뜻을 표시했다. 이원익도 이순신에 대한 인상이 좋게 박혔다.

이원익은 훗날 이순신이 죽은 뒤까지도 한산도에 있는 정승봉 잔치 이야기를 즐겨 거론하며 "이 통제는 대단히 재국(才局)이 있었다"라고 이야기했다. 한산도 방문 이후 이원익은 시종일관 이순신을 두둔하는데, 약 1년여의 도체찰사활동을 보고하기 위해 선조를 만나 이처럼 이야기했다. 『이충무공전서』의 기록이다.

> 상이 이르기를, "통제사 이순신은 힘써 종사하고 있던가?" 하니, 이원익이 아뢰기를, "그 사람은 미욱스럽지 않아 힘써 종사하고 있을뿐더러 한산도에는 군량이 많이 쌓였다고 합니다" 하였다.
>
> 상이 이르기를, "당초에는 왜적들을 부지런히 사로잡았다던데, 그 후에 들으니 태만한 마음이 없지 않다 하였다. 사람 됨됨이가 어떠하던가?" 하니, 이원익이 아뢰기를, "소신의 소견으로는 많은 장수들 가운데 가장 쟁쟁한 자라고 여겨집니다. 그리고 전쟁을 치르는 동안 처음과는 달리 태만하였다는 일에 대해서는 신이 알지 못하는 바입니다" 하였다. 상이 이르기를, "절제(節制)할 만한 재질이 있던가?" 하니, 이원익이 아뢰기를, "소신의 생각으로는 경상도에 있는 많은 장수들 가운데 순신이 제일 훌륭하게 여겨집니다."

이원익은 이때뿐만 아니라 이순신이 원균과 알력을 빚고, 이른바 '요시라사건'으로 압송되어 고문을 받을 때도 계속해서 상소문에서 이순신을 두호했다. 체찰사로 지방에 있어 조정의 회의에 직접 참여할 수 없었던 이원익은 "이순신에게 죄를 주어서는 안 됩니다. 그는 바다에서 이미 큰 공을 세웠습니다. 계책에도 실수가 없고 살피는 일에도 잘못이 없습니다. 원균은 원래 사나운 사람이고 무능한 편인데, 그가 대신 그 자리를 맡는다면 패배는 불을 보듯 뻔합니다"라는 내용으로 세 차례나 장계를 올렸다. 결국 이순신은 통제사직에서 해임되었고, 모진 고문 끝에 백의종군을 하게 되자 이원익은 "이제 일은 다 틀렸구나!" 하고 탄식했다.

어느 날 이순신은 도체찰사 이원익에게 며칠간의 휴가를 신청하는 편지를 보냈다. 효성이 지극한 이순신이 왜군과 싸우느라 오랫동안 어머니를 뵙지 못한 그리움에 휴가를 신청한 것이다.

저 이순신은 모자라는 재능에도 불구하고 중임을 맡았습니다. 나랏일을 한시도 소홀히 할 수 없어 몸이 놓여날 길이 없다 보니, 고작해야 산등성이에 올라 어머니 계신 곳을 바라보며 그저 험난한 세태를 한탄할 뿐입니다. 아침에 나간 자식이 늦도록 돌아오지 않아도 부모는 동구 밖에 나와서 기다리곤 하는데, 3년 넘게 자식 얼굴을 보지 못한 어머니의 심정이야 더 말할 나위 있겠습니까? …(중략)… 지난 계미년(1583), 제가 함경도 건원권관으로 있을 때에 부친께서 돌아가셨습니다. 천 리나 떨어진 먼 곳에서 상을 당하여 부랴부랴 집에 돌아갔으나 생시에 약 한번 달아드리지 못하고 돌아가실 때도 뵙지 못하였습니다. 지금 어머니 연세가 일흔이 넘어 사실 날이 서산에 걸린 해처럼 얼마 남지 않았습니다. 이러다가 어느 날 갑자기 돌아가시기라도 하면 저는 또다시 꼼짝없이 불효자식이 될 것이고, 어머니께서도 저승에서 눈을 감지 못할 것입니다.

하지만 오리 이원익은 나라와 백성을 위해 이를 허락할 수 없었다. 이원익은 "지극한 효성이 내 마음과도 같소. 이 편지가 온 뒤로 깊이 감동하였소. 그러나 나랏일에 관계되는 까닭에 감히 함부로 허락할 수 없음이 유감이오"라는 답장을 보냈다.

1597년 백의종군 중이었던 이순신이 구례에서 체찰사 이원익을 만났다. 『난중일기』의 기록이다.

> 5월 19일. 체찰사께서 내가 이곳에 머물고 있다는 말을 듣고 먼저 공생(貢生: 지방시에 합격한 사람)을 보내고, 또 군관 이지각을 보내 문안하더니, 조금 후 다시 군관을 보내 조문하기를 "모친상을 당하셨다는 소식을 듣지 못해 일찍 조문치 못했는데 이제야 소식을 듣고 애도를 드립니다. 저녁에 만나뵈올 수 있는지요?" 라고 하여 나는 "제가 찾아뵙겠습니다"라고 대답했다. 저녁이 되어 성으로 들어가 뵈오니, 체찰사는 소복을 입고 나를 맞아주셨다. 밤이 깊도록 이야기를 하던 중에 "일찍이 국왕의 분부가 있었는데, 그 말씀 중 자네가 듣기 송구스러운 말씀이 많았네. 자네는 그 말뜻을 헤아리지 못하겠지만 …(중략)… 음흉한 사람(원균)이 무고하는 행동을 주상께서 깊이 살피지 못하니 장차 이 나라 어찌될지…" 하시며 말씀을 흐리는 것이었다. 나는 조용히 의논하고 나왔다.

이원익은 이순신을 위로하기 위해 구례 지역에서 모은 군량미 중에서 쌀 두 섬을 이순신에게 보냈다. 이순신은 그 쌀을 모두 방세로 지불했다. 천민이라도 은혜를 베풀어주는 사람에게 감사하는 이순신의 인품이다.

유성룡은 일찍부터 이원익의 비범함을 알았다고 했고, 이순신과 이원익 두 사람 또한 서로를 알아보았다. 훗날 이원익은 인조 앞에서 이렇게 말했다.

"지금까지 이순신 같은 인물을 보지 못했고, 앞으로도 그런 인물을 보지 못할 것입니다."

인조는 그런 이순신에게 '충무(忠武)'라는 시호를 내렸다. 충무는 국가에 큰 공을 세운 장군 등에 내려졌던 시호이며, 그것을 높이어 부를 때 충무공, 충무후(忠武候)라고 한다. 충무는 조선시대 무관에게 내리는 최고의 시호이다. 중국에는 충무라는 시호를 받은 위인이 세 명이 있다. 바로 제갈량과 당나라의 곽자의, 그리고 남송의 충신 악비 장군이다. 제갈량은 충무후, 곽자의와 악비 장군은 충무공이었다.

우리 역사에는 모두 12명의 충무공이 있었다. 고려시대에 3명, 조선시대에 9명이 있었다. 고려시대에 지용수(1313~?), 박병묵, 최팔달이 충무공이었다. 조선 최초의 충무공은 정몽주를 참살한 개국공신 조영무(1338~1414)이며, 비운의 무신 남이(1441~1468) 장군도 충무공이다. 김시민(1554~1592), 정충신(1576~1636), 김응하(1580~1619), 조선 전기의 왕족인 구성군 이준(1441~1479), 조선 중기의 무신인 이수일(1554~1632), 구인후(1578~1658)도 충무의 시호를 받았다.

이원익은 태종의 아들 익녕군 이치의 4세손으로 1569년 23세에 과거에 급제한 후 선조·광해·인조 3대에 걸친 관직생활 64년 중 40년을 재상으로 있었고, 영의정과 도체찰사를 6번씩이나 지내면서도 비바람조차도 제대로 막지 못하는 두 칸 초가집에서 살아온 청백리이다. 다산 정약용은 "조선조 태조 이후 지금까지 청백리로 뽑힌 사람은 통틀어 약 110명에 불과하다. 그나마 경종 이후로는 청백리를 뽑는 일조차 끊어졌다. 400여 년 동안 관복을 입은 자가 수십만을 헤아리는데 청백리로 뽑힌 자가 겨우 이 숫자에 그쳤으니, 이 어찌 사대부의 수치가 아니겠는가?"라고 했다. 인조는 초가집 정승 이원익을 위해 집을 지어주도록 했는데, 지금 광명시에 있는 '관감당(觀感堂)'이라 불리는 집이다. 후일 실학자 이덕무는 "역대 재상 중 집을 하사받은 사람은 세 사람뿐이다. 세종 때에 황희, 인조 때에 이원익, 숙종 때에 허목이 집을 하사받았다"라고 했다.

이원익은 "나라를 튼튼하게 하려면 무엇보다 먼저 백성을 편안하고 잘살게 해야 한다"라면서 "안민(安民)이 첫째이고 나머지는 군더더기일 뿐"이라는 안민 제일의 신념을 일관되게 지켰다.

키 작은 정승 이원익은 선조와 광해군, 인조 3대에 걸쳐 외침으로부터 나라를 구하고, 정치 윤리가 땅에 떨어졌을 때는 처신의 모범을 보이고, 정치를 바로잡은 후에는 대동법으로 백성의 생활을 돌보았던 진정한 청백리였다. 청백리의 길을 걸어간 오리 이원익을 닮은 이 시대의 진정한 청백리는 과연 어디에 있을까. 오리마을을 걸으며 오리대감을 생각한다. 작은 고추가 맵다던가, 나폴레옹도, 등소평도, 박정희도 키가 작았다.

남해해성고등학교 진입로에서 좌측 마을길로 들어서며 오리마을에서 삶의 흔적을 둘러본다. 폐가가 된 집과 돌담들, 오리마을의 숲길을 거닐며 타임머신을 타고 어린 시절로 돌아간 느낌을 받는다.

오전 11시 30분, 산길로 접어드는 길목에 있는 편의점에서 육개장 컵라면과 계란으로 아침 겸 점심 식사를 해결한다. 편의점에서 민생고를 해결하는 두 번째 색다른 경험에, '나는 부귀에도 처할 줄 알고 빈곤에도 처할 줄 알고 어떠한 상황에서도 일체의 자족하는'이라는 사도 바울의 말이 스쳐간다.

'한반도 바래길 임진성 코스'라는 생경한 안내판을 바라보면서 농로와 숲길을 걸으며 임진성으로 올라간다. 1592년 임진왜란이 일어난 해 축성되었다고 임진성이라 불리는 임진성 성벽에 올라 해안가의 덕월마을과 경지정리가 잘된 남구마을을 내려다본다. 걸어온 오리마을과 평산항을 뒤돌아본다.

평산포 북쪽의 낮은 구릉에 위치한 임진성은 임진왜란 때 왜적을 물리치고 생명과 재산을 보호하기 위해 쌓은 성으로 군관민이 합심하여 축성했다 하여 일명 민보산성이라 부르기도 한다. 잔땡이곡에서 서쪽 성당산(110m) 높은 구릉에 축성되어 있는데, 그렇게 높지도 않고 크지도 않은 성곽을 따라 한 바퀴 돌아보면 10여 개 마을을 한눈에 볼 수 있는 전망 좋은 곳이다. 정유재란 때도 왜적을 맞아 싸운 곳으로 설흘산봉수대와 함께 왜적 방어의 주요 기지였다.

배당소류지 옆으로 내려와 남구마을로 진입한다. 남해 우리교회 앞을 지나 천황산 임도로 올라간다. 자연의 한 조각이 되어 한적한 천황산 숲길을 걸어간다.

"천황산(天皇山: 395m)은 왕이 거처했다는 전설이 있으며, 정상에 있는 두 개의 큰 바위를 시리덤이라 부르는데 마치 시루와 같이 생겼다 하여 '큰 시리덤', '작은 시리덤'이라 한다. 멀리 동쪽으로는 괴음산과 송등산, 호구산을 볼 수 있으며, 바다 건너 여수시의 전망과 산들을 볼 수 있다…"라는 안내판이 천황산을 안내한다. 바다가 보이고 하늘이 보이고 선한 사람들이 살아가는 소박한 마을이 보인다.

오늘은 11월 29일, 겨울로 가는 길목의 늦은 가을, 나무와 낙엽이 이별하는 계절이다. 낙엽이 옷깃을 여미며 다시 뿌리로 돌아가는 길을 떠난다. 가을이다. 열매가 다 익어 수확하는 계절이다. 풍요로움에 용서하기 참 좋은 계절이다. 하늘빛이 내려와 마음을 밝혀준다. 가을 풍경 하나하나가 예사롭지 않다. 이별하고 수확하는 이 가을에 용서하고 용서받고 싶다.

바다 건너 여수의 산과 시가지를 바라보며 왕이 거처했다는 전설이 있는 천황산을 걸어간다. 구미마을을 내려다보며 전망 좋은 정자 쉼터에서 아난타와 평산항을 바라본다. 덕월에서 서상 임도를 따라 걷고 또 걸어간다.

장항마을을 내려다보고 저 멀리 해안가에 스포츠파크호텔이 시야에 들어온다. 장항마을로 들어서서 바닷가로 나아간다. SNS 사진 촬영장소로 해변과 카페, 방풍림 등을 찾는 젊은이들의 핫플레이스 장항해변을 지나고 장항숲을 지나서 사계절 잔디구장과 호텔, 게스트하우스 등 시설이 잘 갖춰져 있는 남해스포츠파크를 가로질러 걸어간다.

'서두르지 않고 느리게 걷는 소의 우직함으로 고객께 한발 더 다가가겠다'라는 보물섬 남해한우타운의 '牛步千里' 상호가 눈길을 끈다. 그런데 어쩌나, 코로나 때문인지 문을 닫고 말았다. 우측 서상숲을 쳐다보고 좌측 서상항을 바라보면서 빨간 아치형 다리를 건너간다. 13시 40분, 드디어 45코스 종점에 도착했다. 오늘 하루 27.0km를 걸었다.

16시 10분, 가천다랭이마을 민박집에 도착했다. 저녁 시간, '다랭이밥상'에서 톳나물비빔밥과 다랭이마을의 전통 유자막걸리를 즐긴다. 코로나로 관광객이 없어 마을이 고요하다. TV에서는 '세기의 대결 마이크 타이슨 복귀전'이 중계되고 있다.

설흘산 너머에서 달이 떠오른다. 서쪽 비탈 너머로 해가 지고 어둠이 짙어지고 불빛이 켜지고 달빛이 밝아온다.

오늘은 음력 10월 15일, 나 홀로 달빛 기행을 한다. 수원화성, 문경새재, 하회마을, 히말라야 남체 바자르, 제주 다랑쉬오름 등 국내외를 가리지 않고 즐겼던, 보름달이 뜨는 밤의 달빛 기행이 오늘은 가천다랭이마을에서 행해진다.

어둠이 밀려오고 민박집 다랭이마을 밥무덤 동신제에 참관한다. 해마다 관광객 모두 참석하도록 유도했지만 금년에는 코로나로 조용히 거행한다. 마을을 둘러보며 암수바위에 도착했다. 이곳 사람들은 암수바위를 미륵불(彌勒仏)이라고 부른다. 숫바위를 숫미륵, 암바위를 암미륵이라 일컫는다. 숫미륵은 남성의 성기와 닮았고, 암미륵은 임신하여 만삭이 된 여성이 비스듬히 누워 있는 모습과 비슷하다. '암수바위 미륵제' 현수막이 바람에 날리고 있다. 바닷가로 내려간다. 달빛이 환하다. 미래불인 미륵불이 미래를 밝혀준다. 달빛에 젖어서 이태백을 소환한다. 월하독작이라도 해야 하건만 준비 부족이다. 박목월의 「달무리」를 읊조린다.

달무리 뜨는/ 달무리 뜨는/ 외줄기 길을 홀로 가노라/ 나 홀로 가노라/ 옛날에도 이런 밤에 홀로 갔노라/ 맘에 솟는 빈 달무리/ 둥둥 띄우며/ 나 홀로 가노라/ 울며 가노라/ 옛날에도 이런 밤엔 울며 갔노라

★ ★ ★ ★ ★ ★ ★ ★ ★

망운산노을길
[차수약제 사즉무감]

서면 서상여객선터미널에서 중현하나로마트까지 12.6㎞

서상여객선터미널 → 예계 → 상남 → 작장 → 남상 → 염 → 노구 → 중현
하나로마트

"천지신명이시여, 이 원수를 갚을 수만 있다면 오늘 죽어도 여한이 없겠나이다."

11월 30일 새벽 2시, 다랭이마을 달빛에 잠에서 깨어나 이런저런 상념에 잠긴다. 만년의 추사가 말똥말똥 뜬눈으로 밤을 새우다 닭 울음소리를 듣고 쓴 시 「청계(聽鷄)」가 스쳐간다.

젊어서는 닭 울어야 잠자리에 들었더니
늙어지자 베개 위에서 닭 울음소리를 기다리네.
잠깐 사이 지나간 서른 몇 해 일 가운데
스러졌다 말 못할 건 꼬끼오 저 소리뿐.

젊은 시절엔 책 읽고 공부하느라 밤을 새우고 새벽닭 소리를 신호 삼아 잠자리에 들곤 했다. 이제 늙고 보니 초저녁에 일찍 든 잠이 한밤중에 한번 깨면 좀체 다시 잠을 이루지 못한다. 먼동이 어서 트기만을 기다리지만 밤은 어찌 이리도 긴가. 어둠 속에 웅크린 것은 지난날의 회한뿐이다. 그땐 내가 왜 그랬을까?

어제는 세찬 바람이 불었는데 오늘은 맑고 화창한 날, 남파랑길 45코스 길 위에 섰다. 45코스는 남해바래길 13코스와 동일하다.
서상항과 잔디구장, 호텔, 게스트하우스 등 편의시설이 갖춰진 노을이 아름다운 남해스포츠파크를 둘러본다. 서상게스트하우스는 여수엑스포가 끝난 후 여객선터미널을 개조해 만들었다. 오션뷰를 자랑한다고 했지만 문을 닫았다.

서상천을 따라 서상마을을 지나서 임도를 따라 예계마을로 진행한다. 임도를 걸어 예계방파제로 내려간다.

한 걸음 한 걸음마다 소망을 담아 기도하는 마음으로 걸어간다. 숲을 사랑하는 인디언의 가장 소중한 의무 중의 하나는 기도하는 의무였다. 종교가 있든 없든 사람들은 기도를 한다. 사실 한 치 앞을 알 수 없는 인간이 할 수 있는 일은 기도밖에 없는지도 모른다. 어떤 거대한 존재를 향해 기도하는 것 말고 인간이 무엇을 할 수 있겠는가.

가장 훌륭한 기도는 나를 위한 기도가 아니라 남을 위한 기도다. 내가 남을 위해 무엇인가 베풀 수 있는 힘을 달라고, 일상의 사소함들을 초월해 남을 위해 살 수 있게 해달라고 기도해야 한다. 타고르의 '신에게 바치는 송가'라는 『기탄잘리』중에서 '저의 마음이 나날의 사소한 일들을 초월할 수 있도록 힘을 주시옵소서'라는 가장 아름다운 기도를 바친다.

고요한 아침의 바다에 파도가 밀려온다. 바다 건너 여수를 보면서 걸어간다. 이제 곧 경상도에서 전라도로 넘어간다. 이순신대교가 한눈에 보인다. 좁은 바닷길을 사이에 두고 마주 보는 전남 여수시와 경남 남해군을 최단거리로 연결하는 해저터널을 건설하기 위해 전남도와 여수시, 경남도와 남해군이 네 번째 도전에 나서서 실패했지만, 2021년 다섯 번째 도전에서 성공했다.

남해 서면과 여수 상암동을 연결하는 해저터널이 2025년 개통되면 여수와 남해는 자동차로 1시간 20분(80㎞)에서 10분(10㎞)이면 오갈 수 있게 된다. 길이는 해저터널 5.93㎞와 접속도로 1.37㎞ 등 7.3㎞이다. 해저터널이 건설되면 여수시와 남해군이 30분대 공동생활권이 가능해지며, 전남 동부권의 연간 관광객 4천만 명과 경남 서부권의 연간 관광객 3천만 명이 연결돼 엄청난 관광 시너지 효과를 낳을 것이라고 기대된다.

남해는 사천과는 삼천포·창선대교로 연결되고, 하동과는 노량대교와 남해대교로, 여수와는 해저터널로 연결된다. 우리나라 섬의 크기는 제주도, 거제도, 진도, 강화도, 남해도 순이다. 섬이란 물에 둘러싸인 육지 중 대륙보다 작고 암초보다 큰 것을 말한다. 제주도를 제외하고 모두 연륙교로 육지와 연결되어 있는데, 그래도 섬은 섬인가.

해안길을 걸어가다가 바닷물로 길이 막혔다. '만조 시 위험하오니 100m 정도 둑 위로 우회해주세요' 하는 안내판을 보고 우회를 한다. 상남방파제를 지나서 손에 잡힐 듯한 여수를 바라보며 직장마을로 들어선다. 망운산노을길 이정표가 직장으로 가라고 안내를 한다.

남해바래길 '망운산노을길'은 망운산 자락을 따라 이어져 일몰을 감상할 수 있어 망운산노을길이라 명명하였다. 해안선을 따라 산과 바다의 풍광을 감상할 수 있는 정겨운 길이다. 서상 여객선터미널에서 예계방파제, 상남방파제, 직장방파제, 남상방파제를 지나고 유포어촌체험마을을 지나서 노구까지 10.4㎞ 거리이다. 망운산(望雲山)은 해발 786m의 남해에서 가장 높은 산으로 서면 연죽리에 위치하며 주 능선이 남북으로 길게 이어졌다.

직장항을 지나서 남상마을로 향한다. 남상마을 방파제를 지나서 염해마을로 진입한다. 평화롭고 아름다운 어촌 풍경이다. 이순신대교와 광양 포스코제철소가 지척으로 점점 다가온다.

망운산 자락의 노을을 떠올리며 "천지신명이시여 이 원수를 무찌를 수 있다 하오면 저 노을 따라 오늘 죽는다 하더라도 여한이 없겠나이다(此讎若除 死則無憾)"라고 한 이순신을 생각한다. 임진왜란의 3대첩 중

하나이자 이순신이 전사한 노량해협이 점점 가까워져 내일이면 도착한다.

우리 역사상 3대첩은 을지문덕의 살수대첩(612), 강감찬의 귀주대첩(1019), 이순신의 한산대첩(1592)이다. 임진왜란 3대첩은 한산대첩(1592년 7월 7일)과 권율의 행주대첩(1593년 2월 12일), 김시민의 진주대첩(1592년 10월 6일)이다. 이순신의 3대 대첩으로는 한산대첩과 명량대첩(1597년 9월 16일), 그리고 노량대첩(1598년 11월 19일)이다.

이순신의 한산대첩은 임진왜란의 전쟁 방향을 바꾸었고, 명량해전 역시 기적 같은 승리였으며 정유재란의 양상을 바꾸었다. 그러나 노량해전은 승패 여부로 인해 전쟁 양상이 바뀌지 않는 해전이었다. 도요토미 히데요시의 죽음으로 어차피 전쟁은 끝나게 되어 있었다. 노량해전은 살육을 일삼은 일본군들을 단 한 명도 살려서 돌려보내지 않으려는 이순신의 의지가 담긴 마지막 해전이었다.

노량해전의 전투 규모는 한산도대첩과 명량해전을 합친 것보다 훨씬 컸다. 동아시아 3국의 이 해전은 세계 역사상 최대의 해전이라고 해도 과언이 아니다.

이순신은 마치 전쟁이 일어날 것을 미리 안 것처럼 1592년 임진년 1월 1일부터 『난중일기』를 썼다. 그리고 크고 작은 전투에서 승리할 때마다 기록을 남겼다. 수하들의 공적을 기록하기도 하고 군율에 따라 엄하게 처벌한 것 등을 세세하게 기록했다. 그러나 이순신은 노량해전의 기록을 남기지는 못했다. 죽음으로 인하여 남길 수가 없었다. 이순신의 『난중일기』는 1598년 10월 13일부터 11월 7일까지는 빠져 있다. 노량해전에서 이순신이 전사하기 전 열흘간의 마지막 기록이다.

11월 8일. 명나라 도독부에 가서 위로연을 베풀고 종일 술을 마셨다. 어두워져서야 돌아왔다. 조금 있다가 도독이 보자고 청하기에 바로 갔더니, 도독이 말하기를 "순천 왜교의 적들이 10일 사이에 철수하여 도망한다는 기별이 육지로부터 왔으니, 급히 진군하여 돌아가는 길을 끊어 막자"라고 하였다.

11월 9일. 도독과 함께 일시에 군대를 움직여 백서량(횡간도)에 이르러 진을 쳤다.

11월 10일. 좌수영 앞바다에 이르러 진을 쳤다.

11월 11일. 묘도에 이르러 진을 쳤다.

11월 12일. (원문에 날짜만 있고 내용이 없다)

11월 13일. 왜선 여남은 척이 장도에 모습을 드러냈기에 곧바로 도독과 약속하고 수군을 거느리고 쫓아갔다. 왜선은 물러나 움츠리고 하루 종일 나오지 않았다. 도독과 함께 장도로 돌아와 진을 쳤다.

11월 14일. 왜선 두 척이 강화하자고 중류에까지 나오니, 도독이 왜통사(왜통역관)를 시켜 왜선을 맞이하고 조용히 한 개의 홍기(紅旗)와 환도 등의 물건을 받았다. 술시에 왜장이 작은 배를 타고 도독부로 들어와서 돼지 두 마리와 술 두 통을 도독에게 바쳤다고 한다.

11월 15일. 이른 아침에 도독에게 가 보고 잠시 이야기하다가 돌아왔다. 왜선 두 척이 강화하자고 두 번, 세 번 도독의 진중으로 드나들었다.

11월 16일. 도독이 진문동을 왜군의 진영으로 들여보냈더니, 얼마 뒤 왜선 세 척이 말 한 필과 창, 칼 등을 가져와 도독에게 바쳤다.

1597년 9월 7일 천안의 직산 전투와 9월 15일 명량해전은 일본군의 재침 의지를 꺾은 결정적 전투였다. 이후 일본군은 경상도와 전라도 일부 해안으로 후퇴하였고, 명나라와 조선은 후퇴하는 일본군을 추격하여 공수가 역전되었다. 이때부터 수세에 몰린 일본군은 도요토미 히데요시의 철군 명령만을 기다리고 있었다.

도요토미 히데요시는 부하들이 조선에서 죽어가는 가운데 처첩들을 거느리고 다이고지 절에서 벚꽃놀이를 마치고 여름부터 병이 들어 1598년 8월 18일 62세의 나이로 죽었다. 대륙 정복의 큰 꿈을 안고 일으킨 전쟁이 여의치 못해 괴로워하던 와중에 병이 들어 갑자기 죽어간 것이다. 물론 암살설도 있다.

죽기 전 도요토미 히데요시는 자신의 6살 난 아들과 도쿠가와 이에야스의 2살 난 손녀딸을 결혼시켜 이에야스로 하여금 중신들의 우두머리가 되게 하고, 도요토미 히데요리에게 이에야스를 아버지라고 부르도록 시켰다. 히데요시는 자신의 죽음을 극비에 부치도록 하고 죽었지만 소문은 곧 퍼져나갔다.

도요토미 히데요시가 죽자 왜장들이 철수하기 시작했다. 도쿠가와 이에야스 등 5대로는 미야기 토요모리와 도쿠나가 나가마사를 조선에 보내 왜군 장수들에게 본국으로 철수하라고 명령했다. 이에 따라 남해안 곳곳에 주둔해 있던 왜군들은 11월 15일까지 부산에 집결하기로 했다. 가토 기요마사가 지키는 울산왜성의 일본군들은 대마도를 거쳐 순조롭게 철수할 수 있었다. 시마즈 요시히로가 지키는 사천왜성의 일본군도 부산을 경유하여 일본으로 돌아갈 수 있었다. 하지만 부산에서 가장 멀리 떨어진 순천왜성에 주둔했던 고니시 유키나가는 이순신과 진린의 저지선에 막혀 움직이지 못했다.

이순신은 결코 고니시만큼은 무사히 일본으로 돌려보낼 수 없었다. 진린과 이순신이 순천왜성의 왜군에게 날마다 도전하자 고니시 유키나가는 명 도독 유정에게 철수하도록 도와달라고 부탁했다. 고니시 유키나가는 명 제독 유정에게 바닷길을 이용해 11월 10일 부산으로 철수하게 해 준다면 순천왜성과 모든 물자와 장비를 명군에게 넘겨주겠다며 휴전을 제안했다. 전투보다는 협상을 통한 종전을 희망하던 유정은 고니시의 제안을 받아들여, 왜군 철수를 지원할 부총병 오광 등 군사 40명을 순천왜성에 파견했다. 신이 난 고니시 유키나가는 잔치를 벌이며 기뻐하면서 부하들에게 술자리를 베풀었다. 그리고 내일이면 자신의 사위 소 요시토시가 주둔하고 있는 창선도를 경유하여 부산으로 건너갈 계획이었다.

고니시 유키나가는 유정의 도움으로 먼저 왜선 10척을 출발시키지만 조선 수군이 모두 물리쳤다. 이 무렵의 상황에 대하여 조경남의 『난중잡록』은 이렇게 기록하고 있다.

> 고니시 유키나가가 유정에게 "조선 수병이 화해하지 않으니 속히 약속을 정하자"라고 통보하니, 유정은 "진린 장군을 설득시키려면 화해를 구하라"라고 했다. 고니시 유키나가는 통역하는 왜인을 통해 은 백 냥과 보검 50구를 진린에게 바치며, "전쟁에는 피를 보지 않는 것을 귀히 여기니, 길을 빌려주어 환국하게 해주시오" 하자 진린이 허락하였다. 그러나 고니시 유키나가가 발송한 배 10척을 이순신이 공격하여 죽였다. 고니시 유키나가가 진린에게 항의하자, 진린은 "내가 알 바 아니오. 이것은 통제사 이순신이 한 것이오"라고 했다. 뇌물을 받은 진린이 이순신에게 길을 열어주자고 했으나 이순신은 "나는 적을 내버리고 우리 백성들을 죽일 수 없다"라며 거절한 것이었다. 그러나 진린의 묵인하에 왜군의 연락선이 빠져나갔고, 17일 초저녁 사천의 적장 시마즈 요시히로와 남해의 적장 야나가와 시게노부 등이 5백 척으로 지원 출동했다. 이들이 노량에 가까워지자 고니시 유키나가는 횃불을 들어 호응했고, 이순신과 진린은 야간 기습을 계획했다.

『선조실록』에 따르면 이순신은 "왜선이 나간 지 4일이니 지원병이 반드시 올 것이다. 우리가 묘도 등지로 가서 차단시켜야 한다"라고 하였다.

1598년 11월 16일 사천왜성을 버리고 일본으로 철수하려던 시마즈 요시히로는 순천왜성에 고립돼 있던 고니시 유키나가로부터 구원 요청을 받고, 11월 18일 남해에 주둔하고 있던 소 요시토시 군 등 1만 2,000명의 병력과 500여 척의 함선을 이끌고 순천을 향해 바닷길로 진출했다. 하지만 이순신이 이끄는 조선 수군과 진린이 이끄는 명나라 수군은 이를 미리 파악하고 남해와 하동 사이 좁은 바다인 노량해협에서 왜군을 막았다. 그리고 이순신은 『난중일기』 최후의 기록을 남겼다.

> 11월 17일. 어제 복병장 발포만호 소계남과 당진포만호 조호열 등이 왜의 중간배(中船) 1척이 군량을 가득 싣고 남해에서 바다를 건너올 때 한산도 앞바다까지 쫓아갔다. 왜적은 언덕을 따라 육지로 올라가 달아났고, 포획한 왜선과 군량은 명나라 군사에게 빼앗기고 빈손으로 와서 보고했다.

1598년 11월 18일, 이순신은 조카 완에게 일기를 넘겨주며 "다시는 이와 같은 것을 기록하는 자가 없었으면 좋겠구나!"라고 했다. 그리고 출전하면서 말했다. 조카 이분이 『이충무공행록』에 남긴 기록이다.

> 보이는가! 저 원혼들의 목소리가. 그들의 피가.
> 나는 이 바다에 수많은 부하와 백성들을 묻었다. 할 수만 있다면 내 목숨과도 바꾸고 싶었다.
> 우리는 모두 죄인이다. 저 바다에 우리 전우를 묻었다. 우리는 죄인의 마음으로 전장으로 간다. 단 한 척의 배도, 단 한 명의 왜군도 살려 보내지 말라.

노량해전 전날 밤 자정, 이순신은 손을 씻고 배 위에 올라가 하늘에 제사 지내며 천지신명에게 빌었다.

오늘 진실로 죽음을 각오하니, 하늘에 바라옵건대 반드시 이 적을 섬멸하게 하
여 주소서(今日固決死 願天必殲此賊).

천지신명이시여, 이 원수를 갚을 수 있다면 죽어도 여한이 없겠나이다(此讎若除
死即無憾).

죽음을 각오한 이순신의 맹세에 천지신명도 감복했다. 드디어 동아
시아 3국의 최고 장수들이 모두 모인 노량해전이 시작되고 있었다. 시
마즈 요시히로는 규슈 사쓰마번의 다이묘로 칠천량해전에서 원균을
죽였다. 대마도의 소 요시토시 부대는 바다와 해전에 능한 특수부대였
다. 진린의 명나라 수군과 이순신의 수군은 말할 것도 없었다.

1598년 11월 19일 새벽 2시, 남해 창선도에 모여 있던 사천의 시마즈
요시히로, 대마도주 소 요시토시, 거제도의 다치바나 무네시게, 부산
의 다카하시 무네마스가 무려 500척의 함대를 이끌고 노량해협으로
들어왔다. 500척의 함대에 탑승한 일본군은 2만 명에 육박했다. 이때
명군의 전선 2백 척이 곤양(사천)에 주둔하고, 이순신의 전선 85척은
남해 관음포에 주둔했다. 서서히 노량해전의 전운이 감돌고 있었다.

한적한 임도를 따라 유포마을로 향한다. 유포마을 다랭이논을 지나
서 개막이체험과 갯벌체험 등 다양한 체험을 즐길 수 있는 유포어촌체
험마을을 걸어간다. 유포마을 방파제에서 노구마을 방향으로 걸어간
다. 얕은 산길로 올라가 노구마을 풍경을 바라본다. 아담한 서면교회
를 지나서 가직대사가 심은 노구마을 보호수인 수령 270여 년의 소나
무를 바라보면서 노구마을로 진입한다. 노구마을 표석을 지나서 해변
방파제를 걸어 회룡마을로 나아간다.

9시 50분, 중현하나로마트 앞에 도착하여 45코스를 마무리한다.

드디어 남파랑길 90코스 중 45코스를 통과했다. 절반의 코스를 지나온 것. 이제부터는 후반전, 내리막이다. 행백리자 반어구십(行百里者半於九十)이라, 100리 길을 가는 나그네는 90리가 반절이라, 마지막 길이 어렵다고 했지만 작시성반(作始成半), 곧 시작이 반이라고도 했으니, 반하고도 반을 왔으니 희망이 성큼성큼 다가온다.

46코스

이순신호국길

[노량해전]

중현하나로마트에서 금남면 남해대교 북단까지 17.6㎞

중현하나로마트 → 백년고개 → 고현면 → 이순신순국공원 → 월곡 →

감암 → 노량선착장 → 남해대교 → 금남면 남해대교 북단

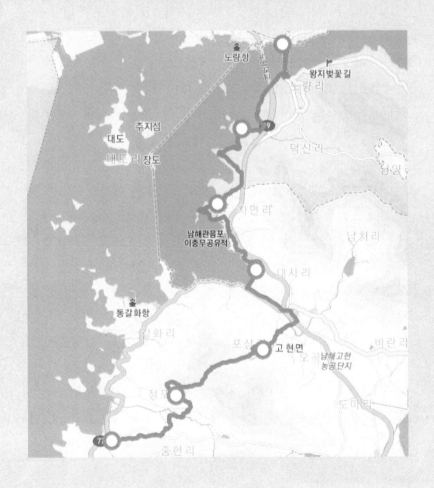

"전투가 한창 급하니 부디 나의 죽음을 말하지 말라!"

중현하나로마트에서 남파랑길 46코스를 시작한다. 46코스는 남해바래길 14코스와 동일하다. 하나로마트 앞을 출발하여 내륙으로 걸어서 운곡사를 지나 중현마을로 들어선다. 우물마을 이정표를 보면서 한적한 길을 따라 걸어간다. 바다 건너편 여수가 간간이 보이고 백련암지를 지나 고현면으로 내려선다. 선원사(先源寺)라는 절이 있어 선원마을이라 불리게 되었다는 선원마을을 지나고 고현면사무소를 지나서 정지석탑에 이른다. 고려 말 정지 장군을 기리는 석탑이다.

정지석탑은 고려 우왕 9년(1383) 정지 장군이 관음포 앞바다에서 왜구를 무찔러 승리한 것을 기념하기 위해 세운 것이다.

대사천 둑길을 따라 '관세음길'을 걸어간다. 정지 장군을 기리기 위해 설치된 정지석탑과 이순신 장군의 순국을 기리는 이순신순국공원을 잇는 산책길이다. 백연사와 선원사에 팔만대장경 판각 흔적이 있는 것과 무관치 않다. 81,258장의 팔만대장경은 분사남해대장도감에서 판각하여 강화 대장경 판당에 보관되었다가 선원사를 거쳐 해인사로 옮겨졌다.

"가자, 가자, 저 피안의 세계로 가자, 모두 함께 피안의 세계로 가자, 오 깨달음이여, 축복이어라(아제아제바라아제바라승아제모지사바하)." 『반야심경』의 마지막 주문구절이 세워져 있다. 또한 "나라의 흥망이 이 한 번의 전투에 있으니, 원컨대 저로 하여금 신령에게 부끄러움이 없도록 하소서"라고 하는 정지 장군의 어록이 세워져 있다. 정지의 관음포대첩은 최영의 홍산대첩, 이성계의 황산대첩, 최무선의 진포대첩과 더불어 고려 말 왜구를 물리친 4대 대첩으로 불린다.

1383년 왜적은 120척의 전선을 이끌고 합포(마산)를 공격했다. 정지 장군이 47척의 전선을 이끌고 출동했다. 고려 함선이 관음포에 이르자 마침 비가 내렸다. 화포로 적을 공격하려 했던 정지 장군은 난감했다. 장군은 사람을 보내어 지리산의 신사에서 비가 그치기를 빌었다. 마침내 비가 그쳤고, 관음포까지 진격한 왜적과 전투가 시작되었다. 정지 장군은 머리를 조아려 하늘에 절하고 전투를 독려하였다. 왜적의 주력 전함 20여 척이 돌격해오자 17척을 대파하였다. 관음포대첩이다.

이어서 길 위에 이순신의 어록이 곳곳에 있다.

> 병법에서 '반드시 죽고자 하면 살고, 반드시 살려고 하면 죽는다'라고 했고, 또 '한 사나이가 길목을 지키면 천명도 두렵게 할 수 있다'라고 했는데, 이는 오늘 우리를 두고 하는 말이다(兵法云 必死則生 必生則死 又曰 一夫当経 足懼天夫 今我之謂矣).
>
> 오늘, 진실로 죽음을 각오하오니 하늘이시여 반드시 적을 섬멸하게 하소서(今日 固決死 願天必殲此賊).

이항복의 『백사집』에 기록된 이순신의 맹세이다. 노량해전은 방어전이 아니라 섬멸전이었던 것이다. 지금 이곳은 간척된 상태지만 당시에는 만의 형태로 바닷길이 깊숙하게 패인 지형이었다.

1598년 11월 19일 새벽 2시에 시작한 전투가 새벽 5시가 넘도록 계속되고 있었다. 지옥 같은 전장인 노량 앞바다를 간신히 벗어난 일본의 전함들은 남해도를 돌아 나간다고 생각하고 전속력으로 배를 몰았다. 어둠을 헤치며 정신없이 도망치는 일본군의 눈에는 영락없이 바닷길로 보였다. 그러나 일본군이 다다른 곳은 남해도 깊숙이 위치한 관음포였다.

당황한 일부 왜군들은 살아남기 위해 함선을 버리고 남해도 육지로 기어올라갔다. 이들은 훗날 모두 처참하게 토벌되었다. 나머지 왜군들은 다시 배를 돌려 조선 수군을 향해 돌격했다. 죽기 살기로 조선 함대를 뚫고 바다로 돌아 나가야 한다는 판단이었다. 이순신으로서는 하늘이 내린 기회였다. 이순신의 명령에 따라 전 함대는 일본군이 밀집해 있는 관음포로 달려갔다. 막다른 골목에 몰린 일본 함대도 거칠게 대항했다.

지금은 매립이 된 그 관음포 바다를 걸어간다. 천천히 걸어가는 할아버지를 추월하여 바다와 만나는 곳에 있는 정자에서 휴식을 취한다. 고현면소재지에서 식사를 해야 했으나 식당 문이 열리지 않아서 점심때가 다 됐는데 오늘은 아직 끼니를 먹지 못해 간식으로 허기를 면한다. 그 사이 할아버지가 다가와 정자에 앉으신다. 조상 때부터 평생을 이 마을에서 사신다는 할아버지는 거동이 불편한 상태였다. 30여 분간의 대화, 다시 길을 떠나야겠지만 할아버지의 이야기가 이어져 자리에서 일어날 수가 없다.

83세의 할아버지는 홀로 살고 있었다. 할머니는 요양병원에 있는데 코로나로 만날 수가 없고, 자식들은 부산과 김해에 살고 있었다. 친구들도 하나둘 세상을 떠나고 더 이상 대화할 상대가 없었다. 온종일 혼자였다. 그리고 찾아온 고독, 할아버지는 "세상에서 가장 무서운 것은 외로움"이라고 하셨다. 그리고 구전되어 온 이순신의 관음포 해전에 대해 말씀하시며 지금 앉아 있는 정자도 당시에는 바다였다고 하셨다.

정자에서 일어나 할아버지에게 인사를 드리고 다시 길을 나선다. 할아버지는 "내가 너무 외로워서 너무 오래 붙잡아두어서 미안하다"라고 하신다. 가슴에 먹먹한 기분을 느끼며 길을 간다. 사람은 누구나 이 세상에 홀로 왔다가 홀로 간다. 그래서 인간은 원래 외로운 존재다. 인생이란 결국 외로움을 뛰어넘어 변치 않는 자유와 진리를 찾아가는 긴 여정이다. 그것은 깨달음에 대한 갈구이고, 그 깨달음으로 마침내 외로움은 더 이상 어두움과 우울함이 아닌 찬란한 고독이 되는 게 아닐까.

남해이순신순국공원에 이른다. 임진왜란 마지막 격전지로 이순신이 순국한 장소이다. 호국광장과 관음포광장으로 구분되어 있는 이 너른 광장에 단 한 사람도 없다. '열두 척 반상' 식당이 코로나로 문을 닫았다. 이순신은 어떻게 식사를 하였을까. 여수에서는, 남해에서는, 한산도에서는. 이순신의 밥상이 궁금하다.

관음루에 올라 이순신이 순국한 관음포 앞바다를 바라본다. 남해 관음포 이충무공 유적은 노량해전에서 이순신이 순국한 곳이다. 임진왜란의 마지막 격전지였던 이곳에서 이충무공은 관음포로 도주하는 왜군을 쫓던 중 적탄에 맞아 순국하였다.

'戰方急 慎勿言我死(전방급 신물언아사)' 비석이 세워져 있는 이락사 입구에서 첨망대(瞻望台)로 발걸음을 향한다. 500m 거리다.

11월 19일 새벽 2시경 시작된 전투는 아침까지 계속되었다. 일본군들은 관음포에서 빠져나오며 선두에서 공격해오는 조선의 기함을 향해 조총을 발사했다. 조준사격이었다.

"탕!"

아들 이회가 달려와 아버지 이순신을 끌어안았다. 조카 이완 역시 이순신에게 달려왔다. 아들과 조카가 오열했다. 승리를 목전에 둔 그때 왜적의 흉탄이 장군의 가슴을 뚫었다.

"전쟁이 급하니 나의 죽음을 알리지 말라(戰方急 慎勿言我死)."

그리고 장군은 별이 되어 바다에 잠겼다. 노량해전 당시 이순신의 유해가 최초로 육지에 오른 남해 관음포의 이충무공전몰유허 이락사를 지나간다. 이순신이 이곳 관음포에서 적의 탄환을 맞아 생을 마친 그때부터 이곳은 '이순신이 떨어진 바다'라 하여 '이락파(李落波)'라 하고, 그 뒷산도 이락산이라 불렀다. 이락파가 보이는 연안에 이락사(李落祠)가 있다.

순조 32년(1832) 이순신의 8세손 통제사 이항권이 왕명에 따라 이순신의 충의와 공적을 기록한 유허비를 세웠다. 해방 후 1950년 남해군민 7,000여 명이 헌금하여 정원과 참배로를 조성하고 1965년 박정희 대통령이 '이락사(李落祠)'와 '대성운해(大星隕海)'라는 현액을 내렸다. 1991년에 첨망대 누각을 세웠으며, 1998년 12월 16일(음력 11월 19일) '前方急 慎勿言我死'라는 유언비를 이락사 앞에 세웠다. 이날은 이충무공 순국 400주년이 되는 날이고 남해군은 추념식 행사로 노량해전을 재현했다. 이락사 마지막 지점에 세워진 첨망대에서 이순신이 순국한 노량 앞바다 이락파를 바라본다.

1598년 11월 18일, 고니시 유키나가의 왜군은 부산으로 철수하려 했지만 순천왜성 앞바다에 버티고 있는 조·명연합수군에 가로막혀 순천왜성에서 오도가도 못하고 고립된 신세였다. 결국 고니시를 구하기 위해 남해 창선도의 왜성에 주둔해 있던 그의 사위 소 요시토시, 사천왜성의 시마즈 요시히로, 고성왜성의 다치바나 나오쓰구 등이 일제히 500여 척의 수군을 이끌고 순천왜성으로 향했다.

고니시가 달아나는 것을 막기 위해 순천왜성 앞바다를 봉쇄하고 있던 이순신의 조선 수군과 진린의 명 수군은 왜군의 긴박한 움직임을 간파하고, 왜군 구원부대부터 격파하기 위해 이날 밤 비밀리에 하동과 남해 사이 좁은 바닷길인 노량해협으로 이동했다. 고니시군의 퇴로를 막은 채 그대로 있다가는 자칫 고니시군과 고니시를 구하러 오는 왜군 사이에 끼어 협공을 당할 수 있다고 판단했기 때문이다.

명 수군은 노량해협 서북쪽 하동 쪽에 진을 치고, 조선 수군은 노량해 협 서남쪽 남해 쪽에 진을 쳤다. 왜군 구원부대의 앞길을 양쪽에서 미리 막아선 것이다. 이때 이순신의 조선 수군은 85척의 판옥선 규모였으며 협선까지 합하면 200척이었고, 진린의 수군은 200~300척의 규모였다. 일본의 함대는 500여 척의 대규모였으니, 서로 맞먹는 규모였다.

11월 19일 자정, 노량의 바다는 차가웠다. 자정에 이순신이 배 위에 서 하늘에 기도하기를, "이 원수를 제거한다면 죽어도 여한이 없겠습 니다"라고 하자, 홀연히 바다 가운데 큰 별이 떨어졌다.

노량해전에 출전하기 하루 전, 명 도독 진린이 천문을 살폈더니 동방 의 대장별이 희미하게 빛이 바래고 있는 것을 보고 이순신에게 제갈량 처럼 하늘에 기도할 것을 권하는 편지를 보냈다. 이때 이순신은 웃으 며 말했다.

"나는 충성이 무후(제갈량)만 못하고 덕망이 무후만 못하고 재주가 무후만 못하여 세 가지가 다 무후만 못하니 비록 무후의 기도법을 쓴 다고 한들 하늘이 어찌 들어줄 리가 있겠습니까?"

새벽 2시경, 아득히 멀리서 소리가 들려왔다. 노를 젓는 소리였다. 이순신은 바로 그 순간을 기다리고 있었다. 조선 수군이 적의 선봉을 겨냥하고 불화살의 시위가 당겨졌다. 어둠이 사라진 노량 바다, 적의 가공할 규모가 드러났다. 노량 바다를 뒤덮고 있었다. 느닷없는 포환 에 당황하던 일본 수군도 응사하기 시작했다. 드디어 양쪽 총합 1,000 여 척의 함대가 사투를 벌인 세계 해전사에 기록될 노량해전이 시작되 었다.

조명 연합수군 전함과 왜군 전함이 좁은 노량해협을 사이에 두고 맞닥뜨렸다. 왜군은 노량해협을 통과하기 위해 명군 전함 쪽으로 달려들었다. 기세가 오른 일본의 세키부네가 진린의 판옥선을 향해 달려들었다. 이순신은 진린을 구하기 위해 직접 자신의 기함을 이끌고 나섰다. 진린은 이순신의 도움으로 큰 위기를 벗어났다. 그러나 진린의 아들이 큰 부상을 당했다. 또 진린이 위급할 때 이순신의 정병이 왜장 1명을 쏘아 죽여 구출했다.

조선 수군이 화포로 공격해 명군을 구한 뒤 왜군 전함을 닥치는 대로 격침시키자, 왜군은 배를 돌려 달아나기 시작했다. 다급했던 왜군은 큰 바다로 나가는 길로 착각하고 관음포로 후퇴했다가 막다른 길이라는 것을 알고는 독 안의 쥐처럼 맹렬하게 달려들었다. 화포를 쏘며 진행되던 전투는 근접전으로 바뀌었고, 결국 백병전으로 이어졌다.

노량해전은 기존에 이순신이 싸워온 방식과는 많이 달랐다. 이순신은 항상 지형을 이용한 장거리 함포사격으로 적을 제압했다. 노량해전에서는 전투의 승리가 목적이 아니라 7년간 국토를 유린한 왜적들을 한 명이라도 더 죽이는 것이 목적이었기에 조선군들의 눈에는 그 어느 때보다 더 살기가 있었다.

이때 이미 날이 밝았다. 이순신은 부하들에게 명하기를, "일본군의 머리를 베는 자가 있으면 군령을 내릴 것이다"라고 하여, 머리 베는 것보다 전면전에 힘쓰도록 독려했다. 직접 북채를 잡고 화살을 쏘면서 전투를 진두지휘하던 이순신은 먼저 나아가 일본군을 추격했다. 이때 후퇴하던 시마즈 요시히로 군의 왜병이 배꼬리에 엎드려 이순신을 향하여 조총을 발사했다. 이순신이 선상에 쓰러졌다. 왼쪽 가슴에 탄환을 맞은 것이다.

이순신의 유해는 관음포로 옮겨져 남해 충렬사로 운구되었다가 통제영이 있는 고금도 월송대에 도착했다. 부음이 전파되자 호남 일도(一道)의 사람들이 모두 통곡하여 노파와 아이들까지도 슬피 울지 않는 자가 없었다. 고금도에서 상여를 아산으로 옮길 때 길가의 백성들은 남녀노소 할 것 없이 모두 통곡했다. 선비들은 글과 술을 바치고 곡하기를 친척과 같이 하였다.

명나라 도독 진린은 만사를 짓고 애통해하였으며, 백금 수백 냥을 모아 사람을 보내어 제사지내게 하고, 길가에서 이순신의 아들을 만나서는 말에서 내려 손을 잡고 통곡하였다. 유성룡의 『징비록』의 기록이다.

이순신은 명나라 장수 진린과 함께 바다의 후미진 어귀를 제압하고 바싹 근접해 들어갔다. 고니시 유키나가가 사천에 있는 시마즈 요시히로에게 구원을 청하자 시마즈 요시히로가 수로로 와서 구원했는데, 이순신이 나아가 공격하여 크게 쳐부수고 왜적의 배 2백여 척을 불살랐으며 적병을 죽인 것이 이루 헤아릴 수 없을 만큼 많았다. 적병을 뒤쫓아 남해와의 지경에까지 이르렀다. 이순신은 시석(矢石)을 무릅쓰고 몸소 힘껏 싸웠는데, 날아오는 탄환이 그의 가슴을 뚫고 등 뒤로 나갔다. 곁에 있던 부하들이 부축하여 장막 안으로 옮겼는데, 이순신은 "싸움이 한창 급하니 절대로 내가 죽었다는 말을 내지 말라" 했으며, 말을 마치자 곧 숨을 거두었다.

이순신의 조카 이완은 담력과 국량이 있는 인물이었다. 이순신의 죽음을 숨긴 채 이순신의 명령이라 하여 싸움을 급히 독려하니 군중에서는 그의 죽음을 알지 못했다.

진린이 탄 배가 적병에게 포위된 것을 보고 이완이 군사를 지휘하여 구원하니 적선이 흩어져 물러갔다. 진린은 이순신에게 사람을 보내 자기를 구원해준 것을 사례했는데, 비로소 이순신이 죽었다는 말을 듣고 의자에서 땅 위로 몸을 던지면서 "나는 노야(老爺: 이순신)께서 생시에 오셔서 나를 구원한 줄 알았는데 어찌하여 돌아가셨습니까!" 하고 가슴을 치며 통곡했다. 온 군대가 모두 통곡하여 곡성이 바다를 진동시켰다.

고니시 유키나가는 우리 수군이 적군을 추격하여 그의 진영을 지나간 틈을 타서 뒤로 빠져 달아났다. …(중략)… 우리 군대와 명나라 군대는 이순신이 죽었다는 소식을 듣고, 이어져 있는 각 진영이 통곡하여 마치 제 어버이의 죽음을 통곡하는 것과 같았다. 또 영구가 지나가는 곳마다 백성들이 곳곳에서 제전을 차리고 상여를 붙잡고 통곡하기를 "공께서 진실로 우리를 살리셨는데, 지금 공은 우리를 버리고 어디로 가십니까?" 하며 길을 막아 상여가 가지 못하게 되었으며, 길 가는 사람들도 눈물을 흘리지 않는 이가 없었다.

조정에서는 이순신에게 의정부 우의정을 증직했다. (명나라 총사령관) 형 군문(형개)은 바닷가에 사당을 세워 그의 충혼을 제사지내야 마땅하다고 했으나, 이 일은 결국 시행되지 못했다. 이에 해변 사람들이 서로 모여 사당을 짓고 이를 민충사(愍忠祠)라 하여 사시(四時)로 제사지냈으며, 상고(商賈: 상인)와 어선들도 왕래하면서 그곳을 지나는 사람마다 제사지냈다.

노량해전에서 이순신의 막하장인 가리포첨사 이영남, 낙안군수 방덕룡, 홍양현감 고득장 등 십여 명과 명나라 부총병 등자룡도 전사했다. 하지만 노량해전은 일본군의 대패로 막을 내렸다. 왜선 250여 척을 완파, 150여 척을 파손, 100여 척을 나포했으며, 왜군 사상자는 6만여 명에 이르렀다. 『선조실록』에는 "죽은 이순신이 산 왜적을 깨트렸다"라고 기록했다. 7년 전쟁 최고의 전공이었다.

시마즈 요시히로 등 왜군은 이날 오후 50여 척의 전함만 이끌고 남해 창선도, 거제 장문포 등을 거쳐 부산으로 철수했다. 조명 연합수군이 자리를 비운 틈을 이용해 11월 20일 새벽 고니시군은 순천왜성을 빠져나와 묘도의 서쪽 관문과 남해의 평산포, 거제와 부산 바다를 거쳐 곧장 대마도로 달아났다.

부산에 집결한 왜군은 1598년 11월 24일부터 11월 28일 사이에 모두 본국으로 철수했다. 1592년 4월 14일 고니시 유키나가 군이 부산에 상륙하면서 시작된 한·중·일 동북아 3국의 7년 전쟁인 임진왜란은 이렇게 이순신의 죽음과 함께 끝이 났다.

이락사에서 나와 호국광장에 도착한다. 이순신순국공원 상징물 앞에서 걸음을 멈춘다. 이순신 순국일인 1598년 11월 19일에 맞춰 전체 높이 11.19m로 제작되었다. 이순신 장군 탄신 472년 기념일인 2017년 4월 28일에 건립되었다. 바닥은 판옥선이 파도를 가르며 전장으로 나아가고 이순신이 역동적인 모습으로 지휘하는 형상이다.

차면방파제 앞에서 우측으로 이순신호국길을 걸어간다. 이순신호국길은 이순신영상관에서 차면항, 월곡항, 감암위판장을 거쳐 충렬사에 이르는 7.1㎞ 거리이다.

호국길로 불리는 이유는 노량해전에서 전사한 이순신의 시신이 이 길을 따라 충렬사로 이동했기 때문이다. 이순신호국길에는 이순신 호국정신으로 구국희생 정신, 백의종군 정신, 공도청렴 정신, 효제충의 정신, 공명정대 정신, 필사즉생 정신, 신상필벌 정신, 유비무환 정신, 어적보민 정신이 쓰여 있고, 이순신의 명언들이 새겨진 나무들이 도열해 있다.

西海魚竜動 盟山草木知(서해어룡동 맹산초목지)

바다에 서약하니 어룡이 감동하고 산에 맹세하니 초목이 아는구나.

必死則生 必生則死(필사즉생 필생즉사)

죽기를 각오하고 싸우면 살 것이요, 살려고 하면 죽을 것이다.

讐夷如尽滅 雖死不為辞(수이여진멸 수사불위사)

이 원수들을 모조리 무찌른다면 비록 내 한 몸 죽을지라도 사양하지 않으리!

勿令妄動 静重如山(물령망동 정중여산)

함부로 움직이지 말고 침착하고 태산같이 무겁게 행동하라.

此讐若除 死則無憾(차수약제 사즉무감)

이 원수 모조리 무찌른다면 이제 죽어도 여한이 없겠나이다.

丈夫生世用則死 不用則耕於野足矣(장부생세용즉사 불용즉경어야족의)

대장부가 세상에 나서 쓰이게 되면 온 몸을 던져 일할 것이요,

쓰이지 못한다면 들에서 농사짓는 것으로 만족할 것이다.

노량해협 따라 충무공 이순신 만나는 길 이순신호국로 5.5㎞ 구간은 '한국의 아름다운 길 100선'에 선정되었으며, 하동 19번국도 금남면 사무소에서 남해대교를 거쳐 관음포까지 이어지는 강렬한 길이다.

노량만을 사이에 두고 광양을 바라보면서 걸어간다. 해안길에서 임도를 따라 이락산(68.9m)으로 올라 인적이 없는 한산한 숲길을 따라가다가 바닷가로 나아가 월곡마을에 이르니 세계 최초로 주탑이 현수교인 노량대교가 시야에 들어온다.

월곡마을에서 노량대교와 남해대교를 바라보며 걸어간다. 이순신이 일본군과의 마지막 싸움에서 숨을 거둔 노량 앞바다의 노량포구를 지나고 감암선착장을 지나서 노량대교 아래를 지나간다.

2018년 9월에는 남해군 설천면 노량리와 하동군 금남면 노량리를 연결하는 세계 최초의 경사주탑 현수교인 노량대교가 준공되었다. 총 연장 990m, 주탑 148.6m로 공사 기간이 108개월이 소요되었다. 노량대첩이 벌어진 노량해협에 위치하여, 이순신의 전술인 학익진 전법을 반영한 교량 형상, 주탑 상부의 학(鶴) 형상을 반영하는 등 역사적인 의미가 크다.

드디어 남해대교에 도착했다. 곧장 남파랑길 따라 남해대교를 건너지 않고 인근 충렬사에 들어선다.

남해 충렬사는 노량 앞바다를 지키고 있는 수호신 이순신의 사당으로, 사당 뒤의 정원에는 이순신의 시신을 임시로 묻었던 자리에 가묘(假墓)가 남아 있다. 처절한 싸움이 끝난 뒤에 유해를 노량 선창 뒤쪽 언덕 이곳 충렬사에 이순신을 임시로 묻었다. 관음포 앞바다에서 전사한 이순신의 주검은 남해 충렬사 자리에 잠시 초빈(草殯)되었다가 완도군의 고금도(古今島)를 거쳐 1599년 2월 11일 충남 아산으로 운구되어 안장되었다.

충렬사의 내삼문을 들어서면 커다란 비석을 품은 '補天浴日(보천욕일)'이라는 현판이 걸린 비각이 막아선다. '찢어진 하늘을 바늘로 기우고 빛을 잃은 해를 깨끗이 씻어낸다'는 의미로, 명나라 수군도독 진린이 "이순신 장군의 공로는 보천욕일지공(補天浴日之功)"이라고 한 말에서 유래한다. 박정희 대통령의 친필이다.

비각 안에는 충무공비가 있으며, 1660년 송시열이 찬하고 송준이 글씨를 쓰고, 1663년 통제사 박경지가 세웠다. 비문의 내용이다.

무술년(1598) 11월 19일에 공은 진린과 더불어 노량에서 왜적을 맞았다. 적을 모조리 꺾어 부숴놓고 공은 뜻하지 않게 적탄에 맞아 숨을 거두었다. 한편 진린이 적에게 포위되어 위태로웠는데, 공의 조카 완은 본래 담력이 있는지라 곡성(哭声)을 내지 않고 공처럼 독전하여 간신히 진린을 적의 포위에서 구해냈다. 이러는 사이에 행장은 간신히 도망쳤다. 공의 죽음이 알려지자 우리나라는 물론 명나라의 두 진영에서 터져 나오는 곡성이 우레처럼 바다를 뒤엎었고, 이 곡성은 남해에서 아산에 이르는 천리 운구(運柩) 길에도 끊일 줄 몰랐다.

1659년 효종은 남해에 '충무공 이순신'의 비를 세우게 하고, 효종을 이은 현종은 충렬사에 편액을 내리고 그 절의를 표창할 곳을 명했다. 편액을 내리면서 그 제문에 '큰 공로를 세웠으나 모함을 받아 물러났으며, 그 뒤에 원균이 무능하여 큰 패배를 당하였음'을 명시하였다. 그리고 이순신을 중국 남송의 충신이요 장수였던 악비(岳飛)에 비교하면서 그의 충성과 용맹을 칭송하였다. 현종은 또한 통영에 있는 충렬사에도 편액을 내렸다. 현종은 유성으로 온천 가던 길에 아산에 있는 이순신의 묘소에 들러 제사를 지내게 하고 제문을 내렸다.

숙종은 아산에 있는 이순신의 사당을 '현충(顯忠)'이라 이름하고 제문을 내리면서 칭송하기를, "절개를 지키려 죽음을 무릅썼다는 말 예부터 있었으며, 제 몸을 죽여 나라를 살린 것은 이분에게서 처음 본다"라고 하였다.

아산의 현충사는 1706년에 세워진 사당이다. 숙종은 1704년 충청도에서 글공부를 하는 서후경이라는 선비에게 상소문을 받았다.

"천안에 사는 유생입니다. 충청도 유생들을 비롯한 백성들이 아산에 충무공 이순신의 사당을 세워주실 것을 청합니다."

이순신의 고향이나 다름없는 곳이자 그의 묘지가 있는 아산에 이순신을 기리는 사당을 세워줄 것을 요청받은 숙종은 즉각 신하들에게 이 일을 지시했고, 그로부터 2년 뒤인 1706년에 구 현충사가 세워졌다.

그리고 조선왕조에서 이순신을 기리는 사업은 정조의 명으로 『이충무공전서』가 편찬됨으로써 그 절정에 달하였다. 1793년 정조는 이순신을 영의정으로 추증한다는 교서를 내렸다.

오늘이 어떤 날인가? …(중략)… 충무공처럼 충성심이 뛰어나고 혁혁한 무공을 세웠음에도 그 사후에 아직도 영의정으로 추증하지 못한 것은 진실로 잘못된 일이다. 그러므로 유명수군도독 조선국증효충장의적의협　선무공신 대광보국 숭록대부 의정부좌의정 덕풍부원군 행정헌대부 전라좌도 수군절도사겸 삼도통제사 충무공 이순신에게 의정부 영의정을 추증하라.

정조는 자신이 직접 이순신의 탁월한 공적과 충성과 절개를 생각하며『신도비명』을 짓기까지 하고, 직접 비용을 조달하여『이충무공전서』를 발간하였다.

충렬사에서 나와 남해바래길과는 이별하고 남해대교를 건너간다. 1973년 6월에 국내 최초로 660m에 이르는 아름다운 현수교 남해대교가 개통되어 50년 세월이 흐르면서 동양 최고령의 현수교가 됐다. 남해대교 남단 남해군 설천면 노량리 남해대교로 올라가서 다리를 건너 하동군 금남면 노량리 남해대교를 걸어 북단 교차로에 도착했다. 남해 구간을 모두 마치고 46코스 종점에 도착한다.

오후 2시 30분, 아침도 점심도 먹지 못한 강행군이었다. 오늘은 한 코스, 잠시 후면 용인에서 영 써틴 형제들이 이곳에 도착한다. 아직 도착 전이라 다시 남해대교를 건너갔다가 돌아온다.

저녁 시간, 이순신의 혼이 잠들어 있는 충렬사 아래 노량해협 노량 선착장에서 멀리 용인에서 찾아온 12명의 '영 써틴' 의형제들과 식사를 한다. 음력 10월 16일의 고맙고 즐거운 밤, 충무공의 얼이 서린 노량 앞바다의 달이 휘영청 밝다. 파도에 일렁이는 거북선이 홀로 노량해협을 지키고 있다.

PART

10

하동
구간

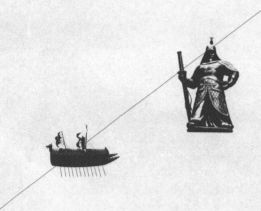

★ ★ ★ ★ ★ ★ ★ ★ ★

하동포구 팔십 리 길

[선조와 이순신]

금남면 남해대교 북단에서 섬진교 동단까지 27.6㎞

남해대교 북단 → 노량항 → 진정마을 → 하동포구공원 → 하동송림공원

→ 섬진교

"나를 알고 적을 알아야 백 번 싸워도 위태롭지 않다고 하지 않았던가."

2020년 12월 1일 새벽 6시, 남해 외딴 바닷가 펜션에서 아우 세원이가 끓여준 따끈한 라면 국물로 속을 풀고 살며시 나와 어둠 속을 달려간다. 서쪽 밤하늘에 빛나는 둥근 달과 흑암의 바다에 비치는 둥근 달의 환상적인 풍경에 낯선 바닷가에 승용차를 세우고 넋을 잃은 듯 바라본다. 아아, 아름다워라!

여명의 시각, 남해대교 북단에서 남파랑길 47코스를 출발한다. 경상남도 마지막 구간, 이제 하동군으로 들어왔다. '하동군민의 노래'가 파도에 출렁인다.

섬진강 맑은 물은 우리의 결백/ 노량 앞 바닷물은 충무공 위훈/ 오곡이 무르익은 기름진 옥토/ 재건의 일손 맞춰 보무도 당당/ 여기는 하동이다 내 고장 하동/ 여기는 하동이다 우리의 고장

대한민국의 알프스 하동은 '장엄한 지리산의 정기가 어려 아름다운 산하를 열었고, 섬진강 푸른 물이 흘러 복된 삶을 이어온 우리 하동은 구국의 얼과 유서 깊은 문화의 전통을 자랑하는 정의롭고 평화로운 고장'이란 군민헌장에서 나타나듯 지리산과 섬진강을 빼고는 이야기할 수 없는 곳이다. 장엄하게 우뚝 솟은 지리산국립공원과 맑고 푸른 섬진강이 굽이굽이 흐르고 충무공 최후의 승전장이었던 한려해상국립공원 노량 앞바다가 있다. 화개면 기슭에 자리한 신라 고찰 쌍계사와 지리산 청학

봉과 백학봉 사이에 있는 불일폭포, 반야봉 기슭에 있는 칠불사, 흰모래와 노송이 어우러진 백사청송, 하동포구 팔십리의 정경 등이 아름답다.

새벽달 기울고 이슬 내려 촉촉한 신선한 공기를 마시며 서쪽으로, 서방정토로 길을 간다. 어느덧 동쪽 하늘이 아침노을로 붉게 물든다.

남해대교와 이별을 하고 노량대교로 걸어간다. 남해대교 뒤편 산 너머로 떠오른 아침 해가 그림자를 길게 늘어뜨린다. 바다가 햇살에 반짝인다. 이른 새벽 둥근 달 따라오더니 어느새 산 위에 앉아 이별의 손짓을 한다. 서쪽으로 걸어가는 나그네의 발걸음, 뒤쪽의 동쪽에는 해가 뜨고 앞쪽의 서쪽에는 달이 진다. 태초에 해와 달이 약속을 했다. 세상에 빛을 주는데 서로가 교대하며 분담하자고, 그리고 그 약속 한번도 깬 적이 없다. 비록 구름이 장난을 칠지라도. 찬란한 해와 은은한 달이 서로 자리를 바꾼다. 그들은 언제부터인가 서로 만나고 헤어질 때를 알고 따뜻함과 은은함으로 지구상의 인간들에게 풍요를 선물하는 고마운 존재들이다.

어촌 바닷가 거대한 참숭어 조각상이 하늘로 치솟을 기상이다. 멀리 광양제철소의 연기가 하늘로 치솟는다. 노량항을 지나고 학섬을 바라보면서 이순신이 잠든 노량 앞바다와 이별을 한다. 이순신은 최후의 통제영을 고금도에 설치했다. 마지막으로 자리를 잡은 그 섬도 종착지가 아니었다. 이순신은 수시로 물길을 헤쳐 동쪽에 있는 적진으로 나아갔다. 도망가는 적군과 사생결단을 벌인 1598년 11월 19일 아침까지 이순신은 물길을 걷고 또 걸었다. 그리고 마침내 노량 바닷길에서 발길을 멈추었다. 산 자의 길을 걸은 이순신은 이제 관음포로, 충렬사로, 고금도로, 그리고 80여 일 만에 고향 아산으로 돌아와 길을 멈추었다. 그리고 영원한 울림을 남긴 채 죽은 자의 길, 영면의 길을 갔다.

이순신이 전사한 사실이 알려진 뒤 백성들의 반응이『선조실록』1598
년 11월 27일의 기록에 나타난다.

부음(訃音)이 전파되자 호남 사람들이 모두 통곡하여 노파와 아이들까지도 슬피
울지 않는 자가 없었다. 국가를 위한 충성과 몸을 잊고 전사한 의리는 옛날 훌륭
한 장수라 하더라도 이보다 더할 수 없다. 조정에서 사람을 잘못 써서 이순신이
재능을 다 펴지 못하게 한 것이 참으로 애석하다. 만약 이순신을 병신년(1596)과
정유년(1597) 사이에 통제사에서 체직하지 않았더라면 어찌 한산에서 패전했겠
으며 전라도와 충청도를 왜적의 소굴로 만들었겠는가? 아, 애석하다.

하지만 선조는 좌의정 이덕형의 노량해전 전황보고를 듣고 냉담했
다.『선조실록』1599년 2월 2일 자 기록이다.

상이 일렀다.
"수병(水兵)이 대첩을 거두었다는 것은 과장된 말인 듯하다."
이덕형이 아뢰었다.
"수병의 대첩은 거짓말이 아닙니다. 소신이 종사관 정혹을 보내 알아보니 부서
진 배의 판자가 바다를 뒤덮어 흐르고 포구에는 무수한 왜적의 시체가 쌓여 있
다고 하였습니다. 이로 보면 굉장한 승리임을 알 수 있습니다."

그리고『선조실록』이날의 기록에 선조는 명나라 제독 유정에게 "우
리나라가 보전된 것은 순전히 모두 대인의 공덕입니다"라고 말했다. 이
순신의 전공을 인정하고 싶지 않았던 선조였다. 삼도수군통제사로 임
명하면서 "그대만이 치욕을 씻어줄 것이고 자신을 편히 잠들게 할 것"
이라던 선조가 불과 일 년 만에 차가운 눈길을 주고 있는 1594년 9월
3일, 비가 조금 내리는 날의『난중일기』기록이다.

새벽에 비밀 유지가 들어왔다. "수군과 육군의 여러 장수가 팔짱 낀 채 서로 바라만 보면서 적을 칠 계책도 전혀 세우지 않고 있다"라고 한다. 3년 동안 바다에 있으면서 절대로 그럴 리 없었다. 여러 장수와 맹세하여 목숨 걸고 원수를 갚을 뜻으로 하루하루 보내고 있지만, 험한 소굴에 숨어 버티고 있는 왜적을 가볍게 나아가 칠 수 없다. 하물며 나를 알고 적을 알아야 백 번 싸워도 위태롭지 않다고 하지 않았던가. 종일 바람이 크게 불었다. 초저녁에 촛불을 밝히고 혼자 앉아서 생각했다. 나랏일이 위태롭건만 마땅한 구제책이 없으니 이를 어찌할까?

선조는 위기의 순간에는 자신을 보호해줄 장수를 붙들고 하소연했지만, 눈앞에서 위기가 멀어진 순간 그 장수가 자신에게 칼을 겨눌지도 모른다고 여겼다. 선조의 마음은 유지에 실려 있었다. 그러나 이순신은 임금의 본마음이 어떠하든 오로지 변치 않는 충성을 바쳤다. 마음속에서조차 아예 불충한 생각을 품지 못했다. 세습하는 왕정에서 정통성이 약하다고 생각하는 후궁의 아들인 왕의 불신과 신하의 일편단심, 이는 어쩔 수 없는 비극이 아닐까?

임금이 된 후궁의 손자 하성군 이연은 조선시대 인조, 고종과 함께 가장 무능한 왕으로 손꼽힌다. 조선의 27왕 중 왕의 적장자, 적장손은 불과 10명에 불과했다. 후궁의 자손으로는 선조가 처음이었으니, 선조에게는 적통이 아니라는 열등감이 있었다. 적자와 서자 사이에 차별을 둔 이유는 고려 때 성행했던 일부다처제 풍습을 고치기 위해서였다. 조선을 건국할 무렵 본부인 한 사람을 제외한 나머지는 첩으로 격하하고, 그 후손들에게 과거를 못 보게 한 것도 그 때문이었다. 선조의 아버지 덕흥군은 아들이 왕이 되어 덕흥대원군이 되었다. 조선시대 대원군이라 불린 이들은 인조의 아버지 정원대원군, 철종의 아버지 전계대원군, 고종의 아버지 흥선대원군 모두 4명이었다. 1597년 9월 9일,

명량해전 7일 전 『난중일기』의 기록이다.

> 이날은 곧 9일, 1년 중 명절이다. 나는 비록 상복을 입은 몸이지만 여러 장병들
> 이야 먹이지 않을 수 있나? 제주에서 온 소 5마리를 녹도만호와 안골포만호에
> 게 주면서 장병들에게 먹이도록 지시했다.

당시 9월 9일 중양절은 3월 3일, 5월 5일, 7월 7일과 함께 빼놓을 수
없는 명절이었다. 명절이라 아랫사람에게는 고기를 먹였지만 이순신
자신은 어머니의 상중이라 예법에 따라 고기를 먹지 않았다. 당시 고
기를 보내준 제주목사는 이경록이었다.

이경록과 이순신은 특별한 인연이 있었다. 임진왜란이 일어나기 5년
전인 1587년, 이경록과 이순신은 여진족과의 녹둔도 전투의 책임으로
파직되어 함께 백의종군했다. 이경록과 이순신은 백의종군을 하며 여
진족 2차 정벌에서 여진 부락 200여 호를 불태우고, 적 380명을 죽이
는 큰 공을 세워 백의종군에서 사면을 받았다. 여진 토벌 역사상 가장
큰 전과를 올린 녹둔도 전투였다.

이경록이 소 5마리를 보내준 이때 이순신이 고기를 먹지 않는다는
소식을 들은 선조는 유서를 내렸다.

> 경이 아직도 권도(權道)를 따르지 않는다고 들었다. 사사로운 정이 어찌 간절하
> 지 않겠는가마는 나랏일이 한창 바쁘다. 옛사람이 "전쟁터에서 용기가 없으면
> 효가 아니다"라고 말하였다. 고기나 생선이 없는 소찬을 먹어 기력이 달리고 힘
> 이 없는 자가 전쟁터에서 용맹할 수는 없다. 예법에는 경도(経道)와 권도가 있으
> 니, 언제나 원칙만을 고수할 수는 없는 것이다. 내 뜻을 좇아 속히 권도를 따르
> 도록 하라. 술과 고기를 함께 보낸다.

이순신은 유서와 함께 술과 고기를 도원수 권율의 군관으로부터 1597년 12월 5일에 받았다. 이때는 사랑하는 셋째 아들 면마저 저세상으로 보낸 뒤였다. 불과 9개월 전에 조정을 속이고 임금을 무시했다며 기어코 죽이고야 말겠다던 바로 그 선조였기에 이순신은 그날의 일기에 "유지와 함께 술과 고기를 보내셨다. 더 서럽게 울고 또 울었다"라고 적었다. '해는 단 하나뿐이다. 햇빛을 가리거나 태양과 밝기를 겨루지 말라. 살아남으려면 주인보다 더 빛나서는 안 된다'라는 말처럼 이순신은 선조보다 더 빛이 났기에 겪어야 할 아픔이고 슬픔이었다.

이제는 노량 바다를 뒤로하고 한적한 도로를 따라가니 갈대들이 나그네를 환대하며 춤을 춘다. 농로를 따라 덕천교 아래를 지나서 진정마을로 들어간다. 금남면사무소를 지나서 너른 벌판을 따라 걷다가 진정천을 따라 남해고속도로 아래를 지나서 주교천에 도착한다. 주교천 산책로를 걸어서 주교천과 섬진강이 만나는 삼각주를 바라보며 이제 하동의 섬진강을 따라 걸어간다.

하동(河東)이란 말은 하천의 동쪽, 곧 섬진강 동쪽이란 의미이다. 섬진강 건너 광양의 섬진강휴게소가 보인다. 잘 단장된 길을 따라 섬진강습지공원 산책로를 지나고 선소공원을 지나간다. 갈대가 무성하고 잔잔한 섬진강이 편안하게 다가온다.

강은 물이 흐르는 길, 하늘에서 내린 비가 바다로 흘러가는 길이다. 대지를 흐르면서 살아 있는 모든 것에 수분을 제공하고, 작은 시냇물 길이 모여 큰 강을 이루기도 하면서 강은 자신의 길을 간다. 옛사람들은 강의 근원을 은하수라 하였다. 별들에 의해 만들어진 옅은 띠의 빛인 은하수는 밤하늘에 흘러가는 물길로서 강의 시원으로 여겨졌다.

섬진강에서 흐르는 물을 바라보며 문득 헤르만 헤세의 소설 『싯다르타』의 한 구절, '나는 강의 흐름에서 기다림을 배운다'라는 구절을 떠올린다. 헤세는 서양인이면서도 동양정신의 진수를 보여준다. 섬진강을 시의 샘물로 하고 있는 김용택 시인이 "저문 섬진강을 따라가며 보라/ 몇 사람 몇 사람 퍼간다고/ 섬진강물이 메마를 강물인가를/ 퍼간다고 말라버릴 강인가를/ 아, 섬진강"이라며 섬진강을 노래한다.

섬진강 갈대밭을 따라 걸어간다. 하동포구교를 건너서 11시, 뱃속이 따뜻한 국물을 그리워해 섬진강 재첩국으로 기분전환을 하고 걸어간다.

진안의 마이산이 발원지인 섬진강은 서출동류(西出東流) 하여 남해바다로 흘러간다. 전라도에서 시작하여 경상도로 흘러간다. 영호남을 배를 타고 왕래할 수 있도록 해준 강이 섬진강이라는 점에서 섬진강은 독특한 강이다.

지리산을 적신 빗물이 북쪽으로 흐르면 낙동강이 되고 남쪽으로 흐르면 섬진강이 된다. 그리고 지리산 숲의 남쪽과 북쪽의 모습도 달라진다. 남들과 함께 길을 가다가 갈림길에서 남들이 가지 않는 길을 가면서 나의 모습은 남들과 달라진다. 사람은 태어날 때부터 나그네다. 낙동강이 혈관에 흐르고 낙동강을 젖줄로 살아온 나그네가 오늘은 섬진강을 호흡하며 걸어간다.

섬진강변 화개장터에서 쌍계사까지 이어지는 십리벚꽃길을 따라 쌍계사에 이르면 고운 최치원을 만날 수 있다. 최치원이 신선이 되었다는 장소로 주로 두 곳이 꼽힌다. 지리산 쌍계사와 가야산 해인사다. 쌍계사를 찾은 최치원은 들머리 바위 둘에 각각 '쌍계(双渓)'와 '석문(石文)'을 지팡이로 썼다. '쌍계석문'이다.

쌍계사에서 불일폭포로 가는 길 가운데 최치원이 학을 불러 타고 날아갔다는 환학대(喚鶴台)가 있다. 지리산에서 최치원의 마지막 행적은 지팡이 꽂고 귀 씻기였다.

푸조나무가 내려다보는 마을 앞 냇가 건너편에 너럭바위에는 '세이암 (洗耳岩)'이 새겨져 있다. 최치원이 손가락으로 적었다는 전설이 있다. 손가락으로 써도 바위가 움푹 파일 정도로 도력이 셌으니 최치원은 어김없는 신선이다. 최치원은 이 세이암에서 귀를 씻고 지리산으로 들어가 신선이 됐다.

대나무 숲을 지나고 횡천강이 섬진강과 합수되는 횡천교를 건너간다. 하동읍 목도리 하동포구공원에 도착한다. 배 한 척에 낚시꾼 세 사람이 타고 낚시를 하고 있다. 과거 하동포구였던 곳을 기념하기 위해 2002년 공원으로 조성했다. 드라마 '허준'의 촬영지다. 울창한 소나무 숲, 강변을 따라 조성된 산책로를 통해서 섬진강변의 수려한 자연환경을 만끽할 수 있다. 아직도 소규모의 선박이 정박할 수 있는 포구 시설이 있다. 섬진강하구에서 하동읍까지의 거리는 10㎞ 남짓으로 넉넉히 잡아도 30~40리에 불과한데, '하동포구 팔십 리'는 그 명칭이 어디에서 어떻게 비롯되었을까? '하동포구' 시비의 내용이다.

하동포구 팔십 리에 물새가 울고/ 하동포구 팔십 리에 달이 뜹니다.
섬호정 댓돌 우에 시를 쓰는 사람은/ 어느 고향 떠나온 풍류랑인고.
하동포구 팔십 리에 굽도리배야/ 하동포구 팔십 리에 봄을 실어라
백사장 모래 우에 남아 있는 글짜는/ 꽃바람에 쓸리는 충성 충(忠)자요
하동포구 팔십 리의 물결이 고아/ 하동포구 팔십 리의 인정이 곱조.
쌍계사 종소리를 들어보면 알게요/ 개나리도 정답게 피어줍니다.

하동포구를 벗어나는데 도로 위에서 부르는 소리가 들린다. 귀를 의심하며 위를 쳐다보니, 새벽에 잠들었을 때 헤어진 형제들이다. 상상하지 못했던 길 위에서의 우연한 만남, 반가웠다. 벗 석윤이가 아래로 내

려와 뜨겁게 포옹을 나눈다. 그리고 나그네는 나그네 길로, 형제들은 정든 집으로 돌아간다.

강은 바다를 기약하고 물은 하늘을 지향한다. 남파랑길의 나그네는 땅끝마을을 지향하며 길을 따라 걸어간다. 섬진강하구에서 물길을 따라 올라가면 오른쪽은 경남 하동, 왼쪽은 전남 광양이다. 조금 더 올라가면 섬진강 강물은 구례로 이어진다. 이 물길은 임진왜란과 정유재란 당시 일본군의 주요 침입 경로였다. 이 경로상에 있는 석주관은 경상도 하동에서 전라도 구례로 통하는 관문으로 군사전략상 매우 중요한 곳이었다.

정유재란 때 일본군은 전라도 장악을 제1차 목표로 설정하고 석주관을 집중 공격했다. 석주관은 이름 그대로 돌로 된 큰 기둥이 서 있는 관문이다. 당시 구례현감 이원춘이 석주관만호를 겸임하여 석주관성을 방어하고 있었다.

1597년 8월 7일 고니시 유키나가가 이끄는 일본군이 석주관으로 진격해오자 적의 기세에 눌린 이원춘은 남원읍성으로 후퇴했다. 이때 왕득인은 의병을 모아 석주관에서 일본군과 싸웠으나 당해내지 못하고 그와 의병들이 모두 전사했다.

1598년 봄 수많은 일본군이 밀려왔고 제2차 석주관 전투 역시 대부분의 구례 의병이 사상당하고 물러났다. 석주관 전투로 구례의 성인 남자의 80% 이상이 전멸했다고 전해진다. 석주관에는 이곳에서 의병부대를 이끌다가 산화한 7의사(왕득인, 왕의성, 이정익, 한호성, 양응록, 고정철, 오종)의 충절을 기리기 위해 조성한 칠의사(七義士) 묘가 있다.

섬진강대교 밑을 지나서 국내 최대 재첩산지 하저구마을로 들어선다. 섬진강 유역에서 채취되는 재첩을 맛볼 수 있는 하동재첩특화마을이다. 상저구마을회관 앞을 지나서 경전선 철교 방향으로 나아간다.

새들이 모래섬에서 자유롭고 정겹게 놀고 있다. 걷는 자만이 누리는 특권, 누가 이 아름다운 섬진강을 걸어보았겠는가. 좁은 새장을 탈출해서 자유의 창공을 훨훨 날아가고 있다.

하동송림에 도착한다. 국토해양부 선정 '한국의 아름다운 하천 100선', '건강하고 아름다운 하동포구 80리의 삶(생태·문화·환경 분야 최우수 선정)'이라 새겨진 표석이 기다린다. 천연기념물로 지정된 하동송림은 강바람과 모래바람, 강물 범람의 피해를 막기 위해 조성한 소나무 숲이다. 300년 가까이 된 아름드리 소나무 군락인 송림은 맑은 섬진강, 넓은 백사장과 어우러져 최고의 명소다. 아름다운 선율의 음악이 흘러나온다.

의자에 앉아서 등산화 밑바닥을 살펴보니 신발이 다 헐었다. 이별할 때가 다 됐다.

섬진교 밑을 통과하여 알프스 하모니계단을 오른다. '알프스 하동 천년의 기적 두꺼비상'이 나비넥타이를 매고 반겨준다. 섬진교 동단에서 47코스를 마무리한다.

손에 쥐고 있는 것들을 놓기 두려워하면 새로운 것을 잡을 수 없다. 독수리가 좋다고 마당에 매어놓으면 더 이상 하늘을 힘차게 날아오르는 모습은 볼 수 없다. 부산과 경상도 구간을 마치고 이제 전라도로 들어간다. 충무공과 함께하는 남파랑길 유랑자의 행복한 나들이, 아름다운 인생이다.

이순신 가계도

증조부	거(琚)		
조부	백록(百祿)		
조모	초계 변씨(변성 딸)		
부친	정(貞)		
모친	초계 변씨(변수림 딸)		
큰형	희신(羲臣)	아들	뇌(蕾)
			분(芬)
			번(蕃)
			완(莞)
작은형	요신(堯臣)	아들	봉(菶)
			해(荄)
본인	순신(舜臣)		
부인	상주 방씨(방진 딸)	아들	회(薈)
			열(悅) - 초명 울(蔚)
			면(葂) - 초명 염(苒)
		딸	홍비 부인
		서자	훈(薰)
			신(藎)
동생	우신(禹臣)		

이순신 연보

연도	나이	주요사항
1545 (인종 1)	1	3월 8일(양력 4월 28일) 건천동에서 출생.
유년기		아산 외가로 이사(15세 이후 추정).
1565(명종 20)	21	보성군수 방진의 딸과 혼인.
1566(명종 21)	22	무예수련 시작.
1567(명종 22)	23	2월 맏아들 '회' 출생.
1571(선조 4)	27	2월 둘째 아들 '열' 출생.
1572(선조 5)	28	8월 훈련원 별과 낙방. 낙마 실족 골절.
1576 (선조 9)	32	2월 식년 무과 병과 합격. 12월 함경도의 동구비보에 권관 첫 벼슬.
1577(선조 10)	33	2월 셋째 아들 '면' 출생.
1579(선조 12)	35	2월 훈련원 봉사가 됨. 10월 충청병사의 군관.
1580(선조 13)	36	7월 전라도 발포만호가 됨.
1581(선조 14)	37	12월 서익의 모함으로 파직.
1582(선조 15)	38	5월 다시 훈련원 봉사가 됨.
1583 (선조 16)	39	7월 함경도 남병사의 군관이 됨. 10월 건원보의 군관이 되어 여진족 추장 울지내를 사로잡음. 11월 훈련원 참군 승진. 11월 부친 사망(73세).
1586(선조 19)	42	1월 사복시 주부가 됨. 이어 함경도 조산보의 만호가 됨(유성룡 추천)
1587 (선조 20)	43	8월 녹둔도 둔전관을 겸함. 10월 이일의 모함으로 파직, 백의종군.
1588 (선조 21)	44	1월 시전부락 여진족 정벌의 공으로 백의종군 해제됨. 집으로 돌아와 한거함
1589 (선조 22)	45	2월 전라도 순찰사 이광의 군관이 됨. 12월 정읍현감에 오름.
1591(선조 24)	47	2월 전라좌도수군절도사에 오름.
1592 (선조 25)	48	임진왜란 발발. 5월 1차 출전하여 옥포 합포 적진포에서 승리. 가선대부 승자. 5월 말 6월 초 2차 출전하여 사천 당포 당항포 율포해전에서 승리. 자헌대부. 7월 한산대첩. 정헌대부. 9월 부산포해전 승리.

1593 (선조 26)	49	2월 웅포해전 승리. 7월 15일 한산도로 본영 옮김. 8월 한산도에 통제영 창설함. 8월 15일 삼도수군통제사 임명.
1594 (선조 27)	50	3월 2차 당항포해전에서 크게 이김. 4월 진중에서 무과 실시. 10월 곽재우, 김덕령과 작전 모의함. 장문포해전.
1595 (선조 28)	51	1월 맏아들 회의 혼례. 2월 원균 충청병사로. 8월 체찰사 이원익 진영 내방. 9월 충청수사 선거이 시를 주며 송별함.
1596(선조 29)	52	겨울. 요시라의 간계.
1597 (선조 30)	53	2월 26일 서울 압송. 3월 4일 옥에 갇힘. 4월 1일 특사됨. 도원수 권율의 막하로 백의종군. 4월 11일 모친상(향년 83세). 13일 유해 영접. 7월 삼도수군통제사 재임명. 9월 명량해전. 13척의 배로 133척과 대항, 승리.
1598 (선조 31)	54	2월 고금도로 진영 옮김. 7월 16일 진린과 연합작전. 절이도해전. 11월 19일(양력 12월 16일) 노량해전에서 숨짐. 12월 우의정 추증.
1599(선조 32)		2월 11일 아산 금성산 선영에 장사(두사충).
1600(선조 33)		이항복 주청으로 여수에 충민사 건립.
1603(선조 36)		부하들이 이순신을 추모, 타루비 건립.
1604(선조 37)		선무공신 1등, 덕풍부원군 추봉. 좌의정 추증.
1606(선조 39)		통영에 충렬사 건립.
1614(광해 6)		어라산으로 15년 만에 이장.
1633(인조 11)		남해 충렬사에 충민공비 건립.
1643(인조 21)		충무(忠武)의 시호를 받음.
1793(정조 17)		7월 21일 영의정에 추증됨.
1795(정조 19)		『이충무공전서』 간행됨.

이순신 연보

징비록 연표

○ **1587년**(선조 20)

　2월 녹도, 가리포에 왜구가 침입하다.

　10월 왜국 사신 귤광강이 오다.

○ **1588년**(선조 21)

　2월 왜국 사신 종의지, 현소 등이 와서 통신사를 파견해달라고 요구하다.

○ **1589년**(선조 22)

　6월 종의지 등이 다시 오다.

　8월 28일 선조가 종의지 등을 접견하다.

　9월 21일 왜국으로 통신사 파견을 결정하다.

○ **1590년**(선조 23)

　3월 6일 통신사 일행이 종의지 등과 함께 왜국으로 떠나다.

　11월 7일 통신사 황윤길 등이 도요토미를 만나 답서를 받다.

○ **1591년**(선조 24)

　1월 28일 통신사 황윤길 등이 종의지 등과 함께 부산포로 돌아오다.

　2월 13일 이순신이 전라좌수사로 임명되다.

　4월 29일 선조 종의지 등을 인견하다.

　6월 종의지가 왜국으로 돌아가 도요토미에게 보고.

　9월 도요토미 조선침략계획을 발령하다.

　10월 명나라에 일본 사정을 보고하다.

○ **1592년**(선조 25)

　1월 5일 침략군 158,700명을 편성, 부서를 결정하다.

　2월 신립과 이일을 나누어 파견하여 변방의 수비 순시케 하다.

　4월 13일 일본 고니시 병선 700여 척 거느리고 조선 침략.

　4월 14일 부산성 함락, 정발 전사.

4월 15일 동래성 함락, 송상현 전사.

4월 17일 가토 군대가 부산에 상륙.

4월 19일 구로다 나가마사 등이 김해성을 함락하다.

4월 20일 신립이 삼도 도순변사로 임명.

4월 21일 가토 경주 함락.

4월 24일 김성일이 의병 초유사가 되다. 곽재우 의병 일으킴.

4월 25일 경상도 순변사 이일, 상주에서 패함.

4월 26일 문경 싸움에서 조령이 점령당함.

4월 27일 도순변사 신립, 충주 탄금대에서 고니시에게 패한 후 자결, 광해 세자 책봉.

4월 28일 고니시와 가토 충주에서 만나다.

4월 30일 선조, 서울을 떠나 개성, 평양으로 몽진.

5월 1일 선조 개성 도착.

5월 2일 고니시 가토 한강을 건너 한양 점령.

5월 3일 선조, 평양으로 향하다.

5월 7일 이순신 옥포에서 일본 함대 30여 척 격파, 선조 평양에 이르다.

5월 16일 김천일 의병을 일으키다.

5월 18일 한응인, 김명원의 군대가 임진강에서 고니시에 패전.

5월 27일 왜군이 개성에 침입.

5월 29일 이순신 사천에서 거북선 최초로 사용. 원균과 더불어 13척 불태움. 고경명이 의병을
　　　　 일으킴. 신각이 양주 해유령에서 왜군을 격파.

5월 선조, 이덕형을 명으로 보내 구원 요청.

6월 2일 이순신 당포해전.

6월 6일 이순신 율포 승전.

6월 9일 고니시 대동강에 이르다.

6월 11일 선조 영변, 의주로 몽진.

6월 14일 고니시 대동강 도하.

6월 16일 일본군 평양 점령.

6월 21일 명나라 참장 대조변과 유격장군 사유 등이 의주에 이르다.

6월 22일 선조 의주에 이르다. 왕세자 광해가 분조(分朝: 분비변사)를 세우다 여러 지방에서 의병
　　　　 이 일어남.

7월 4일 조헌이 의병을 일으킴.

7월 7일 한산도대첩.

7월 8일 정잠 변응정 등이 웅령을 고수하다가 전사하다. 고경명 금산 전투에서 전사.

7월 9일 이순신 안골포 왜 수군 격파.

7월 10일 이정란이 전주성 고수 왜군 물리침. 명의 장수 조승훈이 평양성 탈환전에서 실패하고
사유가 전사하다.

7월 16일 김면이 우지현에서 왜군을 물리치다.

7월 23일 임해군 순화군 회령에서 일본군에 잡힘.

7월 27일 권응수 정대임 등이 영천을 수복하다.

7월 의병장 곽재우 의령, 현풍, 영산 등지에서 일본군 격파. 최경회, 홍계남, 박춘무, 임계영 등이
의병, 서산대사 전국의 승병 일으킴.

8월 1일 조헌이 청주성을 수복하다.

8월 17일 조헌과 승장 영규 등이 금산 싸움에서 전사.

8월 27일 이정란이 연안성을 고수, 왜군을 물리침.

8월 29일 유격장군 심유경이 평양에서 고니시와 회담.

9월 1일 이순신 부산의 왜 수군 무찌름. 부산포해전.

9월 7일 박진이 비격진천뢰로 경주성을 수복, 가토가 경성에서 북청 함흥을 거쳐 안변으로 되돌
아감.

9월 16일 의병장 정문부가 경성 수복.

10월 4~10일 김시민 등이 진주성을 굳게 지켜 왜군 격퇴, 정문부가 명천성 수복.

11월 13일 권율이 삼도의 의병 통솔.

11월 16일 이일이 평안도 순변사가 되다.

11월 17일 선조 심유경을 인견.

12월 3일 심유경이 평양성에서 고니시 현소와 회담.

12월 23일 제독 이여송이 명군을 거느리고 압록강을 건너다.

12월 28일 이여송이 의주에서 남하.

○ 1593년(선조 26)

1월 6일 조선군과 명군이 평양을 공격하다.

1월 7일 고니시 등이 평양에서 패퇴하여 남으로 도주하다.

1월 17일 성주성이 수복되다.

1월 21일 파주에서 집결한 왜군이 서울로 되돌아가다.

1월 27일 이여송이 벽제관에서 패전하다.

1월 28일 정문부 등이 길주성을 수복하다.

2월 9~22일 이순신이 웅천의 왜 수군을 네 차례 공격하다.

2월 11일 권율 등이 행주산성의 왜군을 크게 패퇴시키다.

2월 29일 가토 등이 서울로 되돌아가다.

4월 8일 심유경이 용산에서 고니시와 회담하다.

4월 18일 왜군이 서울에서 나와 남쪽으로 퇴거하다.

5월 23일 도요토미가 명호옥에서 명나라 사신과 만나다.

6월 22~29일 진주성이 함락되고 황진, 김천일, 최경회, 서례원, 성수경, 고종후 등 전사.

7월 8일 심유경이 왜국에서 서울로 돌아오다.

7월 15일 왜군이 부산, 웅천, 김해 등지에 나누어 주둔하다.

7월 22일 임해군 순화군이 석방되다.

8월 이순신이 삼도수군통제사가 되다(이후로 왜군이 잇따라 본국으로 철수).

9월 7일 곽재우가 경상우도 조방장이 되다. 이여송이 본국으로 돌아가다.

10월 1일 선조 도성으로 환궁하다.

11월 명나라 사신 사헌이 입경하여 국사 전관을 강권하다.

○ 1594년(선조 27)

2월 훈련도감을 설치하다.

3월 5일 이순신이 진해 고성의 왜 수군을 공격.

4월 승장 유정이 서생포에서 가토를 만나다.

11월 김응서가 고니시와 만나 강화를 논하다.

12월 왜장 소서비탄수가 납관사로 북경에 이르러 화의를 청하다(전국 대기근).

○ 1595년(선조 28)

1월 명나라 유격 진운홍이 고니시와 강화를 이야기하다.

3월 명나라 도사 위응룡이 서생포에서 가토와 만나다.

4월 고니시 본국으로 돌아가다.

6월 고니시 웅천으로 돌아오다.

11월 22일 명나라 봉왜정사 이종성이 부산의 왜영으로 들어가다.

○ 1596년(선조 29)

1월 4일 심유경이 고니시와 왜국으로 건너가다.

4월 이종성이 왜군의 진영을 탈출, 도피하다. 고니시 부산으로 돌아오다.

5월 15일 명의 사신 양방형 일행이 왜국으로 건너가다.

8월 15일 통신사 황신 일행이 왜국으로 건너가다.

8월 18일 황신이 명나라 사신 양방형 일행과 함께 왜국의 계빈에 도착.

9월 2일 도요토미가 명나라 사신 일행을 오사카성에서 접견, 책봉을 받지 않음.

11월 23일 황신이 양방형 일행과 부산으로 귀환.

12월 황신 일행이 서울에 돌아와 복명.

○ 1597년(선조 30)

1월 1일 도요토미 조선 재침략을 명령하여 정유재란이 일어나다.

1월 27일 이순신이 하옥되고 원균이 경상우수사 겸 삼도수군통제사가 되다.

2월 21일 도요토미 재침략의 부서를 하달하다. 총 인원 141,500명.

6월 18일 명장 양원이 남원성에 들어가다.

6~7월 왜군이 현해탄을 건너 재차 침입하여 군선 600여 척이 부산포에 도착하다.

7월 8일 원균이 가덕도에서 패전하다.

7월 15일 원균이 칠천도에서 죽다.

7월 22일 이순신이 삼도수군통제사에 다시 기용되다. 명나라 도독 마귀가 우리나라로 나오다.

8월 12~16일 남원성이 함락되고 이복남, 임현, 김경로, 이춘원, 정기원 등이 전사하다.

8월 25일 전주성이 함락되고 명장 진우충이 싸우지 않은 채 달아나다. 이순신이 진도로 들어가
다(이 무렵 왜군의 잔학행위가 혹독했다).

9월 2일 고니시가 순천의 예교에 축성하다.

9월 7일 명나라 장수 해생 등이 직산에서 선전했으나 패전하다.

9월 16일 이순신이 명량해전에서 왜 수군을 크게 격파하다.

10월 8일 가토가 경주를 거쳐 울산으로 철퇴하다.

10월 9일 이순신이 우수영으로 귀환하다.

12월 23일 명나라 장수 양호와 마귀 등이 울산의 왜군을 포위하다.

○ 1598년(선조 31)

1월 3~4일 명나라 군대가 울산성을 총공격했으나 승전하지 못하다.

2월 17일 이순신이 고금도로 진영을 옮기다. 명나라 도독 진린이 수군을 거느리고 내원하다.

3월 이순신이 고금도 근해에서 왜 수군을 격파하다.

6월 경리 양호가 본국으로 돌아가고 그를 대신하여 만세덕이 나오다.

7월 16일 이순신이 고금도 근해에서 왜 수군을 격파하다.

8월 18일 도요토미 죽다. 조선에 출병한 병력의 철수를 유명하다.

8월 21일 이광악이 금산과 함양의 왜군을 공격하여 승전하다.

9월 명장 유정이 순천에 있는 고니시를 공격하다.

10월 1일 명장 동일원이 사천성을 공격했으나 패전하고 달아나다.

11월 울산, 사천, 순천의 왜군이 본국으로 철수하다.

11월 10일 이순신이 명나라 수군과 협동하여 순천에 있던 고니시의 퇴로를 차단하다.

11월 19일 이순신이 노량해전에서 왜의 수군을 크게 격파한 후 전사하다. 모든 왜군이 본국으
로 철퇴하여 왜란이 끝나다.

16세기 연대기

1501 이황(~1570). 조식(~1572). 문정왕후(~1565). 흑인노예무역 본격화.

1503 노스트라다무스(~1566)

1504 다비드상. 무오사화. 이사벨 사망(재위 1474~). 신사임당(~1551).

1506 모나리자(1503~). 중종반정. 콜럼버스(1451~).

1509 장 칼뱅 출생(~1564).

1510 삼포왜란.

1511 포르투갈 몰라카 점령.

1512 '천지창조' 미켈란젤로.

1513 『군주론』 마키아벨리.

1516 『유토피아』 토머스 모어.

1517 루터(1483~1546) 종교개혁. 이지함(~1578).

1519 마젤란 세계일주(~1522). 기묘사화 조광조(1482~). 다빈치(1452~).

1520 서산대사(~1604).

1521 코르테스 아스텍 왕국 정복.

1528 왕양명 사망(1472~).

1530 명종(~1567).

1532 잉카제국 멸망.

1533 고경명(~1592).

1534 헨리 이혼. 영국 국교회 성립. 오다 노부나가(~1582). 송익필(~1599).

1535 성혼(~1598).

1536 이이(~1584). 정철(~1593). 도요토미 히데요시(~1598). 송응창(~1606).

1537 권율(~1599). 김천일(~1593).

1538 김성일(~1593). 석성(~1599).

1539 허준(~1615). 이산해(~1609).

1540 원균(~1597).

1541 최후의 심판.

1542 유성룡(~1607). 인도 악바르(~1605). 구키 요시다카(~1600).

1543 코페르니쿠스(1473~) 지동설. 정운(~1592). 도쿠가와 이에야스(~1616).

1544 사명대사(~1610).

1545 을사사화. 이순신(~1598).

1546 서경덕(1489~). 정여립(~1589).

1549 이여송(~1598).

1552 곽재우(~1617). 선조(이연: ~1608).

1554 김시민(~1592). 조헌(~1592). 와자카 야스하루(~1626).

1556 이항복(~1618). 도도 다카도라(~1630).

1558 엘리자베스 즉위. 고니시 유키나가(~1600).

1559 임꺽정의 난(~1562). 이황 기대승 논쟁. 누루하치(~1626).

1560 이시다 미쓰나리(~1600).

1561 이덕형(~1613). 이억기(~1597).

1562 프랑스의 위그노 전쟁 (~1598). 가토 기요마사(~1611).

1563 허난설헌(~1589). 만력제(~1620).

1564 셰익스피어(~1616). 갈릴레이(~1642). 미켈란젤로(1475~).

1565 정문부(~1624).

1567 선조 즉위. 김덕령(~1596).

1568 네덜란드 독립전쟁.

1569 허균(~1618).

1581 네덜란드 연방공화국 수립.

1582 그레고리력 성립.

1588 종계변무 에스파냐 무적함대 영국에 패배.

1589 정여립의 난. 기축옥사.

1590 황윤길 김성일 일본 방문.

1592 임진왜란 발발. 한산해전.

1596 이몽학의 난.

1597 명량해전.

1598 노량해전. 앙리 4세 낭트칙령으로 신교의 자유 허용.

1600 영국 동인도회사 성립. 세키가하라 전투.

참고문헌

○ 난중일기 유적편, 이순신 지음, 노승석 옮김, 여해.

○ 교감완역 난중일기, 이순신 지음, 노승석 옮김, 민음사.

○ 국역정본 징비록, 서애 유성룡 지음, 이재호 옮김, 역사의 아침.

○ 이충무공전서 이야기, 김대현 지음, 한국고전번역원.

○ 충무공 이순신 전서 1~4권, 박기봉 편역, 비봉출판사.

○ 류성룡과 임진왜란, 이성무 외 엮음, 태학사.

○ 간양록, 강항 씀, 김찬순 옮김, 보리.

○ 이순신 리더십, 이창호 지음, 해피북스.

○ 이순신의 바다, 황현필 지음, 역바연.

○ 난세의 혁신리더 유성룡, 이덕일 지음, 역사의 아침.

○ 위대한 만남 류성룡과 이순신, 송복 저, 지식마당.

○ 임진왜란과 전라좌의병, 임진왜란사연구회 엮음.

○ 16세기 성리학 유토피아, 강응천 외 지음, 민음사.

○ 세계를 뒤흔든 바다의 역사, 서양원 편, 알에이치코리아.

○ 조선전쟁실록, 박영규 지음, 김영사.

○ 도요토미 히데요시, 야마지 아이잔 지음, 김소영 옮김, 21세기북스.

○ 임진왜란과 도요토미 히데요시, 국립진주박물관.

○ 임진왜란의 원흉, 일본인의 영웅 도요토미 히데요시, 박창기 지음, 신아사.

○ 도쿠가와 이에야스의 삶과 리더십, 이길진 지음, 동아일보사.

○ 임진난의 기록, 루이스 프로이스 지음, 정성화·양윤선 옮김, 살림.

○ 그들이 본 임진왜란, 김시덕 지음, 학고재.

○ 임진왜란과 동아시아 삼국전쟁, 서경대학교 기획, 정두회·이경순 엮음,
   휴머니스트.

○ 왜성재발견, 신동명·최상원·김영동 지음, 산지니.

○ 조선 지식인의 위선, 김연수 지음, 앨피.

○ 조선의 힘, 오항녕 지음, 역사비평사.

○ 조선붕당실록, 박영규 지음, 김영사.

○ 조선의 숨은 왕, 이한우 지음, 해냄.

○ 일본인 이야기 - 전쟁과 바다, 김시덕 지음, 메디치.

○ 먼 나라 이웃나라 일본1, 일본2, 이원복 글·그림, 김영사.

○ 하룻밤에 읽는 일본사, 카와이 아츠시 지음, 원지연 옮김, 중앙 MB.

○ 국화와 칼, 루스 베네딕트 지음, 김윤식·오인석 옮김, 을유문화사.

○ 일본문화와 상인정신, 이어령, 문화사상사.

○ 조선의 최후, 김윤희·이욱·홍준화 지음, 다른 세상.

○ 택리지, 이중환 지음, 이익성 옮김, 을유문화사.

○ 신정일의 新 택리지, 신정일 지음, 타임북스.

○ 풍류, 신정일 지음, 한얼미디어.

○ 퇴계의 삶과 철학, 금장태, 서울대학교 출판부.

○ 도산잡영, 이황 지음, 이장우·장세후 옮김, 을유문화사.

○ 퇴계생각, 이상하 지음, 글항아리.

○ 유배지에서 보낸 편지, 정약용 지음, 박석무 편역, 창비.

○ 아버지 정약용의 인생강의, 다산 정약용 지음, 오세진 편역, 홍익출판사.

○ 옛 공부의 즐거움, 이상국 지음, 웅진 지식하우스.

○ 오리 이원익 그는 누구인가, 함규진·이병서 지음, 녹우재.

○ 꿈꾸다 떠난 사람, 김시습, 최명자 엮고 씀, 빈빈책방.

○ 남효온 평전, 정출헌 지음, 한겨레 출판.

○ 선비, 최태응 옮김, 새벽이슬.

○ 선비답게 산다는 것, 안대회, 푸른 역사.

○ 선비의 탄생, 김권섭 지음, 다산초당.

○ 조선의 선비와 일본의 사무라이, 호사카 유지, 김영사.

○ 신사와 선비, 배승종 지음, 사우.

○ 선비정신과 안동문학, 주승택 지음, 이회.

○ 김형석의 인생문답, 김형석 지음, 미류책방.

○ 늙은 철학자의 마지막 수업, 김태관 지음, 홍익출판사.

○ 나는 120살까지 살기로 했다, 이승헌 지음, 한문화.

○ 갈매기의 꿈, 리처드 바크 지음, 공경희 옮김, 나무 옆 의자.

○ 선비, 사무라이 사회를 관찰하다, 박상휘 지음, 창비.

○ 해전의 역사, 허홍범·한종엽 지음, 지성사.